미치도록 너만을

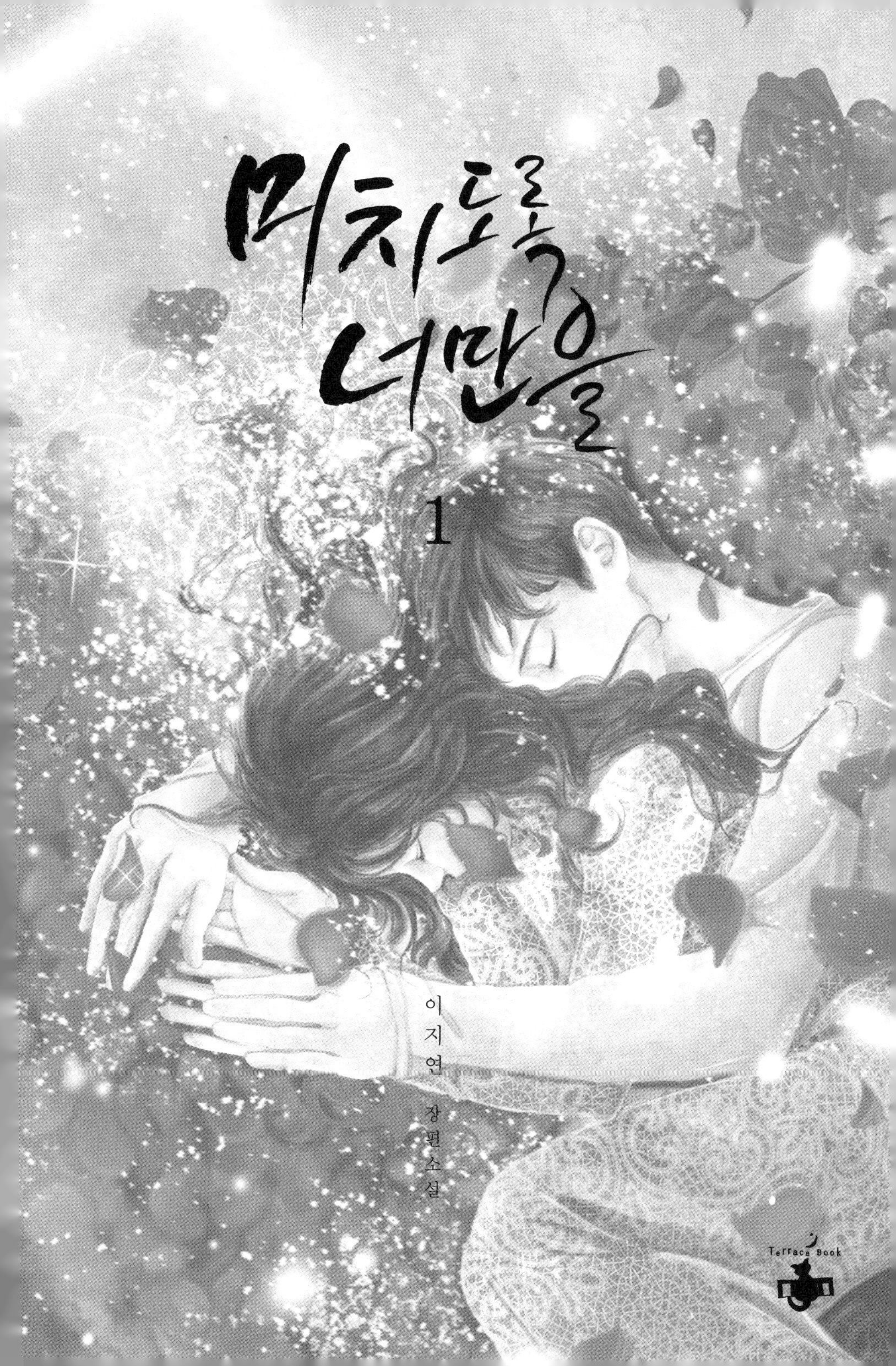
미치도록 너만을
1
이지연 장편소설
Terrace Book

CONTENTS

1권

2권

1. 여기서 뭐 하는 거지?

[세희 씨, 비상이야.]

김태연 홍보팀장이 인턴 사원인 막내 서세희에게까지 전화를 걸었을 때는, 그것도 한 옥타브 올라간 목소리로 '비상'이라는 말을 외쳤을 때는 정말 어디에 불이 날 정도로 급하다는 뜻이다.

[지금 당장 사무실로 와줘.]

휘이잉―.

잠이 덜 깬 부스스한 모습으로 숙소를 나서자, 차가운 새벽 공기가 얼굴에 확 쏟아졌다. 단정하게 빗겨 내린 그녀의 윤기 나는 생머리는 바닷바람에 찰랑거렸다.

"아하함"

세희는 하품이 나오는 입을 한 손으로 막으며 빠르게 정원 쪽으로 걸어갔다. 호텔 본관에 가려면 넓디넓은 정원을 가로질러야 하므로 늦지 않으려면 서둘러야 했다.

세계적으로 명성 높은 초호화 리조트 호텔, 그린 파라다이스 제주. 바닷가를 끼고 펼쳐진 정원은 빼어난 경관을 자랑했고, 정원 정중앙을 차지한 독특한 디자인의 이벤트 관은 건축 잡지에 자주 소개될 정도로 유명했다.

그런데 무슨 일일까? 은은한 금빛 조명에 둘러싸여 도도할 정도로 고요했던 그곳이 오늘은 검은 유니폼의 경호원들과 작업복의 인부들로 북적거렸다.

"세희야."

무전기를 들고 경호원들에게 지시를 내리던 30대 초반의 여자가 세희를 향해 손을 번쩍 들어 올렸다. 이번 특별 행사를 위해 하나 그룹 본사에서 파견 나온 정 대리였다.

"너도 호출됐구나."

"대리님, 무슨 일이에요?"

세희가 철제 펜스를 설치 중인 인부들을 손가락으로 가리키며 물었다.

"예정에 없던 거물급 인사가 오게 돼서 경호를 강화하라는 지시가 내려왔어. 너, 댄 손튼이란 텍사스 부호 아니? 미국판 만수르."

천연가스 발전소, 석유화학 등의 기업과 투자 은행을 가진 댄 손튼. 그는 미국의 경제 전문지인 포브스가 뽑은 세계 갑부 100위 안에 드는 억만장자이다. 어머니가 한국인이어서 백인보다는 동양인에 가까운 외모를 지녔고 한국말도 곧잘 하는 걸로 알려져 있다. 세희는 언젠가 방송에 나와 유창한 한국말로 인터뷰하던 댄 손튼을 떠올렸다.

"오늘 행사에 참석한대요?"

"응. 게다가 어쩌면 이재현 전무님도 오실 것 같아. 아무래도 상대가 손튼이다 보니까 거기에 맞는 중역이 영접해야 하잖아. 그래서 이번에는 드디어 이재현 전무님이 공식 업무를 맡는 게 아닐까 기대하고 있어."

하나 그룹의 상속자인 이재현 전무. 오로지 이메일로 업무 처리를 해서 직원들 사이에선 '이메일 보스'로 통한다. 큰 키에 뿔테 안경을 쓴 고리타분한 외모의 소유자라는 소문만 나돌 뿐, 실제로 그를 본 사람은 아무도 없었다.

"그래요?"

세희는 혼잣말처럼 중얼거리며 겹겹이 싸인 철제 펜스로 시선을 돌렸다. 그런 세희의 옆모습을 정 대리가 슬쩍 곁눈질로 훔쳐보았다.

급하게 나오느라 세수하고 로션만 발랐을 텐데 무슨 애가 얼굴에서 빛이 나네, 빛이 나. 큰 눈망울에 선한 눈빛, 적당하게 솟은 높은 콧대는 그렇다 치자. 메이크업 수정이 필요 없는 완벽한 입술 선은 도대체 뭐란 말이냐!

정 대리는 아침마다 립 라이너로 입술 선을 수정해야 하는 자신의 처지를 비관하며 한숨을 내쉬었다.

게다가 몸매는 또 어떻고! 가녀리다면 가녀리고 풍성하다면 풍성한 몸매. 어떤 옷이든지 세희가 입으면 명품이 돼버렸다. 평소에 입는 옷을 살펴보면 명품은커녕 옷감이 해어질 정도로 오래된 옷도 있는데 말이다.

"그런데 대통령이 오는 것도 아닌데, 경호가 너무 과한 거 아니에요?"

세희의 갑작스러운 질문에 정 대리는 퍼뜩 정신을 차리고 재빨리 철제 펜스로 고개를 돌렸다.

"그게 말이지, 손튼 씨가 괴짜라는 소문이 있어. 비위 맞추기가 여간 까다로운 게 아니래. 참, 그리고 아까 들은 이야기인데……."

갑자기 뭔가가 생각났다는 듯 정 대리가 '짝' 손뼉을 쳤다.

"손튼 씨, 알레르기가 아주 심한가 봐. 얼마 전에도 호흡 곤란으로 응급실에 실려 갔었대. 특히 고양이에 민감해서 근처에 고양이 한 마리라도 있으면 큰일 나나 봐."

세희가 깜짝 놀란 듯 눈을 치켜뜨며 되물었다.

"고양이 알레르기요?"

❦

"헉, 헉, 헉."

세희는 숨을 헐떡이며 한걸음에 물품 창고로 달려갔다.

끼이익—.

육중한 철문이 열리며 한 줄기 빛이 흘러들자, 구석에 웅크리고 있던 회색 고양이가 쓰윽 고개를 들어 위를 올려다보았다.

"조이야."

"야옹."

세희를 알아본 고양이가 두 팔을 앞으로 내밀며 '하아암' 기지개를 켰다.

리조트 직원들 말에 의하면 몇 달 전부터 이곳을 어슬렁거렸단다. 사람의 손을 타는 걸로 봐선 길 고양이 같진 않고 투숙객이 몰래 버리고 간 것 같다고 했다. 애처로운 고양이의 눈빛에 마음이 아파 세희는 삐쩍 마른 회색 고양이에게 '조이'라는 이름을 지어주었다.

'자연을 느끼는 리조트'란 슬로건에 걸맞게 그린 파라다이스 제주에서는 자유롭게 정원을 어슬렁거리는 야생동물이 심심찮게 목격되었다. 또한 '펫 프렌들리' 마케팅을 적극적으로 활용해 추가 요금만 내면 객실당 2마리까지는 반려동물의 입장이 가능했다.

그런데 가끔 안면 몰수한 고객이 반려동물을 리조트 안에 몰래 버리는 일이 일어났다. 불행 중 다행으로 버려진 반려동물 대부분은 호텔 측의 조처로 새로운 가정에 입양되었다. 하지만 특이한 외모를 가진 조이는 좀처럼 입양 자리가 나지 않았다.

"후."

세희는 한숨을 내쉬며 조이의 머리를 쓰다듬었다. 조이도 어서 보금자리를 찾아야 할 텐데……

"너 오늘 하루만 꼼짝 말고 여기에 있어. 알았지?"

세희가 주머니에서 간식을 꺼내자 조이는 기다렸다는 듯 먹이를 덥석 받아먹었다. 넉넉하게 담은 사료 그릇과 물그릇을 내려놓으며 세희가 신신당부했다.

"VIP 고객 중 한 분이 아주 심각한 알레르기가 있나 봐."

어떻게 들어오는지는 알 수 없었지만, 세희는 조이가 이벤트 홀에서 어슬렁거리는 모습을 심심찮게 목격하곤 했다. 평소 야생동물이 홀 안에 들어가는 일도 종종 있었지만, 오늘은 절대로 안 되는 일이었다.

세희는 창고 입구의 셔터를 내린 후, 자물쇠를 굳게 잠갔다. 그리고 미안한 듯 조이를 구슬렸다.

"답답하더라도 이해해줘. 행사 끝나면 바로 와서 열어줄게."

"야옹."

세희가 떠나자, 구슬픈 고양이의 울음소리가 텅 빈 물품 창고에 울려 퍼졌다.

❧

행사장을 지켜보는 총지배인의 얼굴에는 초조한 기색이 역력했다. 아무리 완벽하게 준비한다 해도 '그분' 취향에 맞출 수 있을지 자신이 없었기에.

"어머, 저기 좀 봐."

"손튼 씨 옆에 있는 저 남자 누구야?"

"비서인가 본데?"

"와, 대박. 모델인 줄 알았어. 너무 멋있다!"

그때였다. 총지배인의 등 너머에서 웅성거리는 소음이 들려왔다. 뒤를 돌아보니 손튼 일행이 홀 안으로 들어서는 중이었다. 그런데 행사장 안의 이목은 카우보이모자와 부츠를 신은 50대 초반의 중년 신사 댄 손튼이 아니라, 그 옆을 지키는 차가운 인상의 남자에게로 몰리고 있었다.

남자는 한 치의 흐트러짐 없이 완벽한 슈트 핏을 뽐내며 날카로운 시선으로 행사장 안을 훑어보았다. 그저 주위를 둘러보는 행동 하나에도 등줄기가 서늘할 만큼 상대를 압도하는 기운이 느껴졌다.

손튼 일행이 지정된 자리에 앉는 모습을 지켜본 총지배인은 조용히 홀 밖으로 걸어 나갔다.

"총지배인님."

정원에 발을 내딛는 순간, 나직하지만 힘 있는 남자의 목소리가 뒤에서 들렸다. 황급히 뒤를 돌아본 총지배인의 눈꼬리가 살짝 꿈틀거렸다. 손튼 씨 옆을 지키던 젊은 남자가 가까이 다가오고 있었기 때문이다. 총지배인은 서둘러 주위를 둘러본 후, 가볍게 남자에게 고개를 숙였다.

"나오셨습니까."

그린 파라다이스의 실질적인 오너, 이재현. 그도 살짝 고개를 숙여 총지배인의 인사를 받았다. 그는 지금 평직원으로 위장 취업해, 전 세계 지사를 돌아다니며 그룹의 비리를 파헤치는 중이었다.

"수고가 많으십니다."

"아닙니다, 전무님."

"제가 여기 있다는 거, 절대 비밀이라는 건 아시겠죠?"

"물론입니다."

재현과 눈이 마주치자 총지배인은 부드럽게 미소 지으며 슬그머니 시선을 비켰다.

사람들은 재현과 처음 대면하는 순간, 188cm가 넘는 신장과 모델처럼 날렵한 몸매에 감탄한다. 이어서 아래로 쭉 뻗은 날카로운 콧날과 크고 시원스러운 눈매, 강인한 턱선 등, 준수한 용모에 반해버린다. 그러나 감탄사를 연발하는 것도 잠시, 곧 그들은 상대를 꿰뚫을 것만 같은 차갑고도 강렬한 눈빛에 기가 죽고 만다.

내일이면 오십을 바라보는 총지배인 역시 30대 중반인 재현의 시선을 받아내며 진땀을 흘렸다.

"손튼 씨 이름으로 프레지덴셜 게스트 하우스를 예약해 놓았습니다. 전무님은 당분간 그곳에 머무르시면 됩니다. 손튼 씨와 그 일행이 묵을 숙소는 특별 지시로 목장에 마련해두었습니다."

"잘하셨습니다."

재현은 총지배인에게 키를 넘겨받고 주위를 한 번 둘러보고는 빠른 걸음으로 이벤트 홀로 돌아갔다. 재현이 시야에서 사라지자 총지배인은 손수건을 꺼내 이마에 맺힌 땀을 닦아냈다.

◈◈◈◈◈

"자, 오백 나왔습니다, 오백. 오백오십 없습니까?"

수정 구슬이 달린 실크 스카프를 가리키며 경매사가 크게 소리쳤다.

"자, 셋을 세겠습니다. 하나, 둘, 셋! 네, 오백에 낙찰입니다!"

경매사가 낙찰 봉을 내리치며 크게 외쳤다.

"와아."

동시에 여기저기에서 탄성이 터져 나왔다. 낙찰된 스카프가 내려가고 이번에는 하얀 이브닝드레스가 무대 위로 올라왔다. 경매가 무르익어갈수록 홍보팀 직원들 사이에서는 다리가 아프다는 불평이 쏟아져 나오기 시작했다. 그러나 세희는 다리가 아픈 줄도 모르고 자꾸만 떠오르는 옛 추억에 아랫입술을 꼭 깨물었다.

언제나 아버지의 손을 잡고 자선 모금 행사에 참석하곤 했는데…… 너무나도 익숙한 풍경. 하지만 이제는 너무나도 멀어진 모습. 왈칵 복이 메며 가슴이 쓰리다.

그런데 저 남자는? 행사장 안을 둘러보던 그녀의 시선이 어딘지 모르게 낮이 익은 사람에게 멈췄다. 손튼의 옆에서 마치 패션 잡지에서 튀어나온 모델처럼 완벽한 외모를 뽐내는 남자. 멀리 있는 탓에 정확히 얼굴을 볼 수는 없었지만, 자꾸만 눈길이 갔다.

"야옹."

그때 세희의 귓가에 희미한 울음소리가 들려왔다. 화들짝 놀라 시선을 밑으로 내리자, 회색 고양이가 그리 멀지 않은 테이블 밑에서 쓰윽 모습을 나타냈다. 조이? 세희는 자신의 눈을 믿을 수 없어 한 손으로 입을 틀어막았다. 미쳤어! 쟤가, 쟤가, 지금 여기가 어디라고!

세희는 슬그머니 일행에서 떨어져 나와 조이가 있는 테이블로 다가갔다. 그러고는 사람들이 경매에 집중한 틈을 타, 쑤욱 테이블 밑으로 기어들어 갔다.

"조이야, 이리 와."

그러나 고양이는 뻔뻔한 얼굴로 그녀를 말똥말똥 쳐다볼 뿐, 미동도 하지 않았다. 세희는 달래듯 천천히 조이에게 기어가며 조심스럽게 팔을 뻗었다.

하지만 사람 손에 쉽게 잡힌다면 그게 어디 고양이일까? 조이는 비웃듯이 세희의 손에서 빠져나가더니 유유자적한 걸음으로 옆 테이블로 건너갔다.

아, 정말. 내가 쟤 때문에 제 명에 못 살 것 같아.

세희는 짧게 탄성을 내지르며 엉금엉금 옆 테이블 밑으로 조이를 쫓아갔다.

❧

"괜찮겠습니까? 주치의를 부를까요?"

재현은 아까부터 답답한 듯 목을 누르며 잔기침을 하는 댄 손튼을 걱정스러운 시선으로 바라보았다. 그러나 손튼은 괜찮다는 듯 가볍게 고개를 내저었다.

"별거 아닐 거야. 너무 신경 쓰지 말게."

"아까보다 얼굴도 많이 부어올랐고 눈도 충혈된 것 같은데요."

댄 손튼이 중증 알레르기에 시달리기 시작한 것은 재작년부터이다. 정확한 원인은 알 수 없었지만, 담당 의사는 수술 중 투여한 약물 부작용 때문이라고 추측했다. 집 먼지 진드기나 고양이 비듬 등에 두드러기나 재채기 같은 알레르기 증상이 따랐고, 호흡이 곤란할 정도로 상태가 악화된 건 지난달부터였다.

"괜찮아. 피곤해서 그런 거겠지. 주위에 고양이가 있는 것도 아닌데……."

"야옹."

말이 끝나기가 무섭게 어디선가 심상치 않은 소리가 들려왔다.

"잠깐, 방금 무슨 소리 들리지 않았나?"

"무슨 울음소리 같은데요."

그때였다. 갑자기 옆 테이블 밑에서 나타난 회색 고양이가 손튼의 다리를 쓰윽 스치고 지나갔다.

"헉!"

자신의 발밑에 고양이가 있다는 사실을 깨달은 손튼의 얼굴이 백지장처럼 창백해졌다. 그러곤 숨을 쉴 수 없다는 듯, 두 손으로 목을 움켜쥐었다.

"……I, I can't breathe……."

"손튼 씨!"

의자 밑으로 쓰러지는 손튼을 재현이 재빠르게 끌어안았다.

꽃꽃꽃

으악, 어쩌면 좋아!

테이블 밑을 샅샅이 훑어보던 세희는 방금 눈앞에 일어난 상황이 믿기지 않았다. 손튼이 목을 움켜쥐며 쓰러졌고, 그 옆에 조이가 앉아 있었다. 손튼이 쓰러지자, 사람들은 그제야 조이의 존재를 알아챘는지 여기저기서 웅성거렸다.

"웬 고양이야?"

사람들이 모여들자 조이는 겁을 먹은 듯 테이블 밑으로 도망 다니기 시작했다.

"악, 저리 가. 저리 가!"

사람들이 저마다 비명을 지르며 자리에서 일어났다. 한마디로 아비규환이었다. 차분하게 경매가 진행되었던 이벤트 홀은 어느새 난장판이 되어버렸다. 세희는 쏜살같이 창가로 달려가 창문을 열고 조이를 향해 휘파람을 불었다. 그 소리에 우왕좌왕 실내를 뛰어다니던 조이가 우뚝 제자리에 멈춰 섰다.

"이거 잡아!"

세희는 재빨리 벽에 꽂힌 깃털 장식을 뽑아, 조이를 향해 장난감처럼 흔들어 보였다. 그러고는 조이가 반응을 보이려 하자 창밖으로 휙 던져버렸다. 그 장면을 본 조이는 단숨에 달려오더니 깃털을 따라 밖으로 뛰어내렸다. 조이를 무사히 밖으로 내보낸 후, 세희는 이번에는 손튼에게로 달려갔다.

"괜찮으세요?"

안색을 보니 그리 좋은 상태가 아니었다. 세희는 무릎을 꿇고 손튼의 와이셔츠 단추를 다급하게 풀어나갔다. 그러자 손튼이 일그러진 얼굴로 세희를 올려다보았다.

어떡하지? 시간이 없다.

세희는 무언가를 찾는 듯 두 손으로 손튼의 몸을 더듬기 시작했다. 옆에서 지켜만 보던 재현이 세희의 손을 잡아 제지했다.

"이봐, 뭐 하는 짓이야?"

"지금 바로 응급 처치해야 해요."

세희는 재현에게 눈길도 주지 않은 채 그의 손을 뿌리쳤다.

급하다. 골든 타임을 놓치면 큰일인데.

"기다려. 경호원과 주치의가 곧 올 테니까."

"그럴 시간이 없어요. 당장 손을 쓰지 않으면 위험합니다."

손튼의 재킷 안쪽 깊숙이 손을 집어넣으며 그녀가 다급하게 말했다.

"이분처럼 알레르기가 심한 경우 항상 응급 주사기를 가지고 다녀요. 아마 이분도 그럴 거예요."

"네가 그걸 어떻게 알지?"

"그쪽은 비서이면서 그것도 몰라요? 저리 좀 비켜요."

세희가 빽 소리를 지르며 재현을 옆으로 밀쳐냈다. 잠시 후 손튼의 안주머니에서 일회용 주사기를 꺼낸 세희의 안색이 환하게 밝아졌다.

"의료 자격증 있어?"

세희가 입으로 비닐 포장을 쭈욱 찢고 주사기를 손에 쥐자 재현이 또다시 그녀를 제지했다.

"알레르기 주사에 무슨 의료 자격증이 필요해요?"

세희는 재현을 어깨로 밀어내며 곧바로 손튼의 허벅지에 주삿바늘을 찔러 넣었다. 그러고는 퉁명스러운 말투로 재현에게 지시했다.

"여기서 귀찮게 그러지 말고 구두나 좀 벗겨봐요. 뭐 해요? 빨리요!"

세희가 재차 윽박지르자 재현은 굳어진 얼굴로 천천히 손튼의 구두를 벗겼다.

"그리고 저기서 물병 좀 가져다주세요."

"그건 본인이 가서 가져오지 그래?"

더는 참지 못한 재현이 이를 악물고 내뱉듯 말했다.

"난 지금 이분을 돌보고 있잖아요."

손튼에게 시선을 고정한 채, 세희가 날카롭게 쏘아붙였다. 응급 주사가 효과가 있었는지 호흡이 가쁘던 손튼은 점차 안정을 되찾았고 안색도 좋아지고 있었다. 그사이 연락받은 주치의와 경호팀이 홀 안으로 뛰어 들어왔다. 그 뒤를 사색이 된 총지배인이 뒤따랐다.

"비켜요. 비켜."

손튼을 안은 세희를 거칠게 뒤로 밀어내며 경호원들이 단번에 주위를 둘러쌌다. 주치의는 손튼의 맥박과 호흡을 체크한 후, 바닥에 놓인 주사기를 집어 들었다.

"다행히 늦지 않게 주사를 놓았군요. 그래도 2차 쇼크가 올지 모르니까, 병원으로 모시겠습니다."

경호원들이 손튼을 부축해 나갈 때까지, 아무도 바닥에 내팽개쳐진 세희에게 관심을 두지 않았다.

"아우, 아야."

몹시도 심하게 밀쳐졌는지 엉덩이가 얼얼했다. 세희는 구시렁거리며 혼자 일어나기 위해 두 팔을 허우적거렸다.

"어디 다친 데 없나?"

그 모습을 지켜보던 재현이 그녀에게 손을 내밀었다.

"괜찮습니다."

그런데, 재현의 손을 잡고 자리에서 일어나던 세희의 표정이 충격을 받은 듯 굳어버렸다.

아까는 경황이 없어서 얼굴을 제대로 보지도 못했었는데…… 당신은?

차가운 눈빛에 상대를 비웃는 듯 뒤틀린 입매, 곧은 콧날과 강인한 턱선. 닮았다. 닮아도 너무 닮았다.

하지만 외모만 닮았을 뿐, 앞에 서 있는 이 남잔 그녀가 그리워하는 추억의 왕자님이 아니었다. 물결치듯 흘러내리는 연한 갈색 머리에 화려하고 세련된 캐주얼 차림이던 왕자님과 반대로 이 남자는 짧게 깎은 단정한 검은 머리에 한 치의 빈틈도 없는 딱딱한 슈트 차림이었다.

큰 키와 얼굴 생김새만 닮았지, 풍기는 분위기는 하늘과 땅 차이만큼 달랐다. 온화한 눈빛으로 그녀를 바라보던 왕자님과 달리 이 남자는 찬바람이 쌩 도는 싸늘한 눈빛으로 그녀를 노려보고 있었다.

"서세희라고 했나? 인턴이라고."

그때 세희와 재현 사이로 총지배인이 호들갑을 떨며 끼어들었다. 그는 세희의 두 손을 덥석 잡고 거짓말 조금 보태서 눈물까지 글썽거렸다.

"고맙네. 정말 고마워. 손튼 씨의 생명을 구한 은인인데, 큰 보상을 내려야지."

"아니에요, 총지배인님. 당연한 일을 한 걸요."

세희는 두 손을 저으며 그의 제의를 단호히 사양했다. 이 모든 일이 조이를 제대로 관리하지 못해서 생겨났는데, 보상금을 꿀꺽 받아버린다면 양심에 찔려 제 명에 살지 못할 거다.

모두가 그녀의 어깨를 다독거리며 칭찬 일색일 때, 오로지 재현만이 싸늘한 시선으로 세희를 노려보았다. 무언가 의심스럽다는 눈빛. 제 발이 저린 세희는 재현의 매서운 눈초리에 꿀꺽 마른침을 삼켰다.

꽃무늬

"세희야, 너 정말 대단하다. 의사도 아니면서 어쩌면 그렇게 빠른 판단을 내렸어?"

행사 뒷정리를 끝낸 후 숙소로 돌아가는 내내 정 대리의 찬사가 이어졌다.

"가족 중에 알레르기 심한 사람이라도 있니?"

정 대리의 물음에 세희가 멋쩍게 웃어 보였다.

"친구 중에 알레르기 중증 환자가 있었어요. 밥 먹다 갑자기 기도가 부어올라서 응급실에 실려 갈 정도로요. 그 친구 덕분에 대처법 하난 제대로 배웠죠."

그때 저 멀리 익숙한 물체가 휙 지나가는 모습이 세희의 눈에 들어왔다.

조이!

다행히도 정 대리는 고양이를 보지 못한 듯싶었다.

"대리님, 먼저 들어가세요. 저 잠시만 어디 들렀다 갈게요."

급하게 정 대리와 헤어진 세희는 조이를 쫓아서 빠르게 정원 쪽으로 달려갔다. 그러나 정원에 들어서는 순간 조이는 갑자기 방향을 틀어 절벽 끝으로 뛰어가기 시작했다.

앗! 절벽 끝에는 프레지덴셜 게스트 하우스가 있는데……!

일반에게는 공개하지 않고 오로지 유명 인사들만을 위해 존재하는 특별한 공간. 세희의 안색이 백지장처럼 창백하게 질려버렸다.

문제는 지금 그곳에 손튼 일행이 묵고 있다는 거!

세희는 백 미터 달리기 선수처럼 미친 듯이 조이를 쫓아 절벽 끝으로 달려갔다.

❧

쏴아아―.

절벽 밑으로 거세게 밀려온 파도가 하얀 물거품을 일으키며 현란하게 부서지고 있었다.

띠리리―.

하염없이 바다를 바라보는 재현의 귀에 문득 휴대폰 울리는 소리가 들려왔다. 비서실 안 실장에게서 걸려온 전화였다.

"밤늦게 무슨 일이십니까?"

[방금 회장님이 오늘 밤 소동에 관해서 보고받으셨습니다. 도대체 일 처리를 어떻게 하느냐면서 화가 많이 나셨습니다만…….]

"그래서요?"

싸늘한 목소리로 재현이 되물었다. 불같은 성격의 이 회장이라면 오늘의 소동을 절대로 용납하지 않을 것이다. 총지배인부터 당장 자르라고 소리 지르겠지.

"이번 행사의 책임은 다른 누구도 아닌 저에게 있다고 회장님께 전해주세요. 실수했다고 다 해고해버리면 하나 그룹에 남을 사람 한 명도 없을 거라는 것도 덧붙여주시고."

[알겠습니다. 회장님께 그렇게 전하겠습니다.]

그런 반응이 나올 줄 알았다는 듯 안 실장이 담담한 목소리로 대답했다.

[그나저나 물품 창고는 가보셨습니까?]

"아뇨, 아직요. 일 정리되는 대로 가봐야죠. 내 눈으로 직접 확인해야 하니까."

[저쪽에서 눈치채지 못하게 조심하십시오. 그럼 전 이만.]

통화를 끊은 재현은 다시 어두운 밤바다로 시선을 돌렸다.

"헉, 헉, 헉."

게스트 하우스 앞까지 조이를 쫓아온 세희는 헉헉 가쁜 숨을 몰아쉬었다.

"조이야, 제발 좀 서."

세희의 애원에도 불구하고 조이는 거실의 열린 창문으로 폴짝 뛰어올랐다.

애가 미쳤나! 저기가 어디라고 들어가고 난리야!

세희는 허둥지둥 테라스로 올라가 거실 안을 슬쩍 훔쳐보았다. 다행히 아무 인기척도 없었다. 그 순간 유리창 너머로 거실 안을 훑어보던 세희의 눈에 소파 위에서 할짝할짝 그루밍 중인 조이가 들어왔다.

거실 창문은 날씬한 그녀가 겨우 통과할 만큼만 열려 있었다. 세희는 테라스 철제 테이블에 올라간 다음, 낑낑대며 창문틀에 매달렸다. 나비처럼 가볍던 조이와는 달리 세희는 바동거리다 가까스로 창문을 통과해 안으로 뛰어내렸다.

쿵―.

"악!"

심하게 엉덩방아를 찧은 세희가 짧게 비명을 내질렀다. 하지만 곧 발딱 몸을 일으켜 아픈 엉덩이를 문지르며 소파로 다가갔다. 발바닥을 핥던 조이가 동작을 멈추고 세희를 멀뚱히 바라보았다. 세희는 재빨리 간식을 꺼내 조이의 코앞에 흔들어 보였다.

"조이야, 이거!"

"야옹."

간식을 본 조이가 단숨에 달려와 냉큼 먹이를 낚아챘다. 동시에 세희가 두 팔로 조이를 와락 끌어안았다.

"잡았다!"

그때였다. 게스트 하우스 앞에서 차가 멈추는 소리가 들렸다. 깜짝 놀란 세희는 커튼 뒤에 숨어 살며시 창밖을 내다보았다. 차 문이 열리며 재현이 모습을 나타냈다.

어머, 어떡해! 어디로 숨지?

조이를 끌어안고 허둥대던 세희는 헐레벌떡 마스터 베드룸으로 달려갔다. 비서인 그가 손튼이 사용하는 침실로는 들어오지 않을 거라는 판단에 서였다.

띠리리리ㅡ.

이윽고 현관문이 열리는 소리가 들리며 재현이 안으로 들어왔다. 그는 한 손에 휴대폰을 들고 다른 한 손으로는 넥타이를 풀어헤치며 빠른 걸음으로 거실을 가로질렀다.

"옆에서 손튼 씨 잘 지켜보고 조금이라도 이상이 있으면 당장 연락해. 서울에는 내가 보고할 테니까. 그래."

전화를 끊은 재현은 크게 한숨을 내쉬고는 미니 바가 있는 창가로 걸어가 위스키 병을 꺼내 들었다. 그리고 잔에 가득 술을 따라 단숨에 들이켰다.

그래, 빨리 마시고 방으로 들어가서 자라, 좀!

그러나 세희의 바람과는 달리 그는 또 어디론가 전화를 걸기 시작했다.

"안 실장님, 메시지 확인하는 대로 전화 주세요."

테이블에 휴대폰을 내려놓은 재현은 와이셔츠 단추를 풀며 마스터 베드룸 쪽으로 방향을 틀었다.

으악! 왜 이리로 오는 거야?

재현이 마스터 베드룸 바로 앞까지 다가오자, 세희는 자동으로 욕실로 뛰어갔다.

잠시 후, 문이 열리고 그가 침실 안으로 들어섰다. 재현은 재킷을 벗어 침대 위에 내던지더니 이어서 거칠게 넥타이를 벗어 던졌다. 살짝 욕실 문을 열고 밖을 내다보던 세희가 눈살을 찡그렸다.

호랑이 없는 골에 토끼가 왕 노릇한다고, 손튼 씨가 없다고 비서가 주인 방을 쓰는 거야?

어머, 그런데!

와이셔츠를 벗은 재현이 이번에는 벨트를 풀고 바지를 벗으려 했다. 세희는 화들짝 놀라며 서둘러 문을 닫아버렸다.

아무래도 그냥 옷만 갈아입으려는 게 아닌 것 같았다. 샤워라도 할 태세인데? 어떡해! 어떡해! 세희는 조이를 끌어안은 채, 발을 동동 굴렀다. 여기서 들켰다간 국물도 없다고!

급히 숨을 곳을 찾으며 욕실 안을 두리번거리던 세희는 결국 욕조 안으로 뛰어들었다. 그리고 황급히 샤워 커튼을 쳤다.

달칵—.

문이 열리고 재현이 욕실로 들어왔다. 세희는 조이의 입을 손으로 꼭 틀어막고, 욕조 안으로 몸을 웅크렸다. 그가 지금 어떤 차림인지는 절대로 알고 싶지 않았다.

잠시 후 샤워 부스 문이 열리고 물이 떨어지는 소리가 들리기 시작했다. 금세 뿌연 수증기가 욕실 안을 가득 채웠다.

"하아."

물줄기 소리와 함께 그의 나직한 탄성이 욕실 안에 울려 퍼졌다.

뭐지? 이렇게 관능적이어도 되는 거야?

샤워하는 소리만 들릴 뿐인데도 세희는 머릿속에 연상되는 이미지에 심장이 두근거렸다. 세희는 꿀꺽 침을 삼키며 슬그머니 커튼을 열고 빼꼼히 밖을 내다보았다.

어머, 어쩜 좋아! 수증기 사이로 희미하게 보이는 남자의 나신이라니.

세희는 '헉!' 탄성을 지르며 허둥지둥 커튼을 닫았다. 아주 찰나의 순간이었지만 대리석 조각처럼 매끈한 남자의 몸이 눈앞에 펼쳐졌다.

두근. 두근. 두근.

지금 이 순간 미친 듯이 심장이 날뛰는 건 그에게 들킬까 봐 긴장해서일 것이다. 절대로 남자의 벗은 몸을 봤기 때문이 아니야!

얼마 후, 물소리가 그치더니 샤워 부스 문이 열렸다. 그리고 수건으로 젖은 몸을 닦는 소리가 들리기 시작했다.

촤악―.

그때 갑자기 커튼이 열리며 싸늘한 표정의 재현이 등장했다. 세희는 욕조 안에 웅크린 채로 얼음 동상처럼 굳어버렸다.

"여기서 뭐 하는 거지?"

재현이 세희와 그녀의 품 안에 있는 조이를 매섭게 내려다보았다.

        ❦

"자, 내가 이해할 수 있도록 설명을 해봐."

재현이 소파 등받이에 기대어 앉으며 젖은 머리를 한 손으로 쓸어 올렸다. 물기가 뚝뚝 떨어지는 머리카락과 묘하게 조화를 이루는 무뚝뚝한 목소리. 급하게 입었는지 셔츠의 단추는 두어 개 풀려 있었고, 벌어진 옷자락 사이로 매끈한 근육이 슬쩍 드러났다.

아, 이런 와중에도 저런 모습이 눈에 들어오는지. 내가 지금 미친 게 분명하다.

세희는 얼굴을 붉히며 황급히 밑으로 고개를 숙였다.

"뭐 해? 어서 설명하지 않고?"

"저, 저기…… 그러니까."

자초지종을 설명하려 했지만, 말은 입 안에서만 맴돌 뿐 쉽게 밖으로 나오지 않았다. 입이 열 개라도 할 말이 없는 상황이니까……. 세희는 조이를 꼭 끌어안은 채 아랫입술만 꼭 깨물었다.

"변태인가?"

"네?"

'변태'라는 말에 세희가 자리에서 펄쩍 뛰어올랐다.

"당연히 아닙니다. 아니에요. 변태라니요!"

"그럼 왜 한밤중에 숨어들어와서 남이 샤워하는 모습을 훔쳐본 거지?"

"아니에요, 그런 거. 절대 아니에요."

"그럼 뭐야?"

두 손을 내젓는 세희를 노려보며 재현이 대답을 재촉했다.

"고양이가 이곳으로 뛰어들기에…… 잡으려고 들어왔다가…… 그런데 갑자기 돌아오셔서 저도 모르게 피하다 보니까, 그게 그런데…… 하필 욕실이 되는 바람에…… 그래서."

"야옹."

세희의 품에 안긴 조이가 말똥말똥한 눈으로 재현을 바라보았다. 재현은 무표정한 얼굴로 조이를 쏘아보다, 지나가는 투로 툭 질문을 던졌다.

"아까 행사장에서 난동을 부렸던 그 고양이인가?"

"솔직하게 말하자면 난동까진 아니었는데요!"

"그러니까 그 고양이가 맞다 이거군."

헉, 바보같이! 그냥 넘겨짚는 질문이었는데 걸려들었다. 하지만 어쩌랴. 이미 이실직고해버렸는걸. 세희는 마지못해 고개를 끄덕였다.

"도둑고양이인가?"

"지금 누구보고 도둑고양이라는 거예요?"

세희는 도둑고양이라는 말에 반사적으로 목청을 높였다. 다른 건 몰라도 도둑으로 모는 것만은 참을 수 없었다. '도둑 개'나 '도둑 여우'라는 말은 없으면서 왜 하필 고양이에게만 '도둑'이라는 호칭이 붙는 거냐고! 발끈 화를 내는 세희를 바라보며 재현이 피식 웃음을 흘렸다.

"도둑고양이를 도둑고양이라고 부르지, 그럼 뭐라고 부르지?"

"그쪽 눈에는 이 사랑스러운 아이가 도둑으로 보이나요?"

"아니."

재현이 어깨를 으쓱하며 비아냥거렸다.

"살인미수 고양이."

"살인미수 고양이요?"

"아닌가? 손튼 씨를 거의 죽일 뻔했는데……."

"그, 그건."

세희가 아무런 대답을 하지 못하자 그가 픽 입꼬리를 비틀었다.

"야생동물이야 어쩔 수 없다고 해도. 길 고양이까지 건물 안에 들어오다니 이곳 관리가 영 엉망이군. 안 되겠어. 호텔에 항의해야지."

재현이 수화기를 들자 세희가 다급하게 외쳤다.

"조이는 길 고양이가 아닌데요."

"조이? 도둑고양이 주제에 이름도 있어?"

"투숙객 중 누군가 데리고 온 집고양이 같아요. 제가 잠시 돌보곤 있지만, 곧 주인을 찾을 수 있을 거예요."

"잠시 돌보고 있다고?"

순간 재현의 얼굴에 싸늘한 미소가 서렸다.

"어쩐지 이상하다 했어. 그게 모두 다 이유가 있었던 거군. 그러니까 사실은 생명의 은인이 아니라 원인 제공자였다는 소리네. 그렇지?"

주인은 아니지만 잠시 임시로 조이를 돌보고 있으니까 아주 틀린 말은 아니었다. 세희는 난처한 표정으로 시선을 내리깔았다. 재현은 차가운 눈길로 호텔 유니폼 차림의 세희를 위아래로 훑어보았다. 그리고 잠시 후, 말을 이었다.

"고양이 주인에게 책임을 물으려고 했는데 유기묘라니……. 할 수 없지. 그냥 유기 동물 센터에 잡아가라고 신고해야겠어."

"안 돼요."

다시 수화기를 집으려는 재현의 손을 세희가 덥석 움켜쥐었다.

"제가 책임질게요. 그러니까 제발, 우리 조이를 잡아가지 마세요."

예상외로 큰 세희의 저항에 재현은 살짝 미간을 찌푸렸다.

본인의 고양이도 아니면서 책임을 지겠다고?

"대신 손해배상이라도 하겠다는 말이야? 그럴 돈은 있고?"

"얼마면 되죠?"

세희가 심각한 얼굴로 진지하게 물었다.

손튼 씨는 외국인이니까 의료보험 적용이 되지 않을 것이다. 그렇다면 의료비와 약값이 얼마나 나올까? 아무리 비싸게 나온다고 해도 이십만 원은 안 넘겠지? 아, 입원하게 될지도 모르니까 좀 더 나갈지도 모르겠네. 손튼 씨 같은 사람이라면 일반 병실에 머물진 않을 테고. VIP 병실에 묵는다면, 호텔 스위트 룸 정도 될까? 하룻밤에 얼마더라? 그러나 소박한 세희의 계산과는 달리 재현은 좀 더 현실적인 액수를 내놓았다.

"좋아. 병원비 이런 건 푼돈이니까 상관하지 말고. 손튼 씨가 손해 본 시간을 한번 따져볼까? 그분이 1시간 동안 벌어들이는 돈이 얼마인 줄 아나? 동행하는 경호팀의 비용은 어떻고. 제트기 운행이 연기되었으니까 그것도 포함해야겠지?"

세희의 커다란 눈이 더욱더 커다래졌다.

뭐? 잠깐만! 손튼 씨가 얼마를 벌어들여? 그리고 뭐? 뭘 포함해?

한동안 세희를 응시하던 재현이 메마른 목소리로 말했다.

"적어도 밀리언 달러는 되겠군."

밀리언 달러? 이건 완전 칼만 안 들었지 강도나 다름없네!

"아니 지금 그걸 말이라고 하세요?"

세희는 자신도 모르게 소파에서 벌떡 일어나며 버럭 언성을 높였다. 그러나 재현은 팔짱을 긴 채 그녀를 놀리듯 입꼬리를 비틀 뿐이었다.

"자그마치 11억이 넘는 돈이라고요!"

"그렇지. 얼마 동안 월급을 압수해야 그 돈을 갚을 수 있을까? 10년? 20년? 글쎄, 운이 좋아서 로또라도 맞는다면 모를까, 힘들 것 같은데……"

세희를 위아래로 훑어보며 그가 말을 덧붙였다.

"혹시 걸 그룹에 들어가면 어떨까? 아, 미안. 걸 그룹으로 데뷔하기에는 너무 나이가 많겠군."

세희는 재현의 놀림을 무시하며 애써 표정을 다잡았다. 11억. 은행에 취직하지 않고서야 지금 그녀의 처지에선 구경할 수도 없는 액수. 고개는 꼿꼿하게 들었지만, 머릿속으로 숫자를 계산하면 할수록 세희의 안색은 급속도로 어두워졌다.

"하루 동안 시간을 줄 테니까 곰곰이 잘 생각해봐. 인생을 저당 잡히고 손해배상을 할지, 아니면 그냥 여기서 고양이를 포기할지."

소파에서 일어서며 재현이 말을 이었다.

"그만 가봐. 나가는 문은 알고 있겠지?"

그는 그 말을 끝으로 매몰차게 뒤돌아 바닷가 쪽 테라스로 걸어 나갔다.

◈◈◈◈◈

세희는 고개를 푹 숙인 채 게스트 하우스를 터덜터덜 걸어 나갔다.

―하루 동안 시간을 줄 테니까 곰곰이 잘 생각해봐. 인생을 저당 잡히고 손해배상을 할지, 아니면 그냥 여기서 고양이를 포기할지.

어쩌면 달라도 저렇게 다를 수 있을까?

―이건 어떨까? 이게 손가락에 맞는다면…… 울음을 멈추는 거.

혼자 숨죽여 울던 그녀에게 반지를 끼워주며 달래주던 왕자님. 하지만 저 남자는 달래주기는커녕 우는 사람 협박해서 돈을 뜯어내고도 남을 인간이다. 잠시라도 저런 남자와 착각하다니. 내가 눈이 삐어도 한참 삐었지.

"후우."

세희는 땅이 꺼져라 깊은 한숨을 내쉬며 고개를 밑으로 떨구었다.

11억이라니! 아니, 밀리언이 옆집 개 이름이야?

숙소로 돌아가는 발걸음이 천근만근 무겁기만 했다.

"아, 어쩌지?"

그렇다고 불쌍한 조이를 모른 척 외면할 순 없었다.

"정말 그 돈을 갚으라고 할까?"

그냥 겁을 주는 거겠지? 당사자인 손튼 씨는 아무 말도 없는데 왜 비서가 중간에 나서서 저러는지……. 내일 손튼 씨가 깨어나면 없었던 일로 하라고 할지도 모른다.

세희는 잠시 가던 길을 멈추고 절벽을 바라보았다.

우연인지는 모르겠지만, 그녀의 왕자님과 처음 만난 장소도 이렇게 절벽을 낀 호텔이었다. 그리고 오늘처럼 따뜻한 겨울이었는데…….

하지만 그때의 처지와 지금의 처지는 너무나 다르다. 너무나도…….

세희는 그 자리에 서서, 검은 바다를 하염없이 바라보았다.

[오늘 밤 가보시겠습니까?]

수화기 너머로 총지배인의 목소리가 흘러나왔다.

"네. 빠르면 빠를수록 좋으니까요."

재현은 손목시계를 들여다보며 머릿속으로 시간을 계산했다.

"야간 경비가 얼마나 자주 돕니까?"

[1시간마다 돌고 있습니다.]

"그렇다면 오늘 밤만 물품 창고 근처의 경비를 해제하세요. 괜히 일 시끄럽게 만들고 싶지 않으니까."

[그렇게 지시하겠습니다.]

"그리고 혹시라도 모르니까 야간 근무 서는 직원들 물품 창고 근처에 얼씬도 하지 못하게 하세요."

[네. 알겠습니다. 그럼 조심해서 다녀오십시오.]

전화를 끊은 재현은 서둘러 자리에서 일어서며 소파 등받이에 놓아둔 재킷을 집어 들었다.

지금 시각 새벽 1시. 오늘은 아무래도 긴 밤이 될 것 같다.

❦

"도대체 얘가 어디 간 거지?"

애써 잠을 청하려고 했지만, 아까 재현이 말한 손해배상금 때문에 세희는 도저히 잠을 이룰 수 없었다. 혹시라도 이 밤중에 조이를 잡아간 건 아닐까 걱정돼서 물품 창고에 나와봤는데 조이가 있어야 할 자리가 텅 비어 있었다. 조이를 찾아 정원을 헤맸지만 끝내 찾을 수 없었다.

혹시 새로 지은 물품 창고로 간 건 아니겠지?

세희는 미간을 좁히며 저 멀리 보이는 신관 물품 창고로 고개를 돌렸다.

❦

"이겁니다. 찾았습니다."

직원이 창고 구석에 숨겨놓은 상자 중 하나를 열어 아래로 뒤집자, 종이 포장지에 싸인 물품이 우르르 쏟아져 나왔다.

"위에는 정품으로 채우고 밑에는 이렇게 모조품을 깔아놓았네요."

직원의 설명에 재현이 어두운 표정으로 바닥에 놓인 물품 중 하나를 집어 올렸다. 그리고 나서도 몇 개의 상자를 더 찾아낼 수 있었다.

"수고했어. 여긴 내가 알아서 정리할 테니까 먼저 가봐."

"네. 먼저 가보겠습니다, 전무님."

직원이 창고를 빠져나가자 재현은 한눈에도 조잡해 보이는 포장을 뜯어내고 안에 든 내용물을 손바닥 위에 올려놓았다.

고급 서비스를 유지하기 위해 빈번하게 교체되는 객실 용품과 장식품. 본사에는 정품을 샀다고 보고하고 실제론 모조품을 구매해 차액을 빼돌리는 수법 등으로 거액을 횡령한다는 밀고를 받은 게 작년 여름이었다. 교묘하게 정품과 섞어 고객의 눈을 속이며 전 세계 호텔 체인에서 횡령한 금액은 수십억에 가까웠다.

총지배인도 모르게 감쪽같이 일이 진행되고 있었다면 그건 보다 더 큰 세력에 의해서 횡령이 행해지고 있다는 뜻인데……. 도대체 누굴까? 민 사장? 아니면 박 이사?

이 회장으로부터 경영권을 넘겨받기 전, 보다 자유로운 몸일 때 그룹 내 비리를 조사하기 위해 뛰어든 일이었다. 하지만 파헤치면 파헤칠수록 예상했던 것보다 더 큰 규모의 횡령이 진행되고 있었다. 재현은 미간을 좁히며 긴 한숨을 내쉬었다.

"조이야! 조이야! 얘가 도대체 어디 갔지?"

그때였다. 밖에서 어린 여자의 목소리가 들려왔다. 근처에 아무도 얼씬거리지 못하게 지시했는데 도대체 누구지? 재현이 눈살을 찌푸리며 소리가 들리는 쪽으로 고개를 돌렸다.

동시에 '끼이익' 철문이 열리고 누군가가 창고 안으로 들어왔다. 흠칫 놀란 재현이 구석으로 피하려 했으나 한발 늦고 말았다.

"헉!"

여기저기 바닥에 널린 물품과 열린 상자를 발견한 세희가 숨을 들이켰다. 그리고 그 한가운데 서 있는 재현을 보고는 매우 놀란 듯 입을 쩌억 벌렸다.

"꺄악! 도…… 도둑이야!"

세희의 가느다란 비명이 깊은 어둠을 갈랐다.

◖⧰⧰⧰◗

"읍. 읍. 읍."

"소리 지르지 않겠다고 약속하면 놓아주지."

재현이 재빨리 손을 뻗어 세희의 입을 틀어막았다. 그 반동으로 세희는 뒤로 밀려 차가운 벽에 등이 닿았다.

"읍."

벽과 재현 사이에서 꼼짝달싹도 못 하게 된 세희가 어떻게든 빠져나가기 위해 바둥거렸다.

"가만히 좀 있어."

세희가 반항하면 반항할수록 그녀를 끌어안은 재현의 손에 힘이 들어갔다. 그녀는 가녀린 몸을 가진 주제에 제법 완강하게 저항을 했다.

할 수 없이 재현은 그녀가 더는 반항하지 못하도록 무릎을 굽히며 강하게 몸을 밀착시켰다. 벽을 뒤에 두고 한 치의 빈틈도 없이 그의 몸과 그녀의 몸이 맞물렸다.

"읍. 읍."

"제발 조용히 좀 해."

그런데 어쩌 분위기가 이상했다. 서로 지나치게 가까운 탓에 그녀의 부드러운 감촉이 그의 온몸에 그대로 전해졌다. 숨결이 그대로 느껴지고 체취가 강렬하게 스며들었다. 말로는 표현할 수 없는 오묘한 느낌에 심장이 가빠지기 시작했다.

재현은 어금니를 꼭 깨물며 길게 숨을 들이켰다. 지금 이런 상황에서 야릇한 감정을 느끼다니 분명 제정신이 아니다. 결국 재현은 불에 덴 듯 화들짝 세희에게서 한 걸음 물러서야만 했다. 겨우 재현에게서 자유로워진 세희가 크게 가슴을 들썩이며 숨을 내쉬었다.

"하아, 하아. 이게 지금 무슨 짓이에요?"

그러나 입을 틀어막은 손만 치워졌을 뿐 아직도 그녀는 재현의 팔 안에 갇힌 상태였다. 세희는 애써 두려움을 감추며 그를 매섭게 노려보았다.

"팔다리 멀쩡한 사람이 어디 할 짓이 없어서 도둑질을 해요?"

이 와중에 선생님이 학생을 훈계하는 듯한 말투라니. 재현은 기가 막힌다는 듯 눈살을 찌푸렸다.

"오해하지 마."

"오해라고요? 그럼 제가 이해할 수 있게 설명을 해보세요. 바닥에 널린 저 상자들은 다 뭐죠? 그리고 이건요?"

재현의 손에 쥐어진 고급 금장식을 가리키며 세희가 말을 이었다.

"그게 얼마나 비싼 건데."

"이건 그저 싸구려 모조……."

퉁명스럽게 대답하던 재현이 순간 입을 다물었다. 진품이라면 꽤 값진 물건이겠지만, 이건 교묘하게 제작된 모조품일 뿐이다. 그러나 그녀에게 그룹 내에서 일어나는 횡령 비리에 관해 이야기할 수는 없었다.

난감해진 재현이 대답을 못하고 망설이자, 세희는 그 틈을 타 무릎을 굽혀 그의 팔 안에서 쏙 빠져나갔다.

"거봐요. 설명 못 하고 있잖아요. 어쩐지 고양이 하나에 밀리언 어쩌고저쩌고하면서 말도 안 되는 돈을 요구할 때부터 알아봤어. 도둑놈 같으니라고!"

"뭐? 도둑놈?"

"그러면 도둑놈이 아니면 뭐예요?"

보자 보자 하니까 사람을 뭘로 보고. 도둑놈이라니!

"내가 진짜 도둑이라면 널 지금 이렇게 가만히 놔둘 것 같아?"

재현이 인상을 찡그리며 으르렁거리듯 말을 내뱉었다.

"넌 벌써 내 손에……."

재현이 두 팔을 뻗으며 다가오자 그제야 세희는 뒤늦게나마 사태를 파악한 것 같았다.

상대는 도둑놈! 자신은 연약한 여자. 그가 악한 마음을 먹는다면 쥐도 새도 모르게 없애버릴 수도 있는 거다.

"꺄악!"

세희는 그대로 뒤를 돌아 걸음아 나 살려라! 밖으로 뛰어나가 버렸다. 재현은 기가 막힌다는 듯 허겁지겁 도망가는 세희의 뒷모습을 바라보았다.

저렇게 허둥지둥 뛰어가는 모습, 이상하게도 꽤 낯이 익었다. 어디서 봤더라?

그건 그렇고…….

재현은 난처한 듯 바닥에 이리저리 널린 상자를 내려다보았다. 이대로 창고를 떠나면 저쪽에서 눈치를 챌지도 모른다. 그녀가 경찰에 신고한다 해도 현장에 도착하기까지 적어도 20분은 걸릴 것이다. 그사이에 대충 뒷정리하고 피하면 되겠지. 현장에 없는 범인을 경찰도 어쩌지는 못할 테고. 가짜 알리바이쯤이야 손쉽게 만들 수 있다.

괜히 멀쩡한 사람을 도둑으로 본 그녀만 정신 이상자 취급받겠지. 후, 그것도 나쁘진 않군. 일을 방해한 것에 대한 소소한 복수라고 해두지.

그러나 대한민국 경찰의 출동 시간은 그의 예상보다 훨씬 빨랐다.

애애앵―.

정확히 5분 후, 요란한 사이렌 소리가 창고 밖에서 울려 퍼졌다.

2. 다신 내 눈앞에 나타나지 말도록

"아니, 이게 도대체……."

아무래도 삼재가 시작된 듯싶었다. 그렇지 않고서야 새벽부터 이 무슨 날벼락이란 말인가.

총지배인은 경찰서 안에 앉아 있는 재현과 세희를 황당한 눈으로 바라보았다.

"현행범입니다. 물품 창고에서 고가의 물건을 훔치는 것을 이 여자분이 발견하고 신고했습니다. 마침 근처를 순찰 중이어서 바로 도착해 체포할 수 있었습니다."

"누…… 누구를 체포하셨다고요?"

더벅머리를 한 몸집 좋은 형사가 팔짱을 끼고 앉은 재현을 서류철로 가리켰다.

"저 남자요. 아 참, 현행범 주제에 끝까지 묵비권을 행사하네요. 끝까지 신분 확인을 안 해주는 거예요. 계속 총지배인님만을 찾기에 밤늦은 시각임에도 수고스럽지만 서에까지 나오시라고 한 겁니다."

"아, 아, 네. 아이고…… 이런."

형사의 설명이 이어질수록 총지배인의 안색은 더욱더 창백해져 갔다.

"걱정하지 마십시오. 다행히 없어진 물건은 없는 것 같습니다."

지금 누가 도둑이고 누가 피해자인지. 현행범으로 잡혀 온 재현은 느긋한 모습으로 의자에 등을 기댄 채 앉아 있었고, 총지배인은 당장에라도 그 앞에 무릎을 꿇을 기세였다.

재현을 바라보는 총지배인의 속이 바짝바짝 타들어갔다.

리조트의 실제 주인인 이재현 전무가 도둑으로 몰리다니……. 그렇다고 언더커버 업무 중인 그의 신분을 밝힐 수도 없는 노릇이고…….

횡령 혐의를 조사 중이었다고 사실대로 털어놓았다가 자칫 밖으로 정보가 새어나간다면, 하나 그룹은 큰 이미지 손상을 입게 될 것이다.

혼자 끙끙거리며 해결책을 궁리하던 총지배인이 세희를 향해 자상하게 말했다.

"서세희 씨, 고마워. 밤이 많이 늦었으니까 먼저 가봐."

"네? 제가 유일한 증인인데 먼저 가라고요?"

총지배인의 말이 이해되지 않는다는 듯 세희가 미간을 좁혔다. 그러나 총지배인은 대답 대신 담당 형사에게 양해를 구했다.

"형사님, 밤도 늦었는데 조사가 다 끝났으면 서세희 씨는 먼저 보내도 되겠습니까?"

"네. 그렇게 하십시오. 나중에 보충 증언이 필요하면 그때 다시 나와주시면 되니까요."

"총지배인님, 전 괜찮습니다."

"아니야. 먼저 들어가. 여긴 나 혼자서도 처리할 수 있으니까. 어서."

떠밀리듯 세희가 경찰서를 나가자마자 총지배인은 재현에게 90도로 허리를 굽혔다.

"죄송합니다. 정말 죄송합니다. 제 불찰로 그만."

이어서 총지배인은 어리둥절해하는 형사에게로 고개를 돌리며 천천히 입을 열었다.

"그러니까 여기 있는 이분은 말이죠. 바로……."

⸎

세희는 환하게 불이 켜진 경찰서를 바라보며 크게 한숨을 내쉬었다. 오늘은 정말 모든 게 정신없는 날이었다.

갑자기 행사장에 뛰어든 조이 때문에 억만장자가 쓰러지질 않나. 오래전 왕자님과 똑 닮은 남자를 보질 않나. 조이 때문에 11억이나 되는 손해배상 청구를 당할 뻔하지 않나. 그리고 마지막 하나 더. 그 남자가 도둑이란다!

세상에, 기가 막혀서. 보아하니 손튼 씨의 비서 같던데…… 그렇다면 월급도 꽤 많이 받을 텐데 뭐가 모자라서 도둑질을? 사채라도 있나? 혹시 도박 빚?

다시 한 번 추억의 왕자님에게 미안하다. 저런 천하의 도둑놈을 보면서 그를 떠올렸다니…….

어느새 세희의 입에서 씁쓸한 웃음이 비어져 나왔다.

⸎

"정말 죄송합니다, 전무님. 뭐라 드릴 말씀이 없습니다."

리조트에 돌아오고 나서도 총지배인은 재현에게 고개를 들지 못했다. 괜히 시선이라도 마주쳤다간 그대로 심장마비에 걸리고 말 테니까. 그만큼 재현에게서 뿜어져 나오는 기운은 방 전체를 얼릴 만큼 싸늘했다.

"리조트에는 제가 입단속 할 테니까 아무 걱정하지 마십시오. 경찰이 주소를 잘못 알고 출동한 걸로 해두었습니다. 문제는 부득이하게 신분을 밝힌 건데……."

아무 말 없이 묵묵히 총지배인의 설명을 듣고만 있던 재현은 미니 바로 걸어가 위스키 병을 집어 올렸다. 이어서 유리잔 가득 위스키를 따른 후, 단숨에 잔을 비웠다. '탁' 소리 나게 잔을 내려놓으며 재현이 나직한 목소리로 말했다.

"형사들 입, 언제까지 막을 수 있습니까?"

"글쎄요. 당분간 비밀을 지켜달라고 부탁은 했지만, 그게 어디 마음대로 되겠습니까? 특히나 그 경찰서에는 상주하는 기자도 많고 해서……."

"그러니까 그게 얼마 동안이냐고요?"

"짧으면 일주일, 길면 한 달?"

"후우."

재현이 난감하다는 표정으로 크게 한숨을 내쉬었다. 아직 파헤쳐야 할 비리가 남았는데, 지금 여기서 신분이 밝혀지면 말짱 도루묵이 되고 만다.

다 된 밥에 코를 빠트려도 유분수지. 도대체 어딜 봐서 내가 도둑으로 보인다는 거야?

팔 안에 갇힌 채 애써 두려움을 감추며 자신을 노려보던 여자. 자꾸만 품 안에서 바들바들 떨던 그녀의 체취가 떠오르자 일순간 참을 수 없는 짜증이 밀려왔다.

재현은 주먹으로 테이블을 '쾅' 내리친 후, 한 손으로 거칠게 머리카락을 쓸어 올렸다.

창고를 뛰어나가자마자 전화로 경찰에 신고한 모양이다. 그러니까 5분도 걸리지 않고 현장에 도착했겠지. 대한민국 경찰이 신고 5분 만에 도착할 수 있다는 거, 이번에 처음 알았다.

재현은 다시 잔 가득히 위스키를 따르며 총지배인에게로 고개를 돌렸다.

"날이 밝는 대로 서울에 갔다 와야 하니까 제트기 준비해주세요."

"수고 많았어. 정말 고마워."

김태연 홍보팀장은 미안한 표정을 지으며 세희의 등을 다독거렸다. 오늘, 세희는 메이드 옷을 입고 온종일 객실 정리를 해야 했다. 갑자기 밀려든 투숙객으로 일손이 부족했기 때문이다.

아, 이대로 잠들어버리는 줄 알았다. 빨리 가서 눈 좀 붙여야지.

새벽에 일어난 소동으로 거의 뜬눈으로 밤을 새웠던 세희는 안도의 숨을 내쉬며 소지품을 챙겼다. 그때 객실 담당 박 매니저가 홀 안으로 뛰어 들어왔다. 누구를 찾는지 두리번거리던 그는 홍보팀장 옆에 서 있는 세희를 발견하자 급하게 뛰어왔다.

"서세희 씨, 한참 찾았어. 지금 바로 프레지덴셜 게스트 하우스로 가줘야겠어."

아마도 손튼 씨가 돌아와 그녀를 찾는 모양이었다.

"네, 알겠습니다."

세희는 빠르게 고개를 끄덕이고 이벤트 홀을 걸어 나갔다. 손튼 씨에게 그녀가 고양이 주인이라고 당당히 밝히고 직접 용서를 빌 계획이었다. 자신의 비서가 밀리언 운운하며 자기 몰래 손해 배상을 청구한 걸 알면 버럭 화를 낼지도 모른다.

게다가 그는 도둑놈이라고! 세희는 아직도 경찰서에 갇혀 있을 재현을 떠올리며 씨익 미소 지었다.

카트를 몰고 간 덕분에 10분 만에 독채에 도착할 수 있었다. 세희는 바닷바람에 헝클어진 머리카락과 유니폼을 황급히 다듬은 후, 유리문 옆에 달린 벨을 꾹 눌렀다.

달칵—.

잠시 후, 문이 열리며 장신의 남자가 모습을 드러냈다.

"늦었군."

나직하고 울림이 풍부한 목소리. 세희는 믿을 수 없다는 표정으로 앞에 선 남자를 올려다보았다.

"당신이 어떻게 여기에?"

재현은 대답 대신 차가운 눈빛으로 세희를 내려다보았다. 그리고 잠시 후, 그녀가 안으로 들어갈 수 있게 한 걸음 뒤로 물러섰다.

"왜? 내가 아직도 잡혀 있을 거라고 생각했나?"

"아니, 저…… 그러니까……."

뭐지? 현행범을 이렇게 쉽게 풀어줘도 되는 거야?

"대한민국 경찰은 아무 죄가 없는 무고한 사람을 잡아둘 만큼 무능하지 않아."

그녀의 속마음을 읽은 듯 재현이 비아냥거리는 어투로 말했다.

"무고하다고요? 내가 이 두 눈으로 훔치는 거 똑똑히 봤는데요."

"오해라고 했잖아."

"그런데 왜 경찰서에서 신분도 못 밝혀요?"

이름 한 자 알려주지 않고 입을 꽉 다물던 그를 떠올리며 세희가 미간을 찌푸렸다.

도대체 어떻게 경찰서에서 나왔을까? 손튼 씨가 손을 썼나? 아니, 자기 비서가 도둑놈이라는데 괜찮은가 보지?

"그것보다 우리 끝내지 못한 비즈니스가 있었지? 따라와."

그가 명령조로 말한 후 거실을 지나 마스터 베드룸으로 향했다.

끝내지 못한 비즈니스? 이야기하려면 거실로 가야지 왜 침실로 가는 거야? 자, 잠깐! 뭐지 이건?

순간 불길한 예감이 세희의 뇌리를 스치고 지나갔다.

혹시 어제 일로 앙심을 품고…… 밀리언을 몸으로 때우라고?

"여보세요."

자리에 멈춰 서며 조금은 격앙된 목소리로 세희가 외쳤다.

"지금 사람을 뭐로 보고 이러는 거예요? 이 사람 진짜 도둑놈이네. 갚을 게요. 갚으면 될 거 아니에요. 내가 하루에 투 잡을 뛰든 쓰리 잡을 뛰든 막노동을 하든, 하여간 갚겠다고요."

"무슨 말이야?"

뜻밖의 반응에 재현이 미간을 크게 찌푸렸다.

"본인이 더 잘 알면서 뭘 물어요? 아니, 도대체…… 어맛!"

재현이 기가 막힌다는 듯 한숨을 내쉬더니 순식간에 그녀의 손목을 잡아챘다. 그리고 침실을 향해 뚜벅뚜벅 걸어가기 시작했다.

"이 손 못 놔요?"

그녀는 격렬하게 반항했지만, 그와의 힘 차이가 너무나도 컸다. 아주 가볍게 세희를 제압하고 침실 안으로 끌고 온 재현은 침대 앞으로 그녀를 떠밀었다.

"이곳에 있는 침대 시트, 다 갈도록 해. 우선 여기부터."

재현이 턱짓으로 침대 위를 가리켰다

"그때 그 도둑고양이, 여기저기에 털을 날렸어."

아, 또 시작이다. 도둑고양이라니!

"지금 여기서 누가 도둑인데 그래요?"

그를 매섭게 노려보며 세희가 언성을 높였다.

"그럼 내가 도둑이라고?"

도둑이라는 말에 재현의 표정이 험상궂게 변했다.

"그렇잖아요. 물품 창고에서 물건 훔치던 게 누군데? 총지배인님께 어떤 변명을 했는지는 모르겠지만……. 아니, 안 되겠어요. 내가 총지배인님을 뵙고 자세히 설명해야지."

"그래? 좋아. 나도 총지배인을 만나서 할 말이 있으니까."

조목조목 따지려던 세희가 흠칫 행동을 멈추었다.

"지금 나에게 협박하는 거예요?"

그러자 재현이 어깨를 으쓱하며 차갑게 미소 지었다.

"인턴이라고 그랬지?"

"그런데요."

"실습 기간이 끝나면, 그땐 어떻게 할 거지? 고양이를 데리고 집에 갈 건가?"

거기까진 생각해보지 않았다. 세희의 얼굴이 당혹감으로 창백해졌다.

진짜 어떻게 해야 하지? 동물이라면 질색하는 고모인데……. 아마 말도 꺼내보지 못하고 문전박대 당할 게 뻔했다.

세희의 얼굴에 어두운 그림자가 내려앉자, 그럴 줄 알았다는 듯 재현이 입꼬리를 비틀었다.

"이렇게 혼자 밖을 떠돌게 하는 것보단 유기 동물 보호 센터에 신고하는 게 나을 거야."

"그래서 센터에서 데리고 가면요? 입양이 안 되면 안락사를 시키잖아요. 조이처럼 특이하게 생긴 고양이는 입양도 잘 안 된다고요."

조이는 여느 고양이와는 달리 수염이 매우 짧고 굽실거리는 짧은 털에 둥글고 큰 귀를 가지고 있었다. 좋게 말하면 요정 같은 외모이고 나쁘게 말하면 외계인 같은 외모. 그러나 재현은 무관심한 얼굴로 냉정히 말했다.

"끝까지 책임지지 못할 거면 값싼 동정은 그만둬."

"끝까지 책임질 거예요. 그러니까 제발 한 번만 눈감아주세요."

그러나 그는 끝내 대답하지 않았다. 울먹이는 세희를 싸늘한 표정으로 노려보며 흐트러진 머리카락을 손으로 쓸어 올릴 뿐이었다. 보호 센터에 끌려가는 조이를 상상하는 것만으로도 세희는 눈물이 왈칵 쏟아질 것 같았다. 억지로 눈물을 삼켰지만, 입술 끝이 가늘게 떨리고 있었다. 눈물이 그렁그렁한 세희를 쏘아보던 재현이 이윽고 짧게 한숨을 내쉬었다.

"좋아, 그럼 이번 한 번만 눈감아 주지. 대신 고양이 털 하나 보이지 않게 싹 청소해놓도록."

어머, 눈물 효과가 먹힌 모양이네?

"네! 침대 시트 바로 갈아드릴게요."

그 말을 끝으로 세희는 밖에 세워둔 메이드 카트로 허둥지둥 달려갔다. 다행히 카트 안에는 새 침대 시트가 넉넉하게 준비되어 있었다.

프레지덴셜 게스트 하우스에는 마스터 베드룸을 포함하여 3개의 침실이 있는데 모두 킹사이즈 베드였다. 그 탓에 침대 시트를 바꾸기가 여간 힘든 게 아니었다. 재현은 팔짱을 낀 채 낑낑대며 커다란 매트리스를 들어 올리는 세희를 매의 눈으로 지켜보았다. 그러더니 곧 이것저것 잔소리를 늘어놓기 시작했다.

"이봐, 여기 침대 시트 한 번도 안 갈아봤나? 각을 제대로 세워야지. 아무리 홍보팀 인턴이라지만 기본적인 메이드 일도 몰라? 도대체 교육을 어떻게 받은 거야?"

그것도 모자라, 이 한밤중에 백 평이 넘는 이곳을 청소하란다!

재현은 땀을 뻘뻘 흘리며 진공청소기를 돌리는 세희를 따라다니며 말도 안 되는 불평을 늘어놓았다.

"여기 이 가구, 광이 사라진 거 안 보여? 다 고양이 털 때문이야. 청소 제대로 한 거 맞아? 이것 봐. 여긴 그대로잖아. 여기 고양이 털 안 보여?"

고양이 털은 고사하고 먼지 하나도 안 보이는구먼!

그러나 세희는 입을 꼭 다문 채 묵묵히 청소에 임했다. 이건 모두 가여운 조이를 위해서니까.

드디어 1시간 넘게 걸린 대청소를 끝내고 겨우 숨을 돌리는 세희에게 재현이 다가왔다.

"10분 휴식이 끝나면 샹들리에를 닦도록 해. 여기 밑에서도 보이지? 먼지가 꽤 쌓였더군."

"네에? 샹들리에요?"

세희가 기가 막힌 듯 눈을 크게 뜨며 되물었다.

"응. 샹들리에. 먼지 하나 없이 싸악 닦아."

"사다리도 없는데……."

"저기 테이블을 끌어다 올라가면 되겠군."

재현이 손가락으로 거실 구석에 놓인 장식 테이블을 가리켰다. 테이블이나 옮겨주고, 아니 옮기는 거나 도와주고 샹들리에를 닦으라고 하지. 재현은 혼자 낑낑거리며 테이블을 끌고 오는 세희를 그저 지켜만 보고 있었다.

참자! 참아야 해! 여기서 화를 내봤자 내 손해인걸. 세희는 속으로 '참을 인' 자를 중얼거리며 테이블로 올라가, 먼지떨이로 샹들리에의 먼지를 털기 시작했다. 그러자 재현이 미간을 찌푸렸다.

"누가 먼지를 털라고 했나? 닦으라고 했지. 하나하나 떼어내서 물로 닦아."

"잠깐만요. 지금 방금 뭐라고…… 앗!"

말도 안 되는 지시에 발끈한 세희가 뒤돌아서다 그만 중심을 잃고 몸을 크게 휘청거렸다.

"어! 어! 어!"

가뜩이나 지쳐서 후들거리는 두 다리는 예기치 않은 충격을 받자, 곧바로 힘없이 무너져버렸다. 머릿속에서 위험을 알리는 경고등에 불이 들어왔지만, 불행하게도 너무 늦은 느낌? 세상이 어지럽게 돌아갔다.

반사적으로 두 눈을 질끈 감는 순간, 억센 손이 그녀의 허리를 앞으로 끌어당겼다. 딱딱한 물체에 얼굴을 부딪치는 느낌을 받으며 세희는 앞으로 떨어졌다.

'쿵' 하고 넘어진 것 같긴 한데…….

세희는 두들겨 맞은 듯한 아픔을 느끼며 낮은 신음을 내뱉었다. 한동안 쥐 죽은 듯 고요가 몰려왔다.

쿵쿵쿵. 어디선가 낮은 심장의 울림이 귓가에 전해졌다. 세희는 어지러운 의식을 다잡으려 두 손으로 땅바닥을 더듬었다. 어라? 근데 땅바닥이 생각보다 덜 딱딱하네?

따뜻한 체온이 느껴지고 코끝에 남자 바디 샴푸의 은은한 향이 흘러들었다. 세희는 곧 자신이 누군가의 품에 꼭 안긴 상태로 바닥에 누워 있다는 사실을 깨달았다.

정신이 번쩍 든 세희가 고개를 들며 천천히 눈을 떴다. 서서히 밝아지는 시야로 그녀에게 쏟아지는 무서운 눈빛이 들어왔다.

❧

재현은 눈앞에서 투덜투덜거리며 열심히 청소하는 세희를 바라보며 비집어 나오는 웃음을 삼켰다. 허둥대며 침대 시트를 가지러 밖으로 달려가는 세희의 모습은 10년 전 말괄량이 누구와 너무나도 비슷했다.

……세라.

하얀 드레스를 입고 나풀거리듯 춤을 추던 그녀의 모습과 호텔 유니폼을 입고 열심히 샹들리에의 먼지를 터는 세희의 모습이 서서히 겹쳐지기 시작했다.

왜 갑자기 그때 기억이 떠오르는 거지? 모두 까맣게 잊어버렸다고 생각했는데…….

"누가 먼지를 털라고 했나? 닦으라고 했지. 하나하나 떼어내서 물로 닦아."

약을 올릴 생각은 아니었다. 그러나 말이 끝나기가 무섭게 세휘는 버럭 화를 내며 몸을 돌리다 크게 휘청거렸다. 재현은 반사적으로 손을 뻗어 그녀의 허리를 끌어안고 자신의 품으로 잡아당겼다. 그 반동으로 중심을 잃어버린 그는 그녀를 품에 안은 채 그대로 바닥에 쓰러졌다.

쿵—.

민첩하게 몸을 돌린 덕분에 먼저 넘어진 그가 충격의 대부분을 흡수했다. 둔기로 내리친 것 같은 아픔이 어깨와 등을 강타했다. 재현은 어금니를 꽉 깨물며 밀려오는 고통을 삼켰다.

그러나 고통은 잠시일 뿐, 재현은 온몸에 스며드는 이상야릇한 느낌에 숨을 들이마셨다.

따뜻한 체온과 부드러운 살결. 그녀의 머리카락에서는 상큼한 과일 향의 샴푸 냄새가 풍겨왔다.

일반 마트에서 흔하게 구할 수 있는 싸구려 샴푸일 텐데 왜 이리도 달콤할까?

꼼짝 않던 그녀가 드디어 서서히 몸을 일으켰다. 서로의 시선이 맞춰지는 순간, 재현은 곤혹스러운 감정을 감추기 위해 그녀를 매섭게 노려보았다. 그녀를 골려주려고 시작한 일인데 오히려 역습을 당한 느낌이었다.

"이제 됐으니까 그냥 가봐."

그 말을 끝으로 재현은 자리에서 벌떡 몸을 일으키고는 문을 열고 테라스로 걸어 나갔다. 유리문 너머로 게스트 하우스를 나서는 그녀의 뒷모습이 그의 시야를 가득 채웠다.

거슬려.

그녀의 뒷모습을 보는 것만으로도 거슬린다. 그런데 다른 한편으로는……. 언제나 평정을 유지하던 그의 심장이 빠르게 요동치고 있었다.

띠링―.

밤바다를 노려보는 재현의 귀에 휴대폰 벨 소리가 들려왔다.

[일은 계획하신 대로 잘 처리되었습니다. 아쉽게도 비밀 업무가 예정보다 빨리 끝났지만, 그래도 필요한 정보는 다 모았습니다. 이젠 우리 측 진영을 제대로 정비해서 칼을 휘두를 일만 남았죠.]

"이제 슬슬 전면에 나설 때란 말인가요?"

[계속 뒤에만 계실 순 없잖습니까?]

말없이 먼 밤바다를 응시하던 재현이 이윽고 입을 열었다.

"언제가 좋겠습니까?"

[일주일 후, 전 세계 직원을 위한 콘퍼런스 회의가 있습니다. 그때 모습을 드러내는 게 가장 적절하다는 게 우리 측 의견입니다.]

"그래요? 그것 말고 더 좋은 아이디어가 있는데……."

[어떤?]

"나중에 내가 자세히 설명하기로 하고 오늘은 이만 끊죠."

[네, 알겠습니다.]

전화를 끊은 재현은 어두운 밤하늘을 향해 고개를 들었다.

―지금 여기서 누가 도둑인데 그래요?

앙칼진 세희의 목소리가 귀에서 쩌렁쩌렁 울리는 것만 같았다.

"누가 진짜 도둑인지 확실하게 보여주지."

오랫동안 밤하늘을 바라보던 재현이 혼잣말처럼 중얼거렸다.

잠시 후, 어디선가 불어온 바람에 서서히 구름이 걷히며, 숨어 있던 달이 환하게 모습을 드러내기 시작했다.

⟪❦⟫

아침 일찍 홍보팀장의 호출로 급히 리조트 본관으로 향하는 세희의 휴대폰이 울리기 시작했다. 화면에 떠오르는 발신인 이름을 확인한 세희가 빠르게 통화 버튼을 눌렀다.

"네, 고모."

[서울에는 언제 올라올 거니?]

인사 없이 용건부터 꺼내는 고모의 목소리에는 짜증이 한껏 배어 있었다.

[인턴인지 뭔지 해도 그 회사에 취직된다는 보장도 없다면서? 근데 왜 사서 고생이야? 그까짓 거 다 때려치우고 그냥 선보라니까.]

한 달 전부터 고모에게서 선보라는 압박이 들어왔다.

[세라야, 얼마나 괜찮은 집안이면 고모가 이러겠니?]

고모, 서 여사는 아직도 그녀를 미국 이름인 세라라고 부른다.

[정말 놓치기 아까운 상대라서 그래.]

스타 캐피탈. 말만 번지르르하게 대부업이지, 사실은 고리사채업에 가깝다고 알고 있다. 소문에 의하면 원래 조폭이었다는 설도 있고……. 그런 집 자제와 선을 보라니. 아무리 돈이 좋다고 하지만 이건 아니잖아?

"그렇게 좋은 자리면 혜영이 선보라 하세요. 전 아직 결혼 생각 없어요, 고모."

그러자 서 여사가 비명에 가까울 정도로 소리를 크게 질렀다.

[어른이 말하는데 버르장머리 없이 왜 꼬박꼬박 말대꾸야? 하여간 당장 그쪽 일 때려치우고 서울로 올라와. 안 그랬다간 쫓아내버릴 테니까 그리 알아. 친딸도 아닌 널, 지금까지 친자식처럼 돌봐줬으면 고마운 걸 알아야

지. 끊자.]

"고모."

세희는 난처한 표정을 지으며 일방적으로 끊겨버린 휴대폰 화면을 내려다보았다.

한 성격 하는 고모이긴 하지만 가끔은 좀 심하다 싶을 때가 있었다. 고아가 된 자신을 지금까지 돌봐주었으니까 나쁜 마음을 가지면 안 되는데……. 가끔은 아주 가끔은 강압적인 고모가 버거웠다.

휘이이잉―.

강한 바람이 세희의 몸을 거세게 몰아쳤다. 그녀는 뒤로 한 걸음 물러서며 짙은 회색 구름이 밀려오는 하늘로 고개를 젖혔다.

일기예보에 오늘 비가 온다는 말은 없었는데……. 하늘은 한바탕 큰 비가 쏟아질 분위기였다.

마치 그녀의 마음처럼.

"세희야, 소식 들었어?"

갑작스러운 홍보팀장의 호출로 함께 부산 해운대에 외근을 갔던 세희는 오후 늦게 돼서야 리조트에 돌아올 수 있었다. 그런 그녀에게 청천벽력과도 같은 소식이 기다리고 있었다.

"이벤트 홀에 들어왔던 고양이 있잖아. 그 회색 고양이를 드디어 잡았대."

홍보팀 직원인 숙영의 말에 세희가 큰 소리로 되물었다.

"네? 누가요?"

"유기 동물 보호 센터에서 사람이 나온 것 같은데……. 나도 들은 이야기라서 자세한 건 잘 몰라."

"누구한테 들었어요?"

"프런트 데스크 직원 중 한 명이 그러더라. 유니폼 입은 사람들이 하얀 밴을 타고 나타나서 고양이를 잡아갔다고."

그 말이 끝나자마자 세희는 한걸음에 정원으로 내달렸다.

"조이야, 조이!"

물품 창고에도, 정원에도, 있을 만한 곳 어디에서도 조이의 모습은 보이지 않았다.

'조이야!' 하고 부르면 강아지처럼 쌩하고 모습을 나타내던 아이였는데…… 정말 유기 동물 보호 센터에 끌려간 걸까? 그 남자가 결국 총지배인님께 항의한 걸까? 이 도둑놈, 만나기만 해봐라!

세희는 숨을 헐떡이며 독채로 뛰어가 게스트 하우스로 통하는 까마득히 높은 절벽 계단을 단숨에 뛰어 올라갔다. 숨을 쉴 수 없을 정도로 호흡이 가빴지만 조이를 찾아야 하기에 한시도 시간을 지체할 수 없었다.

"헉, 헉, 헉."

게스트 하우스에 도착해 다급하게 벨을 눌렀다. 하지만 안에서는 아무도 나오지 않았다. 혹시나 하는 예감에 독채와 연결된 오솔길을 따라 바다가 내려다보이는 절벽 쪽으로 뛰어갔다. 그녀의 예상대로 그는 절벽 끝에 선 채 바다를 내려다보고 있었다.

재현은 노타이에 셔츠의 맨 윗단추를 푼 편안한 차림이었다. 멀리서 불어 온 바닷바람이 그의 머리칼을 헝클어뜨리고 저만치 물러났다. 인기척에 그가 천천히 등을 돌려 뒤를 돌아보았다.

"꼭 그렇게까지 해야 했나요?"

숨을 헐떡거리며 달려온 세희가 그 앞에 멈추며 소리쳤다. 무슨 소리냐는 듯이 그가 눈살을 찌푸렸다.

"다짜고짜 무슨 말이지?"

"몰라서 물어요? 정말 몰라서 묻느냐고요?"

흥분한 세희가 악에 받쳐 소리쳤다. 그제야 그가 이유를 알겠다는 듯이 살며시 고개를 끄덕였다.

"아, 그 회색 고양이 때문에 그런 건가?"

그가 빈정거리듯 입꼬리를 말아 올리며 말을 이었다.

"약속대로 총지배인에게 항의하진 않았어. 대신 유기 동물 보호 센터에 신고했지."

"그…… 그걸 지금 말이라고……."

"신고하니까 생각보다 아주 빨리 오더군. 연락하자마자 바로 데려가던걸. 저번 경찰보단 늦게 왔지만……."

그의 무덤덤한 목소리가 귓가에 잔인하게 울려 퍼졌다. 결국 세희는 참고 참았던 욕설을 입에 내뱉었다.

"나쁜 놈!"

예상외의 욕설에 재현이 눈살을 찌푸렸다.

"말조심해."

"당신 같은 사람은 버림받는 게 뭔지 몰라. 보살펴준다는 게 뭔지도 모르고. 그냥 좀 눈감아주면 안 돼요? 꼭 그렇게까지 했어야 해요? 내가 경찰에 신고했다고 열 받아서 그런 거죠?"

말없이 그녀를 노려보던 그가 이윽고 입을 열었다.

"원래 집에서 살던 고양이야. 이렇게 밖에 놔두면 위험하다는 거 몰라?"

"……."

"절대 안락사 시키지 않는 기관에 신고했어."

그 말에 참았던 눈물이 왈칵 흘러내렸다.

그의 잘못이 아니라는 건 알겠는데……. 조이를 유기한 사람이 가장 큰 잘못이라는 건 알겠는데…….

괜한 화풀이라는 걸 알면서도 한번 솟아오른 눈물은 멈추질 않았다. 세희가 아랫입술을 꼭 깨물며 뒤돌아 가버리려 하자, 재현이 재빨리 그녀의 손목을 낚아챘다.

"이 손 놔요."

세희는 잡힌 손목을 잡아끌며 떨리는 목소리로 항의했다. 그러나 자유로워지기는커녕 나머지 손목도 그의 강한 손에 잡히고 말았다. 재현이 잇새로 내뱉듯 나직하게 말했다.

"경고하겠는데 내 앞에서 눈물 보이지 마. 여자들이 우는 거, 질색이니까."

"누가 울었다고 그래요?"

"지금 눈물 글썽이는 건 뭐지?"

"분해서 그래요. 분해서."

"분해서든 마음이 아파서든 내 앞에서는 절대로 울지 마."

"남이야, 울든지 말든지 무슨 상관이에요?"

세희는 몸을 거칠게 비틀어 재현에게 잡힌 손목을 힘겹게 빼내었다. 얼마나 세게 잡았는지 내일이면 손자국 그대로 멍이 들지도 모르겠다. 세희는 자유롭게 된 손목을 번갈아 주무르며 매서운 눈으로 재현을 노려보았다.

"당신 같은 사람, 정말 질색이야!"

"나 같은 사람이 뭔데?"

"도둑놈, 협박범, 냉혈한에다 왕 싸가지, 재수 없고……."

할 수 있는 악담이란 악담은 다 퍼붓고 싶은데 딱히 더 이상 생각나는 게 없었다. 세희가 말꼬리를 흐리자 재현이 피식 건조한 웃음을 흘렸다.

"후……. 도대체 나에 대해서 아는 게 뭐가 있지? 너, 내가 누군지나 알고 그래?"

"알고 싶지도 않아요."

"과연 그럴까? 그 말 책임질 수 있어?"

"물론이죠."

"좋아. 두고 보자고. 나에 관해서 알고 싶은지, 아닌지."

"좋아요. 두고 봐요."

세희는 그 말을 끝으로 곧장 등을 돌려 반대편으로 뛰어갔다. 재현은 더는 잡을 생각이 없는 듯 시선만으로 그녀의 뒤를 좇았다.

─당신 같은 사람, 정말 질색이야!

그녀의 마지막 말이 메아리가 되어 오래도록 귓가에 맴돌았다.

따리리리─.

재현은 말없이 휴대폰을 꺼내어 화면을 들여다보았다. 이주형. 프로 골퍼이면서 자선사업가인 3살 아래 사촌동생에게서 걸려온 전화였다.

"무슨 일이야?"

[하하하.]

통화 버튼을 누르자마자, 건너편에서 호탕한 웃음소리가 울려 퍼졌다.

[형이야말로 무슨 일이야? 얼마나 황당했는지 알아? 내가 유기 동물 보호 센터 후원한다며 비웃을 땐 언제고?]

"상태는 어때?"

[약간 영양실조이긴 한데, 크게 아픈 곳은 없어. 이 아이 데본 렉스야. 한국에선 흔하게 볼 수 없는 종이잖아. 어떻게 구했어?]

"그건 나중에 차차 설명하고. 미국 다녀올 동안 네가 좀 데리고 있어."

[알았어, 형. 고양이에 관해선 아무 걱정하지 말고, 잘 다녀와.]

전화를 끊은 재현은 푸른 바다로 시선을 돌렸다.

나 같은 사람, 정말 질색이라고?

후. 그의 입에서 짧은 탄성이 새어 나왔다.

잠시 후, 재현은 쓴 미소를 떠올리며 천천히 독채로 발걸음을 향했다. 한시라도 빨리 업무 마무리에 박차를 가해야 한다. 그녀 덕분에 이재현 전무로서 공식 석상에 모습을 드러낼 시기가 앞당겨졌으니까.

"드디어 오늘이지? 그동안 수고 많았어."

오늘은 드디어 최종 인턴 성적이 나오는 날. 그동안의 업무를 평가해서 인턴 한 명 한 명에게 점수가 주어지는데, 서울 본사 인턴 자격을 얻으려면 우선 만점 300점에서 종합 점수 250점이 넘어야 한다. 그리고 본사에서 내려온 중역이 최종 합격 여부를 결정할 예정이었다. 이번에는 누가 본사에서 내려올까?

"지금까지 세희 씨 근무 성적을 보면 250점은 거뜬히 넘을 테니까 너무 걱정하지 마."

최종 심사를 몇 시간 앞두고 잔뜩 긴장한 세희를 홍보팀장이 다독여주었다.

"세희야, 소식 들었니? 이거 완전 대박이야!"

숙영이 상기된 표정으로 사무실로 뛰어 들어오며 외쳤다.

"무슨 소식이요?"

"이재현 전무님이 이곳에 오셨대. 이번 인턴 최종 심사를 그분이 하신단다."

"정말이요?"

공식 석상에는 한 번도 얼굴을 내밀지 않았다던 이재현 전무가 직접 여기에 와서 인턴 심사를 한다고?

믿을 수 없다는 표정으로 바라보는 세희에게 숙영이 설명을 덧붙였다.

"전무님이 제주 리조트의 실제 주인이잖아. 그러니까 하나 그룹의 다른 계열사보다 이곳에 애착이 더 강한가 봐."

"아, 그럴 수도 있겠네요."

그런데 이상하게도 뭔지 모를 불안감이 그녀를 엄습했다. 너무 긴장해서 그런 거겠지? 하아, 진정하자, 진정! 세희는 가슴에 한 손을 올리며 길게 숨을 내쉬었다.

◈

최종 심사에 들어가기 1시간 전. 세희는 떨리는 마음을 진정하기 위해 바닷가로 바람을 쐬러 나갔다.

어떡하지? 만에 하나라도 통과하지 못하면? 지금까지 열심히 근무했으니까, 높은 점수를 받았을 거라고 자신하지만, 최종 심사를 맡은 중역이 어떤 결정을 내릴지는 아무도 모르는 일이었다.

세희는 깊게 한숨을 내쉬며 눈앞에 넓게 펼쳐진 바다로 시선을 돌렸다. 햇빛에 반사된 푸른 바다는 오늘따라 유난히 반짝거리는 것 같았다.

그래, 아직 나오지도 않은 발표에 괜히 혼자서 걱정할 필요는 없었다. 어떤 결과가 나오든 겸허하게 받아들이면 되는 거야. 세희는 두 주먹을 불끈 쥐며 바다를 향해 중얼거렸다.

"맞아. 최선을 다했으니까. 그걸로 된 거야!"

◈

드디어 마음을 졸이던 최종 심사 시간이 돌아왔다. 세희는 거울을 보며 다시 한 번 옷매무새를 다듬고 서둘러 회의장으로 향했다. 회의장 안에는 이미 영업, 마케팅, 홍보부 인턴들이 모여 있었다. 최종 심사할 중역을 기다리느라, 저마다 상기된 표정이었다.

"자, 이제부터 심사가 진행되겠습니다."

마이크를 잡은 사회자가 시작을 알렸다.

"최종 심사는 이재현 전무님이 해주시겠습니다."

이재현 전무라는 말에 직원들이 놀란 듯 웅성거리기 시작했다. 그러나 그 소음은 복도 끝에서 수행원을 거느린 중역이 등장하자, 바로 쥐 죽은 듯이 조용해졌다.

세희는 긴장된 마음을 진정하기 위해 길게 숨을 들이마시고 내뱉었다. 그리고 조심스럽게 복도 끝으로 시선을 옮겼다.

저 남자는?

희끗희끗한 머리의 중역 무리 중에서 낯이 익은 남자가 그녀의 시야에 들어왔다. 얼굴을 알아볼 수 있을 정도로 가까이 다가오자 세희의 눈은 충격으로 커다래졌다.

손튼 씨의 개인 비서. 왜 이 남자가 여기 있는 거지?

저번과 달라진 게 있다면 지금 그는 은테 안경을 쓰고 있다는 점. 하지만 군중을 압도하는 싸늘하면서도 위압적인 분위기는 변함이 없었다. 재현과 시선이 마주치자, 세희는 저도 모르게 슬쩍 시선을 피해버렸다.

그는 차가운 눈빛으로 세희를 위아래로 훑어 내리더니, 뚜벅뚜벅 회의장 상석으로 걸어갔다. 그러곤 전무 이재현이란 이름표가 놓인 자리 앞에 우뚝 멈춰 섰다.

순간 불길한 예감이 세희의 뇌리를 강타했다.

왜 저 앞에 서는 거야. 서, 설마?

진짜 설마가 사람 잡았다. 이름표 앞에서 잠시 머뭇거리던 그가 천천히 자리에 앉았다.

"말도 안 돼!"

세희는 손으로 입을 틀어막으며 자신도 모르게 작게 소리치고 말았다.

저 남자가 이재현 전무라고? 어떻게 그럴 수가!

동시에 지금까지 일어난 일이 주마등처럼 빠르게 스치고 지나갔다.

이제야 이해가 된다. 왜 총지배인님이 백지장처럼 하얀 얼굴로 경찰서에 달려왔는지……. 당연하다. 리조트의 실제 주인인 그를 도둑으로 몰아서 신고했으니 얼마나 황당했을까.

아, 맞다. 나쁜 놈이라고 큰소리로 욕도 퍼부었다.

―후……. 도대체 나에 대해서 아는 게 뭐가 있지? 너, 내가 누군지나 알고 그래?

어디선가 비아냥거리는 재현의 목소리가 들려오는 것만 같았다. 세희는 백지장처럼 창백하게 변해버린 얼굴로 털썩 자리에 주저앉았다. 이제 합격은 물 건너간 걸까?

충격으로 미친 듯이 날뛰는 심장은 그녀를 한입에 삼켜버릴 기세였다. 세희는 주먹으로 가슴을 꾹 누르며 가쁜 숨을 들이켰다.

재현은 회의장을 한 번 스윽 둘러본 후, 손을 뻗어 앞에 놓인 마이크의 스위치를 켰다. 아주 단순한 동작임에도 말로 표현할 수 없는 위엄이 배어 있었다.

"모두 오래만입니다."

나직하지만 힘 있는 목소리가 회의장에 울려 퍼졌다.

"이렇게 직접 여러분을 보게 되니 매우 반갑군요."

회의장을 샅샅이 둘러보던 재현이 세희가 앉은 자리로 천천히 고개를 돌렀다. 그와 시선이 마주친 순간, 세희는 꿀꺽 마른침을 삼켰다. 얼음처럼 차가운 시선이 그녀에게 쏟아져 내렸다.

✦✦✦

심사가 어떻게 진행되는지도 모르겠다. 세희는 미친듯이 날뛰는 심장 고동 소리에 귀가 먹을 지경이었다. 이러다 심장 마비로 죽는다 해도 전혀 이상할 게 없을 정도였다.

이윽고 그녀의 차례가 되자, 재현이 그녀 앞으로 뚜벅뚜벅 걸어왔다. 그는 마치 살을 베어낼 것처럼 그녀를 날카롭게 쏘아보았다. 저승사자가 노려봐도 저만큼 오금이 저리진 않을 거다.

"서세희 씨."

이재현 전무가 세희를 호칭하자, 모든 이들의 시선이 그녀에게 쏠렸다. 세희는 두 눈을 질끈 감으며 마른침을 꿀꺽 삼켰다. 이름이 불렸을 뿐인데도 제대로 서 있을 수가 없을 정도로 스르르 다리에 힘이 풀렸다.

"300점 만점에 296점을 받았더군요."

'당연히 합격이겠지.' 하는 부러운 표정으로 다른 인턴들이 세희를 바라보았다.

"서세희 씨, 지금까지 수고 많았습니다."

그 말은 앞으로는 수고할 필요가 없다는 뜻일 것이다.

"감사합니다, 전무님."

세희가 90도로 허리를 굽히며 깍듯하게 인사했다.

"전무님이라……. 흠, 도둑놈이나 나쁜 놈보단 훨씬 듣기 좋군."

재현이 비아냥거리듯 작게 중얼거렸다.

이런 쪼잔한 인간 같으니라고! 그걸 아직 마음에 두고 있었다니. 하지만 어쩌겠어? 지금 그는 최고의 갑이고 나는 최저의 을인 걸…….

"몰라뵈어서 정말 죄송합니다, 전무님."

거듭 고개를 숙이며 세희가 공손하게 사죄했다. 하지만 사과한다고 불합격이 합격이 될 순 없겠지. 세희는 초조하게 '불합격'이란 단어를 기다렸다.

"축하합니다, 서세희 씨. 서울 본사에서 봅시다."

전혀 예상 밖의 말이 그의 입에서 흘러나왔다. 재현이 환하게 웃으며 그녀에게 손을 내밀었다. 세희는 어안이 벙벙한 표정으로 그가 내미는 손을 얼떨결에 맞잡았다. 그녀와 악수를 하던 재현이 스윽 허리를 굽혀 그녀의 귓가에 입술을 대고 속삭이듯 말했다.

"그 사과는 받아들이지."

위협하듯 날이 서린 말투인데 바보처럼 가슴이 두근거린다. 제정신이 아닌가 보다.

귓가에 닿는 그의 뜨거운 숨결에 세희는 자신도 모르게 아랫입술을 꽉 깨물었다.

"대신 마지막 근무하는 날까지……."

얼어붙을 것만 같은 서늘한 목소리로 재현이 나직이 속삭였다.

"내 눈앞에 나타나지 말도록."

3. 아니, 잠들 곳이 따로 있지

"아니, 왜 싫다는 거야? 네 사정 봐가면서 날짜까지 미뤘는데 끝까지 선을 안 보겠다는 이유가 도대체 뭐냐고?"

인턴을 끝내고 서울로 돌아온 세희는 짐도 다 풀기 전, 고모의 성화에 시달렸다. 평소에는 세희가 머무는 창고 방 근처에는 얼씬도 하지 않던 서 여사가 오늘은 웬일인지 아예 자리를 잡고 앉아 짐을 푸는 세희를 지켜보았다.

"너 언제까지 이렇게 궁상맞게 살 거야? 예전처럼 떵떵거리면서 살고 싶지 않아?"

강경하게 해서 안 되니까 이번에는 슬슬 꼬시기로 작정한 모양이다. 서 여사가 한층 부드러운 목소리로 설득에 들어갔다.

"아니, 천하의 우리 세라 공주님이 지금 이게 이 꼴이 뭐냐고. 내가 정말 먼저 간 오빠 볼 면목이 없어서 그런다."

서 여사가 말꼬리를 흐리며 울먹거렸다. 손수건으로 눈가를 훔치는 서 여사를 보며 세희는 고개를 설레설레 저었다. 아버지 장례식에서도 눈물을 보이지 않았던 서 여사다. 그런 그녀가 이제 와서, 왜 조카의 앞날을 걱정해 눈물을 흘릴까? 순진하게 있는 그대로 받아들이기에 그녀는 세상 풍파를 너무 많이 겪었다.

"고모."

세희가 조심스럽게 자신을 부르자 서 여사는 울음을 멈추며 슬며시 고개를 들어 올렸다.

"그래, 세라야. 고모 말 들어. 요즘 세상에 누가 사랑만 가지고 결혼한다니. 다 상대 배경을 보고 결혼하는 거야. 그 남자, 수백억 원을 가진 자산가라니까! 게다가 외모도 영화배우 뺨치게 잘생겼어. 내가 사진 보여줬잖니."

"고모, 그런 상대가 왜 하필 저를 선택하겠어요?"

"그건 말이지……."

한동안 대답을 회피하던 서 여사는 아차 하는 표정으로 튕기듯 자리에서 일어섰다.

"어머나, 내 정신 좀 보게. 오늘 백 여사와 약속 있는데 깜빡했네. 나중에 이야기하자."

서 여사는 그 한마디만을 남기고 부랴부랴 방을 나가버렸다. 고모가 나가자 세희는 긴 한숨을 내쉬며 침대 위에 털썩 주저앉았다.

내일은 본사에 처음 출근하는 날이다.

─대신 마지막 근무하는 날까지…… 내 눈앞에 나타나지 말도록.

나직하게 속삭이던 그의 목소리를 떠올리는 것만으로도 심장이 '쿵' 하고 떨어지는 것만 같았다.

그냥 눈 딱 감고 인턴 포기해버릴까? 아니지. 배가 불렀지. 요즘이 어떤 시대인데……. 하늘의 별 따기보다 더 어렵다는 대기업 취직을 쉽게 포기할까. 그래, 그 남자 눈에만 띄지 않으면 되는 거다.

넌 할 수 있어, 서세희!

세희는 빠른 손놀림으로 짐을 풀기 시작했다.

"세희야."

정 대리의 목소리에 자판기에서 커피를 꺼내던 세희가 뒤를 돌아보았다. 그 바람에 그녀의 보드라운 생머리가 어깨를 넘어 찰랑거렸다.

"네, 대리님."

"본사 출근 첫날 소감이 어때?"

"아직은 잘 모르겠어요."

"그래, 첫날이라서 얼떨떨할 거야. 언제라도 도움이 필요하면 나와 차 대리에게 물어봐. 우리 세희, 본사 인턴 과정도 잘해내서 꼭 정직원으로 입사해야지?"

"네."

세희는 활짝 웃으며 크게 고개를 끄덕였다.

"참, 제주도에서 이재현 전무님이 최종 심사 하셨다면서?"

"아, 네."

"전무님 실물 보고 깜짝 놀라지 않았니? 난 진짜 전무님이 뿔테 안경에 고리타분하게 생긴 분이라고 생각했거든. 그런데 완전 대박! 우리 전무님, 영화배우 저리 가라 하는 훈훈한 미남인 거야."

정 대리의 말에 세희는 모호한 표정을 지어 보였다. 훈훈한 미남이면 뭐 하느냐고. 속에는 시꺼먼 악마가 들어 있는데.

"자, 이 커피, 내가 들고 갈게. 넌 아직 휴식 시간 남았으니까 좀 더 있다가 와."

한껏 흥이 난 정 대리는 윙크를 날리며 세희의 손에서 커피를 담은 쟁반을 건네받았다. 그러곤 또각또각 구둣발 소리를 내며 10층 휴게실을 걸어 나갔다. 정 대리 말대로 휴식 시간이 좀 더 남았으니까 밖의 바람을 쐬는 것도 나쁘진 않으리라. 세희는 커피가 담긴 종이컵을 들고 옥상으로 향했다.

옥상문의 개폐 장치에 직원 카드를 집어넣자, 육중한 철문이 '덜컹' 소리를 내며 스르르 열렸다. 세희는 서둘러 환풍기 구조물 옆 공간으로 걸음을 옮겼다. 강한 바람이 단정한 머리카락을 헝클어놓는다. 세희는 바람에 나부끼는 머리카락을 쓸어 올리며 커피를 한 모금 들이켰다. 오늘따라 강한 바람이 자꾸만 그녀의 머리카락을 희롱하며 저만치 도망간다. 할 수 없이 세희는 커피가 담긴 종이컵을 바닥에 내려놓고 두 손으로 헝클어진 머리카락을 매만졌다.

"야옹."

휘이잉 부는 바람 소리가 마치 고양이 울음소리 같다. 조이의 초롱초롱한 눈망울을 떠올리자, 세희는 울컥 목이 메고 말았다. 조이가 잡혀간 후, 곧바로 여러 유기 동물 보호 센터에 전화를 걸었지만, 아무런 정보도 얻을 수 없었다.

[그런 고양이 들어온 적 없는데요. 오늘 들어온 건 검은색 얼룩 고양이뿐입니다.]

[회색 고양이요? 흰색이랑 갈색 줄무늬는 들어왔는데…….]

[오늘 우리가 구조한 고양이는 갓 태어난 새끼들뿐이에요.]

시간이 날 때마다 직접 찾아가기도 했지만, 어떤 곳에서도 조이의 흔적을 찾을 수 없었다. 보름이 지난 후, 겨우 알아낸 사설 보호 센터에 지푸라기를 잡는 심정으로 전화를 걸었다.

[아, 그 회색 고양이요? 맞아요. 그린 파라다이스 제주에서 구조했다고 적혀 있네요.]

"우리 조이 지금 거기에 있나요?"

그녀가 반색하며 소리치듯 물었다.

[이미 입양되었는데요.]

"네에? 벌써 입양되었다고요?"

[고양이 주인 되십니까?]

"아뇨. 그건 아니지만……."

세희가 말꼬리를 흐리자, 센터 직원이 부드러운 목소리로 그녀를 달랬다.

[아무 걱정하지 마세요. 입양한 분의 개인 정보는 알려드릴 수 없지만. 아주 좋은 분이 데려갔어요. 고양이 팔자 폈다고 모두가 농담했을 정도예요.]

"아, 네."

다행이다. 조이가 좋은 곳에 입양되었다니 너무 다행이다. 그러나 여전히 마음 한구석이 허전했다. 이제 다시는 조이를 볼 수 없으니까…….

팔자 핀 고양이라!

"후."

세희는 길게 한숨을 내쉬며 천천히 커피를 들이켰다.

―당신 같은 사람, 정말 질색이야.

그렇게까지 말하는 건 아니었는데……. 조금은 후회된다. 냉정하게 결과를 따져보면 그 덕분에 조이가 새로운 가정에 입양된 거니까.

"……알았어. 알았다고."

그때 어디선가 나지막한 남자의 목소리가 들려왔다. 천천히 등을 돌려 뒤를 돌아보던 세희는 몇 발짝 떨어진 곳에 서 있는 남자를 보자마자 흠칫 몸을 굳혔다.

이재현 전무!

갑자기 세상이 빙빙 어지럽게 돌아갔다.

왜 하필 출근 첫날부터 이토록 큰 시련과 맞닥뜨리는 걸까! 왜 그가 여기에 있느냐고!

세희는 한 손으로 난간을 꼭 붙잡은 뒤 창백한 얼굴로 재현을 뚫어지게 응시했다.

아니지, 내가 지금 멍하게 넋을 놓을 때가 아니야.

세희는 후다닥 환풍기 뒤로 뛰어가 몸을 숨겼다. 그의 눈에 띄었다간 하루 만에 인턴 생활이 끝날 것이다. 재현은 세희의 존재를 모른 채 앞을 지나쳐갔다.

"지금 바로 공항에서 오는 길이라서 들를 시간이 없었어. 응. ……나도 보고 싶어. ……그래, 퇴근하자마자 갈 테니까. 예쁘게 잘 단장시켜 놔."

기회는 이때다! 세희는 환풍기 뒤에서 뛰쳐나와 후다닥 옥상 문을 향해 전속력으로 달려갔다.

손에 쥐었던 종이컵에서 커피가 쏟아지자 화들짝 놀라 뒤로 던진 채 그대로 옥상 문을 열고 계단을 뛰어 내려갔다.

우다다 쾅쾅―.

요란한 소리가 살짝 열린 옥상 문틈에서 흘러나오고, 세희가 던지고 간 종이컵이 을씨년스럽게 바닥을 뒹굴었다. 떼구르르 굴러가던 종이컵이 매끈한 검은 구두 앞에서 멈춰 섰다.

종이컵을 말없이 내려다보던 재현이 허리를 굽혀 컵을 들어 올렸다.

어쩐지 낯이 익다 했다.

"후."

재현의 입에서 마른 웃음이 흘러나왔다.

"역시 그랬군."

뛰면서 손에 쥔 걸 집어 던지는 버릇은 어쩌면 그때나 지금이나 한결같은지…….

"세라."

재현은 씁쓸한 미소를 지으며 손에 쥔 종이컵을 단숨에 꾸깃꾸깃 구겨버렸다. 그래서 그녀의 존재가 유난히 거슬렸군. 재현의 미간에 깊게 주름이 파였다. 모두 잊었다고 생각했는데 자꾸만 떠오르는 과거의 기억 때문에 기분이 언짢았다. 재현은 서둘러 휴대폰을 꺼내 어디론가 전화를 걸었다.

"강 비서, 난데. 다음 달에 떠나는 미국 출장 일정 말이야, 앞으로 당겨봐. 내일이라도 당장 떠날 수 있게. ……응."

통화를 끊은 재현은 손에 쥔 찌그러진 종이컵을 말없이 내려다보았다.

⟨⟨✿⟩⟩

"진짜 빠르다. 오늘이 벌써 인턴 근무한 지 한 달째네?"

세희에게 서류 파일을 건네던 정 대리가 갑자기 생각났다는 듯 말했다.

"아, 그러네요."

"시간 정말 빨리 간다. 어머, 그렇다면 이재현 전무님이 실리콘밸리로 떠난 지도, 한 달이 지난 거구나."

'이재현'이란 이름을 꺼내는 정 대리의 눈이 초롱초롱 반짝였다. 하늘이 무너져도 솟아날 구멍은 있다고. 믿기지 않게도 세희는 본사에 출근한 첫날, 옥상에서 재현과 부딪힌 이후 지금까지 쭉 무사했다. 그가 다음 날 해외 장기 출장을 떠났기 때문이었다.

아, 제발. 정직원으로 입사할 때까지 그가 해외에 머물렀으면 좋겠다. 합격하면 저 멀리 지방 근무를 지원하면 되니까. 이 전무가 지방까지 내려올 일이 얼마나 있으려고.

어차피 취직하면 고모 집에서도 독립할 계획이니까 집값이 비싼 서울보다는 지방이 훨씬 유리했다. 하지만 안락한 근무 환경은 곧 끝이 나려나 보다. 내일 그가 장기 출장을 마치고 돌아올 예정이란다.

세희는 길게 한숨을 내쉬며 정 대리가 주고 간 서류 파일을 열어보았다.

"출장은 어떠셨습니까?"

안 실장이 로비로 들어서는 재현 앞으로 다가서며 환한 얼굴로 반겼다.

"너무 해외로만 도시는 것 같아서 조금 걱정이 됩니다. 해외도 중요하지만 국내 업무도 돌보라는 회장님의 지시가 있었습니다."

"또 다른 말은 없으셨습니까?"

한집에 살면서도 이 회장은 집에서는 회사 일을 일체 화제에 올리지 않았다. 저녁을 먹으며 지나가는 투로 시차 적응에 관해 물어봤을 뿐이었다.

"별다른 말씀은 없으셨습니다. 이따 2시에 있는 중역 회의가 끝나면 잠시 회장실에 올라가 보시죠."

안 실장의 말을 한 귀로 들으며 재현은 로비 반대쪽으로 시선을 돌렸다. 아주 먼 거리였지만 사색이 된 세희의 모습이 눈에 들어왔다. 얼굴 윤곽을 알아볼 수 없을 정도로 멀었지만, 허둥지둥 뒷걸음치는 동작이 영락없는 그녀였다. 들고 있던 컵에서 뜨거운 커피가 쏟아졌는지 갑자기 그녀가 펄쩍 제자리에서 뛰어올랐다. 그러더니 그대로 뒤돌아, 오던 길로 되돌아갔다.

"뭐 즐거운 일이라도 있으십니까?"

아까부터 계속 피식거리며 웃는 재현을 안 실장이 의아한 표정으로 바라보았다. 근래 들어 웃는 모습을 본 기억이 없는 것 같은데. 오늘은 갑자기 무슨 바람이 들었나? 궁금증이 일었다.

"안 실장님도 그 모습을 봤어야 하는 건데……."

"네?"

"아, 아닙니다."

무뚝뚝하게 표정을 바꾸며 재현이 짧게 대답했다. 그러나 입가에는 아직도 희미한 미소가 걸려 있었다.

"다음 일정은 어떻게 되죠?"

"인천국제공항으로 가서야 합니다. 7시 30분 도착 예정이라고 그쪽에서 연락이 왔습니다."

"알았어요. 참, 그런데 말입니다."

재현이 갑자기 걸음을 멈추고는 뒤를 따르는 안 실장에게 고개를 돌렸다.

"인턴에게도 일일 업무 일지를 받나요?"

"그건 부서에 따라 재량에 맡기고 있는 걸로 알고 있습니다만."

"홍보부는요?"

"글쎄요. 제가 한번 알아보겠습니다."

"아뇨. 그럴 필요는 없습니다. 그냥 홍보부 김 과장에게 한 달 동안의 인턴 일일 업무 일지. 내일까지 올리라고 하세요."

"네, 알겠습니다."

재현은 살짝 입꼬리를 비틀며 창밖으로 보이는 구름 한 점 없는 하늘로 시선을 돌렸다. 오늘따라 하늘이 참 파랗게 보인다.

❧

"네에? 일일 업무 일지요?"

"응."

"날마다가 아니라 프로젝트마다 업무 일지를 작성하고 최종 보고서를 작성하라고 하셨잖아요."

김 과장의 지시에 세희가 곤혹스러운 표정을 지었다.

"그래. 그랬는데 갑자기 위에서 지시가 내려왔네. 그걸로 업무 평가를 하겠다면서 말이야."

"알겠습니다. 이제부터 작성하도록 하겠습니다."

"아니. 이제부터가 아니라 전에 안 썼던 것도 다 써서 내일까지 제출해야 해."

"전에 것도요? 게다가 내일까지요?"

"응. 좀 많긴 하지만 할 수 있을 거야. 세희 씨를 믿어."

김 과장이 세희의 어깨를 두드리며 '믿어.'란 부분에 힘주어 말했다.

"일일 업무 일지를 써놓진 않았지만 그날그날 메모해 놓은 게 있으니까 그리 어렵진 않을 거야. 자, 이건 일일 업무 양식. 컴퓨터로 작성하지 말고 직접 손으로 쓰라고 하시더군. 그래야 작성한 사람의 열정을 볼 수 있다고 말이지."

김 과장이 내미는 종이 다발에 세희가 놀란 듯 눈을 크게 떴다.

"이걸 다 손으로 일일이 쓰라고요? 업무 일지 하나에 2~3장. 합치면 60~90장 정도 될 텐데요?"

"응."

손을 들어 글 쓰는 흉내를 내며 김 과장이 진지한 얼굴로 대답했다.

"손으로 한 장 한 장 아주 정성스럽게."

⋆⋅☆⋅⋆

"하아암."

벌써 커피를 몇 잔째 마시는지 모른다. 그러나 쏟아지는 잠을 쫓기엔 역부족이었다.

어제 세희는 손에 물집이 생길 때까지 업무 일지를 모두 작성하고 새벽이 돼서야 퇴근할 수 있었다. 집에 도착하니 거의 동틀 시간에 가까웠기에 할 수 없이 한숨도 자지 못한 채, 그냥 샤워만 하고 옷을 갈아입고 회사로 향했다. 항상 컴퓨터로 타자만 치다 펜을 쥐고 글씨를 쓰려니 손가락에 쥐가 날

지경이었다. 세희는 물집이 잡힌 검지를 내려다보며 작게 한숨을 내쉬었다.

"세희 씨, 2층에 가서 이 서류 좀 보내줘. 급한 거야. 오늘 내로 도착해야 해."

"네. 알겠습니다."

옆자리에 앉은 차 대리에게 서류를 건네받은 세희는 빠른 걸음으로 사무실을 나섰다. 서류를 넘기고 사무실로 돌아오던 세희는 멀리서 걸어오는 안경 쓴 남자를 보고 서둘러 방향을 바꾸었다. 키 크고 안경 쓴 남자는 무조건 피해야 안전하니까.

재현이 출장에서 돌아온 이후로는 마치 살얼음판을 걷는 것 같았다. 세희는 멀리서라도 재현이 보일라치면 곧바로 뒤를 돌아 반대 방향으로 도망갔고, 재현과 비슷한 몸집의 남자만 나타나도 타고 있던 엘리베이터에서 뛰어내렸다.

—내 눈앞에 나타나지 말도록.

아직도 그의 싸늘한 목소리가 귓가에 울리는 것만 같았다.

눈앞에 나타나지 말라고? 흥! 나 역시 그쪽과 부딪히고 싶지 않다고! 자꾸만 가슴이 두근거리고, 얼굴이 붉어지고, 뭔가 어색하고……. 하여간 거슬린다!

딴생각하느라 잠시 한눈을 팔았기 때문일까? 세희는 로비에서 에스컬레이터에 오르는 재현을 미처 보지 못하고 지나쳤다. 복도 중간 지점에 이르러서야 반대편에서 걸어오는 그를 뒤늦게 발견했다.

헉! 막다른 복도인데, 어쩌면 좋지?

꿀꺽 마른침을 삼키며 주위를 둘러보던 세희의 눈에 커다란 청동 조각상이 들어왔다. 세희는 부리나케 조각상 뒤로 달려가 재빠르게 몸을 숨겼다.

초등학생 숨바꼭질하는 것도 아니고, 이게 뭐 하는 짓이람! 신세 한 번 처량하다.

그래도 이 방법밖엔 없었다. 눈앞에 나타나지 말라고 했는데 나타났다가 저 냉혈한에게 무슨 봉변을 당하려고. 혹시라도 재현에게 모습을 들킬까, 세희는 양손으로 머리를 감싸 최대한 몸을 웅크렸다.

뚜벅뚜벅―.

조각상 앞을 지나가는 재현의 발걸음 소리와 함께 '쿵쿵' 그녀의 심장 박동 소리가 귓가에 울려 퍼졌다. 그런데 뚜벅뚜벅 지나쳐야 할 발걸음 소리가 조각상 근처에서 뚝 그치는 이유는 뭐지?

"Howdy, young lady(안녕, 젊은 아가씨)?"

난데없이 머리 위에서 텍사스 억양이 심하게 섞인 영어가 들려왔다.

"What's the matter(무슨 일이지)?"

화들짝 놀라 고개를 들어보니 커다란 카우보이모자를 쓴, 어딘지 모르게 낯이 익은 남자가 그녀를 내려다보고 있었다.

어디서 봤더라? 아는 사람이 분명한데.

하지만 지금은 그게 문제가 아니었다.

쉬, 세희가 손가락을 입으로 가져가며 조용히 하라는 동작을 취했다. 하지만 남자는 걱정스러운 표정으로 재차 물었다.

"Are you okay(괜찮은 거야)?"

"Yes, I'm okay. Please go(네, 괜찮아요. 제발 좀 가주세요)."

할 수 없이 세희는 최대한 작게 속삭이며 어서 가던 길 가라고 손짓했다.

댁만 가주면 전 진짜 괜찮다고요. 그러니까 제발! 좀!

그때였다.

"What's going on Mr. Thornton(손튼 씨, 무슨 일이죠)?"

나직하고 강인한 목소리가 뒤에서 들려왔다. 그녀가 천천히 고개를 돌리자, 싸늘한 표정의 재현이 시야 가득 들어왔다.

이재현의 눈앞에 온전히 서세희가 있었다.

오, 마이, 갓!

⁓◈⁓

"하, 하, 하."

손튼이 호탕하게 웃으며 고개를 뒤로 젖혔다. 그 바람에 커다란 카우보이 모자는 경쾌하게 위아래로 흔들리고, 앞뒤로 쇠 징이 박힌 카우보이 부츠가 햇빛에 반사돼 반짝거렸다. 손튼은 기분이 아주 좋은 듯 손바닥으로 소파 팔걸이를 '탁' 내리쳤다.

"생명의 은인을 이런 식으로 다시 만나게 될 줄이야."

흡족한 표정의 손튼과는 달리 세희를 바라보는 재현의 눈빛은 싸늘하기만 했다. 눈앞에 나타나지 말라고 했는데도 불구하고 그의 사무실까지 쳐들어온 꼴이 되고 말았으니, 눈엣가시일 것이다.

게다가 손튼은 그녀가 생명의 은인이라는 사실까지 알아버렸다. 조각상 뒤에 숨은 세희를 어지러워서 쓰러진 거라고 오해한 손튼은 괜찮다는 그녀의 말을 무시하고 전무실까지 그녀를 끌고 왔다.

"열은 없는데……. 혹 빈혈인가?"

"아뇨. 저, 지금까지 한 번도 빈혈 온 적 없는데요."

두 손을 내저으며 완강히 부인했지만, 손튼은 그녀의 말을 믿지 않았다.

"끼니는 제대로 챙기고?"

"그럼요. 아까도 밥공기 꽉꽉 채워서 점심 먹었는걸요."

"음…… 그런데 왜 이렇게 말랐나. 뭐, 한창 에너지를 소비할 나이니, 밥 먹고 돌아서면 배가 고프긴 할 거야. 아까도 그래서 쓰러진 것 같군."

"아니, 그게, 쓰러진 게 아니라……."

세희가 재현의 눈치를 보며 슬그머니 말꼬리를 흐렸다. 그러나 손튼은 세희의 말을 한 귀로 흘리며 불쑥 재현에게 고개를 돌렸다.

"제이, 세희 양 먹게 음식 좀 가져다주겠나?"

천하의 이재현 전무라고 할지라도 손튼의 요청을 쉽게 거절할 수는 없었다. 재현은 못마땅한 표정으로 세희를 잠시 노려보더니 결국 비서실에 전화를 넣었다.

[네, 전무님.]

"여기 간단하게 요기할 만한 것 좀 가져오도록 해."

[네? 요기할 만한 거라면?]

냄새 때문에 차나 커피 같은 음료수를 제외하곤 한 번도 사무실 안에 음식 반입을 한 적이 없는 재현이었다. 그랬기에 강 비서의 목소리는 당황스러웠다.

"샌드위치나 과일, 치즈 같은 거. 하여간 강 비서가 적당히 알아서 준비해 줘."

[네. 알겠습니다.]

재현이 강 비서에게 지시를 내리는 동안 세희는 손튼과 영어로 이런저런 대화를 나누었다.

유년 시절을 텍사스에서 보낸 세희는 남부 억양으로 슬랭(Slang) 섞인 텍사스 식 영어를 자유자재로 구사할 수 있었다. 표준 영어만을 사용하는 하나 그룹 직원에게 따분함을 느끼던 손튼이니, 그런 세희가 무척이나 반가울 수밖에 없었다.

"그나저나 텍사스 사람처럼 말하는 거 어디서 배웠지?"

다시 한국말로 돌아가며 손튼이 물었다.

"어린 시절 잠시 텍사스에서 보냈거든요."

"그렇다면 너도 텍사스 사람이나 마찬가지구나!"

세희를 향한 손튼의 호감은 커져만 갔다. 결국 그녀는 손튼에게 잡혀 1시간 넘게 재현의 사무실에 머물렀다.

다음 행선지로 떠나야 한다는 재촉을 받고서야 손튼은 아쉬운 표정으로 자리에서 일어났다.

"곧 다시 보자고."

"네. 만나서 반가웠습니다."

손튼이 세희의 어깨를 두어 번 두드려주고 나갈 때까지, 재현은 매서운 눈초리로 그녀를 노려보았다. 세희는 재현의 싸늘한 눈빛을 피하고자 슬그머니 고개를 숙였다.

"잠시 기다려. 손튼 씨 배웅하고 올 테니까."

재현의 그 말 한마디에 세희의 심장이 쿵 내려앉았다. 그냥 보내지 않겠다는 말인가? 혹시 지금이라도 잘라버리겠다는 말?

쾅―.

코앞에서 거칠게 문이 닫혔다.

"으아."

긴장이 풀린 세희는 쓰러지듯 소파에 주저앉아버렸다.

이제 어쩌지? 세희는 멍한 표정으로 천장을 바라보았다. 그의 지시를 어겼으니까 가차 없이 잘릴 것이다. 손튼 때문에 어쩔 수 없었다는 이유는 그에겐 변명에 지나지 않을 터.

하늘로 솟지 못할 거면 땅으로라도 꺼졌어야지! 어쩌자고 손튼 씨의 눈에 띄어서…….

"휴우."

세희는 두 손으로 얼굴을 감싸며 앞으로 상체를 숙였다.

아쉽다. 이제껏 잘 피해 다녔는데…….

손튼을 배웅하고 다시 로비로 들어온 재현에게 강 비서가 다급한 표정으로 달려왔다.

"전무님, 당장 수원 공장에 내려가셔야 할 것 같습니다. 회장님이 그곳에서 기다리고 계신답니다."

"알았어. 지금 바로 출발하지. 아 참, 강 비서. 세희 씨에게 기다릴 필요 없……."

강 비서에게 지시를 내리던 재현이 일순 말을 멈췄다. 부랴부랴 로비까지 달려온 강 비서에게 다시 전무실로 올라가라고 할 필요가 있을까?

"네?"

사무실에서 챙겨온 코트를 재현에게 건네주던 강 비서는 그가 자신을 불러놓고 아무 말이 없자 고개를 갸우뚱거렸다.

"아냐, 됐어. 어서 가지."

재현은 그대로 등을 돌려 밖으로 걸어 나갔다.

군이 알려주지 않아도 조금 기다리다가 알아서 돌아가겠지.

ᘛ᯼ᘚ

꼼짝 말고 여기서 기다리라고 하더니 1시간이 지났는데도 재현은 돌아오지 않고 있었다. 무슨 놈의 배웅을 그리도 오래하는 걸까?

세희는 자꾸만 비집어 나오는 하품을 참으며 벽에 걸린 시계를 노려보았다. 시간이 약이라더니, 처음에는 두려움에 쿵쾅거리던 심장이 이제는 그냥 그러려니 하는 심정으로 느긋하게 뛰고 있었다.

그래, 자르려면 잘라라! 어차피 한 번 잘리지, 두 번 잘릴까! 배 째라는 자포자기 심정도 슬슬 들기 시작했다. 여기서 어떻게 하든 자신의 운명은 저 인정머리라곤 하나도 없는 남자의 손에 달려 있으니까.

"하암."

자꾸만 힘없이 눈꺼풀이 감긴다.

일일 업무를 작성하느라 어젯밤을 꼴딱 새우고 지금까지 커피로 버티고 있었는데……. 게다가 손튼 씨가 자꾸 먹으라고 권유한 덕분에 샌드위치를 왕창 배부르게 먹기도 했고. 슬슬 식곤증이 몰려온다. 그렇다고 여기서 잠 들어버리면 안 되는데. 언제라도 저 문이 벌컥 열리며 저승사자 같은 남자가 들어올 거라고. 아, 안 되는데…….

그러나 자꾸만 눈앞이 희미해져 간다. 잠깐만 눈 좀 붙일까? 문이 열리면 발딱 일어나면 되지 뭐.

옆으로 조심스럽게 몸을 눕힌 세희는 그대로 잠이 들어버렸다.

"강 비서는 여기서 퇴근하지. 난 잠시 사무실에 들렀다가 갈 테니까."

"네, 전무님. 내일 뵙겠습니다."

예정보다 수원 공장에서의 일정이 길어져 서울 본사에 돌아왔을 때는 꽤 늦은 시각이었다. 재현은 강 비서를 보내고 서둘러 엘리베이터에 올랐다.

텅 빈 복도를 지나, 집무실 안으로 들어서자 컴컴한 어둠이 그를 반겼다. 건너편 빌딩에 흘러들어온 불빛만이 어두운 실내를 흐릿하게 비추고 있었다. 전등 스위치에 손을 뻗던 재현은 돌연 마음을 바꾸고 그대로 창가로 걸어갔다.

어두운 사무실에서 화려한 야경을 바라보는 것도 나쁘진 않으리라. 재현은 안경을 벗고 차가운 유리창에 이마를 기댔다.

부스럭―.

뭔가 이상한 기분에 여러 가지 색깔의 불빛으로 물든 야경을 내다보던 재현이 슬쩍 뒤를 돌아보았다.

뭐지, 저건?

그의 미간에 희미한 주름이 잡혔다.

소파 위에 있는 정체불명의 검은 물체는……?

⸙

오늘따라 바람이 세차다. 짓궂은 바람은 왕자님의 연한 갈색 머리를 마구 헝클고 저 멀리 도망가버린다. 그럼에도 그녀를 보며 환하게 웃는 그의 미소가 가슴 떨리게 아름답다.

'이건 어떨까?'

주머니에서 반지를 꺼낸 왕자님이 그녀의 눈을 똑바로 응시하며 말했다.

'이게 손가락에 맞는다면……'

그가 세희의 손을 잡으며 나지막하게 속삭였다.

'울음을 멈추는 거.'

그가 반지를 손가락에 밀어 넣으며 부드럽게 미소 지었다. 따뜻하다.

그녀를 바라보는 왕자님의 눈빛이 너무나 다정해서 스르르 눈이 감길 지경이었다.

"이봐."

어, 근데 왜 왕자님의 목소리가 갑자기 싸늘해진 거지?

"아니, 잠들 곳이 따로 있지. 여기서 지금 뭐 하는 거야?"

왕자님 말투가 왜 이리도 매정할까?

세희는 힘겹게 눈꺼풀을 열고 천천히 두어 번 깜빡거렸다.

연한 갈색 머리가 서서히 짙어지면서 검은색으로 변하고 물결치던 머리카락도 스르르 짧아지더니…….

어머나! 앞에서 그녀를 노려보는 이는 왕자님이 아닌…… 이……재현 전무?

화들짝 놀란 세희가 그대로 벌떡 소파에서 몸을 일으켰다.

"전무님이요? 여기 안 계신 것 같은데요?"

동시에 바깥에서 무선기로 대화를 나누는 경비원의 목소리가 흘러들어왔다.

"사무실에 불이 꺼져 있습니다."

[전무님 차가 아직 지하 주차장에 있는데요. 혹시 모르니까 확인해주시겠습니까?]

"네. 알겠습니다."

순간 재현의 얼굴이 곤혹스럽게 일그러졌다.

한밤중에 사무실에서, 그것도 불을 끈 채로 책상 앞이 아닌 소파 위에서, 게다가 그녀는 잠결에 옷을 벗었는지 재킷이 바닥에 떨어져 있고 블라우스 단추도 풀어져 있는 상태였다. 갓 잠에서 깨어난 흐릿한 눈과 헝클어진 머리카락하며……. 누가 뭐래도 딱 오해하기 쉬운 장면이었다.

재현은 허겁지겁 바닥에 떨어진 재킷을 집어 들고 어리둥절한 세희의 팔을 잡아챈 후, 벽에 설치된 비밀 공간으로 뛰었다.

똑똑―.

"전무님, 안에 계십니까?"

비밀 공간의 문을 닫는 순간 간발의 차이로 경비원이 사무실 문을 열며 전등 스위치를 켰다.

"쉿. 조용히 해."

두 사람이 서 있기에는 턱없이 비좁은 공간. 세희를 벽에 바짝 밀어붙이며 재현이 그녀의 귓가에 낮게 속삭였다. 얼떨결에 그의 품에 꼭 안겨버린 세희는 굳게 입을 다물었다.

이건 또 무슨 상황이지? 저번에는 도둑으로 몰려서 그랬다 치고 지금은 왜?

그건 그렇고 코끝이 아릴 정도로 강렬한 그의 체취 때문에 제대로 숨을 쉴 수가 없었다. 머리 위에서 느껴지는 뜨거운 숨결, 뺨이 짓눌릴 정도로 밀착된 단단한 가슴…….

자연스럽게 흘러나오는 탄성을 삼키며 세희는 두 눈을 꼭 감아버렸다.

"여기 안 계시는데요. 아마 다른 층에 계신 모양입니다."

상대방에게 대답하는 경비원의 목소리가 들려왔다.

[그래요? 도대체 어디 가셨지? 혹시라도 전무님 보시면 알려주세요. 그럼.]

"네."

탁―.

잠시 후, 경비원이 방을 나갔는지 문이 닫히는 소리가 들렸다. 하지만 재현은 혹시라도 경비원이 다시 돌아올까 봐 꼼짝도 하지 않은 채 세희를 끌어안고 가만히 서 있었다.

한참이 지난 후에야 재현은 뒤로 한 발짝 물러서며 긴 숨을 내쉬었다.

"이제 그만 나가지."

비밀 문을 어깨로 밀며 그가 퉁명스럽게 말했다.

"아앗."

경비원이 불을 켜놓고 나간 탓에 눈이 부신 세희는 저도 모르게 두 눈을 꼭 감아버렸다. 살며시 뜨는 눈꺼풀 사이로 험상궂게 인상을 찌푸린 재현이 들어왔다. 세희는 곧 자신의 기가 막힌 처지를 깨달았다.

어머, 어떡해! 너무 오래 잠들었나 봐. 도대체 지금 몇 시지?

서둘러 벽시계로 고개를 돌린 세희의 눈이 충격으로 커다래졌다.

밤 11시 45분이라고?

세희는 백지장처럼 하얗게 질린 얼굴로 황급히 재현에게로 고개를 돌렸다. 그는 눈빛만으로도 살인을 저지를 수 있을 만큼 살벌하게 그녀를 노려보고 있었다.

"……기다리라고 하셔서. 손튼 씨 배웅하고 오신다고 해서……. 그러니까……."

겁에 질린 세희는 고개를 푹 숙이며 어영부영 변명을 늘어놓았다.

"기다려도 오지 않으시기에 그냥 가려고 했다가……. 하지만 그러면 명령에 불복종하는 거라서 조금만 더 기다리자…… 뭐 그러다가……."

"미련한 거야? 아니면 한번 해보자는 거야?"

재현이 버럭 언성을 높였다.

"30분이 지나도 오지 않으면 로비에 전화해서 상황을 알아봤어야지. 무작정 기다려? 내가 아예 돌아오지 않았으면 여기서 화석이라도 될 작정이었나?"

어머나, 자기가 기다리고 해놓고선 되레 신경질이래?

"……화석까지는 아니어도 퇴근 시간이 넘었으니까 뭐, 슬슬 이만 가보려고 했는데."

"그런 사람이 소파에 널브러져서 잠을 자셨다?"

"널브러진 거 아닌데요."

"지금 본인 꼴을 보고서 부인을 하던가!"

손에 쥐고 있던 재킷을 그녀에게 던지며 재현이 쏘아붙였다. 그제야 세희는 자신의 머리카락이 엉망으로 헝클어져 있고 잠결에 블라우스까지 풀어헤쳤다는 것을 깨달았다. 허둥지둥 단추를 잠그며 블라우스 자락을 바지에 집어넣는 세희를 보며 재현이 한숨을 내쉬었다.

"죄송합니다. 어제 업무 일지를 작성하느라 밤을 새우는 바람에……."

모깃소리만 한 작은 목소리로 세희가 웅얼거렸다. 그 말에 재현은 표정을 굳히며 급하게 자신의 책상으로 돌아갔다.

"됐어, 그만 가봐."

"하실 말씀이 있다고 하지 않으셨나요?"

"그래서 지금 이 시간에 하던 말, 마저 하자고?"

벽시계의 시곗바늘은 어느새 12시를 가리키고 있었다. 조금 있으면 막차가 끊길 시간이다. 15분까지 갈 수 있을까? 어제 택시를 타서 이젠 택시 탈 돈도 없는데…….

"그럼 내일 뵙겠습니다."

당황한 세희는 빠르게 재현에게 허리를 굽히고는 부리나케 총알처럼 전무실을 뛰어나갔다. 허둥지둥 밖으로 나가는 그녀의 뒷모습을 바라보던 재현이 절레절레 머리를 내젓다 피식 한쪽 입꼬리를 올렸다.

넘어질 것처럼 뛰어가는 버릇은 그때나 지금이나 여전하군.

회전의자에 앉던 재현은 자신의 옷깃에 묻은 얼룩덜룩한 화장품 자국을 발견했다. 아까 그녀를 꼭 끌어안다 묻은 모양이었다.

"제길!"

재현은 거칠게 책상 서랍을 열고 서류를 꺼냈다. 몸에 밴 달콤한 향기가 자꾸만 신경 쓰였다.

※

"아저씨! 스톱! 아저씨!"

세희는 두 손을 휘저으며 막 출발하는 버스를 향해 달려갔다. 제발 버스가 멈추길 기도하면서……. 하지만 매정한 버스는 그녀의 시야에서 유유히 멀어져갔다.

"아이, 진짜."

택시비도 없는데 어쩌라고. 오늘따라 급하게 나오는 바람에 교통 카드랑 달랑 점심 값만 챙겼는데. 지금 교통 카드의 잔액은 달랑 2천 원. 기본요금도 안 나온다. 다시 회사로 돌아가서 첫차가 올 때까지 기다려야 하나?

세희는 떠난 버스를 애처롭게 바라보며 발을 동동 굴렀다. 하지만 절대로 바뀌지 않는 진리 하나. 떠난 버스는 다시 돌아오지 않는다!

그때 그녀 옆으로 검은 세단이 스르르 멈춰 섰다. 옆으로 고개를 돌리는 동시에 차창이 내려가며 재현의 얼굴이 나타났다.

"타."

찰나의 순간 그녀의 머릿속이 빠르게 회전했다.

그와 한 차에 올라 숨 막히는 고통을 겪는 게 나을까? 아니면 회사의 딱딱한 의자에서 밤을 지새우는 게 나을까?

그러나 미처 결정을 내리기도 전, 차에서 내린 재현이 그녀 앞으로 걸어왔다. 그러곤 조수석 차 문을 열더니 세희의 팔을 잡아끌어 차에 태웠다. 차를 출발시키며 그가 무뚝뚝한 말투로 물었다.

"집이 어디야?"

"네?"

"막차가 끊겼으니까 집에 바래다줄게. 주소 대봐."

이 남자, 왜 갑자기 친절한 거지? 뭘 잘못 먹었나?

하지만 집에 바래다준다는데 마다할 이유는 없었다. 세희는 재빨리 고모네 집 주소를 불러주었다. 부촌으로 꼽히는 고급 주택 단지 이름이 나오자 재현이 살짝 인상을 찡그렸다.

하지만 돈 많은 부자는 고모일 뿐, 그녀는 아니다. 더부살이처럼 고모 집에 얹혀산다는 걸 알면 그는 어떤 표정을 지을까? 머무를 침실도 없어서 부엌 옆에 있는 창고 방에서 지내는데…….

다행히도 재현은 아무 말도 하지 않고 묵묵히 차를 몰았다. 얼마 지나지 않아, 차는 으리으리한 고급 주택 앞에 멈춰 섰다.

"감사합니다, 전무님."

혹시라도 그가 곤란한 질문을 던질까 봐 세희는 서둘러 차에서 내려 대문 앞으로 뛰어갔다. 그녀의 뒷모습이 대문 안으로 사라지고 나서야 재현은 다시 차를 돌려 골목길을 빠져나왔다. 신호가 바뀌길 기다리며 긴 손가락으로 운전대를 톡톡 두드리던 재현의 얼굴에 어느새 메마른 미소가 떠올랐다.

사무실에서 허겁지겁 옷매무새를 다듬던 그녀. 호텔에 근무할 때는 유니폼을 착용해서 몰랐는데 오늘 보니까 꽤 허름한 옷차림이 눈에 들어왔다. 패션의 완성은 몸매와 얼굴이라고는 하지만, 한눈에 봐도 싸구려 옷감인 블라우스에 재킷에는 보푸라기까지 일어나 있었다.

'꽤 부잣집 딸인 걸로 알고 있었는데 왜 사서 고생일까? 혹시 가세가 기울기라도 했나?' 하는 의문을 잠시 품었지만, 역시 그건 기우에 불과했다.

신호가 바뀌자 재현은 빠르게 가속 페달에 발을 올렸다.

뭐야, 말괄량이 공주님에게 인생 경험이라도 시키겠다는 건가? 그러니까 한마디로 서민 놀이?

"후."

재현은 입꼬리를 비틀며 비웃는 듯한 마른 웃음을 토해냈다.

그렇다면 옆에 두고 은근히 골려주는 것도 재미있겠군. 그녀는 과연 얼마나 버틸 수 있을까?

4. 훔쳐보고 싶은 남자

"이걸 다 정리하라고요?"

산처럼 쌓인 서류 더미에 세희가 믿을 수 없다는 얼굴로 김 과장을 바라보았다.

"응. 여기 있는 거 모두. 한 장 한 장 스캔해서 일, 월, 년별로 정리해줘."

"45년 동안의 자료를 일주일 안에요?"

"그래. 얼핏 들으면 불가능한 것처럼 들릴 수도 있을 거야. 하지만 말이지, 서세희 씨."

김 과장은 세희의 어깨를 두 손으로 움켜쥐며 비장할 정로도 진지한 표정을 지었다.

"내 사전에 불가능이란 없다! 나폴레옹이 한 말 들어봤지? 세희 씨도 그런 적극적인 자세로 업무에 임한다면, 아무 문제없이 끝낼 수 있을 거야."

세희는 기가 막혀 아무 대꾸도 하지 못하고 눈만 껌뻑거렸다.

"대신 오늘부터 야근 식비가 나올 거야. 24시간 영업하는 곳에서 마음껏 시켜 먹으라고. 자, 어서 시작해."

해고 통지를 받을 거란 각오를 하고 출근했는데 그녀를 기다린 것은 해고가 아니라 산더미 같은 서류들이었다. 이걸 다행이라고 생각해야 하나? 그래도 매정하게 잘리는 것보단 이게 낫겠지?

세희는 긴 한숨을 내쉬며 서류 더미 맨 위에 있는 종이를 집어 올렸다.

୧৯৵

"전무님, 지금 퇴근하십니까?"

꽤 늦은 시각, 어두운 복도에서 재현을 발견한 경비원이 빠르게 다가와 고개를 숙였다.

"여긴 모두 퇴근했나 보군요."

유리 벽 너머로 보이는 텅 빈 사무실을 둘러보며 재현이 말했다.

"오늘이 바로 밸런타인데이 아닙니까! 대부분 정각에 퇴근하더군요. 한 명만 빼놓고……."

경비원이 멀리 창가에 놓인 책상을 손가락으로 가리켰다. 그와 동시에 책상 밑에서 무언가를 줍고 있던 세희가 벌떡 몸을 일으켰다.

"인턴인데, 요 몇 주째 새벽 2시는 넘어야 퇴근하던걸요. 오늘은 그래도 일찍 퇴근하겠지 했는데 웬걸요. 저렇게 열심입니다."

책상 사이를 왔다 갔다 하는 세희를 보며 재현이 살짝 입꼬리를 비틀었다. 미련한 건지, 아니면 오기로 저러는 건지. 말도 안 되는 업무 지시를 내리면 버럭 화를 내며, 인턴이고 뭐고 필요 없다며 때려치울 줄 알았는데 예상외로 그녀는 꽤 끈질기게 묵묵히 업무를 수행하고 있었다.

산더미 같은 자료 정리가 끝나고 숨 돌릴 새도 없이 그녀에게 또 다른 우스꽝스러운 업무가 내려졌다. 지금까지 사내 홍보지에 실린 직원들의 명단과 연락처를 작성하라는 것이었다.

하나 그룹의 사내 홍보지가 처음 발간된 연도는 1970년. 이미 퇴사한 직원도 많았고 먼저 세상을 뜬 사람도 있었다. 그런데도 한 명도 빠짐없이 연락처를 알아내라고?

다른 직원들조차 혀를 내두를 만큼 업무는 가면 갈수록 더 지독해지고 까다로워졌다. 그러나 세희는 불평 한마디 없이 업무를 처리했다.

6개월 인턴 기간 중에서 앞으로 남은 기간은 넉 달. 모든 과정을 무사히 마치면 그녀는 최종 심사를 받게 될 것이다. 물론 최종 심사에서 불합격을 결정하면 그만이다. 하지만 그러기에는 뭔가 양심에 걸렸다. 그냥 그녀 스스로 그만두면 좋을 텐데…….

멀리서 세희를 지켜보던 재현이 짧게 한숨을 내쉬었다.

하얀 드레스를 나풀거리며 상류사회 무도회에서 왈츠를 추던 그녀가 밤 늦게까지 회사에 남아 허드렛일을 하고 있다니……. 인생 경험 어쩌고 하면서 재미 삼아 인턴에 뛰어들었을 것이다.

그러나 세상에는 재미가 아닌 인생 전부를 걸고 회사에 입사하는 보통 사람들이 더 많았다. 색다른 경험을 얻기 위해 뛰어든 부잣집 철부지 아가씨보다는 그들에게 기회가 돌아가야 한다. 그래도 성실한 태도는 높이 산다. 밸런타인데이임에도 아무런 불평 없이 밤늦게 회사에 남다니. 오늘만큼은 절대로 야근은 안 된다며 뛰쳐나갈 줄 알았는데…….

재현은 굳은 표정으로 열심히 일에 몰두하고 있는 세희를 말없이 바라보았다. 저러다 지치고 말겠지. 그리 오래가진 않을 거다.

피식 마른 웃음을 뱉으며 천천히 등을 돌리던 재현의 눈에 복도 끝에 놓인 자판기가 들어왔다.

❦

"요새 업무가 많은가 봐요? 계속 야근이네."

컴퓨터 화면을 노려보던 세희가 고개를 들어 올렸다. 50대 초반의 인상

좋은 경비원이 그녀를 향해 부드럽게 웃고 있었다.

"네. 처리할 일이 좀 많아서……."

"오늘도 막차 시각까지 있을 거예요?"

"아뇨. 조금만 더 하고 가야죠."

그러자 경비원이 손에 들고 있던 따뜻한 캔 커피와 초콜릿을 책상 위에 내려놓았다.

"어머, 감사합니다."

"아니, 뭐, 나에게 감사하진 말고."

"네?"

"아, 아니야. 그럼 이만. 수고해요."

그 말을 끝으로 경비원은 서둘러 사무실을 걸어 나갔다.

❧

야근하느라 퇴근을 늦게 했다 해도 본 업무를 소홀히 할 순 없었다. 세희는 회의 내용을 놓치지 않기 위해 두 눈을 부릅뜨고 귀를 쫑긋 세웠다.

왜 중요한 회의는 꼭 점심을 먹은 후에 하는 걸까? 세희는 노곤하게 밀려오는 식곤증을 뿌리치기 위해 뜨거운 커피를 연거푸 홀짝였다. 야근은 힘들었지만, 그래도 요 며칠 동안 완벽하게 이재현 전무를 요리조리 피할 수 있었다. 물론 복도에서 마주칠 뻔한 위험한 상황도 몇 번 있었다. 하지만 그녀는 동물적인 감각으로 위기를 잘 모면했다.

그래, 야근하느라 온몸이 녹초가 되어도 그 인간을 피할 수 있어서 얼마나 다행이야!

세희는 무겁게 감기는 눈꺼풀을 힘겹게 밀어 올리며 흐뭇한 미소를 지었다.

"이번 사내 홍보지 말이야. 아무래도 이재현 전무님 인터뷰가 실려야 할 것 같아."

세희는 김 과장의 입에서 나온 의견에 화들짝 잠이 깨버렸다.

왜 또 회의 주제가 그 남자로 흘러가는 거야? 왜!

"그동안 공식 석상에 모습을 드러내지 않고 이메일로만 업무 보고를 내려서 우리 모두 전무님을 '이메일 보스'라고 불렀잖아."

"그랬죠. 키만 크고 뿔테 안경을 쓴 고리타분한 사람이라는 소문이 무성했죠."

정 대리가 한마디 거들었다.

"그러니까 이번 기회에 전무님에 관한 소문도 바로잡고 홍보할 필요가 있는 거라고."

"그렇겠네요, 정말."

모두 김 과장 의견에 동의하는 듯, 저마다 고개를 끄덕거렸다.

"그럼 인터뷰는 누가 하죠? 이번 기회에 외부에서 유명한 리포터를 초빙할까요?"

정 대리의 의견에 아래턱을 만지며 잠시 고민하던 김 과장이 고개를 내저었다.

"아니, 그것보다는 하나 그룹 직원이 하는 게 좋겠어. 그래야 위화감도 없고 좀 더 친근감도 살리고……. 음, 누가 좋을까?"

웅성거리며 의견을 주고받던 홍보부 직원 중에서 차 대리가 번쩍 손을 들었다.

"우리 홍보부 인턴, 서세희 씨는 어떨까요?"

커피를 홀짝이던 세희는 깜짝 놀라 뜨거운 커피를 그대로 꿀꺽 삼켰다. 으악! 얼얼하게 데인 입천장이 문제가 아니었다! 충격으로 말미암아 그녀의 심장이 '쿵' 하고 멈춰버렸다. 세희는 동그랗게 눈을 뜨며 이 말도 안 되는 의견을 낸 차 대리에게 홱 고개를 돌렸다.

아침마다 수고하라며 커피를 뽑아주던 마음씨 좋은 차 대리. 그랬던 사람이 순식간에 원수가 되어버리는 순간이었다.

"전무님이 처음으로 공식 석상에 모습을 드러낸 곳이 바로 그린 파라다이스 제주였잖아요. 그리고 그곳에서 인턴 최종 심사도 해주셨고. 그러니까 공식 석상에서 처음으로 전무님과 대면했던 세희 씨가 인터뷰하는 게 가장 자연스러울 것 같은데요."

자연스럽긴 뭐가 자연스러워! 누구 자연스럽게 망하려는 꼴을 보려고!

당황한 세희가 다급하게 반대 의견을 내려는 순간, 김 과장이 흡족한 미소를 지으며 책상을 '탁' 내리쳤다.

"제일 말단 직원이 인터뷰한다! 그래. 그거 아주 좋은 생각이야. 위에는 그렇게 보고하지. 내가 결재 받아올 테니까 우선 작업 진행하라고."

아니, 본인에게 의사도 물어보지 않고 마음대로 정하는 게 어디 있느냐고요!

"아니에요!"

세희는 다급하게 자리에서 일어나 다른 직원들을 둘러보았다.

"저는 이제 업무에 적응하기 시작한 막내입니다. 저보다는 경험도 많은 선배님 중 한 분이 인터뷰하는 게 마땅합니다."

"아니지. 하나 그룹이 내거는 슬로건이 뭐야. 누구에게나 기회를 준다, 이거잖아. 그러니까 막내인 세희 씨가 해야지."

사람 속이 꺼멓게 타는 것도 모르고 눈치 제로인 차 대리가 세희의 말을 잘랐다.

"하지만 차 대리님……."

"세희 씨, 대학교 방송 리포터로 활동하면서 그 까다롭다는 총장님 인터뷰도 단골로 했다면서?"

"그거는……."

5개 국어를 자유자재로 구사한다고 소문난 김종표 총장. 인터뷰 도중 가끔 라틴어나 스페인어 등 외국어를 사용하는 바람에 인터뷰하는 상대방을 애먹이곤 했다. 남미에서 유년 시절을 보낸 덕분에 세희는 스페인어로 일상 회화가 가능했고, 미국 고등학교 재학 중에는 제2 외국어로 라틴어를 선택해 간단한 단어쯤은 쉽게 알아들을 수 있었다.

　그래서 김 총장 인터뷰 담당이 되었던 건데……. 그렇다고 이재현 전무 인터뷰 중에 라틴어나 스페인어가 튀어나올 건 아니잖아?

　"그게 대학교 다닐 때와 같나요. 그땐 제가 제일 나이도 많았고. 하지만 여기선……."

　"나이가 무슨 상관이야. 그런 건 전혀 신경 쓰지 마! 이번 인터뷰만 잘하면 인턴 최종 심사 때, 보너스 점수를 받을 수 있대. 하여간 나중에 잘되면 술 한잔 사는 것 잊지 말라고."

　사람 속도 모르고 차 대리가 껄껄 웃으며 그녀의 등을 팡팡 두드렸다. 세희는 아무 대꾸도 못 하고 그저 안타까운 눈으로 차 대리를 바라보았다. 괜한 오지랖이 사람 잡는다는 걸 오늘 차 대리로부터 확실하게 배웠다!

　"단독 인터뷰요?"

　안 실장에게 서류철을 건네받으며 재현이 미간을 좁혔다.

　"네. 아무래도 직원들 모두 전무님에 관해 궁금한 점도 많을 테고, 외부에서 첫 인터뷰를 하시는 것보다는 그래도 그룹 내에서 먼저 인터뷰를 진행하는 게 직원들 사기에도 좋을 테고요."

　"그렇겠군요. 좋아요. 시간을 내보세요."

　"알겠습니다."

안 실장이 문을 닫고 나가자, 재현은 안경을 벗으며 한 손으로 미간을 주물렀다. 시력 때문이 아니라 조금이라도 더 나이 들어 보이려 안경을 착용하는 거라서 여간 불편한 게 아니었다. 재현은 손으로 얼굴을 쓸어내리며 책상에서 일어나 창가로 다가갔다. 오후의 강렬한 햇살이 건너편 빌딩의 유리창에 반사되어 눈이 부셨다.

인터뷰라……. 홍보부에서 계획한 일이겠지?

문득 며칠 전 우연히 보았던 세희가 떠올랐다. 늦은 시각, 피곤한 모습으로 야근 업무에 정신없던 그녀. 그날 이후, 한 번도 회사 내에서 마주치지 않았다.

"생각보다 잘 피해 다니는군."

잘하면 그녀가 인턴 근무를 마치는 날까지 마주치지 않을지도 모르겠다. 그렇다면 더는 지난날의 기억 때문에 마음 불편할 일도 없을 것이다.

염색한 갈색 머리를 짧게 자르고 검게 물들이던 날, 모든 과거를 묻어버렸다. 그런데 세희를 보고 있노라면 자꾸만 10년 전 그날이 떠오른다.

캘리포니아. 페블비치. 카멜. 인공 눈가루가 흩날리던 사이프러스 컨트리클럽. 하얀 드레스를 움켜쥐고 달려가던 세라. 부드럽고 느리게 울려 퍼지던 왈츠. 그리고…….

그때를 떠올리는 재현의 얼굴에 어두운 그림자가 내려앉았다.

─세상 그 어느 여자도 오빠를 순수하게 남자로만 봐주진 않을 거야. 오빠 뒤에 있는 하나 그룹을 먼저 볼 거라고.

악에 받쳐 소리치던 소아. 그녀의 날이 선 목소리가 아직도 귓가에 들리는 것만 같다.

"후."

재현은 쓴 미소를 지으며 차가운 유리창에 이마를 기대었다.

사랑이란 아무짝에도 쓸모없는 거추장스러울 감정일 뿐이다. 그럼에도 정혼녀였던 소아의 배신은 그에게 썩 좋은 경험이 아니었다. 그래서일까? 세희를 보면 왠지 마음이 불편했다. 그녀는 그에게 나약했던 과거를 떠올리게 했다. 하지만 더 이상은 그녀를 볼 일이 없을 것이다.

재현은 피식 입꼬리를 비틀며 다시 책상으로 돌아갔다.

아, 어떡해. 어떡해. 어떡하느냐고!

세희는 인터뷰 질문 내용이 인쇄된 종이를 내려다보며 발을 동동 굴렀다. 바쁘다고 당연히 거절할 줄 알았는데 아무 때나 괜찮다는 비서실장의 답변이 돌아왔다.

요새 시간이 남아도나? 장기간 해외 출장에서 돌아온 이후로는 지방 출장도 가지 않더니만. 세희는 초조하게 손끝을 깨물며 컴퓨터 화면에 뜬 일정표를 노려보았다. 내일이 바로 이재현 전무를 인터뷰하는 날이다. 그를 이리저리 피해 다니느라 하루하루 살얼음판을 걷는 기분이었는데 드디어 내일, 그 살얼음판이 팍 깨지려나 보다.

안 돼! 이대로 쉽게 포기할 순 없어!

자리에서 벌떡 일어난 세희는 급하게 허리를 굽히며 두 손으로 배를 감쌌다. 맹장이 아프다고 해볼까? 아, 아니야. 그랬다간 차 대리 손에 곧바로 병원으로 직행할 거다. 그것보다는 조금 덜 아픈 시늉을 해야 성공할 확률이 높다.

세희는 '흠, 흠' 마른기침을 두어 번 내뱉은 후, 매우 아파 보이는 얼굴로 천천히 정 대리에게로 다가갔다.

"대리니……임."

세희가 다 죽어가는 목소리로 부르자, 컴퓨터 화면을 보며 열심히 키보드를 치던 정 대리가 옆으로 고개를 돌렸다.

"어머, 세희야. 너 얼굴이 왜 그래? 목은 또 왜 이렇게 꽉 쉬었어?"

정 대리가 깜짝 놀란 듯 자리에서 일어나 세희에게로 다가왔다.

"요새 매일 밤늦게까지 야근하고 그래서…… 몸살이 왔나 봐요."

"어제 퇴근할 때만 해도 괜찮았잖아?"

정 대리의 말이 끝나자마자 세희가 쿨럭쿨럭 기침을 하기 시작했다. 한참 후에 겨우 기침을 그친 세희가 모깃소리처럼 작게 속삭였다.

"……저, 도저히 내일 인터뷰 안 될 것 같은데……. 대리님이 저 대신 해 주심 안 될까요?"

"내가?"

"부탁이에요, 대리님."

세희는 기도하는 것처럼 두 손을 모으고 정 대리를 애절한 눈으로 바라보았다.

한참 동안 궁리하던 정 대리가 할 수 없다는 듯 어깨를 으쓱거렸다.

"알았어. 인터뷰할 내용 줘봐. 과장님께는 내가 잘 말씀드릴게."

"네. 감사합니다."

그래, 역시 그냥 죽으란 법은 없는 거다. 바짝 졸았던 가슴을 쓸어내리며 세희는 크게 안도의 숨을 내쉬었다.

❧

다음 날 아침, 김 과장이 초조한 듯 손목시계를 들여다보며 복도를 왔다 갔다 서성거렸다.

"인터뷰 시간 다 되어가는데 정 대리는 왜 안 나타나는 거야?"

이재현 전무의 바쁜 오후 일정을 고려해 아침 첫 일정으로 인터뷰를 잡았는데 오늘따라 정 대리의 출근이 늦어지고 있었다. 한 번도 지각해본 적 없는 그녀가 무슨 일일까?

"지금 운전 중이래요. 차가 엄청 막힌다고 방금 연락 왔습니다."

차 대리가 사무실에서 걸어 나오며 말했다.

"뭐? 차가 막혀? 늦잠 자놓고 변명하는 거 아냐?"

"그쪽 방향에 10중 추돌 사고가 났다고 지금 뉴스에도 나오는데……."

차 대리가 중얼거리듯 대답하자 김 과장이 버럭 소리를 질렀다.

"왜 하필 이런 날 차를 몰고 오냐고? 지하철을 타고 와야지."

"과장님, 모르셨어요? 어제 2호선 성수역에서 작은 화재가 있었잖아요. 겁 많은 정 대리, 앞으로 한동안은 지하철 안 탈 거예요."

가는 날이 장날이라더니! 김 과장이 답답하다는 듯이 한 손으로 넥타이를 풀어헤쳤다. 그러고는 옆에서 초조한 듯 발을 동동 구르는 세희를 힐끗 쳐다보았다.

"아무래도 안 되겠어. 세희 씨, 지금 당장 인터뷰 준비해."

"네에?"

"오늘 보니까 목소리 많이 좋아진 것 같던데 뭘. 어차피 세희 씨가 하려던 인터뷰잖아. 정 대리 대신 빨리 올라가라고."

헉! 이럴 줄 알았으면 오늘도 목이 꽉 쉰 것처럼 연기하는 건데…….

세희가 울상을 지으며 황급히 두 손을 내저었다.

"저, 과, 과장님. 정 대리님 곧 오실 거예요. 그러니까……."

"어서. 시간 없어."

그러나 김 과장은 그녀의 의견을 들을 생각도 없이 엘리베이터 쪽으로 힘껏 세희의 등을 떠밀었다.

똑똑―.

노크 소리와 함께 문이 열리며 강 비서가 전무실 안으로 한 걸음 들어섰다.

"전무님, 인터뷰할 시간입니다. 지금 밖에 홍보부 직원들이 와 있습니다."

책상에 앉아 인터뷰 질문 내용을 훑어보던 재현이 고개를 들며 말했다.

"알았어. 모두 들어오라고 해."

책상에 놓았던 은테 안경을 쓰며 재현이 짧게 지시했다. 그 말이 끝나자마자 홍보부의 김 과장, 사진 담당인 차 대리가 전무실 안으로 들어섰다. 그리고 이어서 고개를 밑으로 푹 숙인 누군가가 뒤를 따랐다.

"거기들 앉아요."

손으로 가죽 소파를 가리키며 재현이 말했다. 마치 죄인처럼 고개를 들지 못한 누군가를 바라보며 그가 미간을 좁히는 순간, 강 비서의 또랑또랑한 목소리가 귓가에 흘러들었다.

"전무님, 오늘 인터뷰는 인턴 서세희 씨가 진행한다고 합니다."

그제야 세희가 아주 천천히 고개를 들어 맞은편에 앉은 재현을 바라보았다. 찰나의 순간, 그의 얼굴에 당황스러움이 스쳤고 이어서 눈빛이 이글거리며 불타올랐다. 비장한 마음으로 재현의 날카로운 시선을 받아내며 세희는 마른침을 삼켰다. 이래서 어디 인터뷰나 제대로 마칠 수 있을지 모르겠다.

솔직히 인터뷰가 어떻게 진행되고 있는지 잘 모르겠다. 준비해 간 내용 중, 하나도 빠짐없이 꼬박꼬박 제대로 질문하는 것 같긴 하다.

세희는 죽일 듯 노려보는 재현의 시선을 받아내기가 매우 곤혹스러웠다. 하지만 아무리 상대가 이글이글 불타는 눈으로 노려본다고 한들, 그녀는 진행자로서 상냥하게 웃으며 마주해야 한다. 인터뷰 진행자가 상대방을 똑바로 바라보지 않는 건 예의에 어긋나니까…….

세희는 크게 숨을 들이마시며 꼿꼿하게 허리를 폈다.

"자, 그럼 사진 좀 찍겠습니다. 자연스럽게 인터뷰하는 장면을 찍을 거니까 두 분 모두 편안하게 마주 보세요."

인터뷰가 중간쯤 진행되자 조명 세팅을 마친 차 대리가 사진 촬영에 들어갔다. 두 사람이 대화하는 모습을 열심히 찍어대던 차 대리는 뷰파인더를 심각하게 들여다보더니 살짝 미간을 좁혔다.

"죄송하지만 두 분 거리를 좁혀주시겠습니까? 세희 씨, 전무님 쪽으로 좀 더 가까이 앉아봐요. 멀리 떨어져 있으니까 영 그림이 안 사네."

생각지 않았던 제안에 세희가 힐끔 차 대리를 흘겨보았다.

떨어져 앉아 있어도 이글거리는 눈빛에 불타 죽을 판인데 여기서 더 가까이 가라고?

"뭐 해요, 세희 씨. 좀 더 앞으로 다가가라니까? 아니, 그렇게 말고."

세희가 몸을 뻣뻣하게 움직이자 차 대리가 설레설레 고개를 내저었다.

"안 되겠어, 세희 씨. 전무님 옆에 앉아요. 그리고 살짝 몸을 비스듬히 틀어봐."

아니, 진짜 차 대리님. 도대체 왜 이러는 거예요?

세희는 곤혹스럽게 차 대리를 노려본 후, 슬그머니 재현에게로 시선을 돌렸다. 그러자 재현이 피식 입꼬리를 비틀더니 한 손으로 자신의 옆자리를 툭툭 두드렸다.

"자, 빨리하고 끝냅시다."

"아, 네."

세희는 어쩔 수 없이 조심스럽게 재현의 옆으로 자리를 옮겼다. 그를 향해 몸을 비스듬히 틀자 그의 무릎과 그녀의 무릎이 살짝 닿아버렸다. 희미하게 전해지는 그의 체온.

으아, 어쩌면 좋아. 너무 어색하다!

세희는 질문지를 두 손으로 꽉 쥐며 숨을 깊게 들이마셨다. 그런 그녀를 재현이 느긋한 눈빛으로 지켜보았다. 궁지에 몰린 쥐를 바라보는 고양이처럼, 은근히 잔인하게…….

"사생활에 관한 질문인데요, 전무님은 여가를 어떻게 보내시나요?"

"여가란 일이 없어서 남는 시간을 말하는 건데…… 난 그럴 시간이 없어서 잘 모르겠군요."

하여간 대답도 참 재수 없게 하네!

세희는 속으로 흥! 코웃음을 쳤다.

"그래도 하루 24시간 일만 하진 않을 거잖아요."

속마음을 감추며 그녀가 상냥하게 웃어 보였다.

"물론 24시간 일만 하는 건 아니지만, 먹고 자고 화장실 가는 시간 빼곤 거의 일만 하는데……. 중간중간 짧은 휴식을 취한다 해도, 여가라고 하기엔 영 부족하고."

재현이 비아냥거리듯이 대답했다.

이 인간, 지금 날 골탕 먹이려고 수작 부리는 거다.

세희는 볼펜을 꽉 움켜쥐며 힘겹게 표정 관리에 들어갔다.

"그럼 차로 이동하는 시간에도 서류만 보시나요? 음악을 듣거나 창밖의 경치를 감상하거나 뭐 그런……."

"나도 묻고 싶은데…… 그러는 세희 씨는 여가를 어떻게 보내죠?"

재현의 질문에 세희가 잠시 멍한 표정을 지었다. 생각해 보니 그녀도 여가다운 여가를 보낸 적이 없었다. 지금까지 공부와 일을 병행하며 하루 24시간이 모자랄 정도로 숨차게 달려왔으니까.

세희가 머뭇거리자 재현은 슬그머니 그녀를 향해 상체를 기울였다. 그러고는 그녀의 귓가에 작게 속삭였다.

"남 샤워하는 모습 훔쳐보는 게 취미 아니었나?"

순간 당혹스러움에 세희의 얼굴이 확 붉어져버렸다. 그는 그저 농담한 건데…… 이놈의 눈치 없는 뇌가 '좌르르' 그때 보았던 영상을 눈앞에 뿜어내기 시작했다.

뿌연 수증기가 채워진 욕실. 거세게 쏟아지는 물줄기 소리와 함께 흘러나오던 나직한 탄성. 그리고 아주 짧은 순간이었지만 수증기 사이로 희미하게 보이던 조각 같은 나신.

어떡해, 어떡해! 너무나도 생생하게 총천연색으로 비디오, 오디오 모두 재생되어버렸다! 세희가 굳은 표정을 지으며 얼어붙자, 재현이 씩 웃으며 기울였던 상체를 일으켰다.

"다음 질문으로 넘어가죠."

"아, 네."

그 말에 퍼뜩 제정신으로 돌아온 세희는 황급히 질문지로 고개를 숙였다.

침착하자, 서세희! 그는 지금 인터뷰를 망치려고 일부러 짓궂게 구는 거야. 절대로 넘어가면 안 된다고!

인터뷰 도중 재현의 도발은 계속됐다. 그때마다 세희는 '참을 인' 자를 속으로 되뇌며 그를 향해 어색하게 미소 지었다. 김 과장과 차 대리는 두 사람 사이에 흐르는 묘한 기류를 전혀 눈치채지 못할 것이다.

"끝으로 하나 그룹 직원에게 하고 싶은 말씀 있으십니까?"

드디어 마지막 질문에 이르자, 세희는 속으로 안도의 숨을 내쉬었다.

"하고 싶은 말이라……"

마지막 질문이라는 말에 재현이 굳었던 표정을 풀며 느긋하게 소파에 상체를 기대었다.

"조언도 상관없습니다, 전무님."

그때까지 옆에서 가만히 지켜보고만 있던 김 과장이 조심스럽게 끼어들었다. 재현은 창밖으로 시선을 돌려 잠시 생각에 잠기는 듯하다가 이윽고 입을 열었다.

"나 개인 한 명이 조직 안에서 어떻게 활동하느냐에 따라, 시너지 효과(Synergy Effect)를 불러일으킬 수도, 반대로 링겔만 효과(Ringelmann Effect)를 불러올 수도 있습니다. 그 점을 항상 기억하길 바랍니다."

그러니까 쉽게 말해서 업무 중에 한눈팔지 말고 전력투구하란 소리군.

세희는 속으로 투덜거리며 질문지를 반으로 접었다.

"감사합니다, 전무님. 이것으로 모든 인터뷰를 마치겠습니다."

마음 같아선 이대로 전무실을 쏜살같이 뛰어나가고 싶었지만, 촬영을 위해 설치했던 삼각대와 조명 등을 정리하는 김 과장과 차 대리를 모른 척할 순 없었다. 그녀가 그들을 도와 모든 정리를 끝내고 드디어 방을 나서려는 순간…….

"서세희 씨, 잠깐 할 이야기가 있는데……."

재현이 소파에서 일어나 책상으로 돌아가며 그녀를 불러 세웠다.

"우리 먼저 갈게."

김 과장과 차 대리는 매정하게도 창백히 질린 그녀를 남겨둔 채, 빠르게 방을 나섰다.

"누구 아이디어지?"

문이 닫히자마자 재현이 차가운 목소리로 물었다.

"네?"

"하고많은 직원 중에 왜 하필 서세희 씨가 날 인터뷰했어야 했는지 궁금하군."

"누구 아이디어라기보나는 그냥 회의 중에 모인 의견이었습니다. 전무님이 처음으로 공식 석상에 모습을 드러낸 곳이 그린 파라다이스 제주이기도 했고요, 그곳에서 인턴 최종 심사를 해주셨으니까. 인턴 합격자인 제가 인터뷰하면 자연스럽지 않을까 해서……."

"거절할 수도 있었을 텐데……."

재현이 손끝으로 책상 위를 톡톡 두드리며 미간을 찌푸렸다.

"물론 거절했습니다. 정 대리님이 저 대신 인터뷰할 예정이었는데, 그만 교통사고로 차가 막히는 바람에……. 그래서 김 과장님이 저보고 하라고 하셔서 할 수 없이……."

"훗."

의자 등받이에 머리를 기대며 재현이 입꼬리를 비틀었다.

"그러니까 김 과장 명령이 내 명령보다 더 먼저였다?"

"아닙니다. 그건 절대로 아닙니다."

세희가 두 손을 내저으며 다급하게 외쳤다.

"이런 상황에서 제 입장만 생각해, 인터뷰 못 한다고 버틸 수 없었습니다. 저 한 사람 희생으로 다른 분들께 해가 되지 않는다면……."

"저번에는 고양이 때문에 희생하더니, 이번엔 같은 부서 직원들을 위해 희생했다? 자신이 무슨 대단한 순교자라도 되는 줄 아나?"

재현이 피식 입꼬리를 비틀었다.

"지금이라도 당장 해고할 수 있어."

"하지만 전무님도 인터뷰에서 그러셨잖아요. 개인 한 명이 조직 안에서 어떻게 행동하느냐에 따라서 시너지 효과나 링겔만 효과를 불러온다고. 제가 저만을 생각하고 인터뷰 진행을 거부했더라면 그거야말로 조직에 해가 되는 거 아닌가요?"

어차피 잘릴 거라면 이대로 순순히 물러날 순 없기에 세희도 지지 않고 되받아쳤다.

"전무님이 하나 그룹 직원들에게 당부한 말, 그대로 행동했을 뿐입니다."

순간 세희와 재현의 시선이 허공에서 뜨겁게 맞부딪쳤다.

"좋아."

자신을 똑바로 응시하는 세희를 노려보던 재현이 이윽고 창밖으로 시선을 돌렸다.

"한 번만 더 기회를 주지. 오늘 이 순간부터 절대로 내 앞에서 얼쩡거리지 말도록."

"네. 명심하겠습니다."

세희는 90도로 허리를 숙인 후, 부랴부랴 전무실을 걸어 나갔다.

⸛⸙⸛

나, 미쳤나 봐!

고개를 꼿꼿이 들고 전무실을 빠져나온 세희는 곧장 옥상으로 향했다. 후들거리는 다리로 애써 옥상에 다다른 그녀는 환풍기 옆에 놓인 벤치에 쓰러지듯 주저앉았다.

'어차피 해고당할 바에야 반항이나 한 번 제대로 해보자!'라는 마음으로 대들었던 건데, 효과가 있었다.

"하아."

세희는 놀란 가슴을 쓸어내리며 크게 숨을 내쉬었다. 하지만 이런 건 아마도 이번 한 번뿐일 것이다. 앞으로는 더욱더 조심해야 한다.

나노 낭신 별로 보고 싶지 않다고!

왕자님과 너무나도 닮아서일까? 재현을 볼 때마다 자꾸만 10년 전 추억이 생각나 가슴이 뭉클해졌다. 그때가 눈앞에 아른거려서 나도 가슴이 아프다고! 나도 당신 같은 남자 질대로 보고 싶지 않아!

세희는 왈칵 쏟아지려는 눈물을 참으며 아랫입술을 꽉 깨물었다.

✥

단층짜리 작은 빌딩도 아닌데…….

전무실에서 신신당부한 지 며칠이나 지났다고 왜 또 그녀가 눈에 보이는지 모르겠다. 그냥 지금 확 해고해버릴까?

사내 식당으로 들어서던 재현은 식당 맨 구석에 앉아서 식사 중인 세희를 발견하곤 인상을 찌푸렸다. 등을 돌리고 있는 탓에 그녀는 아직 그를 보지 못한 것 같다. 멀리서 등 돌린 모습만 보고도 그녀인지 바로 알아차리다니……. 그에게 그녀를 향한 촉각 세포가 생겨난 게 분명하다.

"왜 그러십니까? 메뉴가 마음에 안 드십니까? 그냥 밖에서 먹을까요?"

재현의 표정이 굳은 걸 알아챈 안 실장이 넌지시 물었다.

"아닙니다. 간단하게 먹을 건데, 그냥 여기서 식사하죠."

그때였다. 사내 식당 끝에서 '우당탕' 소리가 들렸다. 재현이 고개를 돌리자 식판을 든 채 밖으로 뛰어나가는 세희가 눈에 들어왔다.

후, 그래도 말귀는 제대로 알아듣는 모양이군.

재현이 피식 미소 지으며 식판을 집어 들었다.

✥

점심을 잘 먹던 직원들이 이상하게 웅성거리며 뒤쪽을 힐끔힐끔 쳐다보기에 연예인이라도 떴나 하는 호기심으로 뒤를 돌아봤는데…….

왜 식당 입구에 그 남자가 떡하니 서 있느냐고!

아직 반도 못 먹었는데 그냥 가긴 억울하고……. 세희는 허겁지겁 식판을 두 손에 들고 부리나케 밖으로 뛰어나갔다. 그러고는 그녀를 이상하게 쳐다보는 사람들의 눈길을 무시한 채 그대로 건물 정원으로 향했다.

"아후, 정말. 진짜 때려치우든지 해야지."

야외 테이블에 식판을 내려놓으며 세희가 투덜거렸다. 먹을 때는 개도 안 건드리는 법인데……. 밥 먹다 말고 이게 웬 날벼락인지 모르겠다. 그래도 음식은 남기지 말고 다 먹어야지.

세희는 숟가락 가득 밥을 떠 한입에 집어넣었다.

"세희야? 너 왜 여기서 먹어?"

오물오물 열심히 식판을 비우고 있는 세희의 앞으로 정 대리가 다가왔다. 항상 세희와 점심을 먹던 정 대리는 오늘은 친구와 점심 약속이 있다며 조금 일찍 회사를 나섰었다.

"오늘 날씨가 너무 화창해서요."

"화창?"

먹구름 낀 우중충한 하늘을 올려다보며 정 대리가 고개를 갸우뚱거렸다.

"점심 맛있게 드셨어요?"

정 대리를 따라 하늘을 바라본 세희가 서둘러 화제를 돌렸다.

"응. 회사 앞에 돈가스 집 새로 오픈했는데 정말 맛있더라. 다음에 나랑 같이 가자."

"네."

"참, 이번 토요일에 뭐 특별한 계획 있어?"

건물 안으로 향하던 정 대리가 갑자기 걸음을 멈추고 뒤를 돌아 세희를 바라보았다.

"아뇨."

"그래? 그럼 미안하지만, 오전에 잠깐 나와줄래? 급히 처리해야 할 일이 있거든. 나 혼자 하긴 너무 많은 업무라서······."

"네, 그래요."

어차피 토요일이라고 집에 있으면 고모나 혜영의 뒤치다꺼리나 할 텐데······. 집에서 일하나 회사에서 일하나 크게 다를 건 없었다. 세희는 흔쾌히 정 대리의 부탁을 들어주며 활짝 미소 지었다.

부탁을 들어주는 게 아니었어!

세희는 프런트 데스크 밑에 바짝 엎드려 어서 재현이 지나가기만을 기도했다. 아침에 출근했을 때만 해도 이런 불행이 그녀를 기다리고 있을 줄은 꿈에도 몰랐는데······.

정 대리가 부탁한 업무를 단숨에 끝내고 12시가 되기 전 회사를 나서던 길이었다. 오늘은 토요일이라서 로비 유리문을 하나만 개방해놓는다. 그런데 하필이면 그가 유리문으로 들어오고 있었다.

다행히도 부딪히기 전에 재현을 알아본 세희는 미친 듯이 로비를 가로질러 엘리베이터로 달려갔다. 그런데 오늘은 토요일. 전력 소비 절약을 위해 그 많고 많은 엘리베이터 중 딱 2대만 사용하는 날이다. 그리고 지금 그 2대는 저 꼭대기에 머물러 있었다. 이럴 줄 알았으면 그냥 정 대리를 따라서 지하 주차장으로 내려가는 거였는데······.

발을 동동 구르다 뒤를 돌아보니 재현이 유리문을 열고 막 로비 안으로 들어서고 있었다. 비상구 계단으로 달려가기엔 너무 늦어버린 상황이라, 세희는 할 수 없이 옆에 있는 프런트 데스크 밑으로 부리나케 숨어들었다. 깜짝 놀란 경비원이 무슨 일이 있느냐는 표정으로 내려다보자 세희는 손가락을 입으로 가져가며 제발 조용히 하라는 시늉을 했다.

평소에도 출퇴근 시, 살갑게 인사를 나누던 경비원 아저씨니까 아마 모른 척 눈감아 줄 것이다. 문제는 재현이 프런트 데스크를 지나가지 않고 그 앞에 서버렸다는 거!

"수고가 많으십니다."

"아, 예. 전무님. 토요일이신데도 나오셨군요."

"다음 달에 첫째 따님 결혼한다고 들었습니다. 축하합니다."

"아이고, 감사합니다. 모두 전무님 덕분이죠."

아, 쫌! 그냥 지나가라고요! 왜 오늘따라 경비원 아저씨랑 수다를 떠는데? 이 남자, 이렇게까지 부하 직원 챙기는 다정한 상사였나?

세희는 경비원 아저씨의 다리를 노려보며 아랫입술을 잘근잘근 깨물었다.

"그럼 수고하세요."

드디어 두 사람의 대화가 끝난 모양이다. 재현의 발소리가 서서히 멀어져 갔다.

띵―.

엘리베이터가 도착하고 다시 문이 닫히는 소리가 나서야 세희는 엉금엉금 프런트 데스크를 기어 나왔다. 그러곤 데스크 다리에 상체를 기대며 크게 안도의 숨을 내쉬었다.

"무슨 일이에요?"

"아, 갑자기 신발 끈이 풀려서……."

"신발 끈?"

그녀의 매끈한 구두를 내려다보며 경비원이 고개를 갸우뚱거렸다.

"안녕히 계세요."

허둥지둥 경비원에게 인사를 하고 막 건물을 나서려는데, 가방 안에서 휴대폰이 울리기 시작했다.

"네, 대리님."

[세희야, 지금 어디야?]

휴대폰에서 숨넘어가는 정 대리의 목소리가 흘러나왔다.

"지금 막 로비 나서는 길인데요."

[아우, 다행이다. 아직 안 갔구나. 내가 깜빡하고 이메일을 전송 못 하고 왔어. 나 대신 올라가서 좀 보내줄래? 나 벌써 고속도로 타버렸거든.]

저 위를 다시 올라가라고? 그랬다가 이재현 전무와 부딪히기라도 하면?

"급한 거예요?"

[응. 주말에 검토해보고 월요일 아침에 연락 준다고 했거든. 지금 안 보내면 일에 차질이 생겨.]

"네. 제가 지금 가서 전송할게요."

[정말 고마워. 월요일 점심은 내가 살게.]

그 인간은 아마 곧바로 전무실로 갔을 테니까 다시 부딪힐 위험은 없을 것이다. 세희는 그대로 뒤돌아 사무실로 올라가 정 대리가 부탁한 이메일을 전송했다.

그래도 혹시 모르는데 계단으로 내려갈까? 아님 엘리베이터를 탈까?

잠시 고민에 빠졌지만, 그녀는 곧 엘리베이터를 선택했다. 회사에 온 지 10분도 안 돼서 그가 돌아가진 않을 거라는, 설마 하는 생각에서였다.

하지만 역시……. 설마가 사람을 잡는다!

띵ー.

엘리베이터 문이 열리고 반사적으로 안으로 발을 들여놓던 세희는 벽에 어깨를 기대고 선 재현과 눈이 마주쳤다.

으악! 이 남자, 왜 여기 있는 거야?

사람이 너무 놀라면 다리가 꼬인다고 하던가? 바로 지금이 그런가 보다. 서둘러 뒷걸음치던 세희는 그만 중심을 잃고 도리어 재현 쪽으로 쓰러지고 말았다. 그의 가슴에 얼굴을 묻고 폭 안기며 그 반동으로 두 사람의 몸이 휘리릭 반대쪽으로 돌아갔다. 그와 동시에 엘리베이터 문이 '탕' 닫혀버렸다.

세희의 등은 엘리베이터 벽에 닿아 있었고, 재현의 한 손은 그녀의 허리를 두르고 다른 한 손은 벽을 짚고 있었다. 누군가 CCTV 카메라로 두 사람의 모습을 본다면 키스하는 중이라고 오해하고도 남을 상황이었다. 그러나 죽을 듯이 노려보는 재현의 눈빛을 본다면 그런 오해는 싹 들어가고 말 것이다.

"지금 뭐 하는 거지?"

재현이 으르렁거리듯 퉁명스럽게 물었다.

"……급한 일이 있어서 잠시 사무실에 왔다가…… 저기, 그래서."

세희가 말할 때마다 그녀의 가슴이 위아래로 들썩거렸다. 그제야 재현은 그녀와 가슴이 꼭 맞닿아 있다는 사실을 깨달았다.

재현은 낮게 탄성을 뱉으며 빠르게 뒤로 물러섰다. 제길! 짧은 접촉이었음에도 마치 전기에 감전된 듯 손끝이 저리다. 그는 눈살을 찌푸리며 언성을 높였다.

"도대체 사람 말을 뭐로 듣는 거지? 내가 분명히 눈앞에서 얼쩡거리지 말라고 했나, 안 했나?"

토요일에도 일하러 나왔는데 칭찬은 못 해줄망정 죄인 취급이나 하고! 더는 못 참아.

세희는 두 팔을 허리에 짚으며 재현을 똑바로 노려보았다.

"솔직히, 저도 전무님과 마주치는 거 불편하거든요. 하지만 근무하다 보면 어쩔 수 없는 상황이라는 게 있는데 자꾸만 눈앞에 나타나지 말라고 하는 건 부당하다고 봅니다. 토요일에도 일하겠다고 나온 직원을 격려는 못 해줄망정 너무 심한 거 아닌가요?"

"그래?"

그건 재현, 그 자신도 너무나도 잘 알고 있다. 지금 말도 안 되는 억지를 부린다는 것을. 그래서 더 화가 난다.

"제가 전무님인 줄 몰라보고 실수한 건, 정말 백번이라도 사죄할게요. 하지만 전무님 눈에 안 띄면서 업무를 보기엔 애로 사항이 많습니다."

"애로 사항이 많다?"

"네. 전무님 눈에 띄기라도 할까, 항상 조심해야 하니까 본의 아니게 업무에 지장이 옵니다. 또 그리고……."

"그럼 그냥 여기서 해고할까?"

재현이 싸늘한 목소리로 묻자, 세희의 눈이 휘둥그레졌다.

"아뇨!"

역시, 안 먹히네. 이럴 때는 무조건 항복하는 게 최고다!

세희는 재현을 향해 재빨리 90도 각도로 허리를 숙였다.

"앞으로 더욱더 조심하겠습니다."

한참 동안 그녀를 노려보던 재현이 소름이 돋을 만큼 음산한 목소리로 경고했다.

"명심해. 또다시 내 눈에 띄었다간 그 자리에서 바로 해고해버릴 테니까."

5. 내 앞에선 우는 모습 보이지 마

"전무님?"

강 비서는 자신의 보고를 한 귀로 듣고 한 귀로 흘리는 재현을 의아한 눈길로 바라보았다. 재현이 '이메일 보스'란 별명으로 불리며 공식 석상에 전혀 모습을 나타내지 않을 때부터 그를 보좌한 그녀였다. 햇수로 치면 어언 5년이 넘어간다.

그랬기에 강 비서는 자신의 상관이 얼마나 냉철한지 너무나도 잘 알고 있었다. 칼로 찔러도 피 한 방울 나올 것 같지 않은 남자. 그런데 그런 그가 왜 오늘은 이리도 멍한 표정으로 서 있는 걸까?

"흠, 흠."

강 비서는 자연스럽게 재현의 관심을 끌기 위해 헛기침을 내뱉었다. 창밖을 내다보던 재현이 그제야 뒤돌아 그녀에게 시선을 주었다.

"아, 미안. 뭐 좀 생각할 게 있어서…… 방금 뭐라고 했지?"

"유 회장님과의 저녁 약속이 취소되었습니다. 막내 따님이 갑자기 파리에서 돌아왔다고 오늘은 가족과 함께 저녁을 해야 한답니다. 괜찮으시다면 전무님을 집으로 초대하고 싶다고 하셨습니다만……"

"됐어. 내가 가족 모임에 끼는 것도 이상하지. 다른 날로 잡아."

"네. 알겠습니다. 저, 그런데 전무님⋯⋯."

잠시 머뭇거리던 강 비서가 조심스럽게 말을 꺼냈다.

"이정연 이사님과 통 연락이 닿지 않습니다. 월요일 주주 모임에는 꼭 참석하셔야 하는데⋯⋯."

그 말에 재현은 골치가 아프다는 듯, 손으로 이마를 짚었다.

손 위로 두 살 터울인 누나 이정연. 엄격한 후계자 교육을 받은 재현과 달리 딸인 정연은 자유로운 인생을 즐겼다. 하지만 그 자유분방함이 요새는 종종 방종이 되고 말았다.

"나 역시 누나 본 지 좀 오래됐어. 이 인간이 또 어디서 무슨 짓을 하고 있는 건지. 어딘가에 처박혀 있을 테니까 우선 별장이랑 호텔부터 뒤져봐."

"네. 알겠습니다."

강 비서가 방을 나가자, 재현은 다시 책상으로 돌아가 결재해야 할 서류들을 뒤적였다. 그러나 얼마 안 있어 '탁' 소리 나게 서류철을 덮어버렸다. 어째서인지 요새 통 일이 손에 안 잡힌다.

도대체 언제부터일까?

재현은 쓰고 있던 안경을 벗으며 의자 등받이에 힘없이 머리를 기대었다. 미미한 두통이 밀려온다. 재현은 두 눈을 감고 숨을 길게 들이마셨다.

눈엣가시같이 거슬렸던 서세희. 엘리베이터에서 마주친 그날 이후로 완벽하게 모습을 감추었다. 한 번만 더 눈에 띄면 해고할 거라는 으름장이 잘 전달되었나 보다.

이대로 무사히 인턴을 마치고 정직원으로 올라가면 어디 저 멀리 지방으로 보내버리면 그만이었다. 어차피 재미 삼아 뛰어든 일일 텐데 본인이 알아서 그만두겠지.

재현은 불현듯 두 눈을 뜨며 인상을 찡그렸다.

모습이 보이지 않으면 속이 시원해야 하는데⋯⋯ 왜 한편으로 은근히 서운한지 모르겠다.

아마도 두통 후유증이겠지?

⚜

"모두 수고가 많군요."

재현이 사무실 안으로 들어서자 모두의 놀란 시선이 출입구 쪽을 향했다.

"전무님, 어떻게 여기까지."

홍보부 안을 휙 둘러보는 재현 앞으로 김 과장이 부리나케 뛰어왔다.

"한 부장님, 방금 회장실에 올라가셨는데요."

"한 부장님을 보러 온 거 아닙니다. 그냥 지나가다가……."

재현의 시선이 텅 비어 있는 세희의 책상에 꽂혔다.

"저번 인터뷰 편집이 어떻게 진행 중인지 궁금하기도 하고."

"그거라면 전화만 주셔도 저희가 가지고 올라갈 텐데요. 지금 세희 씨가 마무리하고 있습니다. 어? 세희 씨, 방금까지 여기 있었는데……?"

주인 없는 책상을 보며 김 과장이 고개를 갸우뚱거렸다.

"아닙니다. 됐습니다. 나중에 사내지에 실리면 그때 보죠."

"인쇄 들어가기 전에 최종 편집물을 올려드리겠습니다."

"그래주면 고맙고요. 그럼."

재현이 어색하게 웃으며 서둘러 사무실을 걸어 나갔다.

잠시 후, 책상에 딱 붙어 있던 의자가 뒤로 밀리며 책상 밑에서 세희가 엉금엉금 기어 나왔다.

"세희야, 너 거기서 뭐 해?"

마침 옆을 지나던 정 대리가 화들짝 놀라 뒤로 물러섰다.

"아, 책상 밑에 펜이 떨어져서……."

세희가 봄을 일으키며 붉은 펜을 들어 보였다. 그리곤 출입구 쪽을 매서운 눈으로 노려보았다.

저 인간, 지금 해보자고 덤비는 거야! 또 한 번 눈앞에 나타나면 잘라버린다고 협박할 때는 언제고 여길 나타나!

세희는 도로 의자에 앉으며 잔뜩 화난 얼굴로 이를 갈았다.

내가 정말, 정직원만 돼봐라. 지방으로 지원해서 아주 멀리 가버릴 거야!

띠리리ー. 띠리리ー.

일요일 늦은 아침, 끊임없이 울리는 전화벨 소리에 세희는 천근만근 무거운 눈꺼풀을 간신히 뜨며 침대 맡에 놓인 휴대폰으로 손을 뻗었다.

"여보세요?"

[왜 전활 안 받아?]

서 여사의 날카로운 목소리가 흘러나왔다.

[오랜만에 함께 식사나 하자. 지금 당장 그린 힐 호텔 로비 라운지로 와. 고모가 점심 사줄게.]

오늘은 해가 서쪽에서 뜨려나? 왜 갑자기? 짜장면 한 그릇도 사주기 아까워하던 고모인데…….

하지만 지금 세희에겐 먹는 것보다 모자란 잠을 청하는 게 우선이었다. 일주일 내내 재현의 눈을 피해 다니느라 신경은 있는 대로 곤두섰고, 산처럼 쌓인 업무 처리로 토요일에도 출근해 밤늦게까지 업무에 시달렸다. 하여간 말로 다 표현할 수 없을 정도로 힘겨운 일주일이었다.

"다음에 식사하고 오늘은 그냥 집에서 쉬면 안 될까요?"

잠에서 덜 깬 목소리로 세희가 웅얼거리듯 대답했다.

[오랜만에 밥 사주겠다는데 왜?]

"너무 피곤해서 그래요. 어제도 야근하느라 밤늦게 들어왔는데……."

[그러니까 누가 인턴 하래? 왜 사서 고생이야? 잔말 말고 빨리 나와.]

수화기 건너편으로 단호한 서 여사의 목소리가 쩌렁쩌렁 울려 퍼졌다.

"저 지금 입맛도 없고, 배 안 고파요, 고모."

[얘는 밥 한 끼 먹자는데 뭔 말이 그리도 많니? 잔말 말고 빨리 준비하고 나와. 호텔이니까 차려입고 나오는 거 잊지 말고.]

정말 아무것도 하지 않고 온종일 잠만 잘 생각이었는데……. 왜 고모는 난데없이 함께 점심을 먹자는 걸까? 그것도 후덜덜하게 값비싼 일급 호텔에서 말이다.

그나저나 하고많은 호텔 중에 왜 하필 하나 그룹 계열사인 그린 힐 호텔인지. 이건 마치 일요일에도 출근하는 느낌이잖아!

"아, 졸려 죽겠는데……."

세희는 휴대폰을 내려놓으며 짜증스러운 목소리로 투덜거렸다.

그나저나 뭘 입고 가지?

세희는 머리를 긁적거리며 초라한 옷장 안을 뒤적였다.

⚜

[이사님을 찾았습니다. 오늘 새벽, 그린 힐 호텔 스위트룸에 투숙하셨답니다.]

"알았어. 곧장 그리로 갈 테니까, 도중에 딴 데로 새지 못하게 잘 감시하고 있어."

[네. 알겠습니다.]

보고를 받은 재현은 곧바로 그린 힐 호텔로 차를 몰았다.

―정연이가 요즘 많이 힘들어.

어젯밤 정연의 친구 희승이 해준 이야기가 머릿속에 떠올랐다.

―규한 오빠 소식을 들었나 봐. 뭐, 사실 요새 어디를 가도 규한 오빠에
　관한 이야기니까 계속 모른 척하긴 힘들겠지. 오빠가 CEO로 있는 회사
　가 얼마 전 CNN에 소개되었잖아.

　민규한. 미디어 재벌인 서아 그룹의 둘째 아들.
　정연과 정략 결혼할 예정이었지만, 서아 그룹이 부도나는 순간 없던 일이
되어버렸다. 그게 벌써 8년 전의 일이다. 그 이후로 독신주의를 선언한 정연
은 유명 배우와 심심찮게 스캔들을 일으키며 마음껏 싱글 라이프를 즐겼
다. 골치 아프게도 뒤치다꺼리는 항상 재현의 몫이었다.
　"여기 있는 거 다 알아. 문 열어!"
　호텔에 도착하자마자 곧장 로열 스위트룸으로 향한 재현은 여러 번 벨을
눌러도 아무런 반응이 없자, 주먹으로 '쾅쾅' 문을 두드렸다.
　달칵―.
　한참 만에 문이 열리며 머리가 산발인 정연이 모습을 드러냈다. 게슴츠레
눈을 뜬 그녀는 잠이 덜 깬 듯 입을 크게 벌리고 하품했다.
　"아아함, 이게 누구야?"
　"또 밤새 파티를 벌인 모양이군."
　재현은 정연을 향해 눈살을 찌푸리며 객실 안으로 발을 들여놓았다.
　빈 술병과 컵, 음식이 담긴 접시, 벗어놓은 옷 등등…… 엉망으로 어질러
진 실내를 둘러보며 재현이 씁쓸하게 입매를 비틀었다. 그리고 옷장으로 곧
장 걸어가 가장 얌전해 보이는 원피스를 골라 정연에게 집어 던졌다.

"어서, 옷 입어. 이제 그만 집에 가야지."

그러자 정연이 콧소리를 내며 재현의 팔에 매달려 애교를 부렸다.

"재현아, 나 속 쓰려 죽겠어. 해장은 하고 가자. 응?"

역시 그러면 그렇지. 서 여사의 속셈은 세희가 호텔 로비 라운지에 도착하자마자 곧바로 드러났다.

"세희야, 여기."

손을 번쩍 들고 세희를 부르는 서 여사의 맞은편으로 30대 초반으로 보이는 낯선 남자가 눈에 들어왔다. 꽤 큰 키에 멀끔하게 생긴 외모를 가진 그는 껄렁한 모습으로 다리를 꼰 채 소파 깊숙이 앉아 있었다. 머리에서 발끝까지 화려한 명품으로 감싼 차림. 분명 패션 잡지에 나오는 신상을 걸치긴 걸쳤는데 뭔가 어색했다.

"배 사장님. 우리 조카, 사진에서 본 것보다 훨씬 예쁘죠?"

그렇다면 이 남자는 고모가 기회만 되면 선을 보라고 닦달하던 스타 캐피탈의 장남, 배성혁?

세희가 다가왔는데도 성혁은 일어나기는커녕 소파 등받이에 상체를 기댄 채, 마치 그녀를 음미하듯 위아래로 훑어보았다. 잘생긴 외모와 달리 그녀를 바라보는 눈빛은 사악한 뱀을 연상시켰다.

"차가 많이 막히지 않았나 보네? 제시간에 왔구나."

서 여사는 세희가 어디로 도망가기라도 할 듯이 재빠르게 손목을 붙잡아 자신의 옆자리에 끌어 앉혔다.

"내가 저번에 사진 보여줬지? 스타 캐피탈의 배성혁 사장님이셔."

그래서 어쩌라고요?

세희가 황당한 표정으로 서 여사를 바라보았다.

＊＊＊

한눈에 보기에도 맞선을 보는 모습이다. 회사에선 코빼기도 볼 수 없더니 이런 곳에서 마주칠 줄이야. 우연도 참 이런 우연이 없다.

재현은 요조숙녀처럼 단아하게 앉아 있는 세희를 발견하고 미간을 찡그렸다. 그녀의 옆에는 화려하게 보이는 중년 여성이, 그리고 맞은편에는 어디선가 낯익은 남자가 눈에 거슬리는 태도로 앉아 있었다.

맞선을 나왔으면서 건방진 자세로 다리를 꼬고 앉아 마치 물건을 평가하듯 훑어보는 시선이라니……. 재수 없는 놈!

재현은 상대 남자를 향해 불쑥 올라오는 적대심에 주먹을 움켜쥐었다.

솔직히 인턴 같은 거, 그녀에겐 심심풀이 서민 놀이에 불과하겠지. 이제 슬슬 지겨워지니까 적당히 비슷한 상류층 자제를 만나 결혼할 생각인가?

"재현아, 뭐 해? 빨리 가자."

앞장서서 걷던 정연이 로비 한가운데 우뚝 서 있는 재현의 팔을 잡아당겼다. 그제야 로비 라운지를 뚫어지게 노려보던 재현은 정연을 따라 레스토랑으로 발길을 돌렸다.

＊＊＊

아무리 그래도 그렇지. 이렇게 얼렁뚱땅 선을 보게 되다니…….

"고모, 도대체……."

세희가 뭐라고 한마디 하려고 하자, 서 여사는 그녀의 시선을 피하며 서둘러 자리에서 일어났다.

"난 이만 먼저 갈게. 배 사장님, 우리 세희 맛있는 거 많이 사주셔야 해요. 아셨죠?"

그 말을 끝으로 서 여사는 부랴부랴 로비를 빠져나갔다. 서 여사의 모습이 보이지 않자 세희도 테이블 위에 놓인 핸드백을 집어 들고 자리에서 몸을 일으켰다.

"죄송하지만 저도 이만 가볼게요."

"역시 예상대로군."

소파 등받이에 느긋하게 몸을 기댄 성혁이 비웃는 듯 입꼬리를 비틀었다.

"서 여사에게 아무 말 듣지 못하고 얼떨결에 나왔나 보네. 내 말이 맞지?"

"네."

"좀 앉아. 주문한 음료는 마시고 가야지. 아깝잖아."

말이 통할 것 같은 그의 태도에 잠시 주저하던 세희는 도로 소파에 앉았다. 이대로 그냥 가버린다면 상대에게 꽤 실례이긴 할 테니까.

"죄송합니다. 오해가 있었던 모양인데 전 아직 결혼할 생각이 전혀 없어요. 그러니까……."

"그래?"

성혁이 앞에 놓인 주스 잔을 들어 올리며 어깨를 으쓱거렸다.

"그쪽도 뭔가 착각한 모양인데, 나도 결혼할 생각은 전혀 없어. 세상에는 포기할 수 없을 정도로 예쁜 애들이 너무 많아서 말이지."

"그러면 왜 여기에 나오셨죠?"

"서 사장님이 하도 자기 조카가 미인이라고 자랑하기에 정말인가 궁금하기도 하고……. 얼마 전에 스폰해주던 여배우랑 깨져서 새로운 상대가 필요하기도 하고."

뭐? 새로 스폰할 상대가 필요하다고?

"상대를 잘못 찾으신 것 같네요. 저는 그런 거에 전혀 관심 없습니다."

세희가 자리에서 벌떡 일어나며 딱딱한 말투로 쏘아붙였다.

"훗. 듣기에 꽤 도도하다고 하더니 정말 그런가 보네. 보통 같으면 그런 처지에 그리 당당하게 나오지 못할 텐데 말이지."

"그런 처지요?"

세희의 반응에 성혁이 기가 막힌다는 듯 고개를 젖히고 크게 웃기 시작했다.

"하하하, 이런. 정말 까맣게 모르는 모양이네?"

세희의 속이 까맣게 타들어갈 때까지 웃기만 하던 성혁이 갑자기 웃음을 멈추었다. 그러곤 아주 심각한 표정으로 세희를 뚫어지게 응시했다.

"본인 앞으로 억대 사채가 있다는 거, 정말 몰라?"

◈

"음식이 나왔으면 먹는 시늉이라도 해라."

그대로인 재현의 음식을 가리키며 정연이 눈살을 찌푸렸다. 그러자 재현은 정연을 차갑게 노려보며 앞에 놓인 물 잔을 집어 올렸다.

"난 입맛 없으니까, 속 쓰려서 해장해야 하는 사람이나 많이 먹어."

"치. 하나밖에 없는 동생이 너같이 무뚝뚝한 놈이라니. 누가 네 와이프가 될지 벌써부터 불쌍하다."

숟가락으로 뜨거운 국물을 뜨며 정연이 투덜거렸다. 정연이 식사하는 모습을 묵묵히 지켜보던 재현이 지나가는 투로 말했다.

"다 먹으면 집에 가. 그리고 내일은 주주 모임 꼭 참석하고."

"나쁜 녀석, 두 살이나 어린 주제에 오빠처럼 행동하긴."

"그럼 누나가 누나처럼 행동하시든지."

"흥."

재현을 흘겨보며 정연이 아랫입술을 삐죽 내밀었다.

"참, 재현아. 다음 주 토요일에 블랙 오키드 클럽에서 파티가 있으니까 잠깐이라도 얼굴 내밀어. 미라가 거기 간대."

"누구?"

"애진 그룹 유 회장님의 막내딸, 유미라 말이야."

불미스러운 스캔들로 첫 번째 정혼녀였던 안소아와의 약혼이 깨진 후, 벌써 10년이란 시간이 지났다. 그 후로 오로지 일에만 몰두해온 재현에게 다시 정략결혼의 압박이 시작된 건 작년 가을부터였다.

이번 정략결혼 상대는 애진 그룹의 막내딸 유미라. 그녀는 어릴 때부터 재현이라면 울다가도 울음을 뚝 그치는 '재현 바라기'였다. 자신의 장래 희망은 이재현의 아내가 되는 거라고 당당하게 말했던 그녀는 첫 번째 약혼녀였던 안소아와는 모든 게 반대였다.

오래전부터 애진 화학을 눈독 들이는 하나 그룹과 애물단지 같은 화학 분야를 빨리 정리하고 싶지만 헐값으로 순순히 넘길 생각이 없는 애진 그룹. 그러다 보니 두 집안의 정략결혼이 자연스럽게 거론되었다.

"나도 파티에 참석할 거야. 넌 그냥 날 찾으러 파티에 왔다가 우연히 미라와 부딪히는 걸로 하래. 아빠의 아이디어야. 정략결혼이지만 사귀는 시늉을 하라나?"

평소라면 몰라도 지금은 그녀를 상대할 여유가 전혀 없었기에 재현은 크게 눈살을 찌푸렸다.

"미라가 몇 살인 줄은 알아? 이제 겨우 21살이야. 나와 13살이나 차이가 난다고."

"그래서?"

"너무 어린애는 관심 없어. 철없는 아이와 노닥거릴 정도로 시간이 넉넉하지 않으니까."

"그런데 너와 2살밖에 차이 나지 않던 소아와는 왜 그렇게 깨진 거야?"

그 말에 재현의 얼굴이 그대로 굳어버렸다. 정연은 '아차!' 하는 표정으로 급히 창밖으로 시선을 돌렸다.

텅 빈 약혼식장. 10년이나 지났건만, 아직도 어제 일처럼 눈앞에 생생했다.

재현에게 참을 수 없는 고통을 안겨주었던 사건. 그 후로 자유분방하던 재현은 찬바람이 도는 지금의 냉정한 성격으로 변해버렸다. 오히려 사업가로서는 좋은 변화라고 이 회장은 반겼지만, 정연은 그런 동생의 모습이 마음 아팠다.

잠시 침묵이 흐르고, 정연이 넌지시 말을 꺼냈다.

"지금 당장 그 애와 결혼하라는 게 아니잖아. 미라도 겨울 방학이 끝나면 다시 미국으로 돌아가야 해. 학교 마치려면 1년이 남았으니까 결혼을 해도 그 이후나 되겠지, 뭐."

"그렇다면 그때 돼서 만나도 늦지 않아."

재현이 누구보다 고집불통이라는 걸 알기에 정연은 조용히 한숨을 내쉬었다. 하지만 솔직히 정연 자신도 유미라가 영 탐탁지 않았다.

그때 후두둑 빗방울 떨어지는 소리가 들려왔다. 유리창 너머의 거센 빗줄기를 보며 정연이 눈살을 찌푸렸다.

"갑자기 웬 비래? 오늘 일기예보에 비 온다는 소리는 없었는데."

재현은 느긋하게 커피 잔을 내려놓으며 잿빛으로 물든 바깥세상으로 시선을 돌렸다.

자꾸만 선보던 세희의 모습이 눈앞에 아른거린다. 지금쯤이면 건방진 녀석과 선보기에 한창이겠군. 내일 바로, 그녀가 사표를 낸다고 해도 전혀 이상할 게 없었다.

"누나, 먼저 집에 들어가. 난 잠깐 들를 곳이 있어."

자리에서 일어난 그가 명령조로 말을 이었다.

"감시 붙여놨으니까 다른 곳으로 샐 생각하지 마. 알았어?"

"알았어. 나도 조이 보고 싶어서 집에 들어가려던 참이야."

정연이 불만 가득한 표정으로 고개를 끄덕이자, 재현은 빠른 걸음으로 레스토랑을 빠져나왔다.

밖으로 나가자 직원이 호텔 앞으로 차를 몰고 왔다. 재현은 주머니에서 팁을 꺼내 직원에게 건네준 후, 바로 차에 올라탔다. 힘껏 액셀러레이터를 밟자, '부웅' 소리와 함께 차가 튕기듯이 앞으로 질주했다.

딱히 갈 곳은 없었다. 그저 이런 기분으로는 집에 돌아가고 싶지 않았다. 지금 이게 무슨 기분인지 정확하게 설명할 순 없었지만, 뭔가 답답하고 부글부글 끓는 듯한 기분이었다.

신호등에 빨간 불이 들어오자 재현은 잠시 차를 세우고 한산한 거리로 시선을 돌렸다. 우산을 들고 걸음을 빨리하는 행인이 드문드문 눈에 띄었다. 그중에서 우산을 쓰지 않고 비를 맞는 여자 한 명이 그의 시선을 끌었다. 여자는 비에 젖어버린 어깨를 두 팔로 껴안은 채 천천히 횡단보도를 건너고 있었다.

순간 재현은 자신의 눈을 의심했다.

세희? 호텔 안에서 선을 보고 있어야 할 그녀가, 왜 지금 밖에서 비를 맞고 있는 거지?

그래서, 그게 나와 무슨 상관이라고.

재현은 차갑게 외면하며 그대로 차를 출발시켰다. 하지만 자꾸만 그녀의 모습이 눈앞에 아른거려 운전에 집중할 수 없었다.

"제길."

재현은 거칠게 도로변에 차를 세우고 밖으로 뛰어내렸다. 그리고 횡단보도를 건너, 저 멀리 걷고 있는 세희를 향해 달려갔다.

"무슨 일이야?"

세희에게 달려간 재현은 그녀의 팔을 거칠게 잡아채 자신 쪽으로 돌려세웠다.

빗물에 흠뻑 젖은 얼굴로 세희가 고개를 들어 그를 마주 보았다. 그녀의 뺨을 적시고 있는 건 분명 빗물만은 아닌 것 같았다. 우는 건가?

세희는 대답을 하는 대신 이를 악물고 매섭게 그를 노려보았다. 붉게 충혈된 그녀의 서글픈 눈이 시야에 가득 찼다. 그런 그녀의 모습에 재현은 짜증이 밀려왔다.

왜 하필 쉬는 날까지 눈앞에 알짱거리면서 불편하게 하는 거지? 거슬려! 참을 수 없게 거슬린다.

"놔주세요."

그에게 잡힌 팔을 빼내기 위해 몸을 비틀며 그녀가 외쳤다. 그러면 그럴수록 재현은 그녀의 팔을 잡고 있는 손에 힘을 주었다.

"내 말 안 들려? 무슨 일이냐고 묻잖아!"

"아무 일도 없어요."

"그런데 우산도 없이 비 맞고 있어? 게다가 울기까지?"

"우산 없이 비를 맞으며 우는 게 어때서요? 사칙에 어긋나기라도 하나요?"

화를 참는 듯 떨리는 목소리로 세희가 물었다. 그리고는 매몰차게 몸을 비틀어 그의 손에서 벗어나 그대로 뒤돌아 앞으로 뛰어갔다. 어찐 일인지 재현은 그런 그녀를 붙잡을 수가 없었다.

평소의 그녀답지 않게 어두운 눈빛 때문에…… 왠지 슬퍼 보여서…….

그는 그녀를 잡을 수 없었다.

"너 미쳤니? 제정신이냐고."

비에 흠뻑 젖은 꼴로 세희가 집 안으로 들어서자마자, 이미 연락을 받았는지 서 여사가 험상궂은 얼굴로 달려왔다.

"그게 어떤 자리인데 뛰쳐나와?"

"그것보다 제 앞으로 된 사채가 있다던데. 그게 무슨 말이에요?"

순간 서 여사의 표정이 굳어졌다.

"제 인감 가지고 돈을 빌리셨다고요?"

"배 사장이 그러디?"

"그 말이 사실이에요? 고모!"

대답을 재촉하자 적반하장으로 서 여사가 버럭 소리를 질렀다.

"그래. 내 이름으로는 이미 한도를 넘어서 네 이름으로 빌렸어. 너무 급해서 어쩔 수 없었다고. 레스토랑 운영하는 게 어디 쉬운 줄 아니?"

"아무리 그래도 그렇지. 그런 일이라면 저에게 물어보셨어야죠."

"왜? 내가 물어봤으면 순순히 인감도장을 내어줄 생각이었어?"

"고모."

뻔뻔스러운 서 여사의 반응에 세희는 할 말을 잃고 말았다.

"그러니까 내가 배 사장이랑 선보라고 한 거잖아. 배 사장과 결혼하면 그 빚 몽땅 없어지는 거야. 그뿐인 줄 아니? 이참에 팔자도 고치는 거지. 돈 걱정하지 않고 떵떵거리면서 살 수 있다니까."

전혀 미안해하지 않는 표정으로 서 여사가 받아치자 세희는 기가 막혀서 헛웃음만 나왔다. 어떨 때 보면 고모는 자신보다도 세상 물정을 모르는 것 같았다.

"고모! 그 사람이 순수하게 저와 선보러 나온 줄 아세요? 그 사람이 바보예요?"

"뭐?"

"배 사장 같은 사람이 뭐가 부족해서 저처럼 가진 것 없는 여자와 결혼을 하느냐고요."

점점 언성이 높아지자 그때까지 멀뚱멀뚱 구경만 하던 고모의 외동딸 혜영이 불쑥 끼어들었다.

"왜? 그 남자가 스폰서라도 해주겠대? 와, 너 팔자 폈구나."

"뭐?"

"배 사장이 스폰서 해주면 좋지 뭐. 빵빵하게 뒤에서 밀어주겠다는데 꼭 결혼할 필요까지 있어?"

그 한마디가 언제라도 터질 것 같은 폭탄에 불을 붙이고 말았다. 세희는 날카롭게 혜영을 노려본 후 그대로 방으로 들어가 짐을 싸기 시작했다. 가족이기에 지금까지 수모를 당해도 참았지만, 더는 참을 수 없었다.

"너 지금 뭐 하는 거야?"

창고 방까지 쫓아온 서 여사가 목청 높여 고래고래 소리를 질렀다.

"왜, 집이라도 나가게? 배은망덕도 유분수지! 지금까지 키워준 은혜를 갚지는 못할망정 그깟 빚 얼마 지게 했다고 도끼눈을 뜨고 고모를 노려봐? 네 엄마가 그렇게 가르치디?"

그러나 세희는 한 귀로 듣고 한 귀로 흘리며 묵묵히 짐을 챙겼다. 어차피 가지고 나갈 짐도 별로 없었다. 세희는 단호한 표정으로 입을 꼭 다물고 손에 잡히는 대로 쓸어 담아 슈트 케이스 안에 집어넣었다.

"그래. 네 마음대로 해라. 나도 모르겠다."

짐을 싸기에 여념이 없는 세희를 지켜보던 서 여사는 결국 포기한 듯 안방으로 돌아가버렸다. 슈트 케이스를 끌고 거실을 지나는 세희의 뒤를 혜영이 졸졸 뒤따랐다.

"너 여기서 나가면 절대 못 들어와. 우리 엄마 성질 잘 알잖아."

혜영은 품에 안은 아이스크림을 숟가락으로 퍼먹으며 비아냥거렸다. 그래도 고모보다는 여린 마음을 가진 혜영이라서 은근히 세희가 걱정되긴 한 모양이다.

"갈 덴 있어?"

세희를 위해 현관문을 열어주며 혜영이 넌지시 물었다.

"아니."

"그런데도 무작정 나가는 거야?"

입을 꼭 다문 채 세희가 아무 대답도 하지 않자 혜영은 어깨를 한 번 으쓱해 보이곤 자신의 방으로 돌아갔다. 세희가 현관문을 나갈 때까지 고모는 밖을 내다볼 생각도 하지 않았다. 어차피 크게 기대하지 않았던 터라, 세희는 그저 씁쓸하게 웃으며 집을 나섰다.

쿵—.

육중한 대문이 닫히자 세희는 비구름이 잔뜩 몰린 회색 하늘을 올려다보았다. 또 비가 한바탕 쏟아질 모양이다.

"그래. 알았어. 당분간 나랑 지내자."

밖을 헤매던 세희는 대학 동창인 지아의 집으로 무턱대고 찾아갔다. 자취생인 지아는 아무것도 묻지 않고 그녀를 따뜻한 미소로 받아주었다. 무슨 일이 있었는지는 모르겠지만, 언제나 밝게 웃던 세희가 금방이라도 울음을 터뜨릴 것 같은 얼굴로 밖에 서 있었기 때문이다.

"주인아줌마한테는 내가 잘 말해둘게. 원래 이 방에서는 한 사람밖에 지낼 수 없지만, 사정을 이야기하면 이해해주실 거야."

"고마워, 지아야. 있을 곳 마련하는 대로 빨리 나갈게."

"어디 갈 만한 곳은 있어?"

일가친척이라면 고모가 유일했는데 그 집을 나와버렸으니 갈 만한 곳이 과연 있을까? 아직 학자금도 다 갚지 못했고, 월세 낼 보증금조차 수중에 없는데…….

"내일부터 알아봐야지. 당장은 네 신세 좀 질게."

"알았어. 짐은 우선 여기다 풀어."

지아는 세희가 쓸 수 있도록 옷장 한 칸을 비워주었다. 그리고 1층에 사는 주인아줌마에게 며칠 손님이 묵고 갈 거라고 얘기하겠다며 밖으로 나갔다.

—무슨 일이야?

슈트 케이스를 열고 짐을 풀던 세희는 문득 자신을 붙잡고 험상궂게 노려보던 재현을 떠올렸다.

왜 하필이면 그와 거기서 마주친 걸까?

—그런데 우산도 없이 비 맞고 있어? 게다가 울기까지?

그는 정말로 여자가 우는 모습을 참을 수 없나 보다. 저번에도 울지 말라고 윽박지르더니…….

흥, 남이야 울든 말든!

세희는 '탁' 소리 나게 슈트 케이스를 닫고는 그대로 벌러덩 바닥에 누워버렸다.

'밀리언'을 손해 배상하라고 했을 때는 너무 기가 막힌 액수의 돈이라서 그랬나? 뭘 해서든지 갚을 거라고 큰소리 떵떵 쳤었는데…….

오히려 1억 8천만 원이라는 현실적인 금액이 그녀를 더욱더 무겁게 내리눌렀다. 원금 1억에 이자 8천만 원. 조금만 지나면 이자가 원금을 훌쩍 뛰어넘을 것이다.

말로만 듣던 그 무시무시한 사채. 무슨 수로 그 많은 돈을 갚지?

"후우."

그저 한숨만 나온다.

⸙

"제길."

도무지 일이 손에 잡히지 않는다. 재현은 주먹으로 책상을 '쾅' 내리친 후, 넥타이를 느슨하게 풀었다.

왜 이렇게 답답한 거지? 마치 누가 목을 꽉 조르는 느낌이었다.

눈앞에 보이지 않으면 괜찮을 줄 알았는데 막상 보이지 않으니까 더 미칠 것 같은 조바심에 가슴이 답답했다. 더군다나 우연히 보게 된 그녀는 비에 흠뻑 젖은 채 눈물을 흘리고 있었다.

서세희란 여자. 정말 하나에서 열까지 마음에 드는 게 한구석도 없다.

재현은 다시 한 번 더 '쾅' 주먹으로 책상을 내리쳤다.

"급한 일 아니면 결재는 내일 올리는 게 좋겠습니다."

전무실 안에서 들려오는 '쾅' 소리에 강 비서는 흠칫 어깨를 움츠리며 수화기 너머 상대방에게 넌지시 조언했다.

뭔지 모르겠지만, 오늘 잘못 걸렸다가는 사망은 기본이다!

재현의 기분이 쾅이라는 걸 눈치챈 강 비서는 될 수 있으면 아무도 집무실에 들여놓지 않았다. 그 탓에 오후 늦게가 돼서야 안 실장이 서류철을 들고 안으로 들어왔다.

창밖을 내려다보는 재현을 흘끗 쳐다본 안 실장은 책상 위에 서류철을 올려놓으며 바로 본론으로 들어갔다.

"몰래 빼돌린 자금은 스타 캐피탈이란 곳을 통해서 돈세탁을 진행 중이 더군요."

"스타 캐피탈이요?"

재현이 살짝 눈꼬리를 추켜올렸다.

"겉은 대부업체이지만 속을 들여다보면 고리 대금업자죠. 몰래 불법 사채 도 하는 것 같습니다만……."

"이 회사, 저도 잘 알아요. 아버님과 배 회장님, 몇 번 식사도 같이했죠."

"이번 일은 배 회장님보다는 장남인 배 사장의 주도하에 진행되는 것 같 습니다."

안 실장이 건네준 사진을 들여다보던 재현이 눈살을 찌푸렸다. 이 남자 는?

어쩐지 낯익다 했다.

마치 상품을 평가하듯 세희를 머리끝에서 발끝까지 훑어보던 성혁.

그런데 왜 하필 그녀는 그 녀석과 선을 본 거지?

재벌도 꼼짝하지 못할 정도의 현금 가동력을 가진 스타 캐피탈이지만, 장 남 성혁은 여성 편력과 괴팍하고 잔인한 성격으로 악명을 떨쳤다. 그 때문 에 사돈을 맺겠다고 나서는 이가 아무도 없었다.

재현은 화려한 차림을 하고 세희 옆에 앉아 있던 중년 여성을 떠올렸다.

세희와는 전혀 닮지 않은 외모로 보아 가족 같지는 않은데……. 그렇다 면 중매쟁이? 도대체 그녀는 어떤 이유로 배성혁 같은 인간과 선을 보게 된 걸까?

재현은 끊임없이 밀려오는 궁금증을 누르기 위해 손바닥으로 얼굴을 문 질렀다.

"히익!"

퇴근길, 세희는 로비에 서 있는 재현을 발견하곤 그대로 뒤돌아 미친 듯이 비상구 계단 쪽으로 도망갔다.

엘리베이터에서 저번에 한번 크게 당했으니까 절대로 그쪽으로 가면 안돼!

"헉, 헉, 헉."

오늘 하루 잘 피해 다녔다고 좋아했는데 재수 없게 왜 마지막에 그와 로비에서 마주치는지 모르겠다!

"거기, 서."

재현이 뒤에서 쫓아오는 것 같았지만 세희는 뒤도 돌아보지 않고 앞만 보고 달렸다.

막상 회사에서 그와 얼굴을 마주치니, 어제 있었던 일이 현실로 다가왔다. 어쩌자고 그에게 바득바득 대들었을까? 정말 미친 짓이 따로 없었다.

하나 그룹의 정직원으로 입사한다면 은행에서 대출을 시도해볼 수도 있을 텐데, 지금 인턴에서 잘리면 그 길조차 막히고 만다. 그러니까 괜히 이재현 전무에게 잘못 걸려서 눈 밖에 나기보단 무조건 줄행랑이 최고다.

그러나 그것은 그녀의 바람일 뿐, 문을 열고 비상구 계단으로 들어가는 순간 거친 손길에 어깨를 잡히고 말았다. 그리고 '악!' 소리를 지를 사이도 없이 재현에게 손목을 잡힌 채 비상구 구석으로 끌려갔다.

"서라는 말 안 들려?"

화가 난 듯한 음성에 세희가 조용히 고개를 들어 그를 바라보았다. 재현은 뛰어왔는지 다소 거칠게 숨을 내쉬며 싸늘한 눈으로 그녀를 노려보았다.

"어머, 저 부르셨어요? 죄송해요. ……듣지 못했는데."

사실은 두 귀로 아주 똑똑히 들었다. 하지만 세희는 그의 시선을 피하며 거짓말을 둘러댔다.

"어제 어떻게 된 거야?"

"······."

어떻게 되긴? 난데없이 밥 사준다고 해서 나갔는데 졸지에 선을 보게 되었고. 그런데 또 그게 맞선만은 아니었고. 가장 충격적이었던 건 사채가 있다는 사실을 알게 된 거······.

하지만 이 중에 어떤 것도 그에게 말할 수는 없었다. 세희는 고개를 숙이고 자신의 낡은 구두를 내려다보았다.

이번에 월급 받으면 구두나 한 켤레 새로 장만하려 했는데······. 아, 처량한 내 신세. 씁쓸한 신물이 목구멍을 타고 올라온다.

"절대로 눈앞에 나타나지 말라고 하셨던 명령만 떠올라서······. 어서 피해야 한다는 생각밖에 없었습니다. 무례했다면 죄송합니다."

그제야 재현은 잡은 손목을 놓아주며 한 걸음 뒤로 물러섰다.

"어제도 분해서 눈물이 나왔던 건가?"

그가 조금은 날이 덜 선 목소리로 물었다.

"아뇨. 분했다기보단······."

세희가 말을 끝내지 못하고 얼버무리자, 재현은 크게 숨을 내쉬었다.

"그렇다면 좋아."

그가 신경질적으로 앞머리를 쓸어 올리며 내뱉듯이 말했다.

"눈앞에 나타나지 말라는 말, 없던 걸로 하지."

전혀 예상치 못한 재현의 말에 세희가 깜짝 놀란 듯 눈을 동그랗게 떴다.

"대신······."

그녀의 눈을 뚫어지게 응시하며 재현이 감정 없는 목소리로 말했다.

"내 앞에서는 절대로 우는 모습 보이지 마."

"아니, 하나 그룹 인턴이 됐다고 하지 않았어? 그런데 여기서 일하겠다고?"

"사정이 그렇게 됐어요. 야간이랑 주말에 일할게요. 오늘 밤에라도 시작할 수 있을까요?"

"그럼. 당연하지. 우리 세희가 왔는데."

강남에서 24시간 영업으로 유명한 아틀리에 커피숍. 온종일 손님이 북적거리는 이곳은 세희에게 피난처 같은 곳이다. 인심 좋은 매니저 언니가 세희의 등을 다독이며 앞치마를 내밀었다.

"보통 애들은 좋은 곳에 취직하고 나면 코빼기도 안 보이는데. 세희 넌, 근처라도 지날 일 있으면 꼭 들러서 인사하고 가잖니. 그게 얼마나 고마운지 아니?"

"어머, 아니에요. 찾아올 때마다 이것저것 챙겨주시니까 제가 더 감사하죠."

"인턴 하랴, 여기서 일하랴. 아주 피곤할 텐데. 괜찮겠어?"

"그럼요. 예전에도 공부하느라 하루에 4시간도 못 잤는걸요. 그래도 그때보단 많이 자는 거예요."

그날 재현을 비상구에서 만난 이후, 무슨 일인지 모르지만, 야근이 싹 사라졌다. 덕분에 정시 퇴근이 가능해진 세희는 몇 시간이지만 야간과 주말 아르바이트를 할 수 있게 됐다.

엄청난 사채를 갚기에는 새 발의 피지만, 적어도 월세 보증금에는 보탬이 될 테니까 이게 어디야.

세희는 앞치마를 두르며 활짝 웃어 보였다.

"매니저님, 저기 테이블부터 치울까요?"

"아하하하암."

역시 무리인가? 벌써 나이 좀 들었다고 몸이 예전 같지 않은 건가?

휴식 시간을 이용해 옥상에 올라온 세희는 환풍기 옆에 쪼그리고 앉아 지금까지 참았던 하품을 내뱉었다. 모자란 잠 때문에 자꾸만 눈꺼풀이 감기고 온몸 여기저기 쑤시지 않는 곳이 없었다. 하지만 그렇다고 가만히 있을 순 없다.

오늘 아침, 나오는 길에 안절부절못하며 집주인 아주머니와 대화 중인 지아를 보고 말았다. 분명히 그녀를 언제 내보낼 건지 물어보는 것이리라. 더는 지아에게 신세 지면 안 되는데……. 우선 급한 대로 커피숍에서 지낼까? 커피숍에 쪽방이 딸려 있긴 한데.

세희는 팔꿈치에 얼굴을 묻으며 작게 한숨을 내쉬었다. 오늘따라 오후의 햇볕이 따뜻해 나른해진다.

이대로 잠들었다 일어나면 지금까지의 모든 일이 꿈이었으면 좋겠다. 음, 그렇다면 언제로 돌아가면 좋을까? 부모님 모두 살아 계시고 세라 공주님으로 불렸던 그때?

세희는 말도 안 되는 상상을 하며 피식 미소를 지었다.

그때였다. 갑자기 며칠 전, 화난 듯 그녀를 노려보던 재현의 모습이 떠올랐다.

―눈앞에 나타나지 말라는 말, 없던 걸로 하지. 대신…… 내 앞에서는 절
대로 우는 모습 보이지 마.

정말 웃긴 남자다. 언제는 자기 눈앞에 보이면 해고할 거라고 으름장을

놓더니, 이젠 자기 앞에서 우는 모습을 보이지 말란다.

그러고 보니 과거로 돌아가면 더 이상 이재현 전무를 볼 수 없겠네?

스르르 눈을 감고 잠에 빠져들던 세희는 갑자기 무언가를 깨닫고 다시 두 눈을 떴다.

잠깐, 나 방금 뭐라고 한 거야? 저 재수 없는 남자를 볼 수 있든 말든 그게 무슨 상관이라고.

말도 안 되는 상상 때문에 잠이 확 날아가버렸다.

세희는 고개를 뒤로 젖혀 화창하게 갠 파란 하늘을 바라보았다.

지금 진심이야? 저 남자가 뭐 그리 중요하다고. 맨날 골탕만 먹이는 인간인데. 서세희, 네가 빚더미에 빠지더니 멘탈이 붕괴됐구나!

세희는 울 것 같은 표정으로 두근거리는 가슴을 움켜쥐었다.

그래, 아무리 힘들어도 정신 줄은 놓지 말자!

⸺⁂⸺

분명히 야근할 만한 양의 업무를 내린 적이 없다. 그가 알아본 바로 근래 세희는 정시에 퇴근했다. 그런데 왜 그녀는 봄날 병든 닭처럼 꾸벅꾸벅 졸고만 있는지 모르겠다.

옥상 환풍기 옆에 쭈그리고 앉아 비몽사몽 어쩌지 못하던 세희의 모습에 재현은 기분이 언짢았다. 얼마나 정신없이 졸았으면 조금 떨어진 곳에 서 있는 그를 전혀 눈치채지 못했다. 혹시 퇴근하고 밤늦게까지 데이트라도 하나?

불현듯 재현의 머릿속에 기름기 좔좔 흐르는 능글맞은 성혁의 얼굴이 떠올랐다. 순간 불덩이 같은 뜨거운 무언가가 욱하고 목구멍에 솟아올랐다. 손가락으로 책상을 톡톡 두드리던 재현은 서둘러 재킷을 들고 자리에서 일어났다.

"강 비서, 나 기다리지 말고 먼저 퇴근해."

재현은 어리둥절해하는 강 비서를 뒤로하고 빠르게 사무실을 걸어 나갔다. 답답한 마음을 가라앉히기 위해선 신선한 바깥 공기가 절실히 필요했다.

퇴근 시간이라 그런지 로비는 건물을 나서는 직원들로 분주했다. 재현은 웅성거리는 군중을 지나 유리문을 열고 찬바람이 부는 거리로 성큼 나섰다.

회사 건물에서 한 블록 떨어진 횡단보도로 가는 도중, 멀리서 허둥지둥 뛰어오는 세희가 그의 시야에 잡혔다. 그녀는 약속 시간에 늦었는지 휴대폰으로 시간을 확인하며 거의 뛰다시피 횡단보도로 오는 중이었다.

정말 데이트 약속에 늦은 걸까? 붉게 상기된 그녀의 뺨을 보니 말로는 설명할 수 없는 짜증이 확 밀려왔다.

"아휴, 늦었는데……."

세희는 재현이 옆에 있다는 것도 모른 채, 빨간 신호를 쳐다보며 발을 동동거렸다. 그런 그녀의 모습에 괜히 기분이 나빠졌다. 재현은 자신이 옆에 있는 것조차 의식하지 못하는 세희를 힐끗 노려보았다.

"서세희 씨."

누가 자신을 부르자 혼잣말을 중얼거리던 세희는 소리가 나는 쪽으로 고개를 홱 돌렸다. 그리고 그와 눈이 마주치는 순간 '으악!' 하고 짧은 비명을 내지르더니 차들이 오가는 횡단보도로 몸을 틀어버렸다.

"위험해!"

재현은 아주 간발의 차이로 차도에 뛰어들려는 세희의 허리를 낚아챘다.

"미쳤어? 지금 제정신이야?"

그가 버럭 소리를 지르자, 세희는 그제야 '아차!' 하는 얼굴로 차들이 쌩쌩 달리는 차도를 바라보았다.

"……눈에 띄지 말라던 경고가 생각나서……."

"그거 며칠 전에 없던 걸로 하지 않았나?"

"제가 딴생각을 하느라 깜빡했습니다. 죄송합니다, 전무님."

세희는 깍듯이 허리를 굽히며 겸연쩍은 얼굴로 웃어 보였다.

데이트할 생각에 온통 정신이 팔린 게 분명하군.

"오늘 홍보팀 긴급 회의가 있으니까 다시 회사로 들어가도록."

다시 회사 쪽으로 등을 돌리며 재현이 차갑게 명령했다.

"네? 회의요? 부장님이랑 과장님, 이미 모두 퇴근하셨는데요."

세희가 놀란 표정으로 되묻자 재현은 사납게 눈살을 찌푸렸다.

"나머지 직원들끼리라도 할 거니까 빨리 따라와."

그 말을 끝으로 재현은 빠른 걸음으로 회사를 향해 걷기 시작했다.

6. 왜 날 못 잡아먹어서 안달이야?

"모두 퇴근했는데요."

재현의 손에 이끌려 사무실로 돌아오니 텅 빈 책상만이 두 사람을 기다리고 있었다. 오늘따라 한 부장과 김 과장은 약속이라도 한 듯 30분 먼저 퇴근했고, 직원 대부분도 정시에 자리를 떴다. 차 대리, 정 대리만이 잔무를 처리하느라 남아 있었는데, 지금은 그 두 사람마저 퇴근했는지 책상이 말끔히 정리돼 있었다.

"그럼 서세희 씨라도 내 방으로 와."

"네에?"

"저번에 인터뷰한 기사, 다 정리되었나? 그거 가지고 올라오도록."

말을 마친 재현은 그대로 뒤돌아 사무실을 걸어 나갔고, 세희는 기가 막힌 듯 그의 뒷모습을 멍하니 바라보았다.

아니, 그걸 꼭 지금 해야 해? 근무 시간엔 뭐 하다? 아르바이트 시간 늦었는데…… 아우, 씨!

세희는 할 수 있는 모든 심한 욕을 중얼거리며 자리에 앉아 컴퓨터를 켰다. 그러고는 인터뷰 기사를 프린트한 후, 거친 동작으로 인쇄한 종이를 뽑아들었다.

날벼락도 이런 날벼락이 없지. 퇴근하다 횡단보도에서 마주친 것도 완전 재수 없는데, 한술 더 떠 다시 회사로 끌려오게 되다니.

"으아아아!"

생각 같아선 '당신 뭐야? 왜 날 못 잡아먹어서 안달이야?'라고 따지고 싶었지만 현실은 그는 하늘 같은 상관. 과장도 부장도 아닌, 전무. 그녀는 대리도 정직원도 아닌, 그저 인턴.

이래서 억울하면 출세하라는 걸까? 세희는 치솟아 오르는 울화를 꾹꾹 누르며 전무실로 올라갔다.

강 비서는 이미 퇴근했는지 보이지 않았다. 세희는 강 비서의 책상을 지나 전무실의 문을 조심스럽게 노크했다.

똑똑―.

"들어와."

문을 열자 재현은 소파 등받이에 등을 기대고 다리를 꼰 채 아주 편안한 모습으로 앉아 있었다. 회의하자면서 앉아 있는 폼은 놀자는 분위기다. 테이블 위에는 따뜻한 캔 커피 두 개가 놓여 있었다. 그가 가져다 놓았을 리는 없고, 퇴근하는 강 비서가 급하게 놓고 간 걸까?

"최종 편집물입니다."

세희가 두 손으로 공손하게 인쇄된 인터뷰 기사를 재현에게 건네었다.

"거기 앉지."

재현이 고갯짓으로 옆 소파를 가리켰다. 세희가 살짝 웃어 보이며 소파에 앉자 그는 다시 소파에 기대며 인터뷰 기사를 훑어보기 시작했다.

아무리 천천히 읽어도 5분 안에 끝낼 내용을 이 남자는 무슨 백과사전 음미하듯 손가락으로 밑줄까지 치면서 아주 천천히 읽는다. 아르바이트 시간에 늦은 세희는 조마조마한 마음으로 발을 동동 구르며 벽에 걸린 시계를 올려다보았다.

지금이라도 미친 듯이 달려간다면, 아니 10분 후에라도 회의가 끝난다면 제시간에 도착할 수 있을 텐데…… 항상 일하기 전에 간단하게 저녁을 먹고 시작했지만, 오늘은 상황이 이러니까 그냥 굶으면 된다. 그러니까 제발 좀 빨리 끝내라고요!

세희는 아랫입술을 잘근잘근 씹으며 초조한 표정으로 재현을 흘낏 훔쳐보았다.

그런데 이 남자, 어느 사이에 넥타이를 느슨하게 풀어 헤친 거지? 그리고 그것도 모자라서 와이셔츠 단추를 풀어?

살머시 벌어진 와이셔츠 사이로 그의 매끈한 속살이 살짝 보이자 세희는 황급히 고개를 옆으로 돌려버렸다.

아, 왜 이렇게 덥지?

세희는 붉어진 뺨을 손등으로 누르며 재빨리 손으로 부채질을 하기 시작했다.

"여가에 관한 질문은 어디 갔지? 여기에 없는데."

인터뷰 기사를 훑어보던 재현이 중얼거리듯 물었다.

'여가'라는 단어에 세희의 눈이 동그랗게 커졌다.

—남 샤워하는 모습 훔쳐보는 게 취미 아니었나?

반사적으로 귓가에 나직하게 속삭이던 그의 목소리가 떠오른다. 그리고 그 뒤를 따르는 이미지.

후끈하게 주위를 감싸던 수증기. 쏴아아 쏟아지던 거친 물줄기, 그리고 희미하게 보이던 그의 벗은…….

미쳤어, 미쳤어. 내가 지금 뭘 상상하는 거야?

세희는 눈앞의 영상을 지우기 위해 고개를 세차게 가로저었다. 그리고 떨리는 목소리로 빠르게 대답했다.

"그 질문은 뺐습니다."

"그래?"

"네. 그 부분을 읽으면 전무님이 일 중독자란 오해를 할 수 있을 것 같아서요."

"오해 아닌데……."

"알고 있습니다. 하지만 직원들에게는 그런 대답이 큰 부담으로 다가가죠. 전무님과의 첫 인터뷰 내용으론 적합하지 않아서 삭제했습니다."

재현은 손가락으로 종이 끝을 톡톡 치며 뭔가 생각에 잠기더니 잠시 후, 피식 웃으며 세희에게 시선을 돌렸다.

"음악 감상을 즐긴다고 해, 그럼. 휴식을 취할 때마다 음악을 틀어놓긴 하니까."

"어떤 음악을 즐기시죠?"

펜을 꺼낸 세희가 종이에 받아 적을 준비를 했다.

"어떤 음악이라……."

재현이 캔 커피 뚜껑을 따며 혼잣말처럼 중얼거렸다.

"……주로 클래식이나 재즈를 즐겨 듣는 편이지."

그는 고개를 뒤로 젖히며 커피를 한 모금 들이켰다. 세희는 조심스럽게 고개를 들어 커피를 마시는 재현의 옆모습을 훔쳐보았다. 커피를 들이켤 때마다 그의 남성적인 목울대가 위아래로 꿈틀거렸다. 세희는 얼굴을 붉히며 황급히 자신 앞에 놓인 캔 커피를 집어 들었다.

배고파서 그런 거다. 배고파서! 그래서 맛있게 마시는 모습에 넋을 잃은 것뿐이야. 세희는 빠르게 캔 뚜껑을 따고 한 모금을 들이켰다. 배고파서 그런지 커피가 꿀맛이다. 그녀는 그대로 꿀꺽꿀꺽 캔을 비워버렸다. 따뜻한 커피가 속에 들어가니 몸이 노곤해지면서 긴장이 풀리는 것 같았다.

다시 슬쩍 재현에게로 고개를 돌리니 심각한 표정으로 종이를 뚫어지게 노려보는 그가 눈에 들어왔다. 이미지나 말하는 태도, 모든 게 다르지만, 아무리 봐도 생긴 건 너무나 닮았다. 절대로 아니겠지만 한번 물어나 볼까?

세희는 한참 뜸을 들인 후, 아주 조심스럽게 말을 꺼냈다.

"전무님 클래식 좋아하신다고 했죠. 그럼 왈츠 좋아하세요?"

"응."

"그러면 왈츠 같은 사교댄스도 즐기세요?"

"춤? 내가 제비로 보여?"

재현이 미간을 좁히며 퉁명스럽게 물었다.

"아니, 그런 게 아니라……."

"왈츠는 듣는 것만 좋아해. 추는 거 말고."

"아, 그럼 무도회나 그런 데 전혀 안 가보셨겠네요?"

말없이 캔 커피를 내려다보던 그가 중얼거리듯 대답했다.

"……전혀."

그러면 그렇지. 생김새만 닮았을 뿐 그는 그녀의 왕자님과는 거리가 멀었다. 왕자님은 왈츠도 잘 추고, 잘 웃고, 농담도 잘하고, 우는 그녀를 달래주고……. 하여간 생김새만 빼고는 이재현과 달라도 너무나도 달랐다.

"그렇군요."

아니라는 거, 이미 알고 있었으면서도 은근히 실망스러운 건 어쩔 수 없었다. 세희는 작게 한숨을 내쉬며 힘없이 고개를 숙였다.

◈◈◈

이쯤 되면 데이트 시간에 꽤 늦었을 텐데…….

그러나 세희는 아랫입술만 잘근잘근 씹으며 끝까지 버티고 있었다.

아무리 늦어도 데이트는 절대로 포기 못 하겠다는 건가? 배성혁, 그 사기꾼 놈이 뭐가 그리도 좋아서……. 이제 보니 남자 보는 눈이 전혀 없군.

재현은 소파에 느긋하게 기대어 이미 검토를 끝낸 인터뷰 기사를 읽고 또 읽었다. 드디어 힐끗힐끗 시계를 훔쳐보던 세희가 긴 한숨을 내쉬었다.

"전무님, 죄송하지만 전화 좀 하고 오겠습니다."

"그래."

세희가 전무실을 나가자 재현은 재빨리 문 쪽으로 다가가 귀를 기울였다. 밖에서 그녀의 가느다란 목소리가 조용조용하게 들려왔다.

"정말 죄송해요. 오늘은 안 될 것 같은데 어쩌죠? ……대신 내일 오늘 못 한 것까지 다 갚을게요. ……네? 아, 저녁은 아직이요. ……그럴게요. 이해해주셔서 감사합니다."

재현은 세희가 돌아오기 전에 재빨리 제자리로 돌아가 테이블 위에 올려 둔 종이를 집어 들었다. 그녀가 문을 열고 안으로 들어오자 그가 자리에서 일어나며 말했다.

"좋아. 오늘 회의는 여기까지 하지."

순간 그녀의 미간이 살짝 좁혀졌다. 그러나 이내 평정을 되찾고는 재현을 향해 허리를 굽혔다.

"그럼 내일 뵙겠습니다."

그 말을 끝으로 세희는 거의 뛰다시피 전무실을 빠져나갔다. 그런 그녀의 뒷모습을 바라보며 재현은 차마 하지 못한 말을 속삭이듯이 중얼거렸다.

"이봐, 저녁은 먹었나?"

❦

"후, 이러다 언제 돈을 모으지?"

세희는 은행 잔고를 들여다보며 한숨지었다.

갑자기 야근이 몰려 커피숍 아르바이트는 주말에만 가능했다. 24시간 일해도 턱없이 모자라는데……. 이렇게 일해서 언제 목돈을 모을지 모르겠다. 아무래도 번역 일을 알아봐야 하나? 하지만 요즘 같은 불경기에 당장 번역 일을 구하기가 쉽지 않을 텐데…….

띠리리―.

사촌 혜영에게서 걸려온 전화였다. 통화 버튼을 누르자 혜영이 인사도 생략한 채 용건을 꺼냈다.

[세희야, 너 아르바이트 안 할래? 요번에 상류층 자제끼리 성대한 파티를 열거든.]

파티 플래너인 혜영은 주로 상류층 자제를 고객으로 사치스러운 파티를 계획하는 일을 했다.

[넌 그냥 칵테일 서빙만 하면 돼. 어차피 주말 밤에만 일하는 거라서 지금 일에는 아무 지장 없을 거야. 보수도 꽤 괜찮은데, 어때?]

"그래, 좋아. 커피숍 일은 7시면 끝나니까 할 수 있을 거야."

하늘이 무너져도 솟아날 구멍이 있다고. 이럴 때 혜영의 도움을 받게 되다니.

[아무리 그래도 하나밖에 없는 사촌인데 내가 모른 척할 수 있니? 안 그래?]

"알았어, 할게. 언제야?"

[낼모레 토요일. 파티는 10시에 시작이지만 9시까진 와서 준비해야 해. 거기가 어딘가 하면…… 너, 그린 힐 호텔 알지? 그 바로 뒤에 전면이 통유리로 된 건물이 있는데, 거기 지하 1층이야. 클럽 이름은 '블랙 오키드'. 찾기 쉬울 거야.]

세희는 혜영이 알려주는 장소를 빠르게 메모지에 적어 내려갔다.

[내일 파티에 적어도 11시까진 꼭 가시라는 회장님의 당부가 있었습니다.]

퇴근 시간이 다 되어갈 때쯤, 안 실장에게서 전화가 걸려왔다.

"급한 일부터 처리하고 나중에 시간이 되면 간다고 전해주세요."

'누나를 통해 전달한 것도 모자라서 이젠 안 실장까지 동원이라……'

재현은 입꼬리를 비틀며 한 손으로 쓰고 있던 안경을 벗었다.

[알겠습니다. 그렇게 보고하겠습니다.]

재현의 반응을 이미 예상했었다는 듯, 안 실장이 건조한 목소리로 대답했다.

[그런데 스타 캐피탈의 배성혁 사장도 내일 파티에 참석한다는 말이 있습니다.]

"그래서요?"

[그냥 그렇다고 알려드리는 겁니다. 혹시 궁금해하실까 봐서……]

무서울 정도로 눈치 빠른 안 실장이다. 저번에 배성혁의 사진에 보인 반응을 기억하나?

배성혁이란 이름을 듣는 것만으로도 재현은 속에서 울컥 무언가 뜨거운 것이 올라오는 것만 같았다.

전화를 끊은 재현은 그대로 자리에서 일어나 문을 나섰다. 마침 통화 중이던 강 비서가 황급히 자리에서 일어났다.

"나 먼저 퇴근할게. 주말 잘 보내, 강 비서."

재현은 뒤도 돌아보지 않고 사무실을 걸어 나갔다. 엘리베이터에 올라 지하 주차장 버튼을 누르려던 그는 돌연 마음을 바꿔 홍보팀이 있는 18층을 눌렀다.

띵—.

18층에서 엘리베이터가 멈췄다. 재현은 동상처럼 꼼짝도 않고 텅 빈 복도를 노려보고 서 있었다. 잠시 후, 스르르 다시 엘리베이터 문이 닫히기 시작했다.

그때 복도 끝에서 누군가 우다다 달려오는 소리가 들려왔다.

"잠시만요!"

그가 열림 버튼을 누르자, 세희가 숨을 헉헉거리며 엘리베이터 안으로 뛰어 들어왔다. 그러나 그녀는 앞에 선 재현을 발견하더니 '헉!' 하고 숨을 들이켰다.

"어머, 책상에 교통 카드 놓고 왔네."

다시 헐레벌떡 밖으로 뛰어나가며 그녀가 외쳤다. 동시에 엘리베이터의 문이 '탕' 닫혔다.

'뭐지?'

재현은 기가 막힌 듯 닫힌 문을 노려보았다.

엘리베이터가 내려가는 시간, 고작 몇 분도 같이 있기 싫다는 건가?

그때 바닥에 떨어진 메모장이 그의 눈에 들어왔다. 방금 그녀가 허겁지겁 뛰어나가면서 흘린 모양이다. 천천히 메모지를 집어 들던 재현의 눈이 순간 가늘게 모였다.

블랙 오키드 클럽. 토요일 9시

동시에 안 실장과의 통화 내용이 떠올랐다.

—스타 캐피탈의 배성혁 사장도 내일 파티에 참석한다는 말이 있습니다.

재현의 손에 있던 메모지가 꾸깃꾸깃하게 구겨졌다.

세희는 어안이 벙벙한 표정으로 혜영을 바라보았다.

어떻게 고모나 혜영이나 그 엄마에 그 딸일까? 앞에선 모든 걸 말하지 않고 갑자기 뒤통수를 치는 수법이라니…….

"자, 이거 입고 서빙해."

혜영은 세희에게 손바닥만 한 크기의 비키니와 금발의 가발을 건넸다.

"이걸 입고 서빙하라고?"

"응. 너 몸매 예쁘잖아. 이거 입고 서빙하면 손님들이 팁 후하게 줄 거야."

세희는 곤혹스러운 표정으로 화장에 여념 없는 비키니 걸들을 바라보았다. 대부분은 금발의 외국인으로 이런 행사에서 비키니를 입는 것에 전혀 거리낌 없어 보였다. 하지만 그녀는 달랐다. 수영장에서조차 원피스 수영복만 입는데, 비키니라니!

"난 이런 거 못 입어."

세희가 단호한 표정으로 고개를 내저었다. 그러자 혜영이 크게 눈살을 찌푸렸다.

"야! 지금 와서 못 하겠다고 하면 어떡해?"

"너 분명히 그냥 서빙하는 거라고 했잖아."

"이미, 니 웃긴다. 누가 파티 서빙 하루 하는데 그렇게 거액을 주니? 너도 다 알면서 돈 아쉬워서 온 거 아냐?"

"우리 그냥 없었던 일로 하자. 난 도저히 이 옷 입을 수 없어."

세희가 벌떡 소파에서 일어나며 차가운 목소리로 말했다.

"아, 지금 와서 이러면 어떡해!"

"처음부터 이런 의상이라고 말해줬어야지!"

"호텔에서 메이드 옷 아무렇지 않게 입던 애가, 이건 왜 못 입어?"

"못 입어."

세희의 강경한 태도에 혜영은 할 수 없다는 듯 짧게 한숨을 내쉬더니, 옆에 놓인 바구니에서 크롭티와 미니스커트를 꺼내 들었다.

"좋아, 그럼. 비키니 입고 그 위에다 이 크롭티랑 미니스커트 입어. 그리고 서빙하지 말고 파티 진행하는 도중에 어질러진 테이블 정리하고, 바닥 닦아."

혜영이 쌀쌀한 얼굴로 노려보며 말을 이었다.

"대신 보수는 반으로 줄일 거야."

"좋아."

세희는 고개를 끄덕이며 혜영이 내미는 옷을 받아 들었다. 이것도 역시 가슴이 많이 파이고 치마 길이가 짧긴 했지만, 비키니만 입는 것보단 훨씬 양반이었다. 그리고 비키니를 입고 음료수를 나르는 것보단 청소하는 일이 훨씬 마음 편했다. 보수를 반으로 줄인다고는 했지만 그래도 지금 그녀 처지에 마다할 수 있는 금액은 아니었다. 세희는 머리를 하나로 질끈 동여매며 옷을 갈아입기 위해 탈의실로 향했다.

❧

뜨거운 열기로 가득 찬 실내. 여기저기에서 환호성이 터져 나오며 한껏 차려입은 젊은이들이 빠른 댄스 음악에 맞춰 몸을 흔들었다.

"사랑하는 동생. 결국 왔구나!"

재현이 눈앞에 나타나자 정연은 '꺄악' 하며 기쁨의 탄성을 내질렀다. 그러곤 두 팔을 벌려 그를 와락 부둥켜안았다.

"누가 알겠어? 찔러도 피 한 방울 안 나올 것 같은 우리 이재현 전무님이 나에게는 껌뻑 죽는다는 걸."

"흥청망청 아주 정신없군."

정연을 밀어내며 재현이 못마땅한 표정으로 눈살을 찌푸렸다.

정연만 아니었다면 이런 파티에 올 일은 절대로 없었다. 유미라 따위, 상관할 바가 아니었다. 하지만 정연이 파티장에서 술에 취해 흐느적거린다는 보고를 받은 이상, 모른 척할 수가 없었다. 골칫덩어리긴 하지만, 그래도 하나뿐인 누나이니까.

세희가 오기 때문에 못 이기는 척 온 건 절대로 아니란 뜻이다!

"이 누나가 아주 기분 좋은 소식 하나 알려줄까?"

빠르게 주위를 보는 재현에게 정연이 칵테일을 홀짝거리며 히죽거렸다.

"뭔데?"

"유미라, 걔 지금 여기 없어. 언제나 변덕이 심하잖아. 오늘도 오는 길에 마음이 변해서 G 호텔 파티로 갔다더라."

아무리 둘러봐도 세희의 모습은 보이지 않는다. 배성혁이란 녀석도 찾을 수 없었다. 벌써 다른 곳으로 갔나?

"그렇다면 그만 가지."

"어머, 얘가? 아니 왜 벌써 가? 파티는 이제 시작인데."

정연은 재현을 팔꿈치로 살짝 밀어내며 고개를 저었다. 그러곤 재빨리 댄스홀 중앙으로 도망갔다.

재현이 쫓아와 두 손으로 어깨를 붙잡자, 정연은 그에게 칵테일 잔을 건네주며 윙크를 날렸다.

"재현아, 그러지 말고 나 잠깐만 더 놀다 갈게, 응?"

"벌써 많이 취했어. 그냥 가."

"취하긴 누가 취해?"

정연은 재현의 손을 뿌리치더니 홍락의 무리 속으로 쏜살같이 사라져버렸다.

"누나!"

어이가 없다는 듯 정연을 노려보던 재현은 손에 쥔 칵테일 잔을 단숨에 비워버리고는 옆을 지나가는 비키니 걸에게 빈 잔을 건네주었다. 아무래도 정연을 데리고 집에 가려면 시간이 좀 걸릴 것 같다.

당장에라도 경호원에게 연락해 정연을 끌어가라고 명령할 수 있겠지만, 잠시 참기로 했다.

재현은 오늘 아침 정연의 방에서 발견한 비즈니스 잡지를 떠올렸다. 규한의 사진으로 커버를 장식한 잡지는 그의 특별 인터뷰를 싣고 있었다. 비즈니스의 '비' 자만 나와도 지겹다고 하품을 해대는 정연이 그저 우연히 비즈니스 잡지를 사 보았을 리는 없었다.

아직도 규한 형을 잊지 못한 건가?

재현은 미친 듯이 춤추는 정연을 씁쓸한 눈길로 바라보았다. 그리고 잠시 후, 조용히 반대쪽으로 등을 돌렸다. 오늘 하루쯤 그냥 눈감아준다고 크게 문제 될 건 없겠지.

창가에 놓인 빈 테이블로 향하던 재현이 순간 눈을 가늘게 뜨며 제자리에 멈춰 섰다. 테이블을 정리하는 여자의 모습이 눈에 익었다. 테이블이 부서져라 열심히 닦는 모습이 예사롭지 않은데……. 하지만 그럴 리가.

세희?

맙소사! 그녀가 맞다.

머리를 질끈 동여맨 세희는 허리선이 훤히 드러나는 크롭티와 아슬아슬하게 짧은 미니스커트를 입고 술잔이 널려 있는 테이블을 닦고 있었다. 그녀가 몸을 움직일 때마다 가느다란 몸매가 티셔츠 밑으로 눈에 띄게 드러났다. 어두운 조명 탓에 아주 어렴풋이 보이긴 했지만, 재현은 마음에 들지 않았다.

도대체 어쩌자고 저런 옷을 입고 이런 곳에서 허드렛일을 하는 거지? 아무리 서민 놀이 중이라도 이건 너무 심하잖아!

"여기서 뭐 하는 거야?"

인상을 찌푸리며 세희에게 향하는 재현의 팔을 누군가 확 잡아당겼다. 뒤를 돌아보자 사촌 동생인 주형이 반가운 얼굴로 서 있었다.

"형이 웬일이야? 클럽, 완전히 발 끊었잖아. 옛 시절이 그리워서 와본 거야?"

"그러는 너는 왜 왔어?"

"형, 난 아직 즐겨도 되는 나이라고."

주형이 넉살 좋게 웃으며 재현의 가슴을 주먹으로 가볍게 쳤다.

"그나저나 조이는 어때? 잘 지내지?"

"응. 나 잠시만."

주형의 물음에 짧게 대답한 재현은 서둘러 세희가 있는 쪽으로 걸어갔다.

"뭐야, 이건?"

그때 어디선가 갑자기 성난 고함이 쩌렁쩌렁 주위에 울려 퍼졌다.

◈◈◈◈◈

"야, 네가 뭔데 생사람 잡아!"

험상궂게 생긴 남자가 세희를 향해 손을 번쩍 들어 올렸다. 그러나 이미 취객들에게 여러 번 시달렸던 세희는 이에 질세라 똑같이 목청을 높였다.

"생사람이라뇨. 그쪽이 방금 이 여자분한테 찝쩍거렸잖아요."

세희는 댄스 플로어 가장자리에 앉은 여자를 어떤 남자가 부축하는 척하며 가슴을 만지는 모습을 목격했다. 여자는 꽤 술에 취했는지 몸을 제대로 가누지 못하는 상태였다.

나쁜 놈, 그렇다고 더러운 손을 지금 어디에 가져가는 거야?

"이분은 내가 돌볼 테니까 그쪽은 가던 길 가세요."

그러자 남자가 벌겋게 취한 얼굴로 세희의 손목을 움켜쥐더니 자신 쪽으로 휙 끌어당겼다.

"왜, 넌 안 건드려줘서 삐친 거야? 야, 근데 왜 너 혼자만 옷이 그 모양이냐? 오늘 테마는 비키니 걸이잖아."

남자가 비키니 걸을 고갯짓으로 가리키며 투덜거렸다. 한눈에 봐도 그는 꽤 많이 술에 취한 상태였다. 그러나 일행은 남자를 말릴 생각이 전혀 없는 듯 낄낄거리며 지켜보기만 했다.

"왜 너만 이 꼴이냐고. 흥 깨지잖아! 너 빨랑 들어가서 옷 갈아입고 와. 내가 예뻐해줄게. 또 아냐? 내가 오늘만 아니라 계속해서 예뻐해줄지?"

세희는 불쾌한 표정을 지으며 남자를 차갑게 노려보았다.

"이 손 못 놔요?"

"어쭈, 속으로는 좋으면서 이게 빼네? 너 근데 진짜 반반하게 생겼다. 몸매도 들어갈 데 들어가고 나올 데 확실하게 나오고. 와, 이만하면 합격이야."

남자가 다른 손으로 세희의 허리를 끌어안으며 얼굴을 들이밀었다.

세상에서 제일 추잡한 게 술주정이라고. 아우, 재수 없어!

세희는 그에게서 풍기는 역겨운 술 냄새에 인상을 쓰며 반대쪽으로 고개를 돌려버렸다. 그러자 그가 키득거리며 다시 반대쪽으로 얼굴을 들이밀었다.

"술 처먹었으면 곱게 취할 것이지, 어디서 술주정이에요? 이 손 놓으라고요."

그의 주정을 더는 참을 수 없었다. 세희는 힘껏 몸을 비틀어 남자의 손에서 손목을 빼냈다. 그 반동으로 남자가 뒤로 휘청 밀리며 벽에 머리를 '쾅' 부딪혔다.

"어쭈, 이것 봐라? 이게 아주 비싸게 노네?"

남자는 고통에 험상궂게 인상을 쓰며 한 손으로 세희의 머리카락을 난폭하게 움켜쥐었다. 머리카락이 거칠게 뒤로 당겨진 탓에 세희는 비명도 지르지 못하고 그에게 질질 끌려갔다.

"관둬, 야. 이런 애들, 잘못 건들면 큰일 나."

그의 행동이 도를 지나치자, 그제야 일행 중 한 명이 나섰다.

"그래, 그렇겠지?"

남자는 키득거리며 잡았던 머리카락을 놓아주었다.

"이렇게 수준 낮은 것들 건드리면 안 될 거야. 부모가 오죽 못났으면 이런 곳에서 일하게 놔두겠냐. 보나 마나 뻔하지. 쓰레기 같은 것들."

그때였다. 묵묵히 그의 독설을 받아내던 세희가 번쩍 고개를 들어 남자를 노려보았다. 그러곤 떨리는 목소리로 말했다.

"이봐요, 너무 심한 거 아니에요?"

"뭐? 지금 이게 어디서 도끼눈을 하고 쳐다보는 거야?"

"당장 사과해요."

"뭐?"

남자가 크게 인상을 찌푸렸다.

"저희 부모님, 당신 같은 사람에게 욕먹을 분들 아니에요."

다른 건 다 참을 수 있어도 부모님을 욕하는 건 참을 수 없다. 세희는 아랫입술을 꼭 깨물며 두 주먹을 불끈 쥐었다.

"이게 아직도 눈 안 깔고 지랄이네."

"어서 사과하라고요! 내 말 안 들려요?"

"너, 간이 배 밖으로 나왔구나."

세희가 물러서지 않자 남자가 번쩍 손을 위로 올렸다. 그러나 세희가 전혀 겁을 먹지 않자 약간 당황한 것 같았다. 잠시 멈칫하던 그는 붉으락푸르락 달아오른 얼굴로 옆 테이블 위를 두 팔로 쓸어버렸다. 그 탓에 술잔과 안주 그릇들이 '와장창' 바닥으로 쏟아져 내리며 산산이 부서졌다.

"어머!"

"뭐야, 저건……."

시끄러운 소리에 그때까지 모른 척하던 사람들의 이목이 그들에게로 몰렸다.

"제기랄! 재수가 없으려니까 별 거지 같은 년이 설치고 있네."

분이 안 풀렸는지 남자는 다짜고짜 세희의 어깨를 잡더니 그대로 힘껏 뒤로 밀어제쳤다.

"꺄악!"

험악한 손길에 세희의 몸이 힘없이 바닥으로 내동댕이쳐졌다. 그녀가 낮은 신음을 흘리며 천천히 몸을 일으키자, 남자가 이번에는 옆 테이블에 놓인 위스키 병을 집어 올렸다. 그리고 눈 깜짝할 사이에 그녀의 머리 위로 술을 쏟아붓기 시작했다.

"아!"

깜짝 놀란 세희가 두 손으로 급하게 얼굴을 가렸다. 노란 위스키가 그녀의 얼굴을 지나 목덜미를 타고 밑으로 흘러내렸다. 싸늘한 위스키의 강한 향이 코끝을 아리게 하고 싸한 감촉이 피부 위에 느껴졌다. 넘어진 아픔만큼이나 아무 반응도 할 수 없는 자신의 무력함에 가슴이 쓰렸다.

"건방진 년 같으니라고. 너 두고 보자."

남자의 욕설이 흐릿하게 그녀의 귓가로 흘러들었다.

"야, 그만 좀 해. 왜 아까운 술을 낭비하고 난리야."

일행 중 한 명이 팔을 잡으며 말리자, 그제야 남자는 욕설을 퍼부으며 한 걸음 뒤로 물러섰다.

"너 진짜 오늘 운 좋은 줄 알아."

때마침 소동을 듣고 달려온 혜영이 아연실색한 얼굴로 비명을 질렀다. 그러고는 황급히 바닥에 무릎을 꿇으며 세희의 어깨를 끌어안았다.

"세희야, 괜찮아?"

아무리 그래도 사촌인데. 팔은 안으로 굽는다고. 손수건을 꺼낸 혜영은 세희의 머리카락과 얼굴을 닦아주며 남자에게 빽 소리를 질렀다.

"지금 뭐 하는 짓이에요?"

"내가 뭘! 이년이 바락바락 대들잖아!"

"아무리 그래도 그렇죠. 이건 너무 심하잖아요."

남자와 혜영이 언쟁을 벌이는 사이, 세희는 바닥을 짚고 조심스럽게 몸을 일으켰다.

"아야."

그러다 바닥에 널린 날카로운 유리 조각에 손을 베였는지 세희는 짧게 비명을 지르며 다시 주저앉았다. 손끝으로 방울방울 빨간 피가 떨어지기 시작했다.

"어머, 이 피 좀 봐."

혜영이 비명을 지르며 세희의 손을 감쌌다. 그러나 세희는 아랫입술을 꼭 깨물며 잡힌 손을 매몰차게 잡아 뺐다. 이어서 다치지 않은 손으로 젖은 머리카락의 물기를 털며 자리에서 일어섰다.

그런 세희를 바라보며 혜영은 속으로 혀를 찼다.

독한 계집애. 하여간 도움을 안 받으려고 하지.

혜영은 '쯧쯧' 혀를 차며 재빨리 세희에게 팔짱을 끼었다.

"이리 와. 우선 치료부터 해야겠다."

"난 괜찮으니까, 우선 이분부터 챙겨."

테이블 위에 놓인 냅킨으로 손가락을 감싸며 세희는 옆에 쓰러지듯 앉아 있는 여자에게로 다가갔다. 세희는 여자 앞에 무릎을 꿇고 앉아 그녀의 헝클어진 머리카락을 조심스럽게 손가락으로 빗겨주었다. 여자를 알아본 혜영의 얼굴이 백지장처럼 창백하게 질려버렸다.

"어머, 어머! 정연 언니!"

혜영은 다소 호들갑스럽게 정연에게 달려가 그녀를 와락 끌어안았다. 그러곤 다급한 표정으로 세희에게 속삭였다.

"세희야, 그쪽 어깨 좀 부축해."

"혜영이 너, 이분 알아?"

"어. 여기 단골이야. 이 언니 지금, 옆 그린 힐 호텔에 묵으니까 거기에 데려다주면 돼."

세희와 혜영이 정연을 부축해서 일어나자 클럽 직원들이 몰려와 바닥에 널린 잔해를 치우기 시작했다. 구경하던 사람들도 웅성거리며 다시 각자의 자리로 돌아갔다.

멀리 떨어진 곳에 있던 재현이 소동이 일어났던 곳으로 천천이 걸어왔다.

말로 표현할 수 없는 불쾌함은 뭐란 말인가? 가슴에 느껴지는 묵직한 통증에 저절로 얼굴 근육이 경직된다. 소동이 끝난 자리에 우두커니 선 채 재현은 눈을 가늘게 모았다. 아무리 인생 경험이 중요하다고는 하지만 이건 아니다. 세희가 저런 수모를 견딜 이유는 전혀 없었다. 무언가 그가 모르는 일이 일어나고 있음이 분명했다.

재현은 재킷에서 휴대폰을 꺼내 빠르게 번호를 눌렀다.

[네, 전무님.]

잠시 후, 상대방이 전화를 받자 재현이 건조한 목소리로 지시를 내렸다.

"안 실장님, 급히 조사해주셔야 할 사람이 있습니다."

통화를 끝낸 후 재현은 한동안 손에 쥔 휴대폰을 멍하니 내려다보았다. 솔직히 그와는 아무 상관없는 일이었다. 그녀에게 무슨 일이 일어났건 마음 쓸 필요는 전혀 없었다. 그런데 왜 이렇게 울화가 치밀어 오르는 걸까?

재현은 크게 숨을 들이마시며 잠시 호흡을 골랐다. 하지만 자꾸만 바닥에 주저앉은 세희 모습이 떠올라서 숨이 턱 막힐 것만 같다. 정말 거슬리는 여자다.

"제길."

목이 죄이는 것만 같아 재현은 급히 한 손으로 와이셔츠 윗 단추를 풀었다. 멍하니 세 여자가 사라진 곳을 바라보던 주형이 고개를 갸우뚱거렸다.

"그런데 형, 저 술 취한 여자. 정연이 누나 아니야? 옷이 같은데?"

"뭐?"

주형의 말에 재현이 급하게 뒤를 돌아보았다.

"정연 누나 맞네. 아까 분명히 저쪽에 있었는데. 언제 이리로 온 거야? 완전히 동에 번쩍, 서에 번쩍. 홍길동이네."

그 뒷모습을 바라보던 재현이 짜증스러운 표정으로 손으로 이마를 짚었다.

"그러니까 별것도 아닌 년이 말이지."

그때 바로 옆에서 소동을 일으킨 남자의 목소리가 들려왔다. 재현은 흥청망청 술을 마시는 남자 일행 쪽으로 천천히 고개를 돌렸다. 조금 전 세희의 머리 위에 술이 부어지던 장면이 눈앞에 펼쳐지며 머릿속이 멍할 정도로 심장 박동 소리가 크게 울리기 시작했다.

재현은 주먹을 불끈 쥐고 일행 쪽으로 몸을 틀었다.

픽—!

일은 순식간에 일어났다. 재현이 남자의 어깨를 잡아 돌리더니 얼굴 정면에 주먹을 날려버렸다. 전혀 예상하지 못한 공격에 남자가 비틀거리며 벽에 몸을 부딪쳤다.

"미친 새끼, 넌 뭐야?"

그러나 재현은 대답 대신 다시 어금니를 악물고 한 번 더 남자의 얼굴에 한 방을 먹였다. 그러고는 뒤로 나가떨어지는 남자를 경멸스러운 눈빛으로 노려보며 재현이 싸늘하게 말했다.

"너 같은 놈, 재수 없어."

"으아, 이 언니 보기보다 무겁네."

낑낑거리며 정연을 침대에 눕힌 혜영이 손등으로 땀을 닦아내며 털썩 바닥에 주저앉았다. 그리고 정연의 겉옷을 벗기는 세희를 바라보며 투덜거렸다.

"너 샤워 안 해도 되겠어? 술 냄새 끝장이다."

급한 대로 수건으로 위스키를 닦아내고 옷을 갈아입었지만, 샤워할 수 없었기에 그녀의 온몸에선 위스키 냄새가 진동했다.

"그렇다고 여기서 내 맘대로 샤워할 순 없잖아."

세희는 씁쓸하게 웃으며 정연의 어깨까지 이불을 덮어주었다. 정연은 무슨 일이 일어났는지도 모르고 아주 편안한 얼굴로 잠들어 있었다. 스위트룸을 나오자마자, 혜영이 세희에게 불쑥 돈 봉투를 내밀었다.

"자, 여기 오늘 일한 보수야. 아직 끝나지 않았지만, 너 먼저 가도 돼."

이 돈 때문에 그런 수모를 겪었나 싶어서 눈물이 핑 돌았지만 세희는 입술을 꼭 깨물며 혜영이 건네는 봉투를 받아 들었다.

"전화할게."

혜영은 세희에게 짧게 인사하고 곧장 클럽으로 뛰어가버렸다. 한동안 세희는 꼼짝도 하지 않고 멀어져가는 혜영의 뒷모습을 바라보았다. 아까는 몰랐는데 속이 역할 정도로 위스키 냄새가 진동했다. 이런 몰골로는 지하철이나 버스는 어림도 없는데…… 세희는 작게 한숨을 내쉬며 땅바닥으로 시선을 내렸다. 그렇다고 찜질방에 가기엔 돈이 아깝고. 그냥 미친 척하고 걸어서 갈까? 한두 시간쯤 걸리려나?

고개를 푹 숙인 채 한참을 터덜터덜 걸어가는데 갑자기 '끼이익' 하고 차가 급정거하는 소리가 들렸다. 천천히 시선을 돌리자 검은 세단이 그녀 옆에 서 있었다.

스르르, 조수석의 차창이 내려가며 운전자의 모습이 드러났다. 상대방을 알아본 세희가 눈을 동그랗게 뜨며 나오려는 탄성을 막기 위해 한 손으로 입을 틀어막았다. 재현이 싸늘한 눈빛으로 차갑게 명령했다.

"타."

왜 그가 여기 있는 거지? 하필 이럴 때……. 이런 모습, 절대로 보여주고 싶지 않은데. 세희는 그대로 뒤돌아 왔던 길로 달려가버렸다. 그러나 얼마 가지도 못해 거친 그의 손길에 돌려세워졌다. 재현은 세희의 손목을 잡은 채 앞장서서 걷기 시작했다.

"왜 이러세요?"

그에게서 벗어나려 손목을 잡아당기며 세희가 외쳤다. 그러나 재현은 한마디 말도 없이 조수석 쪽 문을 열고 그녀를 안에 태웠다.

"아무 소리 하지 말고 따라와."

⸎

재현의 손에 이끌려 도착한 곳은 그린 힐 호텔이었다. 지하 주차장에 차를 세운 재현은 옆에 앉은 세희에게 무뚝뚝하게 명령했다.

"내려."

그러나 세희는 아무 반응 없이 고개만 숙이고 있었다. 재현은 짧은 한숨을 내쉰 후, 차 문을 열고 밖으로 나가 조수석 쪽으로 돌아갔다. 이어 차 문을 열고 세희의 손목을 붙잡아 그녀를 끌어내렸다. 세희는 영혼 없는 인형처럼 그의 손에 힘없이 끌려 나왔다.

그는 프런트 데스크를 거치지 않고 곧장 스위트룸으로 갈 수 있는 전용 엘리베이터로 향했다. 세희는 그에게 잡힌 자신의 손목을 멍하니 내려다보았다. 뿌리치려고 마음만 먹으면 아주 쉽게 뿌리칠 수 있는데…… 이상하게 그럴 수가 없다. 너무 지쳐서 그런 거겠지?

세희는 고단했던 오늘 하루를 떠올리며 애써 자기 합리화를 시켰다. 로열 스위트룸 앞에 다다르자 세희가 놀란 표정으로 객실 번호를 확인했다.

"이곳은?"

바로 정연의 객실이었다. 재현은 아무 말도 하지 않고 카드 키로 방문을 연 후, 세희를 끌고 안으로 들어갔다. 스위트룸은 그녀가 떠나기 전과 달라진 것이 아무것도 없었다. 정연이 있는 침실은 아까와 마찬가지로 굳게 문이 닫혀 있었다.

재현은 살며시 세희의 손목을 놓고 벽에 설치된 옷장으로 걸어갔다. 그러고는 하얀 목욕 가운을 꺼내어 세희에게 건네주며 말했다.

"누나 챙겨줘서 고마워."

"누나라고요? 그럼 저분이?"

세희가 가운을 받아 들며 정연이 있는 침실 쪽으로 고개를 돌렸다. 그러자 재현이 피식 입꼬리를 올렸다.

"응. 불행하게도…… 하여간 우선 샤워부터 해."

"아뇨. 괜찮아요."

"왜? 내가 시켜주길 원해?"

"뭐라고요?"

세희의 얼굴이 당혹감으로 붉게 물들었다.

"그럼 좋게 말할 때, 혼자서 해."

이 남자, 정말 억지로라도 샤워를 시킬 모양이다. 평소라면 뭐라고 한마디

쐈주었겠지만, 지금은 모든 게 귀찮았다. 세희는 할 수 없다는 듯 천천히 고개를 끄덕이고 느릿한 걸음으로 욕실로 향했다.

코를 찌르는 위스키 냄새에 두통이 날 지경이라 어차피 샤워는 해야 했다. 입고 있는 옷에도 술 냄새가 밴 것 같다.

세희가 욕실로 들어가자 재현은 침대 옆에 놓인 호텔 전화 수화기를 들고 컨시어지 데스크 연결 번호를 눌렀다. 수화기 건너편에서 상냥한 여직원의 목소리가 흘러나왔다.

[네, 고객님. 무엇을 도와드릴까요?]

"여자 옷 좀 사다줘요. 키는 165에 마른 편이고. 바지나 스웨터 같은 거, 무난한 스타일로."

[네, 알겠습니다.]

그가 수화기를 내려놓는 순간 거실의 커피 테이블 위에 올려놓은 휴대폰이 울리기 시작했다.

[부탁하신 대로 서세희 양에 관하여 알아봤습니다.]

지시를 내린 지 몇 시간도 채 지나지 않아 안 실장으로부터 정보가 쏟아져 나왔다.

[서세희. 스물일곱 살. 미국 이름은 세라 서. 아버지 앨버트 서는 남미에서 광산업으로 큰돈을 벌었고, 그 후 미국에 건너가 쇼핑몰 등 커다란 건설 프로젝트에 참여했습니다. 하지만 남미에서 일어난 지진으로 광산업이 타격받기 시작했고, 크게 벌였던 쇼핑몰 프로젝트마저 실패로 돌아갔죠. 그 때문에 자금 압박에 시달린 듯합니다. 그 와중에 부부는 교통사고를 당했고요. 아내는 현장에서 즉사했고 앨버트 서는 코마 상태에 빠졌다가 한 달 후 사망했습니다. 그게 10년 전의 일입니다.]

보고가 계속될수록 재현의 얼굴은 어두워져 갔다.

[부모님이 돌아가신 후, 유일한 친척인 고모가 있는 한국으로 들어온 모

양입니다. 그러면서 미국 이름 세라에서 한국 이름, 서세희로 바꾼 거고요. 그런데 막상 한국에 들어오자 그녀를 맡겠다던 고모의 태도가 갑자기 돌변했다고 합니다.]

재현이 씁쓸하게 입매를 비틀었다.

"막대한 유산이 있는 줄 알았는데, 알고 보니 한 푼도 없는 빈털터리라서 말입니까?"

[네. 제 생각에도 그런 것 같습니다만…….]

안 실장이 난감한 듯 말꼬리를 흐렸다.

[얼마 전까지 고모와 함께 지내긴 했지만, 경제적인 도움은 거의 받지 못한 것 같습니다. 가사 도우미처럼 집안일을 하면서 얹혀살았답니다. 당연히 혼자 힘으로 학비를 버느라 휴학과 복학을 거듭했고요. 지금은 그 집에서도 나온 상태입니다. 아틀리에라는 24시간 커피숍이 임시 거처이더군요. 야근이 없는 날은 밤에 서너 시간, 그리고 주말은 낮 동안 그곳에서 일하고 있습니다.]

"그렇군요."

손가락으로 테이블을 톡톡 두드리던 재현은 잠시 고민에 빠졌다.

그래서 어쩌라고? 몰락한 집안의 사연이야 주위에서 흔한 이야기다. 그러니까 그녀가 특별하게 안쓰러울 이유는 없단 말이다. 그런데 왜 이리도 속이 답답할까?

재현은 조금은 거칠다 싶게 이마를 쓸어 올렸다.

"알겠습니다. 수고하셨어요."

[아, 한 가지 빼먹었습니다. 세희 양 앞으로 사채도 조금 있더군요.]

재현이 전화를 끊으려 하자 안 실장이 급하게 덧붙였다.

[지금은 1억 8천만 원뿐이라지만 이자가 눈덩이처럼 불어날 테니까 앞으로 꽤 되겠죠?]

"뭐요? 사채요?"

재현이 믿을 수 없다는 듯이 큰 소리로 물었다.

[돈 빌린 상대가 스타 캐피탈, 배성혁 사장이라고 하더군요.]

안 실장의 무뚝뚝한 목소리가 뒤를 이었다.

❦

쏴아아―.

뜨거운 물줄기 아래 서 있으니 조금은 마음이 진정되는 것 같다. 세희는 다친 손에 물이 들어가지 않게 조심해가며 머리를 감고 몸을 씻었다. 그래도 아직 위스키 냄새가 어딘가 남아 있는 것만 같아 기분이 찝찝했다. 용기가 바닥을 드러낼 정도로 보디 샴푸를 짜고 또 짜내어 몸 구석구석에 바르고 거품을 냈다. 세희는 뜨거운 물에 씻겨 내려가는 거품을 보며 자신의 문제도 그렇게 씻겨 내려갔으면, 하는 생각을 했다.

쿵―. 쿵―.

그때 욕실 문을 두드리는 소리와 함께 재현의 목소리가 들렸다.

"괜찮아?"

생각보다 시간이 오래 걸렸나 보다. 세희는 허겁지겁 샤워기를 잠그고 샤워 부스를 걸어 나왔다.

"네, 괜찮아요. 잠시만요."

그녀는 밖을 향해 대답한 후, 빠르게 몸의 물기를 닦아내고 속옷을 입은 다음 재현이 건네준 목욕 가운을 걸쳤다.

달칵―.

살짝 문을 여니 재현이 불쑥 안으로 손을 들이밀었다. 그의 손에는 쇼핑 가방이 들려 있었다.

"우선 이걸로 갈아입어."

조심스럽게 가방 안을 들여다보니 크림색 바지와 연한 핑크색 스웨터가 눈에 들어왔다.

"이건?"

재현은 대답 대신 빠르게 욕실 문을 닫아버렸다. 지금 옷은 위스키 냄새가 배어 입을 수 없으니까 순순히 호의를 받아들여야겠지.

새 옷으로 갈아입고 밖으로 나가자, 호텔 직원이 거실에 룸서비스 카트를 세팅 중이었다. 세팅을 마친 직원이 허리를 굽혀 인사한 후 객실을 나가자 재현은 그제야 뒤를 돌아 세희를 바라보았다. 젖은 머리를 수건으로 감싼 그녀를 보는 순간 그의 표정이 크게 일그러졌다.

재현은 한걸음에 그녀 앞으로 다가와 수건을 움켜쥔 그녀의 손을 낚아챘다. 그 탓에 수건이 바닥으로 떨어지며 물기에 젖은 머리카락이 흘러내렸다.

"왜 이러세요?"

깜짝 놀란 세희는 잡힌 손을 빼내려 몸을 비틀었다.

7. 잔말 말고 따라와

재현은 잡은 손을 위로 올려 피가 흐르는 손가락을 세희에게 보여주었다.

"아, 그게."

급하게 수건으로 머리를 감싸다 대충 붙였던 반창고가 떨어지면서 상처가 벌어진 모양이었다. 바닥에 떨어진 수건에 군데군데 피가 묻어 있었다. 재현은 아무 말 없이 그녀를 소파에 앉힌 뒤, 침실 안에서 구급상자를 들고 나왔다.

"병원에는 안 가도 되겠어?"

"꿰맬 정도는 아니에요."

재현은 가볍게 고개를 끄덕인 후, 구급상자를 열어 상처를 치료하기 시작했다. 세희는 소독제로 상처를 닦아내는 재현을 말없이 바라보았다.

왜 갑자기 친절해진 거지? 누나를 도와줘서 그런가? 아니면 내가 불쌍해 보여서?

하지만 물어본다고 해도 그가 진실을 말해줄 것 같지는 않았다. 게다가 지금은 너무 지쳐서 머리가 제대로 돌아가지도 않는다. 세희는 자꾸만 감기는 눈꺼풀을 힘겹게 떠올렸다. 치료를 끝낸 재현이 구급상자를 닫자, 옆에 놓인 휴대폰이 울리기 시작했다.

"여보세요?"

상대방의 목소리를 듣는 순간 재현의 얼굴이 심각하게 굳어졌다.

"……네, 잠시만요."

재현은 소파 위에 올려둔 재킷을 집어 들며 자리에서 일어섰다.

"수프 주문했으니까 우선 먹고 있어. 곧 돌아올 테니까."

그 말을 끝으로 재현은 그대로 등을 돌려 객실을 걸어 나갔다. 한동안 멍하니 소파에 앉아 있던 세희는 창가에 놓인 테이블로 다가갔다. 음식 덮개를 들어 올리니 한눈에 봐도 먹음직스러운 수프가 눈에 들어왔다. 그녀가 아플 때마다 엄마가 손수 끓여주던 음식, 치킨 누들 수프.

울컥 눈물이 쏟아지려 했다. 세희는 한 손으로 입을 틀어막으며 힘없이 의자에 주저앉았다. 숟가락으로 수프를 한 입 떠먹으니, 고소한 닭 국물이 입 속에 감돌았다. 엄마가 만들어준 그 맛은 아니지만, 그녀의 가슴을 뭉클하게 하기엔 충분했다. 세희는 흐르는 눈물을 손등으로 쓱 닦아내며 다시 한 입 수프를 머금었다.

[도대체 어떻게 된 거냐?]

휴대폰 너머로 들리는 이 회장의 목소리가 착 가라앉아 있었다. 그가 얼마나 많이 화가 났는지 짐작이 갔다.

[너답지 않게 폭력을 쓰다니. 정연이가 그러는 거, 하루 이틀 일도 아닌데…….]

그 말에 재현의 미간에 주름이 잡혔다. 아까 손 봐줬던 녀석. 모 그룹의 막내아들이라고 하더니, 벌써 아버지께 항의가 들어갔나 보군.

"그렇다고 여자에게 폭력을 쓰는 쓰레기를 가만 놔둡니까?"

[폭력이라고? 그 녀석이 정연일 때리기도 했어?]

이 회장의 목소리가 분노로 가늘게 떨렸다.

"아뇨. 그건 아닙니다. 누나를 도와주던 사람에게 그랬죠. 하여간 다음에 또 걸리면 아예 걷지 못하게 만들 거라고 전해주세요."

재현의 강경한 반응에 이 회장은 의외라는 듯 잠시 침묵을 지켰다.

[웬만해선 감정이 흐트러지지 않는 네가 이렇게 나올 때는 그럴 만한 이유가 있겠지. 좋다. 이번엔 그냥 넘어가자. 정연이는 어때?]

"누나는 지금 무슨 일이 일어났는지도 모르고 아주 잘 자고 있습니다."

[알겠다. 집에 오면 다시 이야기하자.]

이 회장과의 통화를 마치고 스위트룸으로 돌아오자, 세희는 소파 위에 몸을 웅크린 채로 잠들어 있었다.

재현은 곤히 잠든 세희를 가만히 내려다보았다. 사무실에서도 잠들어버리더니…….

지금 생각해보면 야근에 지쳐서, 일에 지쳐서 잠이 든 건데……. 철부지 공주님이라서 세상 물정 몰라서 그런 거라고 오해했었다.

재현은 손등으로 살며시 그녀의 뺨을 건드려보았다. 아주 살짝 닿았는데도 그녀의 따뜻하고 부드러운 살결에 저도 모르게 숨을 들이켜게 된다. 그는 피식 마른 웃음을 내뱉으며 뺨 위로 흘러내린 그녀의 머리카락을 조심스럽게 귀 뒤로 넘겨주었다.

상처를 치료하면서 보았던 그녀의 거친 손끝이 자꾸만 눈앞에 아른거린다. 도대체 얼마나 혹독하게 일했으면, 요 며칠 사이에 손톱 끝이 갈라질 정도로 망가져버렸다.

"……미안하다."

재현은 들릴 듯 말 듯 아주 작은 소리로 속삭였다.

부잣집 철부지 아가씨인 줄로만 알았는데…….

세희의 어깨와 다리에 팔을 넣어 천천히 안아 올린 그는 그녀가 잠에서 깨지 않게 조심하며 침실로 걸어갔다. 침대 위에 내려놓고 이불을 덮어줄 때까지도 그녀는 잠에서 깨어날 줄 몰랐다.

오늘 밤은 누나 옆에 있어줘. 이야기는 월요일에 회사에서 마저 하지.

재현은 펜을 꺼내 용건을 적고 침대맡 전화기 밑에 노트를 끼워 넣었다. 그러고는 깊이 잠든 세희를 한참 내려다본 후 스위트룸을 걸어 나갔다.

⊱✿⊰

"네가 나 때문에 주먹질했어? 정말?"

아침 일찍 호텔로 가니, 세희는 이미 돌아갔는지 모습이 보이지 않았다. 그녀가 자고 간 침대는 사용한 적 없는 것처럼 말끔하게 정돈되어 있었다.

침실 문에 기대어 빈 침대를 바라보는 재현에게 정연이 머리를 긁적거리며 다가왔다. 그녀는 이미 안 실장에게 어젯밤 일어난 소동에 관해서 전해 들은 모양이다. 웃음을 참을 수 없는 듯, 정연의 입꼬리가 배시시 위로 말려 올라갔다.

"그래도 동생 있는 보람이 있네!"

"시끄러워."

"쑥스러워하긴……."

정연이 환하게 웃으며 재현에게 팔짱을 끼며 매달렸다.

"근데 넌 나중에 왔잖아. 너 말고 누가 먼저 날 구해줬거든? 여자였던 것 같던데. 날 부축하느라 끌어안는데, 뭔가 좋은 냄새가 나면서 느낌이 부드러웠어. 그 여자, 누구야?"

그러자 재현은 정연에게 잡힌 팔을 매몰차게 빼내며 차갑게 말했다.

"더 이상 말썽 부리지 말고 어서 집에나 가. 나, 갈게."

정연은 찬바람이 도는 재현의 뒷모습을 보며 아랫입술을 삐죽 내밀었다.

녀석, 겉으론 저리 빳빳해도 속으로는 나를 엄청 챙긴다니까!

정연은 키득거리며 재킷에서 휴대폰을 꺼내어 단축 번호를 눌렀다.

"안 실장님? 아까 해준 이야기, 좀 더 자세히 해주세요."

✦

"세희야, 이제 그만하고 쉬어. 내일은 출근해야 하잖아."

"다 했어요. 이것만 정리하고 쓰레기 버리고 올게요."

"그래, 그럼. 오늘은 딱 거기까지만. 알았지?"

매니저는 세희의 어깨를 다독여주고 다시 사무실로 돌아갔다. 뒷정리를 끝낸 세희는 쓰레기봉투를 들고 커피숍 뒷골목으로 걸어갔다. 쓰레기장에 봉투를 내려놓고 커피숍으로 돌아가던 세희는 문득 제자리에 멈춰 어두운 밤하늘을 향해 고개를 젖혔다.

오늘 밤은 누나 옆에 있어줘. 이야기는 월요일에 회사에서 마저 하지.

아침에 일어나 발견했던 재현의 메모.

어쩌자고 또 잠들어 버렸을까?

아침 햇살에 눈을 뜬 후, 자신이 완전히 낯선 곳에 누워 있었다는 사실에 얼마나 황당했던지…….

하지만 다른 한편으론 코끝에 풍기는 상큼한 침대 시트 향과 포근한 이불의 감촉이 너무나도 좋아서 옴짝달싹하기 싫었다. 얼마 만에 푹신한 침대에서 달콤하게 잤던가!

마치 10년 전 그때로 돌아간 느낌이었다. 금방이라도 방문이 열리며 환한 미소를 띤 부모님이 들어올 것만 같았다. 침대를 정리하고 소파 위에 놓아 둔 가방을 집어 들던 세희는 혹시나 하는 생각에 정연이 잠든 침실로 걸어 갔다.

문을 살짝 열고 안을 들여다보니, 정연은 아직도 한밤중인 듯 깊이 잠들 어 있었다. 정연이 깨어날 때까지 있어야겠지만, 벌써 아침 8시였다. 10시부 터 커피숍에서 근무하려면 서둘러야 했다.

어쩔 수 없이 호텔을 나선 세희는 온종일 잡념이 떠오르지 못하게 일에 몰두했다. 커피를 내리고, 주문을 받고, 테이블과 바닥을 닦았다.

하지만 자꾸만 떠오르는 현실은 그녀의 어깨를 무겁게 내리눌렀다. 아무 리 열심히 일해도 여전히 밑바닥을 치고 있는 은행 잔고. 그래도 이번에 받 는 월급을 합하면 월세 보증금 정도는 마련할 수 있을 거다. 그렇지만 그 이후에는 어떻게 해야 하지?

세희는 밤하늘을 바라보며 작게 한숨을 내쉬었다.

✤

"세희야, 어떤 분이 널 찾아······."

쓰레기를 버리고 돌아오니 누군가가 그녀를 기다리고 있었다.

30대 후반으로 보이는 여자는 창가 테이블에 앉아 느긋하게 커피를 들이 켜고 있었다. 한눈에 보기에도 예사롭지 않은 분위기였다.

여자와 눈이 마주치는 순간, 상대방을 주눅 들게 하는 강렬한 눈빛에 세 희는 꿀꺽 마른침을 삼켰다. 저 눈빛, 어디서 많이 보던 눈빛인데······.

"저를 찾으셨다고요."

"서세희 양이죠?"

세희가 다가오자 여자는 활짝 웃으며 자리에서 일어섰다. 그녀가 미소 짓자, 신기하게도 무서울 정도로 강하던 인상이 다정스럽게 변했다.

"고맙다는 인사를 하려고 왔어요."

그제야 세희는 앞에 앉아 있는 여자가 누구인지 깨달았다.

이정연. 그 남자의 누나. 술에 취해 있을 때는 몰랐는데, 이제 보니까 꽤 미인이네!

"이야기 들었어요. 그때 세희 양이 도와주지 않았으면, 그 놈팡이한테 당할 뻔했다고. 정말 고마워요. 그래서 사례하려고 왔어요."

"아닙니다. 당연히 해야 할 일을 한걸요."

"다쳤다면서요?"

"별거 아니에요."

재빨리 상처 난 손을 뒤로 숨기며 세희가 고개를 내저었다. 그 행동에 정연의 눈꼬리가 꿈틀거렸다.

"하나 그룹 인턴이라면서요? 그런데 여기서도 일하는 거예요?"

"네. 아직 정직원이 된 건 아니라서."

"어머나, 그래도 그렇지. 회사일 하랴, 아르바이트 하랴 많이 힘들 텐데……."

정연이 미간을 좁히며 우아한 동작으로 커피 잔을 들어 올렸다. 처음에 만나자마자 말을 놓았던 재현과 달리 정연은 꼬박꼬박 존댓말을 쓰고 있었다. 오누이라면서 동생은 싸가지가 없는 반면에 누나는 싸가지가 엄청나게 많은 모양이다.

"말 놓으세요. 이 전무님의 누님이시라면서요? 제가 훨씬 나이가 어리거든요. 이렇게 찾아와주신 것만으로 충분합니다. 사례하실 필요 전혀 없어요."

그 말에 정연의 눈꼬리가 반달 모양으로 휘어졌다.

"너, 진짜 마음에 든다."

모르는 자신을 위해 취객과 싸운 여자가 있다는 말을 듣고 정연은 의외라고 생각했었다.

그러다 취객에게 몹쓸 꼴을 당했다는 이야기에, '아, 뭔가 큰 사례를 바라겠구나!'라고 짐작했었다. 그런데 지금 그녀 앞에 있는 세희는 다친 손을 감추며 수줍게 웃고 있을 뿐이었다. 원래 괜찮다고 사양하면 더 해주고 싶은 게 사람의 심리.

정연이 세희 쪽으로 상체를 바짝 기울였다.

"내가 그럼 하나 그룹에 합격하게 손 좀 써줄까?"

"네?"

"내가 이름뿐이긴 하지만, 이사 감투를 달고 있거든. 직원 한 명쯤 낙하산으로 넣을 힘은 충분히 있어."

'합격', '낙하산'이란 말에 세희의 눈빛이 잠시 흔들렸다. 그러나 곧 그녀는 살포시 웃으며 고개를 내저었다. 솔직히 정연의 제안에 귀가 솔깃하지 않았다면 거짓말이다. 하지만 시작부터 첫 단추를 잘못 끼울 수는 없었다.

"아니에요. 저 때문에 다른 직원이 손해를 입게 되잖아요. 신경 써주셔서 감사하지만, 사양할게요."

세희는 정연의 기분이 상하지 않기를 바라며 조심스럽게 자리에서 일어났다.

"죄송하지만, 전 이만 일해야 하거든요. 직접 찾아와주셔서 다시 한 번 감사합니다. 안녕히 가세요."

세희는 허리를 숙여 공손히 인사한 후, 빠르게 카운터 쪽으로 걸어갔다. 한 손으로 턱을 괸 채, 그런 세희의 뒷모습을 바라보던 정연이 '쿡' 웃음을 터뜨렸다.

"쟤, 은근히 마음에 든단 말이야."

24시간 영업하는 커피숍이라 제대로 잠을 자기엔 어려움이 많았다. 새벽 2시를 지나면 손님이 줄긴 했지만, 그래도 가끔 취객이 몰려들어 커피숍이 떠나가라 목청 크게 떠들기도 했다.

오늘도 역시 새벽 4시쯤 되자 어디서 고주망태가 된 남자 서너 명이 돼지 먹을 따듯 노래를 부르며 분위기를 흐렸다.

이 시간까지 어디서 술을 마시다 온 건지, 참 대단하다, 대단해!

베개로 귀를 막고 억지로 잠을 청하던 세희도 결국은 두 손 두 발 다 들고 말았다. 이럴 거면 일찍 출근해서 사무실 의자에서 잠을 자는 편이 나을 거야.

세희는 차가운 아침 공기를 가르며 첫차를 타고 회사에 출근했다. 로비를 가로질러, 왜 이렇게 일찍 출근했느냐고 묻는 젊은 경비원에게 환하게 웃어 보이며 엘리베이터로 걸어갔다. 그러자 경비원이 곤혹스러운 표정으로 그녀의 뒤를 따라왔다.

"왜 이렇게 일찍 출근했어요? 아직 엘리베이터 점검 중인데……."

정말 그의 말대로 '점검 중'이라고 쓰여진 노란 테이프가 엘리베이터 입구를 막고 있었다.

"30분쯤 더 걸릴 겁니다."

"괜찮아요. 걸어서 올라가죠, 뭐."

"18층까지?"

"저 다리 튼튼해요. 걱정하지 마세요."

다리는 튼튼했다. 그러나…….

"헉, 헉, 헉."

어젯밤에 잠도 제대로 자지 못하고 아침도 거른 상태에서 18층은 무리였다. 8층과 9층 중간쯤에 다다르자, 세희는 거친 숨을 몰아쉬며 계단에 주저앉고 말았다.

이런 걸 보고, 정말 사서 고생한다고 하나 보다!

세희는 힘없이 머리를 벽에 기대며 짧게 한숨을 내쉬었다. 아무래도 여기서 그냥 쉬다가 엘리베이터 점검이 끝나면 올라가야겠다. 세희는 두 팔로 가방을 끌어안고 다리를 모은 채, 스르르 두 눈을 감았다.

음, 조용한 게 너무 좋다…….

❦

"전무님, 오늘은 일찍 나오셨군요."

재현이 회전문을 열고 로비 안으로 들어오자 경비원이 당황한 듯 앞으로 달려왔다.

"죄송하지만, 잠시 여기서 기다려주셔야 할 것 같습니다. 어젯밤 엘리베이터에 이상이 생겨서 지금 점검 중이거든요. 한 15분쯤 더 걸릴 것 같습니다."

"그래?"

재현은 별거 아니라는 표정으로 손목시계를 들여다보았다.

"그럼 운동도 할 겸 천천히 걸어서 올라가지."

"네에? 38층까지 말입니까?"

경비원이 놀란 듯 눈을 크게 떴다.

"올라가다 보면 점검이 끝나 있을 테니까, 중간에 엘리베이터 타고 가면 되겠군. 내 걱정하지 말고 일 봐."

"네."

재현은 빠르게 등을 돌려 비상구 계단 쪽으로 걸어갔다.

메모를 남기고 떠났지만, 솔직히 세희를 만나면 무슨 이야기를 해야 할지 모르겠다.

그녀에게 상처를 주긴 싫었다. 어쩌면 그가 그녀의 처지를 알고 있다는 것 자체가 자존심 상하는 일일 것이다. 지금 세희는 서민 놀이를 하는 것이 아니라 힘겨운 생존의 몸부림을 하고 있다는 사실에 재현은 왠지 모르게 입 안이 씁쓸했다.

진주 왕관을 머리에 쓰고 하얀 드레스 자락을 나풀거리던 세라.

그랬던 그녀가 지금은 세희라는 이름으로 살고 있다. 화려했던 과거는 저 멀리 사라지고, 힘겨운 현실만이 그녀를 억누르고 있다. 하지만 그게 무슨 상관일까?

타인의 삶 따위, 전혀 관심 없다. 그녀의 안타까운 사연에 신경 쓰인다는 것조차 불편하다. 그래, 이건 그저 불쾌한 감정일 뿐이다. 왜인지 그 이유는 알 수 없었지만……

8층을 지나 9층으로 향하던 재현은 갑자기 우뚝 걸음을 멈춰 섰다. 누군가 계단 중간쯤에 웅크리고 있었다. 잠깐 망설이던 그는 눈을 가늘게 모으고 가까이 다가갔다. 얼굴 윤곽을 알아볼 수 있을 만큼 가까워진 순간, 재현이 짧게 탄성을 질렀다.

"……세희?"

그녀는 소중한 보물처럼 가방을 품에 끌어안고 두 눈을 꼭 감고 있었다.

"여기서 뭐 하는 거지?"

세희에게선 아무런 대답이 없었다. 재현이 조심스럽게 그녀의 어깨를 살며시 건드려 보았다. 그러자 세희는 미간을 찌푸리더니 고개를 밑으로 살짝 떨구었다.

이럴 수가!

믿기 어렵게도 그녀는 벽에 얼굴을 기댄 채, 깊이 잠들어 있었다.

아, 너무 좋다. 고요란 게 바로 이런 걸 말하는 거구나.

세희는 입꼬리를 말아 올리며 만족스러운 듯 길게 숨을 내쉬었다. 검은 어둠이 몽글몽글 주위를 감싸고, 노곤했던 팔다리가 솜털처럼 가벼워지는 것 같다.

"여기서 뭐 하는 거지?"

그런데 어디선가 들려오는 나직한 목소리가 꿀맛같이 달콤한 시간을 방해한다. 이어서 누가 어깨를 건드린 것 같기도 한데?

"서세희 씨."

세희는 천근만근 무거운 눈꺼풀을 힘겹게 들어 올렸다. 어? 누군가 앞에 있네? 서너 번 눈을 깜박거리자 뿌연 안개가 걷히듯 초점이 선명해지더니, 화난 표정의 재현이 눈 안에 가득 찼다.

"헉!"

화들짝 놀라며 허둥지둥 계단에서 일어나던 세희는 그만 중심을 잃고 앞쪽으로 몸이 쏠려버렸다. '앗, 이러면 안 되는데?'라고 머리는 소리쳤지만, 막 잠에서 깨어난 탓에 그녀의 몸은 한 박자 느리게 반응했다.

"아!"

그녀가 반사적으로 비명을 내지르는 순간, 재현이 재빠르게 그녀의 팔을 잡아 품으로 끌어당겼다.

그의 가슴에 얼굴을 박고 넘어져버렸다. 조금 다르게 설명하자면 그의 품에 제대로 폭 안겨버린 상황?

나 또 사고 친 거 맞지?

세희는 재현에게서 불호령이 떨어질 거라 예상하며 두 눈을 꼭 감았다. 그런데 아무리 기다려도 그에게선 아무런 반응이 없었다. 어째서 가만히 있는 걸까? 그의 품에서 벗어나려 꼼지락거렸지만, 두 손으로 꼭 끌어안은 상태라 꼼짝달싹할 수도 없었다. 언제까지 이렇게 있어야 하는 거지?

솔직히 말하자면 계속 이대로 있었으면 좋겠다고 생각했다. 그의 품 안은 저절로 한숨이 나올 정도로 아늑했다. 은은하게 풍기는 그의 체취에 정신이 혼미해지는 것만 같았다. 기존의 향수 제품에선 느낄 수 없는 묵직하면서도 달콤한 향기.

이런! 남자 체취 따위에 마음이 설레다니……. 요새 과로 좀 했다고 후각이 예민해졌나?

재현은 한참 후에야 그녀를 놓아주며 한 걸음 뒤로 물러섰다. 그러곤 아무런 감정도 실리지 않은 표정으로 물었다.

"여기서 뭐 하는 거야?"

"엘리베이터가 점검 중이라고 하길래 걸어서 올라가다가."

"걸어서 올라간다고? 왜, 꿈속에서?"

재현이 차가운 음성으로 빈정거렸다.

"아뇨. 올라가다가, 조금 지치는 바람에 잠깐만 쉬려고 했는데 그만……."

"고작 8층을 올라가고선 힘들어 지쳤다는 거야? 보기보다 체력이 약하군."

"그게 아니라……."

체력이 약하다고? 고작 몇 시간만 자고, 아침도 걸러봐, 이 인간아! 8층이 아니라 3층도 다리가 후들거려서 올라가기 힘들다고!

그러나 이런 이야기를 한들, 재현은 입매를 비틀며 비웃고 말 것이다. 그냥 그의 눈앞에서 빨리 사라지는 게 상책이었다.

"전 이만 가보겠습니다, 전무님."

세희는 재현을 향해 꾸벅 고개를 숙이고 서둘러 등을 돌렸다. 그러나 한 계단을 채 오르기도 전에 재현에게 손목을 붙잡혔다. 의아한 표정으로 뒤돌아보는 세희를 향해 그가 시큰둥한 표정으로 물었다.

"아침은 먹었어?"

◈◈◈

믿기지 않게도 그녀는 지금, 이재현 전무와 함께 회사 근처에 있는 돼지국밥집에 앉아 있었다. 어색함에 어쩔 줄 모르는 그녀와는 달리 재현은 안경을 벗어 재킷 안에 넣더니 느긋한 표정으로 주위를 둘러보았다.

이른 시간이라 식사가 되는 곳이 한정되어 있다는 건 알겠는데……. 돼지국밥집이라니! 이재현이란 남자와는 너무나도 어울리지 않는 곳이었다.

주문하고 얼마 되지 않아, 마음씨 좋아 보이는 아주머니가 두 사람 앞에 국밥을 내려놓았다.

"국밥 나왔습니다. 김치는 단지에 있는 거 덜어 드시면 돼요. 맛있게 드세요."

뚝배기 안에서 보글보글 국물이 끓어오르는 국밥을 보고 있자니, 자동으로 입 안에 침이 고였다. 그러나 부추를 넣고 새우젓과 소금으로 간을 맞추는 세희와 달리, 재현은 이상한 음식을 보는 듯, 날이 선 눈으로 내려다보고만 있었다. 그녀가 몇 술을 뜰 때까지도 그는 국밥에 손도 대지 않았다.

"안 드세요?"

숟가락으로 뜬 국물을 호호 불어가며 세희가 물었다. 그러나 재현은 대답 대신에 말머리를 돌렸다.

"엊그제 일은 정말 고마웠어. 누나가 직접 찾아갔었다고 하던데?"

"네. 어젯밤에 찾아오셨어요."

아, 그러고 보니 커피숍에서 일하는 거 알아버렸겠네? 클럽에서의 일이야 사촌인 혜영을 도와주느라 그 자리에 있었다고 둘러댈 수 있지만, 커피숍은 빼도 박도 못하는 거잖아! 혹시 인턴 하는 데 지장 있다고 화내는 건 아니 겠지?

세희는 숟가락을 내려놓으며 슬그머니 재현의 눈치를 살폈다. 그러나 다행히도 재현은 커피숍에 관한 이야기를 꺼내지 않았다.

"사례금이나 왕창 받아내지 그랬어?"

"에이, 그런 일 가지고 무슨 돈을 받아내요. 제가 아니라, 그 누구라도 해야 할 일이었는데."

"자신에게 피해가 가지 않는 이상, 선뜻 나서는 사람은 없지. 게다가……."

그는 말을 멈추고 테이블 위에 놓인 세희의 상처 난 손으로 시선을 옮겼다. 그리고 조용히 손을 뻗어 그녀의 손을 움켜쥐었다. 피가 번진 반창고를 보며 재현이 눈살을 찌푸렸다.

"꿰맬 정돈 아니었지만, 상처가 꽤 깊었어. 덧나지 않으려면, 물 닿지 않게 조심해."

"네."

그의 손 안에서 그녀의 손가락이 파르르 떨렸다.

촌스럽긴! 상처를 살펴보느라 손을 잡은 건데, 당황할 필요 없어!

세희는 황급히 그의 손아귀에서 손을 빼내며 국밥으로 고개를 숙였다. 그리고 서둘러 숟가락으로 국밥을 떠올렸다.

"정말 안 드세요? 국 다 식겠어요."

그녀의 말에 재현이 마지못해 숟가락을 들었다. 그러나 그는 국을 뜨는 대신 이리저리 뚝배기 안을 휘젓기만 했다.

"난 원래 아침을 안 먹는 편이야. 입맛이 없어서."

"저랑은 완전 반대네요. 저는 아침에 제일 배고픈데⋯⋯."

말을 마친 그녀는 국밥을 한입 가득 떠 넣었다. 입을 오므리고 오물오물 씹어 먹는 모습이 없던 입맛도 돌게 할 판이다.

먹는 거 하난 복스럽군.

재현은 그녀와 처음으로 식사한 장소가 돼지 국밥집이라는 게 왠지 마음에 걸렸다. 아무 관계도 아닌 사이에서 그런 걸 따지는 것조차 좀 우스운 일이긴 하지만⋯⋯.

"정말 배고팠던 모양이네."

숟가락으로 밥을 뜨던 재현이 중얼거리듯 말했다.

"그럼요. 스테이크도 거뜬히 먹을 수 있는걸요."

"그래?"

잠시 무언가 궁리하던 재현이 자리에서 벌떡 일어났다.

"일어나."

"네?"

"스테이크 먹으러 가지."

"저, 지금 국밥 먹고 있는데⋯⋯."

"아직 반도 먹지 않았잖아."

재현은 곧바로 계산대에 걸어가 값을 치른 후, 어안이 벙벙한 표정으로 서 있는 세희의 손목을 잡아끌고 식당을 나섰다. 그의 손에 끌려가며 세희가 반항 아닌 반항을 했다.

"이제 아침 6시거든요? 이 시각이면 문 연 레스토랑도 없다고요. 도대체 어디서 스테이크를 먹자는 거예요?"

그 말에 재현이 인상을 찌푸렸다.

"호텔에서 인턴 했으면서 그것도 몰라?"

"네?"

"잔말 말고 따라와."

재현의 손에 끌려 도착한 곳은 그린 힐 호텔 '그린 키친' 뷔페 레스토랑이었다.

"아침 시작은 6시부터 10시 30분까지야. 손님이 원하면 즉석에서 스테이크도 구워주지."

"아……."

스테이크는 그냥 해본 소리인데, 그렇다고 다짜고짜 호텔 뷔페로 끌고 오다니!

재현이 홀 안으로 걸어 들어가자, 이미 연락을 받은 매니저가 급하게 달려왔다.

"이쪽으로 오십시오."

매니저는 두 사람을 창가에 있는 별실로 안내했다. 그리고 음식을 가져오는 특별 서비스를 제공했다.

"주문하신 대로 미디엄 레어입니다."

먹음직스럽게 구워진 스테이크를 내려놓으며 웨이터가 상냥하게 미소 지었다. 세희는 멍한 시선으로 앞에 놓인 스테이크를 내려다보았다.

아침부터 스테이크라니! 게다가 이미 국밥을 먹어서 은근히 배가 부른데…….

"후우."

스테이크를 앞에 놓고 한숨 쉬는 날이 올 줄이야. 하지만 데리고 온 사람 정성이 있는데, 음식을 남겨선 안 된다.

세희는 묵묵히 스테이크를 썰어, 잘게 썬 고기 조각을 한입에 쏙 넣었다. 맞은편에 앉은 재현은 커피에 우유를 붓고 천천히 잔을 들어 올렸다. 아까와 마찬가지로 그는 음식을 건드릴 생각도 하지 않고 있었다.

"전무님은 안 드세요?"

"내가 아까 말하지 않았나?"

느긋하게 커피를 한 모금 들이켜며 재현이 말했다.

"난 원래 아침 안 먹는 편이라고."

"컥."

갑자기 사레에 걸린 세희가 한 손으로 팡 가슴을 두들겼다. 뭐야, 지금? 동물원 원숭이 구경하듯 먹는 거 지켜만 보겠다고?

"저 혼자 먹으라고요?"

"왜? 문제 될 거라도 있나?"

잠시 말을 잃고 멍하니 재현을 바라보던 세희가 긴 한숨을 내쉬었다.

"후우……. 아뇨, 없습니다."

그리고 묵묵히 스테이크를 썰어 입 속에 집어넣었다.

혼자 먹는 스테이크 맛이란……? 음, 불편하다.

❦

"아아."

역시 불편하게 먹으면 탈이 나기 마련이다. 사무실에 돌아온 세희는 더부룩한 속을 달래기 위해 탄산음료를 연신 들이켰다. 트림하면 조금 괜찮아질 것도 같은데…….

하지만 심하게 얹혔는지 역한 고기 냄새만 올라올 뿐, 전혀 나아지지 않았다. 점심도 거르고 물만 마시던 그녀는 결국 화장실로 달려가 먹은 걸 다 게워냈다. 창백한 얼굴로 사무실로 돌아오자, 정 대리가 걱정된다는 얼굴로 다가왔다.

"안색이 왜 그래?"

"아침 먹은 게 체했나 봐요."

"뭐? 체했다고? 어디 봐. 내가 손 따줄게."

어디선가 달려온 차 대리가 세희의 손을 덥석 잡으며 외쳤다. 세희는 전혀 믿음이 안 가는 차 대리에게 잡힌 손을 빼내려 몸을 바둥거렸다.

"아뇨. 저 괜찮아요."

"괜찮긴 뭐가 괜찮아. 지금 얼굴이 완전 백지장이구먼."

보드에 박힌 압정 핀을 빼내며 차 대리가 투덜거렸다. 그러더니 압정을 머리카락에 쓱쓱 문질렀다.

"따끔하긴 하지만, 그래도 속이 확 풀린다고."

"악! 제대로 소독하지 않은 압정으로 손 따면 큰일 나요!"

"아니, 왜? 나 오늘 머리 감고 왔어."

"뭐요?"

차 대리의 압정이 세희의 엄지손가락에 닿으려는 순간…….

"어휴, 싫다는 사람 가지고 왜 그래?"

옆에서 지켜보던 정 대리가 옆으로 차 대리를 밀쳤다. 때는 이때다. 세희는 차 대리의 손아귀에서 벗어나 후다닥 제자리로 도망갔다. 체한 데다 놀라기까지 해서, 이젠 다리까지 후들거린다.

세희는 크게 한숨을 내쉬며 책상 위로 힘없이 고개를 숙였다. 어서 퇴근해서 어디라도 눕고만 싶었다. 하지만 커피숍 쪽방에서 얼마나 제대로 쉴 수 있을지 의문이다.

"아……."

몸이 아프면 괜히 서러워진다고 하던가? 세희는 핑 도는 눈물을 참기 위해 아랫입술을 지그시 깨물었다. 그러나 곧 머리를 내저으며 고개를 들어 올렸다.

'젊어서 고생은 사서도 한다.'는 말도 있는데, 이런 일로 약해지면 안 돼!

세희는 크게 숨을 들이마신 후, 두 손을 키보드에 올려놓고 빠르게 자판을 두드리기 시작했다.

⋐⋙⋘⋑

"네가 웬일이야? 아침부터 뷔페를 다 가고?"

노크도 없이 문을 열고 들어온 정연이 재현의 책상 앞으로 또각또각 걸어왔다. 그러곤 못마땅한 눈으로 노려보는 재현을 향해 찡긋 윙크를 날렸다. 책상에 살짝 걸터앉은 정연이 손가락으로 서류를 뒤적거리며 말했다.

"오늘 점심 먹으러 갔었는데 매니저가 너 왔었다고 하더라고. 뭐가 잘못되었는지 네가 커피만 마시고 음식은 건들지도 않았다면서 안절부절못하더라. 그래서 내가, 넌 원래 아침 안 먹는다고 했지. 그런데 같이 간 미모의 아가씨는 누구야?"

정연의 도발에 재현이 눈꼬리를 올렸다.

"매니저 교육 새로 해야겠군. 고객이 누구와 동행했는지 절대로 비밀인 거 모르나?"

"뭐? 비밀? 하하하."

그의 날카로운 반응에 정연은 고개를 뒤로 젖히며 깔깔 웃기 시작했다. 한참을 웃던 그녀는 겨우 웃음을 멈추고는 재현의 어깨를 손으로 툭 내리쳤다.

"야, 이재현. 넌 나에게 대적하려면 아직도 멀었어. 매니저가 미쳤다고 네 동행에 관해서 얘기했겠니? 내가 그냥 넘겨짚은 거야. 너 혼자서 뷔페에 커피 마시러 갔을 리는 없으니까. 미모의 아가씨는 그냥 넘겨짚은 건데, 아니라고는 안 하네?"

순간 그의 안색이 흙빛으로 변해버렸다. 재현의 즉각적인 반응이 재미난 정연이 좀 더 불편한 심기를 건드렸다.

"와, 로맨틱하다. 그 여자랑 같이 밤을 보내고 오붓하게 아침을 먹은 거야? 어, 잠깐. 아니지. 너 어제 집에서 잤잖아."

"실없는 소리 할 거면 나가."

그가 이를 악물고 으르렁거렸다. 재현이 화를 내면 낼수록 정연의 입꼬리는 더욱더 위로 말려 올라갔다.

"누군데 그래? 누구기에 같이 아침을 먹어? 응?"

그러나 재현은 대답하는 대신, 인터폰으로 손을 뻗었다.

"강 비서, 이 이사님 나가실 거니까 배웅 좀 하지."

"됐네요. 강 비서, 지금 자리에 없어."

"뭐?"

"밑에 내려가서 아이스 라떼 사오라고 심부름시켰어. 올라오는 길에 홍보부에 들러 서세희 씨도 데려오고."

"능률 떨어지게 열심히 일하는 직원을 왜 오라 가라 해?"

"능률 같은 소리 하네. 퇴근 시간 다 됐잖아. 같이 저녁이라도 하려고 불렀어."

"그런데 왜 여기로 불러?"

"네가 있으면 못 이기는 척 따라오지 않을까 해서……. 너도 같이 가자. 바빠도 밥은 먹어야지. 안 그래?"

똑똑―.

노크 소리와 함께 문이 열리며 아이스 라떼를 손에 든 강 비서가 안으로 들어왔다. 정연에게 커피를 건네며 강 비서가 조심스럽게 입을 열었다.

"오는 길에 홍보부에 들렀었는데, 서세희 씨는 몸이 안 좋아서 일찍 퇴근했답니다."

"어머, 어디가 아픈데?"

"체한 것 같다는데요. 점심도 못 먹고 온종일 안색이 창백했다고 하더라고요."

강 비서의 말에 재현의 표정이 굳어버렸다. 아침 먹은 게 잘못됐나?

그는 하나도 남기지 않고 말끔히 접시를 비워버린 세희의 모습을 떠올렸다. 음식을 하나도 건드리지 않은 재현의 접시를 흘낏 쳐다보며 그녀가 중얼거리듯 말했었다.

─접시에 던 음식은 남기지 않는 거라고 배웠거든요.

미련하긴. 아무리 그래도 체할 정도로 억지로 먹을 건 뭐야! 화가 난 표정으로 컴퓨터 모니터를 노려보던 재현은 잠시 후, 정연에게 고개를 돌렸다.

"은혜를 갚을 기회가 있는데, 어때?"

"응? 은혜를 갚을 기회?"

빨대로 아이스 라떼를 마시던 정연의 눈이 동그랗게 커졌다.

❧

"기가 막혀서……."

방 안을 둘러보던 정연이 쯧쯧 혀를 찼다. 이건 말만 방이지, 창고나 다름없었다. 방구석에 널린 전단 묶음하며, 천장에 닿을 정도로 높게 쌓인 종이컵과 일회용 용기 상자 등등. 성인 한 명이 겨우 발 뻗을 정도의 공간만 남아 있는 방. 그 안에서 세희가 담요로 몸을 돌돌 만 채, 구석에 누워 있었다. 이런 곳에서 지낸다면 멀쩡한 사람도 병이 나겠다.

"너 정말 안 되겠다. 이런 처지면서 내 도움을 거절해?"

정연은 두 손을 허리에 올리고 크게 끙끙 앓는 소리를 내는 세희를 향해 투덜거렸다.

"그래서?"

[그래서는 뭐가 그래서야? 괜찮다는 애 겨우 끌고 병원 가서, 진료 받고 약 타서 돌아왔지. 몸이 회복될 때까지만이라도 호텔에서 지내라는데, 애가 뭔 고집이 그리도 세니? 계속 싫다는 거야. 아픈 애가 힘은 엄청나서 절대로 안 끌려가던걸.]

수화기 너머로 흥분한 듯한 정연의 목소리가 흘러나왔다. 재현은 한 손으로 미간을 누르며 의자 등받이에 머리를 기대었다.

"다행히 보은은 제대로 했네."

[너 지금 농담할 때야? 급체해서 갔는데 의사가 뭐라고 했는지 알아? 영양실조 기가 있단다.]

정연이 목청을 높였다.

[하여간 세희 얘, 내일 출근 못 할 거니까 네가 알아서 처리해.]

"마치 보호자라도 되는 양 말하는군."

[너는 사람이 뭐 그리도 인정머리가 없니? 떠돌이 고양이는 가엾다고 입양해 오면서 부하 직원이 아파 누웠는데 그렇게 나와야겠어?]

"나 바쁘니까 용건 끝났으면 이만 끊어."

[야! 이재현. 밤 9시에 뭐가 바쁘다고······.]

"바빠."

일방적으로 통화를 끊은 재현은 휴대폰을 던지듯 책상 위에 내려놓았다. 그리고 두 눈을 감으며 한 손으로 느슨하게 넥타이를 풀어 헤쳤다.

영양실조라······. 못 먹다 갑자기 기름진 음식을 먹어서 탈이 난 걸까?

"후."

정말 신경을 안 쓸래야 안 쓸 수가 없군. 아무래도 서세희란 존재는 그의 평탄한 삶에 걸림돌이 아닐까 싶다. 병원에 다녀왔다니까 괜찮겠지. 아니, 괜찮지 않다고 해도 그가 상관할 바가 아니다.

재현은 다시 눈을 뜨고 컴퓨터 화면으로 시선을 돌렸다. 마우스로 스크롤바를 내리며 화면 내용에 집중하려 애썼다. 그러나 서너 장을 채 훑어보지도 못하고 자리에서 벌떡 일어나 인터폰으로 손을 뻗었다.

"강 비서, 그만 퇴근해. 아, 그리고 '그린 키친' 메인 쉐프 좀 연결해줘."

⚜

"아니, 좀 더 누워 있지 왜 나와?"

창백한 얼굴로 세희가 앞치마를 두르고 홀로 나오자, 매니저가 미간을 찌푸리며 그녀의 앞을 가로막았다.

"약 먹었더니 한결 나아졌어요."

"그거야 약발로 그러는 거지. 너 지금 속이 말이 아닐 거야. 그냥 오늘은 푹 쉬어. 응?"

"신세를 지는 것도 미안한데 어떻게 누워만 있어요."

"넌 참, 그렇다고 내가 아픈 사람 부려먹을 사람으로 보이니?"

"그건 아니지만."

"너, 저녁도 못 먹었지? 아무리 체했다지만 뭐 좀 먹어야 하는데. 내가 죽이라도 사다줄까?"

순간 세희의 두 눈이 붉게 충혈되었다. 그녀는 서둘러 앞치마를 벗어 매니저의 손에 꼭 쥐여주었다.

"아뇨. 제가 가서 사 먹고 올게요. 죽 먹고 오면 일하게 해주셔야 해요. 알았죠?"

말을 마친 세희는 급하게 밖으로 뛰어나갔다. 그리고 종종걸음으로 죽

전문점이 있는 길 건너편 건물로 향했다. 울컥하고 눈물을 쏟아질 것 같아서 더는 그곳에 있을 수 없었다. 정말 아프면 조그만 일에도 감동해서 눈물이 글썽거려지나 보다.

"왜 갑자기 안 어울리게 약한 척이야?"

세희는 혼잣말로 투덜거리며 죽 전문점으로 들어가는 대신 건물 옆에 있는 계단으로 걸음을 옮겼다.

아무리 약을 먹었다지만, 아직 음식물이 들어가는 건 무리였다. 그냥 여기 앉아 있다가 적당한 시간이 되면 돌아가야지.

세희는 계단 중간에 쪼그리고 앉아 아까 저녁에 찾아온 정연을 떠올렸다. 그녀 덕분에 편하게 병원도 가고, 약도 타 오고. 나중에 만나면 고맙다고 인사해야겠다. 세희는 힘없이 고개를 숙이며 씁쓸하게 미소 지었다.

누가 오누이 사이 아니랄까 봐. 상대방 의견을 듣지 않고 이리저리 끌고 다니는 행동이 어쩌면 그리도 똑같은지…….

"계단에 앉아서 조는 게 취미인가?"

그때 갑자기 위쪽에서 나직한 남자의 목소리가 들려왔다. 익숙한 목소리에 세희는 천천히 고개를 들어 위를 올려다보았다.

무심한 표정의 재현이 그녀의 시야에 가득 찼다.

8. 친절은 여기까지

으악! 왜 그가 지금 여기에 있는 거야?

생각하지도 못한 그의 등장에 그녀의 심장이 '쿵' 떨어져버렸다.

"출근하지 못할 거 같다고 하더니, 그리 아파 보이진 않는군."

그녀의 놀란 마음도 모르고 재현은 비아냥거리며 세희 옆에 자리를 잡고 앉았다.

지금 몰골이 말이 아닐 텐데! 온종일 아파서 끙끙거린 탓에 화장기가 없는 건 둘째 치고 푸석해진 피부며 입술까지 하얗게 부르텄다. 이런 몰골로 그를 대할 순 없어! 혹시 숨을 곳이라도 없을까?

세희는 재빠르게 주위를 두리번거렸다. 계단 구석에 빈 종이상자가 쌓여 있었지만 그렇다고 저걸 뒤집어쓸 수도 없는 일이고. 아, 미치겠네. 세희는 혀로 입술을 축이며 두 손으로 헝클어진 머리카락을 재빨리 정리했다. 그리고 그와 조금이라도 멀어지기 위해 벽 쪽으로 몸을 바짝 붙였다. 망가진 모습을 들킬세라 밑으로 고개를 푹 숙이며 그녀가 모깃소리처럼 작게 말했다.

"약 먹어서 이젠 괜찮습니다."

음, 괜찮다고 하면서 목소리가 너무 빌빌대는 것 같지?

"걱정하지 않으셔도 돼요. 내일 출근할 수 있습니다."

세희는 재빨리 목소리에 힘을 실어 씩씩하게 덧붙였다.

"그래? 괜찮다니 다행이군."

두 사람 사이에 어색한 침묵이 흘렀다. 먼저 입을 연 건 재현이었다.

"체했다면서. 아침에 먹은 스테이크 때문인가?"

"……아, 저 그게."

세희가 머뭇거리며 대답을 망설이자, 재현이 피식 웃으며 계단에서 몸을 일으켰다.

"입맛이 촌스럽군."

마음 같아선 '당신 때문에 불편해서 그랬다고요!'라고 응수하고 싶었지만, 선뜻 입이 열리지 않았다. 지금은 몸도 마음도 너무 지쳤기에. 먹은 거 다 게워내고, 온종일 굶어봐라. 누구라도 전투력이 바닥으로 떨어지고 말 것이다.

세희는 고개를 숙인 채로 낡아빠진 운동화를 말없이 내려다보았다. 도저히 고개를 들어 그와 시선을 마주할 기운이 없었다. 그런데 그는 왜 여기에 있는 걸까? 내일 출근을 할지, 못 할지 직접 알아보려고 온 건 아닐 테고. 그렇다고 그녀가 걱정되어서 찾아온 것 같지도 않았다.

고귀하신 이재현 전무님이 말단 인턴 사원 서세희가 아프든 말든 무슨 상관이라고. 그렇지?

탁─. 탁─.

얼마 후 그가 계단을 내려가는 소리가 들렸다. 세희는 천천히 고개를 들어 재현의 뒷모습을 바라보았다. 그의 등이 오늘따라 더 넓어 보인다. 아파서 그런지 자꾸만 별거 아닌 일에 코끝이 찡하게 시리다. 바보처럼…….

그때 계단을 내려가던 재현이 갑자기 우뚝 자리에 멈춰 섰다. 그리고 세희에게 등을 돌리더니 손에 든 쇼핑백을 만지작거렸다. 무슨 할 말이 있는 것처럼 머뭇거리는 그를 세희가 의아한 표정으로 바라보았다.

잠시 후, 재현은 입매를 비틀며 다시 계단을 내려갔다.

"내일 회사에서 보지."

재현이 건물 밖으로 나갈 때까지, 세희는 아무 미동 없이 그의 뒷모습을 물끄러미 쳐다보았다.

빠른 걸음으로 건물을 나온 재현은 짜증이 섞인 눈으로 손에 든 쇼핑백을 내려다보았다.

"후, 도대체……."

재현은 혼잣말처럼 무언가 중얼거리다, 얼마 떨어지지 않은 곳에 있는 쓰레기통으로 시선을 옮겼다. 쇼핑백과 쓰레기통을 몇 번이고 번갈아 보던 그는 이윽고 쓰레기통 안으로 쇼핑백을 던져버렸다. 내용물이 '우당탕' 소리를 내며 쓰레기통 안으로 떨어졌다.

도대체 무슨 생각이었던 거지?

재현은 씁쓸하게 웃으며 주차장으로 걸어갔다.

오늘 자신이 한 행동은 백번 이해하려고 해도 이해할 수 없다. 호텔 셰프에게 흰죽을 끓이게 하고, 그걸 또 보온병에 담아서 가져오다니. 유치하기 그지없다. 아무리 생각해도 잠시 미친 게 분명했다.

차에 올라타 시동을 걸던 재현은 불현듯 동작을 멈추고 황금빛 계기판을 뚫어져라 노려보았다.

그녀의 눈가가 촉촉하게 젖은 듯 보인 것은 분명히 흐릿한 조명 때문일 것이다. 그녀의 어깨가 오늘따라 유난히 가냘프게 보인 것은 기분 탓일 것이고……. 만약에 그녀가 울었다고 해도 그게 뭐라고. 나와는 아무 상관이 없는 일이다.

재현은 손가락 끝으로 운전대를 톡톡 두드리며 잠시 생각에 잠겼다. 거슬리고 불편하면 멀리하면 그만일 텐데……. 고민할 필요조차 없는 건데.

그는 긴 한숨을 내쉰 후, 시동을 걸고 서둘러 차를 출발시켰다. 그녀만 보면 평소와 다르게 행동하는 자신이, 나사 하나 빠진 얼간이처럼 한심했다.

그렇다. 친절은 여기까지다. 더 이상은 가까이 가지도, 흔들리지도 말자.

재현은 가속 페달을 힘껏 밟으며, 부웅 속도를 높였다.

❧❦❧

다음 날, 세희는 재현에게 말한 대로 정시에 회사로 출근했다. 하루 쉬지 않고 왜 나왔느냐는 정 대리와 차 대리의 핀잔을 뒤로하고 그녀는 꿋꿋이 업무를 처리해나갔다. 괜히 혼자 있어봤자 쓸데없는 망상만 떠오를 뿐이다. 몸이라도 바쁘게 움직이면 돈이라도 벌지!

'하지만 재현이 왜 어젯밤 자신을 찾아왔을까?' 하는 의문은 쉽게 사라지지 않았다. 그 때문에 업무에 열중하려 해도 일이 손에 잡히지 않았다. 멍한 표정으로 컴퓨터 모니터를 응시하는 세희를 다행히도 다른 직원들은 몸상태가 좋지 않아서라고 이해했다. 그러나 그런 상태가 계속되자, 정 대리가 걱정스러운 얼굴로 다가왔다.

"아직 몸이 안 좋아 보이는데 그냥 가라. 언제든지 집에 가도 된다고 아까 과장님도 그러셨잖아."

바로 현실로 돌아온 세희는 급히 정 대리에게 고개를 돌렸다.

"아, 아니에요. 저 정말 괜찮아요."

정 대리는 믿을 수 없다는 눈으로 세희를 위아래로 훑어보았다.

피부는 푸석하고 입술이 파리한 게 아무리 봐도 집에 가야겠구먼. 왜 이리 고집을 부리는지 모르겠다. 인턴 성적에서 조금이라도 감점될까 봐 걱정돼서 그러나?

"점심시간인데 뭐 좀 먹어야지?"

"아, 네."

세희는 하던 작업을 서둘러 저장하고 가방을 챙겨 자리에서 일어났다. 정 대리와 팔짱을 끼고 사무실을 나서는데, 뒤에서 또각또각 구두 소리가 들려왔다.

이어서 화가 난 듯 여자의 앙칼진 목소리가 울려 퍼졌다.

"미쳤어, 미쳤어! 내가 출근하지 말고 집에서 푹 쉬라고 했어, 안 했어?"

깜짝 놀라 뒤를 돌아보니, 정연이 험상궂은 얼굴로 걸어오고 있었다. 정연을 알아본 정 대리가 재빠르게 팔짱을 풀고 고개를 숙였다.

"안녕하세요, 이사님."

"어, 그래. 정 대리. 오랜만이네."

정 대리에게 활짝 웃어 보인 정연은 다시 무서운 표정으로 세희를 노려보았다.

내가 무슨 잘못을 한 거지? 어리둥절한 표정으로 서 있는 세희의 팔을 빠르게 낚아채며 정연이 말했다.

"서세희 씨는 나 좀 따라와. 정 대리, 서세희 씨는 오늘 내가 좀 데려가야겠어. 나랑 있다가 퇴근할 테니까 그렇게 알아."

"네, 이사님."

말을 마친 정연은 다짜고짜 세희를 끌고 엘리베이터로 향했다.

"저, 이사님. 어디로 가는 거죠?"

"나 지금 많이 화났거든. 그러니까 가만히 있어."

정연은 대답 대신 날카롭게 쏘아붙였다. 이럴 때 보면 누나가 남동생보다 더 강압적인 것 같다. 세희는 정연에게서 흘러나오는 싸늘한 기운에 아무 대꾸도 하지 못하고 위로 올라가는 엘리베이터의 불빛을 응시했다. 38층에 이르자, 엘리베이터가 '땅' 소리를 내며 멈춰 섰다.

"내려."

정연이 세희를 끌고 간 곳은 그녀의 사무실이 아닌, 재현의 사무실이었다. 정연은 세희의 팔을 잡아끌고 강 비서의 책상 앞으로 또각또각 걸어갔다.

"이 전무 지금 방에 있지?"

"네. 방금 중역 회의 마치고 돌아오셨습니다."

"그래? 잘됐네. 강 비서, 여기 걱정하지 말고 가서 점심 먹어."

그것은 제안이라기보다는 명령이었다. 정연과 재현이 어떤 오누이 사이인지 너무나도 잘 아는 강 비서는 괜히 자신에게 불똥이라도 튈까 싶어 부랴부랴 핸드백을 챙겨 들고 사무실을 빠져나갔다.

강 비서가 사라지자, 정연은 노크도 생략한 채, 전무실의 문을 벌컥 열고 안으로 들어섰다. 마침 창가에 서 있던 재현은 불청객의 방문에 눈살을 찌푸리며 뒤를 돌아보았다.

"노크 좀 하고 들어올 수 없나?"

"왜? 여자랑 뒹굴고 있기라도 했어?"

"누나, 여긴 회사야. 제발 말 좀 가려서 해."

버럭 언성을 높이던 재현이 정연 뒤에 서 있는 세희를 발견하곤 움찔 입을 다물었다.

"무슨 일이야."

"나 오늘, 최 감독이랑 점심 약속 있거든. 이런, 벌써 늦었네."

손목시계를 쳐다보며 정연이 눈살을 찌푸렸다.

"너 오늘, 정 회장님과의 점심 약속이 취소됐다고 들었어. 그러니까 이 가여운 어린 양을 데리고 나가서 점심 좀 먹여. 그다음에는 네가 책임지고 퇴근시키고."

"무슨 소리야? 서세희 씨 지금 업무 중인 거 안 보여?"

"얼어 죽을 놈의 업무는 무슨. 넌 이 애 얼굴이 파랗게 질린 거 안 보이니? 이러다 회사에서 쓰러지면 네가 책임질래?"

"전 괜찮은데요."

"넌 가만히 있어."

세희가 끼어들려고 하자, 정연이 빽 소리를 지르며 그녀의 말을 잘랐다.

"내가 세상에서 젤 싫어하는 사람이 누군지 알아? 아픈데도 등교하고, 회사 출근하는 사람이라고. 아프면 집에서 좀 쉬어! 괜히 무리해서 탈이나 나지 말고."

"저, 다 나았는데요."

"아니거든. 얼굴에는 '저 무지무지 아파요.' 이렇게 쓰여 있거든. 하여간 난 약속 시간 늦어서 가봐야 하니까 재현이랑 얘기해."

말을 마친 정연은 급하게 전무실을 걸어 나갔다. 방 안에 남은 두 사람 사이에 어색한 침묵이 흘렀다.

왠지 못마땅한 얼굴로 세희를 쳐다보던 재현은 자신의 자리로 걸어가 책상 위에 놓인 결재 서류를 집어 들었다.

"누나 말대로 해. 오늘은 그냥 퇴근하도록."

서류에 시선을 고정한 채, 그가 말했다.

"전 괜찮습니다."

"퇴근하라면 그냥 퇴근해. 말대답하지 말고."

싸늘한 재현의 태도에 세희는 작게 숨을 들이켰다. 무슨 일일까? 얼음 막이 생긴 것처럼 멀게 느껴진다.

"……네. 알겠습니다."

세희는 고개를 숙여 인사한 후, 조용히 전무실을 걸어 나갔다. '탁' 소리가 나며 문이 닫히자, 재현은 천천히 문 쪽으로 시선을 옮겼다. 아직도 아픈지, 초췌한 그녀의 모습이 마음에 걸린다. 그러나 곧 그의 얼굴에 얼음처럼 싸늘한 그림자가 내려앉았다.

그게 나와 무슨 상관이라고.

재현은 다시 결재 서류로 시선을 돌린 후, 휘갈기듯 사인하기 시작했다.

⋘⚜⋙

"세희야, 미안해서 어쩌니."

아픈 몸을 이끌고 터덜터덜 커피숍으로 돌아오니, 매니저 언니가 난처한 얼굴로 그녀를 기다리고 있었다.

"온수 파이프가 터졌지 뭐야. 근데 그 터진 자리가 바로 네가 지내는 쪽방 밑이래. 지금 바닥 다 들어내고 공사 중이야. 사장님이 온수 파이프 공사하는 김에 쪽방이랑 실내 공사도 새로 하자고 하시네. 아무래도 몇 주일은 걸릴 것 같은데……."

엎친 데 덮친 격. 바로 이런 걸 두고 하는 말일 것이다.

"그동안 우리 집에서 나랑 같이 있어도 되고."

사람 좋은 매니저 언니. 30대 후반인 그녀는 얼마 전에 결혼한 신혼이다. 아무리 눈치가 없는 사람이라고 해도 신혼부부 집에는 절대로 기어들어가선 안 된다. 세희는 밝게 웃으며 고개를 내저었다.

"괜찮아요. 친구 집에 가도 되고, 정 안 되면 찜질방에 가면 돼요. 제 걱정은 하지 마세요. 필요한 소지품만 챙기고 짐만 사무실에 맡겨놓을게요."

"너 몸도 안 좋은데 그러지 말고 우리 집에 가."

"괜찮다니까요. 컨디션 안 좋으니까 오히려 찜질방에 가서 몸을 지지면 개운할 거예요."

눌러대긴 했지만, 솔직히 한숨만 나왔다. 그래도 뭔가 해결책이 있겠지. 이 넓은 하늘 아래 지낼 곳이 없으려고.

슈트 케이스에서 우선 필요한 소지품을 챙기고 밖으로 나오자, 매니저가 그녀에게로 다가왔다.

"세희야, 저번에 너 찾던 손님이 또 오셨어. 저기 창가 테이블에 앉아 계셔."

전에 찾아왔던 손님?

창가로 걸어가니, 정연이 팔짱을 낀 채 앉아 있었다.

"이사님, 아까 점심 약속 있다고 하지 않으셨어요?"

맞은편에 앉으며 세희가 의아한 표정으로 물었다.

"차가 꽉 막히더라고. 너무 늦을 것 같아서 전화로 취소했어. 그리고 너희랑 점심 먹으려고 돌아갔더니, 재현이 녀석. 널 그냥 퇴근시켰더라고. 그래서 부랴부랴 따라왔어. 세희야, 나랑 밥 먹자."

"······저, 아직 속이 안 좋아서요."

"몸 아직도 안 좋아?"

"네."

그 말에 정연이 씨익 웃으며 자리에서 일어섰다.

"너 분명히 몸 안 좋다고 그랬다."

"네. 그래서 오늘 점심은 아무래도······."

그때를 맞춰 매니저가 세희의 슈트 케이스를 끌고 두 사람에게 다가왔다. 자리에서 일어난 정연은 매니저가 가져온 슈트 케이스를 건네받았다.

"그거 제 건데요."

"알아, 네 건 줄 너무 잘 알아."

세희의 손을 뿌리치며 정연이 단호한 표정으로 말했다.

"몸도 안 좋다면서 찜질방에 가겠다고? 너 정말 안 되겠어. 사람들이 도와준다는데 왜 밀어내기만 하니! 아휴, 안 그렇게 생겼는데 보면 고집은 더럽게 세요."

"네?"

"방금 매니저에게 이야기 다 들었어. 지금 당장 갈 곳도 없다면서?"

"아, 그게……."

"잔말 말고 따라와."

말을 마친 정연은 슈트 케이스를 끌고 또각또각 구두 소리를 내며 커피숍 밖으로 걸어 나갔다. 깜짝 놀란 세희가 정연의 뒤를 따랐다.

"어디 가시는 거예요?"

그러나 정연은 세희의 물음에 아무런 말도 하지 않았다. 커피숍 밖에는 짙은 회색의 세단이 세워져 있었다. 정연이 밖으로 나오자, 차에서 내린 운전사가 그녀에게서 슈트 케이스를 받아 들었다.

"월세방 구할 때까지 나랑 호텔에서 지내."

"네에? 호텔이요?"

"저번에 나 데려다줬던 스위트룸 말이야."

세희를 억지로 차 안으로 밀어 넣으며 정연이 생긋 미소 지었다.

"그거 일 년 365일, 내 전용이거든."

⸎

"자, 이 침실. 이제부터 네가 쓰면 돼. 우선 옷장에 옷부터 걸고 있어."

거실 건너편에 있는 침실 문을 연 정연이 방 안으로 슈트 케이스를 밀어 넣었다.

"룸서비스에 점심 주문할 건데. 뭐 먹을까? 한식, 양식, 중식? 아, 맞다. 너 아직 속이 안 좋다고 그랬지? 그러면 죽으로 주문하자. 여기 메인 셰프랑 나랑 술친구야. 내가 해달라고 하면, 보신탕 빼곤 뭐든지 다 해줘."

정연이 해맑은 표정으로 수다를 늘어놓았다. 세희는 가끔 고개를 끄덕거리며 묵묵히 정연의 말이 끝나기를 기다렸다.

순수한 마음으로 도와주려는 정연의 도움을 무조건 뿌리치기만 해선 안 될 것 같았다. 그리고 솔직히 말하면 푹신하고 안락한 침대와 따뜻한 물이 펑펑 나오는 욕실의 유혹을 쉽게 뿌리칠 수 없었다. 스위트룸에 들어서면서 마음이 약해졌나 보다.

결국 세희는 두 손을 앞으로 모으고 정연을 향해 허리를 깊숙이 숙였다.

"이사님, 자상하게 챙겨주셔서 감사합니다. 한시라도 빨리 방을 구해서 나가도록 할게요. 그때까지만 신세 좀 지겠습니다."

예상하지 못한 세희의 반응에 정연이 휘둥그레 눈을 떴다.

"어? 왜 갑자기 순순히 말을 듣지?"

"순수한 호의를 계속 거절만 하는 것도 큰 실례일 것 같아서요."

"와, 너 진짜 마음에 든다. 그래, 그래. 무턱대고 호의를 거절하는 거 안 좋아. 그리고 나랑 너랑 보통 인연이니? 난 아직도 너한테 갚을 빚이 많다고. 하여간 잠깐만 기다려. 내가 점심 주문하고 올게."

정연은 빠른 걸음으로 거실로 향하며 메인 셰프에게 직접 전화를 걸었다.

"어, 백 셰프. 나야, 나. 정연이. 지금 바빠? 죽 좀 끓여줄래? 아무것도 넣지 말고, 집에서 먹는 흰죽 말이야."

[흰죽? 왜? 속 안 좋아? 어제는 재현이가 부탁하더니. 오늘은 너야?]

"재현이가 흰죽을 부탁했어?"

[응. 직접 여기까지 와서 보온병에 담아가던걸?]

"이상하네? 걘 속이 안 좋으면 그냥 굶는데……."

정연은 콧등에 주름을 잡고 고개를 갸우뚱거렸다.

"하여간 백 셰프, 흰죽이라도 아주 맛있게 끓여줘야 해. 알았지?"

전화를 끊고 정연은 잠시 생각에 잠겼다.

재현이 녀석, 속이 안 좋으면 아예 굶고 말지. 죽, 이런 거 질색하는데. 왜 갑자기 죽 타령이지?

그때 침실 문이 열리며 세희가 방에서 걸어 나왔다. 혹시나 하는 마음에 정연이 물었다.

"세희야, 너 혹시 어제 흰죽 먹었니?"

"네? 아뇨. 저 어제는 쭉 굶고 물만 마셨는데요."

"그래?"

정연이 머리를 긁적이며 중얼거렸다.

"이 녀석, 어디 여자라도 생겼나?"

✦

"미라가 다시 미국으로 들어가기 전에 얼굴이라도 한번 봐야 하는 거 아니냐?"

이 회장이 앞에 놓인 찻잔을 들며 말했다. 이 회장이 밖에서 단둘이 저녁을 하자고 했을 때 이미 예상했던 내용이라 그리 놀랄 것도 없었다. 재현은 건성으로 고개를 끄덕였다.

"그러죠."

"올해는 가볍게 연애한다고 생각하고, 내년 봄쯤에 결혼해라. 약혼식은 생략해도 되겠지."

10년 전, 썰렁했던 약혼식장을 떠올리는 것만으로도 이 회장의 안색은 어두워졌다. 다시는 그때의 악몽을 겪지 않겠다는 듯, 이번에는 약혼식조차 건너뛰자는 아버지의 제안에 재현은 속으로 쓴웃음을 지었다.

"저는 상관없습니다. 어차피 정략결혼. 거추장스러운 격식 같은 거, 필요하겠습니까?"

지금까지의 태도와는 조금 다른 아들의 반응. 어딘지 모르게 날이 선 것 같은 태도에 이 회장의 눈초리가 살짝 일그러졌다.

"너 혹시, 따로 마음에 둔 여자라도 있는 거, 아니겠지?"

"무슨 말씀이신지."

"아니. 그냥 만약에 말이다. 만약이라도 여자가 있으면……."

"그럴 리가 없잖습니까, 아버지."

재현은 이 회장의 말을 자르며 벌떡 자리에서 일어섰다. 한기가 도는 재현의 눈빛에 이 회장이 피식 입꼬리를 비틀었다.

"녀석. 그냥 해본 소리다. 그래, 너는 정연이와 다르지."

이 회장은 들고 있던 찻잔을 조용히 내려놓으며 재현을 따라 자리에서 일어났다.

"요새 정연이가 규한이 때문에 힘들어한다는 말을 듣고 내가 좀 예민해졌나 보다. 미안하다."

"아닙니다."

"오늘 정연이 출근했었다면서? 네가 옆에서 잘 챙겨줘라. 조금 있으면 규한이 귀국할지도 모른다고 하던데……. 혼자 견디기 쉽지 않을 거다."

"알겠습니다."

이 회장과 헤어지고 난 후, 재현은 무작정 그린 힐 호텔로 차를 몰았다.

─너 혹시, 따로 마음에 둔 여자라도 있는 거, 아니겠지?

왜 그 순간에 세희의 얼굴이 떠오른 걸까?

재현은 이를 악물며 가속 페달에 발을 올렸다. 무언가 뭉실하고 흐릿한 실체가 눈앞을 가로막고, 누군가 그의 발을 붙잡아 밑으로 끌어내리는 느낌. 목에 이물질이 걸린 듯 답답하다.

아무리 말썽꾸러기 누나라고 해도 이런 날은 도움이 되겠지. 누나와 술이라도 마시면 이 설명할 수 없는 찝찝한 기분이 좀 가실지도 모르겠다.

호텔로 가고 있다는 사실을 알리려 전화를 걸었지만, 재현이 스위트룸에 도착할 때까지도 정연은 전화를 받지 않았다. 결국 그는 객실 문 옆에 달린 벨을 꾹 눌렀다.

딩동—.

서너 번 벨을 눌렀지만, 안에서는 아무런 반응이 없었다.

벌써 잠들었나?

재현은 문에 등을 기대며 다시 정연에게 전화를 걸었다. 한참 후에야 정연이 전화를 받았다.

[여보세요?]

밖인지 와자지껄한 소리가 들려왔다.

"지금 어디야? 호텔에 있는 거 아니었어?"

그때 '달칵' 하며 문의 안전 고리가 풀리는 소리가 들렸다. 문이 열리자 재현은 의아한 표정을 지으며 천천히 뒤를 돌아보았다.

"전무님?"

방금 샤워를 마쳤는지 머리에 수건을 두른 세희가 놀란 눈으로 그를 올려다보았다.

"네가 왜 여기에 있는 거지?"

재현은 자신 앞에 서 있는 세희를 노려보며 이마에 깊은 주름을 잡았다.

⁂

[갑자기 친구에게 연락이 와서 나가려는데, 네가 너무 곤하게 자더라. 깨우기 뭐해서 그냥 나왔어. 근데 너, 저녁은 먹었니? 안 먹었으면 룸서비스에 주문해. 너무 빈속으로 있어도 안 좋으니까 간단하게라도 챙겨 먹어. 알았지?]

휴대폰의 스피커를 통해 정연의 카랑카랑한 목소리가 흘러나왔다. 세희는 재현의 맞은편에 앉아 젖은 머리의 물기를 수건으로 닦아내며 정연의 말에 귀를 기울였다.

누가 누구의 동생인지 모르겠다. 재현은 아예 안중에도 없는 듯, 정연은 세희를 챙기기에 바빴다. 재현은 못마땅한 표정으로 휴대폰을 노려보았다.

[그런데 재현아, 네가 여긴 웬일이야?]

세희를 향해 끝없는 수다를 쏟아붓던 정연이 이윽고 재현에게 말머리를 돌렸다.

"웬일은 무슨 웬일이야?"

다리를 꼬고 소파 등받이에 기대며 재현이 퉁명스럽게 되물었다.

[이상하잖아? 네가 여기 올 일이 뭐가 있어? 조이 좀 데리고 놀러 오라고 해도, 한 귀로 듣고 한 귀로 흘리더니…… . 안 그래?]

'조이'라는 이름에 세희가 의아한 표정을 지었다.

"언제 올 거야?"

재현은 다급하게 스피커 기능을 멈추고 테이블 위에 놓인 휴대폰을 집어들었다.

"……알았어. 오늘은 제발 많이 마시지 마. ……그래, 그만 끊어."

전화를 끊은 재현은 휴대폰을 다시 테이블 위에 내려놓으며 세희에게로 시선을 돌렸다. 며칠 사이에 그녀의 얼굴이 눈에 띌 정도로 홀쭉해져버렸다. 그리고 불쾌하게도 그런 사실에 재현은 가슴이 쓰렸다.

"저녁 꼭 먹으라는 말, 들었지?"

그는 최대한 아무 감정도 싣지 않은 채, 정연이 신신당부했던 내용을 되풀이했다. 세희는 별 반대 없이 고개를 끄덕였다.

"밖에 나가서 사 먹을 참이었어요."

"왜? 룸서비스에 주문하라니까."

재현의 짜증 어린 물음에 세희는 살짝 인상을 찡그렸다.

이 남자, 아무리 재벌이라지만 룸서비스가 뉘 집 애 이름인 줄 아나?

밖에서 사 먹으면 끽해야 만 원인 보통 비빔밥이 여기선 사만 원이나 한다고! 잠자리를 신세 지는 것도 미안한데 그럴 수 없었다.

"메뉴에 북엇국이 없더라고요. 전 지금 그게 먹고 싶은데……."

딱히 북엇국이 먹고 싶진 않았지만, 세희는 그냥 되는 대로 둘러댔다. 호텔 주방에서 북어를 두들겨 패면서까지 국을 끓일 것 같진 않았으니까.

"메인 셰프에게 이야기하면 어떤 요리라도 해주는 거 몰랐나?"

"그럴 필요까진 없죠. 그냥 나가서 사 먹으면 되는걸요."

그건 바로 '나는 지금 밥 먹으러 나갈 테니까, 그쪽은 여기서 기다리든지, 말든지 하세요.'라는 뜻이었다. 그러나 재현은 눈치 없게도 겉옷을 집어 들며 자리에서 일어났다.

"좋아. 그럼 나도 같이 가지."

"네?"

말뜻을 제대로 알아듣지 못한 세희가 눈을 가늘게 뜨고 재현을 올려다보았다.

그냥 여기서 같이 나가자는 소리겠지? 그러나 재현의 입에서 나온 말은 혹시나 하는 그녀의 기대를 무너뜨렸다.

"나도 갑자기 북엇국이 먹고 싶어졌어. 잘하는 한식집 아니까 같이 가지."

이런, 또 산 넘어 산이다! 이럴 줄 알았으면 이미 먹었다고 거짓말하는 건데…….

"북엇국 하나 먹으러 멀리 갈 필요 있나요? 전 그냥 여기 근처에서……."

재현은 세희의 의견을 무시하고 뚜벅뚜벅 앞장서서 걷기 시작했다.

아, 뭐야, 쫌!

세희는 앞서 걷는 재현의 등을 노려보며 작게 한숨을 내쉬었다.

재현이 그녀를 데리고 간 곳은 한눈에도 무지무지 비쌀 거라는 느낌이 팍팍 풍기는 궁중 요리 전문 한식집이었다. 조선왕조 궁중 요리 기능 보유자로 지정된 요리사가 운영하는 곳으로 알고 있는데……. 이거, 룸서비스보다 더 비싼 거 아니겠지?

"북엇국 말고 다른 건 먹고 싶은 거 없나?"

메뉴판을 뒤적이며 재현이 물었다.

"아뇨."

으리으리한 대궐 같은 곳에서 딱 북엇국만 주문하자니 괜히 미안해졌다. 세희는 메뉴판으로 얼굴을 반쯤 가린 채 조심스럽게 매니저의 눈치를 살폈다. 그러나 매니저는 상냥한 미소를 지으며 재현의 주문을 받아 적기에 바빴다.

"더 필요한 게 있으시면 여기 벨을 누르시면 됩니다. 북엇국은 준비되는 대로 곧 올리도록 하겠습니다."

이 회장과 함께 저녁을 마친 이재현 전무가 1시간 만에 다시 방문하다니. 오늘 요리가 정말 입맛에 맞았나 보다. 매니저는 기쁜 마음에 재현을 향해 허리를 90도로 굽힌 후, 신속하게 별실을 걸어 나갔다.

매니저가 나가자, 둘 사이에는 잠시 어색한 침묵이 맴돌았다. 세희는 고개를 숙여 그의 시선을 피하며 따뜻한 물컵을 두 손으로 만지작거렸다.

불편한데……. 이러다 또 체하는 거 아닌지 모르겠네.

잠시 후, 재현이 지나가는 투로 물었다.

"살 집을 구한다고?"

"네. 지금 월세를 알아보는 중이에요. 그때까지만 이사님께 신세 지기로 했습니다."

"집에서 쫓겨났어?"

"쫓겨나다니요. 당당하게 짐 싸서 나온 건데."

"그럼 그 나이에 가출?"

재현의 은근히 놀리는 듯한 태도에 세희의 목소리 톤이 약간 높아졌다.

"가출이 아니라 독립이에요."

"그래?"

"지금까지 고모 집에 신세 지고 있었거든요. 하지만 이젠 직장도 갖고 했으니까 독립해야죠."

그에게 자신의 복잡한 사정을 시시콜콜 설명하고 싶진 않았다. 밥 먹으며 이야기할 화젯거리도 아니고.

"직장? 아직 인턴이잖아. 누가 정직원으로 합격시켜준다고 했나?"

계속되는 재현의 비아냥에 세희는 물컵을 잡는 척 고개를 숙이며 살며시 그를 째려보았다. 하여간 뭐든 좋게 말하는 법이 없다.

재현은 뭐가 그리도 재미있는지 혼자 피식거리며 웃더니 느긋한 어조로 물었다.

"그래서 어떤 곳을 원하지?"

"음…… 회사에서 가깝고, 싸면 쌀수록 좋겠죠."

"회사에서 가까우려면 강남이란 소린데. 적어도 보증금 1억에 월세 수백만 원은 넘겠군."

"컥."

물을 한 모금 들이켜던 세희는 사레에 걸린 듯 주먹으로 가슴을 내리쳤다. 이 남자, 정말 세상 물정 모르나 봐. 평사원 한 달 월급에 버금가는 월세를 어떻게 감당하라고. 보증금으로 낼 1억이 있으면 당장에라도 사채부터 갚고 말겠다!

"그것보다는 아주 많이 저렴한 방을 알아보고 있습니다."

세희는 팍 올라오는 짜증을 애써 내리누르며 무덤덤하게 말했다. 그러나 완전하게 숨기기는 어려운 듯 말꼬리가 살며시 떨렸다.

"회사에서 멀리 떨어진 곳 아니고는 구하기 어려울 텐데……."

"그래도 열심히 알아봐야죠."

세희는 더 이상 토를 달지 말라는 듯 은근히 재현을 노려보았다.

똑똑―.

노크 소리와 함께 종업원이 음식 카트를 끌고 별실로 들어왔다.

"주문하신 음식 나왔습니다."

메뉴에도 없는 북엇국만 달랑 두 개 주문했지만, 상에는 다리가 휘어질 만큼 휘황찬란한 반찬들이 차려졌다. 평소에는 구경하기도 어려운 진귀한 궁중 요리와 간단한 가정식인 북엇국. 그런데 전혀 어울릴 것 같지 않은 그 조합이 묘하게 그럴듯하다.

그래, 먹자. 진수성찬을 마다할 필요는 없지. 먹다 죽은 귀신은 때깔도 곱다더라.

"잘 먹겠습니다."

세희는 북엇국에 공깃밥을 말아 조심스럽게 숟가락으로 국물을 떠 올렸다. 빈속에 따뜻한 국물이 들어가니 속이 확 풀리는 것 같았다.

그런데 이 남자, 또 시작이다! 세희는 맞은편에 앉아 젓가락만 만지작거리는 재현을 보고 눈살을 찌푸렸다. 저번에도 불편하게 하더니, 오늘도 그럴 모양이네. 내가 지금 누구 때문에 체해서 이 고생인데.

"왜요? 저녁도 잘 안 먹는 편이에요? 아까 북엇국 먹고 싶다고 했잖아요."

한껏 짜증이 배인 목소리로 그녀가 투덜거렸다.

"아까는 먹고 싶었어."

"지금은 아니고요?"

"뭐, 그다지 배가 고프진 않군."

음식을 앞에 두고 장난하나?

세희는 가만히 숟가락을 내려놓으며 작게 한숨을 내쉬었다. 동물원의 원숭이도 아니고. 멀뚱멀뚱 앉아 있는 상대를 두고 혼자 밥 먹고 싶지는 않다.

"혼자 먹으면 진짜 불편하거든요. ……체할 정도로."

그러자 잠시 침묵을 지키던 재현이 천천히 숟가락을 들어 올렸다.

"알았어. 먹지, 그럼."

이미 저녁을 먹었다고 말할 수도 있었지만, 재현은 그냥 한 번 더 먹는 걸 택했다. 어째서일까? 상대가 불편하든 말든 전혀 관심 없었는데…….

그는 입꼬리를 비틀며 묵묵히 숟가락으로 국물을 떠 입으로 가져갔다. 따뜻한 국물의 고소한 맛이 입 속 가득 퍼져나갔다.

◈◈◈◈◈

"전무님, 혹시 속이 안 좋으세요?"

재현의 안색이 안 좋다는 걸 단번에 파악한 강 비서가 조심스럽게 물었다. 아침에 올린 카페라떼에 손도 대지 않은 상태였고, 점심시간이 훨씬 지났는데도 재현은 식사할 생각이 전혀 없어 보였다.

"음, 어제 좀 과식했나 봐."

서류에서 고개를 들지 않은 채, 재현이 무뚝뚝하게 대답했다.

"소화제라도 가져다드릴까요?"

"아니, 그건 됐고. 그것보다 강 비서."

"네?"

"얼마 전에 기획부에서 올렸던 호텔 부지 매입 상황 보고서 있지?"

"네. 제가 아직 가지고 있는데요."

"그것 좀 가져다줘."

"네, 알겠습니다."

강 비서가 전무실을 나가자, 재현은 안경을 벗고 두 눈을 감으며 한 손으로 미간을 눌렀다. 눈에 거슬리면 안 보이게 치우면 그만이야. 그러려면 한시라도 빨리 세희를 정연의 옆에서 멀어지게 해야 한다. 우선 적당한 월세방을 찾아서 그녀를 스위트룸에서 내보내면 되겠지. 하지만 급하게 고모 집에서 나온 데다, 사채까지 있는 그녀가 감당할 수 있는 월세방이 얼마나 있을까? 아주 약간의 도움을 주는 것도 그리 나쁘진 않을 것이다.

방 안을 이리저리 서성거리던 재현은 창가 앞에 멈춘 후, 창밖으로 보이는 콘크리트 숲을 아주 오랫동안 바라보았다.

⊱⋆⊰

"정말요? 보증금 천만 원에 월세가 오만 원밖에 안 한다고요? 강남 한복판에서?"

"응. 원래는 보증금 이천만 원에 월세가 육십오만 원이었대. 그런데 건물주 할아버지가 직장 여성에 한해서, 깨끗하게 하고 살면서 계단이랑 화장실을 청소해주는 조건으로 가격을 내린 거래."

컴퓨터 화면에 뜬 이메일을 손가락으로 가리키며 정 대리가 신이 난 얼굴로 설명했다.

"그런데 정 대리님, 어떻게 이런 정보를 아셨어요?"

"예전에 월세방 찾느라고 어디 사이트에 알림 기능을 해놨었거든. 그런데 까먹고 안 지웠는지, 메일이 왔네."

"정말 운이 좋네요."

"오늘 당장에라도 방을 볼 수 있다는데. 어때, 내가 대신 답장 보내줄까?"

"네. 퇴근하고 바로 갈게요."

말이 끝나자마자 정 대리는 빛의 속도로 자판을 두드리기 시작했다. 하늘이 무너져도 솟아날 구멍은 있다더니! 바로 이런 경우를 두고 하는 말인가 보다. 세희는 당장에라도 달려가고 싶은 마음을 꾹 누르며 답장 작성에 바쁜 정 대리를 바라보았다.

❧

답장을 보낸 지, 1시간도 채 안 되어서 건물주로부터 연락이 왔다. 세희는 김 과장에게 양해를 구하고 10분 일찍 퇴근해, 곧장 옥탑방이 있는 건물로 향했다.

약속 시간에 딱 맞게 도착하니, 단정한 옷차림의 할아버지가 건물 앞에서 그녀를 기다리고 있었다. 겉으로 보기에는 허름한 건물이었지만, 실내는 아주 깨끗했다.

건물 1층에는 24시간 편의점이 있고, 2층과 3층은 한의원, 4층은 사무실, 5층에는 주인 할아버지 내외가 사는 구조였다. 건물 꼭대기에 있는 옥탑방은 동화 속에 나오는 집처럼 아담하고 깔끔했다. 기대했던 것보다 훨씬 좋은 상태에 감격한 세희가 탄성을 내질렀다.

"우와, 정말 예뻐요. 할아버지."

그러자 주인 할아버지는 한 손을 내저으며 넋두리를 늘어놓았다.

"에고, 말도 마. 내가 그 녀석 내보내고 여길 원상 복구시키느라 얼마나 힘들었는데……."

"원상 복구라뇨?"

"전에 살던 세입자 녀석이 허구한 날 여기서 고기를 구워 먹었거든. 기름때 때문에 바닥에 발바닥이 달라붙을 정도로 찐득찐득했어. 아무리 청소해도 기름때가 안 지워지더라고. 그래서 아예 바닥 공사를 새로 해버린 거야."

주인 할아버지가 투덜거리며 깔끔하게 마감된 옥상 바닥을 가리켰다.

"벽 페인트도 다 새로 한 거야. 얼마나 더러웠는지 알아? 말도 마. 몇 달 살면서 청소는커녕 쓰레기도 제때 안 버리고 살았나 봐. 바빠서 잘 올라와 보지 않았더니 완전 난장판으로 해놓았더라고. 그래서 보증금 다 돌려줄 테니까, 제발 나가달라고 하고 쫓아냈지."

세입자 조건에 깨끗하게 사용할 직장 여성을 제일 우선으로 넣은 이유가 그제야 이해가 되었다.

"다른 거, 다 필요 없어. 제발 깨끗하게만 쓰라고. 싱크대랑 변기도 하도 더러워서 다 새것으로 갈았어."

"와, 진짜 반짝반짝하네요."

값싼 제품이긴 했지만, 새로 교체한 덕분에 빛이 날 정도로 깔끔했다. 주위를 둘러보는 세희에게 주인 할아버지가 인자한 미소를 띠며 물었다.

"어때? 마음에 들어?"

"네. 정말 마음에 들어요."

"원하면 내일이라도 당장 들어올 수 있어. 원래는 1년 계약해야 하는 건데, 그냥 다달이 해줄게. 방 빼기 2개월 전에만 알려주면 돼."

지금 모아둔 돈이 천오백만 원. 보증금을 내고 나면 은행에는 달랑 오백만 원밖에 남지 않는다. 하지만 이렇게 조건 좋은 곳을 다시 구할 수 있을까?

"네. 계약할게요, 할아버지."

세희는 내일 계약하고 보증금을 가져온다고 확답한 다음, 건물을 나섰다.

❧

세희는 버스를 기다리며 기쁜 마음에 방을 구했다는 문자를 정연에게 보냈다. 그리고 한결 가벼워진 마음으로 커피숍으로 향했다. 지낼 곳을 찾았다는 말에 매니저가 매우 기뻐했다.

"다행이다. 너 보내고 나서 얼마나 걱정했는데."

"그나저나 공사는 어때요?"

공사가 진행 중인 쪽으로 고개를 돌리며 세희가 물었다.

"어. 거의 다 끝나가. 며칠 마무리 작업만 좀 더 하면 돼."

"예정보다 빨리 끝났네요."

"응. 다행히도."

매장 안을 둘러보던 세희가 살짝 미간을 찌푸렸다. 천장에 금이 쩍 갈라져 있었기 때문이다. 공사하는 김에 천장도 손보려는 걸까? 천장을 바라보는 세희의 어깨를 매니저가 톡 치며 당부했다.

"세희야, 너무 늦게까지 일하지 마. 너 이번 주 내내 거의 새벽까지 일했잖아. 그러다 과로로 쓰러질까 내가 막 겁이 난다."

"네, 오늘은 11시까지만 일할게요."

세희는 밝게 웃으며 앞치마를 두르고 카운터로 향했다. 커피숍 일을 마치고 호텔에 돌아가니, 정연이 팔짱을 낀 채, 서운한 얼굴로 그녀를 기다리고 있었다.

"방은 마음에 들어?"

"네. 내일 당장에라도 들어갈 수 있대요."

"뭐? 내일 당장?"

정연의 눈이 커다래졌다. 아무리 방을 구했다고 해도, 조금 더 자신 곁에 있을 줄 알았는데 당장 내일이라도 옮기겠다니! 뭐, 사실 옮길 이삿짐도 없고, 달랑 슈트 케이스 한 개만 끌고 가면 되니 그렇게 무리한 계획은 아니었다. 그래도 정연은 신바람이 난 얼굴로 짐을 챙기는 세희가 야속했다.

"왜 그렇게 빨리 나가려고 하니! 너, 나, 싫어?"

곧 울음을 터뜨릴 것 같은 정연의 표정에 세희가 깜짝 놀란 듯, 동작을 멈추었다. 동생인 이재현 전무와는 다르게 정연은 정이 철철 넘치는 성격인가 보다.

"이사님, 남들이 들으면 우리 사귀는 사이인 줄 알겠어요."

그녀의 농담에 정연이 아랫입술을 삐쭉이 내밀었다.

"자꾸만 딱딱하게 이사님이란다. 우리 둘만 있을 땐 정연이 언니라고 부르라고 했지. 언니라고 불러. 그러면 보내줄게."

"……언니."

세희가 우물쭈물하며 언니라고 부르자, 돌연 시무룩하던 정연의 얼굴이 밝아졌다. 그녀는 세희의 옆으로 쪼르르 달려와 짐 싸는 것을 도와주며 조잘거렸다.

"내가 아무 때나 쳐들어가도 문전 박대하기 없기."

"당연하죠. 제가 이사님을 왜……."

"또, 또, 이사님이란다."

"……언니."

누군가를 언니라고 부르는 거, 참 코끝 찡하게 친밀한 느낌이다. 세희는 뭉클 올라오는 감정을 내리누르며 바쁘게 손을 놀렸다.

"정말 해도 해도 너무하다."

짐 싸는 것을 도와주던 정연이 몇 장 안 되는 세희의 정장용 블라우스를 뒤적이며 쯧쯧 혀를 차기 시작했다.

"이거 도대체 언제 적 옷이니? 소매 끝이 다 닳았잖아."

정연이 눈살을 찌푸리자, 세희는 계면쩍게 웃으며 슈트 케이스 안으로 블라우스를 집어넣었다.

"그래도 소매 끝만 빼면 멀쩡해요."

"멀쩡하긴. 이거 유행도 지났는데……."

"에이, 이런 블라우스가 유행을 타면 얼마나 탄다고요."

묵묵히 짐을 싸는 세희를 지켜보던 정연이 갑자기 그녀의 손목을 잡아끌었다.

"따라와 봐."

세희를 자신의 침실로 끌고 간 정연은 드레스룸으로 들어가더니 블라우스를 이것저것 들고 나왔다.

"이거 내가 사놓고 한 번도 입어보지 않은 옷이거든. 회사 다니려면 필요할 줄 알고 장만했는데, 회사 갈 일이 있어야 말이지."

세희에게 여러 벌의 블라우스를 대어보며 정연이 말을 이었다.

"이 중에서 마음에 드는 거, 몇 개 골라."

"저…… 괜찮은데……."

"괜찮긴 뭐가 괜찮니? 보증금 내고 나면 한동안 돈 없다고 허리띠를 졸라맬 거 아냐. 안 되겠다. 내가 그냥 골라줄게."

정연은 침대 위에 블라우스 여러 장을 내려놓고 이것저것 고르기 시작했다. 그러나 세희의 눈에 들어온 것은 블라우스가 아니라, 침대 위에 흩어진 사진들이었다. 세희가 호기심 어린 눈빛으로 바라보자, 정연은 사진을 모아 세희에게 건네주었다.

"다음 달이 우리 부모님 결혼 40주년이야. 그래서 내가 서프라이즈 파티를 계획 중이거든. 옛날 사진 모아서 뮤직비디오를 만들 거야."

이 회장 부부의 결혼식부터 시작해서, 정연과 재현의 아기 때 모습과 학창 시절 등등이 사진 속에 담겨 있었다. 사진을 들여다보던 세희는 왠지 낯익은 누군가를 발견하고 콧등에 주름을 모았다.

이 남자는?

연한 갈색 머리의 남자가 정연을 뒤에서 끌어안은 채, 환하게 웃고 있었다. 눈에 확 띄는 세련된 차림에 자세히 보면 귀걸이도 한 것 같은데……. 이 남자를 어디서 봤더라?

세희가 뚫어지게 사진을 들여다보자, 정연이 픽 웃음을 터뜨렸다.

"그거, 우리 재현이다!"

"네?"

세희는 뜻밖이라는 듯이 눈을 크게 떴다.

"지금이랑 너무 달라서 못 알아보겠지?"

사진 속의 재현을 손가락으로 콕콕 찍으며 정연이 말했다.

"쉿, 이건 비밀인데……. 재현이 어렸을 땐 연예인처럼 하고 다녔어. 머리도 기르고 연한 갈색으로 염색도 하고."

"저, 이거 귀걸인가요?"

세희의 물음에 정연이 키득거렸다.

"맞아, 귀걸이. 지금은 저리 근엄한 얼굴을 하고 있어도 재현이 쟤, 왕년에 좀 놀았어."

"전무님이 놀았어요?"

"나처럼 엉망으로 논 건 아니고. 클럽을 가거나 뭐, 그랬다는 거지."

그녀가 알고 있는 이재현의 이미지와 과거의 이미지는 너무나도 달랐다.

사진 속 재현은 그녀의 왕자님과 아주 비슷한 모습을 하고 있었다. 그리고 사진의 배경으로 보이는 바닷가 풍경 또한 눈에 익었다.

거대한 사이프러스 나무하며, 담장을 타고 올라간 분홍색 꽃 넝쿨하며, 파릇파릇하게 이끼로 뒤덮인 너와 지붕들까지…….

너무 그리워서 떠올리기만 해도 눈물이 핑 도는 곳. 10년 전, 그녀가 떠나온 고향. 그곳은 바로 캘리포니아 해안에 있는 조그만 도시인 카멜이었다.

그렇다면 과거의 재현이 카멜을 방문했었다는 말인가? 혹시…….

하지만 그럴 리가. 왕자님이 이재현 전무일 리가 없잖아?

세희는 혼란스러운 눈으로 재현의 사진을 노려보았다.

9. 혹시라도 훔쳐볼 생각, 하지 마!

[계약하기로 했답니다.]

스피커 너머로 굵직한 남자의 목소리가 흘러나왔다. 미니 바에서 꺼낸 위스키 병의 마개를 비틀며 재현이 스피커 쪽으로 고개를 틀었다.

"그래, 알았어. 수고했어."

잔에 위스키를 따르던 재현은 갑자기 뭔가가 생각난 듯 빠르게 덧붙였다.

"아, 그리고 경호실장에게 이야기해서 건물 주위에 24시간 직원을 배치하도록 해."

[경호를 붙이라는 말씀입니까?]

"응. 딱 하나 남은 건물이니까, 행여나 불미스러운 일이 생기지 않도록 미리 예방하는 게 좋을 거야."

[네. 알겠습니다.]

"지켜보다가 특이한 사항이 있으면 바로 보고하고."

[네. 그럼 전 이만.]

통화 종료 버튼을 누른 재현은 술잔을 들고 창가로 걸어갔다. 붉은 석양이 거리를 물들이고 있었다. 재현은 살며시 유리창에 이마를 기대며 술잔을 입으로 가져갔다.

총 8개의 건물로 구성된 하나 팰리스 아파트 단지는 대한민국 상류층만 입주할 수 있다는 주상 복합 럭셔리 아파트로서 철통같은 보안과 사생활 보호로 유명한 곳이다.

재현은 맨 마지막에 완공된 건물의 최상층과 아래층을 전부 사들여 복층 펜트 하우스로 꾸몄다. 주중에는 본가에서 출퇴근했지만, 주말은 대부분 이곳에서 시간을 보냈다. 그가 직접 가구와 실내 장식을 고르는 등 큰 정성을 들였기에 이 회장 부부는 재현이 신혼 생활을 위해 펜트 하우스를 마련했다고 짐작했다.

그러나 이곳은 지극히 개인적인 공간일 뿐이었다. 유미라와의 정략결혼이 진행된다고 해도 재현은 이 공간만큼은 그녀와 나눌 생각이 추호도 없었다.

어차피 사랑이 전혀 없는 두 집안의 거래와도 같은 결혼이니까. 그런 결혼에서 사랑이라고?

"후……."

재현은 어처구니없다는 듯 고개를 내저으며 마른 웃음을 토했다. 사랑이란 일종의 장난 같은 감정놀이일 뿐이다. 만약에라도 그런 감정이 생긴다면 귀찮을 게 뻔했다.

잔에 담긴 위스키를 한동안 내려다보던 재현은 고개를 들어 눈앞에 펼쳐진 창밖의 풍경으로 시선을 옮겼다. 서서히 어둠이 깔리는 도시 위로 하나 둘, 은은한 불빛이 수놓기 시작했다.

도시 풍경을 둘러보던 그의 시선은 건너편에 있는 허름한 건물에서 멈추었다. 그리고 건물의 옥상에 얌전하게 자리 잡은 옥탑방이 그의 시야에 들어왔다.

"매우 귀찮아."

재현은 피식 입꼬리를 비틀고는 단숨에 잔을 비워버렸다.

다음 날 세희는 주인 할아버지를 찾아가 보증금을 건네고 계약서에 사인 했다. 이삿짐이라고는 달랑 슈트 케이스 하나였지만, 그래도 이것저것 준비 하기엔 주말이 나을 것 같아 토요일을 이삿날로 잡았다.

엘리베이터가 없는 건물이라 계단으로 낑낑거리며 올라가야 했다. 그런데 도 전혀 힘들지 않았다. 이제는 자신만의 보금자리가 있다는 생각에 오히려 펄펄 힘이 났다.

5층에서 옥상으로 통하는 계단은 비밀번호를 누르고 철문을 열어 밖으 로 나가야 하는 구조였다.

비나 눈이 오는 날은 조금 불편할지도 모르겠지만, 그래도 이게 어딘가 싶다. 한 달에 5만 원이라니. 고시원보다 좋은 가격이다.

슈트 케이스를 방바닥에 내려놓은 세희는 을씨년스럽게 텅 빈 방을 둘러 보았다. 방구석에는 전 세입자가 버리고 간 매트리스가 놓여 있었다. 겉으 로 보기엔 멀쩡했지만, 할아버지에게 들은 이야기가 있어, 선뜻 사용하기는 뭔가 찝찝했다. 아무래도 담요를 위에 깔고 침대 시트를 씌워야 할 것 같다.

침구는 나중에 사기로 하고 세희는 우선 팔을 걷어 올리고 청소를 시작 했다. 주인 할아버지가 대충 청소해놓긴 했다지만, 구석구석 보이지 않는 곳 에 꽤 많은 먼지가 쌓여 있었다.

한참 동안 무릎을 꿇고 열심히 마루를 닦던 세희는 갑자기 동작을 멈추 고 방바닥을 노려보았다.

재현의 사진을 보게 된 이후로 자꾸만 그 이미지가 불쑥 떠올라 일에 집 중할 수가 없었다.

—왜 그래?

얼마나 놀란 눈으로 사진을 들여다봤는지, 정연이 어리둥절해할 정도였다.

―아, 아니에요. 지금이랑 너무 다른 모습이라서…….

세희는 말꼬리를 흐리며 정연에게 재빨리 사진을 돌려주었다. 정연은 별 눈치를 채지 못했는지 혼자 키득거리며 사진을 서랍장에 집어넣었다. 그날 이후로 세희는 우연이라도 재현과 마주치지 않았다.

전에는 그렇게나 그를 피해 도망 다녀도 거짓말처럼 여기저기서 부딪히곤 했는데……. 지금은 어떻게 된 일인지, 일부러 중역 전용 엘리베이터 앞에서 어슬렁거려도 그를 볼 수 없었다.

"후우."

세희는 작게 한숨을 내쉬고 다시 걸레질을 시작했다. 우습게도 재현의 과거 사진을 본 이후로 왕자님의 얼굴이 전혀 떠오르지 않는다. 연필로 희미하게 그린 밑그림 위에 진한 색깔이 칠해진 후, 밑그림이 홀연히 사라지는 현상이랄까? 이제는 왕자님 하면 과거 재현의 모습이 떠오르는 후유증까지 생겼다.

하지만 말도 안 돼! 아무리 생각하고 또 생각을 곱씹어도 그녀의 왕자님과 재현은 비슷한 외모 빼고는 전혀 공통점이 없었다. 이제는 10년도 지나, 빛바랜 추억이 되어버린 왕자님. 어린 시절의 추억일 뿐일까?

사교계 데뷔를 알리는 무도회, 데뷔턴트 볼(debutante ball)에서 퀸으로 뽑혔던 세희. 그녀와의 '퍼스트 댄스'는 그날 밤 자선 경매의 하이라이트였고, 왕자님으로 기억되는 그 남자는 가장 높은 금액을 부르며 그녀의 파트너 자격을 낙찰받았었다. 긴장한 그녀의 손을 잡고 능숙하게 춤을 리드하면서, "꼬마 숙녀님도 제법이야."라며 환하게 웃어주던 왕자님.

그리고 다시 우연히 만나게 된 바닷가 절벽에서, 그는 혼자 눈물을 훔치던 그녀를 달래기 위해 손가락에 반지를 끼워주었었다.

"아, 참. 내가 그 반지를 어디에 두었더라?"

과거 회상에서 깨어난 세희는 걸레를 옆으로 집어던지고 쪼르르 책상으로 달려갔다. 고모 집에서 나올 때, 우왕좌왕 짐을 챙긴 탓에 아직도 물건이 어디에 있는지 몰라 이리저리 찾곤 했다. 작은 물품은 모두 가죽 상자 안에 집어넣었는데…….

세희는 책상 맨 밑 서랍에서 상자를 꺼내 안에 있는 내용물을 뒤지기 시작했다. 그리고 잠시 후, 하얀 헝겊에 곱게 싸인 반지를 발견하곤 환한 미소를 떠올렸다. 조심스럽게 헝겊을 열자 싸구려 장난감 반지가 모습을 드러냈다. 유리구슬로 만들어진 반지가 책상 조명에 반사돼 영롱하게 반짝거렸다.

─이건 어떨까? 이게 손가락에 맞는다면…… 울음을 멈추는 거.

반지를 끼워주던 왕자님의 목소리가 들리는 것만 같았다. 세희는 손가락에 반지를 끼우며 씁쓸한 미소를 지었다. 다시 왕자님을 만나게 된다고 해도, 어쩌면 모르고 지나칠지도 모르는데. 이럴 줄 알았으면 같이 사진이라도 찍어둘걸.

"아, 맞다."

어쩌면 누군가 두 사람이 춤추는 모습을 찍어두었을지도 모른다. 그 당시에는 경황이 없어서 생각도 못했는데…….

"내가 왜 그걸 지나쳤지?"

세희는 혼잣말로 중얼거리며 방구석에 놓아둔 컴퓨터로 고개를 돌렸다. 어쩌면 지금에라도 사진을 구할 수 있을지 모르겠다. 세희는 오랜 친구인 루카스에게 이메일을 보내기 위해 컴퓨터 앞으로 다가갔다.

마지막으로 루카스와 통화한 게 언제였더라? 서로 너무 바빠서 한동안

통 연락을 하지 못했다. 어떻게 지내는지 안부도 물을 겸, 혹시 그때 사진을 구해줄 수 있는지 물어보면 되겠지.

세희는 설레는 마음을 꾹 누르며 키보드의 자판을 빠르게 두드렸다.

✥

"그린 파라다이스 제주, 창립 20주년 파티 날짜가 잡혔습니다."

강 비서는 슬슬 재현의 눈치를 보며 조심스럽게 책상 위로 서류철을 올려 놓았다.

당장에라도 살얼음이 낄 것처럼 싸늘한 전무실. 요새 들어 재현이 아주 저기압이라는 건 알겠는데, 도무지 그 이유를 몰라 속이 터질 지경이었다. 상관에게 어떤 심경의 변화가 생겼는지도 바로 파악해낼 수 없다면 그건 유능한 비서가 아닌데 말이다.

강 비서는 왜 재현이 저리 어두운 표정을 하고 있는지 전혀 감을 잡을 수 없었다. 그러고 보니 얼굴도 조금 야윈 것 같은데……. 혹시 몸이 불편하신 건 아닐까? 주치의에게 슬쩍 물어봐야 하나? 강 비서는 걱정스러운 얼굴로 재현의 지시를 묵묵히 기다렸다. 한동안 서류를 뒤적이던 그가 고개를 들어 올렸다.

"그 파티, 내가 꼭 참석해야 할까?"

의외의 질문에 강 비서는 살짝 고개를 갸우뚱거렸다. 모든 준비에 차질이 없어야 한다고 신신당부하더니, 갑자기 웬 변덕?

"전무님이 실질적인 오너인데…… 참석하셔야 하지 않을까요?"

강 비서의 대답에 재현은 신경질적으로 앞머리를 쓸어 올렸다.

창립 파티에는 유 회장의 막내딸, 유미라가 참석하겠지. 그리고 이 회장과 유 회장은 아주 자연스럽게 두 사람을 연결하려 할 것이다. 이미 예전부터 계획된 일인데, 왜 문득 짜증이 나는 걸까? 재현은 뻔히 보이는 양가의 계획에 혀를 차며 서류철을 '탁' 소리 나게 덮었다.

"알았으니까, 그만 나가봐."

"네, 전무님."

강 비서가 부리나케 방을 나가자 재현은 의자 등받이에 몸을 기대며 두 눈을 감았다. 봄을 타는 것도 아닌데 자꾸만 집중력이 떨어지고 속이 답답했다. 잠시 마음이 들떴다가도 한순간 나락으로 떨어지는 느낌.

짧게 한숨을 내쉰 재현은 인터폰을 눌러 강 비서를 호출했다.

"두통약 좀 가져다줘."

❦

"집들이요?"

"아니, 표정이 왜 그래? 그럼 집들이 안 하고 그냥 지나가려고 했어?"

옥탑방에 들어가고 일주일이 좀 지나자, 정 대리와 차 대리에게서 은근히 집들이 압력이 들어왔다. 드라마에서 보긴 했지만, 실제로 집들이란 걸 해본 적도 없고, 가본 적도 없는 세희는 곤혹스러운 표정을 지었다.

"간단하게 중국집에서 탕수육이랑 짜장면 시켜. 군만두는 서비스로 올 테고. 그럼 됐네, 뭐."

"그러자고. 술이랑 음료수, 과자 이런 건 우리가 알아서 사 갈게."

정 대리의 제안에 차 대리가 거들었다.

"아무리 그래도 어떻게 중국집에서만 시켜요."

"괜찮아. 신혼집에 쳐들어가는 것도 아닌데 뭘. 혼자 사는 거 우리가 다 아는데 진수성찬을 바라겠어? 간단하게 하자고."

결국 돌아오는 토요일에 집들이를 하기로 얼렁뚱땅 결정되었다. 중국집에서 주문하기만은 그래서 세희는 간단하게 잡채와 해물 파전, 딸기 샐러드를 준비하기로 했다. 고모 집에 머물며 가사 도우미 수준으로 집안일을 도맡았기에 집들이 상차림쯤이야 거뜬하게 준비할 수 있었다.

세희는 매니저에게 전화를 걸어 토요일 커피숍 근무 시간을 뺀 다음, 아침 일찍부터 앞치마를 두르고 이것저것 준비에 들어갔다. 오후 1시가 되자, 집들이 선물로 휴지와 세제를 한 아름 든 정 대리와 차 대리가 먼저 도착했고, 곧이어 김 과장과 평사원 윤아 씨가 그 뒤를 따랐다. 모두 자리에 앉아 중국집에 음식을 시키려는데, 커다란 피크닉 바구니를 든 정연이 예고도 없이 불쑥 들이닥쳤다.

"미안, 미안. 늦었지?"

전혀 예상하지 못한 그녀의 방문에 세희가 깜짝 놀란 얼굴로 자리에서 일어났다.

"이사님, 어쩐 일이세요?"

"어쩐 일이라니? 어머, 섭섭하다, 얘. 나를 빼놓고 집들이하려고 했어?"

"네? 아, 그런 게 아니라……."

"어제 정 대리랑 복도에서 부딪혔는데 집들이 간다고 하더라고. 그래서 나도 낑겨 왔지."

정 대리를 향해 윙크를 날린 정연은 바구니에서 최고급 와인과 각종 안줏거리를 꺼내기 시작했다.

"이사님……. 별로 준비한 것도 없는데. 저희 동네 중국집에서 시킬 텐데, 드실 수 있겠어요?"

"어머, 얘는. 내가 대단한 사람인 줄 아나 봐? 동네 중국집 음식이 아니라 길거리 떡볶이랑 순대도 먹을 수 있다, 뭐!"

정말일까? 정연처럼 고급스럽게 치장한 여인이 길거리 포장마차에 앉아 떡볶이와 순대를 먹는 모습. 아무리 상상하려 해도 그림이 떠오르지 않았다. 의심스러운 눈빛으로 바라보는 세희를 향해 정연이 눈을 반짝이며 소리쳤다.

"우리 시키는 김에 빼갈(고량주)도 시킬까?"

◦◦◦

대한민국의 착한 가장인 김 과장은 6시가 되기도 전에 일찌감치 자리에서 일어났고, 윤아 씨는 데이트가 있다며 7시가 조금 넘어서 돌아갔다. 모태 솔로인 차 대리와 최근 솔로가 된 정 대리는 10시가 되어가자 슬슬 눈치를 살피기 시작했다. 그러나 정연은 전혀 돌아갈 낌새가 없었다.

"파티는 이제부터 시작인데 어딜 가려고?"

이윽고 11시가 넘어 정 대리와 차 대리가 자리에서 일어나자, 정연이 아쉬운 표정으로 그들을 붙잡았다.

"죄송합니다, 이사님. 제가 내일 일찍 등산 가야 해서요."

"저도요, 이사님."

"뭐야? 두 사람 사귀기라도 해?"

마치 짠 것 같은 정 대리와 차 대리의 이유에 정연이 눈살을 찌푸렸다. 그러자 정 대리가 펄쩍 뛰며 두 손을 내저었다.

"아뇨. 당연히 따로 가죠. 저는 북한산으로. 차 대리는 남한산으로 등산 갈 거예요."

"그래? 그럼 할 수 없지. 나도 그만 일어나야지."

뭔가 아쉬운 듯 정연도 두 사람을 따라서 천천히 일어섰다. 그녀의 행동이 조금 굼뜨다는 것을 느낀 세희가 재빨리 정연의 팔을 잡아끌었다.

"두 분 먼저 가시라고 하고, 이사님은 더 있다 가세요."

그 말에 정연은 환히 웃으며 자리에 도로 앉았다.

"그럴까?"

아무래도 정연을 이대로 보내면 안 될 것만 같았다. 오늘 정연은 꽤 많은 양의 술을 마셨다. 지금은 괜찮아 보이지만, 호텔로 돌아가는 길에 길거리에서 잠이라도 들면 큰일이었다.

"스위트룸이랑 비교하면 엄청 초라하겠지만, 여기서 주무셔도 돼요."

"정말? 좋아, 좋아. 사실은 나 오늘 혼자 있기 싫었거든."

정 대리와 차 대리가 계단을 내려가고 둘만 남게 되자, 정연은 긴장이 풀려서인지 슬슬 술에 취한 티를 내기 시작했다.

"이 남자, 오늘 TV에 나왔다. 그러니 내가 술을 안 마시고 배기겠어?"

정연이 약간 혀가 꼬부라진 소리로 휴대폰에 담긴 남자의 사진을 세희에게 내밀었다. TV 화면을 캡처했는지 약간 흔들린 사진. 그럼에도 남자는 타인의 시선을 끌 만큼 매력적이었다. 조금 날카로운 눈빛이 마음에 걸리긴 했지만······.

"누구예요?"

"누구? ······음, 누구더라. ······누구지, 이 남자?"

횡설수설하며 정연이 고개를 흔들었다. 휴대폰을 건네받은 세희는 사진 밑에 달린 타이틀 이미지를 확대해 보았다.

> **민규한 / CEO / (주식회사) 맥컬티**

"맥컬티 CEO? 잘생기긴 했네요."

"그렇지? 얼굴만 잘생긴 줄 아니? 몸매도 끝내줘. 큭, 난 이 남자 벗은 몸도 봤거든."

"아, 네."

정연의 19금 발언에 당황한 세희가 서둘러 말머리를 돌렸다. 그러나 정연은 심각한 얼굴로 세희의 손에서 휴대폰을 채가더니 빠르게 사진첩을 들추기 시작했다.

"너한테도 보여줄게. 완전 홀딱 벗은 사진이거든. ……어디에다 뒀더라?"

"이사님, 저는 됐어요. 안 봐도 되거든요."

벗은 남자 몸이라니! 어쩔 수 없이 보게 된 재현의 나신만으로도 충분하다고!

"무슨 소리야? 얼마나 귀여운데……."

정연은 세희가 필사적으로 사양하는 것도 아랑곳하지 않고 코앞으로 휴대폰을 들이밀었다.

"이거야!"

화들짝 놀라며 서둘러 두 눈을 감았지만, 찰나에 보게 된 이미지.

그런데 조금 이상한걸? 세희는 천천히 실눈을 뜨고 앞을 바라보았다. 휴대폰 화면 속에는 민망한 남자의 나체 사진이 아니라, 귀여운 남자아이의 돌 사진이 담겨 있었다.

"어휴, 뭐예요."

세희는 웃음을 흘리며 고개를 내저었다.

"그런데 어떻게 돌 사진을 가지고 계세요? 어릴 때부터 잘 알던 사이인가 봐요?"

정연에게서는 아무 대답도 돌아오지 않았다. 고개를 돌려 옆을 바라보자, 방바닥에 꼬꾸라진 정연이 눈에 들어왔다.

그새 잠들었나 보다.

"이사님? 이사님?"

역시 예상한 대로 10분을 견디지 못하고 바로 잠드는구나!

그때 정연의 휴대폰이 울리기 시작했다. 화면 위에 올라온 발신인 이름에 세희는 잠시 미간을 좁혔다.

누구지? 남자 친구인가? 그렇다고 남의 전화를 함부로 받을 수도 없고.

한 번 끊어진 휴대폰은 잠시 후, 다시 울리기 시작했다. 그렇게 몇 번이나 반복되자 세희는 어쩔 수 없이 통화 버튼을 눌렀다.

"여보세요?"

순간 수화기 저편에서 긴 침묵이 흘렀다.

"여보세요? 이정연 씨 핸드폰입니다만."

잠시 후, 싸늘한 재현의 목소리가 흘러나왔다.

[왜 네가 전화를 받는 거지?]

⋆⋅☆⋅⋆

30분도 지나지 않아 재현이 차를 몰고 나타났다. 한걸음에 옥탑방으로 뛰어 올라온 그는 매트리스 위에 뻗어 있는 정연을 보고 눈살을 찌푸렸다.

그는 집에 있다가 급하게 나온 모양인지 청바지와 스웨터 차림이었다. 항상 슈트 차림인 그를 대하다 캐주얼 차림을 보니, 그녀의 왕자님과 조금 더 닮아 보였다. 저기서 머리만 좀 더 길고, 색깔만 좀 더 갈색이고, 그리고 아주 상냥하게 웃어준다면…….

그러나 세희의 상상은 재현의 차가운 목소리에 곧 깨져버리고 말았다.

"당장 일어나."

재현이 거칠게 정연을 일으키며 큰 소리로 명령했다. 하지만 정연은 두 눈을 꼭 감고 꿈쩍하지 않았다.

"누나 혼자 저걸 다 마신 거야?"

손가락으로 어딘가를 가리키며 재현이 차갑게 쏘아붙였다. 세희는 재현의 손가락을 따라 방구석에 차곡차곡 놓여 있는 술병을 바라보았다. 와인, 소주, 맥주병도 모자라서 중앙을 떡어 차지하고 있는 고량주 병까지……. 모르는 사람이 보면 여자 둘이서 엄청 큰 술판이라도 벌인 줄 알겠네.

"아뇨. 이사님은 고량주 위주로 마셨고……."

"그럼 다른 건 네가 다 마신 거야?"

재현이 빠르게 말을 자르자, 세희가 두 손을 휘이휘이 내저으며 펄쩍 뛰어올랐다.

"아뇨. 제가 다 마신 게 아니에요. 오늘 회사 동료들이랑 집들이했어요. 그래서……."

"그럼 누나가 회사 직원들 있는 앞에서 이런 모습을 보였단 말이야?"

재현이 더욱더 화가 난 표정으로 언성을 높였다.

"아뇨. 직원들 모두 돌아간 다음에 잠드셨어요. 직원들과 있을 때는 전혀 술 취한 티도 나지 않았다고요."

그제야 재현이 약간 화가 가라앉은 표정으로 방 안을 둘러보았다. 정 대리와 차 대리가 돌아가기 전에 대충 치우는 것을 도와서 난장판까진 아니었지만, 확실히 와자지껄 파티를 벌인 흔적이 곳곳에 보였다. 재현은 다시 정연에게로 돌아가 그녀의 어깨를 거세게 흔들었다.

"누나, 일어나."

"음…… 나 여기서…… 자고 갈 거야."

잠결에 정연이 반항하자, 재현이 이를 악물고 으르렁거리듯 협박했다.

"좋은 말로 할 때, 일어나."

"아, 머리 아파. 소리 좀 지르지 마!"

정연은 일어나기는커녕 베개를 끌어안고 벽 쪽으로 몸을 굴려버렸다. 재현은 크게 한숨을 내쉰 후, 단번에 정연의 어깨를 잡아 매트리스에서 번쩍 안아 올렸다. 하지만 방을 나서는 순간, 정연을 다시 내려놓아야만 했다.

"제길!"

아까부터 위태위태해 보이던 정연이 재현의 스웨터에 '우엑' 구토를 선사한 것이다.

"욱."

그것 가지고는 성에 안 찼는지 정연은 땅바닥에 발이 닿자마자, 입을 틀어막고 화장실 안으로 뛰어갔다. 화장실에 따라가 정연이 괜찮은지 확인한 세희는 수건을 들고 재현에게로 돌아왔다.

"어떡해요."

세희는 안절부절못하며 수건으로 재현의 옷을 닦아주었다. 급하게 스웨터를 벗긴 했지만, 토사물이 안에 입고 있던 셔츠에까지 스며든 상태였다.

"괜찮아."

재현은 그녀의 손길을 매정하게 뿌리치고는 입고 있던 셔츠마저 벗었다. 아직은 쌀쌀한 날씨인데 재현은 몸에 달라붙는 반소매 티셔츠만을 입은 채였다. 하지만 아무래도 그 반소매 티셔츠까지도 벗어야 할 것 같았다. 힐끗 방 안을 들여다보니 화장실에서 나온 정연이 엉금엉금 매트리스로 기어가고 있었다.

"잠시만요."

세희는 방으로 돌아가 자리에 누운 정연에게 이불을 덮어준 후, 비닐봉지와 커피숍 유니폼을 들고 돌아왔다.

"옷은 여기에 담아서 주세요. 세탁기에 넣고 돌리게요. 그리고 이건 커피숍 유니폼인데 남자 사이즈예요. 잠옷으로 입으라고 매니저 언니가 넉넉한 사이즈로 준 건데. 우선 이거라도 입고 계세요."

재현은 못마땅한 표정으로 세희가 건넨 유니폼을 받아 들었다.

"아무래도 씻어야겠는데……."

"욕실이라고 하긴 뭐하지만, 화장실 안에 샤워기가 있어요."

아마 재현 같은 사람은 구경해본 적도 없겠지. 변기 옆에 달랑 샤워기만 달린 구조. 그러나 지금 그에겐 딱히 다른 선택권이 없었다.

찝찝한 표정으로 욕실로 향하던 재현이 갑자기 우뚝 멈춰 섰다. 그리고 세희를 향해 고개를 돌리더니 매서운 눈빛으로 경고했다.

"혹시라도 훔쳐볼 생각, 하지 마!"

⁂

"후."

재현은 뜨거운 물줄기에 몸을 맡긴 채, 길게 한숨을 내쉬었다. 화장실 겸 욕실이라고 하기엔 너무나도 비좁은 공간. 욕조는커녕 변기 옆 구석에 샤워기 하나 달린 게 전부였다.

그는 몸에 묻은 토사물을 비눗물로 싹싹 닦아내고 대충 샤워를 끝냈다. 그리고 세희가 빌려준 옷에 구겨 넣듯이 머리를 집어넣었다. 유니폼은 한 치수가 적은 듯 약간 몸에 달라붙었지만, 빌려 입는 처지에 불평할 수는 없었다.

정연을 데리고 최대한 빨리 떠나려고 했는데 어쩌다 여기서 샤워까지 하게 됐는지 모르겠다. 하여간 이정연. 누나가 아니라 골칫덩어리다.

수건으로 머리의 물기를 털어내던 재현은 세면대 밑에 놓인 샴푸에 시선을 멈췄다. 마트에서 쉽게 살 수 있는 과일 향이 나는 샴푸. 그녀에게서 풍기는 향기는 바로 저 샴푸에서 나오는 거겠지.

재현은 한 손으로 샴푸를 집어 들어 라벨을 확인했다. 이 샴푸를 사다 놓으면 그녀의 향기를 집에서노 느낄 수 있을까? 혼잣말처럼 속으로 중얼거리던 재현은 퍼뜩 제정신으로 돌아온 듯 눈살을 찌푸렸다.

"미쳤군."

이런 싸구려 샴푸를 들고 감상에 빠지다니……. 미친 게 분명하다. 재현은 거칠게 수건으로 남은 물기를 털어낸 후, 문을 열고 밖으로 나갔다.

달칵―.

문이 열리자, 주전자에 뜨거운 물을 끓이던 세희가 뒤를 돌아보았다. 어울릴 것 같지 않으면서도 은근히 어울리는 유니폼 차림에 세희가 '쿡' 웃음을 터뜨렸다. 그러나 차가운 재현의 시선과 부딪치자 곧바로 무표정으로 돌아갔다.

"누나는?"

"이제 좀 속이 진정된 거 같아요."

재현은 이불을 뒤집어쓰고 죽은 척 누워 있는 정연 쪽으로 걸어갔다.

"그만 일어나."

정연에게서 아무 반응이 없자, 재현은 한 손으로 이불을 단숨에 걷어버렸다. 그러자 정연이 두 눈을 번쩍 뜨고 재현을 노려보았다.

"싫어."

"억지로 끌고 갈까?"

바늘로 찔러도 피 한 방울 날 것 같지 않은 재현을 바라보며 정연이 불쌍한 표정을 지어 보였다.

"재현아, 나, 지금 속이 너무 울렁거려서 차 못 탈 것 같아."

"그래서 어쩌라고?"

"여기서 자고 가면 안 돼?"

"그냥 가. 왜 남의 집에서 민폐를 끼쳐?"

'전혀 민폐 아닌데요.'라고 말하고 싶었지만, 서늘한 재현의 분위기에 기가 죽은 세희는 그저 잠자코 지켜만 보았다.

"그럼 가다가 차 안에서 토해도 뭐라고 하지 마."

"뭐?"

재현이 눈살을 무섭게 찌푸리자, '이때다!' 하고 세희가 두 사람 사이에 끼어들었다.

"전 괜찮아요. 주무시고 가셔도 돼요."

"거봐, 세희는 괜찮다는데 네가 왜 난리야? 엉?"

왜 이러느냐고? 재현은 젖은 머리를 한 손으로 쓸어 올리며 짧게 탄성을 내뱉었다. 정연과 세희가 가까워지는 게 불안했다. 그녀가 자꾸만 그의 세계로 스며들고 있다는 사실에 마음이 불편하고. 더 화가 나는 건, 그러면서도 이곳에 그녀와 함께 있다는 사실이 거슬리면서도 가슴이 뛴다는 것이다.

재현은 한참 굳은 얼굴로 세희를 노려보다 정연 앞에 자리를 잡고 앉았다.

"그럼 속 괜찮아질 때까지 기다려주지."

"어머, 재현이 네가 웬일이야? 너 이렇게 자상한 동생 아니잖아?"

"불만이야? 지금이라도 당장 끌고 갈까?"

"아니. 아니."

정연은 발딱 몸을 일으키며 세차게 고개를 내저었다.

"자, 자. 그럼 우리 한잔할래?"

"속 진정시키겠다는 사람이 무슨 술을 마셔? 그냥 차나 마셔."

"여기요. 녹차 타왔어요."

어느새 녹차를 우려낸 세희가 두 사람 앞으로 찻잔을 내밀었다. 정연의 주사에 짜증이 날 만도 한데 세희는 밝게 웃으며 정연을 대했다. 재현은 그런 그녀가 마음에 들지 않았다. 조금이라도 싫은 기색을 보이면 당장에라도 정연을 끌고 갈 텐데…….

"그런데 세희야, 부모님은 어디 계셔? 지방? 아니면 아직도 미국에 계셔?"

정연의 느닷없는 질문에 재현이 인상을 찌푸렸다. 오지랖 이정연. 또 호구조사에 들어갔군.

세희는 잠시 침묵을 지킨 후, 씁쓸하게 웃으며 두 손으로 찻잔을 집어 들었다.

"부모님은 두 분 다 10년 전에 돌아가셨어요."

"어머, 미안."

정연이 깜짝 놀란 듯이 한 손을 입으로 가져갔다. 재현이 그런 그녀를 힐끔 노려보았다.

"아니에요. 아주 오래전 일인걸요."

"그럼 지금까지 누구와 지낸 거야?"

"고모가 돌봐주셨어요. 계속 고모 집에 있다가 얼마 전에 독립해서 나왔어요. 이젠 취직도 했고, 언제까지 신세 질 수는 없잖아요. 그래서……."

"형제는 없어?"

"저 혼자예요."

"그래, 사실 혼자가 더 편하긴 해. 이상한 녀석이 동생으로 있으면 골치만 아프다고."

정연이 옆에 앉은 재현을 흘겨보며 투덜거렸다.

"지금 여기서 누가 골칫덩어리인 줄 모르겠군."

재현이 매서운 눈빛으로 노려보자 정연은 아랫입술을 내밀며 조용히 차를 마셨다. 정연의 술버릇은 어느 한순간 기절하듯이 잠들어버리는 것이다. 그리고 대부분은 다음 날까지 죽은 듯 곯아떨어진다. 하지만 오늘처럼 도중에 잠에서 깨어버린다면…….

"내가 말이지, 왕년엔 말이야 정말 인기 짱이었어! 너 소간지라고 알지? 소하섭 말이야. 걔가 영화 촬영하다 말고 내가 보고 싶다고 한밤중에 찾아오고 그랬잖아."

"그 누구더라, 동태하? 천재 가수로 유명한, 얼마 전에 16살이나 어린 여배우랑 결혼한 천하의 나쁜 놈 말이야. 하여간 동태하의 첫사랑이 바로 나잖아. 걔가 갑자기 은퇴한 것도 나한테 실연당해서 그랬던 거라고."

"……톰 크루즈의 미션 임파서블. 그거 나두고 말하는 거래. 날 유혹하는 게, 그게 바로 미션 임파서블이다, 이거지!"

정연의 또 다른 술버릇은 상대방이 지쳐 떨어져 나갈 때까지 끊임없이 수다를 떤다는 것. 세희를 붙잡고 길고 긴 수다를 떨던 정연은 한참이 지난 후에야 겨우 잠이 들었다.

"미안해."

재현이 굳은 얼굴로 사과하자, 세희는 환하게 웃으며 고개를 내저었다.

"아니에요. 이사님께 신세 진 거에 비하면 이건 아무것도 아니죠."

"좀 자야 하는 거 아닌가?"

재현의 말에 창밖으로 시선을 돌리니 해가 뜨려는지 주변이 서서히 밝아지면서 붉은 기가 돌기 시작했다. 벽시계를 보니 이미 새벽 6시가 넘어가고 있었다.

"커피숍 나가지?"

재현은 이미 그녀의 커피숍 근무 시간을 파악한 모양이다.

평일에 야간 3시간, 주말에는 주간 8시간.

"월요일이 휴일이라서 오늘은 낮엔 쉬고 야간에 근무해요. 새벽에 일할 사람이 필요해서요."

"그래."

하지만 그 전에 빌딩 화장실과 계단을 청소하고 가야 한다. 그 조건으로 월세 오만 원에 옥탑방을 계약한 거니까. 그러나 세희는 그 이야기까진 재현에게 하지 않기로 했다. 가뜩이나 정연 때문에 곤혹스러워하는데 거기다 더 할 필요는 없겠지.

"저는 늦게 나가도 되니까, 이사님은 여기 계시다가 아침 드시고 가도 돼요."

"아침은 무슨. 깨어나는 대로 바로 쫓아내."

재현은 퉁명스럽게 말한 뒤 자리에서 일어났다. 그를 따라서 방을 나서던 세희가 뭔가 생각이 난 듯, 재현의 팔을 잡아끌었다.

"제가 깜박 잊고 탈수 기능을 못 돌려서 지금 탈수에 들어갔거든요. 조금만 있으면 끝나니까 기다렸다가 가지고 가세요."

필요 없다고, 그 옷은 그냥 버려도 된다고 한마디만 하면 되는 것을……. 재현은 세희가 만류하자, 순순히 계단 옆에 놓인 평상에 자리를 잡고 앉았다. 머리는 빨리 이곳을 벗어나야 한다고 외쳐댔지만, 마음은 이곳에 이대로 머물고 싶다고 유혹한다.

재현이 평상에 앉자 세희도 다소곳이 그의 옆에 자리를 잡았다. 그리고 해가 뜨려는지 저 멀리 환한 빛이 몰려드는 곳을 손가락으로 가리켰다.

"가끔 일찍 일어난 날은 여기에 앉아 일출을 보곤 해요."

재현은 일출 대신 세희를 못마땅한 표정으로 바라보았다.

"안 피곤해?"

"괜찮아요."

"그 괜찮다는 말 좀, 그만할 수 없어?"

그 말에 세희는 살며시 웃으며 밑으로 고개를 숙였다.

솔직히 피곤하다. 그것도 엄청 피곤하다. 이번만큼은 그 앞에서 잠들어버리지 않으려고 부단히도 애를 썼지만 서서히 한계를 드러내는지 슬슬 눈꺼풀이 감기기 시작했다.

아침 일찍부터 일어나서 청소하고, 장보고, 음식 준비하고…… 게다가 술 취한 정연을 상대했는데 체력이 고갈되지 않았다면 그게 더 이상한 거다.

평상에 앉아 멍하니 해가 떠오르는 모습을 바라보던 세희는 어느새 두 눈을 감고 스르르 재현 쪽으로 몸을 기대었다. 눈앞이 점점 어두워진다고 생각한 찰나, 그녀는 재현의 어깨에 얼굴을 기댄 채 그대로 잠들어버리고 말았다.

재현은 자신에게 기대어 잠든 세희를 기가 막히다는 듯 바라보았다.

방금까지만 해도 괜찮다고 하더니 1분도 채 지나지 않아 바로 곯아떨어지다니……. 그녀는 소파에서도, 계단에서도, 그리고 평상에서도 장소에 구애받지 않고 아주 손쉽게 잠들어버리나 보다.

재현은 말없이 세희를 바라보다가 조심스럽게 손을 들어 그녀의 뺨을 손등으로 쓱 쓰다듬어 보았다. 그녀는 이미 깊이 잠들었는지 아무 미동 없이 연하게 숨을 토했다. 재현은 피식 입꼬리를 비틀며 그녀의 얼굴을 뒤덮은 앞머리를 조심스럽게 쓸어 올렸다. 바보처럼 곤하게 잠든 모습에서 눈을 뗄 수가 없다. 이상하다. 그녀를 만나면 속이 탁 막히는 것 같아 무의식적으로 피하게 되었는데…… 언제부터인가 보지 못하면 속이 답답했다.

"후……."

재현은 마른 웃음을 지으며 세희의 뺨을 손바닥으로 감쌌다. 그녀의 따뜻한 체온이 전해지며 동시에 명치끝이 바늘로 찔린 것처럼 따끔거린다. 이건 분명히 그 싸구려 과일 샴푸 향에 거부 반응이 나타나는 것일 뿐이다.

두근. 두근. 두근.

수면이 부족한 탓인지 심장은 제멋대로 날뛰고 이성은 저 멀리 날아가 버렸다. 그리고 무엇보다도 통제 불능이 되어버린 망할 놈의 신경세포. 그 까닭에 재현은 잠에서 깨어난 정연이 뒤에서 지켜보고 있다는 사실을 전혀 알아차리지 못했다. 정연의 눈빛이 호기심으로 반짝거린다는 것 역시 알 수 없었다.

꒰꒦꒱

삐익—.

재현에게 기댄 채, 깜빡 잠이 들었던 세희는 탈수가 완료되었다는 세탁기 신호에 퍼뜩 잠에서 깨어났다. 5분도 안 되는 짧은 시간 동안 졸았는데도 마치 하룻밤을 푹 잔 것처럼 몸이 개운했다.

그런데 옆에서 전해지는 이 따뜻한 물체는?

어머, 또 잠들었네! 세희는 자신이 재현에게 기대어 잠들었다는 것을 깨닫고 평상에서 벌떡 일어섰다.

"탈수 끝났나 봐요. 옷 가져올게요."

세희는 재현의 시선을 피한 채, 두 손으로 헝클어진 머리카락을 쓰다듬으며 헐레벌떡 다용도실로 뛰어갔다. 비닐봉지에 탈수된 옷을 담고 밖으로 나오자, 언제 잠에서 깨어났는지 정연이 재현 옆에 서 있었다.

"언제 일어나셨나요?"

"응. 조금 전에……. 하아아암."

정연은 재현의 팔짱을 끼며 한 손으로 입을 가리고 크게 하품했다.

"벌써 날이 밝았네. 우린 그만 가볼게."

"아침 드시고 가세요."

"아냐. 아냐. 너 피곤할 텐데, 빨리 가서 자. 불청객은 이제 그만 물러날 테니까. 가자, 재현아."

말을 마친 정연은 재현의 팔을 끌고 서둘러 계단으로 향했다.

호텔로 돌아가는 차 안. 정연과 재현의 사이에 긴 침묵이 흘렀다.

"지금 생각해보니까……."

한참 동안 창밖을 바라보던 정연이 조심스럽게 입을 열었다. 신호 대기에 재현이 정연에게 고개를 돌렸다.

"너, 예전에 딱 한 번 여자애에게 관심을 보인 적이 있었어."

"갑자기 그게 무슨 소리야?"

"그렇더라고. 곰곰이 생각해 보니까 네가 목석같은 녀석만은 아니라는 생각이 들어서……."

"말 돌리지 말고 쉽게 말해."

정연의 성격을 잘 아는 재현이 미간을 좁히며 차갑게 말했다. 재현의 즉각적인 반응에 정연이 픽 웃어 보였다.

"10년 전이었나? 카멜에서 열렸던 데뷔턴트 볼 기억나니?"

순간 재현의 얼굴이 딱딱하게 굳어져버렸다.

"그 애, 참 예뻤는데. 너도 그래서 끝까지 경매에 참가했던 거잖아. 거의 만 불에 가까운 돈을 쏟아붓고 그 애랑 왈츠 춘 거…… 아니야?"

"경매에 참가한 건 단순한 실수였어."

"실수? 와, 만 불이나 내고? 그것 참 대단한 실수네."

정연은 재현의 말을 믿을 수 없다는 투로 비아냥거렸다.

"어차피 자선 경매였어. 경매가 아니라도 기부금을 내기 위해서 갔던 거니까."

"그 여자애 이름이 세라였지, 아마?"

세라라는 말에 재현의 눈꼬리가 미세하게 움찔거렸다. 그러나 이내 최대한 평온한 표정으로 대답했다.

"……이름 같은 거, 기억 안 나."

"그래? 난 기억하는데. 세라였어. 지금 보니까 그 아이, 세희랑 참 많이 닮았더라. 그렇지?"

재현의 반응을 떠보는 것 같은 정연의 한마디. 그러나 재현은 한마디도 대꾸하지 않은 채, 가속 페달을 세차게 밟았다.

◈

재현은 정연을 호텔 앞에 내려주고 인사도 없이 재빨리 차를 몰고 시야에서 사라졌다. 평소에도 자상한 거와는 거리가 멀다는 건 알았지만, 오늘 그의 행동은 조금 더 거칠었다.

녀석, 뭔가 꺼림칙한 게 있긴 있는 모양이네.

정연은 혼자 키득거리며 주머니에서 휴대폰을 꺼냈다. 몇 번 신호 음이 간 후, 건너편에서 상대방의 목소리가 흘러나왔다.

[네. 이사님.]

"부탁할 게 있어서 전화했어. 긴밀히 누구 뒷조사 좀 해줘야겠는데……."

[네. 말씀하십시오.]

⚜

화장실과 계단 청소는 생각했던 것보다 그리 힘들지 않았다. 사무실과 한의원 직원들만 사용해서인지, 공중 화장실인 커피숍보다는 훨씬 깨끗했다. 덕분에 예상했던 것보다 빨리 청소를 끝낼 수 있었다. 옥탑방으로 돌아온 세희는 토스트에 딸기와 땅콩 잼을 발라 우유와 함께 간단하게 저녁을 해결했다.

띠리리—.

커피숍에 갈 준비를 하는데 매트리스 위에 올려둔 휴대폰이 울리기 시작했다.

모르는 번호인데 누구지?

화면에 떠오른 낯선 번호를 한동안 들여다보던 세희는 잠시 망설이다 통화 버튼을 눌렀다.

"여보세요?"

[지금 집에 있나?]

전혀 예상하지 못한 재현의 목소리가 흘러나왔다. 깜짝 놀란 세희는 가슴에 손을 얹으며 그대로 매트리스 위에 주저앉았다.

"네. 지금 집에 있는데요. 무슨 일이시죠?"

[혹시 검은 가죽으로 된 조그만 수첩 못 봤어? 아무래도 어제 거기에 떨어뜨리고 간 것 같아서.]

"검은 수첩이요?"

[응. 금 테두리가 되어 있어.]

재현의 설명에 따라 방바닥을 훑어보던 세희는 화장실 옆쪽에 떨어진 검은 수첩을 발견했다. 옷을 갈아입으면서 빠뜨렸나 보다. 세희는 수첩을 집어 들어 앞뒤를 살펴보았다.

"네. 여기 있네요."

[알았어. 지금 가지러 갈게.]

"지금 오시게요? 저 지금 커피숍 가려고 나가려던 참인데……."

[알았어, 그럼. 내가 커피숍으로 가지.]

재현은 그 말과 함께 곧바로 전화를 끊어버렸다. 세희는 가방에 수첩을 넣고 서둘러 준비를 끝내고 옥탑방을 나섰다.

연휴라서 그런지 늦은 시간에도 불구하고 커피숍 매장은 손님들로 가득했다. 정신없이 커피를 뽑고, 계산을 하고, 테이블을 닦다 보니 시간이 훌쩍 지나가버렸다. 그러나 재현은 자정이 넘도록 모습을 나타내지 않았다.

오늘 안 올 건가? 이제나저제나 그가 나타나기만을 기다리던 세희는 조그맣게 한숨을 내쉬며 커피로 얼룩진 테이블을 닦았다.

그때 '투둑' 하는 소리와 함께 하얀 가루가 테이블 위로 쏟아졌다. 고개를 들어 천장을 올려다보자, 조명 기구 옆으로 크게 갈라진 금이 눈에 들어왔다. 며칠 전, 처음 금을 발견하고부터 나날이 커지고 있었다. 마침 옆을 지나던 매니저를 부른 세희는 손을 들어 천장을 가리켰다.

"매니저님, 이쪽 천장이요. 금이 더 심해졌는데요."

"어, 그래. 공사하면서 뭘 잘못 건드렸나 봐."

"금은 둘째 치고 조명 기구가 불안하게 흔들려요."

"응. 그래서 아까 사장님께 전화 드렸어. 내일 바로 공사 들어갈 거야."

"그럼 제가 급한 대로 이쪽에 있는 테이블은 다 치워놓을게요. 혹시 모르니까 손님들 못 오게 해야겠어요."

"그래줄래?"

"네."

세희는 빠른 동작으로 테이블 위에 의자를 올려놓았다. 하지만 그 짧은 사이에도 흰색 가루가 덩어리째 떨어져 내렸다. 아무래도 서둘러야겠는걸.

세희가 재빨리 테이블을 앞으로 끌어내는 순간, 갑자기 누군가의 팔이 그녀의 허리를 낚아채 거칠게 옆으로 밀어냈다. 비명을 지를 새도 없이 그녀의 몸이 힘껏 바닥으로 내팽개쳐졌다. 그리고 거의 동시에 '쿠쿵!' 하는 소리와 함께 무언가가 바닥으로 곤두박질하며 산산이 부서졌다.

후두둑, 마치 눈이 내리는 것처럼 하얀 석회 가루가 눈앞에 뿌옇게 흩날렸다. 세희는 본능적으로 두 눈을 꼭 감으며 몸을 웅크렸다.

"으음."

얼마나 시간이 지났을까? 세희는 어디선가 들려오는 신음에 천천히 눈을 떴다. 분명히 자신이 내는 소리는 아닌데……. 뭐지?

천천히 고개를 돌려 위를 올려다보던 세희의 입에서 탄성이 흘러나왔다.

"……전……무님?"

놀랍게도 재현이 그녀를 품에 안은 채, 찡그린 얼굴로 그녀를 내려다보고 있었다.

10. 내 앞에서 울지 말라고 했지

천장에서 떨어진 뿌연 석회 가루가 바닥에 가라앉고 짧은 침묵이 주위를 감쌌다. 그리고 잠시 후, 웅성거리는 소음이 들려오기 시작했다. 세희는 혼란스러운 얼굴로 자신을 끌어안고 있는 재현을 올려다보았다.

"고객님, 괜찮으세요?"

한걸음에 달려온 매니저가 두 사람 앞에 무릎을 꿇었다.

"이를 어쩌면 좋아. 정말 죄송합니다."

매니저의 말에 세희는 옆으로 고개를 틀어 주위를 둘러보았다. 그녀의 시야에 바닥 위를 뒹구는 깨진 조명 기구가 들어왔다. 조명 기구가 그녀를 향해 떨어졌고, 그녀 대신 그가 몸으로 막아냈다는 말인가? 하지만 왜?

그때 매니저의 호들갑스럽게 높은 목소리가 귀청을 때렸다.

"저기, 저…… 고객님, 어깨에서 피가 나는데요!"

조명 기구의 날카로운 모서리에 베었는지 재현의 어깨에서 피가 번지고 있었다. 그제야 재현은 고통을 느끼며 아랫입술을 깨물었다. 제법 깊숙이 베었는지, 어깨를 타고 흘러 내려온 핏방울이 손가락 끝으로 뚝뚝 떨어졌다.

세희의 눈이 충격으로 커다래졌다. 그가 다쳤다. 자신 때문에 그가 다쳤단다. 이유는 알 수 없었지만, 세희는 가슴이 아파서, 숨이 탁 막혀서, 아무것도 생각할 수 없었다. 미칠 것만 같았다.

"신경 쓰지 마요. 난 괜찮으니까."

재현은 별일 아니라는 듯 천천히 몸을 일으키며 한 손으로 어깨를 감쌌다.

"괜찮긴요. 이렇게 출혈이 심한데……."

세희는 재현을 따라 몸을 일으키며 붉게 물든 어깨를 들여다보았다. 지금 당장 지혈을 하지 않으면 위험할지도 몰라! 바보처럼 벌벌 떨고만 있을 순 없다.

세희는 서둘러 정신을 차리고 지혈할 만한 천이 있는지 주위를 둘러보았다. 하지만 딱히 쓸 만한 재료가 보이지 않았다. 할 수 없이 세희는 입고 있는 블라우스의 어깨와 팔이 연결된 부분을 한 손으로 쭉 길게 찢었다.

"뭐 하는 짓이야? 이 와중에 스트립쇼라도 하려고?"

예상하지 못한 그녀의 행동에 재현이 눈살을 찌푸렸다. 그런데 이런 와중에도 찢어진 블라우스 사이로 살짝 드러나는 그녀의 하얀 어깨에 시선이 몰리다니……. 제정신이 아니다.

"지금 농담할 때가 아니거든요."

세희는 재현을 노려본 후, 지혈을 위해 블라우스 조각을 그의 어깨에 감기 시작했다. 그녀의 능숙한 손놀림에 재현이 입꼬리를 비틀었다.

"의료 자격증 있어?"

저번에도 그러더니 하여간 사사건건 트집이다!

"지혈하는 데 무슨 의료 자격증이 필요해요?"

세희가 눈을 가늘게 뜨며 못마땅하다는 말투로 대꾸했다.

"우선 지혈은 했으니까 빨리 응급실로 가야겠어요."

세희는 앞치마를 풀고 재현을 부축해 일으켰다. 그녀 자신도 땅바닥에 부딪힌 몸이 얻어맞은 듯 쑤셨지만, 그의 상처를 보는 순간 아무런 아픔도 느낄 수 없었다.

생각보다 상처가 깊었는지 재현은 순순히 그녀에게 차 키를 넘기고 얌전히 조수석에 올랐다. 그는 애써 무표정을 유지했지만, 입가의 작은 경련까지는 숨길 수 없었다. 세희의 걱정스러운 눈길과 마주치자, 재현은 곧장 시선을 피하며 퉁명스럽게 물었다.

"이 차, 수동인데 운전할 수 있겠어?"

하필이면 그는 오늘 수동 변속기를 장착한 클래식 스포츠카를 몰고 왔다. 그러나 세희는 전혀 문제가 없다는 듯, 빠르게 시동을 걸었다.

"네. 수동 기어, 익숙해요. 걱정하지 마세요."

이런 다급한 상황이라면 수동 차가 아니라 덤프트럭도 몰수 있다. 세희는 능숙한 솜씨로 기어를 조작해 차를 출발시켰다.

"······걱정 안 해."

재현은 혼잣말처럼 중얼거리며 창밖으로 고개를 돌렸다.

✦

"어, 정연이 누나. 여긴 웬일이야? 요새 통 보이지 않아서 클럽엔 이제 발 끊은 줄 알았네."

바에 앉아 위스키를 홀짝거리는 정연에게 까마득하게 어린 민기가 다가왔다. 그러나 정연은 귀찮다는 듯이 한 손을 휘이 내저으며 단숨에 술잔을 비워버렸다.

"역시 참새는 방앗간을 그냥 지나칠 수 없는 건가?"

빈 잔에 위스키를 가득 따르며 히죽거리는 민기를, 정연이 매섭게 노려보았다.

"시끄럽다. 머리에 피도 안 마른 게 어디서 감히."

"누나! 나도 이제 이십대 중반이야. 머리의 피는 충분히 마를 나이라고."

"치, 아무리 그래도 넌 나랑 띠동갑이야. 12살이나 어린 게, 까불고 있어."

정연은 주먹을 들어 민기를 한 대 쥐어 박는 시늉을 해 보였다. 어린 녀석이 귀엽다고 오냐, 오냐 봐줬더니 어른 무서운 줄 모르고 기어오르려고 한다. 하여간 요즘 애들이란……

정연은 쯧쯧 혀를 차며 한입에 술을 털어 넣었다. 그녀가 빈 술잔을 내려놓자, 민기는 위스키 병을 들어 잔에 가득 술을 따랐다.

"누나 이러는 거, 규한이 형 때문이지?"

"……아니."

정연이 어두운 얼굴로 중얼거리듯 대답했다.

"아니야?"

"내 남자 때문이다. 내 하나밖에 없는 남자 때문에 이런다, 지금."

"재현이 형? 형이 왜?"

"넌 몰라도 돼."

정연은 긴 한숨을 내쉬며 술잔 가장자리를 손가락으로 톡톡 내리쳤다. 혹시나 하고 지시를 내린 그녀의 정보통에선 아직 감감무소식이다. 그때까진 그녀 혼자 추리해내야 한다.

뭔가 걸리는 게 있는데…… 지금으로선 도저히 알 수가 없다. 하지만 분명한 건 재현에게 변화가 생겼다는 것이다. 그런데 그게 좋은 쪽의 변화인지, 나쁜 쪽의 변화인지 확인할 길이 없다는 데 분통이 터졌다.

정연은 어제 아침, 우연히 본 장면을 떠올리며 위스키를 홀짝거렸다. 분명히 세희는 재현의 어깨에 기대어 잠들어 있었다. 까칠한 재현의 성격으로 본다면 절대로 일어날 수 없는 일이었다. 누군가 옆에 가까이 오기만 해도 얼른 몸을 피해버리는 녀석이니까. 이 세상에서 그에게 기대어 잠들 수 있는 생명체는 고양이, 조이뿐이라고.

어디 그뿐이랴? 재현은 세희의 뺨을 아주 조심스럽게 어루만지고 있었다.

그것도 설탕이 뚝뚝 떨어질 것 같은 부드러운 눈빛으로. 세기의 미녀라고 손꼽히는 여배우가 유혹할 때도 콧방귀만 뀌던 녀석인데. 그런 녀석이 혹시 세희에게?

아니야, 아니야. 그럴 리가 없어.

정연은 속으로 중얼거리며 세차게 고개를 내저었다. 재현의 성격에 절대로 이뤄질 수 없는 상대에게 마음을 줄 리가 없다. 그냥 잠이 모자라서 잠시 정신 줄을 놓았던 게지. 여자의 눈으로 보기에도 세희는 아주 많이 사랑스러우니까.

"무슨 생각을 그렇게 혼자 골똘히 해? 옆에 있는 사람 무안하게."

정연이 전혀 상대를 해주지 않고 혼자서만 술을 들이켜자, 민기가 투덜거리며 그녀의 잔을 빼앗아 단숨에 비워버렸다. 그리고 다시 빈 잔에 위스키를 가득 따라 한입에 들이켰다.

"뭐야? 너 실연이라도 당했어? 민정이가 홍 박사랑 결혼한 지가 언젠데 아직도 그래?"

"아, 쫌. 난 지금 심각하다고!"

"뭐가 심각해?"

"이 이야기를 누나에게 해줘야 할까, 말아야 할까, 그게 심각하다고!"

"해. 무슨 이야기인지는 모르겠지만, 그냥 해. 나, 강철 여인인 거 몰라?"

민기는 잠시 머뭇거리더니 에라 모르겠다는 식으로 재빨리 말했다.

"규한이 형, 엊그제 귀국했어."

순간 정연의 얼굴이 창백하게 굳어버렸다.

"누나, 정말 몰랐구나."

혼이 나간 듯한 그녀의 멍한 표정에 민기가 조그맣게 중얼거렸다. 정연은 떨리는 목소리를 애써 가다듬으며 천천히 입을 뗐다.

"너 지금 뭐라고 했어? 규한 씨가…… 뭐?"

"지금 G 호텔에 묵고 있어. 미국 생활 정리하고 영구 귀국했대."

❧

세희는 침착하게 커피숍에서 가장 가까운 대학 병원 응급실로 차를 몰았다. 다행히 응급실 도착과 동시에 대기 시간 없이 곧바로 수술에 들어갈 수 있었다. 세희는 수술실로 들어가는 재현의 뒷모습이 보이지 않을 때까지 우두커니 복도에 서 있었다.

얼마나 서 있었을까? 넋이 나간 듯 서 있는 세희를 안타깝게 여긴 간호사 한 명이 복도에 놓인 대기 의자로 그녀를 안내했다. 그리고 들고 있던 카디건을 건네었다.

"이거 입고 계세요."

"네?"

세희가 의아한 표정으로 카디건을 쳐다보자, 간호사가 고갯짓으로 그녀의 찢어진 블라우스를 가리켰다.

아, 까맣게 잊고 있었다. 상처를 지혈하느라 블라우스를 찢어버리는 바람에 한쪽 어깨와 팔이 훤히 드러난 상태였다. 게다가 몸 여기저기에는 붉은 피가 묻어 있었다. 모르는 사람이 본다면 어디서 한 판 크게 싸우고 온 줄 알겠다.

"카디건은 환자 보호자용으로 병원에서 준비한 거니까, 안 돌려주셔도 돼요."

간호사는 친절하게 미소 지으며 세희의 어깨에 카디건을 둘러주었다.

"감사합니다."

얼마나 오랫동안 초조한 마음으로 벽시계를 노려보았을까? 1시간이 조금 지나서 수술실 문이 열렸다. 그리고 곧이어 어깨에 붕대를 감은 재현이 걸어 나왔다.

그는 사고를 당했을 때나 지금이나, 정확한 상태를 알 수 없을 정도로 무표정이었다. 그래도 그렇게나 피를 많이 흘렸는데 무척이나 고통스럽겠지? 세희는 왈칵 눈물이 쏟아지려는 걸 참으며 재현에게 다가갔다. 다친 건 그인데 그녀가 징징거려선 안 된다. 우는 건 나중에 해도 늦지 않으니까.

"오래 기다렸어?"

재현이 무심한 얼굴로 물었다.

"아뇨."

"수술비는 안에서 처리했으니까, 약국에 가서 처방한 약만 받아 가면 돼."

"입원해야 하는 거 아닌가요?"

"어깨 좀 찢어진 거 가지고 무슨 입원을 하나. 그냥 통원치료 하면 돼."

무뚝뚝하게 대답한 재현은 그녀를 지나쳐 뚜벅뚜벅 앞장서 걷기 시작했다. 약국에서 처방 약을 받기 위해 기다릴 때도 그는 필요한 말 이외에는 하지 않고 굳게 입을 다물고 있었다. 아픈 걸 참느라고 그런 걸까? 재현의 눈치를 살피던 세희는 순간 떠오르는 걱정에 아랫입술을 깨물었다.

아, 깜빡 잊고 있었는데, 커피숍 사장님께 손해배상을 청구하면 어떡하지? 저번에 손튼 씨가 쓰러졌을 때도 밀리언 달러 배상을 운운하던 재현이다. 그런데 이번에는 응급수술을 할 정도로 큰 사고였다. 어쩌면 밀리언보다 더 높은 액수를 부를지도 모른다. 어쩌면 좋지? 불쌍한 우리 사장님, 계속 적자만 내다 올해가 돼서야 형편이 피기 시작했는데…….

"저, 병원비 얼마 나왔어요?"

세희가 조심스럽게 물었다. 재벌이지만, 의료 보험 혜택은 받겠지?

"왜? 많이 나왔으면 보태주려고?"

"아뇨. 보태는 게 아니라, 제가 전부 다 내야죠. 저 때문에 다친 건데……."

세희의 말에 재현이 픽 입꼬리를 비틀었다.

"벼룩의 간을 빼먹고 말지. 됐어."

"저……"

한참을 망설이던 세희가 어렵게 말을 꺼냈다.

"저희 사장님, 고생하시다 이제 겨우 살림 펴셨거든요. 혹시라도 오늘 사고에 관해서 지난번처럼 배상액의 금액이 커진다면……."

"왜, 밀리언이라도 내놓으라고 할까 봐 겁나?"

"아니죠?"

"후……"

재현은 긴 한숨을 내쉬며 고개를 설레설레 내저었다. 그녀의 걱정스러운 얼굴을 보니 빈말이라도 물어내라고 협박했다간 저 큰 눈에서 눈물이 뚝뚝 떨어지겠지…….

"다시는 사고 나지 않게 보수 공사나 철저하게 하라고 해. 만약에 더 큰 인명 피해가 났다면, 밀리언 배상은 둘째 치고 형사 고발 감이니까. 알았어?"

"네."

세희는 가슴을 쓸어내리며 안도의 숨을 내쉬었다.

처방 약이 준비되자, 세희는 재빠르게 달려가 재현 대신 약값을 냈다. 재현이 기가 막히다는 표정으로 쳐다봤지만, 그녀는 개의치 않았다.

"여기 계세요. 제가 빨리 가서 차 가지고 올게요."

"됐어. 어깨를 다쳤지 다리를 다쳤나? 그냥 가."

재현은 퉁명스럽게 쏘아붙인 후, 빠른 걸음으로 주차장으로 향했다. 방금 수술실에서 나온 사람이 맞는지 너무 생생했다. 세희는 종종걸음으로 재현의 뒤를 따라 지하 주차장으로 내려갔다. 세희가 운전석 문을 열려고 하자, 재현이 그녀를 향해 손바닥을 내밀었다.

"키 줘. 내가 운전할 테니까."

"아니에요. 그 어깨로 무슨 운전을 한다고 그러세요? 제가 집까지 모셔다 드릴게요."

그 말에 재현은 곤혹스러운 표정을 지었다. 사실 마취가 풀리려는지 슬슬 어깨가 뻐근해졌다. 세희의 말대로 직접 운전대를 잡기는 무리였고 이 새벽에 운전기사를 호출하기도 그랬다. 생판 모르는 대리 운전기사에게 차를 맡기기도 그렇고.

"좋아. 그러면 본가로 가지 말고 하나 팰리스로 가도록."

할 수 없이 재현은 그녀의 의견을 따르기로 했다.

⟨∾∾⟩

내비게이션 덕분에 세희는 전혀 헤매지 않고 하나 팰리스로 차를 몰았다. 하지만 목적지에 도착하고 나서가 문제였다.

펜트 하우스 전용 주차 구역으로 가야 하는데 이건 주차장이 아니라 무슨 미로 같았다. 몇 번이나 다른 구역을 통과한 후에야, 펜트 하우스 전용 주차 구역에 도착할 수 있었다.

기이잉—.

재현이 손을 뻗어 백미러 밑에 달린 버튼을 누르자, 전용 주차장 게이트가 스르르 위로 올라갔다.

"저기 엘리베이터 옆에 세워."

재현이 황금빛 조명에 빛나는 전용 엘리베이터를 가리켰다. 세희는 조심스럽게 입구 앞에 차를 세우고 시동을 껐다.

"후우."

세희는 안도의 긴 한숨을 내쉬며 고개를 뒤로 젖혔다. 지금까지 그녀를 버티게 한 긴장이 일순간 풀려버렸나 보다. 운전대를 잡고 있는 손끝이 서서히 떨리기 시작했다. 그녀의 얼굴이 창백해지자, 재현이 의아한 표정으로 물었다.

"왜 그래, 갑자기?"

세희는 대답 대신 떨리는 몸을 진정하려 두 손을 꾹 움켜잡았다. 그러나 두 눈에 가득 차오르는 눈물까지는 막을 수 없었다.

"지금 뭐 하는 거야?"

당황하지 않고 신속하게 잘 대처해나가던 그녀가 갑자기 왜 이러나 모르겠다. 눈물을 뚝뚝 흘리는 세희를 바라보며 재현이 눈살을 찌푸렸다.

"내 앞에서 절대로 우는 모습 보이지 말라고 했을 텐데."

"……우……우는 거 아니에요."

세희가 떨리는 목소리로 부인했다.

눈물을 펑펑 흘리는 것도 모자라 어깨까지 들썩이는 주제에 우는 게 아니란다. 재현이 기가 막힌다는 듯, 조소를 띠며 고개를 내저었다.

"그럼 이번엔 뭐가 그리 분해서 눈물이 나오는 거지?"

그의 비아냥거림에도 세희는 아무 대꾸 없이 고개를 숙이며 소리 죽여 흐느꼈다. 한참 동안 눈물을 쏟아내던 그녀가 손등으로 눈물을 훔치며 작게 웅얼거렸다.

"……정말 죄송해요. 괜히 저 때문에……."

"그게 어째서 너 때문이지? 수첩을 놓고 간 건 나야. 그걸 찾으러 갔다가 사고를 당한 것뿐이고."

"……절 구해주려다 다친 거잖아요."

세희가 고개를 들어 재현을 바라보았다. 얼마나 펑펑 울었는지 두 눈이 벌겋게 부어올라 있었다. 그런데 왜 그런 모습에 애가 타는지 모르겠다. 재현은 눈물로 범벅이 된 뺨을 닦아주고 싶은 충동을 참기 위해 주먹을 꼭 움켜쥐었다. 그녀에게 친절은 절대로 금물이다. 애써 감정을 숨기며 재현이 싸늘하게 쏘아붙였다.

"그럼, 두 눈을 뜨고 네 머리에 조명 기구가 떨어지는 걸 보고만 있으라고?"

그 장면을 떠올리는 것만으로도 재현은 목구멍이 따끔거릴 정도로 기분이 불쾌했다.

재현은 커피숍에 발을 들여놓는 순간, 구석에서 무거운 테이블을 질질 끄는 그녀를 발견하고 눈살을 찌푸렸다. 왜 혼자 궂은일을 하려 하는지…….

세희에게 빠르게 걸어가는 재현의 시야에 위태롭게 흔들거리는 조명 기구가 들어왔다. 그리고 찰나의 순간, '투두둑' 천장 마감재가 떨어지며 조명 기구가 밑으로 떨어졌다.

그 이후는 그도 정확히 기억나지 않는다. 그저 몸이 반응하는 대로 앞으로 내달렸을 뿐이다.

이성보다는 본능에 따른 행동이었다. 하지만 이성이 먼저였다고 해도 그는 세희를 끌어안고 뒹굴었을 것이다. 그녀가 다치는 모습은 절대로 보고 싶지 않으니까. 이유는 알 수 없지만…….

재현을 빤히 바라보던 세희의 커다란 눈에 다시금 그렁그렁 눈물이 차올랐다.

"……그……그래도…… 나 때문에…… 도대체 몇 바늘이나 꿰맨 거예요?"

"몇 바늘 꿰맸는지 알아서 뭐 하려고? 동정은 그 정도면 충분하니까 그만 울어."

재현이 눈을 가늘게 뜨며 한층 짜증 난 목소리로 명령했다.

"우는…… 거…… 아니라니까요."

"그럼 지금 뭐 하는 건데?"

"그……러니까…… 흑, 흐흑."

대답을 얼버무린 세희는 파르르 입술을 떨며 하염없이 눈물을 쏟아냈다. 제발! 내 앞에선 그런 모습 보이지 마라. 제발! 재현은 온 힘을 다해 어금니를 꽉 깨물었다. 화끈거리는 어깨의 상처보다 앞에서 눈물 흘리는 세희의 모습에 더 속이 쓰렸다.

마치 큰 바늘로 콕콕 찌르는 것 같은 날카로운 통증. 재현은 앞머리를 쓸어 올리며 크게 한숨을 내쉬었다.

그때도 이랬다. 10년 전, 그날도 그녀는 이렇게 어깨를 들썩이며 가련하게 울고 있었다. 울게 하고 싶지 않았다. 이유는 모르겠지만, 그때나 지금이나 그녀만은 울게 하고 싶지 않았다.

눈물을 펑펑 쏟으며 울더니 결국 힘이 빠진 모양이다. 세희는 고개를 숙인 채 힘없이 그에게 얼굴을 기대었다. 동시에 그녀의 달콤한 향기가 코끝에 훅 스며들었다. 재현은 자석에 이끌리듯 손을 들어 눈물범벅이 된 그녀의 뺨을 어루만졌다. 손바닥에 느껴지는 보들보들한 그녀의 피부 감촉에 가슴이 저렸다.

"도대체 언제까지 울 거야?"

흔들리는 마음을 감추며 재현이 퉁명스럽게 말했다. 그 말에 세희가 천천히 고개를 들었다.

내리깔았던 그녀의 시선이 조심스럽게 위를 향하는 순간, 눈물로 흐려진 그녀의 커다란 눈동자와 마주쳤다. 동시에 팽팽하게 당겨진 신경 줄이 일순 툭 끊어지며 참고 있던 감정이 한꺼번에 쏟아져 내렸다. 그는 그녀의 울음을 멈추게 하기 위해선 무엇이든지 할 수 있을 것만 같았다. 정말 무엇이든지…….

재현은 그녀의 어깨를 감싸 안아 거칠게 품 안으로 끌어당겼다. 그리고 재빨리 자신의 입술로 그녀의 입술을 덮어버렸다.

아주 순식간에 일어난 일이라 상황을 깨닫기에는 조금 시간이 걸렸다. 분명히 입술이 닿았다 떨어져 나간 거 같은데……. 아닌가? 우느라고 정신이 없어서 잠시 착각한 건가?

세희는 앞에 바짝 다가온 재현을 멍한 눈으로 올려다보았다. 눈물은 어느새 그쳤는지 뿌연 눈앞이 서서히 맑아지기 시작했다. 흐린 시야 사이로 잔뜩 찡그린 재현의 얼굴이 들어왔다. 그는 왜 잔뜩 화가 난 것처럼 보이는 걸까? 세희는 왠지 모를 긴장감에 반사적으로 혀를 내밀어 입술을 적셨다.

"제길."

도톰한 입술 사이로 불쑥 모습을 드러내는 핑크빛 혀에 재현은 탁한 소리로 욕설을 내뱉었다. 그녀의 커다란 두 눈에는 눈물이 그렁그렁 차 있었고, 상기된 두 뺨은 고운 산홋빛으로 물들어 있었다. 그녀는 지금 이런 자신의 모습이 얼마나 남자의 마음을 두근거리게 하는지 모르는 모양이다.

재현은 조금 전 취했던 그녀의 촉촉한 입술의 촉감을 떠올리며 작은 탄성을 내뱉었다. 그저 울음을 멈추게 하려고 살짝 입을 맞추었을 뿐인데 그만 일이 커져버렸다. 마치 금단의 사과를 맛본 것처럼 온몸의 신경이 미쳐 날뛰었다. 고작 몇 초간 숨결을 나누었을 뿐인데 그녀의 달콤함이 입 안 가득 차버렸다.

다시 한 번 그녀의 입술을 머금고 싶다. 좀 더 길게, 좀 더 깊게, 좀 더 은밀하게…….

통제할 수 없을 정도로 흔들리는 자신이 낯설고 실망스러웠지만 욕망은 밀려오는 파도처럼 이성을 송두리째 뒤흔들었다.

"저……."

세희가 무언가 말을 하기 위해 입을 벌리는 찰나, 재현은 고개를 숙여 그녀의 입술 위로 자신의 입술을 포개버렸다.

"읍."

깜짝 놀란 세희의 입에서 낮은 신음이 흘러나왔다. 그러나 소리는 밖으로 나오지 못하고 재현의 입 속으로 곧장 빨려 들어갔다. 재현은 그녀의 뺨을 한 손으로 감싼 후, 집어삼킬 것처럼 그녀의 입술을 빨아 당겼다. 그 반동으로 그녀의 입이 조금 더 크게 벌어졌다. 재현은 그 틈새를 놓치지 않고 재빨리 혀를 밀어 넣었다. 입 안 깊숙이 들어간 혀끝에 여린 살결이 닿자, 그 황홀한 감촉에 그대로 온몸이 녹아내릴 것만 같았다.

거칠면서도 한없이 다정한 입맞춤. 어떤 생크림보다 달고 부드러운 맛이었다. 입술을 강렬하게 탐하는 재현 때문에 세희는 머릿속이 텅 비어버렸다. 그가 그녀에게 키스하는 이유는 중요하지 않았다. 그저 그의 달콤한 입술이 좋아서, 뜨거운 숨결에 가슴이 두근거려서, 뺨을 어루만지는 손길에 심장이 뛰어서 정신을 잃을 것만 같았다.

부드럽기만 하던 그의 입술이 어느 순간부터 숨 막힐 정도로 집요하게 파고들기 시작했다. 강렬하고 짜릿하다. 제대로 숨을 쉴 수가 없을 정도로 눈앞이 아찔했다.

"하아."

세희는 더 이상은 버티기 어려워 힘겹게 숨을 토하며 낮은 신음을 흘렸다. 그러나 재현은 놓아주기는커녕 그녀의 머리를 감싸 쥐고 더 세차게 끌어당겼다. 그의 거친 동작에 세희는 자신도 모르게 재현의 어깨를 꽉 움켜쥐었다.

"욱."

순간 재현이 고통스러운 듯 얼굴을 찡그렸다. 그리고 동시에 그녀를 끌어안았던 팔을 풀며 뒤로 물러섰다.

"앗, 죄송해요. 괜찮으세요?"

하필이면 상처 난 어깨를 건드렸나 보다. 깜짝 놀란 세희는 얼른 어깨에서 손을 떼며 당황한 듯 물었다. 재현은 대답 대신 입을 꼭 다물며 머리를 내저었다. 어깨가 불타는 것 같은 고통. 하지만 그 때문에 바로 현실로 돌아올 수 있었다. 여기서 멈춘 걸 다행이라고 해야 하나?

재현은 걱정스러운 표정으로 눈물을 글썽거리는 세희를 보며 작게 한숨을 내쉬었다.

"겨우 우는 거 멈추게 했더니……."

"네?"

방금까지 뜨거운 키스를 퍼부었던 그 남자가 맞는지……. 재현의 눈빛은 어느새 싸늘하게 식어 있었다.

"내려."

그녀에게서 시선을 돌리며 재현이 나직한 목소리로 명령했다. 그를 따라서 우물쭈물 차에서 내리자 재현은 그녀를 향해 손바닥을 펴 보였다.

"키."

세희는 손에 쥐고 있던 차 키를 서둘러 그에게 건넸다. 재현은 그것을 주머니에 넣고는 다치지 않은 팔로 세희의 손목을 잡아 자신 쪽으로 당겼다.

"날이 밝으면 집에 바래다줄 테니까, 우선 올라가지."

"올라가다니 어디를요?"

"어디겠어?"

놀리는 듯한 재현의 대답에 세희는 미간을 찌푸렸다. 이 한밤중에 남자 혼자 사는 집에 올라가라고? 세희는 모호한 표정을 지으며 뒤로 물러섰지만, 잡힌 손목 때문에 고작 한 걸음 물러선 게 다였다.

재현이 왜 그러느냐는 표정으로 쳐다보자, 세희는 마른침을 꿀꺽 삼키며 단호하게 고개를 내저었다. 방금까지 차 안에서 숨넘어갈 정도로 키스한 여자를 굳이 자신의 집으로 끌고 올라가는 속셈이 뭐겠어. 안 그래? 이 험한 세상, 순진해서만은 살아남을 수 없다.

"아니요. 전 그냥 여기서 돌아가겠습니다."

"여기서 걸어 나가려면 꽤 복잡해. 방금 운전하면서도 헤맸잖아."

"괜찮습니다. 나가는 방법만 알려주세요."

"지금 시각이면 이미 버스, 지하철 다 끊겼을 텐데."

"그럼 택시 타고 가죠. 아마 기본요금 정도 나올 거예요."

세희는 재현의 말마다 이의를 제기했다.

"지금 본인이 어떤 모습을 하고 있는지는 알고 그러는 건가?"

웃음을 참는지 그의 한쪽 입꼬리가 슬쩍 위로 올라갔다.

"그 꼴을 하고 혼자 집에 가겠다고?"

"네?"

재현의 빈정거림에 세희는 자신의 상태를 불현듯 깨달았다. 카디건을 입었다고는 하지만, 찢어진 블라우스 앞자락에는 듬성듬성 붉은 피가 묻어 있었다. 완전 공포 영화의 여주인공이 따로 없었다. 세희는 곤혹스러운 얼굴로 아랫입술을 꽉 깨물었다. 그의 말이 맞다. 이런 차림으로 택시라도 타 봐라. 택시 기사 아저씨, 기절하지 않으면 다행이다.

세희가 우물쭈물 망설이자, 재현은 다시금 그녀의 손목을 잡아끌었다.

"따라와."

❧❧❧

재현이 카드 인식기에 전용 키를 갖다 대자, '딩' 하는 소리와 함께 엘리베이터 문이 열렸다. 엘리베이터는 빠른 속도로 위를 향하기 시작했다. 만약에 다른 층에 멈췄다면, 세희는 무슨 변명 거리를 찾아서라도 도중에 내렸을지도 모른다. 하지만 애석하게도 펜트 하우스 전용이라 버튼이라곤 지하 전용 주차장, 로비, 펜트 하우스가 전부였다. 세희는 진정하기 위해 가슴에 손을 얹고 크게 심호흡을 했다.

잠시 후, 펜트 하우스에 도착한 엘리베이터가 미끄러지듯이 부드럽게 멈춰 섰다. 사르르 문이 열리고 하얀 대리석으로 마감된 바닥이 눈에 들어왔다. 엘리베이터는 아파트 복도가 아닌 펜트 하우스 내부로 직접 연결되어 있었다.

"하아."

대리석 바닥에 발을 내디딘 세희는 자신도 모르게 감탄의 탄성을 내뱉었다. 거실 전체를 차지한 커다란 유리 벽 너머로 펼쳐진 눈부신 야경. 무슨 호텔 스카이라운지에 온 느낌이었다.

실내에는 달콤하면서도 가슴이 탁 트이는 것 같은 시원한 산림 향이 은은하게 퍼져 있었다. 너무나도 익숙한 사이프러스 향에 세희는 눈물이 핑 돌 정도로 반가웠다. 예전 그녀가 살던 집 주변에는 크고 작은 사이프러스 나무가 가득했었다. 아침에 일어나 창문을 열면 상쾌한 내음이 방 안으로 흘러들어오곤 했는데……. 마치 고향으로 돌아온 것 같은 기분이었다.

주위를 둘러보던 세희는 벽난로 옆에 놓인 말린 감귤과 사이프러스 잎이 담긴 포푸리(Potpourri) 바구니를 발견하곤 살며시 미소 지었다.

"우선 샤워부터 해. 갈아입을 옷을 가져올 테니까."

아련한 과거를 회상하던 세희는 재현의 목소리에 현실로 돌아왔다.

"샤워라뇨?"

난데없이 무슨 소리를 하느냐는 듯 세희가 눈을 가늘게 떴다. 그러자 재현이 손가락으로 벽에 세워진 대형 거울을 가리켰다.

"헉!"

아무 생각 없이 거울로 고개를 돌린 세희의 입에서 가는 비명이 흘러나왔다. 피 묻고 찢어진 블라우스가 문제가 아니었다! 몰랐는데 조명 기구와 함께 떨어진 석회 가루 때문에 머리카락이 엉망진창으로 뭉쳐 있었다. 그뿐이랴! 차 안에서 엉엉 우느라 눈 화장은 보기 안쓰러울 정도로 번져 있었다. 기가 막힌다는 듯이 거울 속을 노려보던 세희는 결국 두 손으로 황급히 얼굴을 가리고 고개를 숙였다.

그 앞에서 이런 꼴을 하고 있었다고? 아, 정말 창피해서 어디 쥐구멍에라도 숨고 싶다.

얼굴을 가리며 제자리에 주저앉는 세희에게 재현이 비아냥거리듯 말했다.

"쥐구멍에라도 숨기에는 이미 너무 늦은 거 아닌가?"

"저 지금까지 이런 몰골로 돌아다닌 거예요?"

"몰랐어?"

"당연하죠!"

속상해 죽겠는데 그는 뭐가 그리도 재밌는지 입매를 비틀며 웃음을 참고 있었다.

"먼저 샤워해. 그리고 나 좀 도와줘. 이 어깨론 혼자 할 수 없으니까."

그 말에 세희는 어리둥절한 표정으로 그를 올려다보았다.

혼자 할 수 없다고? 뭘?

그러자 재현이 석회 가루가 묻은 자신의 머리카락을 가리켰다.

"석회 가루를 뒤집어쓰고 잘 순 없잖아."

전혀 예상하지 못한 대답에 세희는 꿀꺽 마른침을 삼켰다.

뭐? 샤워하는 걸 도와달라는 말이야, 지금?

❧

세희가 입을 만한 옷을 찾기 위해 옷장을 뒤지던 재현은 정연이 놓고 간 하얀 원피스를 발견했다. 세희는 정연보다 마른 편이었지만 볼륨감 있는 몸매이기에 대충 맞을 것이다. 그녀의 옷 치수를 짐작할 수 있다는 사실에 재현은 쓴웃음을 지었다. 자신도 모르게 그녀의 몸을 몰래 훑어보았다는 소리니까. 몰랐는데 은근히 늑대 같은 구석이 있는 건가?

하얀 원피스는 까다로운 정연의 취향에 맞게 은근하게 가슴골과 어깨선이 드러나 우아하면서도 섹시했다. 10년 전, 세희가 무도회에서 입었던 하얀 이브닝드레스를 떠올리게 하는 디자인이었다.

재현은 팔짱을 낀 채 잠시 생각에 잠겼다.

지금까지 펜트 하우스에 들어온 여자라고는 어머니 민 여사와 정연, 집안일을 봐주는 도우미 아주머니가 전부였다. 강 비서조차 심부름이라도 이곳에 들른 적이 없었다. 그만큼 특별한 곳인데…….

어쩌자고 세희를 이곳으로 끌고 왔을까? 멀리하겠다고 다짐하면서도 계속 그녀 주변을 맴돌게 되는 이유는 뭘까?

재현의 미간에 깊은 주름이 파였다.

❦

무슨 정신에 샤워를 끝마쳤는지 모르겠다. 세희는 최대한 빨리 샤워를 마치고 후다닥 욕실을 나왔다. 침대 위에는 재현이 가져다 놓은 것으로 보이는 하얀 원피스가 놓여 있었다. 원피스는 맞춘 것처럼 몸에 딱 맞았다.

누구의 옷일까? 혹시 애인? 아, 혹시는 무슨. 당연히 여자가 있겠지. 달라붙는 여자가 어디 한둘이겠어? 키스하는 것만 봐도 절대로 한두 번 해본 솜씨가 아니던데.

세희는 조금 전 재현과 나누었던 키스를 떠올리며 살짝 얼굴을 붉혔다. 다행히도 그의 상처를 건드린 탓에 도중에 멈췄지만, 그게 아니었다면 과연 어느 선까지 갔을지 장담할 수 없었다.

"미쳤어. 미친 게 분명해."

그는 마취 약 때문에 이성이 흐려진 게 분명했다. 그러니까 이런 꼴을 한 그녀에게 키스한 거겠지.

똑똑―.

노크 소리와 함께 재현의 목소리가 뒤를 따랐다.

"천천히 준비하고 나와."

천천히 준비하고 나오라는 말이 빨리 나오라는 말보다 더 무섭다. 세희는 빛의 속도로 머리를 말린 후, 총알처럼 튀어나갔다.

거실로 나가니 재현은 두 눈을 감은 채 소파에 앉아 있었다. 힘없이 소파 등받이에 기댄 모습이 무척이나 피곤해 보였다. 그런 모습에 세희는 괜스레 가슴 한구석이 저릿하게 아팠다.

"어떻게 도와드릴까요, 전무님?"

그 말에 재현이 느리게 눈을 떴다. 한동안 말없이 바라만 보던 그가 나직한 목소리로 말했다.

"아까는 옷을 찢으면서까지 능숙하게 지혈하던데. 내가 물어봐야 하는 거 아닌가? 어떻게 도와줄 건지?"

"제가 응급 처치하는 법은 배웠지만, 간병하는 법은 잘 몰라서……."

정확하게 말하자면 남자를 씻겨준 적이 없다는 말이겠지만.

세희는 말꼬리를 흐리며 슬그머니 그의 시선을 피해 고개를 돌렸다. 그러자 재현은 묵묵히 소파에서 일어나 침실에 딸린 욕실로 뚜벅뚜벅 걸어갔다.

어떡하지? 도대체 뭘 어떻게 해야 하는 거지? 세희는 발을 동동 굴리며 필사적으로 머리를 굴렸다. 눈을 감고 씻겨줘야 하나? 아, 아니지. 그랬다가 잘못해서 상처에 물이라도 튀면 큰일 나는데……. 수영복을 입고 샤워하라고 할까? 잠깐, 왜 내가 당황스러워해야 하는 거지? 나는 멀쩡히 옷 다 입고 있을 거고, 벗는 건 저쪽인데. 내가 창피할 게 뭐람? 요즘이 어떤 세상인데 남자 벗은 몸에 부끄러워해?

세희는 주먹을 불끈 쥐며 어깨를 쭉 편 채 걸음도 당당하게 욕실로 향했다. 문을 열고 안으로 들어서자 욕조 앞에 앉아 그녀를 기다리는 재현이 눈에 들어왔다.

"이렇게 기대 있을 테니까 물 들어가지 않게 조심해서 해줘."

다친 어깨가 욕조에 닿지 않게 뒤로 몸을 기대며 재현이 말했다.

"머리만 감게요?"

"그럼 머리만 감지. 또 뭐 다른 거 할 거 있어?"

"아, 아니요. 아니에요."

세희는 서둘러 샤워기를 잡고는 재현 옆에 무릎을 꿇고 앉았다. 그리고 그가 준비해둔 수건으로 그의 목 주위와 어깨를 감쌌다. 어쩔 수 없이 그의 얼굴을 만지고 끌어안아야 하는 상황에 세희는 아랫입술을 깨물었다. 긴장한 그녀와 달리 재현은 어린아이처럼 얌전히 눈을 감고 있었다.

"우선 석회 가루부터 털어내고 물로 씻을게요."

정수리 부분에 묻은 석회 가루를 손으로 털어내며 세희가 설명했다. 재현이 알았다는 듯이 가볍게 고개를 끄덕였다. 대충 석회 가루를 털어낸 세희는 너무 뜨겁지 않게 온도를 조절해 머리카락에 물을 적셨다.

얼굴에 물이 튀지 않게 조심하며 한 손으로 샤워기를 잡고 다른 한 손으로는 그의 머리를 부드럽게 마사지했다. 따뜻한 물과 함께 머리카락이 마치 해초처럼 손가락에 감겨들자, 문득 오묘한 기분이 그녀를 감쌌다.

오뚝하게 높이 솟은 콧날과 남자치곤 길고 긴 속눈썹. 맨날 눈을 부릅뜨고 노려볼 때는 몰랐는데 이러고 보니 어딘지 모르게 부드러워 보인다.

미쳤다, 정말. 이런 상황에서 느긋하게 남의 얼굴 감상 중이라니.

세희는 잡념을 떨치기 위해 빠르게 손을 놀렸다. 머리를 감고 수건으로 물기를 털어내고 드라이어로 머리를 말리니 그의 피 묻은 옷이 눈에 들어왔다.

지금 상태로는 혼자 갈아입기 힘들 텐데…… 어떡하지? 옷도 갈아입혀 줘야 하나?

세희가 잠시 머뭇거리는 동안 재현은 혼자 단추를 풀기 시작했다. 어깨를 움직일 때마다 상처 부분이 당기는지 그의 미간이 꿈틀거렸다.

"제가 해드릴게요."

세희는 자동으로 손을 뻗어 재현 대신 셔츠의 단추를 풀어나갔다. 그리고 상처 부위를 건드리지 않게 조심하며 셔츠를 뒤로 젖혀 소매를 잡아당겼다. 난감하게도 셔츠를 벗겨내는 도중 자꾸만 그와 시선이 마주쳤다. 그때마다 세희는 황급히 눈을 내리깔며 슬며시 그의 시선을 피했다.

셔츠를 벗기자 그리스 조각처럼 매끄러운 상체가 눈앞에 모습을 드러냈다. 세희는 얼굴을 붉히며 서둘러 갈아입을 셔츠의 소매를 재현의 팔에 꿰었다. 마음이 급해서인지 단추를 잠그는 손이 계속해서 미끄러졌다. 드디어 마지막 단추에 이르자, 세희는 작게 안도의 한숨을 내쉬었다.

조금씩 기운이 빠지는지 재현의 안색이 서서히 어두워졌다. 아무리 그래도 그는 방금 수술을 끝낸 환자이니 쉽게 피로해질 것이다.

"다 끝났습니다. 침대에 가서 누우실래요?"

"그러지."

재현은 그녀의 말에 따라 순순히 침대로 향했다. 한 손으로 힘겹게 이불을 들어 자리에 눕고는 눈을 감자마자 바로 잠들어버렸다.

잠시 그가 잠든 모습을 바라보던 세희는 자리에서 일어나 조용히 밖으로 걸어 나갔다.

벽시계를 보니 조금만 더 기다리면 버스 첫차가 운행될 시간이었다. 우두커니 거실 소파에 앉아 그저 시간이 가길 기다려야 하나? 커피나 타 마실까? 세희는 어슬렁어슬렁 주방으로 걸어가 키친 아일랜드 위에 놓인 에스

프레소 커피 머신의 전원을 켰다. 물을 채우고 원두커피를 꺼내기 위해 냉장고 문을 열어보니 썰렁한 내부가 눈에 들어왔다. 세희는 원두커피를 집어들며 미간을 찌푸렸다.

아침에 일어나자마자 약을 복용하라고 했는데……. 먹을 만한 음식이 도통 보이지 않았다. 뭐 물론 간편하게 사 먹으면 되겠지만 그래도…….

세희는 작게 숨을 들이마시며 주위를 두리번거렸다. 간단하게 죽이라도 끓여놓고 갈까?

이것저것 재료를 찾으니 간단하게 죽 정도는 만들 수 있을 것 같았다. 손쉽게 뚝딱 죽을 끓인 세희는 머그잔에 커피를 내려 거실 창가로 걸어갔다. 커피를 홀짝이며 밖을 내다보던 세희는 갑자기 뭔가를 발견하고 고개를 갸우뚱거렸다. 저 빌딩 어디서 많이 본 빌딩인데…….

"어머, 우리 집이네?"

창밖에 보이는 건, 분명히 그녀의 옥탑방이었다. 이제 보니까, 이곳에서 제법 가깝다. 걸어서도 갈 수 있는 거리잖아. 세희의 얼굴에 환한 미소가 떠올랐다.

　　　　　　　　　　※

"으음."

재현은 침대에 누워 천장을 바라보며 천천히 눈을 깜박였다. 처방전에 수면제가 들어 있었던 게 분명하다. 잠시 눈을 감았을 뿐인데, 다시 눈을 떴을 때는 이미 해가 중천에 떠 있었다.

거실로 나가니 고요만이 그를 기다리고 있었다. 세희의 모습은 어디에도 보이지 않았다. 기다리다 지쳐서 돌아갔겠지.

물을 마시러 식당으로 간 재현은 식탁에 차려진 아침상을 보고 미간을 찌푸렸다. 그는 식탁에 놓인 메모지를 들어 올렸다.

빈속에 약 먹으면 안 돼서 죽을 끓여놓았어요.
입맛 없겠지만, 꼭 한술 뜨고 약 드세요.
어제는 정말 감사했습니다.
– 서세희 –

음식 덮개를 열자, 다소곳하게 담긴 죽 한 그릇과 동치미가 눈에 들어왔
다. 시키지도 않았는데 괜히 쓸데없는 짓을 했군.

의자를 꺼내 자리에 앉은 재현은 숟가락으로 죽을 떠 올렸다. 고소한 맛
이 보통 쌀죽은 아닌 것 같았다. 다진 쇠고기와 채소를 기름에 볶다가 물
을 부어 끓인 모양인지 고소하면서도 적당히 간이 배어 죽을 먹지 않는 그
의 입맛에도 꽤 맛있었다. 어느새 재현의 입가에 잔잔한 미소가 걸렸다.

그러나 그건 아주 잠시뿐, 재현의 얼굴은 다시 싸늘한 무표정으로 돌아
갔다. 한동안 죽을 뚫어지게 내려다보던 재현은 한 손으로 죽 그릇을 들고
자리에서 일어났다. 그리고 단숨에 개수대 안에 부어버렸다. 이런 설레는
감정 따위, 익숙해지면 안 되니까……

양손을 짚고 개수대 안을 노려보던 재현은 손을 뻗어 수도꼭지를 틀었다.
세찬 물줄기에 따라 죽이 빠른 속도로 밑으로 흘러내려가기 시작했다.

"흠."

갑자기 찾아온 속이 타는 듯한 통증에 재현은 살짝 미간을 찌푸리며 서
둘러 벽에 등을 기대었다. 다친 건 어깨인데 왜 속이 아픈지 모르겠다.

11. 머리 좀 감겨줄래?

"좋은 아침. 세희 씨, 연휴 잘 보냈어?"

로비에서 마주친 차 대리가 사람 좋은 얼굴로 웃으며 세희에게 다가와 살갑게 인사했다. 역시 눈치코치 없다고 맨날 정 대리에게 구박받는 차 대리다웠다. 이틀 동안 거의 한숨도 자지 못해 퀭한 눈으로 출근한 세희를 보고 연휴 잘 보냈느냐는 질문을 하다니…… 괜히 모태 솔로가 아닌 거야. 역시 다 이유가 있는 거라고. 세희는 차 대리를 향해 예의상 부드럽게 미소 지으며 고개를 끄덕였다.

"네, 그럭저럭. 차 대리님은 연휴 잘 보내셨어요?"

"그으럼. 알차게 잘 보냈지. 3일 동안 방바닥 차지하고 그동안 모자랐던 잠을 몰아서 잤거든."

아, 부럽다. 어제 새벽 집으로 돌아온 후, 조금이라도 자뒀어야 했는데…… 하지만 전혀 잠이 오지 않았다.

솔직하게 말하면, 눈만 감으면 생생한 입술 감촉이 떠올라서 심장이 쿵 내려앉는 통에 자다가도 벌떡 일어나야만 했다.

그냥 약 기운에 취해서 그런 거겠지? 전신 마취는 아니었지만, 그래도 꽤 강한 마취 약을 썼을 거야. 그래서 그는 제정신이 아니었던 게 분명하다. 하지만 난 또렷하게 제정신이었는걸.

세희는 긴 한숨을 내쉬며 흘러내리는 앞머리를 쓸어 올렸다. 그녀를 구해 주느라 다친 사람에게 왜 키스를 했느냐고 따질 수도 없는 일이고……. 한두 살 먹은 어린애도 아니고, 이 나이에 키스한 거 가지고 따지는 것도 웃기는 일이었다.

세희는 아랫입술을 깨물며 중역 전용 엘리베이터 쪽으로 시선을 돌렸다. 그는 과연 출근했을까?

⁂

"너 요새 본가에 안 들어간다며?"

언제나 그렇듯 아무런 예고 없이 벌컥 문이 열리며 정연이 사무실로 들어섰다. 결재 서류에 사인하던 재현이 기분 나쁜 표정으로 그녀를 노려보았다.

"노크 좀 하고 다녀."

"흥, 노크 같은 소리 하네. 우리 사이에 무슨 얼어 죽을 놈의 노크?"

정연은 단번에 코웃음을 치고는 또각또각 구두 소리를 내며 재현의 책상 앞으로 걸어왔다.

"오랜만에 집에 갔더니 엄마가 그러더라? 너 바쁘다고 쭉 외박한다고."

"아파트에서 출퇴근하고 있어."

"왜? 펜트 하우스에 우렁이 각시라도 숨겨놨어?"

책상 위에 엉덩이를 살짝 걸친 정연이 재현의 어깨를 톡 건드렸다. 평소에도 아무렇지 않게 하는 행동이지만, 하필이면 다친 부분을 건드렸다. 재현은 고통을 참기 위해 어금니를 꽉 깨물고 휙 의자를 뒤로 빼내어 그녀의 손길을 피했다.

약간 과하다 싶은 재현의 반응에 정연이 의아한 표정으로 고개를 갸우뚱거렸다.

"반응이 왜 이래? 너 진짜 여자 생겼어?"

"쓸데없는 소리 할 거면 나가. 지금 일하는 거 안 보여?"

재현이 버럭 언성을 높이며 자리에서 일어났다. 그러자 정연이 키득거리며 재현을 따라 책상에서 몸을 일으켰다.

"너 자꾸만 그렇게 과민 반응하면 진짜로 여자 생겼다고 믿어버린다?"

"그러든지."

"치이. 오늘따라 왜 그렇게 까칠해?"

"용건이 뭐야?"

재현이 싸늘한 표정으로 묻자 정연은 소파에 다리를 꼬고 앉으며 피식 웃음을 내뱉었다.

"너, 다음 주에 제주도 갈 거지? 창립 파티에 참석해야 하니까."

"그래. 근데 왜?"

"유미라랑 너랑 만나는 거 셋업 됐다면서? 너, 걔, 미국 유학 가기 전에, 꼬맹일 때 보고 안 봤잖아."

"그런데……."

"그 계집애…… 응. 그래. 얼굴 하난 기가 막히게 예쁘지. 칼 하나도 안 댔는데 그 정도면 정말 대단한 거야. 그건 내가 인정할게."

정연은 못마땅한 표정으로 눈을 위아래로 굴렸다. 유미라가 마음에 안 들지만 그렇다고 그녀의 미모를 부정할 수는 없으니까.

"하지만 어릴 때부터 하도 오냐오냐 자라서 성격은 완전 개차반, 안하무인이야. 얼굴만 믿고 공부 하나도 안 해서 머리는 텅 비었고. 걔, 미국 유학 간 지가 얼만데 아직도 드라이브 스루(drive-through)에서 햄버거 하나 제대로 주문 못 한다고. 저번에는 말이지, 글쎄."

"나 지금 바쁘니까 말 빙빙 돌리지 마. 도대체 하고 싶은 말이 뭐야?"

정연의 수다가 길어지자, 재현이 말을 잘랐다.

"후."

정연은 대답 대신 긴 한숨을 내쉬었다. 무뚝뚝한 녀석. 어떻게라도 도와주려는 속 깊은 누나의 마음도 전혀 몰라주고 괜히 센 척하기는.

재현의 차가운 시선을 맞받아치던 정연이 이윽고 입을 열었다.

"네가 원한다면 내가 깽판 쳐줄 수도 있어."

"뭐?"

"미라랑 안 되게 내가 그 파티 망쳐주겠다고."

"지금 무슨 소리 하는 거야?"

재현은 기가 막힌다는 듯 크게 눈살을 찌푸렸다. 그러자 정연은 가슴 앞으로 팔짱을 끼며 말을 이었다.

"솔직히 말해봐. 너 미라 전혀 마음에 없잖아. 그 애 눈곱만치도 사랑하지 않잖아. 아니야?"

"그래서? 그게 무슨 상관이지?"

"네가 사랑하지도 않는 사람과 결혼을 하겠다는데. 옆에서 그냥 지켜만 보고 있으라고?"

"그럼 소아는? 내가 언제 소아를 사랑해서 결혼한다고 했었어? 그 애와 약혼할 때는 아무 말 없던 사람이 갑자기 왜 그래?"

"그때는……."

갑자기 그녀의 얼굴에 어두운 그림자가 내려앉았다. 무언가 말을 꺼내기 위해 입술을 달싹거리던 정연은 감정이 복받친 듯 소파에서 벌떡 일어나 재현이 서 있는 창가로 다가갔다.

"……그때는 내가 규한 씨를 사랑한다는 사실을 깨닫지 못했을 테니까. 그때는 사랑 없이도 결혼할 수 있다고 착각했으니까. 그게 아니라는 걸 규한 씨가 떠나고서야 알게 됐어."

한동안 무거운 침묵이 두 사람 사이를 감돌았다. 먼저 침묵을 깬 건 재현이었다.

"규한이 형이 귀국했다는 말은 들었어. 그래서 잠시 감상적이 된 모양인데."

"재현아, 넌 나처럼 되면 안 돼. 상대가 떠난 다음에야 자신의 마음을 깨닫는 거, 그거 정말 끔찍한 거야."

"후, 끔찍하다고?"

재현은 비릿한 미소를 떠올리더니 정연을 지나쳐 책상으로 돌아갔다.

"파티는 계획대로 진행될 거야. 그리고 난 유미라와 예정대로 만날 생각이니까 괜히 이상한 행동 하지 마."

"너. 후회 안 할 자신 있어?"

"물론."

벗어두었던 안경을 쓴 재현은 다시 펜을 들고 서류에 사인하기 시작했다.

"결혼은 일종의 사업이야. 사랑 어쩌고 하면서 놓쳐버리기에는 너무나 많은 이익이 걸려 있어."

"이익이라고? 너 지금 결혼을 말하면서 이익이라고 그랬어?"

정연이 흥분한 목소리로 되묻자, 재현은 싸늘한 눈빛으로 그녀를 바라보았다.

"할 말 끝났으면 이제 그만 나가주지."

"좋아. 네 마음대로 해. 이 바보 멍청아."

정연은 기가 막힌 듯 그를 노려보곤 곧바로 사무실을 나가버렸다. 한동안 정연이 나간 문을 바라보던 재현은 고개를 내저은 후, 결재 서류를 집어 들었다.

사랑해서 결혼한다고? 후, 꿈같은 소리군.

재현은 손가락으로 서류를 톡톡 내리치며 긴 한숨을 내쉬었다.

"세희야, 퇴근 안 해?"

퇴근 준비를 끝낸 정 대리는 가방을 둘러메고 세희의 책상 앞을 지나다가 열심히 서류 작성 중인 그녀를 보고 걸음을 멈췄다. 불금이라고 다른 직원들은 이미 사무실을 나간 지 오래였다.

"네. 하던 거 마저 끝내고요."

컴퓨터 화면에서 시선을 떼지 않은 채, 세희가 대답했다.

"급한 거 아니면 대충 하고 퇴근해. 너 요새 금요일은 커피숍에서 일 안 한다며? 쉬는 날은 데이트도 하고 좀 그래라."

데이트라니, 꿈만 같은 소리다. '저도 차 대리님처럼 모태 솔로예요.'라는 말이 나올 뻔했다가 처량해 보일까 싶어 다시 안으로 쏙 들어갔다.

"나 먼저 간다."

"네. 들어가세요."

정 대리가 사무실을 나가자, 세희는 다시 빠르게 컴퓨터 자판을 두드렸다. 그러나 얼마 가지 못해 동작을 멈추고 짧게 한숨을 내쉬었다.

벌써 금요일이다. 월요일 새벽 이후 아직까지 재현을 볼 수 없었다. 빌려 입은 옷을 돌려주기 위해 전무실 앞을 서성거렸지만 결국 안으로 들어갈 용기를 내지 못하고 몇 번이나 발걸음을 돌려야 했다.

세희는 책상 밑에 고이 모셔둔 종이 백으로 시선을 돌렸다. 어서 돌려줘야 하는데. 만약에 여자 친구의 옷이기라도 하면 어쩔 거야. 헉! 소리 나게 비싼 명품이던데……

세희는 다시 정신을 가다듬고 서둘러 서류 작성을 끝냈다. 컴퓨터를 끈 후, 책상 밑에 둔 종이 백을 들고 사무실을 나서니 휘휘한 복도가 그녀를 기다리고 있었다.

언제나 맞이하던 금요일이다. 남들은 불금이다 어쩐다 하면서 바쁘게 약속을 잡아도 그녀는 덤덤하게 집으로 향하거나, 서둘러 아르바이트 장소로 향하곤 했다. 한 번도 금요일에 혼자 있어서 쓸쓸하다는 생각을 해본 적이 없었다.

부모님을 불운한 교통사고로 먼저 보내고, 고모를 따라 한국으로 오고 지금까지 정신없이 지낸 탓이다. 학비를 벌어야 했고, 가사 도우미 저리 가라 할 정도로 고모 집에서 궂은일을 해야 했다. 이제는 학자금 대출을 갚아야 하고, 게다가 사채까지 덤으로 딸려왔다.

아직까지는 고모가 사채 이자를 꼬박꼬박 갚고 있다고 하지만, 언제 마음이 바뀌어서 그녀에게 모든 빚을 떠넘길지 모른다.

"후우."

세희는 불현듯 떠오르는 재현의 얼굴에 고개를 세차게 내저었다. 접시 물에 코 박아 죽을 정도로 기막힌 처지면서 키스 한 번에 싱숭생숭하는 꼴이라니. 하지만 자꾸만 떠오르는 잔상은 쉽게 떨칠 수 없었다. 싱숭생숭, 마치 바람난 봄 처녀 같다.

엘리베이터 앞에 도착한 세희는 손을 뻗어 내려가는 버튼을 꾹 눌렀다. 엘리베이터를 기다리는 도중 세희는 혹시나 하는 마음에 휴대폰으로 개인 이메일을 확인했다. 그러나 새로 온 이메일이라곤 광고 메일과 카드 이용 대금 명세서뿐이었다.

"후우."

세희는 한숨을 내쉬며 힘없이 고개를 숙였다.

국제 거래 전문 변호사인 루카스는 전 세계 다국적 기업을 상대하느라 하루가 멀다 하고 해외 출장길에 오른다. 눈코 뜰 새 없이 바쁜 일정이라서 어쩌면 루카스는 그녀의 이메일을 아직 열어보지 않았을지도 모르겠다.

하지만 답장이 온다고 해도……. 루카스가 그날의 사진을 구해준다고 해도 추억의 왕자님이 이재현 전무일 가능성은 희박했다. 그래. 그저 닮은 사람일 거야. 막상 다른 사람이라는 걸 확인하고 나면 어떤 기분일까?

띵ㅡ.

엘리베이터 문이 열리자 세희는 고개를 숙인 채 구석으로 걸어갔다. 그런데 뭔가 기분이 이상했다. 천천히 고개를 들어 옆을 바라보자 무표정한 재현이 그녀를 내려다보고 있었다.

"헉!"

세희는 다급하게 숨을 들이마시며 한 걸음 뒤로 물러섰다.

⚜

"무슨 일로 절 보자고 하셨습니까?"

오늘 오후, 정연은 안 실장에게 전화를 걸어 남산에 위치한 레스토랑으로 오라고 지시했다.

느닷없는 정연의 호출에 별실로 들어서는 안 실장의 표정이 조금은 굳어 있었다. 그녀가 그를 찾는 건 일 년에 몇 번 없는 행사로 무언가 목적이 있는 경우가 대부분이었기에.

"안 실장님, 저 배고파요. 맛있는 것 좀 사주세요."

안 실장이 맞은편에 앉자 정연은 생글생글 웃으며 메뉴판에 손을 뻗었다. 그녀에게 무슨 꿍꿍이가 있다는 것을 너무나도 잘 아는 안 실장은 경계의 눈길을 보내며 그녀를 따라 메뉴판을 펼쳤다.

"왜 갑자기 안 하던 행동을 하십니까?"

평정을 유지한 채 그가 무덤덤한 목소리로 물었다. 그에 정연은 키득거리며 와인 잔을 들어 천천히 한 모금을 들이켰다. 그러고는 내려놓는 대신 한 손으로 잔을 빙빙 돌리며 미소 지었다.

"제가 뭐 언제 하던 행동만 하던가요? 저라는 사람, 어디로 튈지 아무도 모른다는 거, 안 실장님이야말로 제일 잘 아시면서. 게다가 저는 지금 가만히 앉아 있을 입장도 아니고요."

"이사님."

짚이는 데가 있는지 안 실장의 안색이 급속히 어두워졌다. 이 회장 일가와 관계된 정보는 제일 먼저 안 실장을 통한다. 그는 지금 정연이 무슨 일로 흔들리는지 아주 잘 알고 있었다.

"민규한 씨의 귀국에 관해서 보고하지 않은 건."

"아뇨."

정연은 손을 들어 변명의 말을 꺼내려는 안 실장을 제지했다.

"규한 씨가 귀국한 것 때문에 이러는 거 아니니까 걱정하지 마세요."

정연은 옆자리에 놓아둔 가방에서 서류를 꺼내 안 실장 앞에 내려놓았다.

"안 되겠다. 저녁 먹으면서 천천히 이야기하려고 했는데 계속 끌었다간 안 실장님 체하겠어요. 우선 그것부터 보세요."

"이게 뭡니까?"

안 실장이 심각한 표정으로 서류를 집어 들자 정연이 환하게 웃어 보였다.

"안 실장님에 비하면 제 정보력은 아무것도 아니겠지만, 그래도 간단한 인물 뒷조사쯤은 할 수 있거든요. 거기 있는 서세희에 관한 정보. 그거 맞는지 아닌지만 확인해주세요."

빠르게 서류를 훑어본 안 실장이 가볍게 고개를 끄덕였다.

"네. 맞습니다."

"그러니까 서세희가 세라 서라는 거. 그녀가 앨버트 서의 외동딸이라는 거. 안 실장님도 조사했었단 말이죠?"

"네?"

"물론 그 조사를 명령했던 건 재현이었을 테고. 음, 이제야 알겠다."

정연이 원했던 사실은 서세희의 뒷조사가 아니라, 그 자신이 그녀의 뒷조사를 했는지, 안 했는지였다는 것을 깨달은 안 실장이 미간을 좁혔다.

유도신문에 걸려든 안 실장을 향해 정연이 살짝 윙크를 날렸다.

"자, 자, 오늘 아주 맛있는 거 먹어요, 안 실장님. 오늘은 제가 살게요."

❧

위이잉―.

빠르게 아래층을 향하는 엘리베이터의 소음만이 어색한 공기를 갈랐다. 세희는 조심스럽게 마른침을 삼키며 그의 고요한 눈빛을 마주했다.

아, 뭐라고 말을 해야 하는데. 다친 어깨는 어떤지 물어봐야 하고, 그날 말없이 돌아간 것에 관해서 설명도 해야 하고, 아, 그런데 이놈의 멍청한 입술은 접착제를 바른 것처럼 딱 달라붙어 떨어질 생각조차 없다. 말똥말똥 눈만 크게 뜨고 자신을 올려다보는 세희를 향해 재현이 피식 입꼬리를 올렸다.

"왜 귀신이라도 본 듯한 표정이지?"

"아, 네. 그, 그게 아니라."

당황한 듯 세희가 말을 더듬었다. 그녀에게서 시선을 돌린 재현은 느긋한 동작으로 손목시계를 들여다보았다.

"퇴근이 늦었군. 오늘은 커피숍에 일하러 가지 않아도 되나?"

"내일 밤늦게까지 일하기 때문에 오늘은 뺐습니다."

딩―.

목적지에 도착한 엘리베이터의 문이 스르르 열렸다. 재현은 열린 문을 힐끗 쳐다보더니 그대로 등을 돌려 밖으로 향했다. 세희도 따라서 내리려 하자 재현이 뒤돌아 그녀를 바라보았다.

"그런데 왜 지하 3층까지 내려온 거지? 차 가지고 왔어?"

세희는 그제야 자신이 1층 로비 버튼을 누르지 않았다는 것을 깨달았다. 엘리베이터는 지하 3층인 중역 전용 주차장에 멈춰 있었다.

세희가 '아차' 하는 표정을 지으며 올라가는 버튼을 누르려 손을 뻗었다. 그러나 그녀가 버튼을 누르기도 전에 재현이 재빨리 그녀의 손목을 잡아채 엘리베이터에서 끌어내렸다. 세희가 의아한 눈으로 올려다보자 재현이 무뚝뚝한 목소리로 말했다.

"어차피 여기까지 내려온 거, 집까지 바래다주지."

"그러실 필요 없습니다. 저 때문에 노 기사님의 퇴근이 늦어지잖아요."

"노 기사는 아까 먼저 퇴근했어. 내가 운전할 거야."

재현의 대답에 세희가 크게 미간을 찡그렸다.

"지금 그 어깨로 운전하시겠다고요? 말도 안 돼. 키 주세요. 제가 운전할게요."

"운전대 잡을 정도는 돼."

"돌발상황이라도 일어나면 어쩌려고요? 주세요. 제가 운전할게요."

이상하다. 따박따박 따지고 드는 그녀가 싫지 않았다. 재현은 못 이기는 척 주머니에서 자동차 키를 꺼내 세희에게 내밀었다. 그녀는 낚아채듯이 키를 건네받아 얼마 떨어지지 않은 곳에 주차한 그의 차로 빠르게 걸어갔다.

사고 난 날, 몰아본 경험이 있는 터라 그녀는 아주 손쉽게 그의 아파트로 차를 몰았다. 한 번 가본 곳은 정확히 기억하는지 이번에는 전혀 헤매지 않고 단번에 펜트 하우스 전용 주차장에 차를 대었다.

"저는 여기서 걸어가면 돼요. 몰랐는데 걸어서 우리 집까지 10분밖에 안 걸리더라고요."

재현에게 키를 돌려준 세희는 꾸벅 허리를 굽혀 인사하고 등을 돌렸다. 하지만 몇 발짝도 가지 않아 다시 급하게 재현에게 돌아와 손에 들고 있던 종이 쇼핑백을 내밀었다.

"아, 깜빡했다. 이건 저번에 빌려주신 원피스예요. 깨끗하게 세탁했습니다."

그러나 재현은 쇼핑백을 건네받을 생각은 하지 않은 채, 비스듬히 차에 몸을 기대어 그녀를 위아래로 훑어보았다.

"오늘 커피숍에 가지 않아도 된다고 했지?"

"네."

"그렇다면……."

잠시 뜸을 들인 그가 곧 다음 말을 이었다.

"머리 좀 감겨줄래?"

❧

미쳤다. 미친 게 분명하다. 왜 머리를 감겨달라는 말을 했을까? 시간이 좀 걸리긴 해도 충분히 혼자서 할 수 있는데. 그저 가버리려는 그녀를 잡기 위해 아무 말이나 내뱉은 건데 하고 보니 정말 낯간지러운 부탁이었다.

제길. 얼간이처럼 당황하는 꼴이라니. 재현은 속으로 욕설을 내뱉으며 투덜거렸다. 그러나 이미 입 밖으로 흘러나온 말이었다. 다시 주워 담을 수는 없었다. 재현은 당황스러운 제 속을 감추려 어금니를 꽉 깨물었다.

"도와주시는 분 없어요?"

잠시 주춤거린 세희가 그의 표정을 살피며 조심스럽게 물었다. 딱히 거절의 말은 아니었지만, 괜히 기분이 거슬렸다. 재현은 탐탁지 않은 표정으로 그녀를 바라보았다.

"이런 상처로 집에 간병인을 두기는 뭐하고. 될 수 있으면 회사 일 외에는 사적인 일로 강 비서를 호출하고 싶진 않아. 그렇다고 안 실장님께 머리를 감겨달라고 하긴 그렇잖아?"

음…… 안 실장님이 머리를 감겨주는 장면을 상상하니 그림이 좀 그렇긴 하다. 세희는 갑자기 튀어나오는 웃음을 참으려 아랫입술을 꼭 깨물었다. 그런데 그런 모습이 재현에게는 그녀가 도망갈 핑계를 궁리하는 것처럼 보였다. 그녀의 입에서 행여 거절의 말이라도 나올까 재현은 재빨리 말을 이었다.

"지금까지 혼자 하긴 했는데……. 솔직히 쉽진 않아."

거짓말은 아니다. 덕분에 샤워하는 시간이 두 배는 길어졌으니까.

"이미 눈치는 챘겠지만, 내가 다친 거 아무도 몰라. 그것 때문에 일부러 본가에도 안 들어가고 있는 거고."

생각지도 못한 말에 세희는 살짝 미간을 찡그렸다. 본가에 가지 않고 펜트 하우스에 머무는 이유가 다친 걸 숨기기 위해서라고?

"별거 아닌 일로 부모님께 걱정 끼치기도 싫고, 왜 다쳤는지 그 이유를 설명하기도 귀찮고."

그렇긴 하겠다. 세희는 재현의 설명에 가만히 고개를 끄덕였다. 천하의 이재현 전무가 말단 인턴인 서세희를 구하다가 어깨를 다쳤다니. 그것도 회사 안이 아니라 회사 밖인 커피숍에서. 게다가 낮이 아닌 한밤중에 일어난 사고인지라 충분히 뒷말 좋아하는 사람들의 먹잇감이 될 것이다.

"알았어요. 도와드릴게요."

그녀는 순순히 재현을 따라 펜트 하우스로 올라갔다. 엘리베이터에서 내리자 마지막 방문 때와는 약간 다른 분위기가 그녀를 기다리고 있었다. 인간미가 느껴지지 않을 만큼 먼지 하나 없던 곳이 오늘은 커피 테이블 위에 올려진 머그잔하며, 가죽 소파 위에 흩어진 잡지하며 조금은 흐트러진 모습이었다.

"혹시나 해서 요 며칠 동안 도우미 아주머니 안 부르고 있어."

세희의 얼굴에 떠오른 궁금증을 알아챈 모양인지 재현이 지나가는 투로 설명했다.

"본가에도 안 들어가고 도우미 아주머니도 안 오고. 그럼 식사는요? 계속 밖에서 드셨어요?"

그게 뭐 어떠냐는 표정으로 재현이 쳐다보자 세희는 짧은 한숨을 내쉬었다. 본가에 가면 편하게 지낼 텐데, 도우미 아주머니도 부르지 않고 혼자서 다 하고 있었다니.

오랜만에 본 그의 얼굴은 크게 눈에 띌 정도는 아니지만 약간 수척해져 있었다. 은근히 모성애를 자극한다.

"후, 저 때문에……. 죄송합니다."

세상에서 제일 되고 싶지 않은 사람이 민폐녀인데. 세희는 자꾸만 본의 아니게 그에게 민폐를 끼치는 것 같아 속상했다. 잠시 뭔가 궁리를 하던 그녀는 무언가 단단히 결심한 듯 재킷을 벗어 소파 위에 놓고는 소매를 걷어 붙였다.

"그럼 우선 머리부터 감겨드릴게요."

아리송한 제안에 재현이 미간을 좁혔다.

"우선?"

"안 실장님. 오늘 저와 이렇게 저녁 먹은 거, 재현이에게 꼭 보고하실 필요는 없어요. 그래도 꼭 하고 싶으시다면 제가 말릴 수는 없지만."

정연은 맞은편에 앉은 안 실장에게 미소를 날리며 디저트로 나온 망고

튀김을 입에 넣었다. 눈을 감고 한동안 달콤한 망고의 맛을 음미한 그녀는 다시 포크를 들어 다른 조각을 찍었다.

그녀의 행동을 말없이 지켜보던 안 실장은 이윽고 앞에 놓인 커피 잔에 손을 뻗었다. 그녀가 무슨 생각으로 자신을 불러냈는지 전혀 감이 잡히지 않았다. 하지만 그렇다고 해도 크게 걱정할 필요는 없었다. 그녀는 누가 뭐래도 재현의 든든한 아군이니까. 어렸을 때부터 가까이에서 지켜본 정연의 성품으로 본다면 그녀가 돌연 적군으로 변할 가능성은 희박했다.

"솔직히 저도 궁금하긴 합니다. 왜 전무님과 이사님이 서세희 양의 배경을 궁금해하는지. 그녀가 앨버트 서의 딸이라는 게 뭐 그리 대단한 거라고."

"음, 글쎄요."

"혹시 제가 놓치는 부분이라도 있습니까?"

정연은 오물오물 씹던 음식을 꿀꺽 삼키고 앞에 놓인 와인 잔을 들어 올렸다. 이어 천천히 와인을 들이켠 그녀가 잔을 내려놓으며 느긋한 목소리로 대답했다.

"아직은 아니에요."

"그 말씀은?"

그녀의 대답이 정확히 이해되지 않는 안 실장이 눈을 가늘게 떴다. 그러나 정연은 야릇한 미소만을 짓고는 천천히 창밖으로 고개를 돌려버렸다.

말 그대로 아직은 아무 일도 일어나지 않았다. 단지 뭔가 감이 잡힌다는 것일 뿐. 하지만 그녀의 직감은 거의 틀린 적이 없었다. 특히나 재현에 관해선 언제나 들어맞곤 했다.

정연은 옥탑방 평상에 앉아 세희를 바라보던 재현의 눈빛을 떠올리며 가만히 한숨을 내쉬었다. 남자의 그런 눈빛. 그녀도 아주 오래전에 본 적이 있었다. 그때는 모르고 넘겼지만.

정연은 다시 와인 잔을 들어 올려 단숨에 잔을 비워버렸다.

그래도 한 번 해봤다고 처음보다는 머리 감기는 일이 훨씬 수월했다. 물론 처음처럼 가슴이 두근거리고 손이 떨린다. 하지만 그가 눈치채지 못할 정도로 떨림을 숨길 수는 있었다.

　재현은 그때나 지금이나 가만히 두 눈을 감고 있었다. 이럴 때 보면 정말 말 잘 듣는 어린아이 같다. 세희는 착한 아이를 칭찬할 때처럼 머리를 쓰다듬어주고 싶은 충동을 억지로 누르며 빗질을 끝냈다.

　"다 됐어요."

　그녀의 말에 재현이 서서히 두 눈을 뜨고 고개를 돌려 그녀를 바라보았다. 그는 머리를 감기에 앞서 편안한 스웨터로 갈아입은 상태였다. 슈트 차림일 때는 바늘로 찔려도 피 한 방울 나올 것 같지 않게 날카롭고 차가워 보였지만, 이렇게 평상복으로 갈아입으니 어딘지 모르게 따뜻하고 부드러워 보인다. 마치 그녀의 자상한 왕자님처럼……

　이대로 사실이 밝혀지지 않는 건 어떨까? 그냥 그가 왕자님일지도 모른다는 기대를 품고 지내는 것도 그리 나쁘진 않을 것이다. 안에 무엇이 들었는지 모르는 채, 포장지에 감싸인 선물상자를 안고 마음 설레는 것처럼……

　"저녁 안 드셨죠?"

　능숙한 손놀림으로 헤어드라이어의 코드 선을 정리하며 세희가 물었다. 그리고 그의 대답이 돌아오기도 전에 뒷말을 이었다.

　"제가 간단하게 저녁 차려드릴게요. 계속 외식하기 지겹지 않으세요?"

　그러나 재현은 세희의 물음에 아무런 대답 없이 그녀를 빤히 쳐다보았다. 저녁을 차려준다고? 겉으로 티 나진 않지만, 그 말을 듣는 순간 재현의 심장은 밑으로 쿵 떨어져버렸다.

저번에도 시키지도 않았는데 죽을 끓여놓고 가더니……. 밥을 차려준다는 그녀의 말이 왜 유혹처럼 느껴지는 걸까? 이쯤 되면 중증이 아닐 수 없다. 재현은 갑자기 빨라지는 심장 박동에 살며시 주먹을 움켜쥐었다. 거절해야 하는데……. 이젠 됐으니까 그만 가보라고 해야 하는데 도저히 그 말이 입 밖으로 나오질 않는다. 그녀가 정연과 가까워지는 것조차 못마땅해하면서 정작 그녀 곁을 맴도는 건 바로 그 자신이다.

재현은 끝내 거절할 수 없었다.

"뭐 할 줄 아는데?"

짧은 침묵 후에 그가 물었다.

"뭐 드시고 싶어요?"

"말만 하면 다 할 수 있어?"

"아주 까다로운 것만 아니라면……. 아, 아니다. 우선 무슨 재료가 있는지부터 봐야겠어요."

세희는 쪼르르 주방으로 달려가 냉장고 문을 열고 안을 살펴보았다. 냉장고 안은 그때나 지금이나 별로 먹을 만한 게 보이지 않았다. 그동안 도우미 아주머니도 오지 않았다더니 만들어놓은 밑반찬도 없었다. 눈에 보이는 거라곤 달걀과 파, 양파, 당근 등의 채소류와 생수병, 오렌지 주스 등이 고작이었다. 어째 그 흔한 햄이나 소시지, 참치 캔조차도 보이지 않을까?

찬장 안도 마찬가지였다. 먹을 수 있는 거라곤 낱개용 김구이가 전부였다. 세희는 다시 냉장고로 돌아가 안을 뚫어지게 들여다보았다. 이건 모 케이블 방송 프로그램 '남은 음식을 살려줘!'의 미션보다 더 어렵게 느껴졌다. 한참을 궁리하던 세희가 허리를 펴며 물었다.

"달걀찜은 어떨까요?"

없는 재료에서 그녀가 생각해낼 수 있는 메뉴는 그게 최선이었다. 달걀말이와 달걀 프라이, 달걀찜 중에서 그래도 달걀찜이 제일 있어 보이잖아? 그런데 고개를 틀어 힐끗 훔쳐본 재현의 인상이 어둡게 굳어 있었다. 그제야 세희는 자신이 정말 말도 안 되는 짓을 하고 있다는 것을 깨달았다.

맞다. 이재현이란 남자는 절대로 달걀찜으로 저녁을 때울 사람이 아니다. 3대 진미인 캐비아와 푸아그라, 트뤼프(truffe)가 들어간 달걀찜이라면 또 모르지만…… 괜히 쓸데없는 짓을 한 것 같다.

세희는 멋쩍게 웃으며 살그머니 냉장고 문을 닫았다.

"저녁으로 달걀찜은 좀 그렇겠다. 그냥 외식하는 게 나을 것 같네요. 그럼 전 이만 가보겠습니다."

무안해진 세희는 붉게 물든 얼굴을 푹 숙이고 종종걸음으로 재현을 지나쳤다. 그러나 곧 재현에게 손목을 잡혀버렸다. 깜짝 놀란 세희가 눈을 동그랗게 뜨고 그를 바라보았다.

"해줘."

"네?"

그러자 재현이 마디마디에 힘을 주며 천천히 대답했다.

"달걀찜."

❦

"맛, 괜찮아요?"

재현이 달걀찜을 한 입 떠먹자 세희가 조심스럽게 물었다. 그는 말 대신 가볍게 고개를 끄덕였다.

달걀찜만으로는 모자랄 것 같아서 냉동고에 있던 다진 쇠고기를 꺼내어 완자를 만들고, 샐러드용 루꼴라가 보이길래 고춧가루와 다진 마늘, 설탕, 참기름 등을 넣어 나물처럼 무쳐버렸다. 루꼴라 무침이라! 달콤, 쌉쌀한 맛이 제법 괜찮았다.

그래도 역시 어지간히 빈약해 보이는 상차림이었다. 요즘에는 편의점에서 파는 도시락도 11찬 어쩌고 한다는데 구운 김과 동치미까지 포함해 5찬이라니. 그런데 재현은 아무 불평도 하지 않고 묵묵히 달걀찜을 담은 숟가락을 입으로 가져갔다. 끝까지 맛있다는 칭찬 한마디 하진 않았지만, 밥 한 공기와 모든 반찬을 뚝딱 해치웠으니 그리 나쁘진 않나 보다. 몇 번 같이 밥을 먹었지만, 그는 젓가락으로 음식을 깨작깨작할 뿐 지금처럼 그릇을 싹 비운 적은 없었다.

세희는 흐뭇한 표정을 지으며 식탁 위에 놓인 빈 접시를 바라보았다.

"커피 드릴까요?"

"아니. 커피는 내가 준비하지. 저녁을 해줬는데 나도 이 정도는 해야지."

에스프레소 커피 머신 앞으로 걸어간 재현이 작동 버튼을 눌렀다. 그리고 손을 들어 빈 그릇을 챙기려는 세희를 제지했다.

"그냥 거기에 놔둬. 식기 세척기에 넣으면 되니까. 커피 가져갈 테니까 거실에 가 있어."

얼마 후, 소파에 앉아 기다리는 세희의 앞에 그가 커피 잔을 내려놓았다.

"감사합니다."

세희는 조심스럽게 두 손으로 커피 잔을 들어 올리며 공손하게 고개를 숙였다. 이거 너무 황송해서 커피가 입으로 들어가는지 코로 들어가는지 모를 정도였다. 재현은 맞은편에 다리를 꼬고 앉아 한 손으로 턱을 괸 채, 느긋한 시선으로 그녀를 바라보았다. 세희는 그의 그런 시선이 은근히 불편했다.

"전무님은 커피 안 드세요?"

"난 저녁에는 마시지 않아."

"아, 네."

저번에도 저렇게 빤히 쳐다봐서 체했는데 이번에는 뜨거운 커피에 입천장이 타버리겠다. 결국 세희는 몇 모금 채 마시지도 못하고 가만히 커피 잔을 내려놓았다.

두 사람 사이에 한동안 긴장된 침묵이 흘렀다.

이상하다. 머리도 감겨주고, 밥도 차려주고, 제정신이 아니었다고 해도 키스까지 한 사이인데도 자꾸만 밀려드는 어색함을 떨쳐버릴 수가 없다. 세희는 커피 잔을 만지작거리며 슬그머니 시선을 밑으로 내렸다.

"늦었군."

재현은 손목시계를 들여다보더니 소파에서 몸을 일으켰다.

"일어나. 집에 바래다줄게."

"아뇨. 걸어서 가도 되는 거리예요. 그냥 걸어서 갈게요."

"그러면 나도 걸어서 가지."

"네?"

이 남자, 왜 갑자기 친절한 거지? 세희의 의아해하는 눈빛에 재현이 피식 한쪽 입꼬리를 올렸다.

"소화도 시킬 겸 천천히 산책하는 것도 나쁘진 않을 것 같아서."

밖으로 나오니 쌀쌀한 밤공기가 두 사람을 에워쌌다. 봄이지만 아직은 낮을 제외하곤 밤과 새벽에는 제법 바람이 매서웠다.

"아, 추워."

재킷 안으로 스며드는 찬바람에 세희는 자신도 모르게 두 손으로 양팔을 문질렀다. 그런데 힐끗 쳐다본 재현의 얼굴이 뭔가 심각하게 굳어 있었다. 뭐지? 걸어서 바래다주겠다고 한 걸 후회하는 걸까?

불안하게 재현은 옥탑방에 거의 도착할 때까지 아무 말도 하지 않고 뚜벅 뚜벅 걷기만 했다. 어차피 그와 오순도순 이야기를 나누며 걸어갈 거라고는 기대하지 않았다. 그래도 이건 아니잖아? 갑자기 뭐가 그리도 기분이 상한 걸까?

세희는 자신이 무슨 실수를 했나 곰곰이 머리를 굴렸다. 비싼 루꼴라를 나물로 무쳐버려서 화난 건 아니겠지? 에이, 설마!

그때 갑자기 골목 모퉁이에서 택배 오토바이가 앞으로 불쑥 튀어나왔다.

"앗!"

딴생각을 하느라 미처 오토바이를 피하지 못했다. 세희는 어쩔 줄 모르고 두 눈을 질끈 감았다. 동시에 재현이 재빨리 그녀의 어깨를 끌어안아 벽쪽으로 끌어당겼다. 간발의 차로 오토바이를 피한 세희는 재현의 가슴에 얼굴을 묻으며 그의 품에 쓰러졌다. 그 반동으로 재현은 건물 벽에 등을 부딪치며 그녀를 꼭 끌어안고 말았다.

"으음."

재현의 입에서 낮은 신음이 흘러나왔다. 세희는 화들짝 놀라 그의 상태를 살폈다. 그는 벽에 어깨를 기댄 채 고통을 참는 듯 아랫입술을 꼭 깨물고 있었다.

어머, 어떡해. 벽에 어깨를 부딪혔나 보다.

"괜찮으세요?"

그의 팔을 잡으며 세희가 걱정스러운 목소리로 물었다. 그러나 재현은 싸늘하게 표정을 바꾸며 그녀의 팔을 매몰차게 뿌리쳤다.

"됐어."

"전무님."

"나보단 본인 걱정이 먼저 아닌가? 방금 오토바이와 부딪힐 뻔한 사람은 내가 아니라 너야. 발목 삐거나 하진 않았어?"

"전 괜찮습니다. 하지만 전무님이야말로 어깨가."

그러나 그녀의 말은 끝까지 이어지지 않았다. 재현이 그녀의 말을 끊으며 언성을 높였기 때문이다.

"항상 이래?"

"네? 뭐가요?"

"언제나 남부터 챙기느냐고. 떠돌이 고양이를 감싸느라 피해 보상을 뒤집어쓰질 않나, 술 취한 여자를 챙기다가 취객에게 봉변을 당하질 않나."

"그 술 취한 여자, 바로 전무님의 누나거든요?"

"시끄러워."

뭐가 그리도 화가 났는지 재현은 그녀를 죽일 듯이 노려보았다.

"도대체 본인 자신은 언제 챙기는 거지?"

"저 항상 잘 챙기는데요."

갑자기 버럭 화를 내는 그를 세희는 도저히 이해할 수가 없었다. 무슨 남자가 이렇게 변덕이 심해?

"벌써 다 왔네요. 전 이만 들어가보겠습니다. 바래다주셔서 감사해요."

옥탑방 건물이 시야에 들어오자 세희는 고개를 꾸벅 숙여 인사하고는 뒤도 돌아보지 않고 냅다 건물을 향해 뛰었다. 조금 더 있다가는 어떤 불호령이 떨어질지 몰랐다. 어서 그의 눈앞에서 사라지는 게 상책이었다. 그녀의 걸음은 점점 더 빨라졌다.

재현은 그녀가 건물 안으로 사라질 때까지 우두커니 제자리에 서 있었다. 아주 한참 후에야 등을 돌릴 수 있었다. 집에 돌아온 재현은 신경질적으로 머리를 쓸어 올리며 소파에 털썩 주저앉았다.

"후우."

소파 등받이에 힘없이 머리를 기대며 길게 숨을 내쉬었다. 화를 낼 생각은 아니었다. 그저 속마음을 숨기려 했던 것뿐인데……. 언제나 그랬다. 그녀의 앞에서는 자신도 모르게 흐트러진 모습을 보이게 된다. 두 눈을 감자 허리를 굽힌 채 열심히 냉장고 안을 들여다보는 세희의 모습이 아련히 떠올랐다.

—달걀찜은 어떨까요?

세희의 질문에 재현은 순간 난감했었다. 달걀찜이라고? 그런 음식을 먹어 본 적이나 있었나?

세희는 그의 굳은 표정을 달리 해석한 것 같았다. 창피한 듯 황급히 자리를 뜨려 했다. 틀어 올린 머리 때문에 더 눈에 띄는 하얀 목덜미가 무안함으로 붉게 물들어 있었다. 손에 잡힌 손목은 오늘따라 유난히도 가늘어 보였다. 수줍게 올려다보던 말간 눈동자. 왜 이리도 가슴이 뛰는 걸까?

순간 떠오른 충동. 그녀의 붉은 입술을 다시 맛보고 싶다!

저녁을 준비하는 동안, 같이 식탁에 앉아 식사하는 동안, 커피를 마시는 동안, 그녀의 도톰한 입술에서, 고운 목선에서 그는 시선을 뗄 수 없었다. 얼마나 힘겹게 불끈불끈 솟아오르는 충동을 억눌렀는지 모른다.

이윽고 그녀를 집에 바래다주기 위해서 밖으로 나간 순간, 추위에 양팔을 문지르며 몸을 떠는 그녀의 행동에 간신히 억제했던 본능이 한계에 다다르고 말았다. 그녀를 품 안에 안고 따뜻하게 해주고 싶은 유혹. 하지만 그래서 어쩌라고?

재현은 굳은 표정으로 걸음을 재촉했다. 한시라도 빨리 그녀를 집으로 바래다주는 게 그가 해줄 수 있는 최대의 배려일 테니까.

그런데 갑자기 어디선가 오토바이가 튀어나왔다. 그녀를 끌어당겨 품에 안는 순간, 벽에 부딪힌 어깨의 고통 따윈 미칠 듯이 날뛰는 심장에 비하면 아무것도 아니었다.

무슨 짓이냐, 이재현. 20대 풋내기처럼 허우적대는 꼴이라니.

그러나 이 바보 같은 여자는 어깨는 괜찮으냐면서 걱정스러운 눈빛을 보냈다. 그 눈빛이 너무도 사랑스러워서 재현은 미칠 것만 같았다. 자제심이 무너지기 전에 그녀가 가버려서 얼마나 다행인지 모르겠다.

아직도 생생하게 떠오르는 차 안에서의 키스. 들뜬 숨결과 촉촉하고 따뜻한 그녀의 부드러운 입술. 입 안에 가득 차오르는 달콤하면서도 상큼한 맛. 도저히 통제할 수 없는 선까지 위험한 상상이 치닫자 재현은 두 눈을 번쩍 뜨며 기댄 소파에서 상체를 바로 세웠다.

"제길, 미쳤군."

그리고 한심하다. 재현은 자조적 미소를 흘리며 한 손으로 얼굴을 문질렀다. 괜찮다. 다음 주에 유미라를 만나면 모든 것은 말끔히 정리될 것이다.

"후우."

재현은 긴 한숨을 토하며 다시 소파에 등을 기대었다.

방금 헤어졌건만 벌써 그녀가 보고 싶다.

토요일은 세희에게 일주일 중에서도 가장 힘든 날이다. 오늘 역시 밤 11시가 조금 넘어서야 카페 일을 끝마칠 수 있었다.

"으아."

뒷정리를 끝낸 세희는 앞치마를 벗으며 크게 기지개를 폈다. 정말 피곤했다. 일도 일이지만 어젯밤 거의 뜬 눈으로 잠을 설쳤기 때문이다. 돌연히 싸늘해진 재현이 신경 쓰여서 도저히 잠을 청할 수 없었다. 아무리 곰곰이 생각해도 자신이 뭘 잘못했는지 모르겠다. 오히려 고마워해야 하는 거 아닌가? 머리도 감겨주고 저녁까지 차려줬는데. 혹시 어깨가 아파 짜증이 났나?

"아, 몰라, 몰라."

세희는 혼잣말처럼 중얼거리며 거세게 머리를 내저었다. 혼자 땅 파고 고민한다고 알 수 있는 것도 아닌데. 맘 편히 신경 꺼버리는 게 정신 건강에도 좋을 거야.

"아함."

세희는 하품이 나오는 입을 한 손으로 막으며 계산대를 돌아 나왔다. 내일은 오후 늦게까지 일이 없으니까 오랜만에 늦잠이라도 자야겠다. 그러나 소박한 희망은 그녀 앞을 가로막는 정연에 의해서 곧 깨지고 말았다.

"세희야."

두 팔을 활짝 벌린 정연이 그녀를 와락 끌어안았다. 정연은 세희를 아주 오랜만에 재회한 것처럼 반가운 표정이었다.

"그동안 잘 지냈지?"

"네. 그런데 이 시간에 여긴 웬일이세요?"

"너 일 끝나는 시간에 맞춰 오려고 근처에서 기다리고 있었어."

세희에게 팔짱을 끼며 정연은 배시시 웃어 보였다.

"매니저에게 물어보니까 너 내일 오전에 일 없다더라."

"네. 없는데요."

"그러면 너, 나랑 호텔에 가서 자고 내일 아침에 어디 좀 같이 가자."

"어디를요?"

"그건 내일이 되면 알게 될 거야. 좋은 데 가는 거니까 기대해."

호텔의 아늑하고 푹신한 침대라! 쉽게 물리칠 수 없는 유혹이었다. 게다가 커다란 욕조에서 반신욕도 할 수 있겠지? 세희는 옥탑방의 초라한 욕실을 떠올리며 위아래로 눈동자를 굴렸다. 잠시 고민하던 세희는 동의의 뜻으로 고개를 끄덕였다.

"그리고 너 다음 주말에 커피숍 일 뺄 수 있니? 내가 빠진 만큼 더블로 페이 할게. 내가 웬만하면 부탁 안 하려고 했는데 아무래도 안 될 것 같아서 그래. 특별 아르바이트 한다고 생각하고. 커피숍 매니저에게도 살짝 귀띔해

놓긴 했어."

정연의 완곡한 부탁을 거절할 순 없었다. 하지만 무슨 부탁일까?

"무슨 일인데요?"

"나랑 제주도 좀 가줘야겠어."

"제주도요?"

"자세한 이야기는 가면서 차차 해줄게."

정연은 세희를 팔을 잡아 이끌며 빠르게 출입문을 향해 걷기 시작했다.

"너 때문에 쇼핑 가는 거야. 이브닝드레스도 사고 속옷도 사고, 하여간 필요한 건 다 사자."

"네?"

깜짝 놀란 듯 눈을 동그랗게 뜨는 세희와는 달리 정연은 마치 소풍 나가는 아이처럼 들떠 있었다.

"제주도 가기로 했잖아."

정연의 부탁은 다음 주에 열리는 그린 파라다이스 제주, 창립 20주년 파티에 파트너로 참석해달라는 거였다. 천하의 이정연이 같이 갈 만한 사람이 그리도 없었을까? 하지만 혹시라도 정연의 자존심을 건드리는 질문이 될까 봐 세희는 입을 다물었다.

"파티에 참석하려면 이것저것 필요한 게 많아."

"전 괜찮은데요. 있던 옷 가져가면 돼요."

고모를 따라 한국에 들어올 때 세희는 대부분의 파티 옷을 정리했다. 그래도 딱 한 벌, 처분하지 않은 이브닝드레스가 남아 있었다. 10년도 더 된 옷이지만, 어차피 유행에 그리 민감하지 않은 디자인이라 별 상관없을 것이다. 그러나 정연의 생각은 달랐다.

"내가 안 괜찮거든. 군소리 말고 따라와."

정연은 회원제로만 운영된다는 뷰티 살롱으로 세희를 끌고 갔다. 우연히 패션 잡지를 뒤적이다 이곳에 관한 기사를 읽은 적이 있는데 돈이 아무리 많아도 아무나 회원이 될 수 없는 곳이었다.

살롱 입구에 들어서니 마치 최고급 호텔에 들어선 것처럼 모든 게 휘황찬란했다. 어딘지 모르게 사람 기죽게 하는 분위기.

"이사님, 어떻게 도와드릴까요?"

정연을 알아본 뷰티 살롱 직원이 상냥하게 웃으며 다가왔다.

"헨리, 오늘 나왔지?"

"네. 이쪽으로 오십시오."

슈퍼 모델 저리 가라 날씬한 몸매를 가진 직원은 또각또각 구둣발 소리를 내며 그들을 헨리의 개인 작업실로 안내했다.

"직원 외에는 다른 사람과 얼굴을 마주칠 일이 거의 없어. 머리 하느라 망가진 모습을 남에게 보여주고 싶진 않잖아, 안 그래?"

정연의 설명에 세희는 가볍게 고개를 끄덕였다. 그러니까 고객들을 한방에 모아놓고 작업하는 일반 헤어숍과는 달리 고객 한 명씩 개인 작업실에서 따로 머리를 한다는 말이었다. 적어도 2층 높이는 될 것 같은 높은 천장과 값비싼 대리석이 깔린 바닥, 고급 타일로 마감된 벽면을 둘러보며 세희는 꿀꺽 마른침을 삼켰다. 이런 곳은 아주 비쌀 텐데…….

"어머, 정연 언니. 엊그제 머리 하고선 또 어디를 손보려고?"

노란 머리를 곱게 길러 단정히 묶은 남자가 콧소리 앵앵거리는 목소리로 그들을 반겼다.

"오늘은 나 말고, 우리 세희 좀 손봐줘."

헨리에게 세희를 넘기며 정연이 이것저것 지시했다.

"머릿결은 좋으니까 팩이나 마사지는 필요 없고, 요즘 유행에 맞게 다듬어봐. 눈썹 좀 다듬고 화장은 연하게 해줘. 아주 고상하게. 어떤 스타일인지 알지?"

"어머, 물론이지. 언니는 나 못 믿어?"

세희의 머리카락을 이리저리 휘저으며 헨리가 진지한 표정으로 말했다.

1시간에 걸친 마법과 같은 헤어 스타일링과 메이크업이 끝나자, 헨리는 세희가 앉은 회전의자를 거울을 향해 빙그르르 돌렸다.

"어때요, 마음에 들어요?"

"우와!"

세희는 감탄으로 벌어지는 입을 닫을 수가 없었다. 거울 앞에 앉아 있는 여자는 분명히 자신이 맞는데 어딘지 모르게 분위기가 180도 변해 있었다. 뭐랄까, 고상하면서도 섹시한 분위기? 분명 얌전한 스타일인데 어딘가 도발적으로 보이는 느낌이랄까? 헨리는 다소 심심해 보일 수 있는 일자 형태의 뒷머리와 옆머리에 살짝 층을 내서 한눈에 보기에도 산뜻하게 커트했다. 그덕분에 머리카락 길이가 짧아진 것도 아닌데 전혀 다른 분위기를 연출했다. 끝으로 연하지만 그녀의 장점을 최대한 살린 고풍스러운 메이크업까지.

"자, 서두르자. 시간이 별로 없어."

정연은 믿을 수 없다는 듯 거울 속 자신을 응시하는 세희를 재촉했다.

"너 일하러 가기 전에 쇼핑을 마쳐야지."

정연에게 끌려간 두 번째 장소는 전 세계적으로 유명한 패션 디자이너인 키넬의 스튜디오였다. 고급 자재로 장식된 스튜디오에 들어서자마자 직원들이 정연 앞으로 쪼르르 달려왔다. 그중에서 제일 선임자인 소희가 정연의 팔짱을 끼며 활짝 웃어 보였다.

"어머, 정연 언니. 어제 다 싹쓸이하시더니 오늘 또 오신 거예요?"

"오늘은 동생이 직접 입어보러 왔어. 어제 내가 찍어놓은 신상 있지? 그거

갖다줘."

정연의 말이 끝남과 동시에 두 명의 직원들이 화려한 옷이 매달린 행거를 신속하게 끌고 왔다.

패션에 관해서 잘 모르는 사람이 보기에도 입이 벌어지는 자태의 옷이었다. 행거에 달린 드레스는 마치 '저 비싼 명품이에요.'라고 큰 소리로 뽐내는 것만 같았다. 정연이 드레스를 건네며 세희의 등을 떠밀었다.

"자, 어서. 들어가서 입어봐."

"이건 너무 화려한데요."

솔직한 심정 같아선 '이건 너무 비싸 보이는데요.'라고 말하고 싶었지만, 그랬다간 단번에 거절당할 게 뻔했기에 세희는 나름대로 그럴듯한 이유를 둘러댔다.

"입어보고 얘기해."

"저, 죄송하지만……."

"아, 됐어. 이번 파티에서 콧대를 팍 꺾어줘야 할 상대가 있는데, 솔직히 내 미모로는 힘들어. 그러니까 네가 협조 좀 해줘."

"콧대를 꺾어요?"

정연의 말이 영 이해가 되지 않는 듯 세희가 미간을 좁혔다. 그러나 정연은 그녀의 질문을 무시한 채, 손목시계를 보며 그녀를 재촉했다.

"시간 없어. 빨리 입어봐."

⚜

"아니, 이게 누구야? 세희 씨, 도대체 주말에 무슨 일이 있었어?"

로비에서 부딪친 차 대리가 실내가 쩌렁쩌렁하게 울릴 정도로 큰 소리로 외쳤다. 세희는 차 대리의 반응에 화들짝 놀라며 재빨리 주위를 둘러보았다. 다행히도 모두 출근으로 바쁜 탓에 두 사람에게 그다지 관심을 보이지 않았다.

"대리님, 목소리 좀 낮추세요. 누가 들으면 무슨 큰일이라도 난 줄 알겠어요."

"큰일이지, 왜? 금요일에 퇴근할 때만 해도 평범했던 여직원이 하루아침에 미스 코리아가 돼서 나타났는데!"

"아이고, 그놈의 호들갑은 여전하서."

뒤에서 나타난 정 대리가 차 대리의 등을 내리치며 투덜거렸다.

"어이, 정 대리 눈에는 세희 씨 달라진 게 안 보여?"

"보여. 아주 잘 보여. 헤어스타일이랑 메이크업이 바꿨잖아. 여기저기 층 줘서 커트하고, 여기 옆에 살짝 애교머리 내리고. 여기 아이라인 그리고, 립스틱 색깔 바꾸고."

"아항."

정 대리의 설명에 차 대리가 크게 깨달음을 얻은 표정으로 고개를 끄덕였다. 헤어스타일과 메이크업만 조금 바뀌었을 뿐인데 세희는 온종일 만나는 사람들에게 예뻐졌다는 칭찬을 받았다. 우연이라도 그와 마주친다면 그는 어떤 반응을 보일까? 그러나 오늘따라 어딜 갔는지 재현은 머리카락 한 올 보이지 않았다. 개똥도 약에 쓰려면 안 보인다는 말은 이런 때를 두고 하는 말인가 보다. 아, 아니지. 아무리 그래도 그와 개똥을 비교하다니. 세희는 잡념을 떨치기 위해서 고개를 내저으며 컴퓨터 모니터에 정신을 집중했다.

"전무님, 커피 가져왔습니다."

강 비서가 커피 잔을 책상 위에 내려놓자, 창가에 서 있던 재현이 뒤를 돌아보았다.

"이번 주 일정이 어떻게 되지?"

"오늘 오후에 있을 중역 회의와 수요일 밤에 있을 LSC 모임만 빼면 아직 특별한 일정은 없습니다."

"그래? 전국 지사와 공장을 살펴보고 싶으니까, 이번 주는 지방을 도는 일정을 잡아봐."

"네. 알겠습니다."

강 비서가 방을 나가자 재현은 다시 창밖으로 고개를 돌렸다. 이상 기온 탓인지 이른 아침이 지났건만, 도시를 뒤덮은 안개는 가실 줄을 몰랐다. 재현은 씁쓸한 미소를 지으며 차가운 유리창에 한쪽 어깨를 기대었다. 눈앞에 펼쳐진 무겁고 흐릿한 회색 풍경이 지금 그의 속을 들여다보는 것만 같았다.

조금만 견디면 된다. 이번 주 토요일까지만 세희를 피하면…….

우연이라도 그녀와 마주치게 된다면 재현은 자신이 어떤 행동을 할지 알 수 없었다. 그래서 몹시도 불안했다. 그녀만 보면 이성이 마비되고 마니까.

그게 어떤 의미인지……. 재현은 절대로 알고 싶지 않았다.

❧

[제주 공항에 리무진 준비해놨으니까 그거 타고 오면 돼.]

수화기 너머로 정연의 들뜬 목소리가 흘러나왔다. 정연은 내일 참석할 파티의 일정에 대해 세세하게 설명을 한 후, 전화를 끊었다. 컴퓨터 모니터 하단으로 보이는 시계는 저녁 8시 15분을 나타냈다. 직원들 대부분은 불타는 금요일이라며 서둘러 퇴근했고 텅 빈 사무실에는 그녀와 남은 일 처리에 바쁜 차 대리만이 남아 있었다.

"대리님, 저 먼저 들어갈게요."

"그래, 세희 씨. 좋은 주말 보내고 월요일에 보자고."

"네. 대리님도 좋은 주말 보내세요."

세희는 차 대리에게 인사를 한 후, 서둘러 책상 위의 서류를 정리하기 시작했다. 내일이면 드디어 그를 볼 수 있는 걸까? 어찌 된 일인지 이번 주 내내, 재현을 볼 수 없었다. 고작 며칠뿐인데도 그를 보지 못해 가슴이 허전하다. 도대체 언제부터 이재현이란 존재가 이리도 마음 한구석을 차지하게 된 걸까? 어쩌라고…….

세희는 자조적인 미소를 띠며 컴퓨터의 전원을 끄고 자리에서 일어났다. 그 순간, '띠링' 휴대폰에서 이메일 수신 알림이 울렸다. 그녀의 오랜 친구인 루카스로부터 온 것이었다. 옥탑방에 이사한 첫날, 방바닥을 닦으며 불현듯 떠올랐던 호기심에 보냈던 이메일의 답장이었다. 이메일에 첨부된 사진을 여는 순간, 그녀의 얼굴이 충격으로 굳어버렸다.

"이럴 수가!"

루카스가 보내준 10년 전 그날의 사진.

멀리서 찍은 탓에 초점은 흐렸지만, 세희는 사진 속 인물을 알아볼 수 있었다.

추억의 왕자님이…… 지금과는 전혀 다른 모습을 한 이재현이…… 이브닝드레스를 입은 그녀의 허리에 손을 얹고 무대 한가운데에 서 있었다.

착각이 아니었다. 그냥 닮은 사람이 아니었다. 추억의 왕자님은 그녀가 처음에 헷갈린 것처럼 이재현 전무가 맞았다.

세희는 떨리는 손으로 휴대폰을 꼭 잡은 채 뚫어져라 화면을 노려보았다.

12. 쉘 위 댄스?

"와! 역시 제주도는 봄에 와야 딱이지."

전용 제트기가 착륙을 마치고 주기장에 도착하자 정연은 더는 기다릴 수 없다는 듯 자리에서 발딱 일어났다. 정연이 흥분한 듯 콧노래를 부르며 숄더백을 집어 들자 맞은편에 앉은 재현이 살짝 눈살을 찌푸렸다.

유미라가 오는 파티는 절대로 참석하지 않을 거라고 투덜대던 정연이 갑자기 마음을 바꾼 것도 이상한데 한술 더 떠 마치 파티 주인공처럼 들떠 있었다. 재현은 그런 그녀가 영 불안했다.

"파티에서 깽판을 칠 계획이라면 그만둬."

정연을 노려보던 재현은 낮은 목소리로 위협하듯 말했다.

"내가 왜?"

재현의 경고에 정연이 억울하다는 표정으로 다시 자리에 주저앉았다.

"그런 게 아니면 왜 그렇게 신바람이 난 거야?"

"네 눈에는 내가 그렇게 보이니?"

"말 돌리지 말고. 이번 파티 절대로 망치지 않겠다고 약속해. 호텔 측에 이미 이야기해뒀어. 누나에게 와인 두 잔 이상은 절대로 주지 말라고."

"야! 너 지금 장난해? 와인 두 잔?"

"왜? 그럼 한 잔으로 줄여줄까?"

"내가 말을 말아야지."

재현의 지시가 못마땅한 정연은 호텔로 향하는 동안 끊임없이 투덜거렸지만, 크게 개의치 않는 것 같았다. 오히려 그녀는 흐뭇한 표정으로 창밖을 바라보며 키득거렸다.

필시 무슨 꿍꿍이가 있는 것 같은데…….

하지만 그렇다고 조금이라도 궁금한 티를 낸다면 그녀의 페이스에 말려들 것이다. 재현은 애써 무표정을 유지하며 손에 든 서류에 집중했다.

그린 파라다이스에 도착한 정연은 "유미라보다 예쁘게 보여야지."라고 말한 후 드레스를 갈아입기 위해 곧장 스위트룸으로 달려갔다. 재현은 턱시도로 갈아입고 준비가 제대로 진행되는지를 확인하기 위해 절벽을 낀 리조트 정원으로 향했다.

"오셨습니까?"

재현이 파티가 열리는 정원에 들어서자 총지배인이 앞으로 다가와 고개를 숙였다. 재현도 살짝 고개를 숙이고는 파티 준비를 위해 분주하게 움직이는 호텔 직원들에게 시선을 돌렸다.

오늘 파티만 지나면 그를 괴롭히는 혼돈은 깨끗이 없어질 것이다.

공식적으로 유미라와 연애를 시작하면 양가에서는 빠르게 결혼식 날짜를 잡을 것이다. 그러니 더 이상 세희를 보며 흔들려선 안 된다. 그녀를 위해서도 그편이 낫다.

앞으로 몇 시간만 지나면…….

그때였다.

"아니!"

재현의 옆에서 파티 계획서를 뒤적이던 총지배인의 입에서 작은 탄성이 흘러나왔다.

"무슨 일인데 그러……?"

그를 따라서 아무 생각 없이 뒤를 돌아본 재현이 믿을 수 없다는 듯 미간을 좁혔다. 총지배인이 놀란 듯 입을 크게 벌리며 파티장으로 들어서는 세희를 손으로 가리켰다.

"저기 저 사람, 세희 양 아닌가요?"

유감스럽게도 그녀가 맞았다. 재현은 동요의 빛을 감추기 위해 입을 굳게 다물었다. 세희는 누구를 찾는지 주위를 두리번거리며 가까이 다가오고 있었다. 하얀 이브닝드레스 차림인 세희의 모습이 재현의 시야를 가득 채웠다. 심장이 걷잡을 수 없을 정도로 빨라졌다.

◈◈◈◈

"아니, 이게 누구야? 서세희 씨 아닌가!"

세희가 가까이 다가오자 총지배인은 반갑게 웃으며 그녀를 맞이했다.

"이렇게 차려입으니까 정말 몰라보겠는데. 안 그렇습니까, 전무님?"

재현은 세희를 힐끗 한번 쳐다보았을 뿐, 그대로 손에 든 서류로 시선을 내렸다. 싸늘한 재현의 태도에 무안해진 총지배인은 잠시 헛기침을 한 후, 재빨리 다음 말을 이었다.

"그런데 여긴 무슨 일로?"

"이정연 이사님께서 파트너가 필요하다고 하셔서……."

그녀의 입에서 정연의 이름이 나오자 재현이 서류에서 고개를 들었다.

"누나는 지금 객실에서 준비하고 있으니까 올라가 봐."

총지배인에게 서류를 건네며 재현이 빠르게 말했다. 그러곤 세희가 뭐라고 말할 틈도 주지 않고 곧장 총지배인에게 지시를 내렸다.

"밤이 되면 기온이 내려가서 바닥에 습기가 찰지 모르니까 특별히 신경 써서 관리해주세요. 혹시라도 손님이 미끄러지면 안 되니까요. 특히 수영장과 댄스 플로어 주변이 가장 위험합니다."

"네. 알겠습니다. 호텔 직원을 곳곳에 배치해두도록 하겠습니다."

세희는 심각하게 이야기를 나누는 재현과 총지배인을 바라보며 작게 한숨을 내쉬었다. 이브닝드레스 차림의 그녀를 본 재현이 예쁘다는 칭찬을 해줄 거라곤 기대하지 않았다. 그래도 조금은 다른 눈빛으로 바라봐줄지 모른다고 생각했다. 어쩌면 과거의 그녀를, 세라를 기억해낼지도 모른다는 희망을 품었다. 그러나 재현은 아무런 감정 없는 눈빛으로 그녀를 힐끗 쳐다보았을 뿐이었다.

역시 그는 그녀를 전혀 기억하지 못하는 모양이다.

그때 야외 스피커에서 부드럽고 느릿한 왈츠곡, 요한 슈트라우스 2세의 '비엔나 기질(Wiener Blut)'이 흘러나오기 시작했다. 그 감미로운 선율에 재현이 가늘게 눈을 떴다. 그러나 그뿐이었다. 다시 무표정으로 돌아간 재현은 총지배인에게 연이어 지시를 내렸다.

"이번 파티에는 각국에서 온 VIP 인사가 많으니까, 곡 선정에 신경 써주세요. 아무래도……."

"세희야!"

정연이 정원에 들어서며 큰 소리로 세희를 불렀다. 그러곤 거의 뛰다시피 다가와 세희에게 팔짱을 끼며 재현과 총지배인의 대화를 단숨에 잘라버렸다.

"이곡 요한 슈트라우스잖아. 재현아, 댄스 플로어 상태도 확인할 겸 세희랑 왈츠 추는 건 어때?"

느닷없는 제안에 재현은 정연을 차갑게 노려보았다.

"됐어."

"왜? 오늘의 주인공이 확인해야지. 싫어? 그럼 할 수 없지 뭐. 총지배인님이 대신하실래요?"

"네, 저요?"

그녀의 말에 총지배인의 눈이 커다래졌다.

"그냥 위를 왔다 갔다 걸어서는 제대로 된 상태를 확인할 수 없잖아요. 부탁해요."

유럽 호텔 근무 시절에 갈고 닦은 사교댄스 실력을 드디어 보여줄 기회가 생긴 건가?

"그렇다면 나라도……."

총지배인은 멋쩍게 웃으며 세희에게 손을 내밀었다. 그러나 총지배인보다 먼저 재현이 세희의 손을 낚아챘다.

"내가 하지."

정연을 노려보며 재현이 퉁명스럽게 말했다. 그리고 세희의 손을 잡은 채 뚜벅뚜벅 댄스 플로어를 향해 걸어갔다.

세희는 그에게 잡힌 손을 물끄러미 바라보다 조심스레 그의 옆모습으로 시선을 돌렸다. 재현은 무언가 화가 난 듯 굳게 입을 다물고 있었다. 그런 그의 모습에 10년 전 그때, 왕자님의 모습이 살며시 겹쳐졌다.

댄스 플로어 중앙에 이르자, 재현은 그녀의 허리에 손을 얹어 살며시 품으로 끌어당겼다. 세희는 살며시 고개를 들어 그와 시선을 마주했다.

재현은 살짝 고개를 끄덕여 신호를 보낸 후, 천천히 왈츠를 시작했다.

부드러운 왈츠의 선율이 두 사람을 감싸고 있었다.

10년 전, 그날처럼…….

❧

10년 전. 페블비치, 캘리포니아(Pebble Beach, CA.)

"Shit!"

한 줄로 쭉 늘어선 차량을 노려보던 루카스가 손으로 마구 머리를 헝클어뜨리며 욕설을 내뱉었다. 그러고는 옆 조수석에 앉은 세희를 난처한 눈빛으로 바라보았다.

"어떡하지? 차가 많이 밀리네."

컨트리클럽으로의 진입로가 1차선인 탓에 한 번 막히면 한두 시간은 보통이었다. 게다가 오늘은 여기저기서 몰려온 차량으로 아수라장이라 할 만큼 차들이 엉켜 있었다. 한곳에서 30분이 넘는 정체가 계속되자, 세희는 짧은 한숨을 내쉬고 차 문 손잡이에 손을 올렸다.

"난 여기서 먼저 내릴게. 넌 주차장에 차 세우고 와."

"Hey, you're crazy! 그 차림으로 어딜 간다고?"

루카스가 차에서 내리려는 세희를 허둥지둥 말렸다.

상류층 자녀의 사교계 데뷔를 위해 열리는 무도회, 데뷔턴트 볼.

오늘 데뷔턴트 볼의 퀸으로 뽑힌 세희는 머리에서 발끝까지 완벽하게 화려했다. 머리 위에서 반짝거리는 해수 진주 티아라로 시작해서 디자이너 키널이 직접 제작한 수백 개가 넘는 스와로브스키 수정이 달린 이브닝드레스하며, 이탈리아 장인이 만든 백금 가루가 뿌려진 핸드메이드 하이힐에 이르기까지……

평소에는 청바지, 티셔츠 차림이던 그녀에겐 아주 큰 변신이었다. 하지만 그렇다고 말괄량이 본래의 모습까지는 감출 수 없었다. 세희가 드레스 자락을 움켜쥐며 씩씩하게 말했다.

"그래도 늦는 것보단 이게 나아! 나 먼저 갈게."

루카스는 할 수 없다는 듯이 고개를 설레설레 흔들었다. 저 말괄량이를 누가 말리랴!

"알았어. 빨리 주차하고 갈 테니까. 조심해서 가. 수정 장식 하나라도 떨어지면 큰일 난다."

"알아, 알아."

세희는 건성으로 고개를 끄덕이고는 문을 열고 부리나케 차에서 내렸다. 뒤뚱거리며 비탈길로 걸음을 옮기는 그녀를 지켜보던 루카스가 차창 밖으로 얼굴을 내밀고 빽 소리를 질렀다.

"야, 조심해."

"아후, 알았다니까!"

세희는 뒤도 돌아보지 않고 주먹을 불끈 쥐어 허공에 들어 올리고는 다시 씩씩하게 비탈길을 올랐다. 잘하면 컨트리클럽까지 15분이면 도착할 수 있을 것이다. 차로 간다면 2분도 안 되는 거리겠지만, 지금의 차량 정체로 봐선 어림도 없었다. 평소에는 운동화를 신고 아무렇지 않게 뛰어가던 길이었지만, 오늘은 하이힐을 신은 탓에 여간 어려운 게 아니었다. 걷기가 이렇게 힘든 동작인 줄, 오늘 처음 알았다.

"후우."

마침내 절벽 정상에 도착한 세희는 길게 숨을 내쉬고 밑으로 보이는 바다로 시선을 돌렸다. 어디선가 불어온 상쾌한 바닷바람이 머리카락을 헝클어뜨리고 저만치 도망갔다.

병원에 들르지 않았다면 이렇게 늦진 않았을 텐데…….

그래도 후회는 없었다. 이브닝드레스를 입은 모습을 아버지께 꼭 보여드리고 싶었으니까. 코마 상태인 아버지가 그녀의 모습을 두 눈으로 볼 순 없지만 말이다.

"아빠."

생명 연장 장치에 의존해 호흡을 유지하는 아빠를 떠올리는 것만으로도 눈물이 핑 돌았다.

한 달 전 일어난 청천벽력 같은 교통사고. 운전기사와 엄마는 현장에서 즉사했고, 구사일생으로 살아난 아빠는 상태가 악화되어 보름 전부터는 코마 상태에 빠졌다.

"아이고, 오라버니. 아이고, 세라야."

소식을 듣고 한걸음에 한국에서 달려온 고모가 세희를 끌어안고 울음을 터뜨렸다. 고모는 그녀를 한국 이름인 '세희' 대신 미국 이름인 '세라'로 불렀다.

"우리 세라. 불쌍해서 어떡하니."

의사의 말로는 아빠가 코마에서 깨어날 가망은 희박하다고 했다.

"아니야."

세희는 아랫입술을 깨물며 세차게 고개를 내저었다.

그럴 리가 없다. 그녀의 아빠, 앨버트 서는 평범한 가정에서 출발하여 혼자만의 힘으로 억만장자의 꿈을 이룬 불굴의 사업가였다. 한낱 교통사고 따위에 쉽게 무너질 사람이 아니었다. 곧 아무렇지 않게 깨어나 그녀를 보며 환하게 웃어줄 것이다.

"세라야, 이번 데뷔턴트 볼에 참가하는 이유는 상류사회에 데뷔하는 것도 있지만, 더 중요한 건 중병을 앓는 어린 환자들을 돕는 거란다. 티켓 판매와 경매를 통해 후원금을 모으는 게 이번 행사의 주된 목적이야. 우리 세라, 잘할 수 있겠지?"

"우리 말괄량이 공주님이 잘해낼 수 있을까? 엄마가 최고의 선생님을 붙여줄게."

6개월 전, 무도회에 참가하게 된 세희에게 부모님은 신신당부했었다. 그랬기에 세희는 부모님의 불행한 사고에도 불구하고 오늘 행사를 결코 포기할 수 없었다.

오늘 밤 퀸으로서의 임무를 무사히 마친다면 아빠는 코마에서 깨어나 장한 내 딸이라며 그녀를 안아줄지도 모른다.

"아빠……."

세희는 그렇게 믿고 싶었다.

⚜

일부 산간 지역을 제외하곤 겨울에도 눈이 내리지 않는 캘리포니아. 여간해서는 하얀 눈을 보기 쉽지 않지만 호사스럽기로 유명한 사이프러스 컨트리클럽에서만큼은 예외였다.

탁 트인 바다를 낀 절벽 위에 수십 개의 얼음 동상이 세워지고, 정원 구석구석에 설치된 제설기에서는 끊임없이 인공 눈가루가 뿜어지고 있었다. 마치 동화 속 겨울 왕국에 들어선 느낌이었다.

재현은 팔짱을 끼고 창가에 어깨를 기댄 채 창밖으로 펼쳐진 풍경을 바라보았다.

초록색 잔디 위에 쏟아지는 하얀 눈과 멀리 보이는 바다의 푸른색, 수평선을 붉게 물들이는 석양의 붉은빛이 묘한 조화를 이루며 그의 시선을 사로잡았다.

탁, 탁, 탁, 탁, 탁―.

그때 갑자기 날카로운 구둣발 소리가 대리석 복도 위에 우렁차게 울려 퍼졌다. 창가에 기대어 정원을 바라보던 재현이 소리가 들리는 쪽으로 고개를 돌렸다.

"어떡해. 어떡해. 늦었어, 늦었다고!"

풍성한 드레스 자락을 양손에 움켜쥔 10대 후반으로 보이는 소녀가 헉헉거리며 이벤트 홀을 향해 뛰어오고 있었다.

"세라, 서."

이어서 커다란 가방을 둘러멘 청바지 차림의 소년이 그 뒤를 따랐다.

"서긴 뭘 서! 늦었다니까."

"세라야! 하이힐 신고 그렇게 뛰면 굽 나가!"

"아, 몰라. 몰라."

교포인가? 어눌한 말투의 한국말이 재현의 호기심을 끌었다.

"세라야, 반지는 빼고 가. 너 그거 끼고 무대 위에 오를 거야?"

"아, 맞다."

갑자기 자리에 우뚝 멈춰 선 소녀가 낑낑거리며 반지를 빼더니 옆으로 휙 던져버렸다. 반지는 큰 포물선을 그리며 멀리 날아가 재현의 발 앞으로 떼구르르 굴러왔다.

"나 먼저 갈게."

소녀는 반지가 어디에 떨어졌는지 아랑곳하지 않고 다시 드레스 자락을 잡고 헐레벌떡 앞으로 뛰기 시작했다. 소년 역시 바닥에 떨어진 반지를 힐끔 쳐다만 볼 뿐, 그대로 소녀의 뒤를 따랐다.

"같이 가, 세라야!"

소녀와 소년이 시야에서 사라지자 재현은 호기심에 발밑에 굴러온 반지를 내려다보았다. 그리고 허리를 굽혀 반지를 주워 들었다.

"이건?"

유리구슬로 만들어진 반지가 조명을 받아 반짝거렸다.

"후."

재현의 입에서 작은 실소가 흘러나왔다. 어쩐지 아무렇지 않게 반지를 던져버린다 했다. 화려한 드레스에 한껏 치장은 했지만, 아직은 장난감 반지를 끼고 노는 어린아이인가 보군.

재현은 호기심에 쥐고 있던 참가자 명단을 펼쳐보았다.

Sara Seo(16), Carmel, CA

'세라 서'라는 이름이 단번에 그의 시야로 들어왔다.

✦✦✦

"다행이다. 아직 대기 시간까지 15분 남았어."

대기실 앞에 멈춰 선 세희는 안도의 숨을 내쉬며 가슴을 쓸어내렸다. 먼저 가려고 차에서 내렸는데 어떻게 된 게 주차장에 차를 세우고 온 루카스와 거의 비슷하게 클럽 하우스 로비에 도착했다.

이럴 줄 알았으면 그냥 차를 타고 오는 건데. 괜히 발만 아프게 하이힐 신고 생고생했잖아!

"세라야, 잠깐만."

급하게 대기실로 향하는 그녀의 팔을 루카스가 잡아당겼다.

"왜? 너도 빨리 가서 준비해. 무대에서 에스코트해야 하잖아."

"그 전에 잠시 너에게 할 이야기가 있어."

루카스는 그녀의 어깨를 두 손으로 움켜쥐며 살며시 얼굴을 붉혔다.

"첫 댄스 경매 말이야."

"응. 그런데?"

오늘 밤 세희는 퀸으로서 경매에 가장 많은 돈을 기부한 하객과 무도회 시작을 알리는 춤을 출 예정이었다. 그것 때문에 발에 물집이 생길 정도로 댄스 수업을 받았던 그녀였다.

"나는 아직 학생이라 경매에 참가할 수 없어."

루카스가 시무룩한 얼굴로 말을 이었다.

"하지만 그렇다고 네가 다른 남자와 제일 먼저 춤을 추는 모습은 보고 싶지 않아. ……그러니까 말이지, 무도회 시작하기 전에 여기서 나와 먼저 추……."

"잠깐."

루카스의 말을 자르며 세희가 눈살을 찌푸렸다.

"너 지금 나보고 사기 치라는 거니?"

"말을 해도 참, 사기라니! 그게 뭐 또 사기까지 되냐?"

"아, 됐어. 나중에 이야기해."

세희는 더는 들을 필요 없다는 듯이 재빠르게 등을 돌려버렸다. 그러자 루카스가 급하게 그녀의 팔을 잡아당겼다.

"세라야, 나 아직 할 말 안 끝났어."

"늦었어. 나중에 해."

"너, 내가 널 얼마나 사랑하는지 몰라서 그래?"

루카스가 얼굴을 붉히며 거의 고함에 가깝게 버럭 소리를 질렀다. 그러자 대기실 문을 열던 세희가 흠칫 동작을 멈췄다. 그러곤 심각한 눈빛으로 루카스에게로 고개를 돌렸다.

철들고 나서부터 항상 그녀 옆을 맴도는 소꿉놀이 친구, 루카스. 그의 아버지 윤 변호사는 아버지의 절친한 친구이자 법률 대리인이었다. 집안끼리 아는 사이라 세희와 루카스는 마치 친형제처럼 스스럼없이 지내왔다.

그런데 사춘기를 지나자 그녀를 바라보는 루카스의 눈빛이 변하기 시작했다. 몇 번이나 우린 좋은 친구라고 선을 그었지만, 루카스는 기회만 있으면 그 선을 넘으려 했다. 그리고 지금 다시……

세희는 진지한 얼굴로 루카스의 어깨를 두 손으로 움켜쥐었다.

"나도 너 사랑해. 아주 많이 사랑해."

세희의 말에 루카스의 얼굴에 화색이 돌았다. 그러나 그 기쁨은 오래가지 못했다.

"난 너를 친구로서만 사랑해."

"세라야."

"우리 어렸을 때부터 같이 자랐잖아. 넌 내게 형제 같은 존재야."

"나는 아니야. 나는 아니라고. 나에게 세라, 너는 여자야."

"당연히 여자지. 그럼 내가 남자겠니?"

"그런 뜻 아니라는 거, 너도 잘 알잖아."

아, 늦어 죽겠는데 오늘따라 얘는 왜 이리도 끈질기지! 아무래도 안 되겠다. 강경책을 쓸 수밖에.

세희가 두 손으로 루카스의 얼굴을 움켜쥐며 의미심장한 눈으로 물었다.

"너 그럼 나 껴안을 수 있어?"

"물론."

"너 그럼 나랑 키스할 수 있어?"

"당연하지."

"뽀뽀 같은 거 말고 진한 키스, 너 할 수 있겠어? 지금 해볼래?"

"뭐?"

충격을 받은 듯 루카스의 눈이 동그랗게 커졌다. 그녀의 입에서 이렇게 단도직입적인 제안이 나올 거라고는 꿈에도 상상하지 못했었다. 키스라고? 물론 할 수 있지. 하게만 해준다면……

그러나 그를 바라보는 그녀의 시선은 온몸을 얼려버릴 것처럼 싸늘했다.

"난 절대로 아니거든. 너와 그러는 거 상상 안 돼. 친형제랑 키스하는 거 같아서 토할 것 같아."

"친형제? 토할 것 같다고?"

그녀의 단호한 표현에 루카스가 얼굴을 굳혔다.

"그러니까 우린 안 되는 거야."

세희가 이렇게까지 나올 때는 절대로 안 된다는 뜻이었다. 긴 세월 그녀 옆을 지켜봤기에 너무나도 잘 알고 있었다. 실연의 아픔에 루카스는 눈물을 글썽거리며 시무룩하게 고개를 숙였다.

"다 큰 녀석이 어디서 울고 그래!"

세희는 무섭게 인상을 쓰며 그의 등을 찰싹 내리쳤다.

"늦었으니까 너 먼저 들어가. 난 여기서 숨 좀 돌릴 테니까."

세희는 대기실 안으로 루카스의 팔을 끌며 명령조로 말했다. 루카스가 머뭇거리자, 이번에는 강하게 두 손으로 등을 떠밀었다.

"들어가라니까! 너 때문에 오늘 행사 망치면 가만 안 놔둘 거야!"

세희는 대기실 안으로 루카스를 밀어 넣은 후, 등 뒤로 재빨리 문을 닫아버렸다. 문에 기대 선 그녀의 입에서 긴 한숨이 흘러나왔다.

아무렇지 않게 거절하는 척했지만, 그녀 역시 마음에 걸렸다. 그의 마음을 모르는 건 아니었다. 하지만 절대로 틈을 줘서는 안 된다. 루카스를 위해서라도 괜히 막연한 희망을 품게 할 수는 없으니까.

"큭."

그때 어디선가 기분 나쁜 웃음소리가 들려왔다. 소리 나는 쪽으로 고개를 돌리자, 플라워 타워 뒤로 말끔한 차림의 동양 남자가 웃음을 참는 듯 주먹을 입에 대고 있었다.

방금 대화를 엿들었나? 내용을 알아들은 것 보니까, 한국 사람?

당황한 표정의 세희에게 남자의 시선이 닿았다. 상대방을 뚫을 듯한 눈빛을 가진 남자였다. 20대 중반쯤 됐을까? 세희는 저도 모르게 그에게서 슬그머니 시선을 피해버렸다.

아니지. 내가 왜 피해? 남의 대화를 엿들은 남자 따위에게 눈싸움에서 져선 안 되지.

세희는 다시 고개를 들어 그를 노려보았다.

차가우면서도 강렬한 눈빛을 가진 아주 준수한 용모의 남자였다. 188cm가 넘는 큰 키에 풍성한 갈색 머리가 부드럽게 물결치며 남자의 얼굴을 감싸고 있었다. 모델처럼 잘생겼다는 표현만으론 도저히 남자의 분위기를 설명할 수 없었다.

윤기가 흐르는 턱시도를 입은 남자가 그녀 앞으로 천천히 걸어오기 시작했다. 마치 먹잇감을 노리고 어슬렁어슬렁 다가오는 한 마리의 검은 표범 같았다. 세희는 저도 모르게 긴장하여 꿀꺽 마른침을 삼켰다.

"본의 아니게 엿들어서 미안하군."

남자의 입에서 나직하지만 아주 힘 있는 저음의 목소리가 흘러나왔다. 비웃는 듯 살짝 비틀린 입매가 기분 나쁠 정도로 매혹적이었다.

온몸에 소름이 돋는 것만 같아 세희는 크게 숨을 들이마셨다.

⁕⁕⁕

처음부터 엿들을 생각은 없었다. 하지만 제법 심각한 내용이 전개되자 재현은 지나가던 걸음을 멈추고 말았다. 조금 전만 해도 복도 위를 우다다 뛰어가던 두 사람에게서 영화 같은 고백 장면이 펼쳐졌기 때문이다. 하지만 '바람과 함께 사라지다'의 스칼렛과 애슐리 스타일의 고전적인 고백과는 거리가 멀었다. 역시 요즘 아이들이어서 그런가? 당돌한 내용이 입에서 흘러나왔다.

"남자 다루는 솜씨가 보통이 아닌걸."

재현이 놀리듯 말했다. 그 말이 끝나기가 무섭게 세희가 매서운 눈으로 그를 노려보았다.

"아저씨는 남의 말을 엿듣는 게 취미인가 보죠?"

"아저씨?"

"그럼 아저씨를 아저씨라고 부르지 아줌마라고 부르나요?"

"뭐?"

재현이 기가 막히다는 듯이 웃음을 터뜨렸다. 스물네 살의 한창인 남자를 아저씨라고 부르다니……. 어이가 없군.

"정확하게 바로잡자면 엿들은 건 아니야. 그냥 지나가다가 두 사람의 대화가 귀에 들어온 것뿐이지."

"적어도 젠틀맨이라면 말이죠."

세희는 마치 학생을 훈계하는 선생님처럼 양손을 허리에 짚었다.

"들었어도 모르는 척, 그냥 지나가주는 거예요. 뒤에서 키득키득 웃는 게 아니라. 그런 거 보면 아저씨는 젠틀맨과는 거리가 머네요."

"그래?"

그도 자신이 젠틀맨이라고는 생각하지 않았다. 하지만 무례하다고도 생각하지 않았다. 재현은 느긋하게 팔짱을 끼며 자신을 빤히 쳐다보는 세희와 시선을 맞추었다.

보통 사람들은 대부분 그의 시선을 제대로 받아내지 못했다. 상대방을 뚫어버릴 것 같은 강렬한 시선에 슬그머니 시선을 내리깔곤 했다. 그러나 세희는 '당신이 뭔데?'라는 눈초리로 그를 마주 보고 있었다.

"Sara? Isn't she here, yet? Nobody sees Sara(세라, 세라 아직 안 왔니? 누구 세라 본 사람 없어)?"

그때 대기실 안에서 세희를 찾는 관계자의 목소리가 흘러나왔다.

"어머나! 몰라. 몰라! 아저씨 때문에 늦었잖아요!"

이미 아까부터 '늦었다'를 연발하고 뛰어온 주제에 세희는 늦은 이유가 모두 재현 때문이라는 듯 그를 매섭게 흘겨보았다. 그러곤 드레스 자락을 움켜쥐며 허겁지겁 대기실 안으로 뛰어들어갔다. 혹시나 드레스 자락이 문틈에 걸리는 건 아닐까, 허둥대는 세희의 동작이 꽤 아슬아슬했다. 재현은 기가 막힌 표정으로 대기실 문이 '쿵' 닫힐 때까지 바라보았다.

무대 위에서 넘어지지나 않으면 다행이겠군.

일주일 전, 그에게 키안 맥그레이(Kiyan MacGray)가 초대권을 건네었다. 세계적인 명품 브랜드를 보유한 패션 제국 WLCN 회장의 둘째 아들인 키안은 절친한 친구인 재현에게 틈틈이 패션쇼나 사교 파티의 동행을 제의하곤 했다. 재현은 무도회가 체질에 맞지 않았지만 정연과 소아를 위해서 참가하기로 했었다. 그런데 이거, 지루할 뻔했던 행사가 아주 재밌어질 듯하다.

재현은 피식 입꼬리를 비틀며 이벤트 홀 방향으로 몸을 틀었다.

⸎

"어디 있다가 지금 온 거야? 약혼녀 혼자 놔두고 돌아다니는 게 어디 있니?"

재현이 자리에 돌아오자 키안과 키득거리던 정연이 소아를 가리키며 투덜거렸다. 그러나 막상 소아는 크게 기분이 상한 것 같진 않았다. 그녀에게 재현이란 존재는 바람막이 같은 정혼자일 뿐, 그 이상도 그 이하도 아니니까.

"소개할 참가자 몇 명 안 남았어."

재현이 옆자리에 앉자 소아는 키안에게서 들은 화젯거리를 꺼냈다.

"오빠, 마지막 참가자의 드레스, 잘 눈여겨봐. 키넬이 디자인한 거래. 수백 개가 넘는 스와로브스키 수정을 직접 손으로 달았다더라. 그 애 이름이 뭐였지? 'S'로 시작했는데……."

참가자 명단을 집으며 소아가 중얼거렸다.

"맞아. 세라 서. 어? 근데 성이 서 씨네? 한국 사람인가?"

리스트를 확인하던 소아가 의아한 듯 고개를 갸웃거렸다. 그러나 재현은 아무런 반응 없이 무대를 응시했다.

진행자가 마지막 참가자를 소개하기 위해 명단인 적힌 노트를 넘겼다.

"Ladies and Gentlemen, may I please introduce to you Sara Seo(신사 숙녀 여러분, 세라 서 양을 소개합니다)."

호명을 받은 세희가 화려한 조명을 받으며 올라왔다. 드레스 자락을 움켜 쥐고 달려가던 말괄량이 모습은 간데없고 무대 위에는 아름답고 조신한 숙녀가 서 있었다. 풍성한 머리카락은 윤기 나게 찰랑거렸고, 젖살이 남아 있는 통통한 뺨은 눈처럼 새하얀 피부와 대비를 이루며 연한 홍조를 띠었다.

세희가 하객을 향해 활짝 웃어 보이자, 눈꼬리가 완벽한 호를 그리며 부드럽게 휘었다.

"지루해."

한껏 화려하게 치장한 소녀들을 보고 있자니 은근히 질투가 나는지 소아의 얼굴이 시큰둥하게 변해갔다. 그러고는 급기야 자리에서 벌떡 일어섰다.

"오빠, 소개 다 끝났으니까 이제 그만 가자."

"그래. 너희 먼저 가라. 난 좀 더 있다 갈게."

키안과 대화하느라 바쁜 정연은 두 사람을 쳐다보지도 않은 채, 귀찮다는 듯 먼저 가라고 손을 내저었다. 동생 커플이 옆에 있으면 마음껏 놀 수 없으니까 먼저 간다는 소아의 말이 반가울 수밖에……

"많이 마시지 마."

재현은 정연을 향해 짤막한 경고를 남긴 후, 자리에서 일어났다. 이벤트 홀을 나서던 재현은 무심결에 걸음을 늦추며 조명이 쏟아지는 무대로 고개를 돌렸다.

황금빛 조명 아래, 화사한 미소를 머금은 세희가 눈부시게 반짝거리고 있었다.

❧

"코트 찾아올 테니까 여기서 기다려."

말을 마친 소아는 빠르게 복도 끝으로 걸어갔다. 기부금 경매 준비에 들어갔는지 홀 안에서는 웅성거리는 소리가 흘러나왔다. 캘리포니아 아동 전문 병원 기부를 위한 오늘의 경매 하이라이트는 퀸과의 첫 댄스라고 들었다.

데뷔턴트 볼 퀸이라……. 그 말괄량이가 퀸으로 뽑혔을 리야 없겠지.

재현은 문득 세희를 떠올리며 피식 웃음을 흘렸다.

시간이 지나도 소아가 나타나지 않자, 재현은 그녀를 찾아 복도 끝으로 걸어갔다. 그러나 코트 보관소나 복도 어디에서도 그녀를 찾을 수 없었다. 주위를 두리번거리던 재현은 혹시나 하는 생각에 테라스 문을 열었다. 정원으로 한 걸음 내딛자 바닷바람의 찬 기운이 얼굴에 훅 덮쳐왔다.

주위를 둘러보고 있을 때 어디선가 웅얼거리는 대화 소리가 들려왔다. 재현은 소리가 나는 쪽으로 살며시 방향을 바꾸었다. 길게 늘어진 넝쿨 사이로 두 남녀의 모습이 눈에 들어왔다. 재현은 낯익은 여자의 옆모습을 보며 미간을 찡그렸다. 소아?

문득 스치는 불길한 예감에 재현은 급히 조각상 뒤로 몸을 숨겼다.

"여기까지 쫓아오면 어떡해?"

소아의 앙칼진 목소리가 밤공기를 갈랐다.

"미쳤어? 재현 오빠에게 들키기라도 하면 어쩌려고?"

"소아야."

남자의 떨리는 목소리가 그 뒤를 이었다.

"너 꼭 그 남자와 결혼해야겠어?"

"당연한 걸 왜 물어봐?"

소아가 짜증이 난다는 듯 언성을 높였다. 재현은 지금까지 한 번도 소아의 이런 모습을 보지 못했다. 잘 토라지고 변덕이 심하긴 했지만, 항상 웃으며 그에게 애교를 부리는 소아였다. 그러나 지금 그녀는 전혀 낯선 모습으로 서 있었다.

"재현 오빠는 하나 그룹의 상속자야. 그런 좋은 배경을 왜 내가 마다하니?"

"넌 배경 따질 필요 없잖아. 너도 재벌 딸이면서 꼭 그 남자와 결혼해야 겠어?"

"뭐라니?"

소아가 팔짱을 끼며 코웃음을 쳤다. 그러곤 정나미가 떨어질 정도로 싸 늘하게 말했다.

"재벌 딸이어 봤자, 다 소용없어. 경영권은 오빠들에게 넘어갈 거고, 난 고작 쇼핑센터와 주식 좀 물려받을 거야. 난 그렇게 초라하게 살긴 싫어."

"이재현을 사랑해?"

"요즘 세상에 누가 사랑해서 결혼하니?"

소아가 활짝 웃으며 남자를 위로하듯 두 손으로 그의 얼굴을 감쌌다.

"내가 사랑하는 사람은 너뿐이야. 결혼해도 우리 이렇게 몰래 만나면 되 잖아."

소아가 발돋움하며 남자의 입술에 입을 맞추자 남자는 으스러지게 소아 를 끌어안았다.

결혼을 앞두고 몰래 애인을 만나고 있었다니. 그런 것쯤은 미리 알아서 정리했어야지.

재현은 등을 돌리며 기가 막힌다는 듯 실소를 터뜨렸다. 그는 급하게 문 을 열고 건물 안으로 들어가 이벤트 홀로 걸음을 돌렸다.

안소아, 어린 시절에 맺어진 정혼녀. 그녀가 그를 사랑할 거라곤 믿지 않 았다. 그 역시 소아를 여자로서 사랑한 적은 없었다. 정략으로 맺어진 사 이. 사랑이 피어날 여건도 시기도 아무것도 없었다.

그렇다고 해도 결혼해서도 몰래 애인을 숨겨둘 생각이었다니……

이벤트 홀로 돌아온 재현은 화난 표정으로 경매로 들썩거리는 실내를 둘 러보았다. 무대 위에서는 경매 마지막 순서로 퀸과의 첫 번째 댄스 경매가 진행되고 있었다. 재현이 테이블로 돌아와 자리에 앉자, 정연과 키안이 놀란 듯 고개를 돌렸다.

"You're still here? I thought you went home(아직 안 가고 있었어? 난 돌아간 줄 알았지)."

"왜 다시 왔어? 소아는 어디 가고?"

그러나 재현은 대답 대신 앞에 놓인 얼음물을 벌컥벌컥 들이켰다. 속에 열불이 나서 목구멍이 탈 것처럼 뜨거웠다. 물을 더 달라는 의미로 물 잔을 들어 올렸지만, 그 많던 웨이터는 도대체 어디로 갔는지 아무도 다가오지 않았다. 할 수 없이 재현은 머리 위로 손을 번쩍 들어 올렸다.

순간 모두의 시선이 재현에게 쏠렸다. 경매사가 손가락으로 재현을 가리키며 흥분한 목소리로 외쳤다.

"Yes, eight thousand. Now, I have a current bid of eight thousand in the room. I repeat eight thousand. Do I hear eight thousand five hundred(네, 8천 나왔습니다. 현재 입찰 가격은 8천입니다. 자, 다시 한 번 말씀드리자면 8천입니다. 8천 5백 없나요)?"

"Are you nuts(너 미쳤어)?"

키안이 주위의 눈치를 살피며 재현의 귀에 슬쩍 속삭였다. 재현의 눈에 의아해하는 기색이 스쳐 지나갔다.

"What?"

재현이 눈살을 찌푸리자 키안은 어이없다는 듯이 두 손으로 머리를 감싸 안았다. 그러자 정연은 키안의 소매를 살짝 잡아당기며 가만히 있으라는 듯 슬쩍 고개를 저었다.

경매사의 흥정은 계속 이어졌다.

"The next bid would be eight thousand five hundred. Eight thousand is the current bid on the first dance with the queen. I'm warning at eight thousand(다음 입찰은 8천 5백입니다. 퀸과의 첫 번째 댄스 경매의 현재 입찰은 8천입니다. 자, 거듭 말하자면 지금 8천이 입찰 가격입니다)."

실내는 웅성거리기만 할 뿐 선뜻 다음 입찰에 나서는 사람이 없었다.

"Last chance(마지막 기회입니다)."

경매사는 심각한 표정으로 실내를 둘러본 후, 경매 봉으로 단상을 내리쳤다.

"Sold! Auction sold for eight thousand dollars to the gentleman at the table number thirty eight(팔렸습니다! 경매는 8천 달러에 38번 테이블의 신사분께 팔렸습니다)."

모두가 자신에게 박수를 퍼붓자 재현은 의아한 듯 살짝 눈꼬리를 비틀었다. 정연이 생글거리며 재현의 귓가에 재빨리 속삭였다.

"너 방금 팔천 달러에 첫 댄스를 샀잖아."

"내가?"

말도 안 된다는 듯 재현이 정연을 향해 피식 웃어 보였다. 웨이터를 부르기 위해서 손을 들어 올렸는데 그게 무슨……. 순간 상황을 깨달은 재현이 크게 인상을 찌푸렸다. 아, 그렇다. 지금 경매 중이었지! 재현은 곤혹스러운 표정을 지으며 입매를 한일자로 굳게 다물었다.

홀의 전체 조명이 서서히 어두워지며 밝은 스포트라이트 조명이 재현이 앉아 있는 테이블에 내려왔다.

"Shall we dance(춤추실까요)?"

어디선가 다가온 세희가 환하게 웃으며 재현 앞으로 손을 내밀었다.

"됐어. 난 지금 춤을 출 기분이 아니거든."

손을 내민 세희에게 재현은 잇새로 내뱉듯 퉁명스럽게 말했다. 예상하지 못한 재현의 대응에 세희가 눈을 치켜떴다. 그러나 곧 최대한 상냥한 미소를 유지하며 쌀쌀맞게 쏘아붙였다.

"경매 낙찰된 건 무효 안 되거든요."

"알아. 기부금은 1센트도 빠짐없이 낼 테니까 걱정하지 마."

분위기가 심상치 않자 정연이 재현의 어깨를 살며시 밀며 귓가에 속삭였다.

"너 뭐 하는 거야?"

"난 지금 춤출 기분 아니야."

'이 녀석이 미쳤나?'라는 눈빛으로 정연이 재현을 바라보았다. 입찰 가격 8천 달러에 덥석 손을 들어 올릴 때는 언제고 이제 와서 춤출 기분이 아니라고? 여자애랑 밀당이라도 하겠다는 거야?

"Okay, then. How about you(좋아요, 그럼. 그쪽은 어때요)?"

세희가 한숨을 내쉬더니 선뜻 키안에게 손을 내밀었다. 그때 이벤튼 홀의 문이 열리며 소아가 안으로 들어섰다. 소아는 재현을 찾는 듯 실내를 두리번거렸다. 문 쪽으로 고개를 돌리던 재현과 소아의 시선이 허공에서 부딪쳤다. 소아가 빠르게 다가오자 재현은 벌떡 자리에서 일어섰다.

"좋아. 꼬마 숙녀님의 부탁인데 할 수 없지."

재현은 키안에게 내민 세희의 손을 잡아챘다. 한 번의 동작으로 그녀의 허리를 끌어안은 재현은 세희를 끌고 홀 중앙으로 걸어갔다. 이어서 하객의 박수 소리가 쏟아졌다.

"춤출 기분 아니라면서요?"

세희가 토라진 얼굴로 투덜거렸다.

"내가 거절하면 꼬마 숙녀님의 입장이 곤란해질 테니까, 이번은 내가 양보할게."

양보라고? 하, 너무 고마워서 눈물이 나오겠네.

두 사람이 홀 중앙에 다다르자, 대형 스피커에서 요한 슈트라우스 2세의 '비엔나 기질(Wiener Blut)'이 은은하게 흘러나오기 시작했다. 정열적이고 빠른 리듬의 기존 왈츠와는 다르게 부드럽고 느린 리듬으로 유명한 곡. 사교계에 데뷔하는 곡으로 손색이 없는 황홀한 왈츠였다.

재현이 뒷짐을 진 채 허리를 숙여 인사하자, 세희 역시 마치 나비가 나풀거리듯 우아하게 양팔을 벌리며 허리를 숙였다. 정통 있는 왈츠 선생에게 수업을 받았는지 제법 섬세한 동작이었다.

"내가 이끄는 대로 따라오면 돼요."

세희가 진지한 표정으로 재현의 귓가에 속삭였다. 그러나 처음으로 많은 관객 앞에 선 그녀가 혼자 이끌어나가기는 무리였다. 긴장한 세희의 손과 꼭 다문 아랫입술이 여리게 떨리고 있었다.

최소한 그의 발을 밟지 않으려는 그녀의 노력은 가상했지만, 이미 두세 번 넘게 스텝이 엉켰다. 지금까진 그가 노련하게 그녀의 실수를 감추었다고 해도, 이대로 두었다간 결국 엉망이 될 것이다. 아무래도 안 되겠군.

재현이 세희의 손을 당겨 앞으로 끌어나가자, 그의 의도를 알아챈 세희가 미간을 찡그렸다. 하지만 항의하기엔 그의 리드가 너무나 뛰어났다. 마치 선생님께 댄스 지도를 받는 느낌이랄까?

연습 상대를 해주던 루카스와는 전혀 달랐다. 턱시도 밑으로 느껴지는 단단하고 넓은 어깨와 은은하게 풍기는 머스크 향. 그녀를 향해 환하게 웃고 있지만, 그 안에서 번득거리는 강렬한 눈빛.

자꾸만 심장이 두근거리며 박동이 빨라지는 건, 많은 사람들의 시선 때문일 것이다. 절대로 이 무례한 남자 때문은 아닐 거야. 세희는 크게 숨을 들이마시며 꼿꼿이 고개를 들고 재현을 바라보았다.

"아저씨, 제법이네요?"

세희가 도도한 표정으로 중얼거리자 재현이 피식 입꼬리를 비틀었다.

"꼬마 숙녀님도 제법이야."

'꼬마'라는 말에 세희가 발끈했다.

"꼬마 아니거든요. 운전도 할 수 있는 나이예요."

한국 나이로는 17살인데, 조금 있으면 18살이 되는 숙녀에게 꼬마라니!

"나도 아저씨는 아니지."

무표정을 유지한 채 재현이 반박했다.

"좋아요, 그럼. 아저씨란 말, 취소."

"좋아. 나도 꼬마라는 말은 빼도록 하지."

동시에 세희와 재현이 피식 웃음을 터뜨렸다.

이 남자, 이렇게 웃으니까 한결 부드럽고 자상한 느낌이다. 어깨와 손으로부터 전해지는 서로의 따뜻한 체온이 익숙해질 무렵, 달콤한 왈츠는 점점 클라이맥스를 향해 갔다. 이상하다. 처음 시작했을 때는 언제 끝날까? 한숨만 나왔는데, 이제는 곡이 빨리 끝나지 않았으면 좋겠다고 생각했다.

하지만 시작이 있으면 끝이 있기 마련. 하늘거리듯 부드럽게 이어지던 연주는 어느새 최고조에 달하며 웅장하게 마무리되었다.

"와아아아아아!"

하객들로부터 커다란 갈채가 쏟아졌다. 세희는 환하게 웃으며 재현의 손을 잡고 오늘의 퀸답게 우아한 동작으로 무릎을 굽혔다. 두 사람을 비추던 눈부신 스포트라이트가 꺼지는 동시에 홀 내 조명이 환하게 켜졌다.

"와아!"

계속해서 이어지는 환호 속에서 재현은 천천히 실내를 둘러보았다. 그리고 곧 자신을 매섭게 노려보는 소아와 시선을 마주했다.

❧

복도로 나가니 소아가 팔짱을 낀 채, 재현을 기다리고 있었다. 재현은 무덤덤한 얼굴로 그녀를 힐끗 쳐다본 후 그대로 외면했다. 재현이 다른 쪽으로 가버리자 소아가 재빨리 쫓아와 그의 팔을 잡았다.

"오빠."

언짢은 재현의 기분을 알 리 없는 소아가 불만을 쏟아냈다.

"같이 돌아가기로 해놓고 이게 뭐야?"

"나, 지금 너와 말할 기분 아니다."

무뚝뚝한 재현의 대답에 소아가 인상을 찌푸렸다.

"지금 화내야 할 사람이 누군데 그래? 코트 찾는 데 좀 오래 걸렸다고 다시 들어가면 어떡해? 사람이 그렇게도 인내심이 없냐?"

"인내심이 없다?"

재현의 입매가 미묘하게 비틀어졌다.

"그냥 지나치려고 했는데 도저히 안 되겠군."

"안 되다니, 뭘?"

"내가 기억나게 좀 도와줄까? 하나 그룹의 안주인이 될 거라고 했었나? 요즘 세상에 누가 사랑해서 결혼하냐고도 그랬지."

순간 소아의 얼굴이 창백하게 질려버렸다.

"오, 오빠?"

머리 회전이 빠른 그녀이니 재현이 대화를 엿들었다는 건 쉽사리 짐작할 수 있을 것이다.

한동안 멍한 표정으로 재현을 바라보던 소아가 눈을 붉게 물들이더니 눈물을 글썽거렸다.

궁지에 몰릴 때마다 항상 그녀가 사용하는 무기는 바로 눈물. 적당히 눈물을 흘리고 애원하면 재현이 넘어가줄 거라는 것을 알기에 소아는 재빨리 눈물을 짜냈다. 하지만 이젠 하도 봐서 지겨울 뿐이다.

재현은 천장에 매달린 샹들리에로 시선을 돌리며 긴 한숨을 내쉬었다. 눈물에도 재현이 꿈쩍하지 않자, 소아는 이번에는 '흑흑' 소리를 내며 어깨를 들썩거렸다.

"……미안해, 오빠."

"변명 듣기 싫다."

돌아오는 반응이 차갑기만 하자, 결국 소아는 재현의 팔을 매달렸다.

"나 좀 이해해줘. 어릴 때부터 오빠와 정해지는 바람에 연애 한 번 제대로 못 했단 말이야."

그녀의 애원에도 불구하고 재현은 소아를 매정하게 뿌리쳤다. 등을 돌려 다른 쪽으로 걸어가려는 재현을 소아가 막아섰다.

"그래, 좋아. 정훈이랑 깊은 사이야. 그렇다고 달라지는 게 뭔데?"

어느새 울음을 그친 소아가 크게 소리쳤다.

"누가 오빠랑 결혼 안 한대?"

"참 뻔뻔하군. 이곳까지 애인을 끌고 와선…… 뭐라고?"

재현은 밀회 현장을 들키고도 뻔뻔하게 화를 내는 소아가 기가 막혔다.

"그런 눈으로 보지 마. 오빤 나에게 뭐라 할 자격 없어. 하나 그룹 운영권과 막대한 재산. 오빠, 모든 걸 다 가졌잖아. 그런데 거기다 사랑까지 원한다고? 세상 그 어느 여자도 오빠보다는 오빠 뒤에 있는 하나 그룹을 먼저 볼걸?"

악에 받친 소아가 크게 소리 질렀다.

"입 다물어."

재현이 나직하지만 날카로운 목소리로 경고했다.

"넌 내가 그런 하찮은 감정에 연연할 거라고 생각해?"

얼어붙을 것 같은 싸늘한 미소를 떠올리며 그가 내뱉듯 말했다.

"사랑? 나에게는 거추장스러운 감정일 뿐이야."

재현은 경멸의 빛을 얼굴에 고스란히 드러내며 그대로 등을 돌려 밖으로 걸어 나갔다.

[기부는 무슨 기부를 한다고 그 야단법석이라니. 오빠는 왜 그런 데다 돈 낭비하는지 몰라?]

휴대폰 너머로 쌀쌀맞은 고모의 목소리가 흘러나왔다. 그녀는 무도회에 참가한 세희가 못마땅한 것 같았다. 서 여사는 기부라는 것 자체를 이해하지 못했다.

[기부할 돈이 있으면 정치인 주머니에나 찔러 넣으라고 해. 도움 안 되는 애들 병원비에 보태서 뭘 어쩌겠다고. 에휴, 네 아빠나 죽은 네 엄마나 난 도저히 이해 못 하겠다.]

불평을 쏟아내던 서 여사는 자신이 좀 심했다 싶었는지 다시 말투를 부드럽게 바꾸었다.

[하여간 오늘 밤은 내가 병원에 있을 테니까 넌 그냥 집에 가.]

"네, 고모."

고모의 말대로 세희는 온종일 여기저기 뛰어다니느라 온몸이 녹초가 된 상태였다. 이대로 집에 가서 따뜻한 물이 가득 찬 욕조에 들어가고 싶었다.

[그나저나 마음 단단히 먹고 있어. 아까 담당의가 그러는데 이번 주가 고비라더라.]

조금은 냉정하다 싶은 목소리로 서 여사가 말했다.

[내가 볼 땐 아무래도 며칠 못 넘기지 싶다.]

고모에게는 하나밖에 없는 오빠일 텐데……. 마치 타인의 이야기를 하는 것처럼 무덤덤하다.

십여 년 전, 남편을 잃고 세희와 동갑인 딸, 혜영을 두고 있는 서 여사. 그동안 세상 풍파를 겪어 감정이 무뎌져서일까?

[고모가 알아서 변호사와 처리할 테니까, 넌 회사 걱정은 하지 마라.]

서 여사는 회사에 더 관심이 많았다. 사고 소식을 듣자마자 한국에서 날아온 그녀는 병원보다 변호사 사무실을 더 자주 방문했다.

[네 아버지야 병원에서 어련히 잘 알아서 하겠니. 하지만 회사 일은 달라. 이럴 때 옆에서 감시해야지 아래 사람들이 엄한 생각 못 하는 거야.]

고모를 이해 못 하는 건 아니었다. 그녀마저 흔들리는 모습을 보여선 안 되니까. 그렇다 하더라도 다가올 죽음에 관해 아무렇지 않게 이야기하는 건…… 너무 잔인하다. 세희는 울컥 쏟아지려는 눈물을 참으며 달빛이 쏟아지는 바다를 향해 고개를 돌렸다.

❧

"제기랄."

재현은 짧게 욕설을 내뱉으며 힘차게 액셀러레이터를 밟았다. 그와 동시에 '부우웅' 엔진의 묵직한 소리가 울려 퍼지며 샛노란 스포츠카가 튕기듯 앞으로 나아갔다.

얼마나 달렸는지 모르겠다. 속도계의 바늘이 한계점을 향하여 바르르 떨릴 때까지 재현은 차의 속도를 늦추지 않았다. 차창 밖으로 풍경이 빠르게 지나가면 지나갈수록 그 안에 내재했던 분노도 주체할 수 없을 정도로 커져만 갔다. 주위를 둘러싼 믿음이 한순간에 형체도 없이 와르르 무너져갔다.

─오빠, 모든 걸 다 가졌잖아. 그런데 거기다 사랑까지 원한다고?

비아냥거리는 소아의 목소리가 귓가에 울려 퍼지는 듯하자 재현은 자신도 모르게 브레이크에 발을 올렸다.

끼이이익─.

차가 급정거하며 선명한 타이어 자국을 도로 위에 검게 새겼다.

사랑? 누가 그따위가 필요하다고 했나! 나 역시 장난 같은 감정놀이는 사양이야. 단지 꼭두각시처럼 놀아났다는 게 분할 뿐이지.

운전대를 꼭 잡은 재현의 두 손이 분노로 부들부들 떨렸다. 재현은 차의 시동을 끄고 힘없이 좌석 등받이에 몸을 기댔다. 그래도 쉽사리 진정되지 않았다.

"젠장."

재현은 주먹으로 운전대를 세게 내리치며 다시 한 번 욕설을 내뱉었다. 빠르게 차 문을 열고 밖으로 나와 거친 호흡을 골랐다. '탕' 소리 나게 차 문을 닫은 후, 차 키를 주머니에 쑤셔 넣었다. 그리고 길모퉁이에 차를 세워둔 채, 무작정 걸었다.

어느새 그의 시야로 탁 트인 바다의 풍경이 들어왔다. 홀린 듯 호텔을 빠져나와 무작정 차를 몰았는데 바다가 내려다보이는 절벽까지 온 모양이다. 저 멀리 수평선 위, 진한 어둠 위로 둥그스름한 달이 금빛으로 반짝이고 있었다.

부스럭. 부스럭. 걸음을 옮길 때마다 가을에 쌓인 낙엽들이 그의 발밑에서 힘없이 부서져나갔다.

"흑…… 흐으윽."

그때 어디선가 정체불명의 소리가 들렸다. 소리가 나는 쪽으로 고개를 돌리자, 누군가 나무 밑에 웅크리고 앉아 있었다.

울음소리였나? 흐릿한 윤곽으로 보면 어린 소녀 같은데…….

훌쩍이던 소녀는 인기척을 느꼈는지 금세 울음을 멈추고 천천히 옆으로 고개를 틀었다. 어디선가 낯익은 얼굴이 시야에 들어왔다.

"세라?"

그녀가 커다란 눈에 눈물이 그렁그렁한 채 그를 올려다보았다.

13. 반지가 손가락에 맞는다면

그사이 옷을 갈아입었는지 세희는 물 빠진 청바지에 두꺼운 스웨터 차림이었다. 재현이 미간을 좁히며 천천히 다가가자, 세희는 나무에 손을 짚으며 슬그머니 몸을 일으켰다. 이곳에서 그를 다시 보게 될 거라곤 전혀 예상 못 했는지 당황한 기색이 역력했다.

소아가 흐느낄 때는 눈 한 번 깜빡하지 않은 주제에, 그녀의 눈물에는 기분이 언짢았다. 목구멍에 이물질이 걸린 듯 거북하고, 딱히 표현할 수 없게 무언가 거슬렸다. 한동안 세희를 바라보던 재현이 한쪽 입매를 비틀었다.

"혼자 있고 싶었는데……. 하, 그것마저 마음대로 안 되다니. 오늘은 뭐 하나 제대로 되는 게 없는 날이군."

재현의 투덜거림에 세희는 손등으로 눈물을 훔치며 입술을 지그시 깨물었다. 그와 다시 부딪힐 거라곤 전혀 예상치 못했기 때문에 그를 본 순간, 머릿속이 하얗게 텅 비어버렸다.

우는 모습 같은 거, 보이고 싶지 않았는데……. 세희는 빠르게 그에게로부터 등을 돌렸다.

"여긴 내가 먼저 왔거든요. 혼자 있고 싶으면 저쪽으로 가세요."

세희가 손가락으로 반대쪽을 가리키자, 그는 픽 쓴웃음을 지었다.

"좋아. 먼저 온 사람에게 양보하지. 하지만 그 전에……."

재현은 코트 주머니에서 손수건을 꺼내어 불쑥 세희 앞으로 내밀었다.

"자, 이래도 내가 젠틀맨과 거리가 멀어?"

세희는 생각하지 못한 친절에 멍하니 그를 바라보았다. 그리고 잠시 후, 그가 내민 손수건을 조심스럽게 받아 들었다.

"……고마워요."

세희가 손수건으로 눈물을 훔치는 모습을 보며 재현은 살며시 미소를 떠올렸다.

겉으론 어른스러운 척했지만, 그녀는 아직 속이 여린 소녀일 뿐이다. 세희에게서 등을 돌리며 코트 주머니에 손을 넣는 순간, 뭔가 매끄러운 물체가 그의 손끝에 닿았다.

차가운 감촉. 아, 맞다. 아까 장난감 반지를 무심결에 주머니 속으로 넣었었지.

한동안 반지를 만지작거리던 재현은 다시 세희를 향해서 뒤를 돌았다.

"이건 어떨까?"

재현은 슬그머니 반지를 꺼내며 그녀의 눈을 똑바로 응시했다.

"이게 손가락에 맞는다면……."

이어서 고개를 숙여 그녀의 귓가에 나직하게 속삭였다.

"울음을 멈추는 거."

동시에 재현은 세희의 손을 움켜쥐고는 재빨리 장난감 반지를 손가락에 밀어 넣었다. 재현의 돌발적인 행동에 세희가 깜짝 놀란 듯 눈을 크게 떴다. 그러나 곧 반지를 알아본 세희가 놀란 얼굴로 물었다.

"그쪽이 어째서 이걸 가지고 있어요?"

"그것보단 손가락에 반지가 딱 맞는다는 게 더 중요하지 않을까?"

"당연하죠. 이거 원래 내 반지였는데……."

아무렇게나 반지를 던져버렸던 것이 생각난 세희는 미안한 마음에 입을 다물었다. 고개를 숙인 채 반지를 들여다보는 세희에게 재현이 자상한 목소리로 타이르듯 말했다.

"시간이 많이 늦었다. 더 어둡기 전에 그만 집에 돌아가. 부모님이 걱정하시잖아."

"아……."

'부모님'이란 말에 다시금 그녀의 눈에 눈물이 그렁그렁 맺혔다. 당황했는지 그녀는 빠르게 눈을 깜박이며 아랫입술을 꼭 깨물었다. 그러나 이미 나와버린 눈물은 뺨을 타고 또르르 흘러내렸다.

한 손으로 눈물을 닦아내는 세희를 바라보던 재현은 말없이 등을 돌렸다. 아무래도 자리를 피하는 게 낫겠다. 아까부터 그녀의 우는 모습이 영 거슬렸다.

이 아이도 여인으로 성장한 뒤에는 저런 모습으로 남자를 유혹하겠지. 소아가 그랬던 것처럼, 다른 여자들이 그러는 것처럼……. 여자라는 존재는 그저 멀리하는 게 좋다.

세워둔 차에 돌아와 차 문을 열던 재현은 흠칫 동작을 멈췄다.

곧 어두워질 텐데…….

이런 외진 곳에 그녀 혼자 있다는 데 생각이 미쳤다. 근처에 차를 세워둔 것 같지도 않았다. 어찌 되었든 성년인 그는 미성년자인 그녀를 보호할 책임이 있었다.

재현은 경솔한 자신을 탓하며 도로 차 문을 닫고 서둘러 세희를 만났던 장소로 뛰어갔다. 그러나 그가 다시 장소에 도착했을 때는 세희는 이미 흔적도 없이 사라진 후였다.

휘이잉―.

차디찬 바닷바람만이 그녀가 서 있던 자리를 황량하게 쓸고 지나갔다.

"미안하다, 세희야."

코마에서 깨어난 아버지의 입에서 나온 첫 마디였다. 그는 그렇게 깨어나 몇 시간을 세희와 서 여사, 윤 변호사와 간단한 이야기를 나누었다. 그러나 잠깐의 호전은 가족에게 마지막 인사를 하기 위한 마지막 배려였나 보다.

"나에게 무슨 일이 생기면…… 고모를 따라서 한국에 가거라."

"아빠."

"……세라를…… 그러니까, 우리 세희를 부탁한다."

아버지는 세라 대신 '세희'라는 한국 이름을 부르며 서 여사에게 그녀를 부탁했다. 그것이 그의 마지막 유언이 되었다.

그는 먼저 간 아내를 따라갔고, 장례식은 조촐하게 치러졌다. 장례식을 마치고, 윤 변호사에 의해서 유언장이 공개되었다.

"뭐라고요? 말도 안 돼! 당신들 지금 사기 치는 거지?"

서 여사는 가족에게 남겨진 유산이 하나도 없다는 사실에 경악했다.

앨버트 서는 남미에서 광산업으로 큰돈을 벌었고 그 후 미국에 진출해서 쇼핑몰 등 커다란 건설 프로젝트에 참여했다. 억만장자였던 그가 재산을 한 푼도 남기지 않았다니, 서 여사가 흥분할 만도 했다.

윤 변호사가 곤란한 표정으로 서 여사에게 상황을 설명했다.

"몇 해 전 남미에서 일어난 지진으로 광산업이 타격받았고, 재작년부터 크게 벌였던 쇼핑몰 프로젝트마저 실패로 돌아갔습니다. 그래서 그동안 자금 압박에 꽤 시달렸습니다."

"아무리 그래도 그렇지. 어떻게 한 푼도 없어요. 그게 말이 돼요?"

"회사는 이미 채권단에 넘어간 상태이고 남은 건 저택과 근처 토지뿐이었습니다. 할 수 없이 저택과 토지를 저당 잡혀 은행에 자금을 빌렸습니다. 본인이 사망하면 저택을 팔아 대출금을 상환하고 나머지 금액은 사회에 기부하는……."

"제정신이에요?"

서 여사가 윤 변호사의 말을 자르며 크게 소리를 질렀다.

"그 돈을 왜 사회에 기부해요? 그 유언장 언제 작성한 거예요? 당신들, 오빠가 정신없을 때 뭔가 작당을 부린 게 분명해."

"고모, 진정하세요."

발악하는 서 여사를 세희가 끌어안으며 말렸다.

"아저씨, 고모는 제가 설득할 테니까 어서 가세요. 어서요."

윤 변호사는 어두운 표정으로 고개를 끄덕인 후, 서둘러 서류를 챙겨 거실을 빠져나갔다.

세희 앞에 남겨진 유산은 생일 선물로 받은 빨간 스포츠카가 전부였다. 하지만 세희는 아버지를 원망하지 않았다. 지금까지 부모님께 어떤 재물로도 환산할 수 없는 사랑을 받았으니까. 행복한 추억을 남겨주었으니까.

"아빠, 엄마."

세희는 거실 벽난로 위에 놓인 가족사진을 바라보며 애써 미소 지었다.

❧❧❧

재현이 갑자기 거실로 들어오자 소아가 황급히 전화를 끊었다. 상대가 누군지 물어볼 필요도 없었기에 재현은 그저 눈살만 찌푸렸다.

"아직도 정리 안 했어?"

"난 정리한다고 한 적 없어."

소아는 뻔뻔스럽게 태연한 얼굴로 그를 마주 보았다.

"어차피 이 결혼, 우리에겐 아무 의미 없잖아. 하나 그룹과 대안 그룹과의 정략결혼일 뿐이야."

"그래서 애인을 두고 나와 결혼하겠다?"

"안 될 건 또 뭐야?"

"좋은 말로 할 때 정리해."

두 사람 사이에 숨이 막힐 것 같은 무거운 침묵이 흘렀다.

한참이 지난 후, 소아가 입을 열었다.

"그럴 거면 우리 이 결혼 없던 걸로 해."

"뭐? 없던 걸로 하자고?"

소아의 입에서 나온 말이 믿기지 않는다는 듯 재현이 되물었다.

"오빠 사랑이란 걸 한 번도 해본 적 없지? 사랑은 그렇게 쉽게 정리되는 게 아니야."

또 그놈의 지겨운 사랑 타령이다. 재현은 미니바로 걸어가 장식장 안에 놓인 위스키 병을 꺼냈다. 그러고는 치밀어 오르는 분노를 꾹 내리누르며 잔에 위스키를 따랐다.

"너, 전에 나에게 사랑해서 결혼하느냐고 물었었지."

술잔을 입가에 가져가며 그가 입꼬리를 말아 올렸다.

"물론 아니야. 나에게 결혼은 일종의 사업이야. 그러니까 철부지 어린애 같은 소린 집어치워."

"사랑 없는 결혼은 싫어!"

소아가 떨리는 목소리로 외쳤다.

"그래서 이제 와서 없던 걸로 하자고? 여기서 결혼이 무산되면 어떤 소문 이 날지 몰라서 그래? 그러다 주가라도 하락하면 대안 그룹에서 책임질 거 야?"

"책임지면 될 거 아냐! 아빠한테 다 말할 거라고."

소아가 등을 돌려 거실에서 나가려 하자 재현은 들고 있던 봉투에서 서류를 꺼내 들었다.

어젯밤 지시를 내린 적도 없는데 안 실장에게서 전화가 걸려왔었다. 그는 안부 인사를 생략한 채, 본론으로 들어갔다.

[흥미로운 정보가 있어서 방금 이메일로 보냈습니다. 읽고 알아서 처리해 주십시오. 어떤 수단을 쓰든, 회장님은 도련님의 뜻을 존중한다고 하셨습니다.]

이메일은 소아와 그녀의 애인에 관한 내용이었다. 이 회장은 이미 다 알고 있었다는 이야기였다. 아무 말도 없다가 지금에서야 슬쩍 정보를 흘린 이유는 뻔했다.

그만큼 대안 그룹과의 정략결혼이 중요하단 거겠지. 무슨 수를 써서라도 그녀를 잡으라는 무언의 압박.

재현은 손에 든 서류를 내려다보며 짧게 한숨을 내쉬었다.

그래, 어차피 누구와 결혼하든 나와 상관없는 일이다.

"그 녀석에 관해서 뒷조사를 해봤어. 하나 그룹의 하청 업체 아들이던데. 하청을 끊어버린다면 아무리 탄탄한 업체라도 부도나는 건 시간문제겠지?"

그의 말에 소아가 경악한 표정으로 돌아보았다.

"지금 나에게 협박하는 거야?"

소아가 창백한 얼굴로 파르르 떨자, 재현은 입매를 비틀며 어깨를 으쓱거렸다.

"협박이라기보다는 경고라고 해두지. 난 곁가지 있는 여자와 결혼할 생각 없거든."

"날 사랑하지도 않으면서."

소아가 주먹을 불끈 쥐며 큰소리로 외쳤지만, 재현은 표정 하나 바꾸지 않은 채 싸늘하게 말했다.

"앞으로 약혼식까지 얼마 남지 않았어. 사랑 타령 그만하고 당장 정리해."

재현은 협박하듯 강한 어조로 말한 후, 단숨에 술잔을 비웠다.

❧

"세희야, 이 드레스 어떻게 할 거니?"

짐을 챙기던 서 여사가 침대 위에 놓인 이브닝드레스를 집어 들었다.

"아, 그거. 돌려줘야 해요."

"네 거 아니었어?"

"아니에요."

"꼭 돌려줘야 하니? 잃어버렸다고 해도 되잖아? 이렇게 비싼 옷이라면 어차피 보험 들어놨을 텐데……."

"네에?"

"저 수정, 하나씩 떼어서 팔면 좋을 텐데."

서 여사의 황당한 말에 세희는 황급히 드레스를 잡아챘다.

"오늘까지 돌려줘야 했는데 깜박했네요. 말 나온 김에 돌려주고 올게요."

단호한 세희의 표정에 서 여사가 할 수 없다는 듯이 긴 한숨을 내쉬었다.

"그래, 빨리 갔다 와라. 오늘 중으로 대충이라도 짐 다 싸야 하니까. 이번 주 내로 집 비워야 해."

"네, 고모."

세희는 가볍게 고개를 끄덕이고 드레스를 챙긴 후, 후다닥 방을 뛰어나갔다. 차에 올라탄 세희는 혹시라도 고모가 따라올까 떨리는 손으로 서둘러 시동을 걸었다.

한적한 거리를 달려 15분 만에 키넬 디자인 스튜디오에 도착한 세희는 차 문을 닫고 뒷좌석에 고이 모셔둔 이브닝드레스를 팔에 걸었다. 그러곤 스포츠카의 차체를 손으로 쓰윽 쓰다듬었다.

이 차를 몰고 다닐 날도 얼마 남지 않았다. 만으로 16세 6개월이 넘으면 운전할 수 있는 미국과 달리, 한국은 만 18세가 넘어야 한다. 서 여사는 차를 팔아서 한 푼이라도 더 목돈을 마련하라고 그녀를 설득했다.

"세라."

그녀가 스튜디오 안으로 들어서자 매니저인 제시카가 환하게 웃으며 다가왔다. 한국계 미국인인 제시카는 단골인 세희를 마치 친동생처럼 챙겨주었다.

"드레스 반납하러 왔어요. 늦게 돌려드려서 죄송해요. 행사가 끝나자마자 가져왔어야 하는데……."

"어머, 몰랐니? 이거 반납할 필요 없어. 키넬 선생님이 너를 위해서 특별히 만들어 선물한 거야."

"그냥 받기엔 너무 값비싼 물건인 걸요."

"괜찮아. 네가 돌려줬다는 걸 알면 키넬 선생님이 무척 서운해하실걸?"

─저 수정, 하나씩 떼어서 팔면 좋을 텐데.

순간 서 여사의 목소리가 귓가에 울려 퍼졌다. 이 드레스를 도로 가져간다면, 서 여사의 손에 수정 장식이 하나하나 떼어져 넝마처럼 될 것이다. 세희는 세차게 고개를 내저으며 제시카에게 드레스를 내밀었다.

"한국에 가면 입을 일도 없을 거예요. 그렇다고 그냥 옷장에 처박아놓기도 그렇고."

"그러면 이러자."

눈을 가늘게 뜨며 뭔가를 궁리하던 제시카는 묘안이 떠오른 듯 손뼉을 짝 마주쳤다.

"우리가 보관해줄게. 네가 다시 필요할 때 언제든지 와서 찾아가. 그동안은 여기에 디스플레이 해놓을게."

"그래주시겠어요?"

"그럼."

세희는 떨리는 손으로 드레스 자락을 쓰다듬었다. 솔직히 이대로 포기하기엔 마음이 씁쓸했다. 그런데 나중에라도 다시 찾을 수 있다는 희망이 생기자, 한껏 기분이 나아졌다.

그때 문이 열리며 한 쌍의 남녀가 스튜디오 안으로 들어섰다. 무심결에 뒤를 돌아본 세희는 문 앞에 서 있는 재현과 소아를 본 순간 그 자리에 얼어붙어버렸다.

앞쪽으로 시선을 돌리던 재현 역시 멀리 서 있는 세희를 발견하곤 미간을 찌푸렸다. 소아의 약혼식 드레스를 맞추러 온 곳에서 그녀를 다시 만나게 될 줄이야!

"세라?"

재현은 자신도 모르게 제자리에 우뚝 서버렸다. 그동안 무슨 일을 겪었는지 그녀는 눈에 띄게 야위어 있었다. 도도해 보이던 눈빛은 지금은 왠지 모르게 서글퍼 보였다. 그런 모습에 재현은 기분이 가라앉으며 가슴이 답답해졌다.

저 남자, 왜 그런 눈으로 바라보는 거지?

재현과 시선이 얽히자 세희는 황급히 고개를 옆으로 돌려버렸다. 그의 얼굴에 떠오른 걱정스러운 표정에 마음이 불편했다. 그의 따뜻한 눈빛에 괜스레 눈물까지 핑 돌려고 했다. 이미 한 번 우는 모습을 들켜버렸는데 또다시 약한 모습을 보일 수는 없었다.

세희는 꼿꼿이 고개를 들고 출입문 쪽으로 또박또박 걸어갔다. 두근두근. 그에게 가까워질수록 심장 박동이 빨라졌다. 세희는 그대로 재현을 지나쳐 스튜디오 밖으로 걸어 나갔다.

세희가 시선 한 번 마주치지 않고 지나치자, 재현은 반사적으로 등을 돌려 그녀의 뒷모습을 좇았다.

"너 먼저 옷 골라보고 있어."

재현은 소아에게 양해를 구한 후 서둘러 스튜디오 밖으로 세희를 따라나섰다.

딱히 특별한 이유는 없었다. 아무 일 없느냐고, 정말 괜찮으냐고 안부를 물을 작정이었다. 그 이상도 그 이하도 아니었다. 그저 그녀의 홀쭉한 모습이 마음에 걸렸을 뿐이었다.

밖으로 나가자 세희는 이미 차에 올라 시동을 걸고 있었다.

"잠깐만."

재현이 급하게 뛰어갔지만, 세희는 그에게 눈길 한 번 주지 않고 차를 출발시켰다. 그리고 곧 그의 시야에서 사라져버렸다.

재현은 제자리에 선 채, 멀리 사라지는 빨간 스포츠카를 오랫동안 바라보았다.

공주 대접을 받을 거라곤 기대하지 않았다. 하지만 그렇다고 시녀 대접을 받을 거라고도 예상하지 못했다. 한국에 오고 나서 얼마간 서 여사는 자상하고 따뜻하게 세희를 돌봐주었다. 그러나 이유 있는 친절은 그리 오래가지 않았다.

"뭐라고? 정말로 한 푼도 없다고? 채권단 눈을 속이려고 했던 게 아니라, 진짜로 없다는 거야?"

세희가 정말로 무일푼이란 걸 알게 된 서 여사는 그녀의 짐을 주방 옆 창고 방으로 옮겨버렸고, 교통비와 휴대폰 요금을 제외하곤 모든 용돈을 끊어버렸다.

"먹여주고 재워주고 공부까지 시켜주는 게 어딘데. 용돈은 네가 스스로 벌어, 알았니?"

"네, 고모."

세희는 서너 정거장 되는 거리는 버스를 타는 대신 걸어가는 것으로 돈을 아꼈다. 학업에 방해되지 않는 선에서 간단한 아르바이트도 했다. 서 여사는 새 옷을 사주는 대신 혜영이 체중이 늘면서 맞지 않게 된 옷들을 세희에게 물려주었다. 하루하루가 다르게 세희를 대하는 서 여사의 태도는 싸늘해갔다. 어떨 때 보면 과연 가족일까 하는 생각이 들 정도로 매몰찰 때가 한두 번이 아니었다.

시간은 흘러갔다. 어떨 땐 빠르게, 가끔은 느릿하게…….

기억 속 재현의 모습은 서서히 희미해져 갔고, 귓가에 울려 퍼지던 나직한 목소리 역시 점점 옅어졌다. 기나긴 시간은 그날의 추억을 형체를 알 수 없는 뿌연 이미지로 바꾸어놓았다. 그렇게 10년이란 세월은 두 사람 사이에 깊고도 어두운 망각이라는 늪을 만들었다.

〰〰〰

세희는 자신의 앞에 서 있는 재현을 말없이 올려다보았다. 그녀를 향해 자상하게 웃어주던 왕자님은 전혀 다른 남자가 되어 있었다.

하지만 상대를 밑바닥까지 꿰뚫을 것처럼 바라보는 강렬한 눈빛만은 그대로였다. 비웃는 듯 살짝 입매를 비튼 미소까지……. 어쩌면 그녀의 직감은 그를 첫눈에 알아보았을 것이다. 단지 그녀의 이성이 막연한 불안함으로 그의 존재를 부정했는지도 모르겠다.

그렇다면 재현은? 그녀를 전혀 알아보지 못하는 걸까? 조금의 의아심도 없는 걸까?

세희는 재현을 빠히 쳐다보다 조심스럽게 입을 열었다.

"혹시 제게 하실 말씀 없으신가요?"

"할 말이라니, 뭘 말하는 거지?"

재현은 눈을 가늘게 뜨며 그녀를 내려다보았다. 평소에도 감정을 쉽게 드러내지 않는 재현이기에 세희는 그가 어떤 생각을 하는지 전혀 짐작할 수 없었다.

"이 곡, 요한 슈트라우스 2세의 '비엔나 기질'이에요. 생각나는 거 없으세요?"

곡명을 알려주면 혹시라도 그가 기억해내지 않을까 기대했지만, 재현은 미간만 찡그릴 뿐 아무런 반응도 보이지 않았다.

그래, 곡을 듣는다고 알아차릴 정도의 관심이면 그녀를 만나면서 뭔가 의아해했어야 했다. 하지만 재현은 언제나처럼 싸늘한 눈으로 그녀를 마주 볼 뿐이었다.

"아닙니다. 됐습니다."

세희는 쓸쓸하게 웃으며 고개를 돌려 시선을 외면했다. 재현의 눈빛에 작은 일렁임이 일었지만, 이내 사라졌다.

"댄스 플로어 상태 확인은 그만해도 될 것 같습니다. 그럼 전 이만."

그러나 미처 등을 돌리기도 전에 재현의 손이 거세게 그녀의 허리를 휘감았다.

"앗!"

순간 중심을 잃은 세희가 품에 안기듯 재현의 가슴에 넘어졌다. 당황한 세히는 두 손으로 그의 가슴을 짚으며 재현을 올려다보았다.

"아직 곡이 끝나지 않았어."

재현은 싸늘한 목소리로 내뱉듯이 말하고는 세희의 허리를 감싸며 계속해서 스텝을 밟아나갔다. 세희는 할 수 없다는 듯 작게 한숨을 내쉬더니 잠자코 그의 리드에 따랐다.

"저번 인터뷰에서 왈츠를 추는 건 별로라고 하지 않으셨나요? 무도회도 전혀 안 가봤다고……."

"그런데?"

"그거 다 거짓말이잖아요. 무도회에 한두 번 가본 솜씨가 아닌걸요."

세희는 불평하듯 투덜거리며 재현을 향해 싱긋 웃어 보였다. 그녀의 눈꼬리가 완벽하게 호를 그리며 부드럽게 휘었다.

'제길.'

그녀의 눈부신 미소에 재현은 속으로 욕설을 퍼부으며 어금니를 꽉 깨물었다. 겉으로는 평온을 가장하며 무표정을 유지했지만 속은 바짝바짝 타들어가다 못해 숨이 막힐 지경이었다. 그녀를 파티장에서 마주친 순간부터 재현의 머릿속은 뒤죽박죽 엉켜버렸다.

평소에도 자꾸만 이끌리는 시선을 붙잡느라 곤혹스러웠는데, 오늘 그녀는 아예 10년 전, 그날의 모습으로 눈앞에 나타났다. 아름다운 얼굴을 한층 돋보이게 하는 메이크업과 화려하면서도 자연스러운 헤어스타일, 가녀리면서도 풍성한 몸매를 한껏 드러내는 하얀 이브닝드레스까지.

10년 전에 함께했던 청초한 소녀는 이젠 완연한 여인이 되어 그의 품에 안겨 있었다. 그녀의 허리에 손을 얹는 것만으로도, 그녀와 시선이 마주치는 것만으로도 가슴이 터져버릴 것만 같았다. 그녀의 달콤한 향기에 그의 차디찬 이성은 마비되어버린 지 오래였다.

이대로 그녀를 품에 끌어당겨 당장에라도 촉촉한 입술을 맛보고 싶었다. 그러면 심장이 멈춰버릴 것 같은 두근거림이, 목이 타들어가는 듯한 갈증이 조금이라도 가실까?

재현은 한 가닥 남은 자제의 끈을 꼭 움켜쥐며 한껏 냉정한 눈빛으로 그녀를 마주 보았다.

⚜

왈츠는 서서히 클라이맥스를 향해 흘러갔다. 영원히 계속될 것 같던 왈츠가 막바지에 다다르자, 세희는 제자리에 멈추며 두 손으로 치맛자락을 살며시 움켜쥐었다. 그리고 10년 전 그날처럼 우아한 동작으로 재현에게 무릎을 굽혀 인사했다.

"전 이만 이사님께 가보겠습니다."

세희는 재현에게 고개를 숙여 인사한 뒤, 그대로 등을 돌려 댄스 플로어를 걸어 나갔다. 재현은 감정 없는 눈빛으로 그녀를 바라볼 뿐 아무런 말도 하지 않았다.

댄스 플로어를 걸어 나가는 세희의 얼굴에 쓰디쓴 미소가 내려앉았다.

괜히 바보처럼 혼자 설레었어. 그는 기억하지 못할 거야. 10년 전의 일인걸. 지금까지 참석한 파티도 한둘이 아닐 테고. 스쳐 지나간 인연은 또 얼마나 많을까.

그날의 일을 기억한다 한들 재현은 아마 세라라는 소녀만을 기억할 것이다.

화려했던 세라가 지금의 세희가 되었다는 건 꿈에도 생각하지 못할 거야. 두 사람의 차이는 그만큼 하늘과 땅 차이인걸.

그때였다. 댄스 플로어를 걸어 나가는 세희의 앞을 20대 초반으로 보이는 앳된 여자가 가로막았다.

세희는 무슨 일이냐는 표정으로 여자를 바라보았다. 샛노란 이브닝드레스를 입은 여자는 눈이 휘둥그레질 만큼 아름다웠지만 그녀의 예쁜 얼굴은 뭔가에 기분이 상한 듯 심하게 찡그려져 있었다.

미라는 세희의 이브닝드레스에서 눈을 뗄 수가 없었다. 하늘거리는 하얀 드레스는 세희를 위해 특별히 맞춘 것처럼 몸에 딱 들어맞았다.

유명한 할리우드 여배우가 아카데미 시상식에서 선보인 디자인으로 그 여배우를 위해서 한 벌, VIP 고객을 위해서 딱 두 벌 더 만들었다고 들었다. 문제는 난리를 쳐서 손에 넣은 그 드레스가 맞지 않았다는 거다. 가슴과 엉덩이 부분은 품이 남아 헐렁했고 허리는 숨도 쉴 수 없을 정도로 꽉 끼었다.

몸에 맞게 수선하려면 2주 넘게 걸린다는 말에 할 수 없이 포기했던 미라는 "꼭 끼는 거야 며칠 굶으면 되고, 헐렁한 거야 속옷으로 보정하면 되지 않을까?"라는 친구 승미의 말에 "맞아!"를 외치며 다시 달려갔었다. 그런데 그 옷을 다른 누구도 아닌 정연이 사 갔단다. 그래도 시누이가 될 사람이니까 화나도 꾹 참았더랬다. 그랬는데…….

세희가 재현의 품에 안겨 왈츠를 추었다는 사실은 안중에도 없었다. 자신이 찍은 옷을 감히 그녀가 입고 있다는 사실에 화가 치밀어 올랐다. 도대체 어떤 속옷을 입었기에 저 드레스가 몸에 맞는 거지?

"야, 너!"

"저 말인가요?"

세희가 무슨 일이냐는 듯 눈을 깜빡거렸다. 미라는 세희를 매섭게 노려보며 '너, 오늘 나한테 잘 걸렸다!'라는 심정으로 손가락을 까닥거렸다.

"방금 '야, 너!'라고 했나?"

그런데 난데없이 나직하면서 깊은 울림이 있는 남자의 목소리가 뒤에서 들렸다. 어딘가 익숙한 목소리. 성우 뺨치게 멋진 목소리의 주인공은……? 불길한 예감에 살며시 고개를 돌리던 미라는 뒤에 서 있는 재현을 발견하

곧 화들짝 놀랐다.

"재현 오빠!"

이게 꿈이야, 생시야? 미국 유학을 간 이후 사진과 비디오로만 볼 수 있었던 재현 오빠!

미래의 남편이 될 이재현 전무가 검은 턱시도를 입고 마치 패션모델 같은 자태를 뽐내며 서 있었다. 그런데 그녀만 반가운가 보다. 입을 벌리며 환하게 웃는 미라와는 달리 재현은 찬바람이 쌩 돌 정도로 싸늘한 표정이었다.

"내가 잘못 들었나? 방금 '야, 너!'라고 한 것 같은데."

재현이 다시 물어오자 미라는 이해가 되지 않는다는 듯 미간을 찌푸렸다. 왜 기분 나쁜 표정이지? 저 여자에게 반말했다고? 설마.

"초면인 사람에게 '야, 너!'라고 한 거야?"

자신의 예상이 맞아떨어지자, 미라의 눈이 동그랗게 커졌다. 정말 오랜만에 만났는데 그동안 잘 지냈느냐는 말 한마디 없이 저 여자 편을 들다니! 순간 욱하고 화가 치밀어 올랐지만 애써 분노를 내리눌렀다. 다른 사람은 몰라도 재현에게만은 천사처럼 착해야 하기에 미라는 재현을 향해 상냥하게 웃으며 구차한 변명을 늘어놓았다.

"전 그냥 'Hey, you!'이랬던 건데요. 'Hey, you!'가 '야, 너!'잖아요. 아, 알겠다. 한국말로 '야, 너!' 하면 초큼 싸가지가 없어 보이긴 하겠네요. 'Hey, you!' 이러면 아무 문제없는데……."

미라는 서둘러 세희에게 고개를 돌리며 찡긋 윙크를 날렸다.

"Sorry. 제가 미쿡에 오래 살아서 그래요. You know what I'm talking about, right?"

미라는 한국말이 서투른 것처럼 혀를 살짝 굴려가며 어깨를 으쓱거렸다.

뭐지, 이 여잔? 괜찮다고 영어로 대답해야 하나? 한국말로 대답해야 하나? 세희는 잠시 고민에 빠졌다. 미라는 세희가 자신의 말을 못 알아들었다고 오해했는지, 한 손으로 입을 막으며 '호호호' 웃기 시작했다.

"미안, 미안. 내가 워낙 본토 발음이라서 그쪽이 알아듣기 초큼 어려울 거예요."

"아, 네."

솔직히 어디 발음인지는 모르겠지만, 세희는 고개를 끄덕거리며 미라의 장단에 맞춰주었다. 미라는 한 손으로 세희의 어깨를 토닥거리며 말을 꺼냈다.

"그쪽이 입은 드레스. 나도 사려던 거예요. 유행에 쬐끔 뒤처진 것 같아서 살까 말까 망설였는데, 정연이 언니가 사 갔더라고요. 그런데 그쪽이 입고 있잖아요. 어찌 된 건지 궁금했어요."

"이정연 이사님이 구입하신 것 맞습니다. 저는 그저."

"지금 이렇게 한가하게 잡담하고 있을 틈이 없을 텐데."

갑자기 재현이 두 사람의 대화를 끊어버렸다. 그는 미라를 위아래로 훑어본 후, 못마땅한 표정으로 눈살을 찌푸렸다.

"준비가 덜 된 것 같은데. 그런 모습으로 파티에 나올 거야?"

"네? 이 모습이 어때서요?"

당황한 듯 미라의 말꼬리가 흐려졌다. 무슨 소리지? 완벽하게 준비했는데? 메이크업이 마음에 안 드나? 아니면 헤어스타일? 미라의 예쁜 얼굴이 당장에라도 울음을 터뜨릴 것처럼 구겨졌다.

"그래요, 오빠. 마저 준비해야겠어요. 이따 파티에서 봐요."

미라는 말이 끝나는 동시에 후다닥 호텔 건물 쪽으로 달려갔다. 드레스 자락을 잡고 허둥지둥 달려가는 미라를 노려보던 재현이 세희에게로 고개를 돌렸다. 세희는 의아한 표정으로 그와 미라의 뒷모습을 번갈아 바라보는 중이었다.

"잘 아는 사이예요?"

"잘 아는 것까지는 아니고. 어렸을 때, 몇 번 모임에서 만났어. 그리고 어쩌면 정략결……"

휘이잉―.

순간 어디선가 불어온 바닷바람에 세희의 머리카락이 산들거리며 한쪽 눈가를 덮어버렸다. 세희가 고개를 틀며 눈을 찡그리자, 재현은 한 손을 뻗어 머리카락을 넘겨주었다. 예상하지 못한 자상한 손길에 세희가 당황한 듯 눈을 동그랗게 떴다. 그녀의 얼굴에서 손을 내리며 재현이 속삭이듯이 입을 열었다.

"……만약에 말이야."

하지만 다음 말은 이어지지 않았다. 그는 그저 알 수 없는 표정으로 그녀를 뚫어지게 바라보았다. 짧지만 영원 같은 침묵이 두 사람 사이를 감쌌다. 먼저 숨 막히는 정적을 깬 건 재현이었다.

"오늘 누나 좀 옆에서 잘 챙겨줘."

"네. 걱정하지 않으셔도 돼요."

"그래. 고맙군."

말을 마친 재현은 그대로 등을 돌려 반대쪽으로 걸음을 옮겼다. 빠른 걸음으로 바닷가 절벽으로 향하던 그는 한 손으로 거칠게 나비넥타이를 풀어헤쳤다. 세희가 파티장에 나타난 순간부터 나락에 떨어진 기분이었다. 자꾸만 그녀에게로 향하는 눈길을 잡기 위해 이를 악물어야만 했다.

고작 여자 하나에 흔들리다니…….

그녀가 미소 지을 때마다, 그녀가 달콤한 향기를 흘릴 때마다, 그녀의 따뜻한 체온을 느낄 때마다 예민하게 반응하는 자신에게 참을 수 없는 짜증이 밀려왔다.

젠장, 모든 게 엉망이다!

재현은 세희를 파티에 끌고 온 정연을 원망하며 멀리 보이는 수평선으로 시선을 돌렸다. 혼란스러운 속마음처럼 오늘 파티 역시 엉망진창이 되어버렸으면 좋겠다.

재현은 두 눈을 감으며 긴 한숨을 내쉬었다.

⋰⁂⋱

수영장 밑바닥으로부터 올라오는 금빛 조명이 푸른 물 사이사이로 퍼지며 기묘한 무늬를 그려내고 있었다. 세희는 라운지체어에 기대앉아 바람에 일렁이는 수영장 물 표면을 물끄러미 바라보았다. 한참을 그렇게 한곳만 응시하던 세희는 테이블 위에 놓아둔 휴대폰을 집어 들었다.

시간을 확인한 그녀의 입에서 짧은 한숨이 흘러나왔다. 파티가 시작되려면 아직도 시간이 좀 남았다. 정연은 잠시 해결할 일이 있다며 객실로 가버리더니 감감무소식이었다.

휴대폰을 만지작거리던 세희는 슬쩍 정원 쪽으로 시선을 돌렸다. 재현은 마지막 준비로 바쁜 듯 총지배인과 심각하게 대화를 나누고 있었다. 가끔 그녀가 있는 곳을 쳐다보는 것 같긴 했지만, 워낙 멀리 떨어져 있어 과연 그녀를 바라보는지 아닌지는 정확히 알 수 없었다.

세희는 다시 휴대폰으로 시선을 돌리고는 사진첩을 열어 루카스가 보내준 사진을 꺼내보았다. 사진 속 재현은 하얀 드레스를 입은 그녀를 끌어안고 왈츠를 추고 있었다. 어느새 화면을 들여다보는 세희의 얼굴에 희미한 미소가 내려앉았다.

이 사진을 보여줄까?

그러나 곧 세희는 설레설레 고개를 내저었다. 사진을 보여줘봤자 '그래서 뭐?'라는 눈빛으로 싸늘히 쳐다볼 것이다. 세희는 쓸쓸한 표정을 지으며 다시 휴대폰을 테이블 위에 올려놓았다.

10년 전, 같이 왈츠를 춘 게 뭐 그리 대단한 거라고. 울고 있는 그녀에게 반지를 끼워준 게 뭐 그리 중요한 일이라고. '내가 그랬었나?' 하면서 비웃기라도 하면 다행일걸.

"후우."

세희는 두 손으로 턱을 괸 채 긴 한숨을 내쉬었다.

❧

"생각하면 생각할수록 열 받아 미치겠어!"

엘리베이터를 기다리던 미라가 갑자기 빽 소리를 질렀다. 지금까지 그녀의 신경질을 모두 받아준 승미가 또 시작이냐는 표정으로 눈을 흘겼다.

"어디서 개뼈다귀 같은 게 나타나서 신경을 건드려? 어우, 진짜 왕짜증!"

"눈앞에서 치워버리면 되잖아."

"어떻게 그래? 재현 오빠랑 정연 언니랑 잘 아는 사이 같던데."

"뭘 복잡하게 생각하니? 그냥 그 옷 확 찢어버려."

승미의 번뜩이는 아이디어에 미라의 눈이 갑자기 초롱초롱해졌다.

"그거 좋은 생각이다."

역시 친구를 잘 둬야 하는 거다. 방금까지도 세상 다 산 여자처럼 축 처져 있던 미라의 얼굴이 환하게 밝아졌다.

땡―.

엘리베이터가 도착하자, 미라와 승미는 음흉한 미소를 흘리며 빠르게 엘리베이터에 올라탔다. 문이 닫히고 얼마 지나지 않아 커다란 화분 뒤에서 턱시도를 입은 장신의 남자가 모습을 드러냈다. 남자는 날카로운 눈빛으로 두 여자가 사라진 엘리베이터 문을 노려보았다.

잠시 후, 남자의 얼굴에 메마른 미소가 떠올랐다.

"후, 이거 꽤 재밌겠는걸."

띠리리—. 띠리리—.

남자는 느긋한 동작으로 주머니에서 휴대폰을 꺼내 귀에 가져갔다.

"네, 민규한입니다."

듣기 좋은 중저음의 목소리가 복도에 나직이 퍼져나갔다.

"저기, 이봐요."

수영장 가장자리에서 수면에 반사된 불빛을 내려다보던 세희가 소리 나는 쪽으로 고개를 돌리자 미라가 어색한 표정으로 서 있었다.

"음…… 아까."

잠시 머뭇거리던 미라가 모깃소리만 한 목소리로 사과의 말을 꺼냈다.

"…… '야, 너!'라고 부른 거, 미안해요. 내가 아주 어렸을 때 미국 유학을 갔거든요. 그래서 한국말이 최큼 서툴러요. You understand that, right?"

세희의 어깨에 살며시 손을 올려놓으며 미라가 한껏 혀끝을 굴린 영어 발음으로 말했다.

"알아요. 신경 쓰지 마세요."

"이해해줘서 고마워요."

세라가 사과를 받아들이자, 미라는 눈가에 주름이 생길 정도로 활짝 웃어 보였다.

"어머!"

세희의 어깨에서 손을 떼려던 미라가 당황한 듯이 얼굴을 찡그렸다.

"어떡하지? 반지에 옷이 걸렸네요."

"네?"

"잠깐만요. 내가 살살 빼볼게요."

그러나 조심하겠다던 말과는 반대로 미라는 아주 우악스럽게 손을 잡아당겼다. 반지에 끼인 옷자락이 단번에 딸려 올라갔고, '쫘악' 날카로운 소리와 함께 반지 모서리에 끼인 옷자락이 반으로 찢어졌다.

"앗!"

깜짝 놀란 세희가 찢어진 부분을 한 손으로 감싸 쥐었다. 드레스는 어깨에서부터 등까지 아주 보기 흉한 모습으로 찢어져 있었다. 세희는 당황한 얼굴로 찢어진 드레스와 미라를 번갈아 바라보았다.

"지금 뭐 하는 짓이에요?"

"Oops, sorry."

미라는 전혀 미안해하지 않는 표정으로 어깨를 으쓱거렸다. 그리고 자신이 뭘 잘못했느냐는 듯 팔짱을 끼며 아랫입술을 내밀었다.

"왜 화내고 그래요? 내가 일부러 그랬나?"

"뭐예요?"

"그렇잖아요. 종이도 아니면서 뭐 그리도 쉽게 찢어져? 어디 좀 봐요."

미라가 세희 앞으로 바짝 다가서며 찢어진 부분을 들여다보았다.

"됐어요. 가까이 오지 마요."

이 여자, 사고뭉치 같아. 아무래도 피해야겠어. 상황을 파악한 세희가 서둘러 뒷걸음을 쳤지만, 애석하게도 미라의 행동이 더 빨랐다. 미라는 한 손으론 세희의 허리를 잡고 다른 한 손으로 드레스 치맛자락을 움켜쥐었다.

"거봐. 원단이 싸구려네. 자요! 눈 있으면 보라고요."

옷감을 만지작거리며 불평을 늘어놓던 미라가 곤혹스럽게 눈살을 찌푸렸다.

"어머, 또 걸렸네."

"뭐라고요?"

세희의 눈이 충격으로 커다래졌다. 처음이야 실수였다고 해도 또다시 반지가 걸렸다고? 이 여자, 작정하고 덤비는 거야?

"가만히 있어요. 내가 할 테니까."

세희는 자신이 직접 반지가 얽힌 드레스 자락을 뺄 작정으로 몸을 틀었다. 그러나 미라는 방긋 웃으며 고개를 저었다.

"아뇨. 괜찮아요. 내가 조금 더 조심해서 해볼게요."

그건 새빨간 거짓말이었다. 미라는 오히려 무지막지하게 더욱더 힘을 주며 드레스 자락을 밑으로 쭉 잡아당겼다.

찌익ㅡ.

이번엔 허리에서부터 무릎까지 더 길게 찢어졌다. 너무 눈 깜짝할 새에 벌어진 일이라 반항할 사이도 없었다. 세희는 그저 입을 벌린 채 눈만 깜빡거렸다.

"미안해서 어쩌죠? 어디 봐요. 많이 찢어졌어요?"

"아뇨. 됐어요."

미라의 손이 또 닿았다간 어디 또 다른 부분이 찢어질 것이다. 세희는 번쩍 손을 들어 올려 가까이 다가오는 미라를 제지했다.

휘이잉ㅡ.

그때 갑자기 불어온 강한 바람에 세희의 찢어진 치맛자락이 크게 펄럭였다.

"앗!"

훤히 드러나는 허벅지를 가리기 위해 세희는 급히 허리를 굽혀 두 손으로 치맛자락을 움켜쥐었다. 순간 그 반동으로 세희의 몸이 크게 휘청거렸다. 엎친 데 덮친 격으로 물기로 미끄러운 바닥을 잘못 디뎌 뒤로 중심이 쏠렸다.

"아앗."

제대로 중심을 잡아보지도 못하고 세희는 그대로 수영장으로 떨어졌다.

'풍덩' 하는 소리와 함께 물이 사방으로 튀었다.

순식간에 파란 물속으로 가라앉는 세희를 보며 미라의 입가에 회심의 미소가 떠올랐다. 이렇게 고마울 수가. 알아서 물에 빠져주다니! 미라는 터져 나오려는 웃음을 억지로 참으며 빠르게 주위를 둘러보았다. 승미가 야외 수영장 입구에서 망을 보고 있었고, 파티 준비에 바쁜 호텔 직원들 역시 두 사람에게 관심을 두지 않는 것 같았다.

그런데 어쩐 일인지 시간이 지나도 세희의 몸이 수면에 떠오르지 않았다. 미라는 곤혹스러운 표정으로 잔잔한 수면을 노려보았다. 뭐야? 그래봤자 호텔 수영장인데. 수심이 깊어봤자 얼마나 깊다고 안 올라오는 거야? 미라는 슬슬 밀려드는 두려움에 이빨로 손톱 끝을 자근자근 씹기 시작했다. 저러다 끝내 안 나오면 어떻게 되는 거지?

곧 미라는 겁에 질린 표정으로 주위를 향해 큰소리로 비명을 지르기 시작했다.

"도와주세요! 여기 사람이 물에 빠졌어요."

❧

바닷가에서 태어나고 자란 그녀였다. 두 발로 걷게 되자마자 수영을 배웠다. 아무리 수심이 깊어도 수영에 능숙한 세희에겐 아무런 문제가 되지 않았다. 하지만 지금은 상황이 전혀 달랐다.

찢어진 치맛자락이 수영장 바닥 조명 기구 어딘가에 끼었는지, 표면으로 올라가기 위해 몸부림쳤지만, 드레스는 물귀신처럼 그녀를 밑으로 잡아당겼다. 두 손으로 치맛자락을 움켜쥐고 아무리 힘껏 잡아당겨도 밑바닥에 끼인 옷자락은 꿈쩍도 하지 않았다.

할 수 없이 세희는 옷을 벗기 위해 등 뒤의 지퍼를 더듬거렸다. 그러나 찢어진 드레스 자락이 지퍼 안쪽으로 물리는 바람에 어깨 밑으로는 더 이상 내려가지 않았다.

어떡하지? 진퇴양난이다. 마음이 초조해지자 손가락이 후들후들 떨려 자꾸만 동작이 엇나갔다.

"쿨럭."

시간을 너무 오래 끌었는지, 입에서 물거품이 흘러나오기 시작했다. 숨이 점점 차오르고 눈앞이 뿌옇게 변해갔다. 세희는 이를 악물고 가슴이 터질 것 같은 통증을 참으며 두 손으로 치맛자락을 다시 한 번 힘껏 잡아당겼다.

그때였다.

누군가의 강인한 손이 그녀의 허리를 낚아채고 단숨에 치맛자락을 끊어 버렸다. 얼굴을 확인할 사이도 없이 상대는 그녀를 끌어안은 채, 수면을 향해 올라갔다.

수면으로 향하는 그 짧은 시간이 얼마나 길게 느껴졌는지……. 세희는 수면 위로 흘러드는 불빛을 보며 안도의 한숨을 내쉬었다.

아, 다행이다.

그리고 세희는 그대로 의식을 잃었다.

14. 옷 갈아입혀주는 남자

"정신 차려봐."

세희를 바닥에 내려놓은 재현이 그녀의 양어깨를 잡고 가볍게 흔들었다.

"내 말 들려?"

그러나 그녀는 아무런 반응 없이 두 눈을 꼭 감고 있었다. 파리해진 그녀에게선 희미한 숨결도 느껴지지 않았다. 손바닥을 통해 전해지는 그녀의 차디찬 체온에 재현은 심장이 멈춰버리는 것만 같았다.

"제길."

의사를 부를 시간이 없었다. 재현은 심폐 소생을 위해 깍지 낀 손의 손바닥 뒤꿈치로 세희의 가슴을 압박하기 시작했다. 그러나 몇 번이나 동작을 반복해도 반응이 없었다. 재현은 이번에는 그녀의 코를 잡아 입을 벌린 후, 입 속으로 숨을 불어넣었다.

"쿨럭."

잠시 후, 세희가 물을 토하며 잔기침을 시작했다.

"정신이 들어?"

세희는 힘겹게 고개를 끄덕이고는 옆으로 몸을 돌려 누웠다. 재현은 손등으로 세희의 뺨을 쓸어내리며 이마를 덮은 젖은 머리카락을 뒤로 넘겨주었다.

"추…… 추워……."

젖은 드레스가 몸에 착 달라붙은 데다 차디찬 바닷바람까지 불어와 체온
이 급격하게 떨어졌다. 온몸이 면도칼에 베이는 것 같은 통증에 세희는 두
손으로 팔을 끌어안고 부들부들 떨었다. 재현은 재빨리 라운지체어에 놓인
담요를 집어와 세희의 몸을 감쌌다. 그러나 그녀의 떨림은 쉬이 멈춰지지
않았다. 두 팔로 그녀를 끌어안자 세희는 작게 한숨을 내쉬며 재현의 품으
로 파고들었다.

"세희야."

재현은 손바닥으로 부드럽게 그녀의 등을 어루만졌다.

"무슨 일이야?"

멀리서 정연의 외침이 들려왔다. 야외 수영장에 들어선 정연이 충격 받은
얼굴로 헐레벌떡 달려왔다. 그녀는 재현의 품에 안긴 세희를 보고는 아연실
색하며 언성을 높였다.

"도대체 이게 무슨 일이냐고?"

"목소리 낮춰."

재현이 정연을 노려보며 낮은 목소리로 경고했다. 세희가 물에 빠진 것이
정연의 탓은 아니겠지만, 중요할 때 옆에 없었다는 사실에 분통이 터졌다.
아니, 사실은 중요한 순간에 곁에 없었던 그 자신에게 화가 난 상태였다.

"방금 의식이 돌아왔으니까 제발 좀 조용히 해."

"왜 물에 빠진 거야?"

정연이 세희 옆에 무릎을 꿇으며 걱정스러운 얼굴로 물었다. 세희가 대답
하려고 입술을 움직이자, 재현이 재빨리 그녀를 제지했다.

"됐어. 말하지 않아도 돼."

그는 담요로 그녀의 몸을 단단하게 감싼 후, 바닥으로부터 번쩍 안아 올

렸다.

"우선 젖은 옷부터 갈아입혀야겠어."

"알았어. 나도 같이 가."

정연은 테이블 위에 놓인 세희의 소지품을 챙기며 재현의 뒤를 따랐다. 그때까지 멀리서 지켜만 보던 미라가 조심스럽게 재현에게로 다가왔다. 잠시 머뭇거리던 그녀가 재현의 품에 안긴 세희를 바라보며 침울한 목소리로 물었다.

"저…… 그 여자는 괜찮은 거죠? 그건 순전히 사고였어요."

재현은 대답 대신 미라를 차갑게 노려본 후, 그대로 뚜벅뚜벅 지나쳐버렸다. 순간 미라의 얼굴이 험상궂게 구겨졌다.

"무슨 말이야, 순전히 사고였다니?"

종종걸음으로 재현을 따라가던 정연이 돌연 걸음을 멈추고 미라를 향해 고개를 돌렸다.

"가장자리에서 대화 중이었는데 저 여자가 수영장 안으로 미끄러졌어요."

"가만히 서 있었는데 왜 갑자기 수영장 안으로 미끄러져?"

"어쩌다보니까 그렇게 됐네요."

"거짓말하는 거 아니야? CCTV로 확인해볼까?"

"내가 왜 거짓말을 해요? 못 믿겠으면 CCTV로 확인해보세요."

미라는 공손한 태도로 정연의 물음에 나긋나긋하게 대답했다. 그러나 두 사람의 말소리가 미치지 않을 만큼 재현이 멀어지자 돌연 본색을 드러냈다.

"왜 나보고만 뭐라 그래?"

표독스러운 눈빛으로 정연을 노려보며 미라가 쏘아붙였다.

"뭐?"

돌변한 미라의 태도에 정연이 눈살을 찌푸렸다. 미라는 가슴 앞으로 당당하게 팔짱을 끼었다.

"저 여자 혼자 미끄러져서 수영장에 빠진 건데, 왜 나보고 난리냐고!"

"혼자 서 있다가 물에 빠진다는 게 말이 돼?"

정연의 말에 미라는 기가 막힌다는 듯 붉은 입술을 비틀었다.

"그래서 뭐? 아, 그래. 내 반지에 옷자락이 끼어서, 그거 빼내려고 서로 밀고 당긴 건 있었다."

"반지가 뭐?"

"자, 눈 있으면 봐. 여기 반지 끝에 뾰족하게 나온 장식 보이지? 여기에 저여자 옷자락이 걸렸다고."

미라가 손가락에 낀 반지를 코앞에 내밀자 정연이 눈살을 찌푸렸다. 전갈 모양의 반지가 미라의 손가락 위에서 위험스럽게 반짝거렸다. 전갈의 꼬리는 C자 모양으로 구부러져 날카롭게 위를 향하고 있었다. 어디서 구했는지 한눈에 봐도 싸구려 세공으로 처리된 은반지. 사치스럽기로 유명한 미라가 하고 다닐 반지가 절대로 아니다. 이게 사고 치려고 일부러?

미라가 오래전부터 눈독 들인 드레스란 걸 너무나도 잘 아는 정연이었다. 그래서 일부러 세회에게 입어보라고 권했던 건데, 일이 이렇게까지 꼬일 줄은 몰랐다. 그저 미라가 배 아파하길 바랐을 뿐인데…… 결국 못된 성질에 사고를 치고 말았네! 그러나 심증만 있을 뿐, 물증이 없으니 어찌할 도리가 없었다.

"너, 근데 왜 꼬박꼬박 반말이야?"

"내가 언니에게 어디 하루 이틀 반말했어? 왜 늙은 것도 자랑이야?"

이 망할 놈의 계집애가! 재현이가 안 보인다고 싸가지 없게 나오시겠다 이 거지!

"너, 나중에 우리 재현이랑 결혼만 해봐. 시누이가 얼마나 끔찍한 존재인지 가르쳐줄 테니까. '시푸드', '시금치', 네가 그렇게나 좋아하는 EXU '시좌민'의 '시' 자만 들어도 치가 떨릴 거다!"

'시푸드'란 단어와 '시금치'란 단어에 콧방귀만 뀌던 미라가 '시좌민'이란 이름이 나오자, 순식간에 표정이 바뀌었다.

"사람이 유치하게 왜 그래? 우리 '시좌민'은 왜 물고 늘어져?"

"더 유치하게 해줄까? 너처럼 개 싸가지 없는 애들은 딱 그 수준에 맞게 대해야 해."

"악! 진짜!"

미라는 분한 듯 주먹을 불끈 쥐며 빽 비명을 질렀다. 마음 같아서는 정연을 물에 확 빠트리고 싶었지만, 불행하게도 정연은 재현의 하나밖에 없는 누나였다.

미라는 그대로 휙 등을 돌려 호텔 쪽으로 뛰어갔다.

"야, 내 말 아직 안 끝났어."

정연은 얄밉게 자리를 뜨는 미라를 향해 크게 소리 질렀다.

"너 거기 안 서? 야! 유미라!"

짝짝짝―.

그때였다.

"역시 하나도 안 변했어."

박수 소리와 함께 나직한 남자의 목소리가 들려왔다. 낮익은 중저음의 목소리에 정연은 미간을 좁히며 천천히 뒤를 돌아보았다. 어두운 그림자가 깔린 정원 끝 쪽에서 목소리의 주인공이 빛이 있는 쪽으로 한 걸음 내디뎠다. 남자를 알아본 정연의 눈이 충격으로 커다래졌다.

"……규, 규한 씨?"

규한은 두 손을 바지 주머니에 꽂은 채 느릿한 걸음으로 정연에게 걸어와 그녀 앞에 멈춰 선 후, 악수를 정하듯 손을 내밀었다. 그러고는 형식적인 미소를 입에 걸며 말했다.

"오랜만이다."

프레지덴셜 게스트 하우스에 도착한 재현은 곧장 마스터 베드룸으로 향했다. 세희는 재현의 품에서 어느새 깊이 잠들어 있었다. 체온이 떨어지는 것을 막으려면 한시라도 빨리 옷을 갈아입혀야 하는데, 곧 따라온다던 정연은 감감무소식이었다.

"눈 좀 떠봐. 옷 갈아입어야지."

재현은 잠든 세희를 깨우기 위해 손등으로 그녀의 뺨을 톡톡 두드렸다. 그러나 깊게 잠든 세희는 '하아' 숨만 내쉴 뿐, 잠에서 깨어날 줄 몰랐다. 손목시계로 시간을 확인하던 재현은 초조한 표정으로 이마에 흘러내린 머리카락을 쓸어 넘겼다.

"할 수 없지."

아무리 실내 온도가 따뜻하다곤 하나, 계속해서 젖은 옷을 입은 채로 둘 순 없었다. 재현은 세희의 몸을 감쌌던 담요를 걷어내 옆으로 밀어냈다.

담요를 걷어내자 가녀리면서도 풍만한 그녀의 몸매가 재현의 시야에 가득 찼다. 순간 당황한 재현은 숨이 턱 하니 막혀버렸다. 아까는 그녀를 구하느라 정신이 팔려 미처 깨닫지 못했는데, 젖은 드레스가 몸에 착 달라붙어 몸의 굴곡을 그대로 드러내고 있었다.

가늘고 긴 하얀 목덜미. 완만한 어깨를 지나 가슴과 허리를 잇는 급격하면서도 부드러운 곡선. 젖은 얇은 옷감을 통해 뽀얀 살결이 어렴풋이 비쳐 보이고, 숨을 내쉴 때마다 둥근 가슴이 위아래로 오르락내리락했다.

재현은 옆으로 고개를 돌리며 준비한 오리털 이불로 그녀의 몸을 덮었다. 세희의 어깨를 살며시 밀고는 이불 안으로 손을 집어넣어 지퍼를 찾기 위해 등을 더듬거렸다.

옷을 벗기는 게 무슨 대단한 일이라고 이렇게까지 긴장되는지 모르겠다.

중간쯤 내려가 있는 지퍼는 옷자락에 물렸는지 꿈쩍도 하지 않았다. 재현은 심호흡을 한 후, 힘을 주어 단번에 드레스의 등 부분을 찢어버렸다. 조심스럽게 드레스를 밑으로 말아 내리며 최대한 그녀의 맨살과 접촉하지 않으려 노력했다. 그러나 가끔 그녀의 피부가 손끝에 닿았다. 실크처럼 매끄러운 감촉에 재현은 이를 악물었다.

"후우."

마침내 드레스를 다 벗겨내자, 재현은 자신도 모르게 큰 안도의 한숨을 내쉬었다. 이번에는 옷을 입힐 차례인데…….

침대에서 일어난 재현은 옷장으로 향하며 곤혹스럽다는 듯 미간을 좁혔다. 아쉽지만 우선은 그의 옷을 입혀야 할 것 같았다. 적당한 옷을 고르던 재현은 연한 크림색 니트 셔츠를 골라 침대로 돌아왔다.

세희는 깊게 잠든 듯 색색 고른 숨을 내쉬고 있었다. 아주 고요한 얼굴로 누워 있지만, 이불 밑으로는 실 한 올 걸치지 않은 알몸이라는 데에 생각이 미치자, 재현의 손바닥에 땀이 고였다.

옷을 입히는 일은 벗기는 것만큼이나 그를 당황스럽게 했다. 니트 셔츠를 그녀의 머리에서부터 어깨까지 내린 후, 소매에 팔을 넣기 위해 그녀의 팔을 들어 올렸다. 찰나의 순간 이불이 들뜨며 그녀의 뽀얀 살결이 그의 시야에 들어왔다.

"제길."

재현은 욕설을 퍼부으며 황급히 두 눈을 감아버렸다. 기껏 여자의 벗은 몸에 어쩔 줄 몰라 허둥대는 꼴이라니. 한심하기 짝이 없다. 재현은 자꾸만 흘러내리는 앞머리를 거칠게 쓸어 올리며 크게 숨을 들이켰다. 그리고 다시 이불 안으로 손을 집어넣어 세희의 팔을 다른 쪽 소매에 꿰고, 재빨리 밑으로 잡아 내렸다. 니트 셔츠는 그녀의 가슴을 감싸며 엉덩이를 걸쳐 허벅지 중간까지 내려왔다.

넉넉한 사이즈임에도 불구하고 그녀의 몸매를 완벽하게 감출 수는 없었다. 니트의 부드러운 소재 때문에 몸의 굴곡이 더욱더 두드러졌다.

서츠 아래로 드러난 그녀의 하얀 허벅지에 자꾸만 시선이 갔다. 미쳤군. 재현은 쓰디쓴 미소를 지으며 고개를 내저었다. 빠른 손놀림으로 젖은 이불을 걷어내고 마른 이불을 그녀의 몸 위에 덮었다.

얼마 안 되어, 연락을 받고 달려온 의사와 간호사가 프레지덴셜 게스트 하우스에 도착했다.

"별 이상은 없는 것 같습니다. 지쳐서 잠든 것뿐입니다. 그래도 혹시 모르니까 옆에서 계속 지켜보세요. 목구멍이나 가슴에 통증이 오거나, 심호흡이 가빠지거나 어지럼증, 구토, 고열 등의 증상을 보이면 바로 병원으로 와야 합니다."

진찰을 끝낸 의사는 옆에서 살펴보라는 주의를 한 후, 자리를 떠났다. 재현은 침대 옆 의자에 앉아 깊게 잠든 세희를 말없이 내려다보았다. 앞으로 30분쯤 지나면 파티가 시작되지만, 그는 도저히 그녀를 혼자 두고 떠날 수 없었다. 재현은 손등으로 조심스럽게 그녀의 뺨을 어루만졌다.

"……세라야."

그의 부름에 응답이라도 하듯 그녀의 눈꺼풀이 파르르 떨리기 시작했다. 그리고 잠시 후…….

"으음."

그녀가 천천히 잠에서 깨어났다. 힘겹게 눈을 뜨고 주위를 둘러보던 그녀가 재현을 알아봤는지 미간을 찌푸렸다.

"전무님?"

"정신이 들어?"

"……여……긴."

"게스트 하우스야. 다행히도 큰 이상은 없대. 그래도 모르니까 오늘 밤은 계속 지켜봐야 해."

그제야 희미하게나마 수영장에서 있었던 사건이 주마등처럼 머릿속을 스치고 지나갔다. 미라와 몸싸움을 하다가 어이없이 물에 빠진 것까진 기억하는데…….

"누가 절 구해준 거예요?"

기억을 떠올리려 미간을 좁히는 세희의 눈에 재현의 젖은 머리카락이 들어왔다. 그는 젖은 옷은 갈아입었지만, 젖은 머리는 미처 말리지 못한 상태였다. 세희는 놀란 얼굴로 입을 벌렸다.

"전무님이……?"

"큰일 날 뻔했어. 치맛자락이 조명 기구에 끼었던 것 같아."

"……전무님이 물속에 빠진 저를 구하신 거예요?"

재현이 긍정의 뜻으로 고개를 끄덕이자, 그녀가 떨리는 목소리로 되물었다.

"물속으로 뛰어들었다고요? 저 때문에?"

"그래."

"지금 제정신이세요?"

방금 물에 빠져서 죽다 살아난 여자가 맞나? 어디서 그런 힘이 나는지 세희가 버럭 소리를 지르며 상체를 일으켰다. 예상하지 못한 그녀의 반응에 재현이 눈살을 찌푸렸다.

"그 어깨로 물에 뛰어들다니요. 그랬다가 상처가 덧나기라도 하면 어쩌려고. 아직 완전히 아물지 않았잖아요."

"뭐?"

재현이 기가 막히다는 표정으로 세희의 어깨를 두 손으로 움켜쥐었다.

"내 어깨는 내가 알아서 해. 그건 걱정하지 마."

"이러고 있을 때가 아니에요."

세희는 재현의 손을 뿌리치며 이불을 박차고 몸을 일으키려 했다. 재현이 다시 그녀의 어깨를 움켜쥐었다.

"뭐 하는 짓이야?"

"당장 병원에 가봐야죠. 상처에 물이 닿았으니까."

"지금 내 걱정할 때야? 넌 방금 물에 빠져서 죽을 뻔했다고!"

재현이 언성을 높이자, 세희는 기가 막히다는 듯 픽 웃어버렸다.

"저 그렇게 쉽게 안 죽어요. 그냥 물 좀 먹은 것 가지고."

그러나 그녀의 다음 말은 이어질 수 없었다. 재현이 그녀를 와락 끌어안았기 때문이다.

"……전무님?"

세희는 재현에게서 벗어나기 위해 어깨를 비틀었다. 하지만 그러면 그럴수록 그녀를 안은 재현의 팔에 더욱더 힘이 가해졌다.

"저, 지금 이럴 때가 아니라……."

"시끄러워."

재현은 나직하지만 단호하게 명령조로 말했다. 그의 품 안에서 바르작거리던 세희는 결국은 포기했는지 작게 한숨을 내쉬며 그의 어깨에 얼굴을 기대었다.

멀리서 미라와 함께 있는 그녀를 보았다.

하지만 재현은 두 사람이 단지 이야기를 나누는 거라고 짐작하며 크게 관심을 두지 않았다. 다시 수영장으로 시선을 돌렸을 때는 세희의 모습이 감쪽같이 사라진 후였다. 혼자 남은 미라가 허리를 굽힌 채 수영장 속을 들여다보고 있었을 뿐이었다. 왠지 모를 불길한 기분에 목구멍에 이물질이 걸린 듯 답답했다.

'도대체 무슨 일이지?' 생각하며 눈살을 찌푸리는 순간 미라의 비명이 뒤를 따랐다.

―도와주세요! 여기 사람이 물에 빠졌어요.

수영장으로 달려가는 동안 심장이 터져버릴 것만 같았다. 재현은 미친 듯이 뛰어가며 물에 빠진 사람이 세희가 아니기를 빌고 또 빌었다.

하지만 간절한 바람 뒤에는 언제나 냉정한 현실이 기다린다. 파란 물속에서 하늘거리는 세희의 하얀 드레스를 보는 순간, 그를 둘러싼 주위의 시간은 그대로 얼어버렸다.

지금까지 오늘처럼 심장이 조이게 아팠던 적이 있었던가? 지금까지 오늘처럼 절실하게 누군가를 걱정했던 적이 있었던가? 한 번이라도 있었던가?

재현은 힘없이 눈을 감으면 긴 한숨을 내쉬었다. 지금은 아무것도 생각하고 싶지 않았다. 그저 그녀가 무사하다는 사실에 안도할 뿐이었다.

재현은 세희를 자신의 품으로 더 세게 끌어안았다.

⚜

"……전무님?"

한참이 지났는데도 그녀를 끌어안은 재현의 팔은 풀릴 줄 몰랐다. 세희가 살며시 어깨를 비틀자, 단단하게 끌어안았던 재현의 팔이 거짓말처럼 스르르 풀렸다.

"조금 있으면 누나가 올 거야."

뒤로 물러나 앉은 재현의 눈빛은 어느새 얼음처럼 차가워져 있었다.

"누나보고 옆에서 지켜보라고 할 테니까."

그와 동시에 침실 문이 '쾅' 열리고 정연이 헐레벌떡 안으로 뛰어 들어왔다.

"늦어서 미안해. 의사, 왔다 갔어?"

재현은 정연의 물음을 무시한 채 침대에서 몸을 일으켰다. 그리고 소파 위에 올려둔 재킷을 들어 올리며 손목시계로 시간을 확인했다.

"나 이만 먼저 가봐야겠어. 오늘 밤은 혼자 두면 안 되니까, 나중에 파티에 올 생각이라면 세희 옆에 사람을 붙이고 오도록 해."

"아니, 나 그냥 세희 옆에 있을래."

"좋을 대로 해."

재현은 무뚝뚝하게 말하며 재킷을 몸에 걸쳤다. 그리고 빠른 걸음으로 침실을 걸어 나갔다.

⟨✿⟩

창립 파티는 차질 없이 진행되었다. 파티 전에 야외 수영장에서 있었던 소동에 관해선 아무도 알지 못했다. 야외 수영장은 안전의 문제를 내세워 출입이 금지되었고, 파티가 열리는 정원과 야외 수영장의 경계는 커다란 화분들로 채워졌다. 하객을 맞이하느라 바쁜 재현은 평소와 같은 모습이었다. 가끔 초조한 얼굴로 손목시계를 들여다보며 시간을 확인하는 것만 빼고는.

파티가 거의 끝나갈 무렵 총지배인이 슬그머니 다가와 재현의 귓가에 속삭였다.

"어떡하죠? 유미라 양은 아마도 돌아오지 않을 것 같습니다."

파티 시작 직전, 미라는 바람을 쐬고 오겠다며 차를 몰고 호텔을 떠났었다. 그 후로 감감무소식이었다. 계획대로라면 미라는 하객들 앞에서 재현과 함께 다정한 모습을 보여야 했다. 그러나 미라는 돌연 사라져버렸다.

그 사실에 재현은 별로 개의치 않았다. 어차피 오늘 같은 기분에 미라를 상대할 여유 따윈 없으니까.

재현은 가만히 고개를 끄덕이곤 얼음물이 담긴 유리잔을 입에 가져갔다. 그러자 총지배인이 조심스럽게 말을 이었다.

"혹시 사고라도 난 건 아니겠죠?"

"만약에 사고가 난 거라면 유 회장님께 먼저 연락이 갔겠죠."

재현은 자기 소관이 아니라는 듯 무심하게 대답했다. 자기가 저지른 일이 들통 날까 봐 지레 겁을 먹고 도망간 거겠지. 그는 하객이 하나둘씩 자리를 뜨기 시작하는 파티장을 천천히 둘러보았다.

게스트 하우스를 떠난 재현은 파티장에 돌아오자마자 경호팀에게 CCTV에 찍힌 영상을 가져오라고 지시했었다. 미라가 한 가지 간과한 사실이 있다면, 그린 파라다이스 제주의 CCTV는 일반 CCTV와 달리 클로즈업이 되어도 디테일이 깨지지 않는 고화질이라는 점이었다.

모두를 물리고 혼자 영상을 검토하던 재현은 미라가 세희의 이브닝드레스를 찢는 장면을 발견했다. 한참 동안 화면을 노려보던 재현은 한 손으로 거칠게 얼굴을 문지르며 자리에서 벌떡 일어섰다. 그리고 불끈 치밀어 오르는 화를 삭이기 위해 넥타이를 풀어 헤치며 방 안을 왔다 갔다 서성거렸다.

미라가 파티에 나타나지 않은 건 어쩌면 다행일지도 모른다. 그를 향해 환하게 웃는 그녀에게 홧김에 술을 뿌려버릴 수도 있었으니까. 그런 사정을 전혀 모르는 총지배인은 재현이 자꾸만 손목시계로 시간을 확인하는 이유를 미라가 파티에 나타나지 않아서라고 지레짐작했다. 총지배인이 안절부절못할 정도라면 벌써 안 실장을 통해 이 회장 귀에 들어갔다는 이야기였다. 두 번이나 계획이 틀어졌으니 이 회장과 유 회장이 슬슬 조바심을 낼지도 모르겠다.

그러든지 말든지 내 알 바 아니지.

재현은 단번에 잔을 비우고는 총지배인의 어깨를 가볍게 두드렸다.

"오늘 수고 많으셨습니다. 뒷정리 잘 부탁합니다."

"네, 전무님."

재현은 정원을 빠져나와 절벽 위, 프레지덴셜 게스트 하우스로 차를 몰았다. 계기판 시계의 숫자는 밤 11시 26분을 나타내고 있었다. 정연에게서 연락이 없는 걸 보면 아무런 문제가 없는 거겠지만, 그래도 재현은 마음을 놓을 수 없었다. 차에서 내린 재현은 한걸음에 게스트 하우스 안으로 들어갔다. 마침 거실에 앉아서 차를 마시던 정연이 소파에서 몸을 일으켰다.

"파티는?"

재현은 정연을 무시하고 그대로 세희가 있는 침실로 걸어갔다. 재현은 침대 위에서 곤히 잠든 그녀를 확인한 후에야 다시 거실로 돌아왔다.

"너 가고 나서 바로 잠들었어. 폐에 물이 들어간 게 아니니까 별문제는 없을 거야."

잠시 재현의 눈치를 살피던 정연이 조심스럽게 말을 꺼냈다.

"음, 그런데…… 너, 규한 씨 만났지? 둘이 무슨 이야기 했어?"

정연의 물음에 재현이 의외라는 듯 눈살을 찌푸렸다.

"규한이 형? 규한이 형이 왜?"

이번에는 정연이 눈살을 찌푸렸다.

"너, 파티에서 규한 씨 못 봤어?"

"규한이 형이 파티에 참석했다는 말은 금시초문인걸."

정말 그랬다. 민규한의 이름은 파티 초대 손님 명단에 들어 있지 않았다. 만약에 초대된 손님의 동행으로 왔다고 해도 규한이 파티에 나타났다면 모르고 지나칠 리가 없었다. 만에 하나 그가 모르고 지나쳤다고 한들, 총지배인이나 다른 하객 모두가 민규한이란 인물을 놓칠 리가 없었다.

"그래서 여기 남겠다고 한 거야?"

뭔가가 생각이 났다는 듯 재현이 입꼬리를 비틀었다.

"세희가 걱정돼서 남은 게 아니라, 규한이 형을 피하려고?"

"아니야. 물론 세희가 걱정돼서 남은 거지. 물에 빠졌던 애를 어떻게 혼자 둬. 규한 씨랑은 파티하기 전에 잠깐 마주쳤어. 내가 뭐가 무서워서 규한 씨를 피해. 안 그래?"

재현은 미니바로 걸어가 위스키 병을 집어 들며 조롱하듯 말했다.

"너무 말이 길어. 누나는 변명할 때면 말이 길어지잖아."

"야! 내가 언제."

"됐어. 그건 그렇다고 치고. 원하는 대로 어른들 계획을 망쳐놔서 뿌듯하겠군."

"뭘 망쳐?"

"아무것도 모른다는 얼굴 하지 마. 벌써 다 들었을 텐데……."

"흥."

정연은 아랫입술을 삐죽이 내밀며 소파 등받이에 몸을 기댔다. 미라가 파티에 나타나는 대로 알려달라고 호텔 직원에게 지시를 내려놓았는데 파티가 끝나갈 때까지 아무런 연락이 없었다. 그래서 뭔가 일이 틀어졌을 거라고 짐작은 하고 있었다. 재현은 웃음을 참으려 입술을 실룩거리는 정연을 잠시 노려보다 위스키 잔을 입으로 가져갔다.

"아직 좋아하긴 일러. 어른들이 또 다른 계획을 잡을 테니까."

"계획은 무슨 계획. 미라가 어떤 애인지 오늘 보고서도 정략결혼 할 거야? 자기가 찍어놓은 드레스. 지가 몸매 후져서 못 입은 건 생각하지 못하고, 세희에게 그 난리를 치는 거 보고서도? 걔, 완전 사이코라고."

"그게 무슨 소리야?"

위스키를 마시던 재현이 동작을 멈추고 미간을 찌푸렸다. 그제야 정연은 자신의 말실수를 깨달았다.

헉, 흥분하는 바람에 다 말해버렸네! 하지만 이미 엎질러진 물이었다.

"미라가 찍어놓은 드레스를 세희가 입어서라니?"

재현의 표정이 험상궂게 변해가자 정연은 꿀꺽 마른침을 삼켰다.

아휴. 이 녀석, 동생인 주제에 어떨 때는 아빠보다 더 무섭단 말이야.

"말하라고? 그게 무슨 뜻이야!"

"저, 그게 말이지."

정연은 말을 더듬으며 슬쩍 재현의 눈길을 피했다.

'쾅!' 소리와 함께 출입문이 거칠게 열리며 성난 얼굴의 미라가 카페 안으로 들어섰다. 카페 안에 있던 손님들이 미라를 힐끔거리며 쳐다보았지만 미라는 전혀 상관하지 않고 씩씩거리는 표정으로 빠르게 실내를 둘러보았다. 잠시 후, 찾는 사람을 발견한 듯 빠른 걸음으로 창가의 테이블로 향했다.

"이제 됐어?"

앙칼진 목소리에 창밖의 한강 야경을 바라보던 규한이 천천히 고개를 돌렸다. 규한이 아무 말도 하지 않자, 미라는 테이블을 '탁' 내리치며 맞은편 소파에 털썩 주저앉았다.

"오빠 때문에 파티고 뭐고 다 때려치우고 서울로 올라왔어. 할 이야기가 있으면 제주도에서 하지 왜 성가시게 서울로 오라 마라야? 하여간 약속대로 왔으니까 내놔."

"뭘?"

규한이 느긋한 목소리로 묻자, 미라는 한껏 약이 오른 얼굴로 쏘아붙였다.

"승미랑 나랑 엘리베이터 앞에서 이야기하는 거 휴대폰으로 찍었다며! 그거 내놓으라고."

"여기까지 오라고 했지, 동영상을 줄 거라는 말은 하지 않았어."

"오빠!"

미라가 버럭 소리를 지르자, 카페 안에 있던 손님들이 창가에 앉은 두 사람에게 시선을 돌렸다. 그러나 규한은 타인의 이목에는 관심이 없다는 듯 픽 마른 웃음을 흘렸다.

"도대체 왜들 이래? 아깐 정연이 언니가 못살게 굴더니. 이젠 규한 오빠까지. 두 사람 깨진 지가 언젠데. 오빠 아직도 정연 언니 편을 드는 거야?"

미라의 입에서 정연이란 이름이 나오는 순간, 규한의 얼굴에서 웃음기가 사라졌다.

"누가 누구 편이라는 거야. 말조심해."

규한은 이글거리는 눈빛으로 미라를 노려보며 찬 서리가 내릴 정도로 냉랭하게 말했다.

"이제부터 내가 하는 말 잘 들어. 서로 윈윈하는 사이가 될지, 그 반대가 될지도 너한테 달렸으니까."

커피 잔을 천천히 들어 올리는 그의 눈이 날카롭게 번득거렸다.

❧❀❧

악몽을 꾼 것 같다. 정확히 기억은 나지 않지만, 몸 전체가 깊은 수렁으로 빨려 들어가는 것처럼 숨이 막히고 답답했다. 소리를 지르려 입을 벌렸지만, 목구멍에선 아무런 소리도 나오지 않았다. 몸을 뒤척이다 겨우 잠에서 깨어나니 온몸에 식은땀이 흐르고 있었다.

"후우."

세희는 안도의 한숨을 내쉬며 무거운 눈꺼풀을 깜박거렸다. 다행이다. 꿈이었구나. 그녀는 간신히 몸을 일으켜 어둑어둑한 침실 안을 둘러보았다.

몇 시쯤 됐을까? 침대 맡에 놓아둔 휴대폰의 화면을 보니 새벽 4시 35분을 나타내고 있었다. 카디건을 걸치고 침실을 나서자, 텅 빈 거실이 그녀를 기다렸다. 주위를 둘러보던 세희의 눈에 긴 소파 위에 놓인 베개와 이불이 들어왔다. 누가 여기서 잠을 청한 걸까? 혹시 그가?

프레지덴셜 게스트 하우스는 원래 마스터 베드룸을 포함하여 침실이 3개였지만, 얼마 전 침실 하나를 서재 겸 사무실로 개조하는 바람에 현재는 침실이 2개밖에 없었다. 하나는 그녀가, 다른 하나는 정연이 차지했으니 재현은 아마도 호텔 본관으로 돌아갔을 것이다.

세희는 고개를 갸우뚱거리다 살금살금 발소리를 죽인 채 맞은편 침실로 향했다. 살며시 문을 열자 침대 위에서 잠든 정연의 모습이 보였다. 세희는 조용히 문을 닫고 다시 거실로 돌아왔다. 이번에는 테라스와 연결된 유리문을 열었다.

휘이잉―.

찬 바닷바람이 얼굴에 훅 느껴졌다. 세희는 한 손으로 헝클어진 머리카락을 쓸어 올리며 테라스에 발을 내디뎠다.

"왜? 좀 더 자지 않고."

순간 테라스 끝 쪽에서 나직한 목소리가 들렸다. 세희가 화들짝 놀라며 고개를 돌리자, 난간 끝에 기대어 커피 잔을 들고 있는 재현이 눈에 들어왔다.

"병원 가보셨어요? 어깨 괜찮아요?"

재현은 고개를 내저으며 커피 잔을 입에 가져갔다.

"걱정하지 마. 괜찮으니까."

세희는 안도의 한숨을 내쉬며 저 멀리 수평선으로 시선을 옮겼다. 한동안 침묵을 지키던 그녀가 조심스럽게 입을 열었다.

"절 구해주신 거, 이번으로 두 번째네요. 뭐라고 감사의 말을 해야 할지 모르겠습니다."

"너무 형식적이지 않나?"

세희의 감사 인사에 재현은 피식 흘러나오는 웃음을 삼켰다.

"뭐라고 감사의 말을 해야 할지 모르겠다. 난 말 같은 건 필요 없으니까 행동으로 보여봐."

행동으로 보이다니, 뭘? 세희는 난처한 표정으로 다시 바다를 향해 고개를 돌려버렸다.

"어떻게 보답할지 잘 고민해봐. 나도 뭘 요구할지 궁리해볼 테니까."

제법 심각한 재현의 얼굴에 세희는 속으로 몰래 마른침을 삼켰다. 보상 금액으로 밀리언 달러를 운운하던 남자인데. 역시 맨입으로는 안 되는 모양이다.

"그나저나 드레스가 엉망이 돼버려서."

"신경 쓰지 마. 네 잘못이 아니니까."

"……그 드레스, 정말 마음에 들었는데. 전에 제가 입었던 드레스와 아주 많이 비슷하거든요. 그걸 입으니까 어릴 적 추억도 떠오르고 그랬는데."

"그래?"

재현은 별 반응을 보이지 않고 묵묵히 커피만 들이켰다. 세희는 담담한 재현의 옆모습을 슬쩍 훔쳐보며 작게 한숨을 내쉬었다. 그녀의 손에는 휴대폰이 들려 있었다. 지금이라도 루카스가 보내준 사진을 보여주고 '정말 기억 안 나요?'라고 물어볼까?

손 안에서 휴대폰을 만지작거리던 세희는 슬그머니 옆에 놓인 테이블 위에 휴대폰을 내려놓았다.

그녀를 기억하지 못하는 재현에게 서운한 감정을 갖기보다는 세월이 지나 멋진 모습으로 다시 나타나준 것에 감사하는 게 맞다.

사진은 언제라도 보여줄 기회가 있을 것이다. 그가 먼저 그녀를 기억해내어, '아, 그때 그 꼬마 숙녀님이 너였어?'라고 웃을 때, 그때 보여줘도 늦진 않을 것이다. 바다를 바라보는 세희의 입가에 여린 미소가 걸렸다.

"할 수만 있다면 아주 오래오래 하나 그룹에 몸담고 싶습니다."

"마치 정직원으로 뽑힌 것처럼 말하는군."

"꼭 정직원이 될 거예요."

"쉽진 않을 거야."

"저도 잘 알아요."

세희가 투덜거리자 재현은 커피 잔을 테이블 위에 내려놓고 그녀를 향해 몸을 틀었다.

"바닷바람이 차가운가? 얼굴이 빨개졌어."

재현은 그녀의 이마에 손등을 짚어 열을 재는가 싶더니, 이내 두 손으로 그녀의 뺨을 감쌌다.

"열은 없는 것 같은데."

그의 손이 감싼 두 뺨이 불에 덴 것처럼 화끈거렸다. 세희는 애써 아무렇지 않은 표정을 지으며 빠르게 눈꺼풀을 깜박거렸다. 착각하지 말자. 그는 단지 물에 빠졌던 그녀의 건강을 걱정하고 있는 것뿐이다.

"들어가서 더 자."

그녀의 뺨에서 손을 거두며 재현이 속삭이듯 중얼거렸다.

"전무님은요? 소파에서 주무실 거예요?"

"왜? 침대 같이 쓰자고? 꽤 끌리는 제안인데."

그의 실없는 농담에 그녀의 얼굴이 불타오르듯 빨갛게 변해버렸다.

"아뇨. 제가 거실 소파에서 잘게요. 원래 전무님 침대니까."

"됐어. 여자를 소파에서 재우고 침대를 차지할 만큼 매너 없진 않아."

―그런 거 보면 아저씨는 젠틀맨과는 거리가 머네요.

순간 세희는 루카스의 고백을 엿들은 그에게 젠틀맨이 아니라며 다그쳤던 기억이 떠올랐다. 그건 그녀의 명백한 판단 오류였다. 재현은 울고 있는 그녀에게 손수건을 건넸고, 울음을 그치라며 반지를 끼워주었고, 떨어지는 조명으로부터 그녀를 구하기 위해 달려들었으며, 오늘은 상처 난 어깨에도 불구하고 그녀를 위해 차디찬 물속으로 뛰어들었다. 너무나도 고마웠다. 그녀의 왕자님이 겉으론 까칠해도 속으론 매우 다정한 사람이라는 것이······.

다른 한편으로 자신은 이제 전혀 다른 세계의 사람이 되어버렸다는 사실에 가슴 한쪽이 저릿했다.

다시는 돌아갈 수 없는 그 시절. 캘리포니아, 카멜, 페블비치, 하얀 모래사장, 크고 작은 사이프러스 나무, 담장을 물들이던 분홍색 꽃 넝쿨, 이끼로 뒤덮인 너와 지붕들······. 그리고 부모님.

언제나 다정하게 웃어주던 아빠와 엄마를 떠올리자, 세희의 눈에는 어느새 눈물이 그렁그렁 고이고 말았다.

"전 그럼 이만 들어가서 쉴게요."

세희는 눈물을 숨기려 고개를 숙이며 서둘러 재현에게서 등을 돌렸다. 그러나 재현은 세희의 얼굴에 나타난 미묘한 변화를 놓치지 않았다. 그는 그녀의 팔을 잡아채 자신을 향하게 했다.

"갑자기 무슨 일이야?"

"아, 아니에요. 그냥 좀 추워서."

재현은 눈을 가늘게 뜨며, 자신의 시선을 외면하는 그녀를 뚫어지게 바라보았다.

"울었어?"

"······아뇨. 추워서 좀 떨었더니. 그냥 눈에 물이 차서."

그녀는 거짓말에 서툴다. 무슨 일인지는 모르겠지만, 재현은 그녀의 눈에 가득 찬 슬픔을 읽을 수 있었다. 어째서 갑자기 기분이 나빠진 걸까?

재현은 그녀의 감정에 자신의 기분이 송두리째 흔들린다는 걸 깨달았다. 어느 순간부터 그녀의 시선이 머무르는 곳에 그의 시선도 머물게 된다. 재현이 손을 들어 세희의 뒤통수를 가만히 감싸 안았다. 그리고 고개를 기울이며 그녀의 입술 위에 속삭이듯 말했다.

"기억해? 내 앞에서 절대로 우는 모습 보이지 말라고 했던 말."

"아!"

그의 얼굴이 서서히 코앞으로 다가오자, 세희는 놀란 듯 커다랗게 뜬 눈을 깜빡거렸다.

"자꾸만 이렇게 말을 안 들으면……."

속삭일 때마다 내뿜는 그의 뜨거운 숨결이 그녀의 입술을 간질거렸다. 세희는 자신도 모르게 혀를 내밀어 긴장으로 바짝 마른 입술을 적셨다. 도톰한 입술 사이로 드러난 촉촉한 핑크빛 혀를 보며 재현이 미간을 좁혔다. 그리고 낮게 잠긴 목소리로 투덜거렸다.

"아주…… 곤란해."

재현의 얼굴이 곧 맞닿을 듯이 아주 가까이 다가왔다.

15. 키스하려면 제대로 해

"아주…… 곤란해."

재현의 얼굴이 곧 맞닿을 듯이 아주 가까이 다가왔다.

"하아."

순간 긴장한 세희는 자신도 모르게 재현의 옷깃을 두 손으로 꼭 움켜쥐었다. 뜨거운 숨결이 섞이며 그의 입술이 그녀의 입술에 막 포개지려는 순간……

드르륵—.

갑자기 거실과 연결된 유리문이 열리며 정연이 모습을 드러냈다.

"하아암!"

정연은 하품이 나오는 입을 손으로 막으며 게슴츠레한 눈으로 테라스를 두리번거렸다. 그러다 자신을 이글거리는 눈으로 쏘아보는 재현과 빨갛게 상기된 얼굴의 세희를 발견했다. 정연은 두 사람의 이상한 분위기에 흠칫 놀라며 하품하느라 크게 벌려진 입을 다물었다.

"놀래라. 너희 안 자고 거기서 뭐 해?"

"그러는 누나는 안 자고 뭐 해? 왜 벌써 깼어?"

재현이 퉁명스럽게 쏘아붙였다.

녀석, 일찍 일어난 것도 죄인가? 왜 아침부터 시비야? 그래도 어제 지은 죄가 있기에 정연은 슬그머니 꼬리를 내리며 활짝 웃어 보였다.

"어머, 몰랐니? 나, 원래 일찍 일어나. 5시면 눈이 번쩍 떠진다고."

"저혈압이라서 아침에 일찍 못 일어난다며! 어울리지 않게 연약한 척할 땐 언제고."

"아, 그건……."

"됐어."

재현은 정연의 말을 잘라버리고 그대로 등을 돌려 테라스와 연결된 바닷가로 걸어가버렸다. 정연은 화난 듯 바삐 걸어가는 재현을 보며 고개를 갸우뚱거렸다.

"세희야, 쟤 왜 저래? 둘이 무슨 일 있었어?"

"아뇨. 무슨 일은요. 아무 일도 없었어요."

"그런데 넌 얼굴이 왜 이렇게 빨개? 혹시 열나는 거 아냐?"

"아, 아니에요. 바닷바람이 차가워서 그런가 봐요. 전 이만 들어가볼게요."

재현에 이어 세희마저 부리나케 테라스를 떠나자, 정연은 이리저리 눈동자를 굴리며 뭔가 이상하다는 표정을 지었다. 하지만 곧 짜증이 난 얼굴로 거세게 도리질을 했다.

"아, 몰라, 몰라. 복잡해."

그리고 그녀는 세희를 뒤따라 안으로 들어갔다.

❦

허겁지겁 침실로 도망쳐 온 세희는 곧장 욕실로 달려갔다. 욕실 거울 속에서 귀와 목덜미까지 새빨개진 자신이 그녀를 마주 보고 있었다. 손등으로 뺨을 꾹꾹 누르던 세희는 돌연 찬물을 틀어 세수하기 시작했다. 차가운

물 덕분에 조금이라도 홍조가 가라앉는 것 같자, 세희는 긴 숨을 내쉬며 마른 수건에 얼굴을 묻었다.

붉어진 얼굴이야 찬물로 식힌다지만, 미친 듯이 날뛰는 뜨거운 심장은 어떻게 진정시킬까?

세희는 그대로 욕조에 털썩 걸터앉으며 가슴에 손을 얹고 크게 심호흡을 했다. 두 눈을 감는 순간 방금 일어난 일이 빠르게 눈앞에 펼쳐졌다.

분명 그는 그녀에게 키스하려고 고개를 숙이고 있었다. 세희는 눈을 번쩍 뜨며 손에 쥔 수건을 꼭 비틀었다. 그렇지? 괜히 혼자 착각하고 김칫국부터 마신 건 아니겠지? 세희는 수건 끝을 잘근잘근 깨물며 곰곰이 궁리에 들어갔다.

저번에야 수술 후 부작용으로 마취 약 때문에 정신이 없어서 그랬다 치고, 이번에는 왜?

그와 키스하는 모습을 상상하기만 해도, 그의 뜨거운 입술을 떠올리는 것만으로도 다리에 힘이 쭉 빠져버린다. 세희는 미끄러지듯 욕실 바닥에 힘없이 주저앉았다.

이따가 어떻게 그를 대해야 하지? 세희는 멍하니 욕실 천장을 바라보며 손에 쥐고 있는 수건을 더욱더 세게 움켜쥐었다. 어디론가 숨고 싶으면서도 한편으론 재현이 너무나도 보고 싶었다.

⚜

"끝내 파티장에 나타나지 않았다고."

이 회장은 느릿한 동작으로 서류에 사인하며 안 실장 쪽으로 고개를 돌렸다.

"네, 회장님."

"유 회장도 알고 있나?"

"네. 유 회장님 측에서도 미라 양을 찾으려고 백방으로 사람을 풀었다고 합니다. 하지만 이미 서울로 돌아온 미라 양을 끌고 다시 제주도로 돌아가기엔 시간이 촉박했다고 합니다."

"갑자기 마음이 변해서 서울로 올라온 이유가 뭐래?"

"정연 이사님과 작은 언쟁이 있었던 모양입니다."

정연이 거론되자, 이 회장이 인상을 찌푸렸다.

"또 정연이야? 두 사람, 저번에 뉴욕에서도 싸우지 않았어?"

"마드리드에서도 싸웠고, 두바이에서도 싸웠죠."

"하여간 이정연. 성질 좀 죽일 것이지."

"어차피 잘된 거 아닙니까? 요새 애진 그룹의 태도가 예전과 좀 다릅니다. 박 이사 측과 유 회장이 접촉한다는 정보도 있고 하니 정혼은 조금 더 뒤로 미루는 게 어떨까 합니다만."

대답을 미룬 채, 손끝으로 책상을 톡톡 내리치던 이 회장이 안 실장에게 넌지시 질문을 던졌다.

"재현이도 알고 있나?"

"네. 전무님도 계속 주시하고 계십니다. 저번에 밝혀진 횡령 비리로 박 이사 측근을 잘랐다고는 해도 윗선을 건드린 게 아니라 수족만 자른 상황이기 때문에……."

"그래도 다시 새로운 수족을 만들려면 그쪽에서도 시간이 좀 걸릴 거야. 그 전에 정리해야지. 겉으로는 계속해서 정혼을 진행하는 걸로 하자고. 우리가 조금이라도 발을 빼면 유 회장 측에서 뭔가 눈치챌지도 모르니까."

"네. 알겠습니다."

"그리고 호텔 부지 매입 건은 어떻게 됐나? 마지막으로 남았던 건물을 재현이가 결국 사들였다고?"

"네. 끝까지 버티던 건물 주인이 갑자기 파는 걸로 결정을 바꿨다더군요. 변호사에게 맡기지 않고 전무님이 직접 찾아간 것에 마음이 흔들린 것 같습니다."

"그렇군. 아 참, 그런데 말이야, 재현이 여자라도 생겼나? 이 녀석이 요새 통 집엘 안 들어와."

"특별한 인물은 주위에 없는 걸로 알고 있습니다."

"확실한가?"

"하루 24시간이 모자랄 정도로 업무에 매달리는 전무님께 그럴 여유가 있겠습니까?"

"그렇긴 하지. 알겠네."

"네, 회장님. 그럼 전 이만."

안 실장은 조용히 서재 문을 닫고 복도로 발을 내디뎠다.

안 실장은 빠르게 복도를 가로지르며 왜 서세희에 관한 보고를 이 회장에게 하지 않았는지를 자기 자신에게 물었다. 아마도 이쪽 일에 잔뼈가 굵으며 발달하게 된 직감 때문이었을 것이다. 아직은 이 회장이 그녀의 존재를 알아서는 안 된다는 직감.

안 실장은 이마에 맺힌 땀을 닦아내기 위해 바지 주머니 안에서 손수건을 꺼내 들었다.

혹시라도 재현이 자신을 찾을까 봐 이불을 뒤집어쓰고 자는 척을 했는데 그만 그대로 잠이 들고 말았다. 그리고 정말 거짓말처럼 꿀잠을 잤다. 세희는 기지개를 켜며 침대맡에 놓인 휴대폰을 집어 시간을 확인했다.

"헉, 11시?"

미쳤어. 미쳤어. 이렇게 늦잠을 자다니. 서울로 돌아가는 비행기가 12시였나? 그랬는데.

허둥지둥 침실을 뛰어나가자 가운 차림의 정연이 커피 잔을 들고 테라스에서 거실 안으로 들어왔다.

"죄송합니다. 제가 늦잠을 자는 바람에."

"괜찮아. 나도 잠시 눈 붙였다가 막 일어나는 참이야. 하암. 그런데 왜 그렇게 서둘러?"

이리저리 뛰어다니는 세희를 바라보며 정연이 의아한 얼굴로 물었다.

"빨리 가지 않으면 서울 가는 비행기를 놓치거든요."

"아, 그거 걱정하지 마. 비행기 표, 내가 취소했으니까."

"네에?"

"재현이가 새벽에 서울로 올라가면서 널 책임지고 집까지 바래다주라고 했거든. 점심 먹고 느긋하게 있다가 이따 나랑 전용기 타고 가면 돼. 재현이는 그냥 일반 비행기 타고 올라갔어."

사람의 심리라는 게 참으로 이상하다. 아까는 그를 어떻게 대할지 몰라 숨고만 싶었는데 막상 그가 여기에 없다는 사실에 가슴 한구석이 싸하게 시렸다.

"아, 배고프다. 우리 우선 뭐 좀 먹자."

세희는 힘없이 소파에 앉으며 정연의 말에 가만히 고개를 끄덕였다.

정연과 점심을 먹고 서울에 올라오니 이미 늦은 오후가 되어 있었다. 정연은 공항에 주차해둔 자신의 스포츠카를 타고 호텔로 향했고, 마중 나온 기사에게는 세희를 집까지 바래다주라고 지시했다.

"괜찮아요. 공항버스 타고 가면 되는데요."

"무슨 소리야? 너 버스 태워서 집에 보낸 거 재현이가 알면 나 큰일 나."

정연은 괜찮다는 세희의 등을 떠밀다시피 해서 억지로 차에 태웠다. 기사는 정연의 지시대로 옥탑방이 있는 건물 앞에 차를 세웠다.

"이리 주세요. 제가 그냥 가지고 올라가면 돼요."

기사가 트렁크에서 슈트 케이스를 꺼내들자 세희는 슈트 케이스를 넘겨받으려 손을 내밀었다.

"아닙니다. 이사님이 위에까지 올려다드리라고 했습니다."

"아뇨. 그럴 필요 없어요. 제가 그냥 가지고 올라갈게요."

빼앗다시피 기사에게서 슈트 케이스를 받은 세희는 씩씩한 걸음으로 건물 안으로 들어섰다. 그러나 2층을 지나 3층으로 올라가는 계단에서 '들어달라고 할 걸 그랬나?' 하는 후회가 들기 시작했다. 별거 아닌 거 같은데도 물에 한번 빠졌다고 체력이 눈에 띄게 나빠진 것 같았다.

그래도 엘리베이터도 없는 건물인데 옥탑방까지 슈트 케이스를 들어달라는 건 민폐 같아서 싫었다. 그래, 이건 다 내가 기가 빠져서 그런 거야. 이까짓 게 뭐 그리 무겁다고. 세희는 다시 힘껏 슈트 케이스를 들어 올렸다. 끙끙거리며 3층을 지나 4층으로 올라가는 계단에 발을 내딛는 순간, 위에서 익숙한 목소리가 들려왔다.

"이럴 줄 알았어."

깜짝 놀라 고개를 드니, 그녀를 내려다보는 재현이 시야에 들어왔다.

"여긴 어쩐 일이세요?"

"볼일이 있어서."

볼일이라니? 4층에 무슨 사무실이 있더라? 이재현 전무가 직접 들를 만한 회사가 이곳에 있던가?

"이리 줘."

재현은 빠르게 세희의 손에서 슈트 케이스를 낚아채고는 성큼성큼 계단을 올라가기 시작했다. 세희가 종종걸음으로 그의 뒤를 따랐다.

"세희 양, 돌아왔나?"

옥상 문을 여는 동시에 아래층의 계단으로부터 주인 할아버지의 목소리가 들렸다.

"네, 할아버지."

이윽고 주인 할아버지가 인자한 미소를 지으며 모습을 드러냈다.

"잠깐만 이야기 좀 할 수 있을까?"

주인 할아버지는 세희의 뒤에서 슈트 케이스를 들고 서 있는 재현을 보더니 잠시 표정을 굳혔다. 그러나 곧바로 평소의 표정으로 돌아갔다.

"이번 주말에 아내랑 같이 아들 내외도 볼 겸 캐나다에 가기로 했어. 이번에 가면 몇 달 있다가 올 거야. 건물 관리는 지금까지처럼 업체에서 해줄 테니까 걱정하지 말고."

"네. 걱정하지 말고 다녀오세요. 청소 말끔히 잘해놓을게요."

"그래. 고마워."

주인 할아버지는 재현을 힐끗 쳐다본 후 서둘러 밑으로 내려갔다. 주인 할아버지가 사라지자 재현이 시큰둥한 표정으로 물었다.

"그럼 몇 달 동안 주인 할아버지네 없이 혼자 여기서 지낸다는 거야?"

"괜찮아요. 1층 편의점은 24시간 영업하고 건물 유리문은 밤 9시가 지나면 자동으로 잠기거든요. 제가 위에서 열어주지 않으면 아무나 못 들어와요."

세희는 별거 아니라는 표정으로 설명했다.

"그런데 청소를 말끔히 잘해놓겠다는 말은 뭐지?"

허리를 숙이고 도어록 비밀번호를 누르는 그녀에게 재현이 지나가는 투로 물었다. 월세를 오만 원밖에 안 내는 대신 건물의 계단과 화장실을 청소해준다는 걸 재현이 알 리가 없었다. 만약에 알게 되더라도 그의 입에서 좋은 소리가 나오지 않을 건 뻔하다.

"그냥요. 주인 없다고 더럽게 해놓고 살지 않겠다는 거죠, 뭐."

세희는 대충 얼버무리며 마지막 비밀번호를 눌렀다. '띠리리리리' 소리와 함께 도어록이 열렸다. 문을 열자 썰렁한 방이 두 사람을 기다리고 있었다. 희미한 매캐한 냄새에 재현이 인상을 찌푸렸다. 당황한 세희는 서둘러 창문을 열고 실내 공기를 환기시켰다.

"비가 새서 창틀에 곰팡이가 좀 슬었어요. 매일 환기하면 괜찮은데 어제, 오늘 온종일 방을 비워놔서."

자기 잘못도 아닌데 왜 이리도 주저리주저리 변명이 나오는지 모르겠다. 세희는 재현의 시선이 벽에 걸린 실내 온도계에 머문다는 걸 깨달았다. 온도계는 14도를 가리키고 있었다.

"옥탑방이라서 밤에는 조금 싸늘해요. 방금 환기하느라 문을 열어놓은 것도 있고……. 전기 히터 있는데 그거라도 잠깐 틀까요?"

"아니, 됐어."

두 사람 사이에 어색한 정적이 흘렀다. 먼저 입을 뗀 건 세희였다.

"커피 한잔 하실래요? 아, 맞다. 밤에는 커피 안 마신다고 하셨죠? 그럼 차라도 한잔 하실래요?"

재현은 가볍게 고개를 끄덕이고는 그녀의 슈트 케이스를 들어 책상 옆에 내려놓았다. 세희는 재킷을 벗어 의자에 걸쳐놓고 재빨리 주전자에 물을 부어 가스레인지 위에 올려놓았다. 그런데 몇 번이나 점화 손잡이를 돌려도 '따다닥' 소리만 날 뿐 불이 붙지 않았다.

"뭐야? 가스레인지 고장 났어?"

"이게 됐다, 안 됐다 해요."

세희는 멋쩍게 웃어 보이며 토치로 가스레인지에 불을 붙였다. 재현은 무뚝뚝한 눈으로 찬장에서 찻잔과 차를 담아둔 통을 꺼내는 세희를 바라보았다.

모든 게 마음에 들지 않았다. 매캐한 기분 나쁜 냄새도, 싸늘한 방 안의 공기도, 제대로 작동되지 않는 가스레인지도, 그중에서도 아무렇지 않게 해맑게 웃는 세희가 가장 마음에 들지 않았다.

왜 너는 한 번도 짜증을 내지 않는 거지? 왜 너는 한 번도 기대지 않는 거지? 왜 너는 한 번도…….

이유 없이 괜한 심통이 났다. 재현은 어떤 차를 탈까 진지한 고민에 빠진 세희를 향해 퉁명스럽게 물었다.

"그래서 고민해봤어?"

"뭘 고민해요?"

"두 번이나 구해준 보답으로 뭘 해줄 건지 행동으로 보이라고 했잖아."

"아, 그게 아직."

그걸 고민해볼 여유가 있었나, 어디? 새벽에 그가 키스하려 했다는 사실에 온통 신경이 몰려 있었는데…….

아, 그래! 문득 재미난 아이디어가 머릿속에 형광등처럼 떠올랐다.

세희는 조심스레 옆에 선 재현을 올려다보았다. 그의 키가 큰 탓에 까치발을 들고 거의 뛰어오르듯이 해야 뺨에 닿긴 할 테지만. 그래도 아주 불가능한 일은 아니었다.

"이런 보답은 어떨까요?"

재현이 뭐라고 물어보기도 전에 세희가 발끝을 들어 그의 뺨에 입술을 가져갔다.

쪽―.

그런데 그가 고개를 돌려버리는 바람에 뺨에 해야 하는 뽀뽀를 입술에 해버렸다.

으악! 어떡해. 세희는 얼굴을 붉히며 그대로 그에게서 한 걸음 떨어져나갔다.

"실수예요, 실수. 저는 저, 그냥 뺨에다 하려고 했는데."

이럴 땐 도망가는 게 최고다. 세희는 한 손으로 입을 가리고 서둘러 그에게서 등을 돌렸다. 그러나 몇 걸음 떼기도 전에 재현에게 허리를 잡혀버렸다.

"어딜 도망가려고."

"아니, 그게 아니라, 저는……."

그의 손에 허리를 잡힌 채로 세희는 그에게서 벗어나기 위해 허우적거렸다. 그러나 재현은 가볍게 제압하고는 그대로 그녀를 벽에 밀어붙였다. 두 손으로 그녀의 뺨을 감싸며 잔뜩 가라앉은 목소리로 속삭였다.

"키스하려면 제대로 해."

"네? 그게 무슨…… 읍!"

세희의 말이 끝나기도 전에 그의 입술이 거칠게 그녀의 입술을 덮어버렸다. 동시에 뜨겁고 거친 그의 숨결이 거침없이 입 안으로 흘러들어왔다.

❦

고였던 물이 한꺼번에 터지는 것처럼 주체할 수 없는 감정이 폭발하듯 흘러내렸다. 그녀가 옆에 서 있다는 것만으로도 신경이 쓰여 미칠 것만 같았는데, 은은하게 퍼져오는 그녀의 향기에 숨을 죽여야만 했는데, 그랬는데…….

그것도 모자라서 이번에는 그녀가 먼저 다가왔다. 닿은 곳이 뺨이 되었든, 입술이 되었든, 그건 중요하지 않았다. 그녀의 입술이 먼저 다가왔다는 사실에 억눌렸던 심장이 터져버렸다. 영리한 뇌세포는 예전에 맛보았던 그녀의 촉촉하고도 포근한 입술 감촉을 기억해냈고, 통제 불능이 된 본능은

광폭한 야생의 늑대처럼 미쳐 날뛰었다.

"키스하려면 제대로 해."

재현은 잔뜩 가라앉은 목소리로 명령하듯 속삭였다.

"네? 그게 무슨…… 읍!"

세희의 말이 채 끝나기도 전에 재현은 황급히 고개를 숙여 그녀의 입술을 강하게 베어 물었다. 서로 숨결이 얽히는 순간, 그녀의 입술이 그의 입술 아래에서 수줍게 떨렸다. 부드러운 입술과 달콤한 향기가 그의 이성을 송두리째 흔들었다.

재현은 조금이라도 더 고스란히 그녀의 입술을 맛보기 위해 그녀의 뒤통수를 감싸 자신 쪽으로 끌어당겼다. 동시에 놀란 그녀가 입을 벌리는 순간을 놓치지 않고 뜨거운 혀를 그녀의 입 속으로 밀어 넣었다.

"하아."

뜨겁게 얽힌 입술 사이로 세희의 달뜬 신음이 새어 나왔다. 그 여린 소리가 너무나도 좋아서 재현은 미칠 것만 같았다. 세희는 힘에 부치는지 숨을 헐떡거리며 그의 입술 밑에서 바동거렸다. 그러나 재현은 세희를 놓아주기는커녕 강하게 벽에 밀어붙이며 그녀의 입술을 더욱더 집요하게 탐닉했다.

두 사람의 나직한 탄성과 가쁜 숨소리가 싸늘한 방 안을 가득 채웠다.

"……후우."

재현은 거친 숨을 고르기 위해 잠시 입술을 떼었다. 뜨겁던 입술 위로 차디찬 공기가 내려앉자, 마치 소중한 무언가를 잃어버린 듯한 상실감이 밀려왔다. 재현은 다시 고개를 숙여 그녀의 입술을 찾았다.

그렇게 몇 번이나 떨어져나갔던 재현의 입술은 뜨겁고 거칠게 계속해서 되돌아왔다.

차 안에서 나누었던 키스와는 비교도 되지 않을 만큼 이번 키스는 너무나도 뜨겁고 격렬했다. 세희는 몽롱해지는 정신을 부여잡으려 그의 어깨를 꼭 움켜쥐었다.

그러나 힘이 빠져버려 후들거리는 다리로는 더 이상 지탱할 수 없었다. 그녀의 몸은 벽에 기댄 채 서서히 밑으로 무너지기 시작했다. 재현도 그녀를 따라 천천히 아래로 내려앉았다.

바닥을 향하여 주저앉는 동안에도 두 사람의 입맞춤은 멈춰지지 않았다.

"……이제 그……그만."

결국 세희가 벅찬 숨을 참지 못하고 두 손으로 그의 가슴을 살짝 밀어냈다. 그제야 재현은 얼굴을 감쌌던 손을 풀며 그녀를 놓아주었다. 세희는 축 늘어지듯 그의 어깨에 이마를 기대고는 힘겹게 가쁜 숨을 골랐다.

"하아, 하아."

숨을 쉴 때마다 그녀의 가슴팍이 크게 위아래로 오르락내리락 들썩였다. 세희는 재현의 어깨에 얼굴을 기댄 채 살며시 두 눈을 감았다. 정말 손가락 하나 까딱할 힘도 남아 있지 않았다. 고작 키스만 했을 뿐인데……. 마치 100미터를 전력 질주한 것처럼 심장이 날뛰며 온몸에서 힘이 빠져나갔다.

거친 호흡이 잦아질 즈음, 재현은 손을 들어 세희의 헝클어진 머리카락을 부드럽게 어루만졌다. 그리고 그녀의 이마와 뺨에 입을 맞추었다. 믿을 수 없을 정도로 다정스러운 행동이었다. 재현은 연신 머리카락을 쓰다듬으며 다른 한 손으론 그녀의 등을 위아래로 쓸어내렸다.

부둥켜안은 채 두 사람은 한동안 침묵을 지켰다.

"차가 다 식었겠군."

먼저 어색한 정적을 깬 사람은 재현이었다.

"……아."

퍼뜩 현실로 돌아온 세희가 자리에서 일어나려 하자, 재현은 그녀의 손목을 잡아 도로 자리에 끌어 앉혔다. 그리고 그가 대신 일어났다.

"내가 타 올 테니까 그냥 있어."

그는 가스레인지의 불을 켜고 물을 데운 다음, 찻잔에 뜨거운 물을 부었다. 얼떨결에 주객이 전도돼버린 상황에 세희는 어색하게 웃으며 그가 내미는 찻잔을 받아 들었다. 재현은 그녀에게 찻잔을 넘겨주고는 말없이 그녀의 옆에 자리를 잡았다. 그리고 묵묵히 차를 들이켰다.

방금까지 격렬하게 키스를 나눈 사이가 맞나 하는 의심이 들 정도로 두 사람 사이에 또다시 어색한 침묵이 흘렀다. 우두커니 찻잔을 내려다보던 재현이 그녀를 쳐다보지 않은 채 말을 꺼냈다.

"저녁 아직 안 먹었지?"

"네. 아직."

"배고프지 않아? 뭐 먹고 싶은 거 없어?"

이 상황에서 배고픈 게 느껴지나? 아직도 심장이 두근거려서 숨도 제대로 못 쉬겠는데…….

세희는 황당한 질문을 던진 재현을 힐끗 노려보다 다시 찻잔으로 시선을 돌렸다.

그에게 키스는 아무것도 아니었을까? 그냥 분위기에 끌려서 키스한 것일까? 솔직히 나도 할 말은 없다. 실수였든 아니었든 간에 내가 먼저 입술에 키스했으니까.

세희는 속으로 긴 한숨을 내쉬며 차를 한 모금 들이켰다. 격렬한 키스 탓에 입술이 부르텄는지 뜨거운 차가 입술에 닿자 화끈거리고 쓰라렸다. 세희는 혀를 내밀어 아랫입술을 살짝 핥아보았다. 약간 짭조름한 피 맛이 느껴지는 것도 같다.

아무런 대답이 없자, 재현이 그녀에게로 고개를 돌렸다. 그녀를 향하는 그의 냉정한 눈빛에 세희는 깊게 숨을 들이켰다. 얄밉게도 그는 평소의 차갑고 무뚝뚝한 '이재현'으로 돌아가 있었다. 조금 전까지 그녀의 입술을 탐하던 남자와 같은 사람이라는 것이 의심될 정도로…….

상대가 이렇게 나오는데 괜히 나만 싱숭생숭 흔들릴 필요는 없는 거잖아?
안 그래?

세희는 마음을 다잡고 재현의 눈을 마주 보며 씩씩한 목소리로 답했다.

"우리 파스타 먹으러 가요. 치즈가 엄청 많이 들어간……."

그린 힐 호텔로 가자는 재현의 제안을 뿌리치고 세희는 말이 파스타 전문점이지 동네 분식점과 다를 바 없는 단골 음식점으로 그를 끌고 갔다. 기껏해야 파스타 한 그릇에 만 원도 안 되는 그곳에서는 파스타 2개 이상을 주문하면 발사믹 치킨 샐러드가 공짜로 나왔다. 이런 곳이라면 그녀도 부담없이 저녁을 대접할 수 있었다.

언제나 그에게 얻어먹기만 한 것이 은근히 마음에 걸렸었다. 그가 재벌인건 재벌인 거고 항상 누구에게 얻어먹는다는 건 그녀의 인생관에 크게 어긋나는 일이니까.

허름하다고 하면 허름한 실내를 둘러보고도 재현은 아무 불평도 하지 않았다. 그는 불편해 보이는 철제 의자에 편한 자세로 앉아 메뉴판에 코를 박고 파스타를 고르는 세희를 말없이 지켜보았다.

"이 집, 카르보나라도 맛있고 토마토 미트볼 파스타도 맛있어요. 음, 뭘먹지?"

음식을 하나 주문하는 데도 그녀는 참으로 열심이다. 재현은 흘러나오는웃음을 참으며 메뉴판으로 눈길을 돌렸다. 한참을 고민한 끝에 결국 세희는 카르보나라를, 재현은 바질 페스토 파스타를 주문했다.

"샐러드 나왔습니다."

주문을 받은 직원이 잠시 후, 발사믹 치킨 샐러드를 테이블 위에 내려놓았다. 재현이 의아한 표정으로 직원을 올려다보자 세희가 번쩍 손을 들어 그를 말렸다.

"잘못 나온 거 아니에요. 파스타 두 개를 주문하면 샐러드는 공짜로 나와요."

그러곤 눈꼬리가 반달 모양으로 휘게 활짝 웃으며 어린아이처럼 기뻐했다.

"샐러드 하나에 세상을 얻은 것처럼 행복해하는군."

재현이 빈정거리듯 투덜거렸지만, 세희는 전혀 개의치 않는 얼굴로 고개를 끄덕거렸다.

"그럼요. 작은 일이라고 맘껏 행복해하지 말란 법은 없으니까요."

"그래?"

재현은 피식 입매를 비틀며 여기저기 흠집투성이인 물컵을 집어 들었다. 생각해 보면 분식점 같은 곳에 온 것도 꽤 오래간만이다. 마지막으로 간 게 언제였더라? 아마 10년은 더 된 것 같다. 세희와 함께여서 그런지 아무런 거부감도 들지 않았다. 손에 든 싸구려 플라스틱 물컵을 바라보던 재현은 담담하게 물을 들이켰다.

"이 집은 정연 언니도 아주 좋아하는 곳이에요. 몇 번 같이 왔거든요. 언니는 토마토 미트볼 파스타를, 전 카르보나라를 주문해서 서로 나눠 먹곤 했어요."

"언니?"

'언니'라는 호칭에 재현이 물을 마시던 동작을 멈추며 눈꼬리를 움찔 움직였다. 순간 세희는 자신이 말실수를 한 건 아닐까 하는 걱정이 들었다. 아무리 그래도 정연은 이사님이고 그녀는 부하 직원인데 언니라고 부르다니. 세희는 재현에게 재빨리 고개를 숙이며 사죄했다.

"이사님이 사적인 장소에서는 언니라고 부르라고 하셔서. 듣기 불편하셨다면 죄송합니다."

재현은 별거 아니라는 표정으로 테이블 위에 물컵을 내려놓았다.

"됐어. 언니라고 부르기로 했으면 그냥 그렇게 불러. 사실 말이 이사지, 하는 일도 없이 땡땡이만 치는데. '이사님' 하고 호칭 부르는 것도 우습지. 회사 안에서만 조심해."

잠시 후 나타난 점원이 파스타를 두 사람 앞에 올려놓았다.

"파스타 나왔습니다."

재현은 자리를 뜨려는 점원을 불러 포장 주문을 했다.

"토마토 미트볼 파스타와 샐러드 하나, 포장해주세요."

"네, 알겠습니다."

정연 언니에게 가져다주려고 그러나? 언니가 좋아한다고 해서?

세희는 포크로 파스타를 돌돌 말며 잠시 생각에 빠졌다. 겉으로는 툭툭 거리면서도 재현은 정연을 무척이나 아끼고 챙기는 것 같았다. 어떻게 보면 오빠가 여동생을 보살피는 것처럼 말이다. 정연도 재현이 못돼 처먹은 동생 이라고 불평했지만, 누구보다도 그를 위했다. 재현이나 정연 같은 가족이 있 다면 얼마나 큰 힘이 되고 든든할까?

세희는 며칠 전 고모와의 통화를 떠올리며 쓴웃음을 지었다. 고모의 집 을 나오고 나서 그래도 인연을 끊을 수는 없기에 가끔 안부 전화를 하곤 했다. 대부분 서 여사는 그녀의 전화를 받지 않았다. 그럴 때마다 메시지를 남겼지만 서 여사는 한 번도 전화를 걸지 않았다. 그랬던 서 여사와 며칠 전 겨우 통화가 연결되었다.

"저예요, 고모. 세희요. 그동안 안녕하셨죠?"

[안녕 같은 소리 한다. 난 요새 밤에 잠도 못 잔다고.]

퉁명스러운 목소리로 전화를 받은 서 여사는 사업이 어렵다며 앞으로 사 채 이자를 제대로 갚을 수 있을지 한탄했다. 그녀는 한 번도 세희가 잘 지내는지, 어디서 살고 있는지 안부를 묻지 않았다. 자신의 넋두리만 늘어놓고 매몰차게 전화를 끊어버렸다.

하나밖에 없는 가족인데 어쩌면 저리도 무심할까? 세희는 작게 한숨을 내쉬며 파스타를 입으로 가져갔다. 그래도 식사할 때만큼은 어두운 생각을 하지 말자. 그건 음식에 대한 예의가 아니니까.

세희는 서글픈 기분을 지우려 더욱더 열심히 식사에 집중했다.

호로록, 톡—.

그녀의 입 안으로 포크에 돌돌 말린 파스타가 끊임없이 오물오물 들어가고 있었다. 도톰하게 부어오른 입술로 어쩌면 저리도 먹음직스럽게 잘 먹는지.

재현은 게 눈 감추듯 비어버린 세희의 접시를 바라보았다. 그녀는 절대로 음식을 남기는 일이 없었다. 말끔하게 접시를 비우고 언제나 그렇듯 행복한 미소를 짓는다. 그런 그녀를 바라보는 재현의 입가에도 어느새 야릇한 미소가 서렸다.

"오늘 저녁은 제가 살게요."

식사가 끝난 후, 점원이 계산서를 가져오자 세희가 먼저 잽싸게 가로챘다.

"됐어."

재현이 계산서를 빼앗으려 했지만, 세희는 완강하게 반항하며 계산서를 쥔 손을 등 뒤로 숨겼다.

"아뇨. 오늘은 제가 낼게요. 구해준 보답도 할 겸 해서."

"보답은 아까 한 거 아닌가?"

아까? 세희가 혼란스러운 표정으로 바라보자 재현이 피식 웃으며 그녀에게로 상체를 굽혔다.

"왜? 그거로는 부족한가? 한 번 더 해주려고?"

세희의 얼굴이 순식간에 홍당무처럼 빨갛게 달아올랐다.

"왜? 아무 말 없는 것 보니까 한 번 더 해줄 모양이지?"

"아뇨. 제가 언제."

당황한 세희가 손으로 테이블을 '탁' 내려쳤다. 그 틈을 타서 재현은 재빨리 그녀 손에 있던 계산서를 낚아챘다. 그리고 유유한 걸음으로 계산대를 향해서 걸어갔다.

"앗!"

세희도 자리에서 벌떡 일어나 종종걸음으로 재현을 뒤따랐다. 지갑을 꺼내는 그의 팔을 잡으며 그녀가 고개를 가로저었다.

"제가 낸다니까요."

그러나 재현은 단번에 그녀의 팔을 내치며 점원에게 오만 원짜리를 건넸다.

"됐어. 그냥 한 번 더 하는 걸로 해."

"하긴 뭘 해요!"

발끈한 세희가 빽 언성을 높였다.

"내가 꼭 말로 해야겠어?"

"그러니까…… 하긴 뭘 하……."

재현을 향해 따지듯 묻던 세희가 성급히 입을 다물었다. 계산하던 점원이 이상한 눈초리로 두 사람을 번갈아 바라보았기 때문이다. 대화 내용이 은근히 수상했기에 점원이 오해할 만도 했다.

잘못한 게 하나도 없는데도 세희는 얼굴을 붉히며 거스름돈을 받는 재현을 남겨두고 서둘러 음식점을 걸어 나갔다. 계산을 마친 재현이 나오자 문 앞에서 기다리던 세희는 매섭게 그를 흘겨보았다. 그러나 재현은 그녀를 무시하고 도로변에 세워 둔 차를 향해 빠르게 걸어갔다.

"안 탈 거야?"

그녀가 따라오지 않고 음식점 앞에 우두커니 서 있자 그가 무뚝뚝한 말투로 물었다. 얼마쯤 지나고서야 세희가 머뭇거리며 차로 다가왔다. 재현은 그녀를 위해 조수석의 차 문을 열어주고는 포장한 음식이 담긴 종이 가방을 뒷좌석에 내려놓았다. 그리고 빠르게 운전석에 올랐다.

음식점에서 옥탑방까지 차로 10분밖에 걸리지 않은 덕분에 두 사람의 어색한 침묵은 그리 오래가지 않았다. 재현이 건물 앞에 차를 세우고 시동을 끄자 세희는 서둘러 차 문 손잡이에 손을 올렸다.

"바래다주셔서 감사합니다."

"잠깐만."

세희가 급히 차에서 내리려 하자, 재현은 뒷좌석에서 종이 가방을 집어 그녀 앞으로 내밀었다.

"이거 가지고 가."

"네?"

"나중에 배고플 때 먹어."

정연 언니가 아니라 나를 위해서라고? 세희의 눈이 놀라서 동그랗게 커져버렸다.

"아까, 둘 중에 어떤 걸로 시킬까 심각하게 고민했잖아."

그가 그런 작은 것까지 신경 쓰고 있었는지 전혀 몰랐다. 세희는 크게 감동한 표정으로 그를 바라보았다. 서 여사는 외식할 때면 가끔 혜영을 위해 음식을 포장해오곤 했다. 하지만 오로지 혜영만을 위해서였다. 오죽했으면 같이 살던 도우미 언니가 가족끼리 어쩌면 저래 하면서 혀를 찼을까!

큰 눈을 빠르게 깜빡거리자 어느새 그녀의 눈가가 촉촉하게 젖어들었다.

"표정이 왜 그래?"

재현은 기분이 상한 듯 눈살을 찌푸리더니 착 가라앉은 목소리로 투덜거렸다.

"아뇨. 전 그냥 너무 고마워서……."

"후우."

재현은 크게 한숨을 내쉬더니 거칠게 안전벨트를 풀어버렸다. 고개를 기울인 채, 그녀의 눈을 빤히 들여다보던 그가 잔뜩 쉰 목소리로 속삭였다.

"그렇게 쳐다보지 마. 그런 눈으로 바라보면……."

잠시 뜸을 들인 후, 그가 다시 말을 이었다.

"남자는 키스해달라는 것으로 받아들여."

동시에 그의 얼굴이 마주 닿을 듯 가까이 다가왔다. 너무나도 순식간에 일어난 일이라 세희는 미동도 하지 못하고 잠시 얼어버렸다.

"저……."

그가 내뿜는 뜨거운 숨결이 참을 수 없게 입술을 간질였다. 재현의 얼굴이 점점 더 가까이 다가오자 세희는 두 손으로 종이 가방을 꼭 잡으며 두 눈을 질끈 감아버렸다. 그러자 그의 탁한 목소리가 귓가에 흘러들어왔다.

"눈까지 감는 건…… 제발 키스해달라는 표현인가?"

그 말과 동시에 그녀의 두 눈이 번쩍 뜨였다.

"하아."

너무 가깝다. 너무 가까워서 입술을 겹치지 않았는데도 불구하고 서로의 숨결이 섞이는 것만 같았다. 두 사람 중 한 명이라도 조금만 더 가까이 다가간다면 입술이 하나로 맞물릴 정도로 거리는 가까웠다.

조금만 더……. 아주 조금만.

그러나 두 사람의 거리는 더 이상 좁혀지지 않았다.

이윽고 세희가 살며시 뒤로 물러나며 속삭이듯 입을 열었다.

"오늘은 정말 감사했습니다."

그녀는 종이 가방을 가슴에 안고 허겁지겁 차 문을 열었다. 차에서 내린 세희는 뒤도 돌아보지 않고 곧바로 건물을 향해 달려갔다.

그녀의 뒷모습을 바라보던 재현의 얼굴에 희미한 미소가 번졌다. 하여간 넘어질 듯 허둥지둥 달려가는 모양은 10년 전이나 지금이나 변한 게 없다. 그러나 10년 전과 현재, 그녀의 처지는 180도 달랐다. 지금 그녀는 매캐한 냄새와 코끝이 시릴 정도로 외풍이 심한 옥탑방으로 돌아가고 있었다.

세희가 시야에서 사라지고도 재현은 차를 출발시키지 못하고 손가락 끝으로 운전대를 톡톡 두드렸다. 한참이 지난 후, 재현은 운전대에 달린 통화 버튼을 꾹 눌렀다.

뚜뚜―.

몇 번 신호가 간 후, 강 비서의 목소리가 스피커에서 흘러나왔다.

[네, 전무님.]

"강 비서, 혹시 스페이스 송 대표 연락처 아직도 가지고 있나? 인테리어 시공업체 말이야. 저번에 펜트 하우스 시공을 맡았던."

[네. 가지고 있습니다.]

"내일 중으로 보자고 송 대표에게 연락 좀 해줘."

[알겠습니다. 일정 잡아놓겠습니다.]

강 비서와 통화를 끝낸 재현은 다시 어딘가로 전화를 걸기 시작했다. 이번에도 신호 음 몇 번 만에 상대방이 전화를 받았다.

[여보세요.]

"접니다, 어르신."

재현은 아주 공손한 목소리로 상대방에게 말을 건넸다.

[이재현 전무님? 아니, 무슨 일로 이 시간에…….]

"떠나시기 전에 긴히 부탁할 일이 있어서 전화 드렸습니다."

[부탁이라면…….]

재현은 잠시 뜸을 들이며 세희가 들어간 건물로 시선을 돌렸다.

16. 스팸은 거절합니다

"지방 출장이요?"

월요일 아침, 한 주의 업무를 논의하는 회의실 안에 차 대리의 목소리가 쩌렁쩌렁 울려 퍼졌다. 주말의 피로가 채 풀리지 않은 얼굴로 뜨거운 커피를 홀짝거리던 차 대리는 지방 출장이라는 말에 얼굴을 찌푸렸다.

"그것도 당장 내일이요?"

이번에는 정 대리가 김 과장에게 질문을 던졌다. 김 과장은 서류에서 시선을 떼지 않은 채 건성으로 고개를 끄덕였다.

"응. 각 지사를 돌면서 취재하라는 윗선의 특별 지시가 내려왔어."

"그럼 이번 출장은 누구누구 가게 되는 거죠?"

"나와 차 대리는 이번 주까지 끝내야 할 홍보 이벤트가 있으니까 안 되겠고. 언론의 마감 기사를 검토하려면 윤아 씨와 환우 씨, 희정 씨는 돌아가면서 당직을 서야 하고……."

직원들의 업무를 쭉 훑던 김 과장이 옆에 앉은 정 대리와 세희에게 고개를 돌렸다.

"그래, 이번 출장은 정 대리와 세희 씨가 가면 되겠네. 둘 다 이번 주는 급한 일 없잖아."

"네. 알겠습니다."

"회의 끝나고 리스트 쫙 뽑아줄 테니까, 정 대리는 이따가 내 자리로 와."

1시간이 넘는 회의가 끝나자 직원 모두는 제자리로 돌아갔고 막내 인턴인 세희만이 회의실에 남아 혼자 뒷정리를 했다. 마시고 남은 커피 종이컵을 쓰레기통에 버리고 이리저리 흩어진 서류들을 정리해 한곳에 모았다.

천연 살균 클리너를 뿌리고 마른 휴지로 열심히 책상 위를 닦고 있는데 김 과장에게 리스트를 받은 정 대리가 회의실로 돌아왔다. 정 대리는 세희 혼자 뒷정리를 하고 있자 눈살을 찌푸리며 주위를 둘러보았다.

"왜 너 혼자 뒷정리하고 있어?"

"모두 마감으로 바쁘거든요."

"바쁘긴 뭐가 바빠? 월요일이라고 기가 빠져서 그렇지."

정 대리는 투덜거리며 세희를 돕기 위해 흩어진 의자를 가지런하게 놓기 시작했다.

"그나저나 세희야, 지방 출장 가게 되면 커피숍 일을 빼야 하는데, 괜찮겠어?"

세희가 커피숍에서 일하는 것을 아는 정 대리가 걱정스러운 표정으로 물었다. 세희는 생긋 웃으며 책상을 훔친 휴지를 쓰레기통에 버렸다.

"네. 괜찮아요. 이번 주는 아르바이트생이 넘쳐나거든요. 매니저 언니가 일정 조정하느라 골치 아파하고 있었는데, 제가 못 한다고 하면 오히려 기뻐할 거예요."

"그래? 그럼 다행이네. 내일 부산부터 내려가야 하나 봐. 네가 KTX 표 좀 알아봐줄래?"

"네, 대리님."

정 대리를 따라서 회의실을 나서던 세희는 잠시 걸음을 멈추고 중역 회의실 쪽을 힐끗 쳐다보았다.

문 앞에 회의 중이란 파란불이 켜져 있는 것을 보면 저 안에서 중역 회의가 진행 중이란 말인데……. 저 안에 재현이 있을지도 모른다는 사실에 그녀의 심장이 두근거리기 시작했다. 그를 떠올리는 것만으로도 왜 이리 설레는 걸까? 정말 바보 같다.

세희는 손바닥으로 가슴을 꼭 누르며 쓰디쓴 미소를 지었다. 지방 출장 동안 생각을 좀 정리할 필요가 있을 것 같다. 밀려드는 감정에 쉽게 휘말리는 건 지금 그녀의 처지에선 사치니까. 세희는 중역 회의실 문을 하염없이 바라보다 느리게 엘리베이터로 발걸음을 옮겼다.

"창립 파티는 무사히 마쳤다고."

"네, 아버지."

"수고 많았다."

이 회장은 고개를 끄덕이며 음미하듯 차를 조금씩 들이켰다. 중역 회의가 끝나고 재현을 회장실로 불러들인 이 회장은 간단한 업무 상황을 보고받은 후, 곧바로 본론으로 들어갔다.

"이번에도 미라가 갑자기 마음을 바꾼 거냐? 파티에 안 나타났다면서."

"파티 시작하기 전에 얼굴을 잠깐 보긴 했습니다."

"둘이서만 만나는 게 무슨 소용이야. 사람들 앞에서 만났어야지."

이 회장은 못마땅한 표정을 지으며 소파 팔걸이를 손바닥으로 탁탁 내리쳤다. 일이 제대로 풀리지 않거나, 심기가 불편할 때 나타나는 버릇 중 하나였다.

"그나저나 물에 빠졌다는 여잔 누구냐? 정연이가 데려온 사람이라던데. 너도 잘 아는 사이야? 네가 직접 물에 뛰어들어서 구했다고 들었다만."

"하나 그룹의 사원입니다."

"우리 회사 사원이라고?"

이 회장의 얼굴에 호기심 어린 표정이 떠올랐다.

"물에 빠진 사람의 신원은 중요한 게 아닙니다. 그보단 제 소유의 호텔 안에서 사고가 있었다는 거죠. 불미스러운 일이 생기게 그냥 지켜만 볼 순 없잖습니까?"

"뭐, 그렇긴 하다만……."

이 회장은 싸늘한 표정으로 앉아 있는 재현을 보며 속으로 작게 한숨을 내쉬었다.

녀석, 아주 쌩하니 냉기가 도는군.

언제부턴가 누구도 재현의 속을 알아챌 수 없게 되어버렸다. 기업을 경영하기 위해선 포커페이스를 가져야 한다고 기회가 있을 때마다 누누이 강조한 이 회장이었다. 그래도 이 정도로까지 변할 줄은 몰랐다. 이 회장은 냉정하게 변해버린 재현이 기특하면서도 다른 한편으론 서운했다.

"안 실장님이 아버님께 보고했다고 하더군요. 유 회장님 측과 박 이사 측이 뒤에서 은밀하게 접촉 중이라는 거 알고 계시죠? 어쩌면 민 사장님 측과도 연결돼 있을지 모른다고 하던데."

"알고 있다."

이 회장이 침통한 표정으로 고개를 끄덕였다. 동료라고 믿었던 이들이 사실은 자신의 목을 노리는 적이었다니. 이 회장은 재현이 밝혀낸 그룹 비리에 한숨을 내쉬었다. 하지만 가만히 앉아서 당하고만 있을 수는 없었다. 재현에게 그룹 경영권을 넘겨주기 전에 깨끗이 정리해야 한다.

"어차피 삐걱거릴 정략결혼 아닙니까? 시간을 두고 지켜보도록 하죠. 유회장님 쪽에서 먼저 연락할 때까지 가만히 있겠습니다."

"네가 알아서 해라."

"네."

말을 마친 재현은 옆에 놓은 서류철을 챙기며 자리에서 일어났다.

"전 이만 가보겠습니다."

"왜 벌써 가려고? 점심이나 먹고 가지. 정연이도 곧 올 텐데."

"아뇨. 오늘은 할 일이 많아서 먼저 가봐야겠습니다."

회장실을 나와 엘리베이터로 향하는 재현의 미간이 희미하게 일그러졌다. 세희에 관한 이야기가 나오자 그도 모르게 긴장해버렸다. 목구멍에 이물질이 걸린 듯이 숨이 탁 막히고 가슴이 답답했다. 아무렇지 않은 듯 평정을 가장했지만, 눈치 빠른 이 회장이 뭔가 알아챘을지도 모른다. 세희에 관해서라면 그도 모르게 이성을 잃어버린다.

아버지는 그저 수영장 사고를 언급했던 것뿐인데, 신경이 곤두선 모습을 보이다니…….

"제길."

재현은 신경질적으로 엘리베이터 버튼을 누르며 작게 욕설을 내뱉었다.

세희는 퇴근 후, 곧바로 커피숍으로 향했다. 매니저에게 지방 출장을 가게 됐다고 알리고 그에 맞추어 새로운 일 스케줄을 짰다. 커피숍 일을 마치고 옥탑방으로 돌아오니 시간은 자정에 가까워져 있었다.

"세희 양."

5층을 지나 옥탑방으로 올라가려는데 현관문이 열리며 주인 할아버지가 걸어 나왔다. 그녀를 만나기 위해서 잠자리에 들지 않고 기다린 듯, 주인 할아버지가 세희를 보자 반갑게 손짓을 했다.

"잠깐 이야기할 수 있을까? 내가 엊그제 깜빡하고 빼먹은 내용이 있어서 말이야."

"네, 할아버지."

세희는 계단을 올라가던 걸음을 멈추고 다시 5층으로 내려왔다.

"캐나다에 가 있는 동안 5층을 리모델링할 계획이야. 그런데 가스 배관이 옥탑방이랑 연결되어 있거든. 공사하면서 옥탑방도 건드려야 하나 봐. 공사가 한 삼사 일쯤 걸릴 것 같은데, 그동안 다른 곳에 가 있을 수 있을까?"

"공사는 언제부터 시작하는데요?"

"세희 양만 괜찮으면 내일이라도 시작할 수 있어. 대신 이번 달 방 값은 받지 않을 테니까."

"아니에요, 할아버지. 저도 내일 지방 출장 가서 금요일에나 돌아와요."

"그래? 그거 마침 잘됐네. 그럼 그렇게 알고 출장 다녀와. 공사 말끔히 끝내놓을 테니까."

"네, 할아버지."

주인 할아버지는 걱정을 덜었다는 듯 환하게 웃으며 다시 집 안으로 들어갔다.

❧

"너 오늘도 집에 들어온 거야?"

재현이 현관으로 들어서자 마침 거실에 있던 정연이 깜짝 놀라며 소파에서 일어났다.

"네가 웬일로 이번 주 내내 집에 들어오니?"

그러나 재현은 대답 대신 무언가를 찾는 듯 주위를 둘러보았다.

"조이는?"

"아빠랑 서재에 있어."

"그래."

녀석, 집에 오자마자 찾는 게 고양이라니! 이렇게 사랑스러운 누나가 앞에 딱 서 있는데!

"네 눈엔 나는 안 보여?"

정연은 무척 못마땅한 표정으로 팔짱을 끼며 퉁명스럽게 투덜거렸다. 결국 재현도 마지못해 물었다.

"그래. 누나는 무슨 일이야? 집엘 다 들어오고."

"나야 세희가 없으니까 심심해서 그렇지. 오늘 밤에야 출장에서 돌아온다는데, 에휴."

세희라는 이름에 재현의 미간이 잠시 꿈틀거렸다. 정연은 그의 표정이 살짝 바뀐 걸 놓치지 않고 불평을 늘어놓았다.

"갑자기 무슨 지방 출장이래? 혹시 네가 일부러 보낸 거 아냐?"

"남의 돈 벌어먹기가 어디 그리 쉬운 줄 아나. 그러는 누나는 호텔로 안 가고 꼬박꼬박 집에 들어오는 거, 규한이 형이 찾아올까 봐 그러는 거 아냐?"

허점을 찔린 듯 정연은 인상을 찌그리며 버럭 소리를 질렀다.

"야! 나 겁쟁이 아니거든. 그딴 남자, 난 눈 하나 깜빡하지 않거든!"

"그래, 어련하시겠어."

재현은 넥타이를 느슨하게 풀며 건성으로 대답했다. 그때 그의 가방 안에서 전화벨 소리가 들렸다. 휴대폰 화면으로 번호를 확인한 재현이 빠르게 대답했다.

"여보세요. ……어, 그래요, 김 과장님. 인터뷰는 잘 끝났습니까? ……네. 본사에 들르지 않아도 되니까 두 사람 모두 그대로 퇴근하라고 하세요. ……네? 그게 무슨 말입니까?"

재현이 미간을 좁히며 살짝 언성을 높였다.

"혼자 돌아오는 중이라니요? ⋯⋯알았습니다."

전화를 끊은 재현은 기분이 상한 표정으로 한동안 휴대폰 화면을 노려보았다. 제자리에 선 채, 뭔가 골똘히 고민하던 그는 돌연 현관 장식장 위에 놓아둔 차 키를 집어 들었다.

"누나, 갑자기 급한 일이 생겼어. 나 그만 가볼게."

"뭐? 야! 너 방금 오고선."

그러나 재현은 정연의 말을 무시하고는 그대로 등을 돌려 현관을 걸어 나갔다.

⌘

"아, 빨리 가야 하는데. 이러다 차 놓치겠다."

짐을 챙기는 정 대리의 손길이 분주해졌다. 부산 지사에서 시작된 출장 업무는 대덕 연구 단지에 있는 하나 연구소를 마지막으로 모두 마쳤다. 덕분에 두 사람은 금요일 오후 일찍 서울로 돌아갈 예정이었다. 정 대리는 외국으로 이민 가는 친구의 송별회에 갈 수 있게 됐다며 콧노래를 불렀었다.

그런데 갑자기 연구소장의 부탁으로 몇몇 연구원과 인터뷰가 잡히는 바람에 결국 저녁 9시가 넘어서야 인터뷰를 끝마칠 수 있었다. 10시에 서울로 올라가는 마지막 차편이 있는데 자칫하면 막차를 놓칠 수도 있는 상황이 돼버렸다.

부랴부랴 택시를 타고 고속버스터미널에 도착한 시각은 9시 51분. 그런데 이번에는 다른 낭패가 두 사람을 기다리고 있었다.

"네? 표가 달랑 한 장만 남았다고요?"

정 대리가 경악스러운 얼굴로 묻자, 매표소 직원은 시큰둥한 표정으로 고개를 끄덕였다. 정 대리가 선뜻 표를 사지 못하고 망설이자, 세희는 얼른 돈을 내고 마지막 남은 차표를 구입해 정 대리에게 내밀었다.

"대리님, 먼저 가세요. 아무리 늦어도 친구 송별회에 꼭 가고 싶다고 했잖아요."

"그렇긴 한데……."

정 대리가 어두운 표정으로 말꼬리를 흐렸다. 아무리 그래도 세희를 혼자 남겨두고 자신만 서울로 올라갈 수 없었기 때문이다. 정 대리의 마음을 잘 알기에 세희는 일부러 더 밝게 웃어 보였다.

"제 걱정은 전혀 하지 마세요. 전 천천히 올라가도 되니까요. 옥탑방 공사가 오늘쯤 끝난다고는 했는데, 확실한 건 아니거든요."

그때서야 정 대리는 마음을 놓으며 표정을 풀었다.

"알았어. 정말 고맙다. 내가 서울 가서 밥 살게."

정 대리는 말이 끝내기가 무섭게 후다닥 핸드백을 메고 버스를 향해 뛰어갔다. 세희는 버스가 출발하기 직전에 무사히 올라탄 정 대리를 향해 손을 흔들어주었다. 그리고 버스가 시야에서 사라지고 나서야 슈트 케이스를 끌고 고속버스 터미널을 나섰다. 솔직하게 말하자면 한밤중에 그녀 홀로 타지에 남는다는 사실이 약간 무섭긴 했다. 하지만 그렇다고 정 대리의 발목을 잡을 수는 없었다.

무슨 일이야 있으려고? 근처 찜질방에서 밤을 지내고 내일 일찍 올라가면 되겠지, 뭐. 세희는 찜질방 간판을 찾기 위해 주위 건물을 두리번거리며 천천히 걸음을 옮겼다.

꿍꿍꿍

뚜뚜—.

재현은 계기판을 노려보며 통화가 연결되기를 초조하게 기다렸다. 그러나 고객님이 전화를 받을 수 없다는 안내 멘트만이 흘러나왔다. 재현은 전화를 끊고 다시 통화 버튼을 눌렀다. 몇 번이나 반복했지만, 결과는 같았다.

"젠장."

재현은 짧게 욕설을 내뱉으며 주먹으로 운전대를 내리쳤다. 전화 좀 받아라, 제발!

처음에는 전화를 받지 않는 세희에게 화가 났지만, 점점 왜 그녀가 전화를 받지 않는 걸까 하고 걱정이 들기 시작했다.

[인터뷰가 길어지는 바람에 막차 시간에 겨우 끝난 모양인데요. 좌석이 하나밖에 없었다고 합니다.]

어떻게 된 일인지 알아보라는 지시에 강 비서가 알아낸 상황이었다.

"그렇다면 같이 있다가 다음 날 같이 올라와야 하는 거 아닌가?"

재현이 평정을 가장한 무덤덤한 목소리로 물었다.

[정 대리에게 오늘 밤 꼭 서울로 올라와야 할 사적인 일이 있었다고 합니다.]

"그렇군. 알았어. 정 대리에게 월요일에 출근하는 대로 오늘 인터뷰 내용 정리해서 올리라고 해."

[네. 알겠습니다.]

제길, 언제나 그렇다. 그녀는 언제나 제 일보단 남의 일이 우선이다. 재현은 세희 혼자 타지에서 밤을 보낸다는 사실에 속이 바짝바짝 타들어갔다. 요즘같이 험악한 세상에 도대체 무슨 배짱으로 혼자 남은 거지? 사정이야 어찌 됐던 두 사람이 함께 움직였어야지, 이 바보야!

혼자 끙끙거리며 속을 썩이던 재현은 결국 대전으로 차를 몰았다. 얼마나 밟았는지 1시간 조금 넘어서 하나 연구소와 가장 가까운 고속버스 터미널에 도착할 수 있었다. 그러나 문제는 그녀의 행방을 모른다는 거다. 대전으로 향하는 도중 여러 번 전화를 걸었지만 세희는 끝내 받지 않았다.

그는 곤혹스러운 표정으로 주위를 둘러보았다. 수많은 모텔과 여관 간판을 바라보며 재현은 초조함에 속이 검게 타들어갔다. 근처에 있는 호텔과 여관을 다 뒤져야 하나?

순간 그의 표정이 미묘하게 변했다. 문자를 넣어볼까? 전화는 받지 않았지만, 혹시라도 문자는 볼지 모르니까. 휴대폰을 집어 든 재현은 빠르게 손가락을 놀려 문자를 전송했다.

> 어디야?

전화는 그렇게 안 받더니 뜻밖에도 상대방이 문자를 읽었다는 수신 확인 메시지가 왔다. 그러나 한참을 기다려도 그녀에게선 아무런 답장이 없었다.

지금 내 문자를 씹은 건가? 재현은 믿을 수 없다는 듯이 화면을 노려보았다. 그러다 다시 문자를 넣었다.

> 지금 어디야? 문자 확인한 거 다 알아.

영원과도 같은 시간이 흐르고…….

띠링—.

문자가 날아왔다.

> 스팸은 거절합니다.

문자를 확인한 재현의 얼굴이 급속도로 일그러졌다.

지금까지 전화를 받지 않은 이유가 스팸 전화인 줄 알고 안 받은 거였어? 아니, 지금까지 내 전화번호 하나 저장하지 않고 뭐한 거지? 전화번호 따위,

저장할 필요조차 없는 존재라는 건가?

자신은 그녀의 전화번호를 알게 된 순간 바로 저장해버렸는데, 그녀는 아니었다니…… 은근히 자존심이……. 아, 아니다. 꽤 자존심이 상하는 일이다!

"후우."

재현은 화를 삭이기 위해 길게 심호흡을 했다. 그리고 한 손으로 거칠게 얼굴을 문질렀다.

잠시 후 재현은 다시 통화 버튼을 눌렀다. 이번에는 신호 음이 채 울리기도 전에 상대방과 전화 연결이 되었다.

"어, 나야. ……회사 휴대폰의 위치 추적 좀 해줘야겠어."

그가 아주 차가운 목소리로 상대방에게 지시를 내렸다.

❧

세희는 아까부터 짜증스럽게 울리는 휴대폰을 난처한 표정으로 바라보았다. 모르는 번호인데, 이 시간에 누구지?

찜질방 사람들 대부분은 자리에 누워 잠을 청하거나, 두런두런 모여 앉아 조용히 이야기를 나누는 분위기였다.

그런 가운데 끊임없이 울려대는 그녀의 휴대폰은 마치 응애응애 울어대는 갓난아기 같았다.

세희는 소리가 나지 않게 재빨리 진동으로 설정을 바꾸었다. 그녀의 휴대폰은 손 안에서 가련하게 파르르 몸을 떨더니 잠시 후 잠잠해졌다. 중요한 전화라면 음성 메시지를 남기겠지. 그렇지 않다면 스팸 전화일 거야.

휴대폰을 가방에 집어넣으려는 순간, 갑자기 화면에 문자 알림이 떴다. 혹시나 해서 번호를 다시 확인했지만, 전혀 모르는 번호였다.

> 어디야.

건방진 반말 투의 명령조 질문. 하, 요새는 스팸 문자도 이렇게 싸가지 없게 오나?

세희는 기가 막힌다는 듯 헛웃음을 내뱉었다. 아예 휴대폰을 꺼버리기 위해 전원 버튼을 누르려는데 또 다른 문자가 화면에 떠올랐다.

> 지금 어디야? 문자 확인한 거 다 알아.

"뭐야!"

세희는 눈살을 찌푸리며 휴대폰 화면을 노려보았다. 뭐라고 욕이나 한 사발 해주고 싶었지만, 그래도 숙녀 체면에 그럴 순 없고…….

> 스팸은 거절합니다.

그녀는 스팸 상대에게 공손한 문자를 보낸 후, 곧바로 휴대폰을 꺼버렸다. 그리고 의자 등받이에 상체를 기대며 잠을 청하려 두 눈을 감았다. 피곤했는지 눈을 감자마자 곧바로 잠이 쏟아졌다.

얼마쯤 지났을까? 누군가 그녀의 어깨를 흔들었다. 아, 막 깊게 잠들려는 순간이었는데…….

세희는 애써 상대방을 무시하며 고개를 반대쪽으로 돌려버렸다. 이어서 익숙한 목소리가 들려왔다.

"이런 데서 잠이 와?"

잠깐, 이 목소리는? 목소리의 주인공이 누군지를 깨달은 세희는 화들짝 놀라며 잠에서 깨어났다. 번쩍 고개를 들어 위를 올려다보니 재현이 무표정한 얼굴로 그녀 앞에 서 있었다.

세상에! 그가 지금 왜 여기 있는 거지? 세희는 전혀 예상하지 못한 재현의 등장에 잠시 할 말을 잃은 듯 멍하니 얼어버렸다.

"……여, 여긴 어쩐 일이세요?"

잠시 후, 그녀가 어렵사리 입을 열었다.

"왜? 난 이런 곳에 오면 안 된다는 법이라도 있어?"

재현은 거만스러운 표정으로 그녀를 내려다보며 입꼬리를 비틀었다.

"안 된다는 게 아니라……."

세희는 말꼬리를 흐리며 슬그머니 그의 시선을 비켰다. 전혀 생각하지 못한 장소에서 그를 만났다는 사실에 심장이 미치도록 거세게 뛰기 시작했다. 세상에나, 찜질방에서 그를 만나게 되다니! 혹시 얼굴이라도 빨개진 건 아니겠지? 아니, 그보다 양 머리!

세희는 머리에 쓴 양 머리 모양의 수건을 급하게 잡아채며 급히 고개를 숙였다.

"정 대리 먼저 서울로 올려 보내고 여기서 혼자 뭐 하는 거지?"

"막차였는데 표가 딱 한 장밖에 없었거든요. 대리님은 급한 볼일이 있어서 오늘 꼭 서울로 가셔야 해서……."

못마땅한 표정으로 그녀의 설명에 귀 기울이던 재현은 그녀 옆에 자리를 잡고 앉았다.

"또 남의 사정 봐주느라 혼자 남은 건가?"

그가 한 손으로 넥타이를 느슨하게 풀어 헤치며 물었다. 반팔 티와 반바지, 찜질방 옷을 입은 사람들 중에서 말끔한 슈트 차림인 재현은 단연 눈에 띄었다. '어떻게 저런 차림으로 찜질방에 들어올 수 있었지?'라는 의문이 잠시 들었지만, 세희는 그라면 그리 어려운 일은 아닐 거라는 결론을 내렸다. 이재현 전무님이 슈트를 입고 찜질방에 들어가겠다는데 누가 말리랴!

"그런데 내 번호 몰라? 저번에 전화했을 때, 저장 안 해놨나?"

난데없는 그의 물음에 세희가 의아한 표정을 지었다. 그러자 재현은 기분 나쁜 얼굴로 주머니에서 휴대폰을 꺼내더니 문자를 전송했다. 아무리 기다려도 문자 알림 소리가 들리지 않자, 재현이 눈살을 찌푸리며 물었다.

"휴대폰 꺼놨어?"

"아, 네."

세희는 가방에 넣어두었던 휴대폰을 서둘러 꺼냈다.

"연락 올 데도 없어서 꺼놨는데……."

띠링ㅡ.

전원을 켜는 동시에 문자가 왔다는 알림이 울렸다. 문자를 확인하려 화면을 들여다보던 세희의 눈이 충격으로 동그랗게 변했다.

나도 스팸은 거절해.

아까 왔던 스팸 상대에게서 온 새로운 문자. 그런데 재현이 그녀의 코앞에 내민 그의 휴대폰 화면에 뜬 문자 역시…….

나도 스팸은 거절해.

뭐야, 그럼 지금까지 그녀에게 전화하고 문자를 넣은 상대가 스팸이 아니라 이재현 전무였다는 말?

세희가 놀란 토끼 눈으로 그를 바라보자, 재현은 그녀 손에서 휴대폰을 빼앗아 화면을 손끝으로 꾹꾹 눌렀다. 그리고 그녀에게 휴대폰을 돌려주며 무뚝뚝한 목소리로 말했다.

"번호 저장해놨으니까 다음부턴 곧바로 받아."

말을 마친 재현은 높은 실내 온도가 불편한지 한 손으로 거칠게 와이셔츠의 맨 윗 단추를 풀었다.

"여기서 밤샐 거야?"

"네. 내일 아침 차로 올라가려고요."

그 말에 재현은 자리에서 일어서며 옆에 놓인 그녀의 슈트 케이스를 들어 올렸다.

"나도 서울 올라가는 길이니까 같이 가. 어차피 같은 방향이잖아."

"그래서 저한테 전화하셨던 거예요?"

"그럼 내가 스팸을 같이 구워 먹자고 전화했겠어?"

"아……."

그를 스팸으로 오해한 세희는 미안한 마음에 옆으로 슬그머니 시선을 비켰다.

"잠시만 기다리세요. 빨리 옷 갈아입고 올게요."

"알았어."

재현이 고개를 끄덕이자, 세희는 슈트 케이스에서 옷을 꺼내 탈의실로 달려갔다. 서둘러 옷을 갈아입고 나오자, 재현은 아무 말 없이 그녀의 짐을 들고 주차장으로 향했다.

❦

"저녁 먹었어? 배고프지 않아?"

고속도로에 진입하기 직전, 재현이 세희에게 불쑥 질문을 던졌다. 아니, 저번에도 그러더니. 갑자기 웬 밥 타령? 하지만 그러고 보니 정 대리를 도와 인터뷰 준비를 하느라 저녁 먹을 시간도 없어 대충 비스킷 하나로 때웠다. 찜질방에서도 구운 달걀을 사 먹을까 말까 고민하다가 우선 한숨 자고 생각해보자고 미뤘는데……. 그제야 시장기를 느낀 그녀의 배 속에서 '꼬르륵' 신호를 보내왔다.

"네, 그럭저럭."

"그렇다면 뭐 좀 먹고 가지."

재현이 빠르게 운전대를 옆으로 틀며 제안했다.

"가다가 고속도로 휴게소에서 간단하게 먹죠."

"아니, 그보다 나에게 더 좋은 생각이 있어."

"근처에 유명한 맛집이라도 있나요?"

"아니, 근처는 아니고 서울 올라가는 방향에 있어. 해물 전골을 아주 잘하는 단골집이 있거든."

재현이 무덤덤한 목소리로 대답했다.

❦

정연은 젓가락을 식탁에 내려놓으며 이 회장 무릎에 앉아 있는 조이를 힐끗 노려보았다. 이 회장은 연신 조이의 머리를 쓰다듬으며 양념을 하지 않은 고기를 조이에게 건네는 중이었다. 조이 녀석, 최고급 한우라고 넙죽넙죽 잘도 받아먹는다.

"허허, 이 녀석. 먹는 것도 참 복스럽지."

"야옹."

이 회장은 뭐가 그리도 기특한지 조이를 바라보며 너털웃음을 지었다. 옆에 앉은 민 여사도 조이에게 주기 위해 삶은 브로콜리를 잘게 자르는 중이었다. 정연은 못 말린다는 듯 이 회장과 민 여사를 흘겨본 후 숟가락을 들어 뜨거운 국물을 떠올렸다.

누가 알겠는가? 하나 그룹의 호랑이 이 회장이 집에서는 얌전한 고양이

집사가 된다는 사실을 말이다. 해외 출장이 잦은 재현을 대신해 정연과 어머니 민 여사가 조이를 돌보곤 했다. 그랬더니 어느새 조이는 재현의 고양이라기보단 그들의 고양이같이 행동했다.

그뿐인가? 가끔은 아버지 이 회장의 무릎에 앉아서 재롱을 부렸다. 누가 집안의 최고 권력자인지 단번에 간파하다니. 정말 눈치 빠른 녀석이다.

"조이 그만 좀 먹여요. 어휴, 뛰룩뛰룩 살찐 것 좀 봐. 나 저번에 동물 병원 갔다가 수의사에게 한소리 들었어요. 조금만 더 찌면 과체중이래요."

이곳에 오고 나서 조이는 너무 잘 먹는 덕분에 2킬로나 불어버렸다. 처음 왔을 때는 죽 한 그릇 못 얻어먹은 고양이처럼 삐쩍 말라 눈길을 끌더니, 이제는 풍만한 몸매에 반질반질 윤기 나는 털로 시선을 사로잡는다. 정말 고양이 팔자, 시간문제인 것 같다.

"아직은 아니잖니. 조금 더 쪄도 돼."

정연의 불평에도 민 여사는 온화한 미소를 지으며 조이 등을 쓰다듬었다. 굴러온 돌이 박힌 돌을 빼낸다더니. 그게 다 저 고양이를 두고 한 말일 것이다. 저러다간 조이를 막내딸 삼자고 할지도 모르겠다!

"그런데 재현인 어딜 간 거야? 아까 들어왔다가 다시 나갔다고?"

"갑자기 급한 볼일이 생겼대요."

"회사 일은 아닌 거 같던데……. 흠, 정연아, 그런데 말이다. 너 혹시 규한이 만났니?"

"네에?"

정연이 버럭 소리를 지르며 두 손으로 식탁을 '탁' 내리쳤다. 그 소리에 깜짝 놀란 조이가 이 회장의 무릎에서 폴짝 바닥으로 뛰어내려 거실로 도망가버렸다. 정연의 과한 반응에 이 회장이 눈살을 찌푸렸다.

"왜 그렇게 놀라?"

"아니, 아빠. 어떻게 내 앞에서 아무렇지도 않게 규한 씨 이야기를 해요?"

"못 할 건 또 뭐야? ……내가 규한이……."

"아빠!"

정연이 화난 얼굴로 버럭 소리를 지르며 이 회장의 말을 잘라버렸다. 정연이 바르르 몸을 떨자, 민 여사는 슬그머니 팔꿈치를 들어 이 회장의 허리를 꾹 찔렀다. 결국 이 회장은 항복의 뜻으로 한 손을 들어 올렸다.

"알았다. 어서 밥이나 먹자."

그래도 정연은 기분이 안 풀렸는지 가슴 앞으로 팔짱을 끼며 아랫입술을 삐죽 내밀었다. 정연이 식사할 생각 없이 계속해서 노려보자, 이 회장은 젓가락을 집어서 달래듯 딸의 손에 쥐여주었다. 그리고 한껏 다정한 목소리로 말했다.

"알았다니까. 아빠가 잘못했어. 그러니까 그만 저녁 먹자, 응?"

그제야 정연은 못 이기는 척, 젓가락으로 반찬을 입에 가져갔다. 스쳐 지나간 정도였지만, 그녀와 규한이 만났다는 사실을 이 회장이 알아서 좋을 건 하나도 없었다. 그러니까 이 정도의 과민 반응을 보여야 한다. 정연은 입 안에 반찬을 넣고 몇 번 씹지도 않고 그대로 꿀꺽 삼켜버렸다.

"큭"

음식물이 목에 걸려서 답답한 건지, 아니면 그저 속이 답답한 건지…….
정연은 이 회장과 민 여사가 눈치채지 못하도록 속으로 작은 한숨을 내쉬었다.

※

큰길가에 있는 식당은 늦은 시각임에도 건물 안에서 환한 불빛이 흘러나오고 있었다. 주차장에 차를 세우고 안으로 들어가니 텅 빈 실내가 그들을 기다렸다. 손님은 오로지 그녀와 재현뿐인 것 같았다.

띵―.

재현이 계산대 위에 있는 벨을 누르자, 주방 쪽에서 누군가가 느릿한 걸음으로 걸어 나왔다. 50대 초반으로 보이는 중년 여성은 재현을 보자마자 믿을 수 없다는 표정으로 제자리에 멈춰 섰다.

"어머 도련님! 연락도 없이 어쩐 일이세요?"

"근처를 지나가다 해물 전골이 생각나서 들렀습니다."

주인아주머니는 재현과 꽤 친분이 있는 것처럼 보였다. 그녀는 아주 자연스럽게 재현의 팔에 손을 얹으며 그를 창가 쪽으로 안내했다.

"여기 앉아서 잠깐만 기다리세요. 제가 주방에 가서 얼른 준비해 올게요."

바쁘게 주방으로 돌아가는 주인아주머니의 뒷모습을 바라보던 재현이 짤막하게 설명했다.

"별장을 관리해주던 분이야. 몇 년 전에 그 일을 그만두시고 여기다 식당을 차리셨어. 근처 지날 때마다 가끔 들르곤 해."

재현의 말대로 해물 전골은 그녀가 지금까지 먹어본 것 중에 다섯 손가락에 꼽을 정도로 훌륭했다. 싱싱한 해물에 칼칼하고 시원한 국물 맛이 일품이었다.

식사가 끝날 때까지 재현은 별말을 하지 않았다. 하지만 젓가락을 깨작거리며 제대로 먹지 않아 그녀를 불편하게 하지도 않았다. 곰곰이 돌이켜보니 언젠가부터 그와 함께하는 식사가 거북하지 않았다. 자신도 모르는 사이 재현과 아주 자연스럽게 식사를 하고 있었다. 식사가 거의 끝나갈 무렵 테이블 위에 올려둔 재현의 휴대폰이 울렸다. 재현은 재빨리 휴대폰을 집어 들더니 자리에서 일어났다.

"잠시만. 통화 좀 하고 올게."

세희는 알았다는 뜻으로 고개를 끄덕였다. 이 늦은 시간에도 전화가 오다니! 그는 정말 눈코 뜰 새 없이 바쁜 모양이다. 재현이 통화하러 밖에 나간 사이 혼자 창밖을 바라보는 세희 곁으로 주인아주머니가 다가왔다. 그녀는 환한 미소를 지으며 세희의 앞에 국화차를 내려놓았다.

"두 분 아주 좋아 보여요."

세희는 그녀의 오해에 두 손을 내저으며 어색하게 웃었다.

"어머, 아니에요. 저와 전무님은 그냥……."

"말하지 않아도 돼요. 내가 비밀은 꼭 지켜줄 테니까 걱정하지 마세요."

"비밀이요?"

주인아주머니는 세희의 물음을 무시한 채 자신의 말을 이어갔다.

"도련님, 자주는 아니더라도 일 년에 몇 번은 꼭 들르세요. 항상 혼자 오신답니다. 그런데 오늘은 이렇게 예쁜 여자 친구와 같이 오셨네요. 이게 꿈인지, 생신지."

주인아주머니는 감격스러운 듯 눈물까지 글썽거렸다.

"도련님 거의 제 손에 키우다시피 했어요. 태어나서 10살이 될 때까지 제가 관리하는 설악산 별장에서 지냈거든요. 그리고 초등학교 3학년 중간에 스위스 학교로 갔죠."

그가 스위스에서 학교를 다녔다는 말은 금시초문이었다. 재현에 관한 사생활은 철저히 비밀에 부쳐져 아무도 그의 자세한 과거를 알지 못했다. 인물 정보에도 최종 학력인 스탠퍼드 대학교 경영대학원 경영학석사(MBA)만 나와 있을 뿐이었다. 주인아주머니의 말은 계속해서 이어졌다.

"방학 때마다 한국에 들어오시면 꼭 저를 보러 별장에 들르시곤 했어요. 도련님이 겉으론 차가워 보여도 속은 아주 따뜻한 분이시거든요. 어휴. 그놈의 유괴 소동만 없었어도 한국에 계셨을 텐데……. 도련님이 어렸을 때 유괴당할 뻔한 적이 있었어요. 다행스럽게도 유괴범 차에 끌려가기 전에 경호원이 구해냈지만. 하여간 그 일로 이 회장님 부부는 거의 공황에 빠지셨죠. 에고, 재벌이면 뭐합니까? 납치 협박에 하루도 편한 날이 없으셨는데……."

혼자 넋두리처럼 말을 쏟아내던 주인아주머니는 퍼뜩 정신을 차린 듯 자신의 입을 손으로 탁 때렸다.

"아이고, 주책. 내가 별말을 다 하네."

그러고는 부랴부랴 주방으로 사라져버렸다.

납치 협박이라고? 어릴 때부터 완벽하게 매스컴에서 차단되었던 이유가 그래서였나? 머릿속이 혼란스러운 세희에게 막 통화를 끝낸 재현이 다가왔다. 통화 내용이 좋았는지 그는 나갈 때와 달리 밝은 표정이었다.

"다 먹었으면 그만 가지."

의자에 놓인 재킷을 집어 들며 재현이 말했다. 세희는 복잡한 마음을 숨기며 재현의 뒤를 따랐다. 괜히 납치 협박에 관해서 물어봤다가는 주인아주머니의 입장이 곤란해지겠지. 하지만 납치 협박이라니……. 재현의 뒤를 따르는 세희의 얼굴에 어두운 그림자가 내려앉았다.

밤이라 그런지 고속도로가 뻥 뚫린 덕분에 예상보다 빨리 서울에 도착했다. 재현이 옥탑방 건물 앞에 차를 세우자 세희는 서둘러 핸드백을 어깨에 둘러멨다.

"감사합니다. 덕분에 아주 편하게 왔어요."

"편하게만 왔나? 해물 전골도 얻어먹었잖아."

재현이 픽 웃으며 농담을 던졌다.

세희가 밥값을 내려고 했지만, 주인아주머니는 두 손을 내저으며 극구 사양했다. 이런 일이 처음은 아닌 듯 재현은 맛있게 먹었다는 인사를 하고는 세희의 손목을 이끌고 식당을 걸어 나왔다.

돌아오는 차 안에서 세희는 재현이 그 식당을 차려준 것을 알게 되었다. 오랫동안 함께한 고용인을 위한 그의 깜짝 선물이었다. 별장지기 부부는 호의를 받는 대신 재현이 찾아올 때마다 절대로 밥값을 받지 않겠다고 다짐했단다. 그리고 보면 그는 정말 주인아주머니 말대로 마음이 따뜻한 사람인 것 같다.

재현은 그녀를 따라 차에서 내려 트렁크 쪽으로 걸어갔다. 그가 슈트 케이스와 카메라 가방을 트렁크에서 꺼내자 세희는 가방을 건네받기 위해 손을 내밀었다. 그러나 그는 그녀의 손을 가볍게 제치고 건물로 향했다.

"제가 들게요. 이리 주세요."

"됐어."

"밤새 운전하느라 피곤하잖아요. 그냥 제가 들고 올라갈게요."

그러나 재현은 세희의 말을 무시하고 성큼성큼 건물로 걸어갔다. 할 수 없이 세희는 그가 건물로 쉽게 들어갈 수 있도록 그보다 먼저 앞으로 뛰어가 잠긴 유리문을 열었다.

열흘 만에 건물로 들어서니 진짜 집에 돌아온 것 같은 포근함이 확 밀려왔다. 짧은 기간이었지만 벌써 정이 꽤 들었나 보다. 5층에서 계단에서 옥탑방으로 통하는 문을 열고 옥상에 들어선 세희는 밖에 설치한 전등의 스위치를 켰다.

파곽—.

불이 들어오며 옥상을 밝히는 순간 세희의 눈이 충격으로 커다래졌다.

"말도 안 돼!"

그녀의 입에서 놀라움의 단성이 흘러나왔다.

17. 이미 사랑에 빠진 거라고

아주 잠깐이었지만 세희는 자신이 혹시 다른 집에 잘못 들어온 건 아닌가 하는 의심을 했다.

"도대체…… 이게 무슨……."

세희는 말문이 막혀버려 뒷말을 이을 수가 없었다. 그저 어리둥절한 눈으로 주위를 둘러볼 뿐이었다.

옥상은 마치 특급 호텔 정원에 온 것처럼 고급스럽게 변해 있었다. 나무 평상 하나만이 덩그러니 놓여 있던 중앙 자리는 럭셔리한 가제보(gazebo)가 차지했고, 그 안에는 야외용 소파와 테이블이, 가제보 옆에는 아주 값비싸 보이는 바비큐 그릴 세트가 설치돼 있었다. 그리고 주위를 둘러싼 반짝반짝 빛나는 앵두 전구 덕분에 마치 눈이 내리는 것만 같았다.

"파티라도 벌일 생각인가?"

180도 변한 분위기에 재현은 시큰둥한 표정으로 주위를 둘러보았다. 세희는 아직도 믿기지 않는다는 듯 멍한 표정이었다.

"주인 할아버지가 아래층이랑 옥탑방의 가스 배관을 손본다고 하셨거든요. 하지만 이렇게 옥상까지 고친다는 말씀은 없었는데……."

"공사를 하다 보면 이것저것 늘어나기 마련이니까."

재현은 별거 아니라는 듯이 중얼거리며 슈트 케이스를 끌고 가제보를 지나 옥상을 가로질렀다. 그에게는 별거 아닌지 모르겠지만, 세희에게는 아주 별거였다. 가끔 평상에 앉아서 일출이나 석양을 즐기곤 했는데 이렇게 멋진 야외 소파가 생기다니! 게다가 이제는 오후의 뜨거운 햇볕을 가려줄 정자까지 있다. 세희는 두 손으로 뺨을 감싸며 함박웃음을 지었다.

"문 안 열 거야?"

재현이 옥탑방의 문 앞에 기대어 짜증스러운 목소리로 물었다. 그제야 퍼뜩 현실로 돌아온 세희가 종종걸음으로 뛰어갔다.

"네. 지금 열어요."

띠리리리리―.

응? 뭐지? 옥탑방 문을 열자마자 향긋한 감귤 향이 은은하게 흘러나왔다. 열흘이나 환기를 하지 못한 탓에 매캐한 냄새가 나야 정상인데? 의아한 생각에 세희는 서둘러 전등 스위치에 손을 뻗었다.

"어머!"

실내가 환하게 밝혀지는 순간 그녀의 입에서 두 번째 탄성이 흘러나왔다. 너무 놀라서 다리에 힘이 빠질 정도였다. 세희가 힘없이 비틀거리자, 재현은 재빨리 두 손으로 그녀의 허리를 자신 쪽으로 끌어당겼다.

"왜 그래?"

'왜 그래'라니? 지금 두 눈으로 보고도 그런 질문이 나오나? 세희와 달리 재현은 아까와 마찬가지로 아무런 감흥이 없는 얼굴이었다.

실내의 변화는 옥상의 변화보다 좀 더 드라마틱했다. 곰팡이가 슬었던 창가를 포함한 방 전체는 고급스러운 새 벽지로 도배되었고, 창문과 창틀 역시 새로운 제품으로 교체되어 있었다. 언제나 좁아서 움직이기도 불편했던 주방은 수납 공간을 최대한 살린 블랙 앤 화이트의 깔끔한 북유럽 스타일로 변해 있었고, 가스레인지 역시 최고급 신제품으로 바뀌어 있었다.

"분명히 주인 할아버지는 가스 배관만 손본다고 하셨는데……."

주방을 둘러보던 세희는 끝내 말끝을 흐렸다.

"여기도 공사한 거 같은데?"

화장실 문을 열어본 재현이 퉁명스럽게 말했다.

"화장실도요?"

재현의 말대로 화장실 역시 전혀 다른 모습으로 변신해 있었다. 조그만 공간을 활용해 욕조가 포함된 샤워 부스가 들어섰고 그 옆을 커다란 거울이 달린 세면대가 차지했다. 크기만 작았지 마치 특급 호텔 화장실에 들어온 느낌이었다.

세희는 넋이 나간 표정으로 입을 벌렸다. 꿈을 꾸는 건 아니겠지? 이러다가 잠에서 깨어나면 아주 많이 서운할 것 같다. 또 어디 고친 곳은 없나?

찬찬히 방 안을 훑어보던 세희는 책상 위에 놓인 편지 봉투를 발견했다. 서둘러 편지를 꺼내자 익숙한 주인 할아버지의 필체가 눈앞에 펼쳐졌다.

세희 양,

이 편지를 읽을 때쯤이면 우리 부부는 이미 캐나다에 도착해 있을 거야.

공사를 하다 보니까 여러 군데 손이 더 많이 가더라고.

시공업체에서 하는 김에 다 같이 하라고 조언하길래 옥탑방도 같이 공사

했어. 그동안 세희 양이 불편해할 것 같아서 마음 한편으로는 미안했는데

잘됐지 뭔가.

만약에 무슨 일 있으면 전에 알려준 관리업체를 통해서 연락하면 돼.

본인 집처럼 깨끗하게 아껴줘서 언제나 고맙게 생각하네.

항상 건강 잘 챙기고.

주인 할아버지의 편지를 읽어 내리는 동안 어느새 세희의 **뺨** 위로 하염없

이 눈물이 흘러내렸다.

평소에도 주인 할머니가 반찬이나 간식 등을 가져다주시기도 하고, 주인 할아버지가 불편한 건 없느냐고 틈틈이 물어보긴 했지만, 이렇게까지 수리 해주리라고는 상상도 하지 못한 세희였다.

전혀 기대하지 않은 타인에게 받는 친절은 때때로 표현할 수 없는 크나 큰 감동을 준다. 주인 할아버지 부부의 마음 씀씀이는 그녀의 유일한 가족 인 고모에게서조차 받아보지 못한 따뜻함이었다.

돈 한 푼 없이 고아가 된 그녀를 먹여주고 재워주고 학교에 보내주는 것 만으로도 고마운 줄 알라고 큰소리치던 고모였다. 그런 고모 밑에서 10년 을 지내면서 당연히 주위의 도움 같은 건 전혀 바라지도 않는 성격이 되어 버렸는데…….

요사이 정연과 주인 할아버지에게 받는 도움이 너무나도 따뜻해서 낯설 기까지 했다. 언제나 온화한 시선으로 자신을 지켜봐주던 부모님이 떠올라 더욱더 눈물이 차올랐다. 세희는 두 뺨을 흠뻑 적시는 눈물을 닦아낼 생각 도 없이 손에 든 편지를 읽고 또 읽었다.

"뭐야? 우는 거야?"

말없이 지켜보기만 하던 재현이 이윽고 참을 수 없다는 듯이 세희의 손 에서 편지를 낚아챘다. 빠르게 편지 내용을 훑어 내린 재현이 눈살을 찡그 렸다.

"고작 이런 것 때문에 감동한 거야?"

세희는 어깨만 들썩일 뿐 아무런 말도 하지 않았다. 재현은 한 손으로 그 녀의 턱을 들어 자신을 바라보게 했다.

"……흐흑."

세희가 눈물이 범벅된 얼굴로 그를 바라보았다. 그녀의 벌겋게 충혈된 눈 에 재현은 기기 막히다는 듯 입꼬리를 비틀었다.

"……놔주세요."

세희는 시선을 옆으로 돌리며 그를 외면했다. 하지만 그렇다고 그녀를 쉽게 놓아줄 재현이 아니었다. 그는 집요하게 그녀와 시선을 맞추며 빈정거렸다.

"이번에도 우는 거 아니라고 변명하려고?"

세희는 애써 울음을 멈추고 화난 눈초리로 그를 쏘아보다가 이윽고 천천히 입을 열었다.

"……그래요, 우는 거 맞아요! ……그게 뭐 어때서요? 너무 고마워서, 너무 감동 받아서……."

그녀가 쉰 목소리로 말꼬리를 흐리자 재현이 피식 건조한 웃음을 흘렸다.

"후, 이제 보니까 완전 울보잖아."

울보라는 말에 세희는 눈물이 가득 찬 눈으로 그를 매섭게 노려보았다. 그러나 그것도 잠시, 더 이상 눈물을 참을 수 없는지 다시 아랫입술을 파르르 떨며 울음을 터뜨렸다.

"흐흐흑."

제대로 눈도 뜨지 못할 정도로 흐느낌이 계속되자, 재현은 한숨을 내쉬며 두 손으로 그녀의 눈물을 닦아주었다.

"뭐 이까짓 거 가지고 눈물을 흘려? 널 위해서만 공사한 게 아니야. 이건 네 집이 아니라고. 어차피 넌 이곳에 1~2년만 있다가 나갈 거잖아. 그러면 주인 할아버지는 다음 세입자에게 더 많은 돈을 받아낼 수 있어. 본인의 이익을 위해서 한 일이야. 일종의 투자라고."

재현의 냉정한 말에 세희는 화난 표정으로 매몰차게 쏘아붙였다.

"사람이 어쩌면 그렇게 계산적이에요?"

"넌 어쩌면 그렇게 감성적이지?"

"어떻게 이런 감동적인 상황에서 실이익을 따지고 있어요?"

"대부분의 사람들은 자신의 이익을 위해서 행동해."

"그렇지 않은 사람도 많아요."

"글쎄, 그런 사람이 얼마나 될까?"

세희는 아직도 자신의 두 뺨을 감싸고 있는 재현의 손을 뿌리치며 낮은 목소리로 투덜거렸다.

"정말 분위기 깨는 데 재능 있어요."

"덕분에 눈물은 그쳤잖아."

정말이다. 그의 말대로 어느새 눈물이 쏙 들어가버렸다. 그러나 이런 식으로 눈물을 그치는 건 절대 사양이다. 주인 할아버지의 뜻깊은 배려에 크게 감동받았던 그녀의 가슴이 재현의 독설로 싸늘하게 식어버렸다.

"됐으니까 그만 가보세요."

기분이 상한 세희는 뽀로통한 얼굴로 그의 시선을 외면했다.

"그냥? 차 한 잔도 안 주고?"

너무했나? 그래도 그 덕분에 서울까지 편하게 오고, 맛있는 저녁도 얻어 먹었고…… 차 한 잔도 안 주고 이대로 보내는 건 좀 야박하긴 하겠다. 세희는 손등으로 눈물을 쓱 훔쳐내며 쌀쌀맞게 물었다.

"차 드실래요?"

그녀가 주전자를 꺼내기 위해 찬장 쪽으로 몸을 돌리자 재현은 재빨리 그녀의 어깨를 움켜쥐며 자신의 품으로 끌어당겼다. 그의 돌발 행동에 세희는 깜짝 놀란 얼굴로 그를 올려다보았다.

"왜요?"

"차 말고 다른 거."

"그러면 커피 드실래요?"

"커피 말고."

세희는 곤혹스러운 표정으로 눈을 가늘게 떴다. 차 말고, 커피 말고. 그럼 뭐? 이 새벽에 술상이라도 차리라고?

재현은 씩 입매를 비틀며 천천히 그녀에게로 고개를 숙였다.

"오늘 해주면 좋을 텐데……."

순간 그녀의 얼굴이 붉게 달아올랐다. 유감스럽게도 재현이 뭘 원하는지 너무나 잘 아는 터라, 세희는 그만 심장이 쿵 멈춰버리는 것 같았다.

"……하, 하긴…… 뭘 해요?"

짐짓 모른 척 물어봤지만, 그녀가 듣기에도 티가 날 정도로 목소리가 떨리고 있었다. 이럴 땐 우선 피하는 게 상책이다. 세희는 재현의 손아귀에서 벗어나기 위해 어깨를 세게 비틀었다. 하지만 자유롭게 되기는커녕 오히려 그를 더 자극하는 꼴이 돼버렸다. 재현은 차갑게 웃으며 그녀의 어깨를 더욱더 세게 움켜쥐었다. 그녀의 귓가에 거의 닿을 정도로 입술을 바짝 가져가며 그가 낮은 목소리로 중얼거렸다.

"알면서 모른 척하는 건가?"

그가 입을 열자 뜨거운 숨결이 귓바퀴를 타고 귓속으로 흘러들었다. 그 느낌이 너무나 짜릿해서 온몸에 소름이 돋는 것 같아 세희는 자신도 모르게 두 눈을 질끈 감아버렸다.

"내가 전에도 말했지."

재현이 그녀의 뺨을 두 손으로 감싸며 낮게 속삭였다.

"이럴 때 눈을 감는 건 제발 키스해달라는 표현이라고……."

이어서 그의 뜨거운 숨결이 그녀의 입술 위로 내려앉았다. 피하려면 얼마든지 피할 수 있게, 매우 느긋하게, 아주 부드럽게 그의 입술이 다가왔다. 고개만 살짝 돌려버리면 간단히 그의 입술을 피할 수 있었다. 그런데 그럴 수가 없었다.

"하아."

세희는 재현의 강인한 입술을 느끼며 작은 탄식의 숨을 내쉬었다. 왜 자꾸만 그에게 끌려가는 걸까? 왜 좀 더 강하게 거절할 수 없는 걸까? 그 이유를 전혀 모르는 것은 아니지만…… 당분간은 알고 싶지 않았다. 입 안 깊숙이 파고 들어온 그의 혀가 단숨에 그녀의 혀를 옭아매었다. 그 부드럽고 까칠한 감촉이 너무도 좋아 세희는 반사적으로 그의 어깨를 꼭 움켜쥐었다.

"하."

누구의 숨소리인지 모르겠다. 두 사람의 숨결은 하나로 뜨겁게 얽혀들며 가쁜 숨소리를 서늘한 방 안에 퍼뜨렸다. 재현은 조금 더 깊숙이 그녀의 입술을 빨아들이기 위해 비스듬히 고개를 틀었다.

그녀를 대할 때면 감정을 억제하지 못하고 어느새 통제 불능 상태가 되고 만다. 무슨 일이든 날카롭게 상황을 분석하고 이성적으로 결정할 수 있다고 자신했건만……. 그녀 앞에만 서면 미쳐 날뛰는 본능을 필사적으로 내리누르기에 급급했다.

가볍게 시작한 키스는 언제나 끝을 알 수 없는 쾌락의 혼돈 속으로 그를 잡아끌었다. 작은 일에 감동해 눈물을 펑펑 쏟는 그녀가 귀여워서 잠깐 놀려주려고 입을 맞추었는데…… 그녀의 달콤한 입술을 머금는 순간, 그의 이성은 송두리째 날아가버렸다. 보드라운 입술을 거칠게 짓누르고 이를 세워 그녀의 말랑말랑한 혀를 지그시 깨물었다. 숨을 고르기 위해 떨어져 나갔던 입술은 그녀의 입술을 찾아 몇 번이고 되돌아왔다.

하지만 어째서일까? 입 안 가득히 그녀를 느꼈지만, 마음 한구석은 여전히 허전했다. 그녀를 머금으면 머금을수록 갈증은 더욱 커져만 간다. 이유는 알 수가 없었다. 솔직히 말하자면 그는 진실을 알게 되는 것이 두려웠다.

"Mr. Thornton(미스터 손튼)."

행사장을 나오는 손튼 앞으로 비서 브랜든이 다가왔다. 마침 일행과 함께였던 손튼은 양해를 구한 후 브랜든과 함께 복도 반대편으로 걸어갔다. 인적이 드문 복도 끝에 다다르자 브랜든은 손에 들고 있던 태블릿 PC를 손튼에게 내밀었다.

"지시하신 대로 주변에 사람을 붙였습니다. 이건 그동안 수집한 자료입니다."

한국계 3세인 브랜든은 어머니가 한국인인 손튼처럼 유창한 한국말을 구사했다. 때문에 무언가 중요한 사항이 있을 때면 그는 종종 한국말로 보고하곤 했다.

태블릿 PC를 건네받은 손튼은 날카로운 눈빛으로 화면을 내려다보며 빠른 손놀림으로 화면을 넘겼다. 그러다 어느 지점에서인가 그는 화면 위에 시선을 고정하며 눈을 가늘게 떴다.

"흠, 일이 재미있게 돌아가는군."

손튼은 한 손으로 턱을 문지르며 중얼거렸다.

"전혀 예상하지 못한 것처럼 연기하지 마세요."

브랜든이 눈살을 찌푸리며 투덜거렸다.

"이미 이렇게 될 거라는 걸 알고 저지른 일 아닙니까?"

가끔 브랜든은 비서라기보단 대등한 친구처럼 손튼에게 핀잔을 주곤 했다. 둘째가라면 서러운 괴짜, 댄 손튼을 보스로 모시며 브랜든 나름대로 터득한 스트레스 해소 방법이었다.

"인연이라는 게 계획한다고 뜻대로 되는 건 아니지."

손튼은 태블릿 PC를 브랜든에게 돌려주며 설레설레 고개를 내저었다.

"그거야 그렇지만……."

브랜든이 미심쩍은 눈초리로 바라보자 손튼은 이를 드러내며 씨익 웃어보였다. 그러고는 쓰고 있던 카우보이모자를 벗어 어깨에 툭툭 먼지를 털어냈다.

"뭐가 됐든 아직까진 마음에 들어."

"그냥 지켜만 보실 생각입니까?"

"그럼 내가 지켜만 보지 어쩌겠나? 하하하."

손튼은 뭐가 그리도 좋은지 껄껄껄 웃음을 터뜨렸다.

"I gotta go(이만 가보겠습니다)."

브랜든은 그런 손튼을 살짝 흘겨본 후, 빠르게 복도 반대쪽으로 걸어갔다. 다음 장소로 이동하기 위해 차에 오른 브랜든은 태블릿 PC를 조수석에 내려놓던 중, 마음이 바뀌었는지 다시 태블릿 PC를 집어 들었다. 전원 버튼을 누르고 손끝으로 화면을 톡톡 두드리자 사진첩 안의 사진들이 떠올랐다.

그중 하나를 선택해 전체 화면으로 바꾸자, 활짝 웃고 있는 세희의 사진이 화면을 가득 채웠다. 멀리서 망원 렌즈로 당겨 찍은 사진들이 연달아 떠올랐다. 한동안 화면을 들여다보던 브랜든이 혼잣말처럼 중얼거렸다.

"Poor Sara(불쌍한 세라)."

☙◦❧

재현은 창가에 기대어, 따사로운 오후의 햇살이 쏟아지는 거리를 내다보았다. 토요일 오후의 거리는 휴일을 즐기는 인파로 북적거렸다. 말없이 바깥 풍경을 바라보던 그는 손에 들고 있던 위스키 잔을 입으로 가져갔다. 천천히 한 모금 들이켜자, 불처럼 뜨거운 액체가 목구멍을 타고 몸속으로 서서히 퍼져나갔다. 재현은 두 눈을 감고 목을 타고 역류하는 위스키 향을 음미했다.

―······그래요, 우는 거 맞아요! ······그게 뭐 어때서요? 너무 고마워서, 너

무 감동 받아서…….

눈을 감자, 눈물범벅이 돼 흐느끼던 세희의 모습이 떠올랐다.

"후."

어느새 재현의 입가에 희미한 웃음이 떠올랐다. 그렇게까지 감동할 줄은 몰랐다. 기껏해야 '꺅' 비명을 지르거나 손뼉을 치며 크게 웃을 줄 알았는데 그녀는 웃음 대신 참으로 열심히 기쁨의 눈물을 펑펑 흘렸다.

재현은 또다시 위스키를 들이켜며 저 멀리 보이는 옥탑방으로 고개를 돌렸다. 그녀는 지금쯤 뭐 하고 있을까? 오늘 새벽에 헤어졌건만 벌써 그녀가 보고 싶었다. 재현의 입매가 묘하게 뒤틀렸다. 아무래도 미친 게 분명하다.

띠리리리리ー.

재현은 느릿한 걸음으로 커피 테이블 위에 올려놓은 휴대폰을 집어 들었다. 화면으로 상대를 확인한 그의 얼굴에 희미한 미소가 떠올랐다.

"여보세요. ……네, 어르신. 잘 도착하셨습니까?"

재현은 상대방의 말이 끝나길 기다렸다 다시 말을 이었다.

"어르신 덕분에 공사는 잘 끝났습니다. 네, 감사합니다. ……네. 앞으로 제대로 호텔 착공에 들어가려면 시간이 좀 걸릴 겁니다. 2년이 되든 3년이 되든 그건 정확하게 허가가 나온 다음에 논의할 계획입니다. 그때까진 실소유주는 하나 그룹이겠지만, 서류에는 어르신 성함을 남겨두겠습니다."

통화를 끝낸 재현은 창가로 돌아가 옥탑방 건물로 시선을 돌렸다.

하나 그룹 계열사인 호텔 그린 힐은 신축 계획을 세우고 근처 건물을 극비리에 사들이는 중이었다. 옥탑방 건물은 그중에서 마지막으로 남은 건물이었다.

처음에 건물주는 하나 그룹의 제안을 가볍게 물리쳤다. 주위의 건물이 암암리에 하나 그룹으로 넘어갈 때도 끝까지 거부 의사를 밝혔다. 그러나 나이가 들어감에 따라 노인 부부끼리 건물을 관리하기가 부담스러워졌다. 캐나다에 있는 아들 내외도 어서 재산을 정리하고 들어오라며 성화를 부렸다. 실무 담당이 아닌 하나 그룹의 이재현 전무가 직접 찾아간 것도 노부부의 마음을 움직였다. 결국 건물주는 지난주에 토지 건물 매매 계약서에 사인을 했다.

그러니까 리모델링 해준 사람은 주인 할아버지가 아니라 재현이었다. 하지만 그녀는 절대로 알지 못할 것이다.

재현은 옥탑방에 시선을 고정한 채, 잔에 남은 위스키를 한 번에 말끔히 비워버렸다. 다시 술잔에 위스키를 가득 따르고 단숨에 잔을 비웠다. 톡 쏘는 강렬한 위스키의 느낌이 기분 좋게 목구멍을 간질거리며 온몸에 퍼진다. 지금의 이 들뜬 기분은 오로지 위스키 때문일 것이다. 재현은 연한 미소를 지으며 가만히 두 눈을 감았다.

＊＊＊

달콤한 꿈이 절정에 다다를 무렵 익숙한 얼굴이 아련히 떠올랐다. 뜨거운 숨결이 입술 위로 내려앉으며 매혹적인 저음의 목소리가 속삭이듯 낮게 깔린다.

―알면서 모른 척하는 건가?

상대는 빈정거리듯 입꼬리를 비틀더니 단숨에 그녀의 입술을 삼켜버렸다.

"헉!"

동시에 세희는 두 눈을 번쩍 뜨며 잠에서 깨어났다.

쿠쿵. 쿠쿵. 쿠쿵.

이건 두근거리는 정도가 아니었다. 그녀의 심장은 당장 몸 밖으로 튀어나올 것처럼 거칠게 날뛰었다. 세희는 발딱 자리에서 일어나 손바닥으로 가슴을 꼭 눌렀다. 그리고 깊게 숨을 들이마셨다.

"후우."

진정하기 위해 애써 숨을 골랐지만, 한 번 시동이 걸린 심장은 '나 몰라라.' 하며 마라톤이라도 참가할 기세였다. 이러다가는 정말 심장병에 걸리는 게 아닐까 두렵다. 세희는 도리도리 세차게 고개를 흔들며 터덜터덜 주방으로 걸어갔다. 찬물이나 마시고 정신 차려야지. 그녀는 유리컵에 가득 물을 따르고 단숨에 물을 들이켰다.

"하아."

한 컵을 다 마셔도 타는 갈증이 가시지 않자 그녀는 아예 병째 벌컥 물을 들이켰다. 고개를 젖히고 찬물을 마시느라 자연스럽게 두 눈이 감겼다.

―눈을 감는 건 제발 키스해달라는 표현인가?

그와 동시에 귓가에 울리는 목소리. 세희는 반사적으로 눈을 부릅뜨며 천장을 노려보았다.

"컥."

덕분에 사레가 걸린 세희는 물을 내뿜으며 주먹으로 가슴을 콩콩 내리쳤다. 정말 미치겠네! 이젠 눈도 제대로 감을 수 없잖아. 그뿐인가? 그의 목소리가 환청으로 떠오를 때마다 '훅' 귓가에 느껴지는 후끈한 숨결까지 보너스로 딸려왔다.

"후우."

세희는 냉장고에 등을 기댄 채 길게 탄식하며 손으로 이마를 짚었다.

심각하게 고민하지 말자. 그래, 내가 레즈비언도 아니고, 멋있는 남자와 키스했는데⋯⋯. 당연히 가슴이 뛰어야지, 안 그래?

게다가 그는 키스를 황홀하게 잘했다. 단번에 허리를 휘감는 강인한 손길과 코끝에 풍기는 강렬한 체취, 뜨겁고 거칠게 밀려들던⋯⋯.

분명히 한두 번 해본 솜씨가 아니었다. 그러기엔 너무도 능숙했다. 그는 살살 달래듯이 부드럽게 들어와 강렬하게 밀고 당기며 그녀를 들었다 놓았다. 애석하게도 다른 남자와 키스해본 적이 없으니 제대로 평가할 순 없지만, 하여간 그 정도면 기가 막히게 잘하는 거 같다.

"아."

그와의 키스를 떠올리는 것만으로도 얼굴이 화끈 달아오르며 다리에 힘이 풀렸다. 세희는 맥없이 제자리에 주저앉으며 멍하니 창밖으로 시선을 돌렸다. 저 멀리 보이는 하늘은 어제와 다름없이 파랗기만 한데 자신은 어제와 전혀 다른 사람이 돼버린 것 같다. 어째서일까?

두근. 두근. 두근.

정직한 심장은 그녀의 물음에 대답이라도 하듯 세차게 뛰기 시작했다.

너는 이미 사랑에 빠진 거라고⋯⋯.

❧

"세희야!"

그림자가 조금씩 길어지는 토요일 오후, 정연이 옥탑방에 들이닥쳤다. 고작 4일을 못 봤을 뿐인데 정연은 마치 4년 동안 세희를 보지 못한 것처럼 야단법석을 떨었다. 정연은 보고 싶어 죽는 줄 알았다며 두 팔을 벌려 그녀를 와락 끌어안았다.

"내가 진짜, 얼마나 보고 싶었는지 아니?"

"캑, 언니."

정연은 숨이 막힐 정도로 세희를 꽉 끌어안고 놓아주지 않았다. 누군가에게 이렇게 안겨서 재회의 기쁨을 나눈다는 거……. 정말 오랜만이다. 세희는 자신이 정연에게 소중한 존재가 된 것 같아 살짝 가슴이 뭉클했다.

"어머, 그런데 뭐가 좀 바뀌었네?"

시끌벅적한 재회 의식이 끝나고서야 정연은 주위 풍경이 예전과 다르다는 걸 깨달았다. 정연은 호기심 어린 표정으로 옥상을 둘러보았다.

"주인 할아버지가 공사하면서 이곳도 같이 해주셨어요. 그래서……."

세희의 설명을 끝까지 들은 정연이 믿을 수 없다는 듯 입을 크게 벌렸다.

"정말? 주인 할아버지가 자기 집을 수리하면서 여기도 같이 해주셨다고? 우와, 진짜 통 큰 할아버지네! ……잠깐, 그런데 이건……."

세희와 함께 가제보의 안을 살펴보던 정연의 눈꼬리가 순간 매섭게 꿈틀거렸다. 그녀는 야외 소파의 손잡이를 한참 동안 노려보더니 픽 헛웃음을 내뱉었다.

"하, 그러면 그렇지……."

"이상한 거라도 있나요?"

정연의 냉소적인 반응에 세희가 조심스럽게 눈치를 살폈다. 그러자 정연은 별거 아니라는 듯 재빨리 손을 내저었다.

"아니. 아무것도 아니야. 소파 색상이 참 고와서……."

정연은 잔뜩 재현을 속으로 비웃으며 힘겹게 아무렇지 않은 표정을 유지했다. 옛날 말 틀린 것 하나도 없네. 마누라가 예쁘면 처갓집 기둥뿌리에도 절을 한다더니……. 기가 막혀서! 녀석, 맨날 쌀쌀맞게 툴툴거려도 뒤에서 몰래 할 건 다 하고 있었네.

정연은 힐끗 시선을 돌려 소파의 손잡이 부분을 찬찬히 눈여겨보았다. 손잡이 위에 비발디(Vivaldi) 체로 음각 처리된 문양. 개미만큼이나 작게 새겨져 보통은 모르고 지나치겠지만, 그건 바로 세계 유명 가구 디자이너인 B. 파올로의 이니셜이었다.

실내 가구만 디자인하는 그가 작년 초, 10세트 한정 판매로 최고급 야외 소파를 제작했다. 대부분은 유럽과 북미의 억만장자에게 팔려나갔는데 평소 B. 파올로의 팬이었던 민 여사가 거금을 들어서 어렵게 한 세트를 들여왔다. 그러니까 다시 말해서 B. 파올로의 이니셜이 새겨진 야외 소파는 대한민국에는 딱 한 세트밖에 없다는 거다.

북미 스타일로 제작된 소파 세트는 민 여사의 마음에 쏙 들었지만 공교롭게도 같은 시기에 이 회장과 친분이 깊은 유럽 왕족으로부터 야외 소파를 선물 받았다. 결국 B. 파올로 소파 세트는 제대로 놓여보지도 못하고 그대로 창고로 직행했다.

정연은 그 당시 해외에서 휴가를 즐기느라 직접 소파를 보진 못했지만 재현이 간과한 것이 하나 있었다. 그녀는 다른 건 몰라도 좋아하는 로고만큼은 매의 눈으로 기억한다는 것.

이거 왜 이러셔? 내가 B. 파올로의 이니셜을 보지 못하고 지나칠까 봐? 정연은 코웃음 치며 가슴 앞으로 팔짱을 꼈다. 그리고 전혀 눈치도 못 채고 있는 세희를 위아래로 훑어보았다.

순진해도 너무 순진하다. 도대체 세상 어느 건물주가 세입자를 위해서 이런 호의를 베푼단 말인가? 속에 시꺼먼 구렁이가 똬리를 틀고 딴 생각을 품지 않은 이상 말이다. 재현이가 해준 거라곤 상상도 못 하겠지?

곰곰이 생각에 잠겼던 정연은 이윽고 세희를 향해 뒤돌며 활짝 웃어 보였다.

"세희야, 너 요번 주말에 커피숍 일 안 나간다고 했지?"

"네. 출장 때문에 뺐는데요."

"그럼 오늘 우리끼리 파티나 할까?"

세희를 향하는 정연의 두 눈이 어느 때보다 반짝거렸다.

🙨🙙

조촐하게 둘이서만 파티를 하자더니, 정연은 이것저것 필요한 것이 있다며 친구 한 명을 부르면 안 되겠느냐고 물었다. 세희가 허락하자 정연은 신바람이 난 얼굴로 민기에게 전화를 걸었다. 전화를 끊고 1시간이 조금 지나 양손에 쇼핑백과 피크닉 바구니를 든 민기가 나타났다.

"누나가 웬일이래? 날 다 호출하고?"

"네 여친, 지금 여기 없어서 한가하잖아. 도 실장 따라서 호주로 출장 갔다며?"

"쳇. 하여간 정보는 빠르셔."

쇼핑백 안에서 와인과 각종 안줏거리를 꺼내던 민기가 인상을 쓰며 투덜거렸다. 정연은 민기를 도와 식탁 위에 음식을 차리며 세희에게 한 가지를 당부했다.

"참, 세희야. 비밀 하나만 지켜줘. 민기에게 여친 있는 거, 나만 알아."

"네. 비밀 지킬게요."

민기가 정연을 바라보며 한 마디 더 덧붙였다.

"특히 재현이 형에게 들키면 끝장이야. 형이랑 도 실장이랑 친하니까."

"알았어. 걱정 붙들어 매셔."

정연은 민기의 어깨를 툭 내리치며 세희에게로 고개를 돌렸다.

"하여간 그래서 민기, 얘. 공식적으로는 싱글이야. 그것도 대한민국에서 제일 잘나가는 싱글."

"아, 누나. 왜 또 이러시나."

하지만 정연의 소개가 싫진 않은지 민기는 치아를 드러내며 멋쩍게 웃어 보였다.

"누나 말이 백 프로 사실이긴 해요. 제가 좀 잘나가는 집안의 막내아들이거든요."

"아, 네."

잘나가는 집안의 막내든지, 강아지든지 전혀 관심은 없었지만, 세희는 예의상 고개를 끄덕였다. 정연은 마치 어린아이 다루듯 한 손으로 민기의 머리카락을 헝클어뜨리며 키득거렸다.

"지금 얘, 경호원이랑 사귀어."

"경호원이요?"

"응. 지 경호원도 아니야. 다른 사람을 경호하는 여자에게 한눈에 반했단다."

"정확하게는 경호하는 모습에 반한 게 아니라, 내 치킨 너겟을 아무렇지 않게 빼앗아 먹는 배짱에 반한 거지."

"어련하시겠어."

민기의 머리를 쓰다듬으며 정연이 쿡쿡 웃었다.

"그나저나 서세희 씨, 만나서 반가워요. 정연이 누나에게 말씀 많이 들었어요."

모델처럼 큰 키에 서글서글하면서도 귀여운 얼굴을 가진 민기는 처음 보는데도 불구하고 상대를 편하게 하는 무언가가 있었다. 그가 능숙한 솜씨로 와인의 코르크 마개를 딴 후, 각자의 잔에 와인을 따랐다.

"민기는 인물도 인물이지만, 매너가 좋아서 여자들에게 인기가 많아."

"아, 또. 다 아는 이야기를 뭐 새삼스럽게……."

정연이 자신을 칭찬하자, 민기는 어깨를 으쓱거리며 치아를 드러냈다. 같은 20대라서 그런지, 민기와 세희는 말이 잘 통했다. 서로 편안하게 대화하는 두 사람을 흐뭇하게 지켜보던 정연은 휴대폰을 들고 슬그머니 자리에서 일어났다.

"둘이 와인 마시고 있어. 나는 전화 좀 하고 올게."

옥탑방을 나온 정연은 옥상 난간에 기대어 전화를 걸기 시작했다.

뚜뚜─.

신호 음이 몇 번 간 후에 상대방이 전화를 받았다.

[무슨 일이야?]

싸늘한 목소리에 정연은 미간을 찌푸렸다. 하여간 이 녀석, 한 번이라도 곱게 전화를 받는 법이 없어요!

"야, 넌 누나가 전화했는데 첫 마디가 그게 뭐니?"

[용건이나 말해.]

재현은 여전히 무뚝뚝한 목소리로 응대했다.

"너, 지금 집에 있지? 와인 오프너 좀 빌려줘."

[다짜고짜 오프너를 빌려달라니 무슨 소리야?]

"나 지금 세희 집에 와 있어. 네 집에서 여기까지 걸어서 10분 거리잖아. 우리 지금 와인 마시는데, 오프너 하나 있던 거, 민기가 부러뜨렸거든."

잠시 침묵이 흘렀다. 얼마 후, 오싹할 정도로 낮은 목소리로 재현이 물었다.

[다시 말해봐. 민기가 뭐 어쨌다고?]

*

"지금 재현이도 온대."

정연이 문을 열고 들어오며 환하게 웃었다.

"컥."

재현이 온다는 말에 세희는 마시던 와인을 뿜어버릴 뻔했다. 애써 와인을 도로 삼키며 놀란 토끼 눈으로 정연을 바라보았다. 어쩌면 얼굴도 빨개졌을지 모르겠다. 세희는 화끈거리는 뺨을 손등으로 꾹 누르며 난처한 표정을 숨겼다.

"와인 오프너 가져다주러 오는 거야."

"오프너요?"

세희가 이해가 안 된다는 얼굴로 되물었다.

"이건 따는 게 좀 불편해서. 이렇게 꽉 눌러야 하잖아."

정연은 민기가 가져온 오프너를 들어 올리며 두 손으로 꽉 누르는 시늉을 해 보였다. 세희는 큰 눈을 깜빡거리며 오프너와 정연을 번갈아서 바라보았다. 달랑 와인 오프너 한 개를 가져오라고 하나 그룹의 이재현 전무를 불렀다고? 그런데 그가 온다는 사실에 왜 이렇게 숨이 막히는 거지?

세희는 혹시라도 정연과 민기가 자신의 과민 반응을 눈치챌까, 재빨리 시선을 밑으로 내렸다. 오늘 새벽에 헤어졌는데도 몇 달 만에 다시 만나는 것처럼 마음이 설레었다.

정연의 말대로 잠시 후, 재현이 옥탑방에 나타났다. 문을 연 세희는 와인 오프너를 들고 앞에 선 재현을 멍하니 올려다보았다. 그를 보는 순간 눈물이 핑 돌 정도로 반가워서, 오히려 반대로 무표정한 얼굴로 그를 마주했다. 접착제에 딱 달라붙은 듯 입술마저 떨어질 줄 몰랐다. 세희는 인사 대신 재현이 안으로 들어올 수 있게끔 한 걸음 뒤로 물러섰다.

"잘 왔어. 너도 와서 한 잔 마실래?"

문 앞에 서 있는 재현을 향해 정연이 와인 병을 들어 올렸다. 그러자 재현은 기분 나쁜 눈으로 거의 바닥을 드러내는 와인 병을 노려보았다.

"대낮부터 술판을 벌이는군."

"술판이라니? 이제 고작 와인 몇 잔 마셨는데."

정연의 항변에도 아랑곳하지 않고 재현은 목덜미까지 빨개진 세희를 어이 없는 눈으로 바라보았다.

"도대체 얼마나 마신 거야? 얼굴이 왜 그렇게 빨개?"

한 잔도 채 마시지 않았는데 얼굴이 불덩이처럼 빨개져버렸다. 세희는 상기된 뺨을 손바닥으로 꾹 눌렀다. 하지만 목에 칼이 들어와도 그 때문에 얼굴이 빨개졌다고는 말 못 한다.

"……많이 안 마셨는데……. 빈속에 마셔서 그런가 봐요."

세희는 재현의 시선을 피하며 작게 웅얼거렸다. 그러고는 찬물로 세수하기 위해 쏜살같이 욕실로 뛰어갔다. 세희의 뒷모습을 지켜보는 정연의 얼굴에 묘한 미소가 떠올랐다.

마음에 있는 상대를 대할 때 나타나는 성향은 두 가지로 나눌 수 있다. 강아지 성향과 고양이 성향. 그중에서 세희는 완벽한 강아지 성향이었다. 어쩜 저렇게 얼굴에 티가 날까!

정연은 느긋하게 와인을 홀짝이며 세희와는 반대로 완벽한 고양이 성향을 나타내는 재현에게로 시선을 돌렸다. 재현은 평소와 마찬가지로 싸늘한 표정을 유지했다.

하지만 며칠 사이 두 사람 사이에 무슨 일이 있었던 건 분명하다. 재현을 대하는 세희의 태도가 눈에 띄게 변했으니까. 그렇다면…… 남은 건 재현이네. 정연은 옆에서 와인을 홀짝거리는 민기를 힐끗 훔쳐보았다. 지금 여기서 민기만큼 쓸모 있는 인물도 없을 것이다.

"재현아, 너 차 안 가지고 왔지? 그러지 말고 이리 와서 한잔해."

정연은 유리잔에 와인을 따르며 슬그머니 재현의 옆으로 자리를 옮겼다. 세수를 마치고 돌아온 세희는 정연과 재현이 같이 앉아 있자 자연스럽게 민기 옆에 앉게 되었다. 맞은편에 앉은 두 사람을 흐뭇한 눈빛으로 바라보던 정연이 재현을 슬쩍 떠보았다.

"역시 둘 다 20대라서 그런지 아주 싱그럽네. 우리 같은 노땅들이랑은 다르다. 그렇지?"

재현은 아무런 대꾸도 하지 않은 채 묵묵히 와인 잔을 입으로 가져갔다. 겉으론 티를 안 내도 속으론 좀 부글부글 끓을 거다. 정연은 나오려는 웃음을 참으며 세희의 빈 잔에 와인을 따라주었다.

"세희야, 네가 봐도 우리 민기, 참 멋지지. 안 그래?"

"네."

앞에 마주 앉은 재현에게 너무나 신경이 쓰이는 터라 세희는 깊게 생각하지 않고 정연의 말에 동의했다. 정연의 질문은 계속되었다.

"둘이 나이도 비슷하고, 아주 잘 어울리는데 이참에 잘해보지 그래?"

"네."

이번에도 세희는 얼떨결에 자동으로 대답했다. 그리고 곧바로 '얼음 땡'이 돼버렸다. 잠깐, 방금 뭐라고 한 거지? 잘해보라니……. 뭘? 한 박자 늦게 사태를 깨달은 세희가 재빨리 고개를 들어 앞을 바라보았다. 그녀의 시야로 주위를 얼려버릴 것 같은 재현의 차가운 눈빛이 가득 흘러들어왔다.

"전 그게 아니라……."

뭐라고 말하지? 뜻을 잘못 알아들었다고 해야겠지?

"그래, 잘해봐."

그때 머뭇거리는 세희의 말을 자르며 재현이 싸늘한 어조로 말했다.

"두 사람 아주 잘 어울려."

18. 앞으론 나에게 부탁해

민기 녀석이 옥탑방에 와 있다고? 재현은 눈살을 찌푸리며 전화를 끊었다. 정연은 새로운 친구를 만들 때마다 자신의 지인에게 소개했다. 그 덕에 간혹 이성 간의 인연을 맺을 때도 종종 있었다.

정연이 잘나가는 싱글인 민기를 세희의 집으로 데려갔을 때는 다 그럴 만한 이유가 있을 거라고 재현은 짐작했다. 정연의 오지랖이라면 세희와 민기를 자연스럽게 맺어주고도 남았다.

정연의 시커먼 꿍꿍이속을 아는 이상, 그는 도저히 지켜만 볼 순 없었다. 삼우 그룹이 어떤 집안인데…… 민기의 어머니인 김 여사의 치맛바람은 이세계에서도 도가 지나치기로 유명했다. 세희가 그런 집안에 말려들게 보고 있을 순 없었다. 결국 그는 와인 오프너를 손에 들고 옥탑방으로 향했다. 아니나 다를까, 정연은 대놓고 두 사람 보고 잘해보란다.

"둘이 나이도 비슷하고, 아주 잘 어울리는데 이참에 잘해보지 그래?"

"네."

그런데, 뭐? 한술 더 떠서, 아니라고 손을 내저으며 사양할 줄 알았던 세희가 "네."라며 다소곳하게 대답했다. 얼굴은 벌겋게 상기된 채…… 와인 한 잔밖에 안 마셨다면서 벌써 취하기라도 했나?

"전 그게 아니라⋯⋯."

"그래, 잘해봐."

그녀의 말을 자르며 재현은 최대한 감정을 담지 않고 냉정히 말했다.

"두 사람 아주 잘 어울려."

그 말을 내뱉은 재현은 치밀어 오르는 울화를 꾹 참으며 단숨에 와인 잔을 비웠다.

⟪⟫

―그래, 잘해봐.

―두 사람 아주 잘 어울려.

어떻게 저런 말을 할 수 있지? 그것도 마치 기다렸다는 듯이 아무렇지 않게⋯⋯. 세희는 아랫입술을 꼭 깨물며 재현의 시선을 피해 고개를 숙였다. 그가 반대할 거라고는 생각하지 않았지만, 그렇다고 이렇게 선뜻 찬성할 줄은 몰랐다. 그녀는 왠지 그에게 배신당한 것만 같아 속이 쓰렸다. 거꾸로 신물이 올라오는 것처럼 목구멍이 따끔거렸다.

세희는 한참 동안 말없이 와인 잔만 노려보았다. 재현에게 뭐라고 화를 낼 수도 없었다. 고작 키스 몇 번에 두 사람 사이가 크게 달라진 건 아니니까. 그녀 혼자 그를 향한 마음에 변화가 생긴 거니까. 그러니까 그녀는 아무 말을 할 수도, 서운한 티를 낼 수도 없었다.

두 손으로 와인 잔을 만지작거리던 세희는 이윽고 잔을 들어 천천히 술을 들이켰다.

"그만 마셔."

몇 모금 마시기도 전에 재현의 손에 와인 잔을 빼앗겨버렸다. 세희가 황당하다는 듯이 쳐다보자 재현은 무뚝뚝하기 그지없는 목소리로 말했다.

"본인 얼굴이 얼마나 빨간지 거울 보여줄까?"

"취해서 빨간 거 아니거든요."

그녀의 항의에도 불구하고 재현은 그녀에게서 잔을 빼앗아 잔에 남은 와인을 말끔하게 마셔버렸다. 대신 빈 컵에 사이다를 가득 따라 그녀 앞으로 내밀었다.

"이거나 마셔."

지금 날 애 취급하는 거야?

"싫어요. 와인 마실 거예요."

"안 돼."

두 사람의 분위기가 심상치 않자, 눈치 빠른 민기가 자리에서 일어나며 서둘러 화제를 돌렸다.

"슬슬 배고프지 않아? 과일이랑 치즈 가지곤 안 되겠어. 누나, 우리 바비큐나 할까?"

정연도 민기에게 맞장구를 쳐주며 자리에서 일어섰다.

"그래. 바비큐 세트 준비해 왔지?"

"응. 다 손질되어 있어. 그릴에 굽기만 하면 돼."

민기와 정연이 바비큐 세트가 담긴 바구니를 들고 옥상으로 나가려 하자, 세희가 곤혹스러운 표정으로 따라서 일어났다.

"죄송하지만 안 돼요. 주인 할아버지 그릴이라서 제가 멋대로 사용할 수가 없거든요."

그 말에 정연이 어깨를 으쓱거렸다.

"에이, 주인 할아버지가 사용할 거였으면 5층 베란다에 놓았겠지. 걱정하지 마. 써도 괜찮을 거야. 좀 쓴다고 어디 닳는 것도 아니고. 다 쓰고 깨끗하게 닦아놓으면 되지 뭐."

"언니, 정말 죄송하지만 그건 안 돼요. 아무도 사용하지 않은 새 그릴인데. 허락도 없이 제가 먼저 사용할 순 없어요. 제가 그냥 안에서 프라이팬 위에 구우면 안 될까요?"

한참 찌푸린 얼굴로 그들의 대화를 듣고 있던 재현이 자리에서 벌떡 일어났다. 그리고 의자 위에 걸쳐두었던 재킷을 거칠게 들어 올렸다. 밖으로 걸어 나가는 재현을 향해 정연이 의아한 표정으로 물었다.

"넌 갑자기 어디 가?"

"물 사러."

고개도 돌리지 않은 채 재현이 차갑게 대답했다.

"물은 여기도 있는데요."

세희가 물병을 들어 보이자, 재현이 매서운 눈초리로 그녀를 쏘아보았다.

"난 그따위 싸구려 정수기 물은 안 마셔."

그 한마디에 세희의 얼굴이 창백하게 변해버렸다. 왜 저렇게 저기압이지? 수돗물 끓여서 차를 타줘도 잘만 마시던 사람이? 빠른 걸음으로 계단을 내려가는 재현을 바라보며 민기가 고개를 가우뚱거렸다.

"어, 이상하다. 재현이 형, 왜 갑자기 생수 타령?"

"알 게 뭐니. 고귀하신 분이라서 이제부터라도 미네랄 워터를 드셔야 하나 보지."

정연은 뭐가 그리도 재미있는지 혼자 키득키득 웃으며 와인을 홀짝거렸다.

"하여간 여기서 굽든 밖에서 굽든, 안에 든 것 좀 꺼내봐. 세트에 뭐 들었니?"

"휠레미뇽 스테이크랑 양 갈비, 소시지, 바닷가재랑 가리비, 메로 등등 다양하게 들었어."

아이스 팩이 가득한 바구니 안에서 포장된 구이용 고기를 꺼내며 민기가 대답했다.

"뭐부터 구울까?"

식탁 위에 고기를 내려놓고 포장을 뜯으려는 순간……

띠리리—

식탁 위에 놓인 세희의 휴대폰이 울렸다. 세희는 화면으로 번호를 확인하며 미간을 살짝 좁혔다. 모르는 번호다. 하지만 재현의 전화를 스팸인 줄알고 씹고 난 이후부터 세희는 무작정 모르는 번호도 받는 버릇이 생겨버렸다. 이번에도 세희는 잠시 숨을 고르고 통화 버튼을 눌렀다.

"여보세요."

상대방의 목소리를 확인한 세희의 얼굴이 단번에 밝아졌다.

"할아버지! 네. 안녕하세요? 잘 도착하셨어요? ……네? 지금 런던이시라고요? 아, 여행 중이시구나. ……네. 정말 마음에 들어요. 감사합니다. 네. 뭐라고 감사해야 할지 모르겠어요."

주인 할아버지와 통화를 나누던 세희가 무언가에 놀란 듯 미간을 좁혔다.

"네에? 바비큐 그릴, 저 쓰라고 놓은 거라고요? ……네. 정말 제가 사용해도 괜찮겠어요? ……네."

전화를 끊은 세희가 약간은 멍한 표정으로 정연과 민기를 바라보았다.

"방금 주인 할아버지께서 전화하셨는데……"

"왜? 저 그릴 써도 된다고 하셨지? 그런 것 같더라. 맞지?"

세희가 고개를 끄덕이자 민기와 정연은 바구니를 들고 재빠르게 옥상으로 나갔다.

"그러길래 내가 뭐랬어. 그릴 하나 가지고 벌벌 떨 일 없다니까. 민기야, 어서 불부터 켜라."

"넵, 누님."

두 사람이 분주하게 그릴 위에 고기를 올려놓는 걸 바라보며 세희는 아주 잠시 '주인 할아버지의 호의가 너무 지나친 것 아닐까?' 하는 생각을 했다. 하지만 그녀는 곧 자신의 기우일 거라며 고개를 내저었다.

"제가 뭐 도울 거 없나요?"

주객전도라더니 세희는 멀뚱멀뚱 구경만 하고 손님인 민기가 능숙한 솜씨로 고기 굽기에 바빴다.

"아뇨. 도울 거 전혀 없습니다. 가만히 앉아서 기다리세요."

"그래. 이리 와. 나랑 와인이나 마시자."

정연이 세희를 이끌고 소파에 앉아 그녀 앞으로 와인 잔을 내밀었다. 그러나 세희는 살며시 고개를 내젓더니 사이다가 든 유리컵을 손에 쥐었다.

기가 막혀서. 재현이가 마시지 말라고 했다고 정말 안 마시려는 건가?

그런 모습이 너무나 귀여워 정연은 짐짓 모른 척하기로 했다. 딱 한 병 있던 사이다가 바닥을 드러내자 세희가 자리에서 일어났다.

"사이다 좀 사 올게요."

"재현이 물 사러 갔는데 오는 김에 같이 사 오라고 전화해."

"아니에요. 그냥 밑에 편의점에 가서 사 올 건데요, 뭘."

말을 마친 세희는 서둘러 지갑을 챙겨 옥상 계단을 내려갔다. 5층을 돌아서 4층으로 내려가려는 찰나 한 손에 생수병이 가득한 비닐 봉투를 든 재현과 마주쳤다.

"어디 가는 거지?"

"사이다가 떨어져서."

얼른 그의 시선을 피하며 세희가 조그맣게 대답했다. 어쩌면 좋아. 그를 보는 순간 다시 얼굴이 붉어지려고 한다. 세희는 고개를 푹 숙인 채 그의 곁을 빠르게 지나쳤다. 그러나 한 걸음 채 떨어지기도 전에 그에게 손목을 잡히고 말았다. 놀란 그녀가 고개를 들자 재현이 무표정한 얼굴로 그녀를 내려다보았다.

"됐어. 내가 사 왔으니까."

"아, 네."

그는 아직도 꽤 못마땅한 표정이었다.

"그런데 왜 아직도 얼굴이 빨갛지? 사이다에 취하기라도 한 거야?"

"네에?"

재현이 가까이 다가오자, 세희는 숨을 들이마시며 슬그머니 한 걸음 뒤로 물러섰다. 그러나 등에 벽이 닿아 더는 물러설 수가 없었다.

그녀의 얼굴이 더욱더 빨개지자, 재현은 슬슬 걱정되기 시작했다. 아까는 몰랐는데 그녀의 얼굴이 오늘따라 핼쑥해 보였다. 오늘 새벽에 지방 출장에서 돌아왔는데……. 너무 무리한 게 아닐까? 재현은 손등으로 그녀의 뺨을 살며시 어루만졌다.

"열이 있는 것 같은데……."

재현의 손등이 뺨에 닿자 바보처럼 화르르 열기가 몰려왔다. 오늘 새벽까지만 해도 이렇지 않았는데……. 왜 갑자기 그에게 과민 반응을 나타내는지 모르겠다. 세희는 가쁜 숨을 고르며 볼살을 지그시 깨물었다.

"어디 아픈 거 아냐?"

세희는 대답 대신 가만히 고개만 내저었다. 재현은 걱정스러운 얼굴로 열을 재기 위해 그녀의 이마에 손을 올렸다. 그리고는 고개를 숙여 그녀와 시선을 맞추고 나직하게 속삭였다.

"세희야."

혼자 울던 그녀를 자상하게 달래줬던 10년 전 왕자님처럼 자상하게 불러주는 재현 때문에 세희는 심장이 터져버릴 것만 같았다.

"……괜찮겠어?"

이마에 머물렀던 큼직한 손이 밑으로 내려오더니 자연스럽게 그녀의 뺨을 감쌌다. 그 손길에 그녀의 도톰한 입술이 살짝 벌어지며 미세하게 떨리기 시작했다.

"아픈 사람을 놔두고……"

갑자기 재현은 화난 목소리로 투덜거리더니 인상을 팍 찡그렸다.

"모두 다 쫓아버려야겠어."

곧바로 뒤를 돈 재현이 성큼성큼 옥상을 향해 올라가기 시작했다. 조금 지나서야 사태를 파악한 세희가 종종걸음으로 재현의 뒤를 따랐다.

"아니에요. 저, 아픈 거 아니에요."

옥상에 도착한 재현이 불만 가득한 표정으로 가제보에 앉아 있는 정연을 향해 걸어갔다. 재현의 팔을 잡으며 세희가 빠르게 변명을 늘어놓았다.

"저 그냥…… 그림 앞에 서 있었더니 더워서, 그래서 그런 걸 거예요."

"그림? 주인 할아버지 것이라 못 쓴다며?"

재현이 걸음을 멈추고 그림 앞에서 한창 고기 굽기에 바쁜 민기에게 시선을 옮겼다. 정연이 가제보에서 걸어 나오며 피식 입꼬리를 올렸다.

"글쎄 말이야. 주인 할아버지가 귀신같이 알고 전화를 하셨더라고? 마음껏 쓰라고 말이야. 정말 기막힌 우연 아니니? 그렇지?"

아무런 대꾸 없이 정연을 노려보던 재현은 그대로 그녀를 지나쳐 옥탑방 안으로 들어갔다.

"내 사랑을 우습게보지 말라니까! 내가 민정이 누나를 얼마나 진심으로 좋아했는지는 정말……"

"아유, 됐다. 1절만 해라."

민기의 첫사랑에 관한 넋두리가 길어지려고 하자 정연은 빠르게 그의 말을 잘라버렸다.

"자, 마셔."

정연이 민기의 어깨를 토닥거리며 빈 잔에 와인을 따라주었다. 수다스러운 민기 덕분에 어색한 분위기가 조금은 풀리는 것 같았다. 재현은 아까부터 뭐가 그리도 불만인지 찌푸린 얼굴로 와인만 들이켰고, 세희는 재현이 마시지 말랬다고 사이다만 얌전히 홀짝이고 있었다.

정연은 진심으로 재현에게 물어보고 싶었다.

재현아, 사이다만 마시는 세희의 얼굴이 왜 빨간지, 정말 모르겠어? 사람이 사랑에 빠지면 눈이 더 나빠진다더니 딱 재현을 두고 하는 말인 것 같다. 세희의 변화를 전혀 눈치채지 못하다니. 그렇다면…….

정연의 장난기가 또다시 발동했다.

"민기야. 너 아까 내가 한 말, 대답 안 했잖아. 세희랑 둘이 잘 어울리는데 잘해보지 그래, 응?"

"어?"

열심히 바닷가재의 껍질을 까던 민기가 흠칫 동작을 멈추고 정연, 세희와 재현을 번갈아 바라보았다. 자신에게 심각한 여친이 있다는 것을 알면서도 자꾸만 부추기는 건, 재현이 형을 완벽하게 속이기 위해서일까? 그러니까 일종의 페이크? 짧은 시간이지만 민기는 열심히 잔머리를 굴려야만 했다. 결국 민기는 어색하게 웃으며 세희에게 몸을 기대었다.

"세희 누나, 제가 마음에 드신다면 저는 언제라도 수청 들 의향이 있사옵……."

쾅—.

민기가 말을 마치기도 전에 재현이 민기의 손에 있던 바닷가재를 빼앗아 나무망치로 내리쳤다. 그 소리에 세희에게 기댔던 민기가 발딱 제자리로 돌아갔다. 재현이 바닷가재를 민기에게 돌려주며 무덤덤한 목소리로 말했다.

"껍질이 잘 안 까지면 이렇게 망치로 두들겨."

"넵, 형님."

사람 잡아먹을 것 같은 저 살벌한 눈빛은 뭐지? 민기는 두 손으로 공손히 바닷가재를 넘겨받으며 정연에게 구원의 눈빛을 보냈다. 그러나 정연은 모르는 척 고개를 돌려버렸다.

이런 걸 두고 고래 싸움에 새우 등 터진다는 거다. 오누이의 기 싸움에 왜 나를 끌어들이는 거야!

그 순간 민기의 눈에 어두운 얼굴로 사이다를 마시는 세희와 그런 그녀를 노려보는 재현이 들어왔다.

민기는 어쩌면 고래 싸움은 정연과 재현이 아니라, 세희와 재현이 아닐까 하는 생각을 아주 잠시 해보았다. 아, 어느 쪽이 되었던 무슨 상관이람!

"누나, 나 이만 갈게."

"왜 벌써 가려고?"

민기가 자리에서 일어서자 정연은 눈살을 찌푸렸다. 재현의 질투심을 자극하려고 했는데 도중에 민기가 가버리면 헛수고가 되는데…….

민기는 자신이 가져온 물건들을 주섬주섬 챙기며 재현 쪽을 힐끗 훔쳐보았다. 그는 묵묵히 민기를 지켜보고 있었다. 재현과 눈이 마주치자 민기는 히죽 웃으며 재빨리 짐을 챙겼다.

상대방을 죽일 듯이 노려보는 저 눈빛. 예전에도 받아본 적 있다. 자신의 상대를 지키려는 수컷의 본능적 살기를 담은……. 이럴 때는 그냥 조용히 사라지는 게 최고다!

"그럼 나도 같이 가."

민기가 짐을 다 챙기고 떠날 채비를 하자 정연도 재킷을 집어 들고 그를 따라나섰다. 그러자 재현이 기가 막힌다는 듯이 눈살을 찌푸렸다.

"지금 뭐 하는 짓들이야. 이렇게 난장판을 해놓고는 뒷정리도 안 하고 그냥 가겠다고?"

"그러면 가까이 사는 네가 도와주면 되잖아. 세희야, 우리는 먼저 갈게. 안녕."

정연과 민기는 뭐라고 말할 기회도 주지 않고 급하게 옥상을 내려가버렸다. 기름과 양념으로 얼룩진 그릴과 구운 고기를 담아두었던 접시들, 여기저기에 널린 와인 잔과 빈 병 등등…… 난장판까진 아니어도 꽤 어수선하게 어지럽혀져 있었다. 하지만 세희는 아무런 불평도 하지 않고 우선 빈 병부터 한곳으로 차곡차곡 모으기 시작했다.

"전 괜찮으니까 전무님도 그냥 가보세요. 저 혼자 천천히 정리하면 돼요."

옥상 중앙에 우두커니 서 있는 재현을 보며 그녀가 미소 지었다.

"그냥 가라고? 진심이야? 정말 내가 갔으면 좋겠어?"

솔직히 '이걸 다 언제 치울까?' 하고 한숨이 나오긴 했다. 그래도 재현에게 자질구레하게 도와달라고 하고 싶진 않았다.

"오늘 새벽까지 운전하느라 피곤하잖아요. 그냥 가세요."

"넌 왜 부탁이라는 걸 모르지? 도와달라고 해봐."

조금 화가 난 듯 그의 목소리가 낮게 깔렸다. 그러나 세희는 아무런 대답 없이 빈 병을 한곳에 모으고 접시에 남은 치즈와 과일을 용기에 담기 시작했다. 한동안 그녀를 지켜보던 재현은 그녀가 대답할 생각을 않자, 그녀의 손에 들린 용기를 낚아채 테이블 위에 내려놓았다.

"대답해 봐. 왜 언제나 혼자 하려는 거야? 도와달라고 부탁하면 안 돼?"

침묵을 지키던 세희가 잠시 후, 희미하게 웃었다.

"……부탁한 적 있는걸요."

"뭐?"

"제주도에서 제발 우리 조이 신고하지 말아달라고 부탁했잖아요."

그녀는 말간 눈동자로 그를 올려다보았다.

"웬만하면 부탁하지 않으려고요."

아까부터 기분 나빠 보이는 그가 신경 쓰여서일까? 꼭꼭 숨겨두었던 속마음이 입 밖으로 흘러나왔다.

"쉽게 부탁하다 보면 남한테 기대게 되거든요."

예전에는 그렇지 않았다. 하지만 고모, 서 여사 밑에서 10년을 지내는 동안 자신도 모르게 부탁이란 걸 쉽게 할 수 없는 성격으로 변해버렸다.

─왜 그런 걸 나에게 부탁하고 그러니?

─몰라. 네가 알아서 해.

─그런 것도 혼자 처리하지 못하고 어쩌자는 거야?

아주 사소한 것부터 제법 중요한 것까지 그녀는 혼자 해결해야 한다는 걸 뼈저리게 배웠다.

그래서인지 어느 순간부터 남에게 도와달라고 부탁하는 게, 그녀에겐 쉽지 않은 일이 되어버렸다.

세희는 어색한 미소를 떠올렸다.

"남에게 기대면 안 되잖아요. 폐가 되지 않으려면 혼자 버텨야 하니까. 그래서 될 수 있으면 도와달라고 안 해요. 조이 때는 정말 저 혼자 해결할 수 없는 일이어서 부탁했던 거예요."

세희는 어깨를 으쓱하고는 바닥에 무릎을 꿇고 재활용 봉지에 빈 병을 집어넣기 시작했다. 오늘따라 더욱 가냘파 보이는 그녀의 야윈 어깨가 재현의 속을 뒤집어놓았다.

손가락 하나 까닥하면 모든 게 이뤄지는 정연도 허구한 날, '나의 사랑스러운 동생!' 하며 코맹맹이 소리로 도와달라고 조르는데……. 왜, 정말 도움이 필요한 그녀는 꼿꼿하게 고개를 들고 혼자 버티는지 모르겠다. 같이 치워주는 게 뭐 그리 큰 도움이라고.

재현은 성큼성큼 걸어가 그녀의 손에 든 재활용 봉지를 빼앗아 거칠게 내동댕이쳤다. 빈 병이 바닥 위를 뒹굴며 '와장창' 요란한 소음이 퍼졌다. 놀란 세희가 미간을 찡그리며 재현을 쳐다보았다.

"갑자기 왜 그?"

그녀의 말은 끝까지 이어질 수 없었다. 재현이 그녀를 자리에서 일으켜 세운 후, 그대로 와락 껴안았기 때문이다. 품에서 빠져나오려 그녀가 바르작거리면 거릴수록 그는 더욱더 강하게 그녀를 끌어안았다.

"앞으론……."

그녀의 어깨에 얼굴을 묻으며 그가 가라앉은 목소리로 속삭였다.

"……나에게 부탁해."

⊱✦⊰

"앞으론…… 나에게 부탁해."

그에게만큼은 부탁하고 싶지 않았다. 그건 그녀의 하나 남은 자존심이었으니까. 하지만 전혀 예상하지 못한 그의 다정함에 괜히 가슴이 뭉클했다. 세희는 그의 가슴에 얼굴을 묻고 가만히 숨을 들이켰다. 심장이 죄는 것처럼 설레었지만, 신기하게도 그 말을 듣는 순간 얼굴이 붉어지는 현상은 연기처럼 사라졌다. 재현이 껴안은 팔에 힘을 풀자 세희는 조심스럽게 품에서 빠져나갔다.

잠시 두 사람 사이에 어색한 침묵이 흘렀다.

세희는 다시 허리를 굽혀 바닥 위를 뒹구는 재활용 봉지를 집어 들었다. 그녀가 아무 말 없이 뒷정리를 시작하자 재현도 묵묵히 그녀를 도왔다. 덕분에 비교적 수월하게 끝낼 수 있었다.

"내일은 피곤할 테니까 커피숍 나가지 말고 푹 쉬도록 해."

뒷정리를 마친 재현은 세희에게 눈길도 주지 않고 벗어두었던 재킷을 집어 들고 계단을 향해 걸어갔다.

"저기……."

그녀가 뒤를 따라가며 그를 불러 세웠다. 옥상 계단을 내려가려던 재현이 걸음을 멈추고 뒤를 돌아보았다. 세희는 잠시 머뭇거리더니 조심스럽게 말을 꺼냈다.

"라면 먹고 가실래요?"

그녀의 말이 선뜻 이해가 가지 않는다는 듯, 재현이 미간을 좁히자 세희가 빠르게 뒷말을 이었다.

"아무것도 안 드셨잖아요."

그녀 말대로 오늘 재현은 먹으라고 앞에 놓아준 스테이크와 해산물을 거들떠보지도 않고 오로지 와인만 마셨다. 세희는 빈속에 술만 마신 재현을 이대로 보내기가 걱정되었다. 그의 냉장고 사정이야 뻔했고 재현 성격에 혼자 나가서 사 먹을 것 같지 않았기 때문이다.

언제부터인가 그의 식사 습관을 알아버렸을까? 그는 귀찮으면 식사를 건너뛰는 타입이었다.

마음 같아서는 근사한 저녁을 차려주고 싶었지만, 출장을 다녀오느라 그녀의 냉장고 사정 역시 별로 좋지 않았다. 먹을 거라곤 김치와 단무지가 전부였다.

그래서 서둘러 떠올린 게 라면이었는데…….

아차, 실수한 것 같다.

세희의 얼굴에 당혹한 빛이 떠올랐다.

천하의 이재현 전무가 라면 따위를 먹을 리 없잖아?

"……아니면 그때 그 파스타 전문점에 갈까요? 이번에는 제가 살게요."

세희는 멋쩍게 웃으며 전에 함께 갔던 파스타 전문점을 제안했다. 그러나 재현은 이렇다 저렇다 아무런 말없이 그저 세희를 바라만 보았다.

그때 그 파스타가 마음에 안 들었나 보다. 그래, 그럴 거야. 말이 파스타 전문점이지 그에게는 분식점 수준이었을 테니까.

"혹시 드시고 싶은 거 있어요?"

이윽고 재현이 침묵을 깨고 입을 열었다.

"컵라면 있어?"

ᏫᏗᎥᏗᏋᎶᏫ

"3분 지났어요."

세희가 컵라면 뚜껑을 열자 모락모락 김이 올라오며 매콤한 냄새가 퍼져 나갔다. 정말 침샘을 자극하는 향이다.

세희는 젓가락으로 면을 저은 다음, 두 손으로 용기를 들어 따뜻한 국물을 한 모금 들이마셨다. 젓가락으로 돌돌 말아 올린 면발을 호로록 흡입하는 세희를 보며 재현이 픽 마른 웃음을 흘렸다.

라면 먹지 않겠느냐고 물어보더니 그녀야말로 배가 고팠던 모양이다. 재현은 앞에 놓인 음식에는 손도 대지 않고 사이다만 홀짝이던 세희를 떠올렸다. 열이 올랐는지 두 뺨이 빨개서 걱정하게 하더니 정연과 민기가 돌아간 후, 제 얼굴색을 되찾았다.

"연하 좋아해?"

"네?"

오물오물 면발을 씹던 세희가 눈을 동그랗게 뜨며 동작을 멈췄다. 재현은 짐짓 관심 없는 표정으로 다시 물었다.

"민기 옆에 앉아서 발그레 얼굴을 붉히고 있었잖아."

"아니에요. 절대로 그런 거. 그릴 옆에 있어서, 불이 뜨거워서 그랬어요."

"그럴의 불을 끄고도 그랬는데……."

"잔열이 남아 있으니까 그렇죠. 민기 씨에겐 미안하지만, 연하는 제 타입 아니에요. 드라마도 연하 커플이 나오면 재미없어서 안 보는데요."

"그래? 강한 부정은 긍정의 표현 아닌가?"

하지만 세희의 말을 믿는 듯 그는 더 이상 민기에 관한 말을 꺼내지 않았다. 재현이 조용히 라면을 먹기 시작하자 세희도 다시 젓가락으로 면발을 건져 올렸다.

"……라면 좋아하세요?"

묵묵히 서로 라면만 먹는 것이 어색했기에 세희가 슬쩍 말을 건넸다. 그러자 재현은 그녀와 시선을 맞추며 빙그레 웃어 보였다.

"초등학교 3학년부터 스위스에 있는 보딩스쿨에 다녔어. 어릴 때부터 딱히 한식만 먹고 자란 건 아니라서 음식 때문에 곤란한 점은 별로 없었지만, 그래도 가끔 한국 음식이 먹고 싶을 때가 있었어. 그때마다 아쉬운 대로 누나가 주고 간 컵라면을 먹었지. 학기 중에 누나가 나를 보러 스위스까지 오곤 했는데 그때마다 선심 쓰듯이 컵라면을 주고 갔거든."

그때를 떠올리는지 그의 목소리가 서서히 잦아들었다.

"그 추억으로 가끔 컵라면 생각이 날 때가 있어. 오늘처럼……."

컵라면에 얽힌 단순한 일화를 이야기해주었을 뿐이지만, 그녀는 마치 그와 추억을 공유한 것처럼 기뻤다. 휴대폰을 만지작거리던 세희는 잠시 고민에 빠졌다. 무도회에서 찍었던 사진을 보여줄까? 그때 이야기를 꺼내면 그는 어떤 표정을 지을까?

하지만 그런 기회는 오지 않았다. 그녀가 잠시 망설이는 동안 라면을 다 먹은 재현이 서둘러 자리에서 일어났기 때문이다.

"난 그만 갈게. 어서 쉬도록 해."

"네."

재현은 한 손으로 그녀의 어깨를 두드려주고는 그대로 등을 돌려 옥상 계단을 내려갔다. 어째서일까? 오늘은 무뚝뚝하게 그냥 가버리는 그가 조금은 야속했다.

눈이라도 감을 걸 그랬나?

세희는 계단 난간에 기대어 멀어지는 그의 뒷모습을 하염없이 바라보았다.

❦

다음 날 일요일, 세희는 옥탑방 건물의 계단과 화장실을 청소한 다음 재현의 말대로 모처럼 푹 쉬었다. 그 덕분에 월요일 아침이 되어 가뿐한 몸으로 출근할 수 있었다. 평소와 같은 회사 생활이 시작되었다.

한 가지 변화가 있다면 재현과 본사 건물 안에서 마주치게 되면 그가 그녀를 향해 싱긋 웃어준다는 점이었다.

눈에 띄지 않게 입꼬리가 살짝 올라가는 정도였지만, 세희는 아주 멀리서도 그의 표정에 변화가 있다는 걸 알 수 있었다. 그 작은 미소가 그녀를 얼마나 행복하게 하는지 그는 모를 것이다.

세희도 살짝 미소를 지으며 고개를 숙여 그에게 인사했다. 하지만 아쉽게도 그를 회사 내에서 볼 기회는 별로 없었다.

그렇게 한 주가 지나갔다.

❦

쾅─. 쾅─. 쾅─.

"재현아, 문 좀 열어봐. 재현아!"

재현이 초인종 소리를 무시하고 못 들은 척하자, 정연은 아예 주먹으로 문을 '쾅쾅' 두드리기 시작했다. 밤늦게까지 중요한 서류를 검토하느라 새벽녘에 겨우 잠들었는데 1시간도 채 되지 않아 시끄러운 불청객이 수면을 방해하다니……

재현은 크게 한숨을 내쉬며 이불을 박차고 침대에서 일어났다. 정연은 오늘 아침, 여자 친구들과 함께 7박 8일로 여행을 떠날 예정이다. 그런 그녀가 왜 공항에 가지 않고 그의 집 앞에서 난리를 피우는지 모르겠다.

"무슨 일이야?"

재현이 짜증스러운 얼굴로 문을 열자, 정연은 환하게 웃는 얼굴로 케이크 상자를 들어 보였다.

"공항 가는 길에 유명한 치즈 케이크 전문점이 보이더라고. 뉴욕의 유명 베이커리에서 만드는 치즈 케이크인데 아침에 만들자마자 바로 급속 냉동해서 비행기로 공수해 오는 거야."

"그래서?"

문에 삐딱하게 기대어 선 채, 재현이 눈을 가늘게 모았다. 고작 이따위 치즈 케이크 때문에 아침부터 소란을 떨었느냐고 말하려는 순간, 정연이 재빠르게 덧붙였다.

"세희가 여기 치즈 케이크를 엄청 좋아하거든. 공항 가는 방향이라서 주고 가려고 들렀는데 세희가 집에 없더라고. 오늘은 새벽부터 커피숍에서 일한다네."

정연은 다짜고짜 재현에게 케이크 상자를 들이밀었다.

"미운 아기 떡 하나 더 준댔다고, 그러니까 네가 대신 먹어. 앗, 비행기 시간에 늦겠다!"

정연은 손목시계로 시간을 확인하더니 후다닥 엘리베이터를 향해 달려갔다.

이깟 치즈 케이크가 뭐 그리 대단하다고 이 야단법석인지. 케이크 상자를 기분 나쁜 눈으로 노려보던 재현은 쓰레기통에 던져버리고 싶은 충동을 간신히 억누르고 대신 냉장고 안에 내팽개치듯 던져 넣었다. 그러나 곧이어 정연이 해준 말이 귀에 맴돌았다.

―세희가 여기 치즈 케이크를 엄청 좋아하거든.

냉장고에 있는 치즈 케이크가 자꾸만 신경이 쓰여 재현은 더 이상 잠을 잘 수 없었다.

❧

새벽 1시부터 오전 11시까지 커피숍에서 일한 세희는 할인 마트에 들를 겸, 평소 내리는 정거장보다 다섯 정거장 미리 버스에서 하차했다. 그리고 집 근처 슈퍼마켓보다 가격이 저렴한 할인 마트에서 일주일 치의 식량을 사 들였다.

"세일한다고 너무 무리했나?"

마침 특별 할인 판매를 하는 품목이 있어 보통 때보다 좀 더 많이 사긴 했다. 세희는 양손에 장바구니를 들고 버스 정류장으로 낑낑대며 걸어갔다. 그런데 별안간 세희 앞으로 긴 그림자가 드리워졌다.

고개를 들자 니트와 청바지 차림의 재현이 그녀를 내려다보고 있었다. 그는 세희의 손에 쥐어진 장바구니를 보더니 인상을 찌푸렸다.

"이렇게 무거운 걸 들고……. 도대체 어디까지 장을 보러 간 거야?"

"저 밑에 있는 할인 마트에 가면 많이 싸거든요. 게다가 이번 주에 라면 다섯 개 사면 하나 더 끼워주는 이벤트를 해서."

"배달 몰라?"

그녀의 손에서 장바구니를 낚아채다시피 하며 재현이 투덜거렸다.

"서비스 차원에서 무료로 배달해주는 건데, 엘리베이터 없는 건물로 배달시키는 건 민폐죠."

세희는 차 뒷좌석에 장바구니를 놓는 재현에게 장황한 설명을 늘어놓았다.

"거기 슈퍼는 주인아저씨가 직접 배달하세요. 그런데 그분, 무릎이 안 좋대요. 그런 분한테 계단 오르락내리락하게 하면 안 되잖아요."

"남의 무릎 사정은 살피면서 본인의 어깨 사정은 상관없어? 그렇게 무거운 거, 들고 다니다가 어깨라도 빠지면 어쩌려고?"

"에이, 뭐 이 정도 무거운 걸 든다고 어깨가 빠져요?"

고모 집에 살 때는 더 무거운 것도 들고 다녔는데…… 한 번은 쌀이 떨어졌다고 쌀을 사 오라고 시킨 적도 있었다. 무더운 여름날 혼자 20kg 쌀포대를 낑낑대고 들고 오면서 '이런 걸 매일 배달해야 하는 사람들은 참 힘들겠다.'라는 생각을 했다. 그래서 세희는 그 이후로 될 수 있으면 배달을 시키는 대신 본인이 직접 가져오려고 노력했다.

"그럼 무거운 짐을 들고 내 앞에 알짱거리는 것도 민폐가 되겠군."

"네?"

재현은 다시 잠이 오지 않아 바람이나 쐬려고 차를 끌고 나온 참이었다. 오늘따라 차가 막혀 천천히 서행하는데 우연히 버스 정류장으로 걸어가는 세희가 눈에 띄었다. 그녀는 뭘 그리도 많이 샀는지 한눈에 보기에도 엄청나게 무거워 보이는 장바구니를 양손에 들고 있었다. 재현은 반사적으로 도로변에 차를 세우고 곧장 그녀에게로 달려갔다.

그녀의 손에서 장바구니를 낚아채자 어깨가 뻐근할 정도로 묵직한 무게가 느껴졌다. 남자가 들기에도 무거운 장바구니를 들고 지금 뭐 하자는 건지. 민폐를 끼치지 않으려고 배달을 시키지 않는단다. 재현은 자신보다 항상 남 생각을 먼저 하는 그녀에게 슬쩍 부아가 치밀어 올랐다. 그래서 마음에도 없는 농담을 던졌다.

"좋아, 그럼. 내가 집까지 편안히 가져다줄게. 대신 나는 배달비를 받아야겠어."

"네?"

배달비? 맨입으로는 안 되겠다? 어쩌지? 사과라도 하나 줄까? 사과를 꺼내기 위해서 장바구니를 들여다보는 세희의 귀에 재현의 무뚝뚝한 목소리가 들렸다.

"달걀찜 해줄래?"

"달걀찜이요?"

어제, 꼬박 밤을 새우며 일해서 눈이 감길 정도로 피곤했지만, 세희는 그를 위해서라면 달걀찜이 아니라 갈비찜이라도 해주고 싶었다.

"그래요, 그럼."

세희가 밝게 웃으며 고개를 끄덕이자 재현은 시동을 걸어 빠르게 차를 출발시켰다.

"우리 집으로 가지."

⋘✥⋙

오랜만에 와보는 펜트 하우스는 마지막으로 들렀을 때와는 또 다른 느낌이었다. 딱히 꼬집어서 말할 순 없지만 뭔가 좀 더 사람 사는 분위기가 느껴진다고 할까?

"달걀이나 채소 등은 우선 냉장고에 넣어둬."

냉장고 안은 도우미 아주머니가 다녀갔는지 밑반찬이 담긴 용기들이 보였고 채소와 과일 칸에는 신선한 재료가 가득했다. 세희는 조심스럽게 그녀가 장 본 식품을 한쪽에 밀어놓았다.

"달걀찜이랑 또 뭐 더 할까요?"

"달걀찜만 하면 돼. 밑반찬은 넉넉하게 있으니까."

달걀찜만 하는 거라면 그녀에겐 완전 식은 죽 먹기였다. 세희는 순식간에 뚝딱 한 상을 차려내고는 밥공기를 말끔히 비우는 재현을 뿌듯한 마음으로 바라보았다.

"내가 할 테니까 거실에 가 있어."

식사를 끝내자, 식기를 정리하려는 세희를 재현이 제지했다. 그는 능숙한 솜씨로 식기를 물로 헹군 후 식기 세척기에 넣고 작동 버튼을 눌렀다. 그리고 냉장고에서 꺼낸 치즈 케이크와 과일을 접시에 담아 거실로 가져갔다.

"와아."

딸기로 장식된 먹음직스러운 치즈 케이크에 세희가 감탄의 탄성을 질렀다. 그러나 세희와 달리 재현은 아무 감흥이 없는 얼굴로 그녀 앞에 케이크가 담긴 접시를 내려놓았다.

"왜 그렇게 놀라?"

"너무 예뻐서요. 먹기 아까울 정도로 예뻐요. 어느 베이커리에서 샀어요?"

"글쎄 잘 모르겠는걸. 아침에 누나가 놓고 간 거야."

"정연 언니가요? 언니, 오늘 아침 비행기로 발리에 간다고 하지 않았나요?"

"공항으로 가기 전에 잠깐 들렀다 갔어."

"아, 그랬구나."

세희가 한껏 눈꼬리를 휘며 웃었다.

"저, 치즈 케이크 진짜 좋아해요."

"잘됐군. 냉장고 안에 더 있으니까, 이따 갈 때 다 가져가."

치즈 케이크를 입에 넣은 세희는 감격스러운 듯 두 눈을 감았다. 한눈에 봐도 너무너무 맛있어서 미치겠다는 표정이다.

"그렇게 맛있어?"

"네. 입에서 살살 녹아요."

"그래?"

재현은 치즈 케이크는 전혀 건드리지 않은 채, 레몬을 띄운 홍차만 연신 들이켰다.

"왜 안 드세요?"

"나는 단 건 별로 좋아하지 않아."

"달기만 한 건 아니에요. 이건 뉴욕 스타일이라서 치즈 맛이 아주 진해요. 한입 먹어보세요."

세희는 포크로 치즈 케이크를 크게 한입 떠 재현에게 내밀었다. 그러자 재현이 미간을 찡그렸다.

화난 듯 이글거리는 그의 눈빛에 의아해하던 세희는 '아차!' 자신이 먹던 포크로 치즈 케이크를 떴다는 사실을 깨달았다. 그의 포크는 접시 반대쪽에 놓여 있는데……. 키스한 사이라고는 하지만, 아무렇지 않게 한 포크를 쓸 수야 없지.

세희는 겸연쩍게 웃으며 슬그머니 치즈 케이크를 자신의 입에 집어넣었다. 그러곤 고개를 숙여 은근슬쩍 그의 시선을 피했다. 괜한 짓을 했다. 연인처럼 다정하게 굴다니…….

그때였다. 재현이 그녀의 턱을 한 손으로 그러쥐더니 자신 쪽으로 향하게 했다. 입술을 오물거리며 치즈 케이크를 음미하던 세희가 흠칫 동작을 멈추고 놀란 눈으로 그를 바라보았다.

"치사하군. 주는 척하다가 그냥 먹어버리다니."

"아, 그건……."

세희가 변명을 하기 위해 입을 벌리는 순간 재현이 단숨에 고개를 숙여 입술을 겹쳤다. 한 손으로는 그녀의 뒤통수를 감싸 고개를 돌리지 못하게 고정하고 다른 한 손으로는 좀 더 입을 벌리게 그녀의 턱을 아래로 잡아당겼다. 그 탓에 그녀는 거칠게 밀고 들어오는 그의 혀를 완전 무방비 상태로 받아들일 수밖에 없었다. 입 안을 채웠던 매끈하고 차가운 치즈 케이크는 어디론가 사라지고 말캉하고 부드러운 혀가 그 자리를 차지했다. 찐득하고 달콤한 건 치즈 케이크 맛일까? 아니면…….

"하아."

세희는 가쁜 숨을 몰아쉬며 두 손으로 그의 어깨를 꼭 움켜쥐었다. 그렇지 않으면 온몸을 휘감는 짜릿한 황홀감에 이대로 정신을 잃어버릴 것 같았다. 재현은 그녀를 쉽게 놓아줄 생각이 없는 듯 치즈 케이크의 흔적조차 남지 않은 그녀의 입 안을 느릿하게 유영하며 끊임없이 자극했다.

키스가 깊어질수록 세희의 몸이 서서히 옆으로 쓰러지며 어느새 소파 위에 누워버린 그녀 위로 그가 자리했다. 등 뒤에 느껴지는 가죽 소파의 서늘한 촉감과 몸 위에 실려 오는 그의 묵직한 체중.

그제야 세희는 자신이 비스듬히 소파 위에 누운 상태라는 걸 깨달았다. 당황한 그녀가 서둘러 두 눈을 뜨고 위를 올려다보았다. 동시에 재현도 두 팔로 소파를 짚으며 그녀에게서 상체를 일으켰다.

두 사람의 시선이 허공에서 조심스럽게 마주쳤다.

무언의 침묵이 지나고…….

누가 먼저랄 것 없이 두 사람의 숨결이 또다시 하나로 뜨겁게 얽혀들었다.

19. 그의 침대 위에서 눈을 뜨다

"하아, 하아."

소파 위에서의 키스는 더욱더 격렬해졌다. 숨결이 얽히면 얽힐수록 서로를 원하는 욕망은 참을 수 없이 심해졌다. 혀끝에 스며드는 달콤한 타액만으로는 타는 것 같은 갈증을 해소할 수 없었다. 재현은 그녀의 블라우스 단추를 거칠게 풀어 헤치고 드러난 뽀얀 살결 위로 뜨거운 입술을 내렸다.

"아."

그녀의 입에서 달뜬 신음이 흘러나왔다. 동시에 두 사람은 최면에서 깨어난 것처럼 동작을 멈추었다. 그리고 누가 먼저랄 것 없이 서로에게서 떨어져나갔다. 여기서 조금 더 나아가면 어떤 상황이 벌어질 거라는 걸 너무나 잘 알기에……

세희는 그의 시선을 피한 채, 가쁜 숨을 몰아쉬며 흐트러진 옷매무새를 정리했다. 아무렇지 않게 행동하려 했지만, 손끝이 떨려 단추를 잠그는 동작이 자꾸만 엇나갔다. 옆에서 말없이 그녀를 지켜보던 재현이 결국 손을 뻗어 그녀 대신 단추를 잠가주었다. 이어서 자상한 손길로 헝클어진 그녀의 머리카락을 쓰다듬으며 이마에 살며시 입을 맞추었다.

언제나 그는 격렬한 키스 후에 그녀를 끌어안고 머리를 쓰다듬거나 이마와 뺨에 부드럽게 입을 맞춘다. 어떤 때는 그의 그런 다정한 행동이 키스보다 더욱더 짜릿하게 그녀를 설레게 했다. 세희는 그의 가슴에 얼굴을 묻고 가만히 두 눈을 감았다.

"후우."

재현은 희미한 한숨을 내쉬며 그녀의 정수리에 살며시 입을 맞추었다. 가만히 끌어안는 것만으로도 그의 심장은 키스할 때만큼이나 아프게 조여들었다. 언제부터인가 그녀만 보면 이성보단 감정이 앞서게 된다. 오로지 그녀만이 머릿속에 가득 차버려 아무 생각도 할 수 없었다. 가슴이 뜨거워지고 입이 바싹 마를 정도로 초조해졌다.

특히나 요 며칠 사이, 정신 나갔다고 할 만큼 전혀 다른 사람이 되어버린 것 같다. 미친 게 분명했다. 그녀에게 끌리면 끌릴수록 한 걸음 물러서야 하는데 오히려 더욱더 가까이 다가서다니…….

더욱더 기가 막힌 건 제멋대로 행동하는 본능이 고맙게 느껴진다는 점이었다. 미치도록 두근거리는 설렘에 가슴이 뜨거웠지만, 재현은 그런 느낌이 싫지만은 않았다.

"……영화 볼래?"

어색한 침묵이 흐른 후, 리모컨을 집어 들며 재현이 물었다. TV를 켜자 커다란 대형 화면 가득 다양한 영화 제목이 떠올랐다.

세희는 TV 모니터와 재현을 번갈아 바라보며 빠르게 머리를 굴렸다. 그는 딱히 영화를 볼 마음은 없는 것 같다. 그냥 분위기를 돌리려고 TV를 켠 것뿐이다. 그러니까 영화는 사양하고 지금이라도 당장 집에 돌아가야 한다. 그러나 한편으론 조금이라도 더 오래 그의 곁에 머물고 싶었다. 몇 번이나 작별 인사를 하고 소파에서 일어나려고 했지만, 도무지 입이 떨어지지 않았다.

"무슨 영화 볼까?"

그녀의 복잡한 심경도 모르고 재현은 영화를 고르기 시작했다.

"평소에 보고 싶었던 것 없어?"

어떤 영화라도 상관없었다. 하지만……

"음, 글쎄요."

영화를 보다가 괜히 이상한 장면이라도 나오면 어쩌지? 요새는 액션 영화, 갱 영화, 호러 영화 할 것 없이 야릇한 장면이 한두 번쯤은 꼭 나오잖아!

"영화 말고 다큐멘터리 봐요."

"다큐멘터리?"

재현이 의아하다는 듯 되묻자 세희는 짐짓 진지한 표정으로 고개를 끄덕였다. 만약에 이상한 분위기가 또다시 조성된다면 이번엔 키스로 끝나지 않을지도 모른다.

"네. 예전부터 보고 싶었던 다큐멘터리가 있어요."

세희는 급한 대로 아무렇게나 둘러댔다. 그래서 고른 것이 전 세계에 널리 퍼져 있는 활화산 탐험에 관한 다큐멘터리였다. 불덩어리를 내뿜는 활화산, 부글부글 끓어오르는 붉은 용암과 뿌옇게 세상을 뒤덮는 무채색 화산재 등등 아주 심각한 화면이 끊임없이 되풀이되었다.

그런데 내용이 너무 건전하니까…… 이럴 수가! 너무 지루하다. 어느새 눈앞에 펼쳐진 영상은 뿌옇게 초점이 흐려지며 뭉게구름처럼 허공을 떠돌기 시작했다. 저게 지금 구름인지, 솜사탕인지…….

세희는 볼살을 꼭 깨물며 버텼지만, 야속한 눈꺼풀은 자꾸만 무겁게 내려앉기만 했다. 그리고 얼마 안 있어 그녀의 몸은 재현을 향하여 힘없이 기울어졌다.

재현은 자신의 어깨에 기댄 채 잠든 세희를 바라보며 피식 입꼬리를 비틀었다. 어제 밤새도록 커피숍에서 근무했으니 잠이 쏟아질 만도 하겠지. 재현은 그녀가 잠에서 깨지 않도록 조심하며 안아 올렸다. 깊이 잠들었는지 세희는 침대 위에 눕혀지는 순간에도 깨어날 줄 몰랐다.

아주 잠시만 바라볼 생각으로 재현은 한쪽 팔꿈치를 짚어 상체를 일으킨 자세로 그녀의 옆에 몸을 뉘었다. 잠자는 숲속의 미녀도 이런 식으로 왕자의 시선을 빼앗아갔을까? 재현은 두 눈을 감은 세희에게서 시선을 뗄 수가 없었다.

❧

"으음."

마치 구름 위에 있는 것처럼 아늑하고 푹신하다. 아, 일어나기 싫어. 너무 좋다. 세희는 만족스러운 미소를 흘리며 베개에 한쪽 뺨을 비볐다. 코끝을 간질이는 싱그러운 풀 냄새가 마치 초원 위에 누워 있는 듯한 느낌을 들게 한다. 근데 풀 냄새……라고?

시원한 향을 들이마시며 기분 좋게 몸을 뒤척이던 세희의 머릿속에 어떤 의문이 떠올랐다. 이 향은 섬유 유연제 같은데?

동시에 세희의 감긴 두 눈이 번쩍 떠졌다. 본능적으로 그녀의 침대가 아니라는 걸 알아차렸기 때문이었다. 눈을 뜨자 간접 조명만이 켜진 어두운 실내가 흐릿하게 들어왔다. 한눈에 보기에도 아주 럭셔리한 모던 인테리어…… 분명히 처음 보는 침실의 풍경이었다. 여긴 도대체 어디?

깜짝 놀라며 몸을 일으키려던 세희는 누군가 뒤에서 자신의 허리를 끌어안고 있다는 사실을 깨달았다. 어디 허리뿐인가? 그녀의 어깨에 얼굴도 파묻고 있었다. 그녀의 목덜미를 지그시 누르는 오뚝한 콧날과 은은한 남자의 체취는 왠지 낯설지 않았다.

재현 씨? 그렇다면 여긴 그의 침실이라는 말인데. 내가 왜 침대에 누워 있는 거지? 그것도 혼자가 아니라 그와 함께……. 혹시?

갑자기 떠오른 불길한 생각에 세희는 손으로 재빨리 몸을 더듬어보았다. 그것만으로는 안심되지 않아 슬쩍 이불을 들치고 복장 상태를 점검했다. 다행히도 그녀는 옷을 모두 입은 상태였다.

"후."

안도의 한숨이 그녀의 입에서 흘러나왔다. 내가 뭘 상상한 거지? 세희는 혼란스러운 감정을 애써 떨치며 지난밤의 기억을 더듬었다.

아, 다큐멘터리를 보던 중에 잠들었나 보다. 밤을 새우고 커피숍에서 일한 이유도 있었지만, 하여간 기가 막힌 실수를 또 저질렀다. 사무실 소파에서 잠들었고, 비상구 계단에서 자다가 들켰고, 저번에는 일출을 보다가 평상에서 졸기도 했다. 어디서나 무방비 상태로 잠든다고 그가 한마디 해도 뭐라고 할 말이 없었다.

고요한 침실. 벽에 걸린 디지털 시계는 새벽 2시 26분을 나타내고 있었다. 지금이라도 빨리 집에 돌아가야 해! 세희는 재현을 깨우지 않게 조심하며 허리에 놓인 그의 손을 슬그머니 잡았다. 옆으로 손을 치우려는 순간, 그가 그녀의 손을 움켜쥐었다. 깜짝 놀란 세희는 '헉' 하고 숨을 들이켰다.

"……아직 일러."

막 잠에서 깨어난 듯 재현이 잠긴 목소리로 중얼거렸다. 그리고 그녀를 자신 쪽으로 조금 더 가깝게 끌어당겼다. 등으로부터 전해지는 그의 체온이 너무나도 아늑했다. 그 느낌이 너무 포근하고 좋아서 세희는 눈물이 핑 돌 것만 같았다.

어떻게 하지? 머리는 그의 손을 뿌리치고 당장 일어나라고 외치는데, 몸은 이대로 조금만 더 누워 있으라고 그녀를 유혹했다. 쉽게 결정을 내리지 못한 세희가 작게 한숨을 내쉬자 재현은 그녀의 머리카락을 쓰다듬으며 부드럽게 속삭였다.

"……조금만 더 자."

그의 나직한 목소리가 마치 자장가처럼 그녀의 귓가를 감돌았다. 아니라고, 지금이라도 집에 가야 한다고 해야 하는데 양 입술이 쉽게 떨어지지 않았다. 조금만 더 누워 있을까?

머리를 어루만지는 그의 다정한 손길을 느끼며 세희는 스르르 두 눈을 감았다. 그래, 아주 조금만 더…….

잠시만 눈을 붙인다는 생각과는 달리 그녀는 어느새 깊은 잠 속으로 빠져들었다.

그녀의 입에서 새근새근 숨소리만 흘러나오자 재현은 팔꿈치를 짚어 천천히 상체를 일으켰다. 고이 잠든 그녀의 얼굴 위로 희미한 간접 조명이 드리웠다.

"후우."

재현은 짧게 한숨을 내쉬며 이마를 덮은 그녀의 앞머리를 조심스럽게 넘겨주었다.

지금이라도 침대에서 일어나야 하는데…… 그러고 싶지 않았다. 재현은 다시 침대에 몸을 뉘이며 곤히 잠든 세희를 품 안으로 끌어당겼다. 조금만 더 누워 있어도 되겠지? 아주 조금만…….

으악! 그의 침대에서 잠든 것도 모자라서 거의 해가 중천에 뜰 때까지 늦잠을 자버렸다.

평소에는 6시면 눈을 번쩍 뜨면서 어쩌자고 남의 집에서 11시가 넘도록 쿨쿨 자버렸단 말인가! 침대가 너무 편안해서라는 변명은 하지 말자. 정연의 로열 스위트룸에서 신세를 질 때도 아침 일찍 일어나곤 했으니까.

평소보다 늦게 눈을 뜬 세희는 자신이 아직도 재현의 침대에 누워 있다는 사실에 화들짝 놀라며 벌떡 몸을 일으켰다. 재현은 이미 일어났는지 침실 어디에도 보이지 않았다.

쏴아아—.

그때 욕실에서 물소리가 흘러나왔다. 아, 그가 샤워 중인가 보다.

순간 곤혹스럽게도 리조트 호텔에서 훔쳐보았던 장면이 떠올랐다. 수증기로 채워진 뿌연 욕실. 끊임없이 쏟아지는 물줄기 아래, 그리스 조각 같은 매끈한 나신. 어떡해! 또다시 생생하게 재생되어버렸다.

그다음은 아무런 정신도 없었다. 세희는 그대로 줄행랑치듯 침실을 뛰쳐나와 현관에서 신발을 챙겨 신은 뒤 후다닥 밖으로 뛰어나갔다.

걸어서 10분 걸리는 거리를 3분 만에 뛰어왔으니 정말 미치도록 달린 게 맞았다. 옥탑방에 돌아와서야 세희는 장바구니를 그대로 놓고 왔다는 사실을 깨달았다. 아침에 눈을 뜨자마자 허둥지둥 도망가듯 나오느라 미처 챙기지 못했다. 망했다! 내 일주일 치 식량. 그렇다고 다시 그의 집으로 돌아갈 수는 없었다.

띠링—.

망연자실한 채 제자리에 주저앉은 그녀의 귀에 문자 알림 소리가 들려왔다. 재현에게서 온 문자가 분명했다.

> 언제 배달해줄까?

세희는 매트리스 위에 쪼그리고 앉은 채 재현이 보낸 문자를 뚫어지게 응시했다.

"하아."

땅이 꺼져라 한숨을 내뱉은 세희는 풀썩 무너지듯 매트리스 위에 누워버렸다.

"진짜 미치겠네."

그녀는 두 손으로 얼굴을 감싸며 난처함에 발을 동동거렸다. 간다는 말도 없이 도망치듯 와버렸는데 재현은 화를 내기는커녕 언제 식료품을 가져다줄까 물었다.

아, 뭐라고 대답하지?

오늘은 절대로 안 된다. 지금 이런 기분으로는 그의 얼굴을 볼 용기가 없었다. 세희는 아랫입술을 잘근잘근 깨물며 적당한 대답을 찾았다.

아무래도 오늘보다는 한 주의 시작인 월요일이 좋겠지? 눈코 뜰 새 없이 분주할 테니까.

내일 제가 찾으러 갈게요.

좋아. 퇴근 후에 가져다주지.

커피숍 일 끝나고 찾으러 갈게요.
10시쯤 끝나는데, 괜찮을까요?

알았어.

알았다고? 10시 지나서 찾으러 간다는 말에 알았다는 걸까? 아니면 10시 지나서 가져다주겠다는 뜻일까?

그가 보낸 문자의 뜻을 곰곰이 고민하던 세희는 잠시 후, 던지듯이 휴대폰을 내려놓았다. 혼자 궁리해봤자 시간만 낭비일 테니까. 내일 밤이 되면 저절로 알게 되겠지. 지금은 건물 청소가 우선이었다.

세희는 청소를 위해 간편한 옷으로 갈아입은 후, 서둘러 아래층으로 내려갔다.

인생은 항상 뜻대로 되지 않고 전혀 예기치 못한 방향으로 흘러간다. 그건 바로 이런 걸 두고 하는 말일 것이다.

"오, 애 봐라? 사진보다 실물이 훨씬 더 예쁜데?"

월요일 밤 10시. 일을 마치고 커피숍 건물을 막 나서는 세희의 앞을 갑자기 산 만한 덩치의 남자와 삐쩍 마른 남자가 가로막았다.

"프사 뽀샵질 안 했나 봐? 애, 보기보다 양심 있네?"

큰 덩치에 아주 험상궂게 생긴 사내가 들고 있던 사진과 그녀를 비교하며 외쳤다.

"누구시죠?"

세희가 눈을 가늘게 뜨며 무례한 남자를 쏘아보았다. 그러자 험상궂게 생긴 산만 한 덩치의 사내가 어깨를 으쓱하더니 삐쩍 마른 남자에게 고개를 돌렸다.

"이 언니가 통성명하자는데?"

"하면 될 것 아냐. 빨리 끝내고 가자."

삐쩍 마른 남자가 눈살을 찌푸리며 앞으로 나섰다.

"난 덕준이고, 이 큰 놈은 유식."

"누가 이름 물어봤어요? 누군데 남의 앞을 가로막는 거예요?"

그러자 덕준이란 남자가 재킷 안주머니에서 장부를 꺼내 책장을 뒤적이기 시작했다.

"밀린 이자 받으러 왔어."

밀린 이자? 혹시 배성혁 사장이 보낸 사람? 세희의 얼굴이 창백하게 질려 버렸다. 저번 고모와의 전화 통화에서 어쩌면 그녀에게 불똥이 튀는 건 아닐까 예상했지만, 이건 너무 빨랐다.

"얼마인가 하면, 원래는 팔백만 원인데……."

손가락을 꼽아가며 뭔가를 계산하던 그가 기분 좋게 씩 웃어 보였다.

"너는 프사에 뽀샵질 안 하는 양심 있는 처자니까, 오늘은 봐줘서 오백만 원만 받아갈게."

"오백만 원이요?"

뭐야, 이 사람들! 칼만 안 들었지, 강도나 다름없네.

"당신들, 배성혁 사장이 보냈다는 거 내가 어떻게 믿죠?"

세희는 무서운 마음을 꾹꾹 내리누르며 매몰차게 쏘아붙였다.

"아니. 얘는 지금까지 속아만 살았나? 왜 사람 말을 못 믿어? 잠깐만."

허겁지겁 뒷주머니에서 휴대폰을 꺼낸 두 남자는 뭔가를 열심히 뒤지더니 동시에 성혁과 함께 찍은 사진을 세희의 코앞에 내밀었다. 어디 바닷가에 놀러 가서 찍은 사진인지 수영복을 입은 성혁을 가운데 두고 두 남자가 활짝 웃고 있었다. 이 남자들 진짜 조폭인가? 벗은 상체를 뒤덮고 있는 문신이 눈살을 찌푸리게 하였다.

그렇다고 해도 오백만 원이라니? 그런 돈이 지금 어디 있느냐고? 속으로 발을 동동 구르던 세희는 우선 시간을 끌기로 했다.

"돈은 나중에 내가 배 사장님 찾아가서 직접 드릴게요."

"뭐? 누구 마음대로?"

"청구서를 들고 온 것도 아니고, 장부에 적힌 숫자만 보고 돈을 내라고요? 그쪽 같으면 오백만 원이란 돈을 그리 선뜻 줄 수 있어요?"

"아니, 이년이 간이 배 밖으로 나왔나? 말로 해선 안 되겠군."

한 대 치려는 듯 덕준이 손을 번쩍 올리자, 세희가 매서운 눈으로 그를 노려보았다.

"저 그쪽 사장님께 스폰 제의받았던 사람이에요. 그런데 이렇게 대해도 되는 거예요?"

그 말에 덕준이 흠칫 동작을 멈추었다. 혹시라도 성혁의 애인 될 여자를 때리기라도 한다면? 으아, 한마디로 인생 종 치는 거다! 덕준은 급하게 올린 손을 밑으로 내리며 어깨를 긁적거리는 시늉을 했다. 그러고는 얌전하게 말투를 바꾸었다.

"좋…… 좋아요. 사장님께는 그렇게 전해드리죠."

말을 마친 두 사람은 쏜살같이 그녀의 시야에서 사라졌다. 이윽고 그들의 모습이 전혀 보이지 않게 되자, 세희는 풀썩 제자리에 주저앉았다. 우선은 자초지종을 듣기 위해 서둘러 고모에게 전화를 걸었다. 몇 번의 신호 음이 간 후, 서 여사가 전화를 받았다.

[여보세요.]

차가운 서 여사의 목소리가 흘러나왔다.

"고모, 저 세희예요."

떨리는 목소리를 애써 다잡으며 세희가 입을 열었다.

[이 한밤중에 무슨 일로 전화했니?]

"방금 사채업자 다녀갔어요."

[그래? 그런데?]

"저보고 밀린 이자를 내라고 하던데요. 어떻게 된 거예요, 고모?"

[아, 그거? 내가 저번에도 말했잖아. 요새 사업이 안 돼서 죽겠다고. 저번 달부터 이자는 고사하고 종업원들 줄 월급도 모자라.]

"고모, 그래도 그러시면 안 되죠. 제 이름으로 사채를 빌리셨으면……."

[너 돈 많잖니.]

서 여사는 전혀 미안한 기색 없이 세희의 말을 도중에 잘라버렸다.

[그러니까 이제부턴 네가 갚아라.]

"제가 무슨 돈이 있어요? 이제 겨우 인턴 시작했는데……."

[앙큼한 것. 나를 끝까지 속이겠다 이거니?]

갑자기 서 여사가 버럭 언성을 높였다.

[네가 윤 변호사랑 짜고 우리 몰래 유산 빼돌린 거 내가 모를 줄 알고?]

"고모? 유산을 빼돌리다니요?"

기가 막힌 얘기에 세희는 떨리는 목소리로 물었다.

[그렇지 않으면? 어떤 상황이 돼도 넌 항상 웃어넘기잖아. 남들 갑질할 때도 눈 하나 깜빡 안 하고 당당하고. 그게 다 어디 숨겨놓은 재산 믿고 그러는 거 아니니?]

항상 그랬다. 어떠한 상황에서도 좌절하지 않고 꿋꿋하게 대처하는 세희를 보며 서 여사는 어디 믿는 구석이 있어서 그런 거라며 투덜거리곤 했다. 하지만 그래도 그녀가 남들 몰래 유산을 빼돌렸다고 오해할 줄은 정말 몰랐다. 그런 게 전혀 아닌데…….

"누구보다 더 잘 아시면서. 아버지 유언장 공개할 때 고모도 함께 있었잖아요."

[그러면 너의 그 자신감, 어디서 나오는데?]

단지 기댈 사람이 없어서 혼자 모든 걸 헤쳐나갔던 건데……. 고모 눈에는 그렇게 비쳤구나.

"고모, 전 그냥 저 자신을 믿을 뿐이에요."

그러자 서 여사의 히스테리컬한 웃음소리가 울려 퍼졌다.

[하! 웃기지도 않아. 너 자신을 믿는다고? 그래, 잘됐네. 그럼 너 혼자 해결해보렴.]

그 말을 끝으로 서 여사는 일방적으로 전화를 끊어버렸다. 세희는 멍하니 휴대폰 화면을 들여다보았다.

아, 왜 모든 게 산 넘어 산일까?

세희는 상체를 앞으로 굽히며 두 손으로 얼굴을 감쌌다. 그녀의 가느다란 어깨가 서서히 떨리기 시작했다.

웅크린 세희를 멀리서 지켜보던 재현은 그대로 뒤돌아 차를 세워둔 곳으로 걸어갔다. 이런 모습을 보려고 온 게 아닌데…….

자꾸만 불행이 겹치는 그녀를 보게 되는 상황에 화가 났다. 당장에라도 달려가 그녀를 끌어안고 달래주고 싶었다. 하지만 지금 이 상황에서 자신이 나타난다면 그녀는 매우 당황해할 것이다. 그녀가 스스로 마음을 진정할 시간을 줘야 한다.

차 문을 열던 재현은 잠시 동작을 멈추고, 다시 세희에게로 고개를 돌렸다. 그녀는 길모퉁이에 주저앉은 채, 아무런 움직임도 보이지 않았다. 그녀는 지금 무슨 생각을 하고 있을까?

한참 동안 세희를 바라보던 재현이 주머니에서 휴대폰을 꺼내 들었다. 단축 번호를 누른 후, 상대방이 대답하기를 잠자코 기다렸다. 몇 번 신호가 가고, 수화기 건너편에서 안 실장의 목소리가 흘러나왔다.

[무슨 일이십니까, 전무님.]

"안 실장님이 급히 처리해줘야 할 일이 있습니다."

세희에게서 시선을 거두지 않은 채 재현은 담담하게 말을 꺼냈다.

"이젠 하다 하다 길거리에서 잠이 들어?"

길거리에 쭈그리고 앉은 세희의 몸 위로 커다란 재킷이 드리워졌다. 그녀의 몸을 덮은 재킷에서 은은한 남자 향수 냄새가 뒤섞인 익숙한 체취가 느껴졌다. 한 손으로 조심스럽게 재킷을 움켜쥐며 고개를 드니 재현이 무표정한 얼굴로 그녀를 내려다보고 있었다.

"아앗!"

천천히 몸을 일으키던 세희가 잠시 중심을 잃고 비틀거렸다. 동시에 재현은 재빨리 그녀의 허리를 잡아 자신의 품으로 끌어당겼다.

"……아."

세희는 그의 가슴에 얼굴을 묻고 여린 신음을 내뱉었다. 한곳에 오래 앉아 있어서 다리에 쥐가 난 모양인지 다리가 끊어질 것처럼 아팠다.

"왜 그래?"

세희가 연신 앓는 소리를 내자 재현이 걱정스러운 얼굴로 그녀의 등을 문질렀다. 그의 품에 안겨 발을 동동 구르던 그녀가 잠시 후, 긴 숨을 내쉬었다.

"이제 괜찮아요. 다리에 쥐가 나서……."

"쭈그리고 앉아서 잠들었는데 다리에 쥐 나는 걸로 끝났다니 다행이군."

"잠든 거 아니거든요?"

"그럼 뭐?"

세희가 아무 말도 하지 않고 고개를 숙이자 재현이 밤공기로 차가워진 그녀의 뺨을 한 손으로 감쌌다.

"도대체 얼마나 오래 이러고 있었던 거야."

"……그냥 생각할 게 좀 있어서……."

말꼬리를 얼버무리던 세희는 슬쩍 말머리를 돌렸다.

"그런데 여긴 어쩐 일이세요?"

"식료품 배달 왔어."

값비싼 슈트 차림인 그와 전혀 어울리지 않는 대답에 세희는 자신도 모르게 픽 웃음을 터뜨렸다. 이런 와중에도 그의 얼굴을 봤다고 비실비실 웃음이 새어 나온다. 가슴 어딘가 저 밑바닥에서 뭉클하고도 따뜻한 기운이 뭉글뭉글 올라왔다. 이쯤 되면 중증인가?

"차 저 앞에 세워뒀어. 가지. 집에 바래다줄게."

그러나 세희는 선뜻 그를 따라가지 않았다. 재현은 제자리에 우두커니 서 있는 세희를 향해 미간을 좁혔다.

"왜? 아직도 다리 아파?"

다정스럽게 그녀의 손을 잡으며 재현이 물었다.

"아, 아뇨."

세희는 붉어진 뺨을 숨기기 위해 서둘러 고개를 숙였다. 그에게 손을 잡히는 순간 찌릿한 느낌이 온몸을 타고 흘렀다. 항상 손목을 낚아채듯이 붙잡았지, 그가 이렇게 부드럽게 손을 잡아준 것은 처음이었다. 손바닥으로 전해지는 그의 체온이 온몸으로 퍼지며, 말로 표현할 수 없는 아늑함을 선사했다. 손을 잡는다는 게, 이런 느낌이구나.

"괜찮아요. 걸을 수 있어요."

세희는 조심스럽게 숨을 들이마시며 그를 따라 천천히 발걸음을 떼었다. 이런 감정에 익숙해지면 안 되겠지만, 하루쯤은 괜찮을 거야. 오늘은 정말 위로가 필요하니까.

옥탑방 건물에 도착하자 재현은 뒷좌석에 놓은 케이크 상자를 꺼내어 세희에게 들게 했다. 그리고 자신은 장바구니를 들고 계단을 올랐다.

"저는 그냥 몇 조각만 주시면 되는데."

옥탑방에 도착해 케이크 상자를 열어본 세희가 미안한 표정으로 재현을 바라보았다. 어제 먹은 두 조각을 뺀 나머지 치즈 케이크를 모두 가져왔기 때문이었다.

"여기에 둬. 올 때마다 먹을 테니까."

"쿡."

세희가 웃음을 터뜨리자 재현이 눈살을 찌푸렸다.

"그 웃음은 뭐야?"

"내일쯤이면 아마 다 먹어버리고 빈 상자만 남을걸요?"

"이 큰 걸 혼자 다?"

"저, 치즈 케이크 귀신이거든요."

세희는 생글생글 웃으며 케이크 상자를 냉장고 안에 집어넣었다. 그러나 그것도 잠시, 냉장고 문을 닫는 그녀의 얼굴에 어두운 그림자가 내려앉았다. 일부러 그의 앞에서 밝은 척을 하려고 했지만, 걱정은 자꾸만 꼬리에 꼬리를 물고 눈앞에 떠올랐다. 지금 이 상황에서 저 비싼 치즈 케이크가 목구멍에 넘어갈까?

"후."

그녀도 모르게 깊은 한숨을 내쉰 모양이다. 재현은 장바구니를 정리하는 그녀의 어깨를 두 손으로 감싸며 그를 향하게 했다.

"왜 그래? 무슨 일 있어?"

"아, 아뇨. 아무 일도. ……그냥 좀 피곤해서."

피곤한 건 사실이니까. 세희가 시선을 피한 채, 말꼬리를 얼버무리자 재현은 눈을 가늘게 뜨고 그녀의 표정을 살폈다. 짧은 침묵이 흐른 뒤 그가 나직이 물었다.

"혹시 나한테 할 말 없어?"

"할 말이요?"

"아니면 부탁할 거라든지."

그는 단지 지나가는 식으로 물어보는 것일 거다. 무슨 중요한 의미가 있는 것이 아닌 그저 단순한 질문.

"……없어요."

세희의 대답에 재현이 재차 물었다.

"정말? 정말 없어?"

"……네. 없어요."

순간 왜 바보처럼 눈물이 핑 돌았는지 모르겠다. 세희는 재빨리 눈물을 훔치며 그에게서 뒤돌아섰다.

다른 사람이라면 몰라도 그에게는 사채에 관해서 말하기 싫다. 그에게만큼은 초라한 모습을 보이고 싶지 않으니까. 왜냐하면 그건…….

……그를 사랑하니까.

"아."

세희는 제멋대로 흘러나오는 탄식을 막기 위해 서둘러 두 손으로 입을 틀어막았다.

누군가를 사랑한다는 걸 깨닫는 순간은 참으로 다양하다. 상대에게 사랑 고백을 받을 때, 상대가 환하게 웃어줄 때, 멀리 떨어진 상대를 그리워할 때, 상대가 준 정성에 감동할 때…… 등등.

세희는 입꼬리를 비틀며 피식 조소를 흘렸다. 그런데 자신은 사채 빚을 진 사실을 숨기려 하다 사랑을 깨닫다니…… 참, 어이없다.

세희는 입을 틀어막았던 손을 내리며 다시 재현을 향해 등을 돌렸다. 그는 아무런 표정 없이 건조한 눈빛으로 그녀를 바라보고 있었다. 다행이다. 그는 아무것도 눈치채지 못한 것 같았다.

"……부탁 있어요."

그녀는 재현의 앞으로 한 걸음 다가가면서 속삭이듯 작게 말했다.

"저 좀 안아주실래요?"

그녀의 입에서 전혀 예상하지 못한 말이 나오자 재현은 눈을 가늘게 뜨며 그녀를 응시했다.

"그냥 좀, 너무 힘들어서……."

그녀가 말꼬리를 흐리자 그는 입매를 비틀며 가슴 앞으로 팔짱을 꼈다.

"그건 너무 어려운 부탁이잖아."

"그렇죠? ……제가 너무 염치없죠?"

세희는 어색하게 웃어 보이고는 그의 옆을 지나쳐 싱크대로 향했다. 그러나 몇 걸음도 채 옮기지 못해 재현에게 팔을 잡혔다. 그가 두 팔에 힘을 주어 그녀를 꽉 끌어안았다. 세희는 그의 따뜻한 체온을 느끼며 짧은 한숨을 내쉬었다. 그래, 이걸로 된 거야. 내가 그에게 바라는 건 작은 위로일 뿐이다.

"고마워요."

재현의 가슴에 뺨을 기대며 세희가 작게 중얼거렸다.

"뭐가?"

"……그냥…… 모두 다."

"치즈 케이크 하나 가져다줬다고 고맙다는 말이 술술 나오는군."

재현의 투덜거림에 세희는 피식 웃으며 살며시 두 눈을 감았다.

고마워요. ……그리고 사랑해요.

재현은 가만히 손을 올려 그녀의 등을 부드럽게 쓸어내렸다. 한 치의 빈틈도 없이 품에 쏙 들어오는 그녀의 가녀린 몸이 너무나도 사랑스러웠다.

언제부터일까? 그는 가슴 밑바닥에서부터 치솟아 올라오는 뜨거운 감정에 어금니를 꽉 깨물곤 했다. 말로 표현할 수 없는 어떤 뭉클한 감정. 그게 무슨 감정인지 잘 알면서도 지금은 그것을 애써 외면할 수밖에 없었다. 그 감정을 인정하는 순간 아주 심한 폭풍우가 몰아칠 테니까. 아마 다시는 예전으로 돌아갈 수 없을지도 모른다. 하지만 얼마나 더 오래 견딜 수 있을까? 재현은 세희의 어깨에 턱을 올리며 가만히 두 눈을 감았다.

❧

[정말? 말도 안 돼. 네 고모 너무했다. 어떻게 그러실 수가 있어?]

흥분한 지아의 목소리가 휴대폰에서 흘러나왔다. 혼자서만 끙끙 앓기엔 너무나도 큰 짐이라 세희는 지아에게 전화를 걸었다. 고모 집에서 나온 후,

그녀의 집에 머물며 자초지종을 털어놨기에 지아는 사채에 관해 알고 있는 유일한 친구였다. 당장 그녀가 돈을 빌려주거나 하진 않겠지만, 그래도 하소연을 들어주는 게 어딘가?

정연은 지금 발리로 여행을 떠났고, 그녀가 한국에 있다고 해도 재현의 귀에 들어갈 게 뻔하기에 절대로 비밀로 해야 한다. 정연이 알게 된다면 당장 돈을 빌려준다고 하겠지만, 그건 그녀가 해결하지 못할 때를 위해서 최후의 수단으로 남겨두고 싶었다.

[그런데 이상하네. 너희 고모 레스토랑 맛집 방송에도 나오고 요새 장사 잘될 텐데……. 분점도 열었다고 하지 않았어?]

"응. 그러면서 무리하게 사업을 확장하셨나 봐. 나도 정확히는 모르겠어."

고모의 레스토랑은 꽤 명성이 있는 곳으로 지금까지 경영난에 빠진 일은 한 번도 없었다. 혜영은 종종 오히려 장사가 너무 잘돼서 골치 아플 지경이라고 투덜거리기도 했다. 하지만 그건 혜영이 잘 모르고 한 소리겠지. 고모는 친딸인 혜영에게도 사업에 관한 이야기는 일절 하지 않으니까.

[그래서 어떻게 할 거야? 네가 그 돈을 갚을 순 없잖아. 그런 목돈이 있기나 하니?]

"나도 모르겠어. 하지만 방법을 찾아봐야지."

[내가 큰 도움은 못 주지만, 급한 대로 몇백만 원쯤은 빌려줄 수 있어. 정 힘들면 연락해.]

"아니야, 됐어. 말이라도 고맙다."

지아와 통화를 끝낸 세희는 휴대폰으로 은행의 잔액을 확인하고 또 확인했다. 성혁에게 가져다줄, 이자 오백만 원을 빼내면 별로 남는 돈도 없었다.

"후우."

세희는 휴대폰을 만지작거리며 다시 한 번 긴 한숨을 내쉬었다. 이 상황에서 조언을 해줄 사람은 딱 한 사람밖에 없긴 한데…….

"아저씨."

윤 변호사를 부르는 세희의 말꼬리가 가늘게 흔들렸다. 세희는 고민에 고민을 한 끝에 결국 미국에 있는 윤 변호사에게 전화를 걸었다. 아버지 생전에 오른팔과도 같았던 사람. 그가 2억에 가까운 돈을 빌려줄 순 없을지라도 변호사로서 조언해줄지는 모른다는 기대 때문이었다.

[세라야, 정말 오랜만이구나. 잘 지내지?]

수화기 건너편으로 자상한 윤 변호사의 목소리가 흘러나왔다. 세희는 울컥 쏟아지는 울음을 꾹 참으며 목소리를 가다듬었다.

"네, 아저씨."

고모를 따라 한국에 가지 말고 자신 곁에 남으라던 윤 변호사의 말을 들었더라면, 루카스와 함께 동부에 있는 보딩스쿨에 보내준다고 했을 때, 순수하게 그의 호의를 받아들였다면, 그랬다면 어떻게 되었을까?

고모를 따라서 한국에 가라던 아버지의 유언만 아니었더라면, 가족이 있는데 왜 남에게 신세를 지느냐는 고모의 호통만 아니었더라면, 그녀를 친구로서가 아닌 여자로 바라보는 루카스의 마음을 알지 못했더라면, 어쩌면 그녀는 미국에 남았을지도 모른다. 그랬다면 적어도 사채 빚은 없었겠지?

과거의 일을 후회한다고 해서 앞에 놓인 현실이 변하는 것은 아니다. 세희는 크게 숨을 들이마신 후, 조심스럽게 입을 열었다.

"아저씨, 급하게 여쭤볼 일이 있어서 전화 드렸어요."

서 여사의 대학 후배이면서 레스토랑 재정 관리를 맡은 김 회계사가 중요하게 할 이야기가 있다며 연락도 없이 불쑥 집으로 찾아왔다.

"뭐? 세라 고년이 드디어 윤 변호사에게 연락했다고?"

"네. 윤 변호사의 비서가 저에게 몰래 알려줬어요."

서 여사의 안색이 단번에 환해졌다.

"그러면 그렇지. 자기 앞으로 사채가 있다는데, 고년이 버티면 얼마나 버티겠어? 독한 년. 그렇게 괴롭혀도 꿈쩍 않고 버티더니…… 흥, 이제야 숨겨놓은 재산에 손을 대겠군."

"그런데 선배, 솔직히 세희에게 숨은 재산이 있다고 해도 그건 세희 아버지가 딸 앞으로 물려준 유산이잖아요."

"그게 어떻게 그년 재산이야?"

김 회계사의 말에 서 여사가 눈을 번득이며 언성을 높였다.

"그건 우리 오빠 재산이라고. 가족끼리 똑같이 나눠야지 왜 걔 혼자 다 차지해."

"아이고, 선배도 참……. 쯧쯧."

해도 해도 너무한다는 듯이 김 회계사가 가볍게 혀를 찼다. 그러나 서 여사가 무섭게 노려보자 곧 입을 다물었다.

"넌 계속 그쪽 동향 주시하다가, 새로운 소식이 들리면 나에게 바로 연락해, 알았어?"

"네, 선배."

서 여사는 급하게 서재를 나가는 김 회계사의 뒷모습을 바라보며 흡족한 미소를 떠올렸다. 이제야 일이 제대로 돌아가네, 후후후.

❧

"후우."

세희는 불현듯 타자 치던 동작을 멈추며 긴 한숨을 내쉬었다.

[네가 그 빚에서 벗어나려면 고모를 사기죄로 고소하는 수밖에 없어. 어찌 되었든 서 여사가 네 인감을 가지고 돈을 빌린 거니까. 네가 그 돈을 빌리지 않고 서 여사 혼자 한 행동이라는 게 밝혀지면 넌 빚을 갚을 필요가 없어지지.]

아직도 귓가에 윤 변호사의 목소리가 들리는 것만 같다. 고모를 사기죄로 고소해야만 빚에서 벗어날 수 있다니. 아무리 미워도 고모는 가족인데…… 길 고양이 조이를 위해서 손해배상을 해주겠다고 큰소리쳤던 그녀가 1억 8천만 원이란 돈 때문에 고모를 경찰에 신고할 순 없었다. 하지만 그 돈을 도대체 어디서 마련할 수 있을까? 아무리 어려워도 쉽게 포기해선 안 되는데…… 자꾸만 어깨가 처진다.

세희는 울고 싶은 마음에 아랫입술을 꼭 깨물었다. 하지만 바보처럼 이깟 일로 울면 안 된다. 문제 해결을 위해서는 정면 돌파밖에 없을 테니, 조만간 배성혁 사장을 만나야 할 것 같다.

"서세희 씨."

그때 결재 서류를 든 김 과장이 사무실로 들어서며 그녀를 불렀다.

"위에 올라가 봐. 전무님이 찾으셔."

"저를요?"

"응. 어서 가봐."

"네, 과장님."

세희는 김 과장의 지시대로 부랴부랴 전무실로 향했다. 전무실로 들어가니 강 비서가 자리에서 일어나 그녀 앞으로 다가왔다.

"어서 오세요. 전무님이 기다리고 계십니다."

강 비서는 문을 노크한 후, 세희를 위해 문을 열어주었다.

"들어가 보세요."

그의 사무실은 예전에 들렀을 때와 크게 달라 보이진 않았다. 바뀐 점이 하나 있다면 예전에는 느끼지 못했던 은은한 사이프러스 향이 감돈다는 것이다. 조심스럽게 실내를 둘러보는 세희의 눈에 구석에 놓인 말린 감귤과 사이프러스 잎이 담긴 포푸리(Potpourri) 바구니가 들어왔다.

세희가 방에 들어왔음에도 재현은 그녀를 무시한 채 컴퓨터 화면만 들여다보고 있었다. 한참 후에야 재현은 컴퓨터 화면에서 그녀에게로 시선을 옮겼다.

"미안. 급하게 처리할 일이 있어서."

세희가 소파에 앉자 그는 안경을 벗으며 한 손으로 미간을 주물렀다. 피곤한지 재현의 목소리는 약간 잠겨 있었다.

"앞으로 인턴 최종 심사가 남았지? 그것만 통과하면 하나 그룹의 정직원이 되는 거고."

"네, 전무님."

하나 그룹의 정직원만 된다면 조금은 숨통이 트일 만도 한데……. 큰돈은 아니지만, 정기적으로 월급도 꼬박꼬박 나올 테고, 은행에서 융자를 얻기에도 조금은 더 수월할 것이다. 그러나 잠시 후, 재현은 그녀의 숨통을 잔인하게 틀어막았다.

"정직원이 되려면 신원 조회에서 깨끗해야 하는 거 잘 알겠지? 그런데 문제를 하나 발견했어."

책상에서 일어나 소파로 걸어온 재현이 그녀 앞으로 서류철을 '탁' 내려놓았다.

"억대 사채가 있더군."

그녀 앞으로 사채가 있다는 사실을 알았을 때만큼이나 하늘이 무너지는 것 같은 충격이었다. 그가 알아버렸다! 세희는 백지장처럼 창백해진 얼굴로 멍하니 재현을 바라보았다.

20. 내일 아침까지는 아무도 오지 않아

"돈을 빌린 상대가 스타 캐피탈의 배성혁 사장이더군. 피도 눈물도 없는 대부업자라고 들었는데……."

재현은 다리를 꼬며 소파 등받이에 상체를 기대어 말을 이어나갔다.

"곧 이자가 눈덩이처럼 불어나겠지. 아니, 지금 이 순간에도 늘어나고 있을 거야."

재현의 목소리가 '윙' 하는 소음과 함께 저 멀리 흐려졌다. 단어가 흩어지고 의미가 헷갈린다. 세희는 그의 앞에서 당황한 티를 내지 않으려 볼살을 꽉 깨물었다. 하나 남은 자존심이 사랑하는 남자 앞에서만은 초라한 모습을 보이지 말라고 속삭였다. 고개를 꼿꼿이 들고 당당하게 어깨를 펴야 한다.

"미안하지만, 본인에게 있는 사채를 정리하지 않으면 아무리 성적이 뛰어나도 정직원으로 뽑아줄 수 없어."

그가 감정을 담지 않은 건조한 목소리로 말을 이었다.

"전력투구로 업무에 임해도 모자랄 판에, 사생활로 인한 골칫거리를 같이 끌어안고 간다? 업무 처리에 지장 있을 게 뻔하지."

그의 말이 전부 틀린 것만은 아니다. 솔직히 지금도 사채만 생각하면 심장이 '쿵' 떨어져 업무에 집중할 수 없었다. 그래도 이렇게 얌전히 그의 뜻에

동조할 순 없었다. 세희는 커피 테이블의 모서리를 노려보며 흩어진 사고를 그러모았다.

"빚이 있다는 것 때문에 정직원으로 뽑지 않는다는 건, 공평하지 못한 처사입니다."

세희는 담담한 표정으로 재현을 뚫어지게 응시했다. 한 치의 흔들림도 없이 자신을 향한 그녀의 말간 눈동자에 재현은 피식, 입꼬리를 올렸다.

처음 만났을 때나 지금이나 그녀는 위기에 몰렸을 때 더욱더 강한 모습을 보인다.

"회사 사정이 급할 때는 대기업 회장님도 사채를 빌린다고 알고 있습니다. 누구에게나 어쩔 수 없는 위기 상황이라는 게 있는 거예요. 사채를 끌어다 쓴 모든 기업이 전부 망한 건 아니잖아요. 위기를 피하려고 몸을 사리는 것보단, 위기에 몰린다 해도 포기 없이 끝까지 해결하기 위해 노력하는 자세가 더 중요하다고 봅니다."

"그래서 벗어날 방법은 있나?"

"아직은 없습니다."

"……아주 손쉬운 방법이 있을 텐데……."

그녀의 눈을 뚫어지게 바라보며 재현이 나직하게 속삭였다.

─넌 왜 부탁이라는 걸 모르지? 도와달라고 해봐.

─대답해 봐. 왜 언제나 혼자 하려는 거야? 도와달라고 부탁하면 안 돼?

머릿속에서 그의 목소리가 울려 퍼지는 것만 같았다. 그는 그녀에게서 도와달라는 말을 기다리고 있을 것이다. 하지만 그럴 순 없었다. 예전이라면 몰라도 그를 사랑한다는 감정을 깨달은 지금에는…….

"아뇨. 다른 방법을 찾아낼 거예요."

세희는 허리를 꼿꼿이 펴고 단호하게 대답했다.

"좋아. 그렇다면 해결할 시간을 주지."

"기회를 주셔서 감사합니다."

세희는 허리를 숙여 인사를 한 후, 소파에서 일어났다.

"전 이만 가보겠습니다."

그리고 그녀는 빠르게 전무실을 걸어 나갔다. 그녀의 뒷모습을 바라보던 재현의 입가에 여린 미소가 어렸다. 눈물을 글썽이며 애원할 거라곤 예상하지 않았다.

하지만 이렇게 당당하게 나올 거라고도 상상하지 못했다. 어디로 튈지 모르는 럭비공처럼 그녀는 언제나 그를 깜짝 놀라게 한다.

재현은 천천히 소파 등받이에 등을 기대며 고개를 들어 천장을 올려다보았다. 아무리 생각해도 답을 모르겠다. 지금까지 일을 진행하면서 한 번도 정답을 찾지 못해 고민한 적이 없었는데…… 서세희란 여자는 그에게 언제나 수수께끼 같았다.

모든 게 복잡하고 뒤죽박죽 얽혀버린 상황. 지금 그의 감정과도 같았다.

"후."

재현은 크게 한숨을 내쉬며 책상으로 돌아가 휴대폰에 손을 뻗었다. 단축 번호를 누르고 상대방과 통화가 연결되기를 기다렸다.

[네, 전무님.]

"안 실장님, 계획을 약간 수정해야겠습니다."

재현은 느슨하게 넥타이를 풀며 책상 모서리에 걸터앉았다.

꽃

그가 알아버리다니…… 세희는 옥상 벤치에 앉아, 파란 하늘을 올려다보며 땅이 꺼져라 긴 한숨을 내쉬었다. 솔직히 말하면 그에게 부탁하고 싶은 마음이 아예 없었던 건 아니었다. 그러면 아무렇지 않게 빚을 갚아줄 테니까. 그리고 그에게 천천히 돈을 갚아나가면 되겠지.

하지만 그러고 싶지 않았다. 그와는 금전 문제로 얽히긴 정말이지 싫었다. 그는 재벌 3세, 자신은 아무것도 없는 말단 인턴 사원. 가뜩이나 차이나는 두 사람 사이에 돈이라는 매개체가 끼어들게 하고 싶진 않았다.

"훗."

세희는 마른 웃음을 토해내며 깍지 낀 손으로 턱을 괴었다. 가끔은 그녀도 고지식한 자신이 싫을 때가 있다. 조금만 고개를 숙이면 되는 걸. 조금만 자존심을 숙이고 애원하면 될 텐데.

조이 때는 아무렇지 않게 눈물을 글썽이며 애원했으면서 왜 자신을 위한 상황에서는 도리어 **뻣뻣해지는** 걸까? 그는 아마도 그녀의 입에서 도와달라는 말이 나오길 기다리고 있었을 것이다. 끝내 부탁하지 않고 사무실을 걸어 나간 그녀를 괘씸하게 여길지도 모른다.

"난 할 수 있어."

골똘히 생각에 잠겨 있던 세희는 갑자기 벤치에서 몸을 일으키며 주먹을 불끈 움켜쥐었다. 이재현 전무 앞에서 이렇게 당당하게 말했는데 배성혁, 그 남자가 문제겠어? 하나도 무섭지 않았다. 그에게 했던 대로 배성혁을 마주하면 그만이다. 세희는 깊게 숨을 들이마시고는 구름 한 점 없는 파란 하늘로 고개를 들었다.

～⁂～

"Are you sure(진심이십니까)?"

"Yes, I'm absolutely sure(응. 물론이지)."

손튼의 대답이 마음에 들지 않는지 브랜든은 크게 인상을 찌푸렸다. 요새 들어 그는 자주 자신의 상사에게 반항하곤 했다. 특히나 누구와 관련된 일일 경우엔 더욱더…….

"완전 개고생이 따로 없군."

그는 혼잣말처럼 중얼거리며 손에 들고 있던 태블릿 PC에 휘갈기듯 메모를 남겼다. 그러자 창밖을 내다보던 손튼이 브랜든의 어깨에 손을 올렸다.

"우리 조금만 더 지켜보자고. 내가 여기서 개입할 거였으면 그때 제주도에서 바로 데려왔을 거야."

손튼의 설명에도 브랜든은 굳은 표정을 풀지 않았다. 그는 슬쩍 몸을 비틀어 손튼의 손을 어깨에서 치우며 불만 섞인 말투로 물었다.

"본인이 엄청 괴짜라는 건 아십니까?"

그 말에 손튼은 고개를 뒤로 젖히며 껄껄 웃음을 터뜨렸다. 이상하게도 손튼은 누군가 그에게 괴짜라고 할 때마다 아주 기뻐했다. 평범한 건 싫다 이건가? 한참 후에야 웃음을 멈춘 손튼이 다시 창밖으로 시선을 돌렸다.

"자네 요새 '리틀 프린세스(A little princess : 소공녀)'에 너무 빠져 있어. 본인이 람다스인 줄 아나?"

"전 그저 직진할 수 있는 상황에서 멀리 돌아가자는 게 이해되지 않을 뿐입니다."

"그래, 그렇게 생각할 수도 있겠지. 하지만 난……."

잠시 뜸을 들이던 손튼이 어깨를 으쓱하며 말을 이었다.

"그런데 난 평범한 리틀 프린세스는 질색이라서 말이지."

"뭐, 누가 와?"

"서세희 양이라고. 어제 이자 받아 오라고 했던……."

덕준이 조심스럽게 손가락으로 문 앞에 서 있는 세희를 가리켰다. 말이 끝나기도 전에 세희가 성큼성큼 성혁의 책상 앞으로 걸어와 서류 봉투를 내려놓았다. 성혁은 봉투를 집어 올리며 의아한 표정으로 세희를 바라보았다.

"이게 뭐지?"

"밀린 이자, 오백만 원이에요."

그러자 성혁은 씨익 웃으며 한 손으로 옆에 놓인 소파를 가리켰다. 세희가 자리에 앉자, 그는 서류 봉투에서 돈다발을 꺼내 지폐를 세기 시작했다.

"정확하게 오백만 원이군."

"우리 거래하죠."

"거래?"

"1억 8천만 원 빚진 거, 꼭 갚을게요. 하지만 이런 식으로 부당하게 이자가 오른다면 나중에는 이자가 원금보다 더 높아질 거예요. 지금까지 오른 이자는 받아들일 테니까. 앞으로의 이자는 은행 이자로 해주세요."

"뭐?"

성혁의 눈꼬리가 무섭게 꿈틀거렸다.

"1억을 빌린 지 1년도 되지 않아서 이자만 8천만 원이라니요. 솔직히 말하자면 이렇게 높은 이자율은 불법 아닌가요?"

"이게 지금 어디서 겁도 없이……."

"스타 캐피탈. 요새 이미지 좀 바꿔보겠다고 기업 광고도 찍던데, 뒤에서 이러시면 안 되죠. 제가 안 갚겠다는 거 아니잖아요. 10년 상환에 3퍼센트 이자로 해서 원금과 함께 갚아나갈게요."

"뭐? 누구 맘대로 10년 상환? 내가 지금 소꿉놀이하고 있는 줄 알아?"

성혁이 버럭 언성을 높였지만 세희는 눈 하나 깜빡 하지 않았다.

"제 월급에서 다달이 이백만 원에 가까운 돈이 나가는 거예요. 저도 갚아

나가기 쉽지 않아요."

"너 같은 거, 술집에 팔아먹으면 그만이야."

그러나 세희는 겁을 먹기는커녕 쿡쿡거리며 웃기 시작했다.

"배 사장님, 현실을 직시하세요. 제가 연예인급 미모를 가진 것도 아니고, 그 정도 값어치가 있을까요? 아마 먹여주고 재워주는 값이 더 들 거예요. 저 꽤 많이 먹거든요."

"뭐야?"

"그냥 다달이 꼬박꼬박 이자와 함께 원금을 받는 게 훨씬 나아요."

그 말을 끝으로 세희는 가방을 챙겨 자리에서 일어났다.

"바쁘실 텐데, 만나주셔서 감사합니다. 잘 생각해보고 연락 주세요. 아, 그리고 불쑥 찾아오기 전에 먼저 전화를 주시면 고맙겠어요. 갑자기 나타난 직원들 때문에 제가 많이 황당했거든요. 저번에는 그쪽에서 실례한 게 맞아요."

세희는 고개를 살짝 끄덕인 후, 도도한 걸음걸이로 방을 걸어 나갔다. 밖에서 대화를 엿듣던 덕준과 유식이 험상궂은 얼굴로 뛰어 들어왔다.

"아니, 사장님. 저년을 그냥 보내셨습니까?"

"지금 당장에라도 저년의 버릇을 고쳐줄까요?"

"그럼요. 이렇게 그냥 보내심 안 됩니다요. 저런 버르장머리 없는 년은 그냥……."

"그만, 됐다."

화가 날 법도 한데 성혁은 씁쓸한 표정으로 세희가 걸어 나간 문을 바라만 보았다.

"사장님!"

"말씀만 하시라니까요!"

"시끄러워. 이제 그만해."

덕준과 유식이 계속해서 조르자, 성혁이 손을 쳐들며 버럭 언성을 높였다. 그리고는 책상 위에 놓인 서류 봉투를 집어 그들에게 집어 던졌다.

"아까 누가 와서 빌린 돈 다 갚았어! 뭐가 있어야 협박을 하든지 하지!"

"네에?"

"그럼 이 돈은?"

"네가 잘 보관해둬. 나중에 와서 달라고 할 테니까."

성혁은 귀찮다는 듯, 휘이휘이 손을 내저었다. 덕준과 유식이 구시렁거리며 방을 나가자 성혁은 오전에 찾아왔던 안 실장과의 만남을 떠올렸다.

"이게 뭐죠?"

앞에 놓인 서류 가방을 바라보며 성혁이 의아한 표정을 지었다. 그러자 안 실장이 가방을 열고 그 안에 든 내용물을 보여주었다. 차곡차곡 들어 있는 돈다발에 성혁이 미간을 좁혔다.

"아까 통화한 내용 그대로입니다. 현금으로 가져왔습니다. 정확하게 2억 3천만 원입니다. 지폐 개수기로 확인해 보시죠. 저번 주까지 1억 8천만 원이었는데 그새 이자가 더 붙어서 오늘로 2억 3천만 원이 되었더군요."

돈다발을 노려보던 성혁이 빈정거리듯 입꼬리를 비틀었다.

"누구 마음대로요? 조기 원금 상환 시에는 중도상환 수수료를 물게 되어 있거든요."

"배 회장님과 이미 끝난 이야기입니다."

"아버지와요?"

"조금 있으면 하나 그룹의 모든 경영권이 이재현 전무에게 넘어갈 겁니다. 지금 잡고 있는 동아줄이 썩은 동아줄이라곤 생각해보지 않았나요?"

"뭐요?"

"지금 어느 쪽과 손을 잡고 있는지는 모르겠지만. 말마따나 그거 푼돈 아닙니까? 그런 푼돈을 받고 횡령한 돈을 돈세탁해주는 위험을 감수할 필요 없겠죠. 아슬아슬한 스릴을 즐기는 게 취미라면 몰라도요. 제가 볼 때 승산 없는 싸움입니다."

안 실장이 하는 말이 전부 틀린 말은 아니었기에 성혁은 뭐라고 반박할 수가 없었다. 그렇긴 하지. 요즘이 어떤 세상인데……. 돈세탁 잘못했다가 순식간에 무너진 경쟁 업체가 한둘은 아니니까.

"한 가지만 묻죠. 왜 이 전무가 이 여자의 뒤를 봐주는 겁니까?"

"지금 배 사장 눈에는 이 전무님이 세희 양 뒤를 봐주는 걸로 보입니까?"

"아니면 뭐죠?"

안 실장이 모호한 미소를 지으며 자리에서 일어섰다.

"서세희 양은 겉에 드러난 표면일 뿐입니다. 그 밑에 숨은 우리가 배 사장에게 내미는 손은 안 보이나 보군요."

제길, 배운 놈들은 다 저렇다. 쉬운 말도 뱅뱅 돌려서 하고. 도대체 뭐라는 거야?

"지금 잡고 있는 썩은 동아줄을 버리고 튼튼한 금줄을 잡으라고 제안하는 겁니다."

그 말을 끝으로 안 실장은 사무실을 걸어 나갔다.

"다시 한 번 말씀드리지만, 세희 양은 이번 일에 관해서 전혀 모르고 있어야 합니다. 그냥 그녀의 제의에 응해주시면 됩니다."

회상에서 깨어난 성혁은 손바닥으로 소파 팔걸이를 '탁' 소리 나게 내리쳤다. 나랑 무슨 상관이야. 그냥 굿이나 보고 떡이나 먹으면 되겠지. 어차피 그들만의 리그였다.

～♘☙～

혹시라도 그들이 쫓아오는 게 아닐까, 세희는 헐레벌떡 지하철역으로 뛰어갔다. 아까는 죽기 아니면 살기로 당당하게 나왔지만, 막상 성혁의 사무실을 걸어 나오자 다리가 후들후들 떨려 제대로 서 있기도 힘들었다.

영화에서 보면 사채업자들이 방망이를 들고 다니면서 다 때려 부수거나 손가락도 막 자르고 그러던데……. 그들도 그러지 말라는 법은 없으니까. 그런데 다행스럽게도 생각보다 막장은 아닌지 아무도 그녀를 따라오지는 않는 것 같았다.

"후우."

세희는 놀란 가슴을 쓸어내리며 서둘러 발걸음을 옮겼다.

그나저나 달마다 이백만 원 가까운 돈을 어떻게 마련하지? 아, 산 넘어 산이다.

❦

[은행 이자로 낮추고 10년간 상환하기로 제안했답니다.]

차 안에 설치된 스피커에서 안 실장의 목소리가 흘러나왔다.

"그래요?"

재현은 운전대를 손가락으로 톡톡 두드리며 쓴웃음을 지었다. 그녀다운 해결 방법이었다.

자신이 빌린 돈도 아니면서 빚을 못 갚겠다고는 안 하는군. 인감을 도용한 고모를 사기죄로 고발해버리면 될 것을 그런 여자도 가족이라고 감싸려 하다니. 은행 이자로 낮춘다고 하더라도 지금 그녀의 사정으론 생활비 대는 것조차 빠듯할 텐데…….

정지 신호를 받고 교차로에 차를 세운 재현은 차창 밖으로 시선을 돌렸다. 생각에 잠겼던 그가 이윽고 입을 열었다.

"안 실장님, 출판사 쪽에 아는 사람 있다고 하셨죠?"

세희는 재현이 자신을 전무실로 호출할 거라고 생각했지만, 그는 한 주가 끝나도록 그녀를 찾지 않았다. 물론 옥탑방에도 오지 않았다. 그날 이후로 세희는 아르바이트를 하는 도중에도 자꾸만 창밖을 내다보는 버릇이 생겼다. 혹시나 그가 커피숍으로 찾아오진 않을까 하는 기대 때문에……. 하지만 기대는 역시 기대로만 끝났다. 그사이 세희에게 가뭄에 단비 같은 일이 생겨났다.

"네? 단편소설 시리즈 번역이라고요?"

이름은 처음 들어본 신생 출판사였는데 첫 기획으로 영어권에 출판된 전 세계 단편소설 시리즈를 준비 중이라고 했다. 전부터 짬짬이 번역 일을 주던 모 출판사의 편집장이 직접 그녀에게 전화를 걸어 소개해주었다. 번역 일을 맡게 되면 부수입이 꽤 괜찮아 당분간 돈 문제에 관해선 큰 걱정을 하지 않아도 된다.

대신 커피숍 일을 줄여야 하지만 그것도 큰 문제는 없어 보였다. 곧 여름 방학이 시작되어 많은 대학생들이 아르바이트를 구할 것이기 때문이었다.

우선 이번 주말부터 에드거 앨런 포(Edgar Allan Poe)의 단편 시리즈부터 번역에 들어가기로 했다. 미국 고등학교 수업 중에 단골로 등장하던 단편소설. 특히 '검은 고양이(The Black Cat)'는 한 구절, 한 구절 외우고 다닐 정도로 그녀가 열광한 작품이었다.

처음부터 에드거의 작품이 걸리다니……. 퇴근 후, 세희는 아주 오랜만에 밝은 얼굴로 집으로 향했다. 주말 내내 번역 일에 집중하기 위해 주말 커피숍 아르바이트도 뺀 상태였다.

옥탑방 건물에 막 다다를 무렵 세희는 골목 도로변에 서 있는 샛노란 스포츠카를 발견했다. 재현이 몰고 다니던 스포츠카와 같은 차종이었지만, 그의 차는 잿빛이었다. 비슷한 차를 보니 갑자기 그가 보고 싶어졌다. 오늘도 안 오려나?

세희는 왠지 모르게 밀려드는 실망감에 고개를 숙였다. 발걸음도 점점 느려졌다. 이렇게 천천히 걷다 보면 혹시 지금이라도 그가 오지 않을까 하는 말도 안 되는 기대를 품으며, 세희는 느릿한 걸음으로 스포츠카를 지나쳤다. 그때 차 문이 열리며 키가 큰 남자가 그녀 앞을 막아섰다. 세희는 화들짝 놀라 고개를 들어 올렸다.

"서세희 씨 맞죠?"

어디선가 본 적이 있는 것 같은 남자가 매력적인 미소를 지으며 손을 내밀어 악수를 청했다.

"만나서 반가워요. 민규한이라고 합니다."

세희는 앞에 서 있는 남자를 바라보며 살짝 미간을 찌푸렸다. 민규한이라면……?

다국적 기업인 '맥컬티'에서 올해 초까지 최고 경영자 직책을 맡았던 남자. 술 취한 정연이 본인 휴대폰에 담긴 규한의 사진을 보여준 기억이 난다. 그런데 왜 나를 찾아온 거지?

세희는 그가 악수하기 위해 내민 손을 조심스럽게 맞잡았다. 규한의 따뜻한 손이 적당한 압력을 가하며 그녀의 손을 움켜쥐었다. 많은 사람을 상대로 악수해본 몸짓이었다. 상대방에게 자신감을 전달하면서도 한편으로 친근감을 표시하는…….

"한 가지 물어봐도 될까요?"

그녀의 손을 놓아주며 규한이 말했다.

"혹시 정연이가 저의 벗은 사진을 보여준 적 있습니까?"

전혀 예상하지 못한 질문이 규한의 입에서 툭 튀어나왔다.

"네?"

세희가 놀란 듯 눈을 동그랗게 뜨자 그가 눈꼬리를 휘며 환하게 미소 지었다. 첫인상이 좀 차갑고 눈빛이 너무 날카롭다 싶었는데 막상 이렇게 웃으니까 뭔가 부드럽고 따뜻한 느낌이었다. 그런 점에선 웃으면 인상이 달라지는 정연과 많이 닮은 것 같았다.

"세희 씨의 반응을 보니까 답이 나왔네요. 정연이가 보여줬군요."

"무슨 말인지 전 도저히 이해가……."

"정연이의 지인은 두 가지로 분류되죠. 저의 벗은 사진을 본 지인과, 벗은 사진을 보지 못한 지인. 정연인 마음을 터놓고 믿을 수 있는 지인에게만 제 사진을 보여줍니다. '이 사람, 내 남자야. 섹시하지?' 하면서……."

"아……. 그 사진."

정연이 보여준 규한의 돌 사진을 기억해 낸 세희가 손으로 가슴을 누르며 안도의 한숨을 내쉬었다. 규한이 입꼬리를 말며 씩 웃어 보이자 세희도 그를 따라서 환하게 미소 지었다. 이 남자, 황당한 농담으로 상대를 당황하게 하면서 동시에 어색한 벽을 허무는 말투까지 정연 언니와 닮았구나.

"불쑥 찾아와서 실례라는 건 알지만, 커피 한 잔 마실 수 있을까요?"

규한이 조수석의 문을 열며 정중하게 물었다. 그러나 세희는 어색하게 웃으며 고개를 내저었다. 아무리 정연이 아는 사람이라지만, 오늘 처음 본 남자의 차에 덥석 올라탈 수는 없었다.

"죄송합니다만, 오늘 처음 만난 분의 차에 타긴 좀 그러네요."

"아, 그렇겠군요. 그럼 어디 근처에 갈 만한 곳이 있을까요? 조용한 곳이면 됩니다만."

규한은 이곳 지리에 낯설다는 듯 주위를 둘러보았다. 세희가 손가락으로 길 건너편을 가리켰다.

"길 건너 골목에 조그마한 카페가 하나 있어요. 이 시간이면 그리 붐비진 않을 거예요."

"좋아요. 그럼 거기로 가죠."

규한은 스마트 키로 차를 잠근 후, 순순히 세희를 따라나섰다. 그는 매너가 몸에 밴 듯 세희와 적당한 거리를 두고 그녀의 보폭에 맞추어 걸음을 옮겼다.

❧

멀리 떨어진 곳에서 세희와 규한을 지켜보는 재현의 얼굴에 어두운 그림자가 내려앉았다.

─특이한 상황이 생겨서 보고 드립니다. 민규한 씨가 지금 여기에 와 있습니다.

경호실장에게서 연락을 받은 게 30분 전쯤이었다. 옥탑방 주위를 24시간 경호하면서 특이한 사항이 있으면 곧바로 보고하라고 해두었지만, 민규한이 그녀를 찾아오리라곤 전혀 상상도 하지 못했다.

왜 규한이 여기에 나타난 걸까? 세희를 만나기 위해 정연이 옥탑방에 자주 들렀지만, 지금 그녀는 발리에 가 있다. 그것을 모를 규한이 아니었다.

재현은 불길한 예감에 서둘러 옥탑방으로 향했다. 규한의 차를 발견하고 다가가려 하는데 멀리서 귀가 중인 세희가 눈에 들어왔다. 기다렸다는 듯이 차 문이 열리며 규한이 차에서 내렸다. 그리고 그는 빠른 걸음으로 세희의 앞으로 다가갔다.

귀국하고 나서 한 번도 얼굴을 비추지 않은 규한 형이 왜 다른 사람도 아니고 세희를 찾아온 거지? 재현은 세희에게 악수를 청하는 규한을 불쾌한 눈빛으로 노려보았다.

그런데 그녀가 규한을 바라보며 환하게 웃어 보였다. 그 미소가 너무나 아름다워 재현은 은근히 기분이 나빠졌다.

악수하는 모습으로 보아 오늘 처음 만난 사이가 분명한데도 말로 표현할 수 없는 친밀함이 느껴졌다. 배성혁을 처음 만났을 때 세희가 보여주던 분위기와는 너무나도 달랐다.

지금 질투하고 있는 건가? 재현은 씁쓸한 조소를 띠며 고개를 내저었다. 그녀가 다른 남자와 웃으며 이야기한다는 사실만으로도 어쩔 줄 모르고 우왕좌왕하는 꼴이라니.

"꼴불견이군."

재현은 혼잣말처럼 중얼거리며 답답한 듯 셔츠의 맨 위 단추 두 개를 풀어 헤쳤다.

※

카페 안은 창가에 자리 잡은 남녀 한 쌍을 빼곤 텅 비어 있었다.

"안쪽으로 들어가죠."

실내를 둘러보던 규한은 곧장 안쪽으로 앞장서서 걸어갔다. 두 사람이 자리에 앉자 물컵과 메뉴판을 든 종업원이 테이블로 다가왔다.

"뭐, 마실래요? 디저트도 시킬까요? 여기 괜찮은 케이크가 많군요."

규한이 메뉴판을 뒤적이며 물었다. 세희는 처음 보는 상대와 특별한 디저트를 먹을 생각은 딱히 없었다. 같이 마주 보고 앉아 있기도 서먹했으므로……

"전 그냥 아메리카노 마실게요."

"그래요. 그러면 나도 그냥 커피만 마시죠. 여기 아메리카노 두 잔 주세요."

주문을 받은 종업원이 메뉴판을 들고 주방 쪽으로 사라지자 두 사람 사이에 잠시 침묵이 흘렀다. 먼저 말을 꺼낸 건 규한이었다.

"바쁘실 텐데, 이렇게 시간 내주셔서 감사합니다. 오래 시간 빼앗지 않을 게요."

"절 보자고 하신 이유가……."

규한은 대답 대신 물컵을 들어 올린 다음 천천히 한 모금 들이켰다.

"……정연이가 나와의 관계를 이야기해주던가요?"

"자세히 이야기해준 적은 없어요. 그냥 어릴 때부터 알던 사이라고."

과거를 회상하는 듯 그의 얼굴에 희미한 미소가 떠올랐다.

"집안끼리 정혼한 사이였어요. 물론 어릴 때부터 가깝게 지냈고……. 재현이가 어릴 때부터 외국으로 나가서 지내는 바람에 정연이 혼자 외로웠거든요. 하지만 부도로 서아 그룹이 강제 해체되면서 정략결혼은 없던 일이 되어버렸죠."

"서아 그룹이라면……."

신문사, 출판사, 방송국 등을 거느리고 대한민국의 여론을 좌지우지하던 미디어 재벌. 밤의 지배자라 불리던 그들이 무너지는 건 한순간이었다. 세희는 한때 세간의 화제가 되었던 서아 그룹의 몰락을 떠올리며 안색을 굳혔다.

"주문하신 아메리카노 나왔습니다."

종업원이 커피 잔을 테이블 위에 내려놓는 동안 잠시 대화가 끊겼다. 종업원이 돌아가자 규한이 다시 말을 이어나갔다.

"정연이와 저는 정략결혼과 상관없이 서로 사랑하는 사이였습니다. 하지만 주위의 압력에 거의 강제로 헤어졌죠. 그 후로 난 미국으로 갔고, 지난 7년 동안 정연이와 연락 한 번 하지 못했습니다."

규한의 사진을 들여다보며 쓸쓸한 표정을 짓던 정연 언니. 그런 이유 때문이었을까?

"한 가지 어려운 부탁이 있습니다. 저는 될 수 있으면 정연이와 만나선 안 됩니다. 왜냐하면……."

규한은 다음 말을 잇지 못하고 잠시 망설였다. 생각에 잠기는 듯 그의 얼굴 위로 어두운 그림자가 내려앉았다.

"……이유는 나중에 알려드리죠. 처음 만난 분에게 할 말은 아닌 것 같습니다. 제가 부탁하려는 건…… 가끔 만나서 정연이가 어떻게 지내는지 이야기해줄 수 있을까요? 그리고 내가 어떻게 지내는지 정연이에게 안부 전해줄 수 있습니까?"

두 사람이 서로 연락할 수 있게 중간에서 도와달라는 말인가?

"정연 언니의 친구들도 있을 텐데. 왜 하필 저에게 부탁하시는 거죠?"

"내가 정연이 친구를 만나면 어떻게든 이 회장님 귀에 들어가게 될 겁니다. 정연일 곤란하게 하고 싶진 않아요. 세희 씨는 이 회장님의 감시 밖에 있으니까 그런 걱정은 없겠죠."

처음 만난 사이인데도 불구하고 세희는 규한에게서 전해지는 진한 슬픔을 느낄 수 있었다.

"정연 언니를 아직도 사랑하시나요?"

세희의 물음에 규한은 씁쓸한 미소를 지었다.

"사랑이라고 해야 하나? ……모르겠습니다. 어릴 때부터 정연이만 보고 자랐기 때문에 한 번도 정연이 이외의 다른 여자가 눈에 들어온 적이 없어요. 나에게 여자는 이정연, 단 한 사람뿐입니다."

그의 말을 전부 믿을 수는 없었지만, 왠지 모르게 믿음이 갔다.

"제가 먼저 정연 언니에게 물어봐도 될까요? 저 혼자 결정할 수 있는 일은 아닌 것 같아요."

"네. 정연이가 다음 주에 발리에서 돌아오면 넌지시 물어봐주세요."

세희가 가만히 고개를 끄덕이자 규한이 한마디 덧붙였다.

"특히 재현이에게 비밀로 해주세요. 녀석을 못 믿는 건 아니지만……. 가끔 정연이 동생이 아니라 오빠처럼 행동할 때가 많아서요."

그에게 비밀로 하라고? 아는 사람이 적을수록 안전하긴 하겠지. 그녀는 잠시 고민하다 다시 고개를 끄덕거렸다.

"네, 그럴게요."

정연 언니를 위해서라면······.

"오늘 고마웠습니다. 나중에 여기로 연락해주세요."

그녀에게 명함을 건네며 규한이 말했다. 그의 차가 시야에서 사라지자, 세희는 손에 쥔 명함을 들여다보았다. 개인 명함인지, 종이에는 그의 이름과 휴대폰 번호만이 적혀 있었다. 세희는 가방 안에 명함을 집어넣고 옥탑방 건물을 향해 등을 돌렸다.

쇠뿔도 단김에 빼랬다고 오늘 밤부터 번역 일을 시작해야겠다. 일찍 자고 내일 아침부터 번역 일을 해도 되겠지만, 밝을 때보단 어두울 때 집중이 잘 되는 법이니까. 밤늦게까지 작업하고 느긋하게 늦잠을 잘 계획을 세웠다. 그러려면 커피의 힘이 필요했다.

마침 집에 커피가 거의 떨어진 탓에 세희는 건물 아래층 편의점으로 향했다. 대형 커피 믹스 박스를 사면 10개를 더 준다는 광고 문구에 솔깃한 그녀는 제법 큰 커피 믹스 박스를 집어 올렸다. 세희를 아는 편의점 매니저가 반갑게 웃으며 커피 믹스 박스의 바코드를 찍었다.

"안녕하세요."

"네, 안녕하세요."

사람 좋은 매니저는 건물 계단과 화장실을 청소하는 세희를 볼 때마다 쉬엄쉬엄하라고 하면서 음료수를 건네곤 했다.

"주인 할아버지는 늦가을쯤에나 돌아오신다고요? 맞죠?"

"네. 정확한 건 아니지만, 그때쯤일 거라고 하셨어요."

"아직 기운이 될 때 여기저기 다니시는 것도 좋겠죠. 제가 듣기론 유럽 먼저 돌고 캐나다에 있는 아들네로 가신다고 하더군요. 말년에 여행 복 터지셨어요."

"그래요?"

"호텔도 최고급 호텔에서만 묵는다던데요. 하나 그룹에서 운영하는 리조트 호텔 체인인데 이름이 뭐더라?"

매니저는 이름이 통 기억나지 않는 듯 미간을 찌푸렸다. 때마침 어떤 손님이 진열대 위에 없는 상품을 찾자, 세희에게 양해를 구하고 그쪽으로 걸어갔다.

"안녕히 계세요."

세희는 매니저에게 인사를 하고 편의점을 걸어 나왔다. 밖으로 나오자마자 누군가 그녀의 앞을 가로막았다. 고개를 들자 재현이 무표정한 얼굴로 한쪽 손을 바지 주머니에 꽂은 채 그녀를 내려다보고 있었다. 집에 들렀다가 온 모양인지 슈트 대신 고급스러운 밝은 색상의 셔츠를 입고 있었다.

"커피숍에서 일 끝내고 오는 길이야?"

세희의 손에 들린 대형 커피 믹스 박스를 내려다보며 재현이 물었다.

"네? 아, 네."

이런, 그만 얼떨결에 거짓말이 나와버렸다. 세희는 크게 당황하며 서둘러 앞의 말을 정정했다.

"아…… 아뇨. 오늘은 커피숍에서 일 안 했어요. 그냥 오다가 누구를 좀 만나느라고……."

"누구?"

"그냥 좀 아는 사람……."

세희가 대답을 망설이자 재현은 더 이상 묻지 않았다. 아마도 재현은 그녀가 규한을 만나고 오는 길이라는 건 상상도 하지 못할 것이다. 그에게 숨겨야 한다는 사실이 마음에 들진 않았지만, 이미 규한과 약속을 해버렸기에 어쩔 수 없었다. 세희는 어색하게 웃으며 슬쩍 그의 시선을 피했다.

민규한이란 사람을 만났다고 말해줄 줄 알았는데 그녀의 입에선……. 그냥 좀 아는 사람……이라는 말이 흘러나왔다. 그냥 좀 아는 사람이라고? 규한이 아는 사람일 리가 없잖아! 규한을 만난 사실을 숨기려는 걸까?

재현은 뭔가 꺼림칙한 기분에 딱딱하게 표정이 굳어졌다. 탁 터놓고 규한과 만나서 무슨 이야기를 나누었느냐고 물어볼까? 말간 눈동자로 자신을 올려다보는 세희를 바라보며 재현은 잠시 고민에 빠졌다.

상대가 규한이 아니었더라도 이렇게 반응했을까? 그저 그녀가 다른 남자와 단둘이 차를 마셨다는 사실에 기분이 착잡한 건 아닐까? 이 말로 표현할 수 없는 불쾌한 감정은 뭐지?

"전무님?"

재현이 아무 말도 없이 자신을 뚫어지게 바라보자, 세희가 의아한 표정으로 고개를 갸우뚱거렸다.

"아, 미안. 갑자기 뭐 좀 생각하느라."

재현은 오늘 한 번은 그냥 넘어가기로 했다. 다음에 규한이 또 나타났을 때 물어봐도 될 테니까. 그래도 기분이 상하는 건 어쩔 수 없었다. 솔직히 아까 편의점 매니저와 웃으면서 대화하는 모습도 마음에 들지 않았다.

하지만 매니저는 내일모레면 50대를 바라보는 넉넉한 몸집의 아저씨이고, 민규한은 전 세계적으로 해마다 선정하는 섹시한 CEO 50위 안에 들어가기에 두 사람은 비교가 되지 않았다.

재현은 못마땅한 표정을 지으며 건물 입구로 걸음을 옮겼다. 세희는 재현의 그런 표정을 보지 못한 채 종종걸음으로 그의 뒤를 따랐다.

"그래서 그 아는 사람이랑 뭐 했지? 같이 저녁 먹었나?"

"아뇨. 저녁은 퇴근하면서 정 대리님이랑 간단하게 먹었고요. 그냥 커피한 잔 마셨어요."

"무슨 커피?"

이상하다, 이 남자. 오늘따라 왜 꼬치꼬치 물어보지?

"아메리카노요."

"그래?"

아메리카노 한 잔 사주려고 그녀를 불러냈다고? 가뜩이나 바빠서 잠잘시간도 모자란 여자인데…….

아주 유치한 경쟁심이 재현을 자극하기 시작했다.

"그런데 여긴 어쩐 일이세요?"

"치즈 케이크 먹으러 왔어."

재현이 너무나 당연하다는 듯 말했다. 그러자 세희는 눈을 동그랗게 뜨며제자리에 멈춰 섰다.

"정말이요?"

"그럼 정말이 아니면?"

"벌써 며칠이나 지났는데. 그게 남았을 리가 있겠어요?"

그 말에 기가 막힌다는 듯 재현이 미간을 찌푸렸다.

"설마 그걸 혼자 다 먹었다고?"

보통 베이커리에서 파는 치즈 케이크의 두 배가 넘는 엄청나게 큰 사이즈였다. 그런데 지금 그걸 며칠 만에 다 먹었다고?

"그럼요. 제가 그랬잖아요. 저 치즈 케이크 귀신이라고."

"흐음……."

재현의 눈가에 깊은 주름이 팼다.

저번에 분명히 단것을 좋아하지 않는다고 해놓고 저리도 실망한 표정은 뭐람? 깔끔하게 다 먹어치운 게 은근히 미안해졌다. 번역 일을 맡게 되어 기쁜 마음에 싹 해치웠더니만⋯⋯.

"과일이라도 드실래요?"

재현의 눈치를 보던 세희가 조심스럽게 말을 꺼냈다. 그러나 재현은 대답 대신 그녀가 손에 든 커피 믹스 봉지를 받아 들었다. 커피 믹스 봉지가 뭐 그리 무겁다고.

"딸기 좋아해?"

"딸기요? 지금 집에 딸기는 없는데. 슈퍼에 가서 사올까요?"

"아니, 그게 아니라 지금 그린 힐 호텔, VVIP 라운지에서 딸기 뷔페를 하고 있어."

"무슨 딸기 뷔페를 이렇게 늦은 시각까지 해요?"

물론 아니었다. 어떤 호텔에서 딸기 디저트 뷔페를, 그것도 점심이 아닌 저녁 시간대에 할까? 그러나 재현의 지시라면 어떤 것이라도 가능했다.

규한이 형이 달랑 아메리카노 한 잔만 사줬단 말이지! 유치한 경쟁심이겠지만 제대로 보여줄 기회였다! 재현은 건물 옆에 세워둔 차로 걸어가더니 조수석 문을 열며 말했다.

"타."

⋯⋯❦⋯⋯

재현은 운전에 집중했고 세희는 아무 말 없이 조수석 창문 밖으로 시선을 고정했다. 예전 같으면 무슨 말이라도 꺼냈을 텐데⋯⋯.

세희는 빠르게 휙휙 지나가는 풍경을 보며 속으로 짧은 한숨을 내쉬었다. 그를 사랑한다는 사실을 깨달은 순간부터인 것 같다. 밀폐된 장소에 그와 단둘이 있게 되면 가슴이 두근거리고 얼굴이 상기되는 바람에 뭔가 더 어색하고, 더 설레었다.

"하아."

세희의 입에서 나직한 숨소리가 흘러나왔다.

제길, 음악이라도 틀어야 하나?

재현은 자기 자신을 믿지 못해 은근히 불안해졌다. 그녀의 숨소리가 밀폐된 차 안을 가득 채우자 모든 신경세포가 그녀를 향해 바짝 곤두서기 시작했다.

이제는 그녀의 숨소리마저도 그를 들뜨게 하나 보다. 아무 곳에나 차를 세우고 당장에라도 그녀를 품에 안고 싶었다. 보드랍고 말캉한 입술을 베어 물며 그녀의 가느다란 하얀 목덜미에 얼굴을 묻고만 싶었다. 그녀의 달콤한 체취를 마음껏 들이마시며 그녀의 윤기 나는 머리카락을 손가락으로 쓸어 내리고 싶었다.

재현은 미처 날뛰는 본능과 힘겹게 싸우며 두 손으로 운전대를 꼭 움켜 잡았다.

그때 세희가 한 손으로 입을 가리고 작게 기침을 내뱉었다.

"쿨럭, 쿨럭."

그녀의 기침 소리에 들끓던 본능이 찬물을 끼얹은 것처럼 사그라졌다. 정지 신호에 교차로에서 차를 멈춘 재현이 세희 쪽으로 고개를 돌렸다.

"감기 걸렸어?"

"아뇨. 그냥 좀 건조해서."

두 사람 사이에 짧은 침묵이 흘렀다.

"일은 잘 해결됐어?"

잠자코 세희를 바라보던 재현이 넌지시 물었다. 그러자 세희는 살며시 웃으며 고개를 끄덕였다.

"배성혁 씨를 직접 만났어요. 은행 이자로 해주면 10년 동안 차근차근 원금이랑 이자를 갚겠다고 했죠."

"그래서 그러겠대?"

"아직은 몰라요. 잘 생각해보라고 하고 돌아왔으니까."

"만약에 배성혁이 그렇게 못 하겠다고 하면 어쩔 생각이지?"

잠시 뜸을 들이던 세희가 담담한 어조로 대답했다.

"신고해야죠."

"신고?"

"네. 법으로 정해놓은 이자율의 배 이상을 받아내는 거잖아요. 그거 불법이에요."

그녀의 말에 재현은 기가 막히다는 듯 마른 웃음을 내뱉었다. 저번에도 도둑으로 오해한 자신을 바로 경찰에 신고해버리더니 이번에도 배성혁을 신고하겠단다. 그녀의 신고 정신 하나는 높이 살 만했다.

"배성혁을 경찰에 신고하시겠다니 간도 크군."

"간이 커야만 불법을 신고할 수 있나요? 만약에 그렇다면 너무 슬픈 현실이네요."

말없이 세희를 응시하던 재현이 다시 앞쪽으로 고개를 돌렸다. 동시에 파란불로 신호가 바뀌었다. 재현은 천천히 차를 출발시켰다. 묵묵히 운전에 집중하던 재현이 중얼거리듯 말을 꺼냈다.

"현실은 원래 슬픈 거야."

"……그런가요?"

세희는 그의 말에 반박할 수 없었다. 지금까지 그녀의 현실은 기뻤던 만큼 슬프기도 했으니까. 아니, 진실을 말하면 슬펐던 순간이 더 많았다.

세희가 쓸쓸하게 미소 짓자 재현은 무릎 위에 놓인 그녀의 손을 살며시 움켜잡았다. 붙잡은 손을 통해서 그의 따뜻한 체온이 느껴졌다. 단순히 손을 잡아주는 행동이었지만, 그녀를 염려하는 마음도 함께 전해지는 것 같았다. 그에게 위로를 받는다고 생각하자 가슴 한쪽이 뭉클해졌다.

창밖을 바라보던 세희는 자신의 손을 잡은 재현의 손으로 시선을 내렸다. 적당하게 두툼한 마디를 가진 길고 수려한 손가락이 그녀의 손을 감싸고 있었다. 세희는 참으로 아름다운 손이라고 속으로 중얼거렸다.

자신의 손은 매니큐어는커녕 온갖 궂은일로 인해 손톱 끝이 갈라지고 피부도 거칠 텐데……. 그녀는 처음으로 자신의 손이 부끄러웠다. 슬그머니 손을 빼려고 하자 재현은 더욱더 세게 그녀의 손을 움켜쥐었다. 운전하느라 앞으로 시선을 고정한 채 그가 말을 이었다.

"만약에…… 말이야."

그가 나직한 목소리로 말을 꺼냈다.

"신고해야 할 상황이 오면 나에게 말해. 어떻게 해야 할지 조언해줄 테니까."

빚을 갚아주겠다는 제안에서 한 발짝 물러선 태도였다. 그녀의 자존심을 지켜주려는 그의 뜻깊은 배려에 세희는 눈물이 핑 돌 정도로 고마웠다.

"네, 알겠습니다. 고마워요."

그녀는 희미하게 웃으며 고개를 끄덕였다. 재현은 엄지손가락으로 그녀의 손을 부드럽게 쓰다듬었다. 그녀의 까칠한 살갗이 손끝에 느껴졌다. 직접 눈으로 보지 않아도 바짝 깎은 손톱 밑으로 갈라지고 거칠어진 그녀의 손이 자연스럽게 연상되었다. 전방을 바라보며 운전에 집중하는 재현의 미간이 살짝 좁아졌다.

❧

"우와!"

호텔 VVIP 라운지에 들어선 세희는 사방에 펼쳐진 다양한 딸기 디저트를 보며 탄성을 내질렀다. 늦은 시간이라 그런지 실내는 호텔 투숙객으로 보이는 서너 명을 제외하곤 한적한 분위기였다. 밤 10시면 라운지 운영이 끝날 텐데, 벽에 걸린 시계는 9시 45분을 가리키고 있었다.

세희는 급한 마음에 금테두리를 두른 접시 위에 초콜릿 딸기와 딸기 카나페, 티라미수, 타르트, 밀푀유 등을 담았다.

마음 같아선 딸기 에클레어와 마카롱, 크루아상 샌드위치도 담고 싶었지만, 애써 자제했다. 접시에 음식을 수두룩하게 쌓았다가 그가 비웃기라도 하면 안 되니까. 아까도 치즈 케이크를 다 해치웠다는 말에 무슨 괴물 보듯 쳐다봤잖아?

세희는 아이처럼 기뻐하며 무엇을 고를까 심각한 고민에 빠졌다. 그녀를 바라보는 재현의 얼굴에 미소가 떠올랐다. 조금 전, 사채업자를 경찰에 신고할 거라고 단호하게 말하던 그녀와는 다르게 천진난만한 모습이었다. 아마도 시시각각 변하는 그녀의 이런 모습에 시선을 뗄 수 없는 게 아닐까?

"안 드세요?"

딸기 디저트를 접시에 담던 세희가 옆에 우두커니 서 있는 재현을 향해 물었다. 그는 가볍게 고개를 내저었다.

"나중에."

나중에라니? 조금 있으면 다 치워버릴 텐데……. 혹시라도 나중을 위해 세희는 접시 하나를 더 집어 딸기 마카롱과 에클레어 등을 담았다. 자리에 돌아온 세희는 먼저 초콜릿 딸기를 집어 한입 베어 물었다.

"우와, 달다."

입 안에서 달콤한 초콜릿과 상큼한 딸기의 맛이 서로 어우러졌다. 아주 만족스러운 맛에 세희는 반달 모양으로 눈꼬리를 휘며 행복하게 웃었다.

"달아?"

"네. 설탕에 재워놓은 것처럼 달아요."

마지막 남은 딸기를 입에 넣으며 세희는 맛을 음미하듯 두 눈을 감았다. 손가락에 묻은 초콜릿을 혀로 날름 핥고는 그것도 모자라 손가락을 입속에 집어넣었다.

"으음."

초콜릿의 여운을 즐기던 그녀는 무언가 불길한 기운에 슬그머니 눈을 떴다. 그리고 자신을 뚫어지게 바라보는 재현의 시선을 마주하며 얼음이 돼버렸다. 왜 저런 눈빛으로 바라보는 거지?

언뜻 보기에는 차가운 것 같지만, 자세히 들여다보면 상대방을 태워버릴 것처럼 이글거리는 눈빛. 요즘 들어 꽤 익숙해진 눈빛이다. 하지만 여기는 공공장소라고! 다른 사람들 눈도 있는데…….

세희는 재빨리 고개를 돌려 혹시라도 누가 보지는 않을까 주위를 둘러보았다. 그런데 어찌 된 일인지 어느새 라운지는 텅 비어 있었다. 얼마 안 되던 고객들과 직원들의 모습은 어디에도 보이지 않았다. 황급히 커다란 벽시계로 시선을 돌리니 시곗바늘은 어느새 10시 5분을 가리키고 있었다.

"여기 라운지 운영은 밤 10시까지 아닌가요?"

"응."

"그러면 우리도 그만 일어나죠."

"괜찮아. 내가 호텔 측에 말해놨으니까. 보통 손님은 나가야 하지만, 우리는 언제까지나 있어도 돼."

그래서 그가 느긋하게 나중에 먹겠다고 한 거였구나. 그렇다 해도 세희는 호텔 직원들에게 민폐를 끼치고 싶진 않았다. 그녀도 제주도에서 인턴으로 근무해본 경험이 있었기에…….

홍보부 인턴 자리였다고는 하지만 인원이 모자랄 때마다 이곳저곳 다른 부서의 일을 맡기도 했었다. 가끔 클럽 라운지 업무에 차출되어서 밤늦게까지 자리를 뜨지 않는 고객의 뒤치다꺼리를 해야 했다.

운영 시간이 끝났는데도 끝까지 술을 마시며, 말이 VIP 고객이지 전혀 VIP 고객답지 않은 진상들 때문에 얼마나 많은 고생을 했던가! 자신만큼은 그런 진상 고객이 되고 싶지 않았다.

세희는 서둘러 가방을 챙기며 자리에서 일어났다.

"그냥 가요. 우리 때문에 직원들이 계속 기다려야 하잖아요."

그러나 재현은 따라 일어나기는커녕 그녀의 손을 낚아채 자신의 옆으로 잡아당겼다. 너무 순식간에 일어난 일이라 세희는 그만 중심을 잃고 그의 가슴에 안기다시피 넘어지고 말았다. 재현은 그녀의 등 뒤로 팔을 두르며 좀 더 가깝게 자신의 품속으로 끌어당겼다.

"걱정하지 마. 모두 퇴근했으니까."

그녀의 귓가에 입술을 가져가며 재현이 속삭였다.

"내일 아침까지는 아무도 오지 않아."

21. 저에게 여자가 있습니다

"네? 그게 무슨 말이죠?"

내일 아침까지 아무도 오지 않는다고? 갑자기 머릿속이 뒤죽박죽 어지러워졌다. 무슨 영화에 나오는 한 장면처럼 이곳 전체를 빌리기라도 했다는 말인가?

세희가 혼란스러운 표정으로 재현을 올려다보았다. 그러나 너무 가까이 있는 탓에 그의 얼굴을 제대로 볼 수가 없었다. 세희가 뒤로 물러나 앉으려 바르작거리자 재현은 그녀를 안고 있는 팔에 더욱더 힘을 주어 그녀를 힘껏 끌어안았다. 그러곤 한 손을 뻗어 그녀의 머리카락을 하나로 묶고 있는 플라스틱 핀을 풀어버렸다.

스르르, 마치 슬로모션처럼 그녀의 윤기 나는 머리카락이 어깨 위로 사뿐히 내려앉았다. 재현은 만족스러운 미소를 떠올리며 그녀의 머리카락을 손가락으로 다정히 쓸어내렸다.

"이러고 있으니까 훨씬 보기 좋군."

손가락으로 머리카락을 빗어 내리는 단순한 동작일 뿐인데도 세희는 마치 전기에 감전된 것처럼 제대로 숨을 쉴 수가 없었다. 제발 그만 하라고 쏘아붙여야 하는데 그럴 수도 없었다.

머리끝에서 시작된 짜릿한 쾌감은 어느새 목덜미로 내려와 온몸으로 퍼져나갔다. 자신도 모르게 여린 신음이 흘러나오려 하자 세희는 아랫입술을 깨물며 그의 어깨에 얼굴을 묻어버렸다.

이런, 이놈의 손이 또 말썽이다. 그냥 머리핀만 풀려고 했는데…….

손가락에 휘감기는 그녀의 머리카락의 감촉이 너무 좋아서 재현은 좀처럼 손을 거둘 수가 없었다. 머리카락을 쓰다듬는 손가락 끝에 그녀의 매끄러운 하얀 목덜미가 스치자 재현은 불현듯 그곳에 입술을 내리누르고 싶다는 충동에 휩싸였다. 입술에 닿는 보들보들한 살갗을 상상하는 것만으로도 일순간 숨이 탁 막혀버렸다. 그러나 아직은 아니었다. 재현은 그녀의 이마에 짧게 입을 맞추고는 서둘러 그녀를 품에서 놓아주었다.

"편하게 있어. 누구에게도 민폐 끼치는 것 아니니까. 어차피 로비 라운지 치울 때 함께 치울 거야. 그러니까 아직 시간은 넉넉해."

"아, 정말이요?"

세희는 다행이라는 듯 생긋 웃어 보이며 앞에 놓인 물컵을 두 손으로 들어 올렸다. 물컵을 쥔 그녀의 손이 조금 떨리는 것도 같았지만, 재현의 시선은 그녀의 재킷 소매 끝에 머물렀다. 끝이 닳아 있고 군데군데 보푸라기가 일어난 소매.

재현은 정연을 떠올리며 속으로 혀를 찼다. 누나도 참! 옷을 사주려면 평소에도 입을 수 있는 옷을 사줬어야지, 한 번 입고 말 이브닝드레스를 사주다니……. 하여간 도움이 되는 것 같으면서도 막상 전혀 도움이 되지 않는 허당이다. 재현은 혹시라도 자신이 그녀의 옷을 쳐다보는 걸 눈치챌까 봐 슬쩍 옆으로 시선을 비켰다.

"아까 하던 말 마저 하지. 10년 상환이라고 해도 다달이 적지 않은 돈이 나갈 텐데. 본인이 빌린 돈 맞아? 그렇게 큰돈을 어디에 쓴 거지?"

"……고모가 사업하시다 급하게 필요하셔서……."

"그러면 고모가 빌린 돈을 대신 갚아준다는 말이야?"

이미 모든 사실을 알고 있었지만, 재현은 그녀가 설명하게 내버려두었다.

"네. ……저에게도 적은 돈은 아니지만 갚을 순 있는 돈이니까. 지금까지 돌봐주신 것도 있는데 모른 척할 순 없잖아요."

"솔직하게 말해도 될까?"

재현의 심각한 말투에 세희는 긴장한 듯 숨을 죽였다.

"정확한 건 아니겠지만, 내가 볼 때는 고모라는 분, 너에게 별로 살갑게 대하는 것 같지 않았어. 조카 혼자 나와서 사는데 한 번도 찾아온 적 없고, 안부 전화를 하는 것도 아니고, 저번에 보니까 아주 넉넉하게 사시던데…… 그런데도 학비나 그런 거 보태준 적 없잖아. 그런데도 왜 고모를 감싸고도 는 거지?"

"그렇게 보였어요?"

"응."

세희는 들고 있던 물컵을 테이블 위에 내려놓으며 천천히 말을 꺼냈다.

"고모, 예전에는 안 그랬어요. 저한테 얼마나 잘해주셨는데요. 저, 어렸을 때 아주 개구쟁이였거든요. 저 때문에 집 안에 남아나는 장식품이 없을 정도였죠. 말썽 부리고 어딘가 숨어버리면, 저를 찾아내는 건 항상 고모였어요. 그럴 때마다 고모는 혼나지 않게 해준다며 저를 달래주셨어요. 실제로 고모 덕분에 혼나지 않고 그냥 넘어간 적이 많았고……"

과거를 떠올리는지 그녀의 눈가가 촉촉하게 젖어들었다.

"고모가 저렇게 된 건 고모부가 돌아가신 후부터였어요. 혼자 책임지고 살림을 꾸려나가면서 서서히 변하신 거예요. 그 당시만 해도 여자 혼자 힘으로 헤쳐나가는 게 쉽진 않았을 테니까요."

"그래서 과거의 추억 때문에 고모를 감싸 안겠다?"

"고모는 저에게 남은 유일한 가족이기도 해요. 아무리 그래도 가족은 가족이잖아요."

애써 미소 짓는 세희가 왠지 슬퍼 보여서 재현은 더 이상 뭐라고 반박할 수 없었다. 할 수 없이 재현은 서둘러 말머리를 돌렸다.

"그래서 지금 인턴 월급으로 그 돈 갚을 수 있겠어? 커피숍에서 아르바이트하는 것도 얼마 안 될 텐데……."

"그래도 죽으라는 법은 없나 봐요."

방금까지 어두웠던 그녀의 안색이 환하게 밝아졌다.

"꽤 괜찮은 번역 일이 들어왔어요. 단편집 시리즈라서 앞으로 꾸준히 일이 있거든요. 그것만 해도 우선 숨통은 트일 거예요."

딸기 마카롱을 입에 집어넣으며 세희가 살며시 웃어 보였다.

"그래? 다행이군."

재현은 피식 웃으며 홍차가 담긴 찻잔을 손에 쥐었다. 그녀는 어떻게 해서 자신이 그 번역 일을 맡게 되었는지 꿈에도 모를 것이다. 재현은 안 실장을 통해 자금난에 시달리는 신생 출판사를 인수해 미국 단편집 시리즈를 출간할 것을 지시했다. 물론 번역 일은 모두 세희에게 맡긴다는 조건으로. 대학 재학 시절 제법 많은 양의 번역 일을 소화했는지 세희에 관한 평판은 좋은 편이었다. 신생 출판사의 편집장은 아무런 이의 없이 그 자리에서 결정을 내렸다.

"일은 언제부터 시작하지?"

"벌써 받아왔어요. 빠르면 빠를수록 좋으니까 오늘 밤부터라도 당장 시작하려고요."

그녀는 환하게 웃고 있었지만, 재현은 무척이나 속이 쓰렸다. 그깟 번역 일 하나 맡았다고 저렇게 좋아하다니…….

앞에 앉은 세희의 모습에 진주 왕관을 머리에 쓰고 화려한 이브닝드레스 자락을 나풀거리던 세라의 모습이 오버랩되기 시작했다.

10년 전 그때와 정말 많은 게 변했지만, 해맑은 미소만은 변함없이 눈부신 그녀였다.

재현은 착잡한 기분을 떨치며 세희를 향해 애써 미소 지었다. 그리고 차를 천천히 한 모금 들이켰다. 진한 향이 입 안을 채우며 그의 머릿속에선 수만 가지 생각이 뒤엉키기 시작했다.

"죄송하지만 고객님, 라운지 운영 시간이 끝났습니다."

호텔 직원이 두 손을 앞에 모으고 아주 정중하게 고개를 숙였다. 그러나 미라는 위아래로 눈동자를 굴리며 크게 소리를 질렀다.

"누가 그걸 몰라서 그래? 잠깐만 안에 들어가서 아는 사람만 만나고 오겠다니까. 내가 언제 죽치고 앉아 있을 거라 그랬어?"

"지금 저 안에는 아무도 없습니다."

"이게 지금 어디서 누굴 속이려고. 저 안에 이재현 전무님이 계시다면서!"

미라의 말에 호텔 직원은 잠시 멈칫했다. 그러나 다시금 표정을 다잡으며 이번에는 미라를 향해 90도 각도로 허리를 숙였다.

"무언가 착오가 있으신 모양입니다. 이재현 전무님은 저 안에 계시지 않습니다."

"무슨 소리야? 내 친구가 조금 전까지 저 안에 있는 거 두 눈으로 똑똑히 봤다는데. 야, 한승미, 맞지?"

미라가 뒤에 서 있는 동행에게 고개를 돌렸다. 손거울을 보며 열심히 머리를 손보던 승미가 귀찮다는 듯 대답했다.

"응. 그렇다니까. 어떤 여자와 같이 왔더라고."

여자와 동행했다는 말에 미라가 눈을 앙칼지게 치켜떴다.

"뭐? 너 왜 아깐 그 말 안 했어? 여자랑 있다고? 누구?"

"어디서 많이 본 얼굴이던데. 아, 맞다. 그때 그 여자. 제주도. 왜 있잖아? 네가 찍어놓은 드레스 입어서 너 속 뒤집어지게 했던 여자."

"뭐?"

"응, 확실해. 내가 그 여자 얼굴 똑똑히 기억하니까."

그때는 중요하게 여기지 않았는데 다시 생각해보니 그 여자, 재현의 품에 안겨 왈츠를 추었다. 감히 우리 재현 오빠랑! 순간 분노의 열기가 머리 위로 팍 치솟은 미라는 호텔 직원이고 뭐고 다 옆으로 밀어제치고 억지로라도 라운지 안으로 들어가려 했다. 그 순간…….

—넌 나서지 말고 가만히 있어. 재현이 주위는 내가 정리할 테니까.

규한이 그녀에게 던진 경고가 떠올랐다. 동영상을 찍었다고 협박하는 바람에 허둥지둥 제주도에서 서울로 올라온 그날, 규한은 차가운 얼굴로 그녀에게 경거망동하지 말라는 몹시 어려운 말을 내뱉었다. 미라는 규한 몰래 휴대폰으로 슬쩍 '경거망동'이란 단어의 뜻을 검색해야만 했다.

—내가 다 알아서 할 테니까 제발 가만히 좀 있어.

규한은 진짜 짜증 난다는 표정으로 그녀를 노려보았다. 유 회장이 규한에게 그룹 경영을 맡기려는 계획만 없다면 그냥 무시해버려도 되는데……. 아니지, 사실 상관없잖아. 말만 최고 경영자이지 어차피 월급 받는 사장인데 뭐가 무서워서?

호텔 직원을 밀치고 안으로 들어가려던 미라는 다시 한 번 흠칫 동작을 멈추었다.

―나와 적을 만들어서 네게 좋을 건 하나도 없어.

제 뜻을 따르지 않는 상대에게 규한이 얼마나 잔인하게 구는지 미라는 너무나도 잘 알고 있었다. 어릴 때부터 정연 언니랑 편먹고 나를 아주 못 잡아먹어서 안달이었잖아!

10살짜리 꼬마 아이가 뭘 안다고, 고용인의 얼굴에 장난으로 먹던 음식 좀 던졌다고 정연과 규한에게 끌려가 파티장 구석에서 두 손 들고 벌도 섰더랬다. 나중에 소식을 들은 유 회장이 허겁지겁 달려와서 구해줄 때까지 무려 1분이나 넘게 손을 들고 서 있었다.

그때만 생각하면 지금도 치가 떨린다. 하지만 지 성격 개 못 준다고, 규한에게 잘못 보였다간 또 그런 수모를 당하지 말란 법이 없었다. 게다가 지금 규한은 제주도 사건의 동영상을 가지고 있었다. 그걸 재현에게 보여주기라도 했다간, 열심히 쌓아둔 천사 이미지는 다 날아가고 미친개란 소리를 들을 게 뻔했다.

어쩐다? 미라는 잠시 심각한 고민에 빠졌다. 그러다 곧 체념한 표정으로 라운지 문에서 한 걸음 뒤로 물러섰다.

할 수 없다. 우선은 작전상 일보 후퇴.

"에이, 규한 오빠만 아니었음. 저걸 그냥 당장 확."

분한 듯 씩씩거리던 미라는 그대로 뒤돌아 엘리베이터 쪽으로 향했다.

❦

"밖에 무슨 일이 있는 모양인데요?"

라운지 밖에서 큰 소음이 들려오자 세희는 미간을 좁히며 소리가 나는 쪽으로 고개를 돌렸다. 그러나 재현은 아무 관심이 없는 듯 소파에 기대어 느긋하게 차를 들이켰다.

잠시 후, 밖의 소란이 잠잠해지자 세희는 다시 접시에 손을 뻗어 초콜릿 딸기를 집어 들었다. 아무 생각 없이 입에 집어넣으려는데 자신을 유심하게 바라보는 재현과 시선이 마주쳤다. 반사적으로 그가 어떤 방법으로 그녀에게서 치즈 케이크를 빼앗아 갔었는지를 떠올렸다. 세희는 얼떨결에 딸기를 한 입 베어 먹는 대신 꿀꺽 삼켜버리고 말았다.

"캑!"

너무 성급하게 삼키는 바람에 딸기가 목에 걸렸다. 세희는 주먹으로 가슴을 두드리며 물컵을 들고 물을 들이켰다.

"괜찮아?"

재현이 손을 뻗어 그녀의 어깨를 끌어안으며 걱정스러운 목소리로 물었다. 세희는 말 대신 빠르게 고개를 끄덕였다. 그러자 재현은 고개를 숙여 그녀의 귀에 입술을 가져갔다.

"그래? 그러면 이제 그만 우리 집으로 갈까?"

나직한 목소리로 그가 부드럽게 속삭였다.

"컥!"

이런, 또 사레들릴 뻔했다. 세희는 한 손으로 입가를 누르며 조심스럽게 잔기침을 내뱉었다. 이 남자, 지금 뭐라는 거야? 자기 집으로 가자니…….이 노골적인 유혹은 뭐지?

그런데 더 기가 막힌 건 그의 제안을 뿌리칠 수 없다는 것이었다. 혼자 집에 돌아간다는 상상만 해도 가슴이 뻥 뚫리는 것처럼 허전해졌다. 미친 게 분명하다. 당장 시작해야 할 번역 일이 산더미처럼 쌓였는데 그를 따라가서 뭘 어쩌겠다고. 신선놀음에 도낏자루 썩는 줄 모른다더니, 애정 놀음에 은행 잔고 바닥나는 거 모르는구나.

안 되는데, 매몰차게 뿌리치고 집에 간다고 해야 하는데……. 세희는 마치 치즈에 넋이 나간 생쥐처럼 그를 따라 자리에서 일어났다. 재현은 부드럽게 미소 지으며 그녀의 손을 잡고 라운지를 나섰다. 라운지 문이 열리자 밖에 서 있던 호텔 여직원이 재현을 향해 90도로 허리를 굽혔다.

"소란을 일으켜서 죄송합니다, 전무님."

"무슨 일이었지?"

"애진 그룹 유 회장님의 막내딸, 유미라 양이 전무님을 꼭 뵈어야 한다고 해서, 그만."

'유미라'란 말에 재현의 인상이 순식간에 차갑게 굳어졌다. 그는 날카로운 시선으로 텅 빈 복도를 노려본 후 다시 여직원에게로 시선을 돌렸다.

"잘 막아줘서 고마워. 앞으로도 유미라가 날 찾으면 알아서 처리하도록."

"네, 전무님."

"혹시라도 로비에서 부딪힐지 모르니까 직원 전용 엘리베이터를 타야겠군."

"네. 이쪽으로 오십시오."

여직원이 앞장서 걸으며 두 사람을 복도 끝으로 안내했다. 비상문처럼 보이는 커다란 문을 열자 호텔 직원만이 사용할 수 있는 전용 엘리베이터가 나타났다.

"지하 주차장과 연결되어 있으니까 계속 타고 내려가시면 됩니다."

여직원은 두 사람이 엘리베이터에 올라타자 재빨리 닫힘 버튼을 눌렀다.

"그럼 안녕히 가십시오."

문이 닫히자 두 사람의 사이엔 조용한 침묵이 흘렀다. 하지만 말만 하지 않았을 뿐 재현은 엘리베이터 문에 시선을 고정한 채 그녀의 손을 만지작거렸다. 엄지손가락으로 손을 쓰다듬는 단순한 동작임에도 세희는 온몸에 퍼지는 짜릿한 느낌에 숨을 들이켜야만 했다. 너무 좋다. 그저 손만 잡혔을 뿐인데도 마치 그의 품에 안긴 것처럼 아늑하다.

띵—.

엘리베이터가 지하 주차장에 도착했다는 신호 음이 울렸다. 문이 열리고 엘리베이터 밖으로 발을 내딛자 지하 주차장의 찬 공기가 얼굴에 와 닿았다. 그제야 세희는 마치 잠에서 깨어난 듯 퍼뜩 제정신이 돌아왔다.

사랑이 밥 먹여주나? 난 지금 일을 해야 해. 세희는 슬며시 재현의 손에서 자신의 손을 빼내며 뒤로 물러섰다.

"오늘 밤부터 번역 일 시작하려고 했거든요. 저는 아무래도 그냥."

세희가 거절의 말을 하려는 찰나, 재현이 조수석 문을 열며 돌아보았다.

"그러니까 우리 집으로 가자고."

"네?"

재현의 말이 이해가 되지 않는 듯 세희가 미간을 좁혔다.

"집에 있는 컴퓨터. 완전 구형에다가 모니터도 작던데. 노트북도 마찬가지고. 조그만 화면에 창 두 개 띄워놓고 작업하기 어려울 것 아냐. 내 서재에서 작업해."

뭐야, 그래서 자기 집으로 가자고 한 거야?

"아…… 네."

순간 왠지 모르게 실망감이 뭉실뭉실 피어올랐다.

어머, 내가 지금 무슨 생각을 하는 거지? 한밤중에 남자가 자기 집에 가자는데 아무렇지 않게 따라가려고 하질 않나! 일 때문에 오라는 거에 실망하질 않나! 음란 마귀가 씐 게 틀림없었다.

"안 탈 거야?"

세희가 차에 탈 생각을 하지 않고 뻣뻣하게 서 있자, 재현이 살짝 그녀의 팔꿈치를 잡아당겼다. 그제야 세희는 못 이기는 척 차에 올라탔다. 조수석 문을 닫은 재현은 빠르게 운전석으로 걸어가 차에 올랐다.

시동이 걸리고 재현은 재빨리 카스테레오를 작동시켰다. 스피커에서 은은한 재즈 피아노 선율이 흘러나오기 시작했다. 차가 지하 주차장을 빠져나가 큰길로 들어서자 재현은 옆에 앉은 세희를 힐끗 훔쳐보았다. 아쉽게도 흘러내린 머리카락이 옆 선을 가린 탓에 그녀의 얼굴을 제대로 볼 수 없었다.

재현은 그녀의 묶은 머리를 풀며 무의식으로 바지 주머니에 넣어버린 머리핀을 떠올렸다. 해수 진주로 만들어진 왕관까진 아니어도 요새 유행하는 예쁜 헤어핀도 많을 텐데……. 지금 그의 주머니 안에는 단순한 디자인의 플라스틱 머리핀이 들어 있었다.

한눈에 봐도 보통 직장인의 점심 값도 되지 않을 것 같은 싸구려 머리핀. 재현은 한 손으로 머리핀을 만지작거리며 길게 숨을 내쉬었다.

마치 회사 사무실을 그대로 옮겨놓은 것 같은 서재는 옥탑방 전체를 합친 것보다 두 배는 넓어 보였다. 재현은 창가에 놓인 커다란 책상 앞으로 세희를 이끌었다. 마호가니 책상 위에 놓인 두 개의 커다란 대형 LED 모니터와 푹신해서 몸이 파묻히는 안락한 가죽 의자, 너무 밝지도 어둡지도 않은 적당한 조명에 이르기까지 그의 말대로 작업하기에 안성맞춤인 환경이었다.

"나는 노트북을 사용하면 되니까 여기서 해."

세희가 앉을 수 있도록 책상에서 의자를 빼주며 재현이 말했다. 그는 세희가 편하게 작업할 수 있게 책상 위를 정리해준 후, 서류 파일을 들고 소파로 향했다.

커피 테이블 위에 서류 파일을 내려놓으며 재현이 말을 덧붙였다.

"번역 일 끝날 때까지 주말마다 여기 와서 작업해도 좋아."

"정말이요?"

"응."

"맨입으로요?"

집에까지 차 태워줬다고 달걀찜을 해내라는 남자가 그냥 지나갈 리가 없을 거야. 세희가 심각한 표정으로 물어보자 재현이 느긋하게 소파 등받이에 기대었다.

"그러면 올 때마다 한 번씩 해줄래?"

그 말에 세희는 자신이 잘못 들은 건 아닌가 하는 눈빛으로 재현을 빤히 쳐다보았다. 그러자 재현이 빙그레 웃으며 고개를 끄덕였다. 방금 네가 들은 게 맞는다는 듯이……. 순간 그녀의 얼굴이 빨개졌다.

"뭐를 한 번씩 해줘요?"

"잘 알면서……. 지금까지 잘해줬잖아."

재현이 피식 입매를 비틀었다.

뭐야, 정말! 어떻게 얼굴색 하나 변하지 않고 저런 말을. 아무리 그를 사랑한다곤 하지만 이건 아니지. 내가 그렇게 쉬운 여자로 보이나?

"싫어요. 그냥 집에서 혼자 작업할게요. 누가 그런 걸 그렇게 쉽게……."

세희는 흥분한 듯 책상 위에 놓아둔 가방을 집어 들었다. 그러나 자리에서 일어나려는 순간, 어느새 다가온 재현의 손에 의해 다시 의자 위에 주저앉았다.

재현은 빙그르르 회전의자를 돌려 그녀가 자신을 향하게 한 후, 비스듬히 두 손으로 책상을 짚었다. 얼떨결에 그와 책상 사이에 갇혀버린 세희가 당황한 표정으로 그를 올려다보았다. 재현은 뭐가 그리도 재미있는지 억지로 웃음을 참고 있었다.

"그게 그렇게 어려운 부탁이었나?"

그녀에게 천천히 상체를 숙이며 그가 속삭이듯 중얼거렸다.

"지금까지 아무 불평 없이 저녁 해줬잖아. 그게 그렇게 싫어?"

"네?"

뭐, 저녁? 뭐야! 지금 누굴 놀려? 절대로 그런 의미로 한 말이 아닐 거야. 그녀가 뽀로통한 얼굴로 다시 물었다.

"그 한 번이 지금 그 한 번이라고요?"

"그럼 그 한 번이 그 한 번이 아니면……. 뭐 다른 한 번이라도 있어?"

왠지 궁지에 몰린 듯한 느낌? 세희는 적당히 대답할 말을 찾지 못하고 잠시 머뭇거렸다.

"혹시……?"

그의 얼굴이 가까이 다가오기 시작했다. 세희는 숨을 들이켜며 얼떨결에 두 눈을 감아버렸다.

하지만 눈을 감는 이유는 키스를 원하기 때문이라던 말이 생각나 다시 서둘러 눈을 떴다. 눈을 뜨는 순간 닿을 듯 말 듯 가까워진 그와 시선이 마주쳤다.

세희는 아랫입술을 깨물며 두 손으로 의자 손잡이를 꼭 움켜쥐었다.

이대로 그의 키스를 받아들일까? 아니면 고개를 돌려버릴까?

심각하게 고민하는 사이 그의 입술이 조심스럽게 그녀의 이마 위에 닿았다. 이마 위에 키스한 재현은 곧바로 몸을 일으켜 그녀에게서 한 걸음 뒤로 물러섰다.

"저녁 하기 힘들면 그냥 같이 저녁 먹자."

"아……."

방금 일어난 일이 머릿속에서 정리되지 않아 세희는 멍한 얼굴로 그를 올려다보았다.

―같이 저녁 먹자.

그 말을 하는데 왜 사랑을 고백하는 것처럼 가슴이 떨리는지 모르겠다. 재현은 애써 냉정함을 가장하며 가슴 앞으로 팔짱을 꼈다. 그에게 누군가와 무언가를 같이 할 계획을 세운다는 건 너무나 낯선 경험이었다. 꽤 어색하면서도 다른 한편으론 가슴 떨리게 설레었다.

"싫어?"

재현의 물음에 세희는 반사적으로 고개를 내저었다.

"아뇨."

잠시 고민하던 그녀는 살며시 고개를 끄덕였다.

"좋아요. 그렇게 할게요."

재현은 그녀의 대답에 흡족한 미소를 지은 후, 소파로 돌아갔다.

　

탁―. 탁―. 탁―.

키보드 두드리는 소리와 간간이 서류를 들추는 소리만이 한밤의 서재 안을 가득 채웠다. 검토가 끝난 서류를 정리하는 재현의 눈에 테이블 위에 놓인 전자시계가 들어왔다.

새벽 2시가 가까워지고 있었다.

재현은 처음과 마찬가지로 전혀 흐트러진 모습 없이 열심히 모니터를 응시하며 키보드를 두드리는 세희에게 시선을 돌렸다.

대형 모니터 두 개가 작업에 큰 도움이 되는 모양이다. 세희는 번역 원본과 문서 프로그램, 영한사전과 한영사전 창을 한꺼번에 모두 열어놓고 두 개의 모니터를 번갈아 쳐다보는 중이었다.

이제 보니 그녀는 작업할 때 꽤나 심각한 표정으로 미간을 찌푸리고 아랫입술을 내미는 버릇이 있었다. 그런 표정까지 귀엽고 사랑스럽게 보이다니……. 정말 뭐에 홀린 게 분명하다.

"훗."

재현은 입꼬리를 비틀며 소파 등받이에 머리를 기대었다. 이상하다. 그녀가 곁에 있으면 일에 집중할 수 없을 거라고 걱정했는데 의외로 편안하게 일할 수 있었다. 어째서일까? 언제부터인가 그녀가 옆에 있는 것이 옆에 없는 것보다 더 자연스러웠다. 재현은 노트북을 덮으며 천천히 자리에서 일어났다.

자꾸만 흘러내리는 머리카락이 신경 쓰이는지 세희는 한 손으로 머리를 쓸어 올리다 결국 재현에게 물었다.

"저, 그런데 아까 머리핀 빼놓은 거 어쨌어요?"

"아, 그거?"

재현은 무심결에 바지 주머니에서 꺼내어 침대맡에 놓은 머리핀을 떠올렸다. 그러나 그녀에게 돌려주고 싶지 않았다. 그래서 그는 대신…….

"잃어버렸어."

"네?"

"라운지에 놓고 왔나 봐."

그 말에 세희는 작게 한숨을 내쉬더니 책상 위에 놓인 볼펜 하나를 집어 들었다.

"그러면 이 볼펜 좀 빌릴게요."

그녀는 능숙한 솜씨로 볼펜과 머리카락을 비비 꼬아 머리를 틀어 올렸다. 머리카락에 숨겨 있던 그녀의 하얀 목덜미가 모습을 드러냈다. 이에 재현은 살짝 인상을 찌푸렸다. 차 안에서 느꼈던, 그녀의 목덜미에 입술을 내리누르고 싶은 충동이 다시 들었기 때문이다. 그래서 재현은 재빨리 손을 뻗어 그녀의 머리에서 볼펜을 뽑아버렸다.

"뭐예요?"

애써 올린 머리가 풀어지자 세희는 놀란 듯 뒤를 돌아보았다.

"풀고 있어."

"왜요?"

"신경 쓰여."

"지금까지 묶고 다녔는데 뭐가 신경 쓰이……"

불평하듯 투덜거리던 세희는 왠지 모를 재현의 심각한 눈빛에 조용히 입을 다물었다. 그러곤 서둘러 모니터로 고개를 돌렸다. 목덜미에 느껴지는 그의 뜨거운 시선을 느낄 수 있었지만, 세희는 짐짓 모르는 척 한 손으로 머리카락을 쓸어내렸다. 잠시 두 사람 사이에 어색한 침묵이 흘렀다.

"차 마실래?"

"아뇨."

"그래, 그럼."

재현이 서재를 나가자 세희는 안도의 한숨을 내쉬며 문 쪽을 힐끗 쳐다보았다. 방금 위험했던 거 맞지? 그의 존재를 느끼지 않고 편안하게 작업한다 싶었는데……. 역시나 그의 존재는 너무나 강렬했다. 세희는 상념을 떨치기 위해 빠르게 고개를 내젓고는 다시 모니터에 신경을 집중했다.

얼마 후 두 손에 머그컵을 든 재현이 서재로 돌아왔다. 그는 세희의 책상 위에 머그컵을 놓은 후 소파로 돌아갔다. 세희가 의아한 표정으로 바라보자 재현은 노트북을 열며 지나가는 투로 대답했다.

"그냥 마셔."

그가 놓고 간 머그컵에서는 연한 오렌지 향이 흘러나오고 있었다. 세희는 두 손으로 따뜻한 머그컵을 감싸 쥐며 살며시 미소 지었다.

"고마워요."

재현은 그녀에게 시선을 주지 않은 채 알았다는 듯 고개를 끄덕였다.

탁―. 탁―. 탁―.

서재 안은 아까와 마찬가지로 키보드 두드리는 소리와 서류를 들추는 소리로 가득 찼다.

얼마나 지났을까? 마지막 챕터의 번역을 끝낸 세희는 하품을 하며 뻣뻣해진 목덜미를 손으로 주물렀다. 컴퓨터 모니터 하단에 있는 시계는 새벽 5시 18분을 가리키고 있었다. 아무래도 오늘은 여기까지만 해야 할 것 같다. 그녀는 지금까지 작업한 문서를 저장하고 자리에서 일어났다.

"저는 오늘 여기까지만 할게요."

그러나 재현에게서 아무런 반응이 없었다. 뒤를 돌아보자 소파 위에서 잠든 재현이 보였다. 깊이 잠들었는지 그녀가 가까이 다가가도 눈을 뜨지 않았다.

세희는 소파 앞에 무릎을 꿇고 잠든 재현을 내려다보았다. 어떡한다? 그를 안아서 침실로 데려가기엔 현실적으로 불가능했다. 그렇다고 이렇게 내버려둘 순 없는데…….

"전무님, 방에 가서 주무세요."

어깨를 흔들어보았지만, 그는 정말 깊이 잠들었는지 꿈쩍도 하지 않았다. 할 수 없이 세희는 침실에서 이불을 가져와 그의 몸에 덮어주었다. 어깨까지 이불을 끌어 올려주던 세희는 잠시 동작을 멈추고 두 눈을 감은 재현을 바라보았다.

반듯한 이마와 짙은 눈썹, 오뚝한 콧날과 강인한 턱선하며……. 어디 한 군데도 빠지는 구석이 없었다. 어쩌면 자면서도 이리 멋있을 수 있을까? 사랑에 눈이 멀어서 잘생겨 보이는 건 절대로 아니다. 객관적인 눈으로 봐도 그는 한숨이 나올 정도로 멋지다.

이런 남자를 사랑하게 되다니. 반쯤 정신이 나간 게 분명해.

"후우."

세희는 작게 한숨을 내쉬며 천천히 몸을 일으켰다. 반쯤 일어났을 때 갑자기 재현이 손을 뻗어 그녀를 앞으로 잡아당겼다.

"악!"

세희는 외마디 비명을 지르며 그의 품으로 쓰러졌다. 재현은 그녀를 끌어안는 동시에 옆으로 몸을 굴려 세희를 소파 안쪽으로 밀어 넣었다. 세희는 눈 깜짝할 사이에 재현과 소파 사이에 끼어 옴짝달싹하지 못하게 되었다.

"몰래 훔쳐보는 게 취미, 맞지?"

"……훔, 훔쳐보다니요."

밀착된 그의 몸이 신경 쓰여 그녀도 모르게 목소리가 떨려 나왔다.

"전무님이 자느라 몰랐던 거지, 전 대놓고 봤어요. 이렇게 코앞에 얼굴 가져다 대고."

그녀의 반박에 재현은 피식 입꼬리를 끌어 올렸다. 그러곤 손을 들어 앞으로 흘러내린 그녀의 머리카락을 다정스럽게 쓸어 올렸다.

"일 다 끝났어?"

"네."

머리카락을 쓰다듬던 그의 손이 자연스럽게 귓불을 거쳐 뺨으로 옮겨졌다. 그의 손길이 닿는 곳마다 짜릿한 느낌이 퍼졌다.

"집에 가서 좀 자야겠어요."

혹시라도 자신의 반응을 들킬까 봐 세희는 서둘러 말을 이었다.

"자다가 이따 오후에 일어나서 계속하고."

숨도 못 쉬게 사람을 긴장하게 해놓고선 그는 얄미울 정도로 평온한 눈빛으로 그녀를 바라보고 있었다. 재현은 한 손으로 이불을 들쳐 서로의 몸 위에 덮고는 그녀를 품에 꼭 끌어안았다.

"여기서 한숨 자고 가."

"불편하게 왜 여기서 이래요?"

"불편해?"

솔직하게 말하면 불편하지 않았다. 소파는 두 사람이 누워도 넉넉할 정도로 컸고 아주 푹신했다. 그뿐인가? 그가 이렇게 꼭 안아주고 있는걸.

"⋯⋯아니요."

세희는 기어들어가는 소리로 대답했다. 그녀의 대답이 마음에 들었는지 그가 환하게 웃으며 그녀의 정수리에 입을 맞추었다.

"한숨 자고 아침 먹고 가."

그의 품이 너무나도 따뜻해서, 그의 체취에 너무나도 가슴이 두근거려서, 세희는 절대로 그를 뿌리칠 수가 없었다. 잠들 수 없을 거라고 생각했는데 그녀는 그의 가슴에 얼굴을 묻은 채, 곧 잠이 들어버렸다.

그러나 막 잠에서 깨어난 재현은 사정이 달랐다. 그녀를 품에 안는 순간 잠이 확 달아나버렸으니까. 재현은 고개를 살짝 들어 올려 새근새근 잠이 든 세희를 내려다보았다.

곱게 감은 두 눈과 도톰한 입술, 발그스레한 두 뺨과 곧게 뻗은 콧날.

모든 게 사랑스럽기만 했다.

보내고 싶지 않았다. 같이 밤을 새우고도 그녀가 집에 간다고 하자 커다란 상실감이 그를 덮쳤다. 점점 익숙해져 가는 그녀의 존재가 반가우면서도 다른 한편으로는 두려웠다.

재현은 이불 위에 놓인 그녀의 손을 살며시 움켜쥐었다. 그녀의 까칠한 손이 손바닥에 느껴졌다. 가녀린 손을 조심스럽게 들어 올리자 바짝 깎은 손톱과 갈라진 살갗이 희미한 불빛 아래 드러났다. 재현은 손가락 하나하나에 입을 맞추며 들릴 듯 말 듯 아주 작게 속삭였다.

"My little princess, Sara."

불끈 치솟아 오르는 감정을 내리누르는 것에 서서히 지쳐간다. 어쩌면 솔직해져야 할 날이 얼마 남지 않은 것 같다. 재현은 세희의 머리에 턱을 올리며 살며시 눈을 감았다.

"하아암."

소파에서 잠을 잤건만 어찌 된 게 그녀의 매트리스 위에서 잔 것보다 훨씬 더 편안했다. 세희는 아직도 잠이 덜 깬 눈으로 주위를 둘러보았다. 재현은 벌써 일어났는지 어디에도 보이지 않았다.

세희는 서재에 딸린 욕실에 들어가 세수를 하고 준비된 일회용 칫솔로 양치질한 다음, 대충 손가락으로 머리를 빗어 내렸다. 화장품이라곤 가방 안에 든 쿠션 파운데이션과 립글로스가 전부였다. 예전 같으면 민낯으로도 아무렇지 않게 그를 대했을 테지만, 이젠 아니었다.

아쉽지만 대충 화장을 끝낸 세희는 거울 속의 자신을 물끄러미 들여다보았다.

거울에 비친 자신의 모습을 들여다보던 그녀의 입가에 자조적인 미소가 떠올랐다. 항상 대충 화장하고 거추장스러운 머리는 하나로 묶어버리면 그만이었는데. 이렇게 외모에 신경 쓰는 날이 올 줄이야.

다시 소파로 돌아간 세희는 덮었던 이불을 잘 갠 후, 품에 안아 밖으로 나갔다. 마침 주방에서 걸어 나오던 재현과 거실에서 부딪혔다. 재현은 이불을 들고 있는 세희를 가늘게 뜬 눈으로 바라보았다.

"이불은 왜?"

"방에 도로 가져다놓으려고요."

"됐어. 그냥 거기에 놓고 이리 와서 아침이나 먹어."

재현은 이불을 빼앗아 거실 소파 위에 내려놓고 그녀의 손을 잡아 식당으로 이끌었다. 식탁 위에는 언제 준비했는지 화려한 아침상이 차려 있었다. 갓 구워낸 것처럼 보이는 파삭파삭한 크루아상과 머핀, 각종 과일과 햄, 치즈 등등.

"이걸 다 언제 준비했어요?"

"호텔에서 배달시켰어."

그가 그녀의 앞에 커피 잔을 내려놓으며 별거 아니라는 투로 대답했다.

"아, 네."

세희가 따끈따끈한 크루아상을 집어 자신의 접시에 담자, 재현이 버터와 여러 종류의 과일 잼이 든 용기를 그녀 앞으로 내밀었다.

몰랐는데 그는 작은 것 하나하나도 자상하게 챙겨준다. 예전에도 그와 같이 식사를 할 때면 아주 당연하다는 듯이 그녀 앞으로 소금, 후추 등을 끌어다주었다.

이재현이란 남자가 겉으론 까칠해 보여도 속으론 참 배려심이 많은 사람이라는 걸 다시 한 번 깨달으며 세희는 그가 내민 용기를 건네받았다.

띠리리리―.

크루아상을 반으로 갈라 과일 잼을 바르고 있을 때 재현의 휴대폰이 울리기 시작했다.

화면에 뜬 상대방을 확인한 그는 살짝 미간을 좁히며 서둘러 전화를 받았다.

"네, 아버지. ……알겠습니다. 1시간 후에 가죠. ……네."

전화를 끊은 재현은 그녀의 잔에 커피를 따르며 무뚝뚝하게 말했다.

"난 아침 먹고 나가봐야 해. 이따 저녁에 작업하고 싶으면 그때 다시 와. 5시쯤에는 돌아올 거니까. 같이 저녁 먹고 작업하자."

"어디 가세요?"

"본가에."

"네."

세희는 작게 고개를 끄덕이며 커피 잔을 입으로 가져갔다. 순간 그의 얼굴이 어두워진 것 같아서 더는 아무것도 물어볼 수 없었다.

"어제 미라가 널 만나러 호텔에 갔다가 작은 소동이 있었다는 게 사실이냐?"

서재에 들어온 재현이 소파에 앉기도 전에 이 회장이 질문을 던졌다. 이 회장 손에 들린 찻잔이 여리게 떨리는 것으로 보아 그는 지금 애써 화를 누르고 있는 듯했다.

"네. 사실입니다."

재현이 아무런 표정 없이 대답하자, 이 회장은 길게 한숨을 내쉰 후 가만히 찻잔을 내려놓았다.

"어떻게 아셨습니까?"

절대로 이 회장 귀에 들어가지 못하게 완벽하게 처리해놨는데 어떻게 된 걸까? 혹시……?

"오늘 아침 유 회장에게서 전화가 왔다. 자기 딸이 어젯밤에 울고불고 난리를 쳤다면서 나에게 하소연을 하더라. 너에게 여자가 있는 거 아니냐고 묻기도 했고."

"여자요?"

"네가 어떤 여자를 데리고 라운지에 왔었다고 하던데. 사실이냐?"

이쯤 되면 동요를 일으킬 만도 한데 재현은 싸늘한 표정을 유지하며 마치 남의 이야기하듯 건조한 목소리로 되물었다.

"제가 여자와 동행한 거, 미라 눈으로 직접 봤다고 합니까?"

"아니, 그건 아니고."

녀석, 법정에 선 변호사처럼 딱딱하게 말하는군.

이 회장은 아침에 나눈 유 회장과의 대화를 떠올렸다. 정혼에 관해서 말만 오고 갔지 아직 정식으로 사귀지도 않은 사이인데 마치 재현이 바람이

나 피운 것처럼 노발대발하던 유 회장의 말투가 영 거슬렸던 게 사실이다. 재현이 어떻게 나올지 궁금했는데 역시 아무 일 아니라는 듯 미라가 직접 목격했는지 안 했는지, 사실 여부를 물었다.

이 회장의 목소리가 조금은 느긋해졌다.

"네가 라운지에 있다는 소리를 친구에게서 듣고 마침 근처에 있다가 들렀다고 하더라. 늦게 가는 바람에 라운지 출입을 못 했다니까 여자와 같이 있다는 말은 친구에게 들었겠지. 하여간 그래서 여자와 있었던 거야?"

"네."

"다른 사람도 아니고 전에 제주도 파티 때 물에 빠졌던 여자라면서?"

"네. 맞습니다."

여전히 무표정한 얼굴로 재현이 빠르게 대답했다. 아무리 포커페이스를 가졌어도 무슨 사이였다면 눈썹이라도 움찔거렸을 텐데 재현은 아주 무심한 눈빛으로 마주 볼 뿐이었다. 이쯤 되면 뭐 크게 걱정할 필요는 없을 것 같았다. 그래도 혹시 모르니까.

"왜 그 여자와 단둘이 라운지에 간 거냐?"

그때였다.

"야옹!"

조이가 서재 안으로 들어오더니 폴짝 이 회장 무릎 위로 뛰어올랐다. 그러곤 동그란 얼굴을 이 회장의 손바닥에 비비기 시작했다. 교태를 부리는 모습이 얼마나 노골적인지 저절로 눈살이 찌푸려질 정도였다.

그러나 이 회장은 그런 조이가 사랑스럽다는 듯 껄껄 웃으며 조이의 머리를 쓰다듬었다.

"이 녀석, 애교가 더 많아졌어."

재현은 못마땅한 눈빛으로 조이를 노려보았다. 삐쩍 말랐던 녀석이 이젠 몰라볼 정도로 살이 붙었다. 어디 살만 붙었나? 너무 잘 먹어서 털에서도 윤기도 좔좔 흐른다. 병원에 데려가서 치료해주고 이곳에 데려온 게 누군데…… 조이는 생명의 은인인 재현은 나 몰라라 하고 오로지 이 회장과 민 여사의 뒤만 졸졸 따라다녔다.

겉은 고양이인데 속은 완전한 강아지의 성격을 간직한 조이. 그 말로만 듣던 '개냥이가 바로 조이를 두고 하는 말인가 보다.

이 회장은 조이의 재롱을 받아주느라 재현과의 대화를 잊어버리고 연신 조이를 쓰다듬었다. 조이에게 정신이 팔린 이 회장을 바라보며 재현은 속으로 쓴웃음을 지었다. 조이 녀석, 그래도 세희가 전 주인이라고 위기에서 구해주는군.

"전 이만 가보겠습니다."

"왜 벌써 가려고? 그러지 말고 오랜만에 같이 식사나 하자꾸나. 유 회장네와 저녁 약속해놓았다. 마침 여기에 정연이도 없고 하니, 이런 좋은 기회가 어디 있겠니."

정연과 미라가 서로 앙숙이라는 것을 잘 아는 이 회장이 기분 좋게 웃으며 말했다.

"미라와의 정혼은 아직까진 우리에게 좋은 패가 될 거야. 그러니까 쉽게 놓쳐선 안 돼. 명심해라."

"네. 알겠습니다."

재현은 자리에서 일어나 조용히 서재 문을 열고 밖으로 나갔다.

⚜

옥탑방으로 돌아온 세희는 건물 청소를 위해 간편한 옷으로 갈아입고 청소 도구를 챙겨 아래층으로 내려갔다. 4층으로 내려가자, 화장실 안에서부터 좔좔 물이 흐르는 소리가 들렸다.

누가 물을 안 잠그고 그냥 갔나? 세희는 고개를 갸우뚱거리며 서둘러 화장실로 걸어갔다. 문을 열고 안으로 들어서니 50대 중반쯤으로 보이는 청소복 차림의 아주머니가 고무장갑을 끼고 열심히 세면대를 닦고 있었다.

"아주머니는 누구세요?"

세면대를 닦던 아주머니가 동작을 멈추고 뒤를 돌아보았다.

"오늘부터 여기 청소를 맡았는데……. 혹시 옥탑방에 사는 아가씨예요?"

"네, 그런데요."

"관리 업체에서 연락 못 받았나 봐요? 이번 달부터 청소 업무도 같이 하기로 했거든요."

"네?"

세희가 놀란 표정으로 되묻자 아주머니는 사람 좋은 미소를 보이며 휘이휘이 손을 내저었다.

"내가 계단이랑 다 깨끗하게 청소해놓고 갈 테니까 아가씨는 걱정하지 말고 올라가서 볼일 봐요."

아주머니에 의해 떠밀리다시피 화장실을 나온 세희는 옥탑방으로 돌아가 주인 할아버지가 알려주고 간 관리 업체에 전화를 걸었다.

뚜―. 뚜―.

하지만 오늘은 토요일이라 모두 퇴근했는지 신호만 갈 뿐 아무도 받지 않았다. 몇 번이나 다시 전화를 걸었지만 역시 통화는 연결되지 않았다. 결국 그녀는 간단하게 메시지를 남기고 전화를 끊었다.

어떻게 된 거지? 분명히 계단과 화장실 청소를 해주는 조건으로 월세를 오만 원만 내는 건데……. 내가 알아서 집세를 올려드려야 하나? 세희는 은근히 밀려오는 걱정에 긴 한숨을 내쉬었다.

그때 그녀의 손에 쥔 휴대폰이 울리기 시작했다. 벌써 관리 업체에서 메시지를 확인했나? 세희는 번호도 확인하지 않고 빠르게 응답 버튼을 눌렀다.

“여보세요.”

[후, 정말 빠르군. 울리자마자 받았어?]

저편에서 들려오는 나직한 재현의 목소리에 순간 눈물이 핑 돌 것만 같았다. 바보처럼 왜 이러지? 그와 헤어진 지 몇 시간이나 지났다고 이런 반응을 보이다니.

“어쩐 일이세요?”

아, 왜 나는 이런 말밖에는 못하는 걸까? 좀 더 나긋한 말이 왜 떠오르지 않는 걸까?

세희는 살며시 아랫입술을 깨물며 상냥하지 못한 자신을 탓했다.

[미안한데 오늘 아무래도 늦을 것 같아. 저녁 약속 취소해야 할 것 같은데…….]

“괜찮아요.”

[많이 늦을지도 모르니까 비밀번호 알려줄 게 먼저 가서 일하고 있어.]

“아니에요. 저 그냥 집에서 작업할게요.”

[불편하지 않겠어?]

“어제 1차로 작업 끝난 거 오늘은 수정 작업 들어갈 거니까 모니터 두 개까진 필요 없어요.”

[그래?]

왠지 모르게 그의 목소리가 쓸쓸하게 들렸다.

[알았어, 그럼.]

재현은 그 말을 끝으로 먼저 전화를 끊어버렸다. 세희는 멍하니 끊어진 휴대폰을 가슴에 꼭 끌어안으며 천천히 그 자리에 주저앉았다. 오늘 밤 그를 볼 수 없다고 생각하니까 미치도록 가슴이 죄어온다. 뭐 하자는 건지. 내가 지금 사랑에 빠져서 허우적거릴 때가 아닌데……. 게다가 상대는 언감생심 꿈도 꾸지 못할 남자라고!

신데렐라는 그래도 요정 할머니 빽이라도 있었지. 백설 공주는 그래도 일곱 난쟁이 경호원이라도 있었지. 잠자는 숲 속의 미녀는 그래도 엄청나게 화려한 성이라도 있었지. 나는 정말 아무것도 없는데, 엄청난 빚만 있는데……

세희는 길고 긴 한숨을 내쉬며 무릎에 얼굴을 묻었다.

"민 여사님, 못 본 사이에 피부가 더 고와지셨어요. 도대체 비결이 뭡니까?"

"어머, 유 회장님. 그러는 최 여사님은 누가 보면 미라 양, 엄마가 아니라 언니인 줄 알겠어요."

"오호호호, 민 여사님. 말만으로도 감사해요."

오랜만에 한자리에 모인 이 회장 내외와 유 회장 내외는 전혀 마음에도 없는 대화를 나누며 서로 견제하기에 바빴다. 도대체 언제쯤 돼야 가식을 벗고 상대를 향해 송곳니를 드러낼까?

재현의 어머니, 민 여사는 최 여사를 향한 날카로운 눈빛을 미소 속에 감추며 우아한 동작으로 와인 잔을 들어 올렸다. 정연은 티가 나게 미라를 싫어했지만 민 여사는 좀 더 노련하게 대처했다. 앞에서는 상냥하게 웃으며 뒤에서만 최 여사를 경멸했으니까.

이 회장은 두 여자의 적대 감정을 알면서도 유 회장의 막내딸 미라를 재현의 정혼 상대로 점찍었다. 어차피 사적인 감정은 전혀 들어가지 않은, 오로지 기업의 이윤만을 위한 정략결혼이니까 크게 상관하지 않았을 것이다.

"오빠, 우리 건배해요."

재현은 맞은편에 앉아 생글생글 미소를 날리는 미라를 차가운 눈으로 바라보았다. 재현의 무심한 눈으로 보기에도 오늘 미라는 최대한으로 꾸미고 나왔다. 머리끝에서 발끝까지 화려하다 못해 눈이 부실 정도였다. 미라의 머리에 꽂힌 다이아몬드 머리핀은 웬만한 자동차 한 대 가격보다 더 비쌀지도 모른다. 재현은 세희의 싸구려 머리핀을 떠올리며 작게 한숨을 내쉬었다.

"특별히 건배할 만한 이유라도 있어?"

싸늘한 재현의 반응에 미라는 슬그머니 와인 잔을 내려놓으며 어색하게 미소 지었다.

"특별한 이유가 있는 건 아니고 오랜만에 오빠랑 저녁을 먹으니까요."

"다음에 하지. 난 오늘 운전해야 해서 와인 마시면 안 돼."

"운전기사 안 불러요?"

그때 문이 벌컥 열리며 규한이 별실로 걸어 들어왔다.

"늦어서 죄송합니다."

전혀 예상하지 못한 그의 등장에 이 회장과 민 여사의 안색이 창백하게 변해버렸다. 재현 역시 티는 내지 않았지만 규한의 등장에 적잖이 당황했다. 그러나 규한은 이 회장 가족이 이곳에 있는지 이미 다 알고 있었다는 듯 느긋하게 걸어와 미라의 옆에 자리를 잡고 앉았다. 규한이 이 회장에게 고개를 숙여 인사했다.

"오랜만입니다, 회장님. 그동안 안녕하셨습니까?"

"어, 그래. 자네도 그동안 잘 지냈나?"

이 회장은 최대한 평정을 가장하며 고개를 끄덕였다. 유 회장은 사태의 심각성을 전혀 모르는 듯 껄껄 큰 소리로 웃기 시작했다.

"내가 말일세. 아들 둘에 딸이 셋인데 다들 있는 재산 축내느라고 바쁘지 않나. 그래서 이참에 큰 결정을 내렸지. 경영만큼은 자식들에게 맡기지 말고 전문가를 고용하자고 말이야. 여기 규한이가 이번에 애진 그룹의 경영을 맡아주기로 했다네."

"그랬군."

이 회장이 씁쓸한 미소를 지으며 재현에게로 시선을 돌렸다. 이 회장의 심중을 읽은 재현이 작게 고개를 끄덕였다.

지금 유 회장은 민규한이란 패를 들고 그들에게 미라와의 정략결혼과 애진 화학의 거래를 동시에 압박하고 있었다. 빠른 조치가 없을 경우, 하나 그룹과 껄끄러운 관계인 민규한을 전문 경영자로 내세우겠다는 은근한 협박이었다. 만약에 하나 그룹에게 버림받았던 민규한이 애진 그룹의 전문 경영자가 된다면 재계에서는 두 그룹 간의 밀월이 끝났음을 눈치챌 것이다.

가뜩이나 내부의 적인 박 이사나 민 사장 측과 선이 닿아 있다는 정보에 유 회장과의 동맹도 꺼림칙해지고 있었는데 의심에 쐐기를 박은 꼴이 됐다.

"그나저나 자네, 여자가 있다는 소문이 있던데 사실인가?"

아니나 다를까, 곧바로 유 회장으로부터 재현을 향해 날카로운 공격이 날아왔다. 순간 실내에 폭풍 전야와 같은 정적이 감돌았다. 오늘 이 자리에서 유 회장이 재현에게 직접 물어볼 거라곤 아무도 예상하지 못한 일이었다. 울며불며 소동을 피운 미라 역시 마찬가지였다. 모두의 시선이 재현에게로 향했다.

그러나 당사자인 재현은 태연한 얼굴로 테이블에 앉은 사람들을 하나하나 둘러보았다. 재현의 시선이 마지막으로 규한에게 닿자, 그는 재현만 알아볼 수 있는 동작으로 미세하게 고개를 내저었다.

두 남자의 시선이 테이블 위에서 뜨겁게 맞부딪쳤다. 이윽고 재현이 입꼬리를 슬쩍 비틀며 천천히 입을 열었다.

"네, 사실입니다."

그의 차가운 눈빛이 오롯이 미라를 향해 쏟아졌다.

"저에게 여자가 있습니다."

22. 오늘 자고 가도 될까?

"자, 자네 지금 뭐⋯⋯라고⋯⋯."

전혀 예상하지 못한 재현의 대답에 유 회장은 말을 제대로 끝내지 못했다. 옆에 있던 최 여사가 유 회장을 대신해 사태 정리에 들어갔다.

"이 전무 나이에 여자가 있는 건 당연하지. 그 나이에 여자가 없는 것도 문제야. 결혼 전까지만 정리해. 그렇죠, 이 회장님?"

"그거야 뭐 당사자가 알아서 잘할 테죠."

규한의 문제로 퍽이나 기분이 상한 이 회장이 퉁명스럽게 대답했다. 아무리 사업에 냉철한 이 회장이지만, 딸 정연에 관해서는 이성보다는 감정이 앞섰다.

유 회장이 괘씸해서라도 이 회장은 최 여사에게 장단을 맞춰줄 생각이 없었다.

이 회장의 떨떠름한 반응에 최 여사는 잠시 당황했지만 곧 특유의 화사한 미소를 떠올렸다.

"그러면 더 이상한 소문이 나기 전에 빨리 공식적으로 우리 미라랑 이 전무랑⋯⋯."

"말씀을 끊어서 죄송합니다만."

최 여사의 말허리를 자르며 재현이 자리에서 일어났다.

그는 여유 있는 동작으로 슈트의 앞깃을 다듬으며 이 회장과 유 회장을 번갈아 바라보았다.

"그 여자, 저에게 아주 소중해서 말입니다. 절대로 포기할 수 없습니다. 정략결혼은 없던 일로 하죠."

충격으로 아무 말도 못 하는 유 회장과 최 여사를 향해 재현이 고개를 숙였다.

"그럼 전 이만."

재현이 별실을 걸어 나가자 규한도 자리에서 벌떡 일어났다.

"저도 실례하겠습니다."

규한은 모두에게 양해를 구한 후 재현의 뒤를 빠르게 쫓았다.

"이게 지금 다 무슨 소리야?"

재현의 뒷모습을 멍하니 바라보던 유 회장이 제정신이 돌아왔는지 버럭 소리를 질렀다.

"귀먹었어? 방금 다 들어놓고 무슨 딴소리야. 우리 재현이에게 여자가 있다잖아!"

유 회장에게 지지 않게 이 회장도 크게 언성을 높였다.

"어머, 이 회장님. 여기서 이러시면 안 되죠."

최 여사의 비명 같은 큰소리가 그 뒤를 따랐다.

"우리 미라가 이 전무를 얼마나 좋아하는지 아시면서 그래요?"

그 말에 미라가 울음을 터뜨렸고, 별실 안은 순식간에 난장판이 되어버렸다.

오로지 민 여사만이 고고한 자태로 잔을 들고 와인을 음미했다.

이런……. 우리 정연이가 재미난 구경거리를 놓쳐버렸네.

민 여사는 정연이 이 자리에 없다는 사실이 참으로 아쉬울 뿐이었다.

"나랑 이야기 좀 하자."

빠르게 달려온 규한이 재현의 팔을 낚아채며 말했다.

"할 말 없어."

재현은 규한과 시선도 마주하지 않은 채 몸을 틀어 규한에게 잡힌 팔을 빼냈다. 그러나 몇 걸음도 옮기지 못하고 다시 규한에게 어깨를 잡혔다.

"난 있어. 제발 부탁이다. 잠시만 이야기하자."

재현은 마지막으로 규한을 만났던 작년 겨울을 떠올렸다. 유럽 출장 중 우연히 런던 공항의 퍼스트클래스 라운지에서 마주친 두 사람은 그때만 해도 좋은 관계를 유지했었다. 그러니 규한과 잠시 이야기를 나눈다고 크게 손해 볼 일은 없을 것이다. 결국 재현은 규한을 따라 근처 커피숍으로 자리를 옮겼다. 두 사람은 커피 두 잔을 시켜놓고 한동안 아무 말 없이 서로를 응시했다.

"그래서 할 이야기라는 게 뭐야?"

재현이 먼저 말문을 열었다.

"내가 유 회장님의 제안을 받아들여서 너나 이 회장님의 기분이 상한 건 잘 알겠어."

"그게 무슨 상관이지? 형에게는 놓칠 수 없는 기회야. 우리 때문에 포기하는 건 그렇잖아. 다만……."

"너와 미라가 결혼한다면 하나와 애진은 사돈지간이 되는 거야."

규한이 재현의 말을 중간에 끊으며 말했다.

"사돈의 기업을 경영하는 나를 어떻게 대해야 할지……. 아주 많이 불편할 거야. 특히 정연이가."

"그래서 더 일부러 받아들인 거 아니었어?"

"그렇진 않아."

규한이 부정을 하든, 하지 않든 그건 재현에게 중요한 일이 아니었다. 사업은 사업이었다. 사적인 감정에 연연할 필요는 전혀 없었다.

"난 형이 어디에 가든지 상관 안 해. 그건 형 인생이지 내 인생이 아니니까. 신경 쓰지 마. 나 이만 갈게."

"내가 너를 만나자고 한 건……."

자리에서 일어나는 재현의 팔을 잡으며 규한이 빠르게 말했다.

"네 여자 때문이다. 서세희란 여자 때문이라고."

"무슨 소리야?"

그 말에 얼음같이 싸늘하던 재현의 무표정이 깨져버렸다. 재현은 눈살을 찌푸리며 힘껏 규한을 노려보았다. 세희를 몰래 만난 것도 마음에 들지 않았는데, 지금 규한의 입에서 세희라는 이름이 나왔다는 사실이 참을 수 없게 거슬렸다.

"왜 여기서 세희 이름을 들먹이는 거지?"

"그러니까 앉아. 앉아서 내 이야기 들어."

마지못해서 재현이 다시 자리에 앉자 규한은 긴 한숨을 내쉬며 의자에 등을 기대었다.

"재현아, 넌 내가 왜 갑자기 마음을 바꿔서 정연이를 떠났다고 생각하니?"

별로 심각하게 생각해보지 않은 질문이었다. 타인 간의 애정 문제에 깊게 관여하고 싶지 않았기 때문이다.

"글쎄……. 상황에 지쳐서?"

그 말에 규한이 피식 입매를 비틀었다.

"절대로 징연이를 포기할 수 없다며 회장실에서 난동을 부리던 내가, 지쳤다는 이유 하나로 그렇게 쉽게 나가떨어졌을 거라고 생각하니?"

규한의 목소리가 살며시 떨리며 눈가에 물기가 맺혔다. 어릴 때부터 친형제처럼 지낸 두 사람이라 규한은 종종 재현의 앞에서 속내를 드러내곤 했다. 철저하게 속마음을 감춰버린 재현과 달리 규한은 아직도 남에게 내보일 감정이 남아 있나 보다.

"이 회장님. 평소에는 호탕하고 마음이 넓은 분 같지만, 본인 것을 지킬 때는 아주 잔인해질 수 있는 분이지."

솔직히 재현은 이 회장이 어떤 수로 정연과 규한을 떨어뜨려 놓았는지 알지 못했다. 물어본다고 알려줄 이 회장도 아니었지만, 무슨 이유인지 이 회장은 자신이 한 일이 전혀 없다는 말만 되풀이했다.

―낸들 아냐. 녀석이 지쳤으니까 떨어져나갔겠지.

정연을 포기할 수 없다던 규한이 갑자기 마음을 바꾸고 미국으로 출국하던 날.

―사람이 살면서 뭔가를 절실히 원한다는 거. 절대로 포기할 수 없는 뭔가를 갖게 된다는 거. 그게 때로는 아주 큰 약점이 될 수도 있어. 특히 그 상대가 네가 지켜줘야 할 사람이라면…….

규한은 공항으로 달려온 재현에게 의미심장한 말 한마디를 남겼다.

"아버지가 형에게 잔인했던 것과 내 여자가 무슨 상관관계가 있지?"

재현의 싸늘한 반응에 규한은 씁쓸하게 웃으며 창밖으로 시선을 돌렸다. 어둑해진 거리를 바라보던 규한이 다시 재현에게로 고개를 돌리기까지는 조금의 시간이 필요했다.

재현은 지금 당장이라도 세희에게 달려가고 싶은 충동을 누르기 위해 큰 인내심을 발휘해야만 했다.

이윽고 규한이 다시 입을 열었다.

"전에 내가 해준 말 기억하니? 사람이 살면서 뭔가를 절실히 원하고 절대로 포기할 수 없을 때, 그게 때로는 아주 큰 약점이 될 수도 있다고 했던 말. ……그런데 말이지, 난 그걸 네 눈에서도 발견하게 됐어."

"무슨 말이야?"

규한의 입에서 나올 다음 말에 재현은 자신도 모르게 긴장했다. 뭐지, 이 불길한 예감은?

"제주도 파티 기억나지? 네가 물에 빠진 세희 양을 건졌을 때, 마침 나도 근처에 있었어. 도와주려고 다가갔지만, 그럴 수 없었어. 네 얼굴에 떠오른 표정 때문이었어."

"돌려서 말하지 마."

재현은 어금니를 악물고 잇새로 내뱉듯 말했다.

"난 그날 네 얼굴에서 누군가를 향한 절실함을 보았어. 내가 정연이에게 보였던 그 절실함에 비교할 만큼 아주 목마른 그 무언가를……."

그날 재현은 아무것도 생각할 수 없었다. 혹시 세희가 잘못될지도 모른다는 불안감은 공포가 되어 그를 억누르기 시작했고, 주위에 누가 있건 없건 오로지 그녀를 살려야 한다는 생각뿐이었다.

자신이 어떤 표정이었는지는 굳이 규한이 설명해주지 않아도 알 수 있다. 재현은 아무런 반박도 할 수 없었다.

"조심하라는 말을 하려고 만나자고 한 거야."

규한은 커피 잔을 들어 말끔히 잔을 비운 후, 자리에서 일어났다.

"내 눈에 쉽게 보였다면 곧 누군가의 눈에도 보일 테니까. 그냥 여자가 있는 것과 포기할 수 없는 절실한 여자가 있다는 건, 이 회장님께는 아주 다른 문제가 될 거야."

말을 마친 규한은 쓰디쓴 웃음만을 남기고 자리를 떴다.

─그냥 여자가 있는 것과 포기할 수 없는 절실한 여자가 있다는 건, 이
　　회장님께는 아주 다른 문제가 될 거야.

재현은 자리에 우두커니 앉아 규한이 남기고 간 말의 의미를 되씹었다.
그리고 잠시 후 휴대폰을 꺼내 단축번호를 눌렀다. 안 실장과 통화가 연결
되자마자 재현은 빠르게 지시를 내렸다.

[네, 전무님. 무슨 일이십니까?]

"안 실장님, 지금부터 제가 하는 말, 잘 들으세요. 오늘 밤 회장님이 절 찾
으려고 할 겁니다. 안 실장님과 모든 경호원은 제가 어디 있는지 몰라야 합
니다."

이 회장이 지는 태양이라면 이 전무는 뜨는 태양이다. 모든 경영권을 재
현에게 물려주고 은퇴할 이 회장의 명령보다는 앞으로 퇴직할 때까지 모시
게 될 재현의 명령이 안 실장에게는 더 중요했다.

[알겠습니다. 제가 알아서 처리하겠습니다.]

안 실장과의 통화를 끝낸 재현은 거의 뛰듯이 커피숍을 빠져나갔다. 그리
고 옥탑방으로 차를 모는 동시에 세희에게 전화를 걸었다.

뚜─. 뚜─. 뚜─.

신호만 갈 뿐, 그녀는 전화를 받지 않았다. 분명히 집에서 번역 일을 한다
고 했는데 왜 전화를 받지 않을까? 자꾸만 밀려오는 불안감을 떨치며 재현
은 더욱더 세게 가속페달을 밟았다.

◈◈◈◈◈

"고마워요. 언니 덕분에 살았어요."

편의점 알바생, 윤미가 환하게 웃으며 뛰어왔다. 편의점 계산대에서 책을

읽던 세희가 고개를 들었다.

"언니가 아니었으면 저 정말 여기서 쌀 뻔했다니까요. 어휴, 뭘 잘못 먹었나."

올해로 21살이 되는 윤미는 저번 주부터 야간 알바를 시작했다. 원래는 취객들 때문에 남자 알바생과 같이 근무하는데 오늘 갑자기 일이 생겨 매니저가 오기로 하고 먼저 퇴근했단다.

문제는 편의점 문을 잠그는 열쇠를 남자 알바생과 매니저만 가지고 있다는 거다. 매니저가 오려면 아직 1시간은 더 있어야 하는데, 갑자기 볼일이 급해진 것이다. 문을 열어놓고 화장실에 갈 수도 없고 그렇다고 언제까지 참을 수도 없어 혼자 징징거리던 중, 세희가 편의점 안으로 들어온 것이다. 구세주가 따로 없었다. 윤미는 "언니, 잠깐만 봐주세요!" 하고 외치고 화장실로 후다닥 달려갔다. 졸지에 편의점 알바생이 되어버린 세희는 윤미가 돌아오기까지 30분 넘게 편의점을 지켰다.

"너 없는 동안 판 물건 목록. 여기다 적어놨어."

"고마워요, 언니."

"혹시 모르니까 나중에는 꼭 보조 키 받아놔."

"네."

"사이다 두 병 가져갈게. 여기."

세희가 지폐를 내밀자 윤미가 두 손을 내저었다.

"아니에요. 아니에요. 언니가 편의점 봐줬는데 그냥 가져가세요."

"됐다. 벼룩의 간을 빼먹지. 물건이 비면 네가 나중에 물어내야 해. 자, 받아."

세희는 억지로 윤미에게 돈을 건네고 냉장고에서 사이다 두 병을 꺼내 편의점을 나섰다. 편의점 앞을 돌아 나와 건물 옆에 있는 계단으로 걸어가는데 누군가의 손이 그녀의 손을 낚아챘다.

예기치 못한 충격에 세희가 몸을 휘청거리자 그녀의 팔을 잡은 누군가가 허리에 팔을 뻗어 중심을 잡아주었다. 고개를 돌리자 화난 표정의 재현이 시야에 들어왔다. 그는 다짜고짜 세희의 손에 든 비닐봉지를 받아 바닥에 내려놓더니 화를 억누르는 목소리로 말했다.

"왜 전화 안 받았지?"

"네?"

세희가 이해가 안 간다는 표정으로 눈을 동그랗게 떴다. 아까 분명히 전화 받았는데……. 울리자마자 받았다고 놀릴 때는 어쩌고?

"여기 올 때까지 내가 얼마나 전화를 많이 했는지 알아?"

"아."

그제야 그가 화난 이유를 깨달은 세희가 겸연쩍은 표정으로 말했다.

"죄송해요. 잠깐 편의점 가는 거라서 휴대폰을 방에 두고 왔거든요. 그런데 갑자기 편의점을 봐주게 되서……. 어맛!"

말이 채 끝나기도 전에 재현이 두 팔을 벌려 그녀를 와락 끌어안았다. 단번에 그의 품 안으로 딸려 들어간 세희가 작게 비명을 내질렀다.

"후."

재현은 한숨 같은 탄식을 내뱉으며 그녀의 정수리에 연신 입을 맞추었다. 그리고 혼잣말처럼 작게 중얼거렸다.

"보고 싶었어."

톱니바퀴가 맞물린 듯이 한 치의 틈도 없이 끌어안고 있으면서도 재현은 더욱더 거세게 그녀를 끌어안았다. 이대로 숨이 막혀도 좋았다. 그녀를 이렇게 품에 안고 있을 수만 있다면 아무것도 필요 없을 것 같았다. 재현은 불같이 치솟는 감정을 애써 누르며 되풀이했다.

"보고 싶어서 미치는 줄 알았어."

그리고 고개를 숙여 그녀의 다디단 입술을 한껏 베어 물었다.

한참이 지나고 나서야 재현의 입술이 멀어졌다. 그러나 여전히 그녀는 그의 품에 안겨 있었다. 재현이 두 손으로 그녀의 얼굴을 감싸 자신을 바라보게 했다. 그녀의 시야로 혼란스러운 듯 미간을 좁힌 재현이 들어왔다. 그는 아침에 헤어졌을 때와는 어딘지 모르게 다른 분위기였다. 무엇이 변한 걸까? 풀릴 듯 풀리지 않는 의문이 그녀의 머릿속을 가득 채웠다.

그가 다시금 고개를 숙여 입술을 포갰다. 입술이 닿는 순간 세희는 의문의 해답을 찾았다. 지금 여기는 밖이잖아! 다행히 건물 옆에 있는 계단 입구라 행인의 눈길이 미치지는 않았다. 그렇다고 해도 사방이 훤하게 뚫린 바깥임에는 틀림없었다.

다른 사람이라면 몰라도 이재현이란 남자는 절대로 바깥에서 애정 행각을 벌일 사람이 아니다. 하늘이 두 쪽 난다고 해도 절대로 그럴 사람이 아닌데…….

당황해하는 그녀와 달리 재현은 느긋할 정도로 집요하게 그녀의 입술을 파고들었다. 그의 커다란 손이 뺨을 감싸고 있는 탓에 세희는 뒤로 물러설 수도, 고개를 돌릴 수도 없었다. 그저 고개를 뒤로 젖힌 채 그에게 온전히 입술을 내주어야만 했다.

이윽고 그의 입술이 떨어져나가자 세희는 재빨리 품에서 빠져나오며 얼굴을 붉혔다. 그리고 혹시라도 누가 볼까 봐 서둘러 재현의 팔을 잡아 건물 안으로 이끌었다. 옥상에 다다라서야 재현을 놓아주며 살며시 그를 흘겨보았다.

"몰라요. 밖에서 그러면 어떡해요? 사람들 보는 눈도 있는네…….〞

"사람들 보는 눈이 없는 여기선 괜찮고?"

재현이 코앞으로 다가와 고개를 숙이자 세희는 화들짝 놀라며 그를 밀어냈다.

"농담 아니에요. 소문이라도 나서 혼삿길 망치면 어쩌려고."

잠깐! 혼삿길? 지금 여기서 고리타분한 단어가 왜 나오지? 세희는 자신이 한 말에 자신이 더 놀라버렸다. 잘못 이해하면 키스했으니까 책임지라는 소리로 들리겠다. 키스 몇 번 했다고 책임지라는 건 정말 조선 시대에나 있을 법한 이야기인데……. 그녀는 자신의 바보 같은 말실수를 원망하며 살며시 혀를 깨물었다.

"정확하게 말하면 네가 날 책임져야지."

"네?"

세희는 선뜻 이해가 되지 않아 살짝 인상을 찌푸렸다. 재현은 가슴 앞으로 팔짱을 끼며 세희를 향해 상체를 굽혔다.

"잊었어? 먼저 키스한 사람이 누군지?"

뺨에 뽀뽀하려다 잘못해서 입술에 키스한 걸 말하는 건가?

"그건 실수였어요. 난 그냥 뺨에다 하려고 했는데……. 아니, 그것보다 그게 제일 먼저는 아니죠. 차 안에서 키스한 건 왜 빼먹어요?"

"이런, 그날은 우느라고 정신없는 줄 알았더니 기억하고 있었어?"

"네?"

이 남자, 지금 날 놀리는 거지? 기분이 상한 세희는 홱 토라진 얼굴로 재현에게서 등을 돌렸다. 하지만 곧 그가 뒤에서 팔을 뻗어 그녀를 끌어안았다. 등 뒤로부터 그의 단단한 가슴과 따뜻한 체온이 느껴지자 세희는 흠칫 숨을 들이켰다. 그녀의 어깨에 턱을 괴며 재현이 나지막하게 속삭였다.

"혼삿길 망치면 내가 책임질 테니까 걱정하지 마."

농담이란 걸 알면서도 그녀의 뺨이 붉게 물들었다. 세희는 혹시라도 그에게 들킬세라 달아오른 뺨을 손등으로 꾹꾹 눌렀다.

"그런데 왜 가만히 있지? 책임질 필요 없다고 거절해야 하는 거 아닌가?"

"네?"

마치 그녀가 자신을 좋아한다는 걸 아는 것 같은 짓궂은 농담이었다. 역시 그는 아침에 헤어졌을 때와 확실히 뭔가 달랐다. 평소의 그라면 아무리 농담이라도 절대로 이런 말을 할 리가 없는데…….

"……저기 혹시 뭐 잘못 드셨어요?"

"글쎄……."

세희의 질문에 그가 잠시 뜸을 들이다 말을 이었다.

"……뭘 잘못 먹었을까? 아침 이후로 아무것도 먹지 않았는데……."

뜻밖의 대답에 세희는 서둘러 재현의 팔을 풀고 그를 보기 위해 뒤돌아섰다.

"지금까지 굶었다고요? 아니, 지금이 몇 신데……. 아까 저녁 먹고 온다고 하지 않았어요?"

"……어쩌다 보니까 그렇게 됐군."

재현은 씁쓸하게 웃으며 다시 손을 뻗어 그녀를 앞으로 끌어안았다.

"혹시 귀찮아서 안 먹은 거예요?"

"비슷한 이유."

재현은 지나가는 말투로 별일 아니라는 듯이 대답했다. 그의 가슴에 얼굴을 묻으면서도 세희는 오후 내내 굶었다는 말에 신경이 쓰였다. 재벌이나 서민이나 다 같은 사람인데 먹어야 살지. 안 그래?

"들어오세요. 같이 저녁 먹어요."

세희의 말에 재현은 사양하지 않고 그녀를 따라 옥탑방으로 들어갔다. 냉장고 문을 열고 안을 들여다보던 세희는 이것저것 반찬 통을 꺼내어 식탁 위로 나르기 시작했다.

"미안해요. 먹을 만한 반찬이 별로 없어서……."

국을 데우기 위해 가스레인지의 불을 켜며 세희가 중얼거리듯 말했다.

"괜찮아."

"달걀 프라이라도 할까요?"

아무래도 안 되겠다 싶어서 냉장고 문을 여는데 어느새 다가온 재현이 그녀의 손을 잡았다.

"됐으니까 그만해."

"그러면 국 떠 갈 테니까 앉아 계세요."

"잠시만."

대충 볼펜으로 비틀어 올린 세희의 머리를 어루만지며 재현이 물었다.

"머리핀, 하나밖에 없어?"

"하나 더 있는데 그냥 찾기 귀찮아서……."

"그래?"

그가 손을 뻗어 그녀의 머리에서 볼펜을 빼버렸다. 그러자 풍성하고 윤기 있는 머리카락이 단번에 어깨 위로 흘러내렸다. 국을 뜨기 위해 냄비 뚜껑을 열던 도중이라 세희는 그의 돌발 행동을 막을 수 없었다. 재현이 기다란 손가락으로 그녀의 머리를 곱게 빗어 내렸다. 정수리에서부터 쓸어내리는 부드러운 손길이 너무나도 짜릿했다. 그의 손길이 스쳐 지나는 곳마다 아지랑이 같은 열기가 스멀스멀 피어오르는 것만 같았다.

세희는 아랫입술을 꼭 깨물며 국을 뜨는 동작에 집중했지만, 가늘게 손끝이 떨려 더 이상 뜨거운 국그릇을 들고 있을 수가 없었다. 결국 세희는 국물을 흘리지 않게 조심하며 조리대 위에 국그릇을 내려놓았다.

"아끼는 머리핀이었어? 잃어버려서 미안한데."

"아니에요. 아낀다기보다는 그냥 오래 써서 손에 익숙했을 뿐이에요."

"그래? 오래 썼다고……."

혼잣말처럼 중얼거리던 재현이 주머니에서 무언가를 꺼내더니 그녀의 머리를 하나로 묶었다.

"이게 뭐예요?"

깜짝 놀란 세희가 손을 뒤로 돌려 머리에 꽂힌 머리핀을 더듬었다.

"잃어버린 거 대신이야."

오늘 아침 재현은 날이 밝자마자 강 비서에게 전화를 걸어 명품이지만 눈에 띄지 않는 고상한 머리핀을 사 오라고 지시를 내렸다. 최고의 순발력을 자랑하는 강 비서는 재현보다 먼저 본가에 도착해 대문 앞에서 그를 기다리고 있었다. 완벽하게 포장된 머리핀을 두 손에 들고서 뿌듯한 미소와 함께……

"이거 머리핀이에요?"

"응. 우선 밥부터 먹고 이따가 봐."

식탁 위에 차려진 거라곤 어묵 무침과 멸치 볶음, 배추김치와 콩나물국이 고작이었다.

아, 정말 빈약하다. 그냥 달걀 프라이를 할 걸 그랬나? 난처한 표정으로 식탁을 바라보는 세희와는 달리 재현은 곧장 숟가락으로 국물을 떠 입에 넣었다. 그러곤 만족스러운 미소를 떠올렸다.

"맛있군."

빈말이 아니라 진심이었다. 그녀가 해준 음식이라면 접시에 달랑 양파만 썰어 올려놓아도 맛있을 것 같았다. 아니, 음식을 해줄 필요도 없었다. 이렇게 옆에만 있어도 없던 식욕도 돌 것 같다.

"맛, 괜찮아요?"

"응."

"이렇게 같이 식사할 줄 알았으면 두부찌개라도 끓여놓을걸."

재현의 앞으로 반찬 그릇을 밀며 세희가 혼잣말처럼 중얼거렸다.

"이걸로 충분해."

세희는 묵묵히 어묵 무침을 입으로 가져가는 재현을 믿을 수 없다는 표정으로 바라보았다. 백화점에서 파는 고급 어묵도 아니고 슈퍼에서 파는 보통 어묵인데. 혹시나 비린내가 난다고 얼굴을 찌푸릴까 걱정했는데 그는 아무런 불평도 하지 않았다. 최고급 한식당에 가서도 밥공기를 비우지 않던 그가 놀랍게도 한 공기를 뚝딱 비우고 두 번째 공기를 비우기 시작했다.

"국도 좀 더 드실래요?"

재현은 그녀의 제안을 거절하지 않았다. 숟가락으로 국물을 떠 올리던 재현이 잠시 동작을 멈추고 고개를 들어 세희를 바라보았다.

"오늘, 자고 가도 될까?"

"네에?"

깜짝 놀란 듯 그녀의 커다란 눈이 더욱더 커다래졌다.

"갈 곳이 없어. 하룻밤만 재워줘."

반은 맞는 말이고, 반은 사실이 아니다. 오늘 밤, 그는 펜트 하우스로 돌아갈 수 없었다. 안 실장에게 뒤처리를 부탁했지만, 이 회장이 펜트 하우스에 들이닥친다면 아무도 이 회장을 막을 수 없으니까. 하지만 펜트 하우스를 제외하곤 어디를 가든, 상관없었다. 안 실장과 경호팀이 그를 이 회장과 유 회장의 시선으로부터 철저하게 보호할 것이다. 다만 오늘 밤은 그녀의 곁에 머물러야 할 것 같았다. 혼돈 상태에 빠진 그를 잡아줄 사람은 오직 그녀뿐이니까.

―그나저나 자네, 여자가 있다는 소문이 있던데 사실인가?

―네, 사실입니다.

유 회장의 날이 선 물음에 왜 그런 대답을 해버렸을까? 그 역시 자신을 이해할 수 없었다.

한 가지 분명한 건 세희의 존재를 부인할 수 없다는 것. 그녀를 향한 복받치는 감정이 무엇인지 아직 결론은 내리지 않은 상태지만, 그래도 그는 세희의 존재를 부인할 수 없었다. 그건 옳지 않았다.

재현을 마주 보며 한참 동안 고민하던 세희가 천천히 고개를 끄덕였다.

"네. 그렇게 하세요."

꧁꧂

달그락─. 달그락─.

접시를 닦는 세희의 손이 부산하게 움직였다. 옆에 있는 재현이 신경이 쓰이면 쓰일수록 접시를 닦는 손놀림이 빨라졌다.

저녁 식사가 끝나자 재현은 한 손으로 넥타이를 풀더니 느긋한 동작으로 소매를 걷어 올렸다. 살짝 올린 소매 아래로 드러난 팔에는 과하지 않게 아주 적당한 근육이 잡혀 있었다. 세희는 왜 갑자기 소매를 걷어 올리느냐는 표정으로 그를 쳐다보았다.

"저녁 얻어먹었으니까 설거지는 내가 할게."

설거지를 해주겠다고? 천하의 이재현 전무가? 세희는 놀란 토끼 눈을 하며 설레설레 고개를 내저었다.

"아니에요. 서재 사용하는 대신 제가 저녁 하기로 했잖아요."

"그러면 돕기라도 할 수 있게 해줘."

재현은 한사코 말리는 세희를 뿌리치고 그녀를 따라 싱크대로 향했다. 그러곤 그녀 옆에서 헹군 그릇에 남은 물기를 마른행주로 닦아냈다.

그와 함께 설거지를 하다니……. 기분이 참 묘하면서도 설레었다. 세희는 살며시 고개를 돌려 재현을 힐끗 훔쳐보았다. 그는 무심한 얼굴로 묵묵히 그릇을 정리하고 있었다. 세희는 다시 싱크대로 시선을 돌리며 짧게 한숨을 내쉬었다.

─갈 곳이 없어. 하룻밤만 재워줘.

그 말에 다른 뜻이 숨겨져 있다고는 생각하지 않았다. 분명히 말 그대로 그저 하룻밤을 재워달라는 부탁일 거다. 그나저나 이 코딱지만 한 방에는 침대는커녕 전 세입자가 버리고 간 매트리스밖에 없는데…… 방바닥에서 이불 깔고 자라고 하면 너무 야박할까? 그렇다고 매트리스 위에서 같이 잘 순 없잖아? 오늘 새벽에도 소파 위에서 같이 잤으면서 괜히 내숭 떠는 것처럼 보이는 건 아닐까?

설거지하는 손은 손대로, 세희의 머릿속은 머릿속대로 아주 복잡했다. 그런데 그녀 혼자만 심각하게 걱정하고 있었나 보다.

"난 먼저 잘 테니까 하던 일, 마저 해. 번역 일 한다고 했지?"

"네."

뒷정리가 끝나자 재현은 너무나도 당연하다는 듯이 매트리스 위에 몸을 뉘었다. 세희는 잠을 청하는 재현을 슬쩍 흘겨보았다. 단추를 서너 개 풀어 놓은 탓에 와이셔츠의 앞자락이 꽤 벌어져 있었다.

그가 몸을 뒤척이는 바람에 언뜻 벌어진 와이셔츠 틈새로 단단한 가슴팍이 드러나자 세희는 화들짝 놀라며 얼른 시선을 비켰다. 생각 같아서는 맨 윗단추까지 꼭꼭 채워주고 싶었지만, 와이셔츠를 벗지 않은 것만 해도 다행이다 싶었다. 어차피 새벽까지 일하려고 했으니까 그가 매트리스를 차지하든 말든 상관은 없었다. 그래도 조금은 괘씸하단 생각이 들었다.

"아, 참."

머리핀에 관해서 까먹고 있었다. 세희는 서둘러 머리핀을 빼 손에 쥐었다. 화려한 문양과 수정이 새겨진 머리핀이 그녀의 손바닥에 놓여 있었다.

"예쁘다."

잃어버린 머리핀과는 비교가 안 될 정도로 예뻤다. 손끝으로 머리핀을 쓰다듬는 그녀의 입가에 잔잔한 미소가 걸렸다. 한동안 머리핀을 만지작거리던 세희는 다시 머리를 묶고 모니터로 시선을 돌렸다. 그리고 화면을 가득 채운 검은 글씨를 노려보며 번역 일에 집중했다.

"아하암."

작업에 몰두하다 보니 시간은 물 흐르듯 빠르게 지나갔다. 세희는 뻐근한 어깨를 주무르며 재현을 향해 고개를 돌렸다. 그는 깊게 잠들었는지 아무런 미동도 없었다. 조금만 더 하면 이번 주에 끝내야 할 분량을 모두 마칠 수 있을 것 같았다.

그런데 갑자기 졸음이 밀려오며 그녀의 눈꺼풀이 무겁게 내려앉기 시작했다. 자꾸만 모니터가 뿌옇게 흐려지고 어두워지려 했다. 꾸벅꾸벅 졸던 세희는 결국 책상에 엎드려 눈을 감았다. 딱 10분만 자고 나서 마저 할 생각이었지만 눈을 감는 순간 모든 사고가 정지되어버렸다.

✦✦✦

음…… 누군가 머리카락을 쓰다듬는 것 같은데 확실하지는 않았다. 잠시 몸이 위로 들어 올려지는 것 같았는데, 금방 푹신한 느낌이 등 뒤에 느껴졌다. 이어서 익숙한 향기가 코끝에 흘러들며 온몸이 따뜻해졌다.

아, 포근해. 세희는 부드럽게 입꼬리를 올리며 단단하면서도 부드러운 무언가에 얼굴을 묻었다.

"누가 업어 가도 모르겠군."

재현은 한쪽 팔로 턱을 괸 채 매트리스에 옮겨진 것도 모르고 깊이 잠에 빠진 세희를 바라보았다. 살짝 벌어진 그녀의 입에서 새근새근 숨소리가 흘러나왔다. 재현은 피식 웃으며 그녀의 입술에 조심스럽게 입을 맞추었다.

다시 눈을 감고 잠을 청했지만, 온 신경이 곤두선 탓에 재현은 한숨도 잘 수 없었다. 달콤한 향기가 코끝을 자극하고 그녀의 체온이 심장을 두근거리게 만들었다. 결국 재현은 다시 눈을 뜨고 천장을 물끄러미 올려다보았다. 특별한 장식 없이 단면으로 처리된 낮은 천장과 한가운데에 매달린 전등이 눈에 들어왔다. 군대 시절을 제외하고 한 번이라도 이런 곳에서 잠을 청해본 적이 있었던가?

재현은 세희를 바라보기 위해 천천히 몸을 틀었다. 매트리스는 스프링이 나갔는지 조금만 움직여도 시끄럽게 삐거덕거렸다. 절대로 오래 머물고 싶지 않은 누추한 곳이건만 지금 그에게는 자신의 집보다 이곳이 훨씬 더 편하고 아늑했다. 그녀가 옆에 있기 때문일까?

재현은 세희가 깨어나지 않게 조심하며 손끝으로 살며시 그녀의 뺨을 훑어 내렸다. 부드럽고 매끈한 촉감에 저절로 미소가 지어졌다.

언제나 혼자 잠드는 것에 익숙했다. 누가 옆에 있다는 건 상상도 하지 못했는데…… 이상하게도 이제는 그녀가 옆에 있는 게 혼자 있는 것보다 더 편안했다. 어째서일까? 그 답을 알고 있으면서도 자꾸만 외면하는 건, 그 뒤를 따라올 혼란 때문일까?

"하아."

꿈을 꾸는지 세희는 짧은 한숨을 내쉬며 뒤척이더니 이내 그의 품 안으로 파고들었다. 재현은 반사적으로 그녀의 등에 팔을 두르며 강하게 끌어안았다.

"으으음."

자신이 무슨 짓을 하는지도 모른 채 세희는 그의 가슴에 얼굴을 묻고 뺨을 비볐다.

"……세희야."

얇은 셔츠를 통해 그녀의 보드라운 살갗의 감촉이 그대로 전해졌다. 그녀가 몸을 뒤척일 때마다 퍼지는 달콤한 향기가 그의 몸을 휘감았다. 재현은 순간적으로 치밀어 오른 울컥한 감정에 당황했다.

너무 좋다. 그녀가 너무 좋아서 미칠 것만 같았다.

"……사랑……해."

그의 입에서 한숨과도 같은 고백이 흘러나왔다. 혼잣말처럼 중얼거리던 재현의 얼굴이 일순간 싸늘하게 굳어버렸다. 그는 자신도 모르게 흘러나온 고백에 충격을 받은 듯 어금니를 깨물었다.

잠시 후 그의 얼굴에 자조적인 웃음이 서렸다. 재현은 작게 한숨을 내쉰 후, 그녀의 머리에 얼굴을 기대었다. 사랑한다. 그녀를 사랑한다.

이제 더 이상 그녀를 향한 감정을 외면할 수 없었다. 하지만 아직은 그 말을 해줄 수 없었다. 자신의 감정만을 따라가기엔 그녀가 겪게 될 고통이 너무나도 크니까. 그녀에게 마음을 전하기 전에 먼저 주변을 정리해야 했다. 재현은 사랑한다는 말을 저 밑으로 꾹꾹 누르며 그녀의 정수리에 조심스레 입을 맞췄다.

'기다려줘.'

〈2권에 계속〉

미치도록 너만을 1

초판 1쇄 발행 2017년 2월 15일
초판 2쇄 발행 2019년 1월 22일

지은이 이지연 ｜ 펴낸이 강성욱 ｜ 책임 기획 전주예 ｜ 기획 편집 송진아 김혜정 ｜ 디자인 김선경
일러스트 차원 ｜ 로고 김미현 ｜ 교정 서진영 류혜선
펴낸곳 테라스북 ｜ 등록 제25100-2013-000012호
주소 (04019) 서울특별시 마포구 회우정로5길 29 2층 202호
전화 070-4794-5826 ｜ 팩스 0505-911-5826
블로그 http://terracebook.blog.me ｜ 전자우편 terracebook@naver.com
ISBN 978-89-94300-68-9 (04810)
ISBN 978-89-94300-67-2 (SET)

이 도서의 국립중앙도서관 출판시도서목록(CIP)은 서지정보유통지원시스템 홈페이지(http://www.seoji.nl.go.kr)와
국가자료공동목록시스템(http://www.nl.go.kr/kolisnet)에서 이용하실 수 있습니다. (CIP제어번호: CIP2017000755)